从声音到文字，分享人类智慧

THE MOST FUN WE EVER HAD

亲爱的乔纳

【美】
克莱尔·伦巴多
著

左蓝
译

天地出版社 | TIANDI PRESS

乔纳没有想到
自己的到来会引起一场成年人之间的风暴

目录

春日序曲

2000年4月17日

旁人的存在总是令玛丽莲感到无所适从，对于一个生下了四个孩子的母亲来说，这多少显得有些奇怪。但她终究不喜与人共处。那些她无法掌控、无法理解、无关紧要的人，常常给她带来困扰。正因如此，此时，她正躲在银杏树下一处隐蔽的角落里，避开家里来的那些客人。她并不是不擅长招待他们，但那总让她心力交瘁。多年以来，不管是父亲腰缠万贯的委托人、丈夫不苟言笑的同事、孩子阴晴不定的玩伴，还是隔壁来了又走的邻居，他们一批批地来到家里做客，也一次次地使她精疲力竭。

这天傍晚，一百多个她几乎完全不认识的穿着正式的陌生人，为庆祝大女儿温迪的婚礼，聚在了她家的后院。酒过三巡，他们开始在院子里穿梭。玛丽莲负责招待宾客，忙里忙外，应接不暇，因为她不仅要筹备那三张加长牌桌上的菜肴，还要在这样的社交场合里密切留意她的四个女儿。她们在草坪上四处走动，穿着淡彩色的衣服，点缀着整片草坪。玛丽莲的丈夫早已不见了人影。丈夫和她之间日久弥新的爱情，滋养了新生命的诞生。她本来不愿意生养小孩，但最终还是成了一位母亲。她有四个女儿，她们拥有不同的发色，也给她的人生带来了程度不一的难题。

婚后，她随丈夫姓，全名叫玛丽莲 · 索伦森。她之前的姓是康诺利，一个听起来颇具资本和悲剧色彩的姓氏。不过，对她来说，姓什么无关紧要，无论姓什么，她都是她。她今年已经四十九岁了，仍拥有一头令人惊羡的天然亚麻金色头发。她的本职工作是文学评论员，在那之外，她还照顾着四个女儿的生活。今天她穿着一件森林绿色的紧身露肩裙，露出了小腿清晰可见的肌肉线条，肩膀上的雀斑零星可见。客人们都称她为“新娘母亲”，虽然她想扮好这个角色，但她的注意力几乎全放在了女儿们身上。这个傍晚，她的女儿们似乎都有些闷闷不乐。

也许并不是每一代人都能拥有正常的生活。就好比脱发，通常是隔代遗传的。二女儿维奥莱特刚吃完早饭，就喝得浑身酒气。她有一头漂亮的深褐色头发，穿着一件真丝雪纺衫。大女儿温迪平日里总不让人省心，但今天总算消停了点。今天，她正式嫁给了一个拥有开曼群岛[①]银行账户的有钱人——她口中声称的“一生挚爱”。格雷丝和莉莎相差九岁，性格都有些“失调”。格雷丝上三年级，个头很小，性格内向，极其害羞。莉莎就要升高中了，性格孤僻，总是独来独往。谁能想到，这些曾经在玛丽莲的身体里汲取养分不断生长的小人儿，如今竟然变得如此陌生。

小格雷丝来到银杏树下。她今年八岁了，正处在一个令人头疼的年纪，长大成人、走出家门和她还搭不上一点关系。她依旧孩子气十足。

“亲爱的，不如你去找——”玛丽莲犹豫不决地提议道。她既不想让格雷丝去找婚礼上的那群小毛孩儿玩，也不想让格雷丝去和他们的小狗歌德玩。格雷丝对小狗有种近乎反常的喜爱，玛丽莲不想任由这种趋势继续发展。此时的玛丽莲只想自己待着，在微凉的空气里喘口气。“不如你去找爸爸玩吧，亲爱的。”

“我找不到他。”格雷丝说道，她的声音稚气未脱。

“那你再努力找找。”玛丽莲俯身亲吻了小女儿的头发，“让我自己待一会儿，小笨鹅。”

---

① 全球第四大离岸金融中心。

格雷丝走开了。她已经找过温迪了，她也找过莉莎。本来她和莉莎一起坐在门廊的吊椅上玩儿，可是不一会儿工夫，莉莎就被一个穿运动鞋配伴郎礼服的男孩给吸引了过去。她还找过维奥莱特，可是维奥莱特只想着喝酒。她已经没人可找了。

这个周末，格雷丝的三个姐姐都回到了俄亥俄街上的家中。突然要和姐姐们“分享”父母，她心里很不是滋味。父亲有时会说，她是世上唯一的有三个亲姐姐的“独生女”。姐姐们闯进她的领地，让她略有不快，于是她像平常一样，去找歌德解闷了。她和歌德一块儿蜷缩在黄色的灌木丛中。她抚摸着歌德身上又短又硬的毛，它尾巴周围的毛像被烫过一样卷曲。

莉莎感到有些愧疚。格雷丝一个人在和小狗玩，她却正在和一个陌生的伴郎接吻。他的嘴巴里有股淡淡的香烟、威士忌和芝麻草沙拉混杂在一起的气息。

“跟我说说你自己吧。”男孩说道。

“你想知道什么？”她问道。话一说出口，她就发现自己听上去不太友善。她向来不擅长调情。

“你们是姐妹四人？”他问，“那是什么感觉？”

“简直像噩梦一样。女生啊，情绪总是阴晴不定的。没完没了地吵吵闹闹。”

他疑惑地笑了。她大胆地俯身向前，主动吻了他。

维奥莱特喝得烂醉如泥，软塌塌地趴在一张桌子旁。她心想，一定是自己的这副模样，把这张桌子上原本的客人都给吓跑了。在昏昏沉沉的酒意之中，昨天晚上的零碎记忆像细小的气泡一样陆续浮现：那家曾经是保龄球馆的酒吧，那个人蓝色的双眸、异常灵活的手肘、紧实有力的大腿，他母亲的厢式货车、货车的后座……她依稀记得，她让那个人在离她父母家一整个街区的地方把车停下，以防温迪还醒着。

她打量着温迪。温迪穿了一件心形领的古驰连衣裙，这个后院里举办的是她的婚礼。她家世显赫的知识分子丈夫正牵着她，伴着《爱要等待》的旋律，和她一起跳舞。这是温迪第一次打败她，大获全胜。温迪正欢快、优雅地迈着舞步旋转，而她却酩酊烂醉，抱着一整个佛卡夏面包啃了起来，边吃边用她短裙的裙摆擦手。温迪的绸缎裙裾不小心被草地弄脏了，但她丝毫没有察觉。这让维奥莱特忍不住窃笑了起来。她很想跑到温迪面前，在她耳边悄悄对她说："你死也想不到我昨天晚上去了哪儿。"

迈尔斯正在和温迪跳舞，突然被他们的花童——他年幼的小表弟——给一把拉了过去。小表弟想拖着他一起去蛋糕桌上吃蛋糕。他扭过头来，满怀歉意地冲温迪笑了笑。

"练习怎么做一个爸爸的好机会。"突然，有个女人碰了碰温迪的手肘，在她耳边说道。这个女人是迈尔斯邀请来的，面容狰狞，长得像哥布林，很有可能是某个房产经纪人。此时此刻，站在草坪上的这些人大多腰缠万贯，他们的身价加起来可能超过一个中等国家的国内生产总值。"幸好你还年轻，有的是时间壮大这棵'家族树'。"

不知为何，她的话听起来十分刺耳。于是，温迪以同样尖锐的方式回答道："谁说我要生孩子了？那样岂不是就有别人来瓜分属于我的那份财产了？"

听到这话，那女人满脸惊恐。温迪和迈尔斯早对这种玩笑话见怪不怪了。他们有时甚至还会开自己的玩笑，全然不在乎别人的看法，就算总有人说温迪是因为觊觎迈尔斯的财产才嫁给了他。只有他们自己知道，他们的爱是一个伟大的奇迹。从未有人像温迪那样热烈地爱着迈尔斯·艾森伯格，也从未有人像迈尔斯·艾森伯格那样热烈地爱着温迪。如今，她已经是艾森伯格家族的一员了。而艾森伯格家族是芝加哥顶有钱的家族之一，至少跻身前三十。

“我呢，就是要高人一等，然后终日浸淫在这种奢侈的生活里。”她继续说道，然后从椅子上起身，走到丈夫身边，帮他理了理领带。

戴维留意到，街上的树木已经长得很茂盛了。宽大的树叶随风摆动，在草地上印出斑驳的影子。过去一个月，他每天早起，在睡衣外面随便套一件雨衣，就匆忙出门遛狗，绝不让歌德有机会靠近草地。而在此之前，他们一般都是直接把后门打开，让歌德自己到草地上遛弯儿。他们租来桌椅，放在他用价格不菲的肥料悉心培养的草地上。看到桌椅腿深深嵌进草皮之中，他一阵揪心。歌德正在后院里四处走动，像个刚被释放的囚犯；又像一位园艺师，迈着稳健的步子，把这片绿油油的草地踩了个遍。戴维深吸一口气。空气很湿，是要下雨了吗？如果是那样，客人可能会提前离开。婚礼上，他不禁感叹自己一生竟然结识了这么多的人。客人中的一些面孔，他已经毫无印象。他经常觉得，温迪还是曾经那个蹒跚学步的小女孩。那时，他们住在艾奥瓦州。每当他和玛丽莲坐在雪松树下那个嘎吱作响的秋千上时，温迪总会偷偷穿过门廊，挤到他们中间。随着秋千的摆动，她的睡意会席卷而来，同时嘴里会不断嘟囔：“你们都是我的好朋友。”而此时，他站在这里，感到无所适从，仿佛一下回到了二十五年前的那个十二月的夜晚：在那个微凉的晚上，他和玛丽莲躺在银杏树下，玛丽莲把头枕在他的胸口。

他快速环视了一下四周，搜寻着妻子的身影。他很快就捕捉到了隐匿在那棵银杏树下的一小抹森林绿色。他沿着篱笆，蹑手蹑脚走到她的背后，把手轻轻地放在了她的腰上。她本能地朝那只手靠了上去。

“跟我来。”他说。他拉着她，绕过树干，来到银杏树的背阴处。他将她拉进怀中，把脸埋进了她的发间。

“亲爱的，”她担心地问道，“怎么了？”

他把头埋进她的颈窝，呼吸着她干燥、温热，并且混杂着丁香和爱尔兰春天牌香皂的味道，“就是想你了。”他的鼻息扑在她的锁骨上。

“噢——亲爱的。”她锁紧她的拥抱，轻轻抬起他的下巴，直到和他的眼神相遇。他吻了她的嘴唇、她的脸颊、她的额头、她的下颌。他停在那里，聆听着她的脉搏，最后又吻住了她的嘴唇。她轻轻地笑了，嘴唇被吻得像一颗熟透的红李子。她回吻了他，嘴唇边缘也渐渐开始泛红，向四周晕开。此刻，对他来说，她如同朝阳一般温暖，他们对彼此的渴望，有着无法比拟的意义……她松开怀抱，对他笑了。“可不能被女儿们看到。”话音刚落，她又将自己的身体贴向了他。

但是，女儿们都看到了。她们站在草坪各处，遥远地观望着。最开始，她们只是发现父母不见了踪影。那是一种直觉，一种父母和子女之间的牵引。自童年时代以来，那股牵引就从未消失过。她们是被他们带到世上的孩子，是需要得到他们照顾的孩子。她们总是下意识地去寻找他们，确认他们的远近，以此来获得安全感。她们纷纷停下手上的事，远远地看着他们。父母之间的爱闪耀着夺目的光芒。他们身上流露出来的爱意，几乎快要漫溢。

I　春天

第一章

维奥莱特总习惯性地避开温迪。她们曾经形影不离，现在却几乎不联络。前不久，温迪竟然邀请她共进午餐，于是她断定，温迪要不是有事相求，要不就是又遭遇了新的生存危机，想要向她喋喋不休地倾诉一番。温迪永远意识不到，别人忙碌的生活让他们没那闲工夫在一个寻常的工作日里到芝加哥西环的餐厅吃一顿完全没有必要的午餐。

餐厅装潢十分新潮，但位置不是非常便利。就算是周三下午两点钟，她还是找不到停车位，只好让门童帮忙把车停到停车场。她三点半要去接怀亚特放学，可借机脱身。她想以这种圆滑的方式告诉温迪："我有两个孩子要照顾。他们要去幼儿园，我还要接送他们。"当然，她这样做显得心胸十分狭隘。温迪总是放浪形骸而且以此为乐，大白天就喝起了酒，因为她失去了太多，大学没有毕业，后来又失去了迈尔斯。凭着遭受过的创伤，温迪总是能赢。

感到头有些痛，维奥莱特掐了掐鼻梁。她心想也许可以喝上一杯——不用想也知道，温迪一定已经点好了一整瓶红酒。尽管温迪身上缺点不少，但她很会品酒。她能敏锐地品尝出酒中的单宁酸和其他酸味。维奥莱特今天特意穿了一双平底鞋，脚后跟被磨得生疼。在温迪面前，她总是想要好好打扮一番。平日里接送孩子时，她总是会穿一身价格不菲的运动装，然而今天，她特地挑选了一件优雅的蝴蝶袖丝质衬衫，搭配了紧身牛仔裤。要不是因为生了伊莱，这条裤子本来可以更加合身。

她仔细回想上次见温迪是什么时候。上次见面，应该是四个多月前的事了。那时候，为了庆祝“第二次感恩节”，她们聚在父母家里，举办了一次气氛极其诡异的聚会。对她来说，不经常和温迪碰面，其实是件很荒唐的事情，毕竟从她家到温迪家只有二十分钟的路程；毕竟在将近十年的时间里，她们都同住在一个房间里；毕竟在维奥莱特人生最灰暗的那段日子里，她搬去了温迪和迈尔斯家，和他们一起生活；毕竟她们曾经就像一对双胞胎姐妹，而现在，她们和彼此分开也才不到一年的时间。

“女士，有什么我能帮您的吗？”门童问道。这打断了她的思绪。

“没事，我只是在整理心情。”她说。他笑了。

“如果你要‘求救’，就冲我招招手，我会跑过来，和你说你的车被偷了。”他是在调情吗？他是她的救星。

“知道了。”她又从口袋里掏了十块钱塞给他。不知为何，她现在也养成了做任何事都以金钱交易收尾的习惯。他不假思索地收下了。“祝我好运。”她深吸了一口气。他冲她眨了眨眼。没错，眨眼，冲着她。她开始幻想，也许她走向餐厅的时候，他会开始打量她的屁股。但愿他不要太过苛刻。餐厅的女招待员领着她，来到了餐厅后边的一个露台上。一走出去，她立刻后悔了。早知道坐在这么冷的位置，她应该穿件毛衣的。但她意识到，那样想会让她像个悲催的老妈子，于是她便把那个念头抛在了脑后。温迪正坐在偏僻角落里一张桌子旁。她也许是想抽烟且不想影响到其他人——但其实初春的芝加哥室外气温不到十六摄氏度，此时的露台上一个人影也没有。

维奥莱特一眼看到了一个后脑勺。除非温迪最近在探索新的取向，在她的脉轮瑜伽课上结识了某个喜欢着异装的女瑜伽师，否则那应该是个男人，年轻的男人。看到有其他人在场，她的心奇怪地绞痛了一下。她早该意识到温迪不可能单独和她出来吃饭。即使单独吃饭，她们也只可能在饭桌上客套地聊聊近况。也许温迪会说，她待会儿就要和这位异装女伴一起去上谭崔瑜伽课。对比之下，维奥莱特的生活则会显得更加平淡无奇，她生活的困境也会在温迪面前暴露无遗。

然而现实并非如此。

在给门童付了第三次小费之后，她匆忙开车回了家。回家的路上，她的胸口一阵发闷，感到一些东西郁结在心头。她不是“认出”了那个人。“认出”远不是那个恰当的词。这场毫无诗意可言的相遇，既没有像闪电击中太阳穴那般激烈，也没有像冰块堵塞血管那般冰冷。他侧着身子坐在椅子上，所以她几乎没有看到他的脸。从她的角度看过去，只能隐约看到他的左耳，以及他鼻子的轮廓。但是那已经足够了，她还是一眼就认出了他。生下怀亚特、伊莱时，她也是一眼认出了自己的孩子，但是此刻的相认却有着独特的意义。那是一股来自子宫深处的拉扯，锐利的疼痛感让她几乎弯下腰蜷缩起来。所以，与其说她“认出”了他，不如说他又成了她身体的一部分。她从餐厅落荒而逃，避开了温迪，以及那个她十五年前生下的孩子，那个深色头发凌乱地垂在眼前的男孩。开车回家的路上，她在脑海中反复想象着用最恶毒的语言狠狠咒骂温迪：你怎么能这么对我，你快去死吧！你就是个疯子，你怎么可以这么对我，怎么可以这样，对我。就好像她可以通过这种方式说服自己，在看清他的脸之前就落荒而逃，并不是一个错误的决定。

温迪站在露台上，和“迈尔斯”一起抽了支烟。过一会儿，她要去卢里募捐会。她从后门走了出去。这天，她不太明智地穿了一条黑色鱼尾连衣裙，她一只手拿着灰雁牌伏特加，另一只手为了方便把裙子提到膝盖处，她嘴里叼着一支百乐门香烟，还有一支留在了桌上。

“今天和我设想的差不多，还没等我介绍，她就跑了。”她点燃一支香烟，叹了口气，“我需要你的谅解。我还没考虑清楚，就已经这么做了。但他的确是个非常讨人喜欢的孩子，你也会喜欢他的。”

“迈尔斯”没有回答。

“我今天穿得蠢极了，但你妈应该挺喜欢的。”她把头微微后仰，“昨天，我见到爸了，对他来说，退休生活简直是场灾难。他竟然告诉我有去赏鸟的打算，你能想象吗？反正我怎么也想象不出他坐那么久一动也不动的样子。”

自从迈尔斯去世之后，温迪就时常像这样和他对话。确切地说，是和他的在天之灵对话。有时，她可以得到回应，但是绝大多数时候都没有任何回应，就像今天一样。她倚在椅子上抽着烟。

“今晚场面一定非常难看，”过了一会儿，她继续说道，“这帮喜欢乘人之危的人现在可能已经喝得烂醉了，他们不要去骚扰其他人就已经是万幸了。但我也没法儿保证。”她抬头看了看天空，试图得到“迈尔斯”的回应，期盼他一直在听。但天空还是一个样，乌云密布，灰蒙蒙的一片，星星都还没有出现。她将香烟略微倾斜朝上，朝向他和天空的方向，缓慢而从容地吞吐着烟雾。“我希望你能为我感到骄傲。”过了一分钟，她又喃喃自语道，“我很努力地坚持了下来，你知道吗？”不知不觉，迈尔斯已经去世三年多了。她又点燃了之前放在桌上的那支香烟。“真希望你在我面前，真希望可以抱抱你。”她呢喃道，声音轻得几乎听不到。她担心会被隔壁的人听到，因为他们有时候会把窗子打开。“但谁知道呢，可能我今天晚上会遇到某个希腊航运继承人，让他稍微‘蹂躏’我一下。不会太过分的，我保证。该死，亲爱的，你知道我有多想你吗！”

她又抽了几口香烟，默默在心中对丈夫讲述那天她所做的一切。烟快燃尽时，她例行了每次抽烟的最后一个步骤：深吸一口，再长长呼出一口又一口的“我爱你”，直到气息耗尽。

几小时后，一个身穿燕尾服的男人出现了，男人看见温迪，在往她这边走过来的时候不小心撞到了桌子，打乱了一旁摆着的马蹄莲。

“小心点。”她说道。

“是我不小心。”他回复道。她仔细打量着眼前这个人。他更像个男孩，而不是男人。得知他叫卡森的时候，她轻轻地笑了出来，但那似乎让他有些介意。看着他受伤的样子，她一冲动，就拉着他进了马蹄莲旁边的门厅里。

这个还没长大的男生手心已经全是汗水。他看上去二十出头，似乎对自己充满了自信。

“我还不知道你的名字。”他说道。那个瞬间，温迪身子一僵，脑海中突然浮现出那天下午餐桌旁的情景：坐在对面的乔纳，他单纯的脸，以及当他意识到维奥莱特落荒而逃时，他脸上掩盖不住的疑惑。

“你多大了？”她开口问道。他冲她咧嘴一笑。

“二十二。”

她点了点头。也许，他是某个公司的继承人，曾经开发过一些早就不稀罕了的产品；也许，他是某位唱片总监的儿子；又或者，是某位常用美黑喷雾的福克斯新闻记者的儿子。他一定过着那种不计后果的生活，即使出车祸撞死了人，可能也会有办法脱罪。

“你呢，你多大了？”他追问道。

“七十八。”她面不改色地说道。

“你很有趣。”他说道。

这话让她突然有些不耐烦。“你父亲是做什么的？”她问道。

“什么？”

“你的父亲，他的工作是什么？你今晚怎么会在这儿？”

“你为什么会觉得我是和……”他停顿了一会儿，翻了个白眼，“他是个工程师，开发医疗软件、机器人之类的。”

“嗯。”看来明天她还需要再检查一下宾客名单，确认他们捐赠了一笔可观的金额。她知道，有的人可能只是买了张入场券，走了个过场。

“你叫什么？”这次，他的语气中多了一些敌意。

她叹了口气，回答："温迪。"

"彼得·潘里的温迪？"卡森故作聪明地说。现在轮到温迪翻白眼了。

"从来没有人跟我解释过我名字的渊源。"

她的父母曾经给她起过一个小名，叫"温思迪"。几年之前，她还为此质问过母亲，但母亲没怎么搭理她。

"太刻薄了。"她对母亲说，"'温思迪·亚当斯'[①]的那个'温思迪'？我当时只是太瘦了，妈，这个玩笑开得是不是太过分了？"

"亲爱的，只是因为你是星期三出生的。零点刚过几分，我分不清那天是星期几，然后你爸——然后才有了你的小名。"

那才是她名字的由来。母亲的话仿佛在告诉她：她的诞生，不过是一段时空错乱的回忆。她不过是在母亲身上发生的第一次避孕事故的结果。

她拽了拽卡森的袖子，说道："走吧，我们出去吧。"

"温迪，"他突然想起了什么，"等一下，你就是——那个温迪吗？"

不出她所料，她一回头，就看到了摆在那里的募捐会海报。上面印着一张身患癌症的孩子的宣传照片，最下方印着一行小字。**主办人：芝加哥女性慈善协会　温迪·艾森伯格**。

那个机器人工程师可能怎么也想不到，此时，这场募捐会的组织者——一个已至中年的女人，正在和他二十二岁且名字十分做作的儿子调情。如果被他发现了，他可能更加连一分钱都不愿意捐了。看到海报上"艾森伯格"中字母"G"的最后一笔向上卷成了一个大大的圈，温迪心里一梗。直到今天，每当看到自己的名字被单独列出，她仍然感到十分痛苦。她停下心中的抱怨，努力冲他挤出一个微笑。

---

① 美国漫画《亚当斯一家》中的小女孩（英文名为Wednesday Addams），其性格成熟阴沉，外表瘦弱，面容苍白。"Wednesday"既可以作人名，也有"星期三"的意思。

“我看起来真的像这场募捐会的组织人吗？”她问道。

“那你姓什么？”

“索伦森。”她没有一丝犹豫地回答道。

“好吧，我能——我能之后再短信联络你吗？”他试探道。她笑了。

“当然了，”她的语气略微有些焦急，“但我现在得走了。”

“我还以为我们本来就正在往外走。”

“非也，快来不及了。我怎么用了这么古老的词。我必须走了，南瓜马车在等了，十万火急。”

“呃，那好吧。今天——刚才——很开心。”

啊，他确实是个可爱的人。

“给你一个建议，”她边说边慌慌张张地把左脚的鞋跟提上，“下次你要是觉得某个女人有趣，不要直说。”

“那我要怎么办？”他完美无瑕的脸庞突然被糅进一丝疑惑的表情。她像被挠了痒痒，一个没忍住笑了出来。

“直接笑就可以了。”她不自觉地伸出手，将他额头上散落的一绺头发拨开，“下次再遇到一个有趣的女人，你就为她开的玩笑捧场，笑就可以了。知道了吗，卡拉德？”

“卡森。”

“哦，对，卡森。祝你好运，小家伙。”

整间屋子又开始天旋地转了。当她说出“小家伙”这个词的时候，她一下想起了她的父母。不知怎么，她仿佛又回到了当年自己的婚礼上，看着父亲戏剧化地俯下上半身，邀请母亲伴着奥蒂斯·雷丁的歌曲跳舞。当听到“爱就是赢一点，输一点”时，父亲对母亲说：“这是属于我们的歌，小家伙。”她感觉世界上的每一首歌似乎都属于他们；所有歌曲，都与她的父母——戴维和玛丽莲的爱情沾得上边。他们拥有完美得令旁人费解的爱情。遇到迈尔斯时，她觉得自己终于像母亲一样，找到了那个人。

她的眼眶突然泛起了泪花，胸口感到一阵熟悉的发紧。现在就离开，确实有点太早了。但是她知道，如果她继续待在这儿，一切只会更加糟糕。她顾不上拿她放在衣帽间的外套，就转身走上了街。

有人说，只要一年的时间，一切就可以恢复常态。也有人说，每过去一年，一切只会变得越来越糟。她相信后者。2013年，迈尔斯离开了，但她至今还没有清空他的床头柜。逛杂货店时，她仍然会去挑选自己不喜欢但迈尔斯喜欢的东西。她仍然像原来那样生活，好像自己仍然属于一个家，自己的生活仍然完全依赖于另一个人的主动参与。这种生活一旦形成，就再也无法逃脱。她尝试过。她搬到了芝加哥北岸的一栋公寓楼里，却又情不自禁地把房间布置得和他们在海德公园的房子几乎一模一样。她试过用胶带封住他所有家具的抽屉，他的书桌，他的梳妆台，他的床头柜。但之所以那样做，似乎也只是为了保存所有和他有关的物品，为了在搬运工搬家时，确保这些家具可以完好无损。

有的人，只要一年的时间就可以恢复常态；但温迪即使过去三年，内心仍旧是一片废墟。

随着春天的来临，冰雪消融，玛丽莲内心体会到了一种平静，一种前所未有的安宁。也许在母亲腹中的时候，她也曾经有过类似的感受。不过也不一定，因为那时候，嗜酒的母亲每日狂饮添加利金酒，以度过颓靡的20世纪50年代，也或许是出于其他一些原因。

生活很好，她的生活过得很好。五金店生意不赖，她的睡眠质量前所未有地好。她每天骑自行车去上班，四肢又变得和少女时代一样柔软灵活。前门廊里，内嵌花坛里种的天竺葵长得正盛，迸发出明亮的红色。

如果不是家庭的牵绊，她本可以飞得更高。可是谁又会想到，玛丽莲·康诺利的人生会有这样的遗憾呢。她经营着自己的生意，在将近十五年的时间里，她从来没有抽过烟，偶尔还会去教堂做礼拜。她的家里种着整条俄亥俄街上最漂亮的蔷薇花。然而，她怀疑自己是否真正值人生的黄金阶段，因为对一个有四个孩子的母亲而言，所谓的“黄金阶段”是不存在的。因此，她并没有向更高处飞去，而像被人放上天的风筝——里奇兰大道加油站旁边人们手里放的那种，一块巨大的乙烯基塑料——随着风在空中摇摆不定，被一根如同脐带一样的粗绳拴着，不断拽向地面。她的幸福生活总是在几分钟内就戛然而止，不是被恼人的手机铃声打断，就是孩子们又出了什么事喊“妈”喊个不停，又或者是丈夫敲着厨房窗户大声问她：“钉耙放哪儿啦，亲爱的？”

她把自行车停在门廊里，然后俯下身，把几片干枯的叶子从盆栽里拣出来。卢米斯已经在家里等她了。

“你好呀，我的宝贝。”她用劲挠了挠卢米斯的后脖颈。自从把最后一个孩子送进了大学，她和戴维也不免落入了俗套，成了那种留守在家的老夫老妻，他们迫不及待地养了一只拉布拉多。

“嘿，亲爱的。”戴维在客厅里面喊道。她跟着卢米斯来到书房。进去之前，她停下了脚步，看着她丈夫的后背，看着他脖子上细微的绒毛。他的后脑勺上长着秃斑，那秃斑像银河一样从头顶蔓延开来。

她不需要他。她的脑海中时不时会冒出这样的念头，微小的、不忠的念头。而就在这样的时刻，看着他坐在桌前，面前放着几本关于二十五分稀有硬币的书，旁边堆着一堆开心果壳儿，这个念头又忧伤地浮现了出来。多年以来，他变得越来越邋遢。他采取消极抵抗的方式，用浸湿的海绵去擦柜台上的食物碎屑，或者是在清理浴室下水道堵着的那些金褐色长发时，发出重重的叹息。除了邋遢，他也开始变得墨守成规，而且极其好色。他起身吻她，薄薄的开心果果衣从他的衬衫上抖落下来。这时，那个念头又出现了：“我不需要你。”她闪躲开来，只想让他简单地吻一下额头。然而，他却突然火力全开，一只手插进她的头发，另一只手环在她的腰上，用嘴唇挑逗她，试图将她的嘴巴打开。

“呃，”她推开他，说道，“我觉得我要感冒了，亲爱的。”

很显然，她说谎了，因为他们从来就没在乎过。曾经，他们共用一个马克杯喝咖啡，吃同一块吐司，任凭感冒病毒在彼此之间传播。晚上入睡前，如果两人已经疲惫得不想开灯，没法分清绿色和蓝色的牙刷，他们甚至会偶尔共用一把牙刷。戴维有着像鳄鱼一样强大的免疫系统，而玛丽莲过去则总是有一搭没一搭地生着小病，那多半是女儿们的缘故。她们的小手总是黏糊糊的，用的纸巾也总是脏兮兮的，而且她总会在收拾残羹剩饭时，吃掉女儿们剩在碗里的通心粉。他们从来就不在意感冒病毒。他站在她面前，看上去有些受伤。

毫无疑问，曾经她需要过他，哪怕是在最微小的层面。那是人类最深刻的一种需求。但现在她不需要他的“帮助”。她不渴望他的身体了，不是因为她没有需求，而是因为她总会想起女儿们出生后的那段日子——头三个女儿年纪还小的日子，以及她们转瞬之间就步入少女时代的日子。疲惫让她的欲望逐渐消退，让她无法再有意识地给予他任何身体上的关注。

她的感受大抵如此，除非在她不那么疲惫的时候。

“今天过得怎么样？”她一边向厨房走去，一边问道。

“哦，你知道的，”他说，“修了修草坪。还遛了狗，两次。”说完，他停顿了一小会儿。“你呢，你今天过得如何？”他终于问出了口。她犹豫了。

他的语气像《小熊维尼和蜂蜜树》里屹耳[①]的念白一样单调和消沉。如果向他讲述自己度过了多么愉快的一天，似乎有些不合时宜。但事实上，五金店的利润越来越好，她的同事们年轻又有趣；在顾客

① 《小熊维尼和蜂蜜树》中的角色，是一头悲观、冷静、自卑、消沉的灰色小毛驴。

来来往往的间隙里，她思考起了生存的意义，心情愉悦。

当你对面的人告诉你，“我的生活很低落，我只能待在家里搞一搞家装，来和我的绝望对抗”，你永远没办法用“我现在开心极了”这样的话来作答。

“还可以，”她说道，“你要来帮我准备晚餐吗？”

刚结婚时，他们还住在艾奥瓦城。那时候，戴维在上医学院，他们住在一个杂乱不堪的绿房子里。他们非常珍惜每次一起做晚餐的时光，他们会在厨房里追逐打闹；在等待水烧开的间隙里，他们会靠在柜台边亲吻。有的时候，他们甚至忘记了做饭这码事，直到烟雾报警器响起，他们才回过神来，急忙用脱在一边的衣服驱散烟雾。他的语气总会戳中她心中某块坚硬的地方。看到他耷拉下来的灰白色头发，她走到他身边，用手臂环住他的腰，给了他一个吻。有时，“需要”和“想要”是截然不同的两件事。

“你刚刚不是说你感冒了？”他推开了她，说道。

“警报有误。”她说。她将手滑向他裤子后边的口袋里，向舌尖施加了一些力度，挑逗着他的舌头。

“我可以做饭。”戴维停下来喘了口气。然后她更深地吻了他。在那一瞬间，某种感受一闪而过，仿佛在以一种温和的方式提醒她：她对这个男人的爱，胜过她对孤独的爱。她把自己的身体贴向他，试图抓住这种感觉，让它一直持续下去。然而，这种感觉稍纵即逝，取而代之的是一阵凝滞，以及她下颌传来的隐隐酸痛。

第二章

格雷丝从哪里听说过，被装在小信封里的信件不一定代表着坏消息。但对她来说不是如此。那封信躺在信箱里——信封和信纸差不多大——紧挨着牙贴面广告纸。她瞄了一眼，就随手把信和广告原封不动地丢在了桌上。她对沮丧的生活麻木了，也对这间公寓麻木了——小麦色调的内饰、非正常规格的迷你冰箱、用煤渣砖砌成的卧室墙壁。浴室的花洒水流不稳；如果同一栋楼里的其他住户开始用水，哪怕只是洗个盘子，本来就温温吞吞的洗澡水就会立马变得冰凉。

但这都是暂时的，她心里自有打算：先在这个便宜的出租屋里将就一年（有人或许会说，物质上的贫瘠能激发灵感，提高效率），考虑下一步要做什么，然后在房租正式到期的时候，她就会付诸行动。过去的一年里，她的大学同学陆陆续续搬走了，只有她停滞不前。她收到了法学院入学考试成绩单，但那成绩糟糕到让她怀疑成绩单是不是打错了，她只能反复安慰自己："这些都只是暂时的，一切都会变好。"一切都将变好，她会在世界上找到自己的位置，找到一份注定的工作，嫁给一个注定的人，拥有注定属于她的那一小块地方（谁知道呢，或许不是一"小"块）。一切听起来都很完美，未来还是可期的。喘口气，存点钱，做个乐观、务实的格雷丝，做个值得父母疼爱的小女儿。

但是，四月就要来了。远在他方的朋友们有的去学了医，有的忙着念艺术硕士；有的去了纽约，有的去了西雅图，有的去了新加坡。只有她还在面对源源不断的拒绝信，一封接着一封。她仍然在一个为木管乐器音乐家提供免费法律服务的非营利组织里工作，负责前台接待，时薪九美元五十美分。她对木管乐器一无所知，所以这份工作没能让她交到一个朋友。不工作时，她就整日待在她那差劲的公寓里，精神日益萎靡。

她从里德学院毕业整整一年了。厨房桌上的那个信封里装着俄勒冈大学的回复信，也装着她最后的希望。信封很小，看起来不像什么好消息。她收到过太多掷地有声的拒绝，所以即使俄勒冈大学在所有她申请的学校中略低一等，她也无法胸有成竹。而且，这所学校就在河对岸。越过河，便是真正的城市，还算理想。但她似乎注定要和这台迷你冰箱一起，被困在这间屋子里。更令她窘迫的是，尽管冰箱很小，里面除了一瓶霞多丽白葡萄酒和几根芝士条，几乎空空如也。

一个杀人凶手的生活，也许也大抵如此：贫瘠，饱受耻辱。

电话响了，是莉莎。格雷丝拿起电话，捎上包烟，去了阳台。这个阳台本来是这间屋子唯一的亮点，但是坐在阳台上，她总有一种被围栏给困了起来的感觉。最近，比起其他姐姐，她更愿意和莉莎聊天，因为和温迪或者维奥莱特不同，莉莎的生活也极其枯燥。这个理由让她感到十分悲哀。莉莎没有结婚，没有小孩，没有被任何阴魂不散的过往所困；没什么钱，中规中矩，碌碌无为。莉莎住在郊区，整天待在装修得了无生趣的家里，闷头做着没完没了的学术研究，有一个吝啬的男朋友。毫无疑问，莉莎是索伦森家第二无聊的孩子，虽然她比格雷丝略胜一筹，但那仍然让格雷丝感到一丝宽慰。

“小笨鹅，”莉莎说，“我有一个——一个天大的好消息。”

很好。格雷丝重重地倚在阳台的栏杆上，双眼紧闭。

“猜猜谁升成终身任职教授了？”

格雷丝本来想开个玩笑，回答“彼得·威克曼[①]”，但听出莉莎欢

① 一个出现于《捉鬼敢死队》系列的虚构人物。他是一位超心理学家，拥有超心理学和心理学两个博士学位。

快的语气，她便打消了这个作弄莉莎的念头。“真的假的？莉莎，那真是太好了。”很显然，在那张生活有趣程度的得分表上，莉莎的分数已经越来越超过她了。一般情况下，她会安慰自己，莉莎本来就大她好几岁，人生经验本来就应该更丰富，但是在三十二岁的年纪就获得终身任职，的确是一个难以忽视的耀眼成就。

“谢谢！”因为过于激动，莉莎呼吸都变得有些急促。格雷丝也被她姐姐的喜悦所感染，嘴角不自觉地扬起一抹微笑。她这才意识到，家人的存在，有时的确能让人暂时忘却自己悲哀、困顿的人生。“格雷西[①]，你知道吗，我当时一点准备都没有。院长还给我做了一杯卡布奇诺，他亲自做的，在他办公室里。”

“看来你对升职加薪后的生活适应得还挺快啊。”

莉莎大笑：“我——天哪，我太激动了。我真是太开心了。”

“再激动也不为过，你应该庆祝一下。”

“我现在在回家的路上。嗯——其实，我打算去宾尼酒水超市买点酒，我已经在停车场停车了。”

“那是个好地方。”

“瑞安一定也会很开心吧？”莉莎问道。在三个姐姐中，只有莉莎会这样询问格雷丝的意见，这让她感觉自己比她们懂得更多。

“当然，他一定会很开心的。别紧张，你现在应该感到开心啊，莉兹[②]。这太了不起了。”

“我有工作保障了。”

格雷丝试探性地说了一句：“我为你感到骄傲。”她从未对其他人说过这句话，更何况是她的姐姐。

---

① “格雷西”为“格雷丝”的昵称。

② “莉兹”“莉莉”为“莉莎”的昵称。

莉莎大声说："谢谢你，格雷西。我——天哪，我现在真的太情绪化了。我以前从来没有过这种感觉，从来没有。"

"那我是不是也可以沾沾你的光了？比如，你可以给我捎点办公室用品？或者，给我介绍几个比较早熟的研究生？"

"我就是为了这个才签的合同。"过了会儿，莉莎接着说，"对了，小笨鹅，你的申请怎么样了？有什么进展吗？"

不知为何，格雷丝没有立刻回答。透过阳台门，她忧心忡忡地瞄了一眼厨房的那张桌子。

"格雷西？"

"实际上——"说这句话时，她刻意上扬了最后一个音节，让语调听上去乐观而轻快，"就在接到你电话之前，我收到了俄勒冈大学的回信。"严格意义上，她说的是实话，那并不是什么天大的谎言。

"小笨鹅，天哪！原来真正的好消息在你这儿藏着呢！那真是——格雷西，那真是太好了。我就知道你会——我的天哪，我妹妹就要成为一位律师了。你千万别忘了，小时候可是我帮你换的尿裤哦！"

"没忘，这事儿你也没少提。"稍微扳回一局，她感觉不赖，更何况莉莎还主动提了换尿裤的事，强调了她们之间九岁的年龄差。严格意义上，她没有说一句假话，是莉莎自己下的结论。然而，她的心脏却很诚实，剧烈地跳了起来。

"我太自豪了，格雷西，你告诉爸妈了吗？"

她迟疑了一下，然后说道："等有机会我再把这个好消息告诉他们。"

"今天真是太开心了！"莉莎说道。在四姐妹中，虽然莉莎的沉闷无聊仅次于格雷丝，但她毫无疑问是最善良的那个。格雷丝突然感到一阵内疚。

"小笨鹅，你听我说，我现在要回家了，我们改天再聊，好吗？不然爸妈要发牢骚了，你也去庆祝一下。我们说好了，到时候可别让我喊你'法官大人'，不然我也要让你喊我'教授'，爱你。"

“快去吧。我也爱你。”

挂掉电话之后，格雷丝站了起来，关节嘎吱作响。一瞬间，她感到自己的身体正在迅速老去。她回到屋里，走到厨房桌子旁，低头看了看那个信封。虽然她对莉莎有所隐瞒，说了谎，但这个谎言也许可以成真。母亲过去常说，有时包装越小，越是宝贝，俄勒冈的人们大多和母亲一样，节省而谨慎，也许，这封信之所以很小，是因为上面只写着短短几句：“你被录取了，请登录我们的网站查看更多信息。”

她拉开厨房抽屉，拿出一把刀。从小父亲就教导她们，开信封的时候，不要粗暴地撕下封头，而要用刀整齐地裁开。父母一直对她的人生极其乐观，他们坚定地认为她一定会被法学院录取，入学后会成绩优异，一路畅通无阻，最终迈入最高法院的殿堂。

她拿起刀，划开信封，抽出信纸。她熟练而迅速地扫了一眼，便把信纸丢进了垃圾桶。那瓶寒碜的霞多丽白葡萄酒是在加油站便利店买的，霍德纳普牌的。更高级、更名贵的酒多的是，但那些酒的瓶子背面只会印上“可搭配炙烤嫩鱼肉和意大利蔬菜炖饭”，而不是她的芝士条。她留意到这瓶酒上印着霍德纳普的家族纹章，“霍德纳普”下面还印着一行手写体的小字。她眯起眼睛来读：

“本款酒可搭配友谊饮用。”

她拿起咖啡杯，满上今天的第三杯酒，独自来到阳台，为自己的未来默哀。

到家附近时，莉莎开始给自己做心理建设。不过她想自己还算幸运，有温迪垫背。温迪交了一帮糟糕透顶的男朋友。虽然他们看起来都是在好望角坐拥好几幢度假别墅的有钱人，但也都有点像穿着立领衬衣的金发的“精神病人”。早在初中时代，温迪就开始交男友了，但最终和表面上平平无奇、家底却异常雄厚的迈尔斯结了婚。维奥莱特在大学里交了个没办法和人正常对视的男朋友，打量每个人时，他都把人家当成潜在的实验室标本。瑞安出现时，她的父母早就见怪不怪了，就连他小臂上的文身，也没有多看几眼。然而莉莎真正担心的是，父母会怎么看待瑞安那些肉眼看不见的人格缺憾：他严重的焦虑，他时不时爆发的重度抑郁症。每当他独自待在房间，莉莎都几乎快要认不出他。在她眼前，那不过是一个住在男人身体里的孩子，神色沉郁至极。每每看到这样的瑞安，莉莎都会质疑他们共同度过的每一个快乐时刻。

去年，莉莎开始在伊利诺伊大学心理学院教书。自从他们从费城搬到芝加哥，生活就开始急转直下。刚搬过去的日子里，他不愿下床。如果是下午的课，莉莎通常会六点钟就早早起床，批完一堆论文后，在下午两点出发去学校。即使到那个时间点，瑞安也通常还在昏睡之中。有时，她回来得晚，而瑞安早就吃了点吐司当作晚饭，并且看完了整整六集的《绝命毒师》。她会来到他身边，和他一起窝在沙发里，听他诉说他所感到的绝望——他的原话是他正在经历“存在的绝望”。很难想象这是出自一个活生生的大男人之口。而她则会用尽可能温和的方式给出建议，让他试着给前同事，或者大学时代的朋友打个电话。一听到这种建议，他就会开始推托，找寻各种各样的借口：史蒂夫·吉本斯现在人在洛杉矶；迈克·齐默尔曼一直都不待见他；又或者，他已经两个月没打开过电脑了。

最后，她决定不再给出任何建议。很多时候晚上回家后，她会给自己烤片吐司，然后和他一起窝在沙发里。她多么想晃着他瘦削的肩膀，告诉他：别再睡那么久了。她想告诉他：像个正常人一样，睡正常时长的觉，在正常的时间醒来，做事。而真正让她理解不了的，并不是他的懒散倦怠。她自己也总会下意识地按掉闹钟，倒头继续睡过去。在这个世界上，她最爱的地方就是他们的床。如果不是因为要还房贷，不是因为要给一屋子的研究生上课，如果她可以全权掌控自己的生活，她也一定会赖在床上，终日浑浑噩噩；她也会每天沉溺于电视，网飞[①]更新的提示音一响，就立刻开始追剧；她也会点上佩妮家的脆皮卷外卖，沉浸在不用理会任何一通电话的满足感中。她也有那样一面，所以她能理解，人总会有疲倦的时刻。

真正让她感到困惑的，是他完全没有想要有所作为的欲望。她很困惑，他明明很有潜力，有着不可多得的天赋，并且得到了很多专业人士的认可，但他置若不顾。她还为他那么多的借口而困惑，为他的漫不经心而困惑，为他无法像她那样肯定自己而困惑。

“你真的很聪明，”一天晚上，她提议好好做一顿晚餐，在餐桌前，她对他说道，“你很优秀，能做很多别人根本就做不来的事情，你不觉得吗？”

“这和聪不聪明没有关系，”他说，“重要的是你得遇到对的人。”

“你确实遇到了对的人。”

“你没明白我的意思，”他继续说道，“我这么说可能有点混蛋，但你真的不懂。”

他白天偶尔也会帮忙做点事情，比如他会帮忙把洗好的衣服叠得整整齐齐。有时候，他会把车子给洗了，然后用吸尘器清理车的内饰。他会帮忙更换灯泡，给他父母打电话，为莉莎省去不少麻烦。而她总会试着用各种方式对他表示感激。她会亲吻他的脖颈，轻声对他说，换作她肯定不记得更换机油。尽管她说的都是实话，但那些事情其实远不值得这么多花里胡哨的感激之词。然而，绝大多数情况下，她下班到家时，他不是在看电视，就是呆坐在笔记本电脑跟前。在说出那句“嘿”之前，她总是需要花上几秒钟的时间，整理好自己沉重的心绪。她之所以感到沉重，是因为在瑞安花钱买下这所房子之后，她需要独自负担所有的家庭开销。某天，学校一个恶心的研究生助理调戏

① 起源于美国，在多国提供电影和电视节目的互联网流媒体服务公司。

了她，但因为那人是院长的门生，她只能忍气吞声。一天结束后，她本可以边喝红酒，边把所有的委屈向爱人一吐为快，但现实是，她的爱人正沉溺于新一季《嗜血法医》中无法自拔，而且从十二月起就穿着同一条灰色运动裤，从未换过；他也不愿意浪费时间倾听一个普通上班族的琐碎日常，因为对他来说，在账号到期之前把剧追完才更加紧迫。

她无法向父母解释这一切，她也无法自洽。每当她想吻他，他却别过头去，说“现在不行”时，她都感到某种难以名状、深入骨髓的疼痛。

今天，她在年仅三十二岁的时候，就获得了终身任职。晚上刚回到家时，她的脸上绽放着笑容。为了庆祝，她特意从曼尔布斯买了冰激凌三明治，还花六十八美元买了瓶黑皮诺葡萄酒（喝香槟总是让她头痛），但是，在这样一个美丽的春日夜晚，她走进家门，却看到一楼的窗户全部紧闭着，瑞安穿着睡衣，呆坐在沙发上。他抬起头，看了看她，便开始哭了起来。她心里感到五味杂陈。

“该死，对不起。”他满怀歉意地说道。家里灯光昏暗，空气污浊，一片死寂，令她感到无所适从。她走到他的身边，让他顺势倚了过来。她把用来庆祝的冰激凌三明治留在了门厅，把酒放在了三明治旁边。她还抓起雨衣盖了上去，以防被他看到，让他心里更不是滋味。他被她紧紧地抱着，在她的胸前不停抽泣。遇到瑞安之前，她从不知道原来一个大男人可以哭成这样。

“是我扫兴了，莉兹，我对不起你。”瑞安说。

莉莎抱着他轻轻前后摇晃。她刚刚那阵几近狂喜的心情现在已经渐渐消退，甚至跟着瑞安落下几滴泪来。

“不，你没有。”她吻了吻他的头发，轻声安慰道。在这个瞬间，她猛然记起自己曾经也这样安慰过格雷丝。那时候，她们坐着雷德·福莱尔牌红色小推车，在俄亥俄街的石板岩人行道上追逐打闹。路面崎岖不平，格雷丝一不小心向后一翻，从车上摔了出去。这样的联想让她感到一丝恐慌。“亲爱的，因为你，我才在这儿。”她轻声说道。但一瞬间，她又开始担心他会对这句话产生误解，觉得她的意思是“因为你，我才迫不得已被困在这儿”，那不是她的本意；又或者，连她自己都无法确定了。“你永远不会扫任何人的兴。”她又补了一句，可是立马又觉得自己说错了话，担心他会误以为她的意思是“你永远不会扫任何人的兴，因为你在任何人眼里都无足轻重”。

心情稍稍平复一些后，瑞安开始时断时续、死气沉沉地和莉莎吐露心事，描述他此刻的感觉有多糟糕。他告诉莉莎，虽然没有任何缘由，但他总有种不好的预感，觉得自己给柠檬平面设计递交的提案一定不会得到认可，最后只能不了了之。但一切都只是他的猜测。他们刚在一起的时候，他会迫切地向她寻求建议，问她怎么才能停止一切。他渴望从她那里获得答案，从她那本根本派不上什么用场的研究生课本里找寻出路，这让她心痛不已（课本里确实提到，“抑郁是指情绪持续低落，对日常活动丧失兴趣，并持续两周或更长时间”。但课本里并没有教怎么开导一个穿着平角内裤呆坐家中的三十三岁的男人；课本里也没有提到，在一个男人向女朋友讲述他从十一岁开始就反复梦到自己坐在车库里、车子引擎被启动时，他的女朋友要如何应对。课本里当然不会提到这些）。她再次抱住了他，不知该说些什么，只能不停轻声安慰他，说着诸如“我们可以一起渡过一切”之类的话。她无力帮他解决任何问题，这让他感到失望透顶。自那之后，他再也没有问过她该如何停止一切。

她倚着他的头顶，对他轻轻说着“我爱你”。她不断重复这句话，因为只有这句话不会造成任何误解。他们就这样坐了一个多小时，但她实在憋不住了，急着要去上厕所。

“我要去睡了，”莉莎站起身时瑞安说道，“我太累了，对不起，莉兹。”他看着莉莎，期待她再说些什么，然而此刻，莉莎心中只是升起一股怨恨。从中午开始，她就想上厕所了，下午，她先后和院长、系主任见了面，然后在毫无准备的情况下和她三二四班上的一个学生开了个座谈会。那个学生最近压力很大，过度疲劳。他的左眼在不停抽搐，他很有可能正在服用阿德拉[1]。忙完一连串事情之后，现在已经是晚上八点二十五分了，她随时都有可能一泻而下，尿在她今天为了见院长特意穿上的羊绒铅笔裙上。但她不得不继续憋着，捧着瑞安的脸，亲吻了他被泪水打湿的脸庞。

“别担心，”她说，“没事的，一切都会好起来的。”

他的脸色一下又变得阴沉起来，眼睛里满是泪水：“该死，我不应该这么对你。”

“没关系，亲爱的。一切都会好起来的。”她开始有些漫不经心了，因为她的注意力现在全放在了她的膀胱上，那里面有三十八加仑的液体，等不及要倾泻而出。

“我只是不知道我是不是……”

“瑞安，求你了，我憋了将近八个小时了。”她没想到，这句话说出口，语气竟然如此强硬。他立马一脸受伤的模样。在那个时刻，哪怕只有一秒钟，她是恨他的。

莉莎用一个奇怪的姿势一下站了起来：“亲爱的，我很爱你，一切都会好的，但是，给我十秒钟，好吗？”话音刚落，她就冲进了厕所，将所有的液体一下排了出去，一泻千里，极度愉悦，如释重负。她还没有结束，他就出现在了厕所门口，像极了一个在闹起床气的小孩儿。看到这一幕，她刚才的恼怒一下子全不见了。

他走了进来，弯下腰，吻了吻她的头：“那我去睡了。”

她上完厕所，立马站了起来，连手都没洗，生怕在洗手的这几秒

---

① 一种用于治疗注意力缺乏多动症的处方药，其主要成分为安非他明。也被当作一种司空见惯的兴奋剂使用。

钟里，他从她的身边溜开："好的，亲爱的，我马上也上去了。"她伸手拉住他的手腕，把他一把拉了过来，"晚上睡个好觉。"她说道。她的耐心和她母亲的有得一拼。当年，母亲耐心地安抚住了四个强烈排斥上学的女儿，把她们顺利送进了幼儿园。瑞安拖着步子上了楼，她静静等待着，直到听到楼上房间的床嘎吱作响几声，确认他已经躺下了，她才去处理一开始匆忙留在门厅里的东西。掀开雨衣，本来脸那么大的冰激凌三明治已经化成了一摊黏糊糊的奶油，漫到了酒瓶周围。她把酒瓶拿起来，乳白色的奶油在深色硬木桌上印出一个分明的瓶底印。

第二天一早，莉莎走下楼，看到了正在做早餐的瑞安。

"为了庆祝，"他转过身来，看着她，脸上挂着一种刻意的笑，"我为你感到自豪，莉兹，祝贺你。"

眼泪突如其来浸润了她的眼眶。她走到他身后，伸出手臂抱住了他。他转过身，迎接了那个拥抱。她捧住他的脸，突然看到他的眼中闪烁着一种熟悉的光芒。

与其说那是一种直截了当的欲望，不如说是一种经过矫饰的乐观、一种卑微的期盼，仿佛在渴求重新找回他们已经失去的东西，重新做回一对平日里会买蓝莓派庆祝彼此成就的普通情侣。他们靠在厨房吧台上，迫切地沉浸在这种短暂的欢愉之中。

后来，每当回想起来，她总会尽力不把她后来怀上的那个孩子和这一天联系在一起。

自从那天维奥莱特从餐厅落荒而逃，她就一直收到温迪的语音留言。三天后，她终于给温迪回了电话。怀亚特上学去了，伊莱还在睡觉。她在一楼踱着步子，试图让自己鼓起勇气，拨通电话。马特在旁边吃早餐，他一边嚼着提子脆多谷物麦片，一边奉劝她不要给温迪回电话，因为他觉得温迪肯定是在存心刁难，让她难堪，根本不用搭理。马特说得没错，但尽管如此，那不会改变男孩已经出现的事实。马特没有和她吻别，就出了门。维奥莱特来到那棵瘦小的海枣树旁边，把手插在海枣树根部附近，感受着泥土的湿度。之前为了提醒管家马乌戈热塔[1]按时浇水，她特意打印了一张浇水时间表，但她怀疑马乌戈热塔英文差劲，压根没看懂。而且她因为担心有歧视嫌疑，并没有多加苛责。她用水桶装了些水，同时意识到自己一直在拖延时间。她心想，那个男孩可能根本不是她以为的那个人，然而，不论是温迪的语音留言，还是她的直觉，都在告诉她，那个男孩真的出现了。

在去厨房的半路上，她突然站定，拨通了温迪的电话，没有给自己任何犹豫的余地。做个了结，她心想，就好像拨通电话就可以结束一切。但其实，这只是之后一连串事情的开端。

“我是幻听了吗？”温迪在电话那头问道。

维奥莱特有些恼羞成怒。“你没资格开玩笑。”她对温迪说道。

“我打了不下八十通电话给你，我差点儿以为你人间蒸发了。”

维奥莱特反复告诉自己，自己好歹拿过法律学位，做律师的时候，她曾经让一家大型航空公司为在航班上供应变质橙汁偿付了七位数的赔偿金。“你没有权力，”维奥莱特说，“你没有一丁点儿权力让我沦落至此。”

“你有没有听我的留言？我就知道，维奥[2]，天哪，确实是我没搞清楚状况。”

“你在开什么玩笑？”维奥莱特的声音直直打向天花板，经由阳光房的拱顶反射，沿着四周墙壁散开，回响在整间屋子里面。她家很少有人大吼大叫，她也很少生气。听到自己发出如此尖厉的声音，她感到一丝尴尬。“温迪，真的——太难了——我真的没办法接受你——”

---

① 波兰常见人名。

② “维奥”是“维奥莱特”的简称。

她将额头抵在窗户上，看向窗外的庭院。庭院里那座雪松树屋，成了这座房子独有的一道风景。当初也正是因为树屋，他们才最终决定买下主屋。她憎恶让这样的对话一点点蚕食她亲手构建出来的美好生活，也憎恶让这样的对话以各种形式蚕食这个上午之外的未来生活。“告诉我，你是怎么找到他的？”维奥莱特问道。

“这就说来话长了。”温迪说道。

“可不是嘛。”

“一开始，我只是有点好奇，”温迪继续说道，“然后不久之前，我稍微做了点调查。”

“‘不久’是多久？”

“那不重要。”

“重不重要我说了算。”

“就只有那一次，维奥，相信我好吗？天哪。我和他的养母聊过一次，那是很久之前的事了。没想到后来她又联系上了我，也就是几个星期前。而且天哪，维奥，你还总说我咋咋呼呼的，你真应该看看她，简直就是翻版的琼·贝兹[①]，一直说什么我当初给她打的那通电话，早就预示着要发生翻天覆地的变化，我……”

维奥莱特一下没跟上温迪的话：“等一下，你那是什么意思——他是被封闭式领养[②]的，你刚刚说什么，他的养母？温迪，那不合理。”

“我早说了，这件事说来话长。”温迪的语气软了下来，突然展露出一个正常人应该有的那份同情心。

维奥莱特跌坐在窗边的躺椅上，紧紧地闭上了眼睛：“发生了什么？”

---

① 美国乡村民谣女歌手。她的很多作品都与时事和社会问题有关，于20世纪60年代活跃于反战运动。

② 在封闭式领养制度下，领养家庭与孩子在法律上存在正式关系，但继父母与生父母从不见面，且不透露是谁。而在收养制度下，孩子与养父母不存在任何法律关系。

“一开始领养他的那对夫妻——死了，车祸，非常吓人。”

每当看到儿子生病，一种紧密的共情常常让她的内心变得脆弱不堪。以前怀亚特不想去上学前班，每次上学前都要大哭，那时候，她也会产生相同的感觉。伊莱蛀坏的牙齿，似乎也让她的牙龈隐隐作痛。这种感觉，源自她胸腔内一处滚烫的地方。一想到那个她连名字都不知道的男孩；一想到深爱着他、他也深爱着的父母，有一天突然一去不回，再也没有回家，她的心脏就又加快了跳动。

“那时候他多大？”

“四岁。”

“天哪，所以他被……”

“收养，不停反复地被收养。后来，他又被送到了一个留宿中心，好像是叫莱斯洛普中心。你记不记得我们上小学的时候，有个小孩也曾经住在那里？那个时候妈还替那个孩子感到难过来着。”

她说不出话来，只是点头：“四岁。”

“他就是在那儿遇到了汉娜，”温迪继续说道，“‘大地母亲’，那个古怪的女人，她收养了他。实际上，他们家离俄亥俄街只有半英里远。”

“该死。”

“真的，简直太诡异了。话说回来，他——汉娜说，收养制度下官僚作风盛行，糟糕极了。一般情况下，他本来可以很快找到愿意收养他的新家庭，但是他就是——不知道怎么，就是一直没找到。他成了例外。他陆陆续续被短期收养过，但养父母大多都是那种为了拿政府补贴收养小孩的人。但是汉娜说，他没受到什么特别糟的待遇，相对来说他还算是幸运的。我想都不敢想，她说这话到底是什么意思。最后，几经辗转，他被送到了莱斯洛普中心，没想到没过多久，他就遇到了汉娜。现在，他已经和汉娜一起生活了大概六个月了。汉娜还说，他话不是很多，有时候甚至太过安静，以至于周围的人都感受不到他的存在。这倒是不假，我也看得出来。”

“老天哪。”她开始设想怀亚特，或者她的任何一个孩子，被遗留在那样一种体系之中，像货物一样被不停“转手”，过着动荡不安的生活。她又想到马特今天早上对她说的话：“维奥莱特，这是一扇你不想打开的门，你会后悔的。”

“他叫——”

“对，他的名字！”温迪大笑起来，笑声放肆而响亮，“我怎么把这茬儿给忘了。他叫乔纳，可惜姓本特。这孩子的命已经这么苦了，还随了这么个姓，听起来像个管道工。”

乔纳。她默念着这个名字，用嘴唇感受着每一个音节。换了她，她一定不会取这样的名字。但她决不允许自己产生这样的念头，毕竟是她放弃了给他取名字的机会。她试着将这个名字和那天在餐厅瞥到的身影，以及在仅有的一次超声波检查中看到的那团晕影联系在一起。

一切本不应该发生。他，以及和他有关的一切，都不应该再次出现在她精心构筑的生活之中。这个本来已经被她从生活中剔除的选项，不应该再次摆在她的面前——即使她每个星期还会时不时地想到他。他不该出现，尤其是现在这个阶段。她的丈夫刚晋升成为合伙人，她刚开始在埃文斯顿精英阶层中不断攀升，大儿子已经到了上学的年纪，小儿子离上学也不远了。

“听着，维奥，”温迪说，“是这样的——出了点情况……”

“可不是嘛，”维奥莱特声音很轻，仿佛被抽空了力气一般虚弱，“你确实带来了翻天覆地的变化。”

“你说的没错。”温迪的语气突然严肃了起来。伊莱醒了，他抱着他的鸭嘴兽玩偶，睡眼惺忪地走到了楼梯平台上。维奥莱特冲他招了招手，伊莱便走了过来，钻进了她的怀里。“是——和南美洲有关。”温迪继续说道。维奥莱特知道事情不可能止于此。冒出这么一件“和南美洲有关”的事情，似乎也不足为奇了。那是因为她的姐姐温迪根本就体会不到什么是正常的生活，她永远体会不到午睡后和孩子窝在一起的温馨，于是也伸手剥夺了维奥莱特享受这种生活的权利，让她心神不宁，如坐针毡。

她一边强迫自己继续听下去，一边轻轻拍着儿子的背——富有节奏地，反复不断地，仿佛自己也是个孩子，通过轻轻摇晃身体让自己得到安抚。

1975

人们总是会在行为科学大楼里无缘无故地迷路。这栋楼的楼层构造看起来像一个染色体组。大楼外面的墙壁像用姜饼做的；大楼里面，学生们总是睁大双眼，在这个没有窗户的空间里，费力辨认着教室、厕所的方位，一不小心就会被双螺旋形的楼梯弄得晕头转向，在楼里兜着圈子。而玛丽莲·康诺利却在这栋楼里找到了她的位置，这是她来到伊利诺伊大学芝加哥分校圆环校区的第二个学期，她没有住校，每晚下课之后就会回到俄亥俄街上的家中。母亲已经去世了，她和父亲两人住在那里，过着平静的生活。虽然晚上必须回家，但在白天，她可以随心所欲地做任何她想做的事情。

她很快就摸清了这栋大楼的构造。大楼里有一层她最爱去的楼梯，楼梯通向位于二楼、三楼之间的一间上了锁的教室。那间教室总是让人不寒而栗，好像里面随时会上演一场谋杀案。周遭听不见一点声音，仿佛预示着危险。她是那种在班上直言不讳的学生，大家都给予了她从未有过的重视和称赞。老师们会被她逗笑，同学们会在上课的时候和她窃窃交谈。然而，在大家眼中，她之所以突然成了一个极富魅力的人，并不是因为她昂首挺过了家庭危机，不是因为她在父亲每天猛灌苏格兰威士忌的时候，仍会帮父亲熨烫牛津衬衫的衣领，而是因为她的头脑，以及她的身体——在这栋丑陋的大楼中众多幽闭的角落里，她向人们呈现过的，她的身体。

那也是为什么她找到了那些楼梯。在男人们的眼中，她已然是个成熟的女人了。他们觉得她无所不能，这既令她感到慌张，又令她感到兴奋。她享受所有感官上的体验，享受离经叛道，享受水泥台阶在后背的冰凉触感。自从母亲去世、父亲破产后，父亲就开始对她严加管束，反对她和异性有任何形式的接触。她没有机会去爱，去独立，去感受一个异性抚摸自己时的那种触电般的快感，她为此感到不公。

三月的一天，一件令她意想不到的事情发生了。一个戴眼镜、穿雨衣的男人走进了这栋大楼。当时，她正打算对性格理论课上的助教展开攻势。她对那些助教几乎一无所知，只是认得他们在论文上批改的笔迹：下笔很轻的蓝色圆珠笔，字迹左斜的二号铅笔，还有她最不喜欢的力透纸背的红色钢笔。她仔细观察着那个男人：他的体态局促而紧绷，每一步都迈得十分谨慎。他有一米八几，虽然很瘦，但是肩膀很宽。她很想知道哪一个是他的字迹。

“不好意思。”她从楼梯上站了起来，他听到声音，被吓了一跳。“你好，你是……我是……你是玛丽莲·康诺利吗？”

说完那句话，他紧绷着的脸才略微放松了下来。刚才眼中的惊吓也渐渐消散了。“你好呀。”他继续说道。

“你现在有时间和我聊两句吗？”她突然在意起自己今天的穿着打扮来。今天，她穿了一件深V形领的宽松毛衣，一条小羊皮A形短裙，以及作为点睛之笔的那双棕色羊皮高跟厚底长靴。但那个男人的视线从未离开过她的脸，或者越界向下看向她的胸部。她一下不知是该感到荣幸，还是该感到被冒犯。

“你要坐在这儿吗？”她问，“还是你要进办公室？”他还没有来得及回话，她就又紧接着说道：“反正都没窗户，坐哪儿都差不多。”

他冲她微微一笑：“我想问你是不是……”他顿了一下，“那我就坐在这儿吧。”

他们并排坐了下来。她留意到，他终于瞟向了她裸露在外的膝盖。他的瞳色很深，几乎接近黑色，后脖颈和后背连成了一道柔和的弧线。令她感到意外的是，她的头皮竟因紧张而开始阵阵发麻。

“你叫什么？”她问道。

“我好像不……戴维，戴维·索伦森。”

“索伦森博士？”

“还不是博士，叫我戴维就好。”

“戴维，很高兴见到你，我想和你讨论一下我期中论文的成绩。”她亮出了招式，开始发起攻势。“我感觉学院里几乎所有人都谈‘性’色变，好像谈论‘性’是一件无比羞耻的事情，但是《性行为》这本书不就是我们这次作业的必读书目吗？”不等他张口回答，她就喋喋不休地说了下去，“我的论文选这个主题，并不是为了搞什么噱头，这一点我首先要澄清，戴维。我之所以选这个话题，是因为我很感兴趣，我们不是一直被教导去写自己真正想写的东西吗？我是一个英文专业的学生，我之所以选这门课，是因为对人类行为，还有人类复杂的心理机制很感兴趣。所以，我觉得你在那篇论文里的批注，还有最后打的分数，都很成问题。”

“我……啊……我很抱歉。”

“如果是一个男生写了这篇文章，要求还会不会那么严苛？”

“我也说不上来。”

“我对这门课非常上心，”她说，“我是一个全优生。”说这一句话时，她最大的担心就是自己会边说边哭，已经有些发酸的鼻头，让她一时有些慌张。她坚定不移地认为，自己是班上最聪明的学生，但她周围的人似乎对这一点视而不见。就算她竭尽全力地向别人展现自己，似乎也收效甚微，虽然在一门选修课上拿一个B的成绩无伤大雅，但那也许会对一些博士项目的申请产生影响，在她为自己铺设好的人生道路上埋伏下一个阻碍。她咽了一口口水，继续说道：“而且，还有一条评语说我的文章‘过于粗俗’。”

“不是我。”

“不管是不是你，我都认为我受到了差别对待，索伦森博士。我不可能只拿一个B⁻，就算你质疑那些参考文献本身，但也不能否认，我的文献查证做得非常到位。”

“我不是博士。”他提醒道。她将身子微微后倾，难以置信地看着他。

“这就是你想说的？”

“这么说……让我有点尴尬了。”

“天哪，你以后还想要教大学生？我打包票，可不是所有事情都一定得墨守成规……”

“我不是那个意思。”戴维说。

“哦，天哪，那你的意思是……如果你要跟我提那一套跟‘性’有关的大道理，那我就没话可……”

“你好像把我认错……认成别人了。”

“什么？”

“我……玛丽莲对吧？我不是……我是医学预备生，还在念本科。我是来这栋楼找我的临床精神病学教授的。”

她心头一凉，顿时感到窘迫而恼怒：“你说什么？”

“抱歉，我真的……很抱歉。我刚刚……你刚刚……好像不是非常开心，我就……”

“你就怎么？”

他耸了一下肩膀：“我就没有打断你。”

她夸张地冷笑了出来，发出一个响亮而干瘪的“哈”字：“我刚刚明明给了你那么多次机会，让你打断我。你就眼睁睁地看着我在这儿出丑？在这儿白费口舌？”

“其实我也没有那么多次可以打断你的机会，你一直在说个不停。”他把两只手揣进了口袋，再次抬起头与她对视。他的眼里透露着纯粹的善意与坦诚，但却让她有些不耐烦，“说真的，我……”他把目光移开，垂下了眼帘。

“你这么不愿意打断别人，但倒是挺会打断自己，一句完整的话都说不出来。”

“我只是喜欢听你说话，”他说，他一定是注意到了她脸上愠怒的表情，他的脸一下红了，“不是说喜欢听你说话的声音。虽然……我是说……虽然你的声音也很好听。我不是……我不是什么变态。我喜欢的是你遣词造句的方式，听起来很有韵律，我以前从来没在别人身上见过。”

“现在这个对话还可以再诡异一些吗？”

“真的非常抱歉。但是我真的觉得，如果只是因为你选了一个可能和……和‘性’相关的主题，就给你扣分，就真的太离谱了。”说到这儿，他的脸涨得更红了，“如果按这样的标准打分，我们人体解剖学那门课都只能拿B⁻的分数了。”

他的话让她的嘴角不自觉地上扬。她伸手捂嘴，碰到了自己发烫的脸：“噢，挺好，这个世界可能需要更多像你这样蹩脚的医生吧！”

他的脸沉了下来。

“我在开玩笑，”她说，“我只是没办法想象，你竟然一直都没有打断我，我让你和我一起坐下来聊聊的时候，你就应该告诉我的。”

“对我来说，那可不是一件容易事儿，说真的，”他垂下目光，很快又抬起头来，看向了她，“一位漂亮的女孩让我坐下来和她聊聊，这可不是每天都能碰到的事儿。”不知为何，这样做作而矫情的话从他嘴里说出来，却显得如此自然，完全不像一句精心编造的台词。她的脸又开始发烫了。“但那不是重点，我骗了你，我向你道歉，真心诚意地。”他清了清嗓子，继续说道，“或许你知道，巴特莱特博士的办公室在哪儿？”

“看来你问错人的本事倒是和我有得一拼，”她说，“这栋楼就是个迷宫。”

他的年纪看起来比她要大一些，但应该大不了多少。不过也正因为他年纪略长，他也许不会只把她当成一个欲求不满的女大学生，也不会介意她是为了寻欢作乐，才对这栋校园里最难摸清的大楼了如指掌。

“那我可能得四处打听打听了。”他说，“玛丽莲，我……我很抱歉，非常抱歉，我之前从来没有做过这样的事。”

“好吧，那你可以打探打探中央情报局还招不招人，你都能把我给耍得团团转呢。”就在此刻，糟糕的事情发生了。她竟然开始想象自己躲在他的雨衣下面，跟着这个莫名其妙出现在她生活里的“骗子”一起出逃。她开始想象和他出现在另外的场景之中，并当即决定制造一个让他带她一起出去的机会。“这样，”她说，“如果你在太阳下山之前找到这位难找的巴特莱特博士，而且在这个过程中不再像刚刚那样糊弄其他无辜单纯的女孩，”她的心提到了嗓子眼，脉搏开始疯狂加速，“如果你做到了，我就允许你和我一起共进晚餐。”

“我……好，”他说，“成交。”他向她伸出了一只手。

她察觉到，即使是握手这种表示肯定的微小举动，对他来说似乎也十分艰难。他的小心翼翼，本来是一个可以深深吸引她的特质，但她这次却没有为之所动。不出她所料，握住他伸出的那只手时，他们手掌的交会处并没有如同电影里描绘的那般产生电流。她的手心只是传来了一种舒适的温暖。她的手被他的手指温柔地包覆着，她能感受到他纤薄皮肤下猛烈跳动的脉搏。原来她的手可以如此完美地嵌入另一个人的手中。

第三章

他的母亲和他想象中不太一样，说不上来是更丑，还是更漂亮。她有一头深色的头发，眼睛很大，皮肤呈现出一种近乎发灰的苍白。她的嘴巴习惯性地紧紧抿着，总让他联想到那个老是说他不够努力的数学老师德尔班科小姐。她穿着一件雾蓝色的毛衣，和灶台上方墙壁的红色不太相配，站在厨房里显得格格不入。汉娜总说他对细节有着异乎常人的敏锐。

“乔纳很有艺术细胞。”汉娜似乎看穿了他心中所想，开口说道。

维奥莱特·索伦森·洛厄尔，这个名字听起来总觉得哪里不对。在他的想象中，她应该有一个更加富有母性的名字，比如莉莎、谢里尔之类的。有时，他会在汉娜做晚饭的时候翻看学校通信录，一行一行地扫视那上面的通信地址。每一行先是学生的名字，后面紧跟着父母的名字。汤姆·科斯特纳，贝丝·科斯特纳；库尔特·纽伯格，卡罗琳·纽伯格。然后是一个地址，某条街道上的某一户人家。街道通常是以一种树木命名。如果家境富裕的话，这户人家所在的街道则会以一个中西部州命名。地址后面跟着三个电话号码，分别是家庭座机、单位号码和手机号码。今年的通信录上也有乔纳，但是他的姓是本特，和汉娜与特伦斯的姓对不上；而且他那一行只有一个电话号码。养父母都在家工作，平时合用一部苹果手机，因为汉娜反复强调她坚决抵制任何形式的科技产品。他注意到维奥莱特的右手正在不停地扭转左手无名指上的那枚宝石戒指。汉娜从不戴宝石戒指，她的手上只戴了一枚光面的金指环。汉娜曾经和他讲过血钻[1]的故事，不知道有没有人提醒过维奥莱特。不过，从她脖子上那条镶了很多璀璨宝石的项链来看，她对这事儿大概是一无所知的。

“不如你和维奥莱特说说，小乔。”汉娜开口说道。他满脸诧异地看向了她。汉娜穿着一件棕色的毛衣，顶着一头杂乱而蓬松的头发，和厨房显得十分相配，她笑盈盈地看着他。不久之后，汉娜就要去南美了。

“什么事儿？”他问道，转头看向维奥莱特。

“你的……汉娜刚刚和我聊起你的陶艺课。”

“哦，是啊，”他回答道，“是还蛮有意思的。”

“怎么个有意思法？”汉娜先是用手推搡了他一下，又用脚在桌底下轻轻踢了踢他，“和维奥莱特具体说说那次土地节的展览。”

“哦，就是……”他顿了一下，轻轻甩了一下头，让头发散落下来遮住眼睛，“就是，会有人展出你的东西，然后大家来——买，如果他们想要的话。”

“告诉维奥莱特，他们怎么挑选展品。”汉娜说道。

“大家会投票。”他回答道。

“整个学校的人都会投票，”汉娜对维奥莱特补充说道，“三千八百个学生，还有教职工，票数最高的人才有资格把作品拿去参展，那可是镇上最大的美术馆。”事实上，那根本算不上什么“最大”的美术馆，因为镇上仅此一家而已。汉娜总是很懂得如何把微不足道的东西形容得像那么回事儿。

“那真是太了不起了。”维奥莱特说道。她的脸色变得十分明朗，让她看上去又漂亮了起来，“那真是……天哪，太了不起了。你肯

---

① 原文为“blood diamond”，常常被翻译成“血钻”“冲突钻石”“血腥钻石”，专指反政府武装用作军火交易的钻石。

定……你应该感到非常骄傲。”

“他的马克杯曾经卖到过二十五美元的价钱呢！”汉娜继续说道。听到这话，他的脸开始渐渐发烫。

“太棒了，”维奥莱特说道，“真的太棒了。不知道你还有没有……我是说，如果可以的话，我也很想买一个。”

维奥莱特的话让汉娜面露难色。乔纳试图从她的表情中搜寻线索，好知道下一步该如何作答。

“我们是有一些……亲爱的，你想送一个我们的马克杯给维奥莱特吗？”接着，她又转向维奥莱特，对她说：“我们总想喝咖啡，多亏了他，咖啡杯怎么用也用不完。”

乔纳心想，等你们去了厄瓜多尔之后可就不是这样了。可是汉娜却对此只字未提，而且他觉得那些愚蠢的马克杯根本没她说的那么厉害。搬走之后，他们打算卖掉榆树街上的房子，然后办一场旧物车库出售会，卖掉一些汉娜口中所谓的“非必需品”。

“要不你去挑一个给维奥莱特，小乔？”汉娜说道。

他耸了耸肩。终于逮到一个可以离开饭桌的机会，他非常乐意。他晃晃悠悠地走到橱柜那里，里面摆着他所有的马克杯。特伦斯最喜欢红色的那个，汉娜最喜欢紫色的那个，因为那是她的母亲节礼物，除了那两个，其他杯子似乎都可有可无，可以随便挑一个送出去。但他实在无法想象维奥莱特用其中的某个杯子喝水的场景。最后，他选了一个杯沿有个小缺口的深绿色杯子，拿给了维奥莱特。

“噢，哇。”她接过杯子，仿佛杯子上有辐射似的。“噢——我不能就这么……这也太好看了，我起码得给你……天哪……我必须……这样，拿着。”她从钱包里抽出了两张二十美元的纸币，伸手递给了乔纳。他抬头看了看汉娜的眼色，试图从她那儿得到一些指示。汉娜牢牢盯着那两张纸币，面露愠色。他目不转睛地盯着那四十美元。这样的时刻通常会被汉娜称为“转折点”，意味着此时他应该做出那个“正确”的选择。但是，四十美元对他来说确实不是一笔小数目，而且维奥莱特看上去也不缺钱，汉娜也一定会觉得不必在乎这些细节。想到这儿，他伸出手，接过了那两张纸币，塞进了运动衫的口袋里。

“谢了。”他说道。特伦斯之前帮他开了个银行账户，他打算把这笔钱存进去，他把那个银行账户称为他的“危机基金”，他很喜欢这个叫法，因为那样就表示此时此刻，他的生活尚未陷入“危机”。如果真的发生了什么事，这三百二十六美元——现在是三百六十六美元了——可能会成为一个转机，而不是让他悲伤地意识到自己的卑微。

“是我该谢谢你。”维奥莱特说道，他注意到，她拿着马克杯的手在微微发抖，头顶的风扇灯在杯子表面投下的光影也随之晃动。“杯子很好看。”

他无法直视汉娜。他走到另一个橱柜前，拿了些全麦饼干。

“要不然你也和我们聊聊你自己吧，维奥莱特。”过了一会儿，汉娜开口说道。

“哦，我啊。”维奥莱特答道，“好吧，其实没什么好说的。我……我是在这附近长大的，实际上真的很近了，就在俄亥俄街……在那所中学旁边。”他面对着她，扯开了那筒饼干的包装。他怀疑她不愿意透露她的具体地址。汉娜总说他一把运动衫的帽子戴起来，就散发着一种不太对劲的气质。

“我在维思大学读了本科，然后又去芝大读了法博。”汉娜最烦说话时老用缩略词的人。

“那是什么意思？”他直言不讳地问道。

“对不起，”维奥莱特连忙说道，“我是说，我在芝加哥大学念的法律学位。”

“那儿的人书读得太多，脑子用得太少。”他一下想到了汉娜曾经说过的这句话，于是脱口而出。汉娜和维奥莱特的脸一下变得通红。

维奥莱特笑了出来。“哎哟。”她说。

“是一所很好的学校。”汉娜说。她背叛了他。

“所以，你是个律师？”他问。

维奥莱特的脸更红了：“嗯——严格来说，我的确是个律师，但我现在不干了。”

他问过她关于她的孩子。他用谷歌搜她的照片，照片里有一个棕发的小孩。她告诉他，她还有一个两岁大的孩子叫伊莱，虽然还在上学前班，但已经会打儿童棒球了。他还知道她的丈夫是个如日中天的大律师，所以大部分时间都是由她来照顾两个儿子（据她自己所说）。在乔纳看来，这句话的言外之意是：她没那闲工夫，收留他这个总穿着斯图威·格里芬[1]帽衫的倒霉孩子。尽管如此，汉娜却仍然抱着一线希望。其实对他来说，重新回到莱斯洛普中心也还不赖。等他升高中了，那里还会为他提供单人间呢。

“我爸妈也住在这一片儿。”维奥莱特说，汉娜竖起耳朵听着。“我爸退休了，我妈……我妈开了一家五金店，就开在……”

“马洛里？”汉娜说，“我们很爱去那里……你妈是不是……是不是……金色头发，总穿一条围裙，围裙上有几只小狗……”

“对，拉布拉多。”维奥莱特说，“对，对，那就是我妈。我不知道你可不可以……如果你不介意的话……我还没有告诉她……如果你可以……”

乔纳注意到汉娜有些泄气。

“当然了。”汉娜说。

“但是只是暂时的。”维奥莱特又开始扭转她的戒指，“然后，我们家是姐妹四人，除了我还有另外三个。”

“三个？”汉娜说。她曾经称这种现象为“超生”。

“我们都是天主教徒，”维奥莱特充满歉意地说道，“但我们家只

---

① 动画片《恶搞之家》中的一个角色，是一个邪恶、暴力的小男孩。

是一个很普通的、很常规的天主教家庭，也不会特别在意避孕什么的。所以——所以也不会有任何的忌讳。”

“可不是嘛，怪不得，看来不特别在意避孕是家族遗传。”

他不假思索地把这句话说出了口。听到这句话，汉娜快崩溃了，急得随时要哭出来。维奥莱特也一副要哭的表情，但她的眼睛是棕色的，不太看得出来。

“乔纳。”汉娜已经懒得用脚偷偷踢他了，直接小声呵斥道。他心想，他这种行为就是她所谓的自掘坟墓了吧。

“没关系，真的……没关系，”维奥莱特说，“说的没错，我觉得……没什么问题。这样，我现在已经……但我……我现在可能得走了，你们有我的号码，有事可以给我打电话……随时随地。”话音刚落，维奥莱特便起身要走。汉娜无助地看着他。

“行，”他说，“那笔钱，谢了。”

维奥莱特定定地看着他，拉了拉单肩包的带子。“很高兴见到你。”

“别急着走啊。”汉娜也站起身来。看到汉娜慌张的样子，乔纳心里也很不是滋味。

“他只是……我们只是……说话会带一点怪里怪气的幽默感。”

“噢，其实我也是。但不是因为那个，我是真的要走了，我要去接小孩放学。”

“那我到时候打给你。”汉娜连忙说道，维奥莱特点了点头。

“当然了，一定要打给我，随时。”

一切都糟糕极了，乔纳感觉自己像一件物品，一直在被托付给不同的人“保管”：先是被无力抚养孩子的亲生母亲抛弃，再辗转被继父母领养。然而没过多久，继父母就丧生于高架桥之上。直到他们离世，他才得知自己是被领养的。他永远都记得母亲那一头柔软的红发，永远都记得每天晚上，他都会钻进被窝，听靠在一旁的她哼唱孟菲斯蓝调。他从来没有想过主动去找维奥莱特，所以他的耐心十分有限。维奥莱特·索伦森·洛厄尔那张拧巴的脸，她戴着的那些宝石首饰，她不可一世的优越感，他全都不感兴趣。

“亲爱的，你应该……应该和维奥莱特说再见。”汉娜说。

“很高兴见到你。”他说。他感觉自己在被她评估，她没有拿上那个马克杯。

“我也是，”她回答道，“真的。”

就算她是真的很高兴见到他，他也不太相信他们还会再次见面。

如果非要用些不那么刻薄的词来形容乔纳的养父母，维奥莱特只能想到“粗糙”二字。他的养母汉娜像橡树园镇上激进的环保主义分子，她的头发杂乱不堪，好像在以这种方式表明自己消极倦怠的政治观点，又似乎那本来就是她的生活方式。特伦斯刚刚穿着一件印着马太·保罗·米勒[①]的T恤衫，从厨房旁边的某个房间里走了出来。他双掌合拢，像做瑜伽动作似的和她打了声招呼，就不见了身影。他们家又小又挤，向窗外看，就可以看到隔壁邻居拴在房前树上的斗牛犬。这儿离她从小长大的那条以榆树而闻名的街道只有几个街区的距离。即使如此，来到这个街区，她还是会心怀戒备。在前门按下门铃等候开门时，她下意识地捂紧了自己的单肩包。进门后，汉娜带她来到了一个狭小的厨房。空气中弥漫着发霉的味道，墙壁上沾着大块的食物残渣，上面还挂了些勉强称得上具有非洲风情的艺术品。

“我是搞艺术的。”看到维奥莱特打量着那些装饰品，汉娜对她说道。维奥莱特点了点头，双手抱在胸前，努力挤出一个微笑。

“主要是混合媒体艺术，但我也对第三世界的手工艺品很感兴趣。”

“是啊，谁不是呢。”维奥莱特半开玩笑地说道。张嘴的瞬间，她

---

① 雷鬼音乐家。

意识到自己没有控制好语气，听起来像在冷嘲热讽。“我是说……我老公有一次出差，给我买了一个很漂亮的尼泊尔手镯，我真的叹为观止——那镯子的精细程度。”

“他是做什么的，要去尼泊尔出差？”

维奥莱特无法控制自己，脸涨得越来越红：“他是个律师，做知识产权的。他——好吧，其实他是在纽约买的，你知道的，互惠贸易[①]。至于更具体的——我可能得问问他。”

汉娜脸上的笑容让维奥莱特放松下来，汉娜在电话里的声音总能让她的心情得以放松。因为这个，她才最终决定来到这里。

“我们需要你的帮助。”汉娜在电话里说道。她声音里的卑微和怯懦，让维奥莱特无法回绝。

“你准备好见他了吗？”汉娜问。

“我——是的，当然，没问题。”

汉娜喊了一声他的名字。随后，维奥莱特听到一阵沉闷的脚步声，她屏息等待着，直到乔纳出现在楼梯上。

简单来说，他很好看。虽然他的体态看起来有些吊儿郎当，但是他的眼睛大而有神，他有一头漂亮的红褐色头发，橡树林幼儿园里很多孩子的妈妈会特地到发廊里染那样的颜色。他刚出生的时候，她没有看他，也没有抱他，只是让温迪跟着医生走出产房，确认他是否健康地活着。温迪告诉她，他完好无损，而且长得异常好看，丝毫不像其他刚出生的孩子那样，长着张撒切尔夫人一样皱皱巴巴的脸。和他的重逢，本应该是个意义重大的时刻，可是此时，她却感到一阵恶心。她起身从椅子上站了起来，以一种极不自然的姿势抬起手臂表示问候，像极了一个正在僵硬地模仿人类的塑料玩偶。

---

① 指从发展中国家的生产商那里直接购买货物。

“嘿，”她头昏脑涨，声音虚弱，“乔纳，嘿，很开心，终于有机会——可以好好打个招呼了。”

近距离看，他的脸还是无可挑剔。他张开嘴说：“你比照片里瘦很多。”

她迟疑地看了汉娜一眼，说：“照片？”

“我在谷歌上搜了你，你好像在一个学前班一样的地方，就是——照片上还有一帮穿着警察制服的小孩儿。”

“职业日[①]。”她低声说道。那是她在橡树林幼儿园参加的最重大的一次活动，活动上，小朋友们会穿上各行各业的制服，家长们则为修建一条新的共乘车道募捐。

“你现在瘦多了。”他重复了一遍。他说话的方式，让她不禁联想到了温迪：长着一张漂亮的脸，却说着一些恼人的话。

“那是——”她停下来，思索片刻后继续说道，“哦，对，那时候我刚生了第二个儿子，所以——对，我现在是瘦多了。”她看向汉娜，希望她能说些什么来缓和氛围。但是汉娜只是双手交叉，站在那里，眼巴巴地看着他们，就像在看一场网球比赛。她难道没有提前提醒乔纳要好好表现吗？她难道没有告诉乔纳，不能随便评价女性的身材吗？她难道没有教他挺直身板儿，不然会脊柱侧弯吗？他T恤上印的是男性生殖器吗？

“你的T恤不错，有意思。”她说。

“《恶搞之家》系列的，”他说，“你没看过《恶搞之家》吗？”

“还真是被你抓了个现行。”她的手掌开始微微出汗，她不知道原来这样的事情是真实存在的。生活如此令人沮丧，和失散十五年之久的孩子重逢两分钟了，他们竟然只能谈论电视剧。

“好吧，”汉娜看不下去了，终于开口问道，“维奥莱特，要不要喝

---

① 各个学校设立的用来学习各种不同职业的一天。

点普洱？”

“喝点——什么？”

汉娜手上拿着一个大陶瓷茶壶，正在冲泡着些什么。

“哦，不了，但是谢谢，我不喝什么。”她走到餐桌前，坐了下来，乔纳和汉娜坐在了她的对面。乔纳把脚搁在了汉娜坐的椅子的横档上。他的举动令维奥莱特感到熟悉，她的胃里突然一阵绞痛。

自那之后，汉娜就一直讲个不停。维奥莱特和乔纳也巴不得让汉娜一直讲下去。接着，汉娜让乔纳拿一个他自己做的陶土咖啡杯送给维奥莱特。拿着那个粗糙的杯子，维奥莱特一时不知如何是好。她结结巴巴地想要说些什么，但却像个傻子似的什么也说不出。最后，她只能蹩脚地从钱包里掏出四十美元，塞给了他。她后悔极了，她觉得自己就像冷漠无情的沃巴克斯爸爸[①]，收到乔纳的礼物，却用钱打发了他，就仿佛在对他说：“杯子谢啦，被我抛弃的儿子，拿着钱，随便买点儿什么吧。”其实，她一掏出钱，就恨不得时光倒流，把钱给收回来。她并不是在乎那四十美元——她愿意把钱包里所有的钱都给他。丹福斯一家家境平平，虽然乔纳的养父母每个月可以拿到补贴，但数目微薄，甚至抵不上怀亚特一个礼拜的吉他课费用。她后悔的并不是给了那笔钱，而是她给钱时的那种冰冷、空洞的姿态。她原本只是想要示好，就像她小时候，总会在家里的“餐桌美术馆”上“出售”自己的蜡笔画，从父亲那儿得到几美元。但是乔纳已经十五岁了，早就过了那个拿几美元当成奖励的年纪。作为一个成年人，以及一位母亲，她理应懂得如何表现得温柔且大方。她的母亲就是那样，不管她们姐妹几个进行了什么半吊子的艺术创作，她都视若珍宝，就好像那些创

---

① 《小孤女安妮》漫画故事中的主要角色。沃巴克斯爸爸是孤女安妮的养父，是个白手起家的亿万富翁。

作是维米尔[1]的画作一样。她本可以接过杯子，给他一个拥抱，再立刻请求汉娜用这个杯子为她倒上一杯普洱，但她没有，她只是付给了他四十美元。她敢肯定，乔纳一定是为了报复她，才开了后来那个恶劣的玩笑。她站起身来，准备离开，汉娜跟在她的身后。她们走到大门那里时，汉娜威胁似的一把抓住了她的手臂，力道很重。

“维奥莱特，求你了，别……他只是有点难过，对我们……我们要走的事。这对他来说是个巨大的转变，他只是……”

“为什么你们不带他一起？”维奥莱特问。实际上，第一次通电话时，她们就已经讨论过这个问题。

汉娜的脸一下变得苍白。“我们只是暂时收养他。”她回复道。仿佛乔纳不过是他们养的一只可卡犬。

“那你们为什么不正式领养他呢？是因为钱吗？”她的语气开始有些失控，“如果是因为钱的话，我可以……我们可以……”

有一瞬间，汉娜露出了厌恶的表情，但她很快就平复了心情，把表情收了起来，这也是维奥莱特讨厌汉娜的原因之一。“我们从来就没想过要领养，如果我们一直待在这儿，情况可能会有所不同，但是……我要以家庭为重。”

“我又何尝不是呢，我也要以我的家庭为重啊。”维奥莱特说。上次和汉娜通电话的时候，汉娜说如果乔纳可以搬进一个完整的家庭，而不是重新回到莱斯洛普中心，也许会成长得更好，那时维奥莱特没有做出回应。内心深处，她依然坚定地认为她和马特不会把乔纳带回家和他们一同生活，她今天之所以来，只是想要见他一面而已，她现在已经见到了。“我从来没说过……”

“至少考虑一下，”汉娜说，“拜托了，他是个有潜质的孩子，但

---

① 荷兰画家，代表作品有《戴珍珠耳环的少女》《花边女工》《士兵与微笑的少女》等。

是如果回到之前那个地方，他可能就……和我们一起生活的这段日子，他进步了很多。”

“我有两个小孩，他们都还很小。”

“如果你再多了解他一点，我相信你会很爱他的。”

“我当然爱他，”她不耐烦地说，“是我生了他。”

她僵在原地，任凭所有回忆铺天盖地地涌进她身体中那个滚烫的位置，那个一直以来留给伊莱和怀亚特的位置。她永远无法忘记乔纳还在她肚中时，她对他产生的爱意。她也永远无法忘记决定抛弃他时的那种尖锐的疼痛。这天下午，她再一次认识到了自己的失败。她终究没能逃避那个她早该意识到的事实：这个被她带到世上的孩子，为了生存下去正在经历着无边的挣扎。现在的她可以带他脱离苦海。乔纳突然从汉娜身后冒了出来，走到了门口。维奥莱特看着他，于是他朝维奥莱特迈近了一步，把手中的东西递给了她。

“你忘了这个。”他说着，闪躲着维奥莱特的眼神。

她和乔纳的脸都变得通红，她伸出手去，接过了那个有缺口的绿色马克杯。

第四章

温迪很少和维奥莱特聊天，只有在节假日的时候，她们才会回到俄亥俄街上的家里，聚在房子后面的平台上，喝点酒，聊聊天，和彼此分享近况，顺便避开无时无刻不腻在一块儿的父母。所以，接到维奥莱特打来的电话，她立刻猜到了缘由，作为世界上最了解维奥莱特的人，她总是能预测出维奥莱特的每一步行动。

“我猜，你去过丹福斯家了。”她早有预料，但还是假装随意地说道。“就算你再怎么不愿承认，我还是对你了如指掌。”温迪心想。

“温迪，你千万不要觉得，这就代表我不生你的气了。但就是，我——我的天啊，这一切都是因为你在搅局。就算我想，我也根本没法儿忽略这个事实。都是因为你，我现在进退两难，我——听好了，这不是……”

维奥莱特已经有些声嘶力竭：“他就要回到之前的团体家庭[①]了，除非有人……那对他太不公平了……但是我做不到，温迪。马特和我现在的情况不适合……”

维奥莱特停了下来，她突然意识到，那都不过是些模棱两可的借口，连她自己都无法信服。她和马特的房子里有三个空房间，马特一个小时就能挣至少一千美元。而电话这头的温迪知道，钱并不能解决

---

① 安排有厨师、老师、助理等人的集体居住的房子。每一户住有六七个孩子，组成一个临时的“家庭”。

所有的问题。温迪点起一支烟，不紧不慢地抽着，她微微仰起头，看向天花板蔓延开来的大片白色烟雾。

“我没办法眼睁睁地看着我的孩子过得那么不安稳，温迪。但我真的已经力不从心了。”

温迪能听得出来，维奥莱特一定反复演练过这段话。她甚至可能打了草稿，摆在面前，照本宣科地读了出来。维奥莱特追求完美，以自我为中心，绝对不会允许自己精心构筑出来的生活受到任何事情的侵扰，哪怕是她的亲生孩子。这并没有让温迪感到意外，真正让温迪意外的是，维奥莱特竟然还费尽心思编出了个借口。

“等会儿，”温迪说，“你觉得他怎么样？”

“嗯……好吧，他才十五岁，也没什么好说的。”

“满脸痘痘？粗手粗脚？是个小混蛋？”

维奥莱特轻声笑了出来：“从某种程度上来说，确实是。”

“你不觉得他很像你吗？”

从电话听筒传来的声音里，温迪可以听出维奥莱特的僵硬：“你能不能……你能不能不要老说那种话？算我求你了！”典型的维奥莱特式问法：你能不能不要老是把那些再明显不过的事情挂在嘴边？

“我的意思是……我不知道。客观来说，他的确挺帅的，你不觉得吗？”

“他还是个青少年，我怎么会用那种眼光看他，温迪。就算是客观评价，我也不会去说他帅或不帅，我又不是什么女色魔。”随后维奥莱特叹了口气，“但是，说实话，没错，是的。虽然他还在长身体，但是他好像——他有时候让我想到爸。好吧，他是蛮帅的。”

“爸帅你都说得出口，轮到自己儿子，就说不出口了？”

“他不是我……”维奥莱特顿了一下，“听着，有时间的话，我不是不可以和你好好聊聊，但是现在的情况已经迫在眉睫了，而我……我还没有……”

“你还没有说过一个完整的句子，到现在为止。”温迪说。维奥莱特在电话那头哭了起来。

“我的天哪，维奥，没关系的，会没事的。”

“都是因为你，”维奥莱特说，“我真的不懂，你为什么要这么做。”

“我没有做什么，一切只是顺其自然地发生了。”很显然，她没有说实话，“难不成让我来照顾他吗？要是你真那么想的话？”在香烟的作用下，温迪一个冲动，便说出了这句话。维奥莱特的话让她为这个男孩感到某种难以名状、隐隐的不公。她为这个可怜的孩子，以及他那个管道工似的无聊的名字而感到不公。她为他一次又一次地被遗忘而感到不公。这下好了，她终于逮到一个机会，抢占优势，让维奥莱特难堪了。温迪抽了口烟，沉浸在计谋得逞的快感之中，直到维奥莱特开了口。她竟然没有大笑，没有咒骂出声，也没有挂断电话。

“你真的愿意那么做吗？”维奥莱特的声音夹杂着喜悦的哭腔，她难以置信地问温迪，“温迪，真的吗？”

维奥莱特的感激，是温迪始料未及的。她欲哭无泪地回答道：“该死的，你个蠢货。”然后，她虚弱地吐出一口烟，“当然了，我当然愿意。”

维奥莱特说要和他们单独谈话时，玛丽莲立马起了疑心，心想维奥莱特如果不是又怀孕了，就是遭遇了婚姻困境。但她错了，大错特错，以至于在那之后的六个月里，她都为此而懊恼不已。她自认为拥有的一位母亲与生俱来的雷达，这次完全没有奏效，令她感到莫大的讽刺。

屋子后面的阳光房里，他们依偎着坐在一张双人小沙发上。维奥莱特给他们沏上了茶，面对着他们，坐在一张柳编的扶手椅上。她双腿紧紧交叉在一起，一时间无法分清到底哪条腿在上，哪条腿在下。

“这……和你们坦白不是一件容易事儿。”维奥莱特首先开了口。看到一向镇定的维奥莱特如此不安，玛丽莲也跟着焦虑了起来。“但是，我必须要告诉你们，发生了……发生了一些事情，我……当然了，我觉得你们应该知道，尽管可能……可能会很难接受。”

“是什么事儿，亲爱的？”玛丽莲努力让自己的声音听上去温和一些，以掩饰自己的仓皇。戴维背靠着沙发，手臂轻轻搂住玛丽莲，用手捏了捏她的肩膀。

“我……你们记不记得我曾经在……在巴黎待了一年？”

“当然记得。”戴维疑惑不解地答道。

玛丽莲感到云里雾里，于是产生了一些十分荒唐的猜测。她不禁联想到前不久看到的一篇新闻报道，说是有个冷血无情的美国女孩儿在意大利谋杀了她的室友。这种联想让她毛骨悚然。“亲爱的，你是不是遇到……”

“我当时其实不在巴黎，”维奥莱特一字一句地说道，仿佛早已打好了草稿，“我哪儿都没去，因为我怀孕了。我把孩子生了下来，送走了。”

看着维奥莱特棱角分明、神色凝重的脸，玛丽莲差点歇斯底里地笑出声，但她忍住了。几个女儿之中，维奥莱特最不会开玩笑。每次开玩笑，她都开得蹩脚极了。她一定是想声东击西，先闹这么一出大的，让他们受到惊吓，好让她真正想说的消息显得不那么糟糕。

“你说什么，维奥莱特？”戴维突然严肃起来的声音，让玛丽莲收回了思绪。

“那时候，我搬到了温迪家。”维奥莱特淡淡地说道，眼睛紧盯着地面，“一毕业，我就搬过去了，和温迪，还有迈尔斯一起，住在海德公园，然后一月份生的孩子。”

玛丽莲依稀记起，那时，她曾经十分担心只身一人在国外的维奥莱特。她记得，某次通话的时候，她曾提议去巴黎看望维奥莱特，却被维奥莱特用她要“找回自我”的理由给推掉了。她猛然意识到，那一切都是假的。玛丽莲突然想不起来，他们当初为何会选择相信她。

但是，他们又怎会不相信她呢，和其他三个女儿不同，维奥莱特从不令他们操心。从咿呀学语的年纪开始，温迪就一直阴晴不定，生活也未曾怜悯她一分，而是反手给了她重重一击；莉莎性格轻率，固执己见，玛丽莲担心她之所以养成了这样的性格，是因为在这个问题不断的家中，她似乎总被晾在一边，被忽视；而格雷丝还很青涩，她几乎每个礼拜都会给家里打好几通电话，有时询问建议，有时要点零花钱，上周，她还特意给戴维打了个电话，让戴维手把手地教她更换吸尘袋。因为她们三个，玛丽莲常常忧心忡忡，但维奥莱特和她们不同，她从不让玛丽莲费心。时至今日，玛丽莲才终于意识到，是他们没有给予维奥莱特应有的重视，是他们没有尽好为人父母的责任。

“你为什么不……”玛丽莲被自己突然响起的声音吓了一跳，“到底为什么……你应该告诉我的，维奥莱特。我的天啊，我甚至……这太不合理了。”

“他被领养了。我们……我是说，温迪和我仔细权衡了当时的情况，我们真的非常谨慎，确保把他托付给了一个不错的家庭。头几年，一切都还很好，但是后来……后来，没想到他们死了，因为车祸。我知道，这听起来一定很荒唐。在那之后，他就一直寄养在不同的家庭里，实际上，他就住在橡树园，镇的西边。”

“天哪，维奥莱特。”戴维挠着额头，有气无力地说道。

“我知道，是我搞砸了，”维奥莱特说，“我知道这一切听上去很不可理喻。”

“我只是不明白，你为什么没有告诉我们，”玛丽莲说，“这不合情理。”

“就算我告诉你们三百回，你们也没办法理解我的，妈。”维奥莱特抬起头来脱口而出，连她自己都感到一丝意外，“对不起，我只是不知道该怎么告诉你们。我完全没有头绪，而且那时候，我年纪还很小，过得非常艰难。我不知道你们想让我告诉你们什么。”

同住在一个屋檐下的她的两个女儿，竟然串通一气，瞒着她做出如此鲁莽的决定。那一年，她到底在忙些什么？那时，她刚买下那家五金店，格雷丝刚升中学。生活时而疯狂，但基本如常，更何况玛丽莲早已习惯了这种疯狂。

“那现在又是怎么回事？”戴维问道，“你是怎么找到他的？”

维奥莱特的眼神又开始躲闪：“不是我，是温迪。她说她当时……就是出于好奇，所以一时兴起，去调查了他的家庭背景。”

“但是她是怎么……”

“我也不知道，好吗？”维奥莱特说，“我强迫自己不要再去想了，因为那都不重要了。重要的是，他已经出现了，而我什么都做不了。”

温迪，他们的大女儿，她依然没有消停，无止境地为这个家庭添乱。

“实际上……”维奥莱特咬紧了牙关，继续说道，“现在情况更复杂了。”

“啊，天哪。”玛丽莲低声惊叹出声，戴维握紧了她的手。

“他的养父母要移民去厄瓜多尔了。”维奥莱特说。这一出接着一出的闹剧，让玛丽莲又差点笑了出来。“通常情况下，他会被送回之前的团体家庭，他之前也是在那儿被他的养母汉娜带走的。汉娜对我提议说……她暗示我，如果他可以选择另外一种生活，如果可以的话，最好让他……”说到这儿，维奥莱特没有忍住，哭了出来。她终于展露出了和事态严重程度相匹配的情绪崩溃。玛丽莲的眼眶也开始泛泪。

“在我看来，这是典型的系统性失灵。他曾经在很多不同的家庭里短暂寄养过，那倒并不是什么坏事，只是每段生活都稍纵即逝。他是个很……他是个很不错的孩子，很聪明。汉娜说……自从搬过去和他们一起住，他改变了很多，这样的趋势是可以维持下去的，前提是，他得继续在一个稳定的家庭环境里成长。但是问题是……马特和我认为……我们的孩子现在已经这么大了，我们不想……我们担心，家庭结构突然发生大的变动，会不利于他们的成长。”

“可不是嘛。”戴维说。

维奥莱特的脸变得通红：“所以我有一个想法……”

“没问题，我们来带他。”玛丽莲脱口而出。她没有留意到一旁目光如炬的戴维，而是把注意力全放在了维奥莱特身上。她神色坚毅，摆出一副母亲为女儿挺身而出的表情。戴维一下慌了手脚，他刚从成天关照病人、养育子女的生活中全身而退，就又要担下在家中照顾一个青少年的重任。当然，如果一切成真，揽下这些重任的人一定会是玛丽莲。她会负责帮他洗衣服，帮他检查作业，成为他的人形闹钟；她会为他的化学考试成绩彻夜难眠，为他的大学发展前景而忧心忡忡；她会注意到他越来越高的个头和越来越小的派克大衣，然后带他去户外用品商店买身合身的新衣服。而戴维则会为他的存在感到心烦意乱。他的作业纸会铺满厨房餐桌的桌面，他的鞋子会把烂泥带到本就藏污纳垢的储藏室，他会少不更事地占用一个多小时的洗手间。作为一位父亲，戴维将永远无法尽到养育这个青少年的责任，就像当初，在女儿们还是青少年时，他也没能尽到养育她们的责任。

“当然了，我们来带他。”戴维坐在玛丽莲身边，开口说道。张口的一瞬间，他刚才的所有想法又自然而然地发生了转变。他怎么会不知道如何养育女儿？多亏了他，温迪才依然和家里保持着联络；多亏了他，维奥莱特才懂得教她的孩子们要爱护小动物；多亏了他，莉莎才拿到了博士学位；也是多亏了他，格雷丝才会每次一看到双手提得满满当当的老人家，就主动上前帮忙。玛丽莲紧紧握住戴维的手，攥了三下。他更有力地回攥了三下，和她就此达成一致，决定再次成为父母。他们会跳过孩子在摇篮中呓语时的甜蜜、蹒跚学步时的可爱、初长成时的顿悟，一脚踏入青春期的泥潭之中。她和戴维会义无反顾，共同面对。他们一直以来都是如此，尽管比起戴维，玛丽莲的职责总是更繁重，心情更易烦乱。

维奥莱特开始面露难色："我的天哪，你们……我……你们能这么做真的太好了，但是……"

"我们有多余的房间，"戴维接过维奥莱特的话头，接着说道，"我们……我有很多很多时间，维奥，虽然我时不时会有这样那样的小事儿要处理……"这句话顿时让玛丽莲心痛不已。他口中的"这样那样的小事儿"，并不是他诊所里需要处理的工作事宜，而是一些他不情不愿地扣在自己头上的家庭琐事。"但是，我们肯定会照顾好他的，不管他……"

"其实，他要搬去和温迪住。"维奥莱特说。

戴维攥紧的手一下松了开来，但很快又握紧了。"什么意思？"他说道，"他要搬去和……"

"他怎么能搬去和温迪住？"玛丽莲的心一下提到了嗓子眼儿，她唐突地打断道。

"她那儿也有间空房，"维奥莱特说，"而且……你们知道的，她有大把的时间。"

"你爸他退休了，"玛丽莲鲁莽地说道，丝毫没有顾及戴维的自尊心，"今天我回家的时候，他已经闲到在掸相框上的灰尘了。"

"我没有，"戴维说，"我只是在加固画后面的水泥……"

"总之，我们既有空的房间，也有大把时间。而且，我们可比温迪有经验多了。"

"小家伙，注意一点语气。"戴维小声提醒玛丽莲。她一下把手从他手里抽了出来。

"你竟然第一个选了温迪？"玛丽莲说，"比起……我的天哪，维奥莱特，我……我待在家里，一手把你们带大，一直到格雷西上幼儿园，我……你不觉得我们更……”

“只是……耐心听我说，好吗？”维奥莱特的脸涨得通红，“只是因为，我觉得你们……你们的日子熬到头了，是时候放松一下，安享……”

“我手上还有一份全职的班儿要上，你不知道吗？”她声辩道，殊不知自己的逻辑已经开始错乱。难道一直以来，她都不是一位合格的母亲吗？难道一直以来，她和女儿之间的亲情纽带，不过是她在自作多情吗？难道一直以来，她聪慧、独立的女儿们其实对她一无所知吗？难道她们认为，她不过是那种对子女的人生难题充耳不闻的母亲吗？

“我觉得这样对他也好，”维奥莱特说道，“可以在城里住上一阵子。”

“好吧。芝加哥北岸其实也不算是城市吧？”戴维反问道，玛丽莲在一旁听着，对戴维升腾起一股爱意，“况且，我们这儿也不是什么贫民窟吧？温迪的专车司机负责接送的话，他可以在城市最繁华的区域和芝加哥三角区域[①]最宜人的郊区之间来去自如……”

“你爸的意思是，他住在这儿的话，学校很近，走路就可以上学。而且在这儿，大家都可以……大家知道……大家都会理解他……”

“是温迪主动提出来的。”维奥莱特无助地说道。有那么一瞬间，玛丽莲同情维奥莱特。她也曾有过相似的经历，每次和温迪对峙，温迪总是眉尾一挑，嘴角下垂，一看到她那副模样，玛丽莲就会立马败下阵来。“妈，温迪她……你们也都知道，温迪一直过得不好，自从……如果家里多一个人，也许她看世界的视角就可以焕然一新。”维奥莱特说。和戴维一样，她习惯性地抿紧嘴唇，合成一条密不透风的

---

① 芝加哥的三角区域，包括伊利诺伊州东北部、印第安纳州东北部和康斯康星州东南部。

线。“这一点我们应该能达成共识，有个孩子的话，看待生活的方式就会大不相同。”

好一出傲慢自得的小伎俩，竟然凭着孩子母亲的身份，和玛丽莲平起平坐。谁会想到，曾经的维奥莱特还是个怨东怨西的孩子，会因为少了几条盖璞牌的牛仔裤而自诩落伍，觉得自己跟不上时代潮流。曾经的维奥莱特，还是个在温迪蹒跚学步时，被她装进背带，时刻抱在胸前的孩子。

抢在玛丽莲情绪爆发之前，戴维说道：“是啊，可不是嘛。”他把手重新放在了她的大腿上。“你真的觉得这样对他最好吗？”戴维啊，这么包容，这么好骗，这么懂得为人着想，她可以轻而易举地把他给杀了。

“说实话，我不知道，”维奥莱特说，“但是温迪乐意伸出援手，刚好那孩子又需要帮助，我……我也很需要帮助。我想给温迪一个机会，如果她觉得可以借此机会……”

“我们都先冷静下来，怎么样？”戴维问。接着，他终于问出了那个本应由玛丽莲先问出口，却被她因恼怒而抛之脑后的问题：“他是一个怎样的孩子？”

维奥莱特甚至连他眼睛的颜色都未曾关心过。

作为母亲的第四百二十九次失误。每年年初，她都会将这个数字清零重来。

“我们让她们失望了。”玛丽莲说道。维奥莱特走了，此刻，他们坐在房后的楼梯上，分享着一瓶红酒，看着日落。夕阳下，卢米斯追着橡树上的松鼠跑来跑去。

“我们没有……”

“我们成天愁这愁那的，怎么也没想到……天哪。”

即使不在状态，他还是伸出双臂，抱住了她。脑海中，一段短暂而又难以摆脱的记忆浮现了出来。那是在维奥莱特的婚礼上，他和温迪之间的一段对话。大约十年前，温迪曾经对他说过一些无厘头的话，但他想当然地忽视掉了，很快便把那些话抛在了脑后。当时的温迪情绪阴晴不定，总是喝得烂醉，伤心欲绝。那天婚礼上，她一直都在想方设法扫维奥莱特的兴。一直以来，他都无法理解温迪和维奥莱特之间那种坚不可摧的联结。她们拥有共同的爱尔兰血统，仿佛双生花。在爱与嫉妒的共同滋养下，她们总是以一些难以预料的方式对待彼此。他永远理解不了这道只有在女性身体内才蕴含的谜题。

“我就是不明白，”玛丽莲说，“她是怎么……天哪，她到底为什么……”

看着妻子陷入一片茫然，他竟感到一丝欣慰。在这之前，只有他才会陷入一片茫然的境地。

“我想，真正重要的是，他可以平平安安、健健康康。”他说，“尽管……你也知道的，至于维奥莱特的话……她会没事的，她一直都知道怎么自寻出路。”

“可是，那恰好也是问题所在啊。”她说，“总是特别有韧性，也不一定是好事儿。”

“好吧，我不……”

“天哪，我们竟然多了一个从来没打过照面的外孙。”

卢米斯跑了过来，似乎是想要提醒他们，他们还有一只“打过照面”的小狗。玛丽莲挠了挠它的耳朵，戴维摸了摸它的后腿。

“我们是不是早就该知道？”她说，“如果我们真的尽到了为人父母的责任，是不是也就不会一直被蒙在鼓里？”

“我们已经做了我们应该做的，”他轻声说道，“我们也有我们自己的生活。我们好好工作赚钱，养育了四个女儿。”

一阵长久的沉默后，她说：“你会不会觉得，我们不够关心她们？”他感到手臂下的她的身体开始紧绷起来，“我们是不是过于关心彼此了？”

“不是那样的。”两个说法他都不同意。

“我们要怎么办？”

“我也不确定，”他说，“就……生活还是要继续的，我想。”

她虚弱地笑了：“你啊，骨子里还是那么犟。”

“女儿们可都继承了我这一点。”

“嗬，”她把头轻轻倚靠在他的肩上，“那恰恰是我担心的事情。”

1976—1977

他问：“你确定吗？真的可以吗？”

在她父亲家的后院里，他们半身赤裸，躺在一棵银杏树下。十二月已经过去了一半，前不久的一场霜降，让俄亥俄街的路面铺满了落叶，只有零星几片树叶仍然在枝干上悬垂，影子散落在他们躺的那片草地上。每每瞥见移动的树影，戴维都会心头一惊。在他看来，他们正在做的是一桩丑事，哪怕于她而言不是，她总是更冒险的那一个。

“放松，别紧张。”她的声音吓他一跳。她用手轻轻抚过他的胸膛，指尖冰凉。她依偎在他身旁，微微蜷缩起来。她的嘴唇贴着他的手臂，他能感到她嘴角扬起的弧度。

直到现在，他仍然难以相信，她已经成了他生活的一部分。他见不到她时，只要闭上双眼，就能闻到她颈窝间的味道：她洗发水的柑橘香气，夹杂咸咸的属于她的味道。有时他会想，自己会怎么讲述他们的初次相遇。他也许会对他未来的朋友，或者他们未来的孩子，半开玩笑地说：“我们是在楼梯上偶遇的。”但他突然意识到，那些都太触不可及了，他们连爱都还没有做过。他依旧不敢相信，此刻，她温热的身体正紧紧挨着他。

她父亲的厨房里亮着灯，灯泡在水池上方发出昏暗微弱的光。

“他不会到这儿来的。”她低声说道。

“越是觉得某件事不可能发生，它就越可能发生。”

和玛丽莲在一起，就像置身暴雨之中。但就像在雨中——如果你没有要去的地方，也没有要展现自己干爽模样的对象——那它其实不会让人不开心。他巴不得被她的声音淋得湿透。他渐渐发现，和她在一起，他不仅得到了她的人，也得到了她身上满载的爱意、期盼。即使再给他一年的时间，乃至一生的时间，他也无法完全理解这种庞大。但是，在那样一个时刻，他们一起躺在银杏树下，他已经别无所求。

但是，他们都没有注意到，那扇生锈的后门嘎吱作响，发出了警示的信号。尽管之前万分谨慎，但此时他们丝毫没有注意到老旧的楼梯上传来的脚步声。结霜的草地上，草根被人踩断，发出了“簌簌”的声音。

“我的天啊。”玛丽莲失声尖叫。但她很快镇定下来。

“不要慌，好吗？”她对戴维小声说道，然后继续说道：“爸，这不是……”

“我还琢磨，这儿怎么有两个……哦——哦，真应该让你妈看看你这副模样……”

“您好，先生。”戴维手忙脚乱地站起来，“我叫戴维，姓索伦森。”

“他又不是什么军官，”玛丽莲说，“你不用那么讲话，搞得好像……”

“这他妈是我家！”玛丽莲的父亲猛然凑近，戴维这才发现他已经喝得烂醉。玛丽莲曾经无意间提到过，自从母亲去世，她父亲就开始酗酒了，但是戴维万万没想到此时这种情况。

“爸——”玛丽莲抓住他的手臂，“爸，没什么大不了的，我们明天早上再说，好吗？”

令戴维意外的是，她的父亲竟然没有再找碴儿。玛丽莲搀扶着他，回到屋里。他一边走，一边碎碎地骂着些什么“该死的意大利佬”。戴维没有吭声，目送玛丽莲搀扶他进屋。

“我们明天早上再说。”玛丽莲重复了一遍，加大了音量，显然是说给戴维听的。她朝他的方向抬了抬下巴，示意他从房子一侧的小路离开。

之后他开车回了奥尔巴尼镇上父亲的家。一路上，他心事重重，不是因为初涉情事，也不是因为他确信自己已经爱上了那个带领他初涉情事的女人——不论有没有和她做爱。他甚至没有为她的父亲而感到困扰，即便她的父亲刚刚误以为他是意大利人。真正在他脑海中挥之不去的，是玛丽莲搀扶她父亲进屋时脸上的表情，是她轻声对他说出“不要慌”时的语气。她的声音略微有些走调，听上去十分陌生。他从没有听到她用这种语气说话，与她平日里无忧无虑、无所顾忌的模样相去甚远。他曾经以为人们可以真正了解其他人，而总有一天，他也可以真正了解她，触及她最真实的样子。直至此刻，他才意识到，那都不过是些愚蠢的幻想罢了。

周五，她父亲出城办事，周末也不在家。趁此机会，他来到她俄亥俄街上的家中，在客厅里告诉了她，自己被医学院录取的消息——他考上了艾奥瓦大学，就要搬去艾奥瓦城了。突如其来的离别，让玛丽莲萌生出许多黑暗的念头。她遏制住那些念头，走到父亲的酒柜边，拿出一瓶室温的凯歌香槟。

戴维要走了，虽然不远，但那个令她有强烈归属感的人将不再触手可及了。那种归属感源自他们的第一次约会。他们彼此讲述了各自的家庭——他的母亲在他五岁时死于淋巴瘤，而她的母亲在她十五岁时死于肝功能衰竭。

“还是个小孩的时候，我总有种奇怪的感觉，就好像你需要对你父母的快乐负责。”她对他说道。她惊讶于自己的坦率，不敢相信自己竟如此诚实地形容出身为女儿的感受。而他是一个很认真的聆听者。“并不是说你是他们快乐的源泉。而是说，你好像总承担着某种义务，需要确保他们时刻快乐着。直到最近，我才意识过来，这是不正常的。”

“是啊，我想，谁又能解释到底什么是‘正常’呢？”戴维耸了耸肩，说道。

“看看我们两个。”她说道。“我们两个”这样的表述，让他们两个都红了脸，“背着这么多情感包袱。这真是我有史以来最抑郁的一次约会了，戴维。”说完，她第一次吻了他。

两个失去母亲的孩子，年轻而笨拙，在机缘巧合下相遇并相识。和他一起待在这间小小的客厅中，她感到前所未有的安全，似乎他已经成了她生命中不可或缺的一部分。直到他告诉她，他要搬去艾奥瓦城的消息。她回到客厅，站在他面前，眼泪就快夺眶而出。

“我为你感到骄傲。”话音刚落，她就啜泣起来。

他把她拉进怀里，轻抚她的头发，轻声安慰道：“没关系的，好吗。”

“我现在很开心。”她说。他们都笑了。

“我想知道……”他说，“你想不想和我一起。”

她退后一步，琢磨着他话里的意思。

他从椅子上站了起来，走到摇椅旁边，拿起挂在那上面的外套，接着从外套口袋里掏出一个小盒子。然后，他来到她身边坐了下来。“所以，我……”他深吸了一口气，“我很紧张。”

她一时说不出话来，只是碰了碰他的手臂。

“我爱你，”他说，“我希望你能知道，我很爱你。虽然我很不擅长……很不擅长说这种话，但我还是想试试。”他转过身子，面向她，鼓起勇气说道：“我们能让彼此感到快乐，虽然可能快乐的程度不同，时机也不同，但是我……”

“我认为是相同的。”

“我也是那么认为的，”他的嘴角扬起了微笑，“没错，我也那么想。所以，我想把这个给你。”他把那个小盒子递给了她，“如果你愿意的话。”

她小心翼翼地打开盒子，然后抬头看向了他。

“怎么样？你愿意嫁给我吗？”

她身子前倾，吻住了他，从他的嘴唇，吻到他脆弱的左脸，再吻到他不太对称的右脸。她把盒子还给了他，同时向他伸出了手。

Ⅱ　夏天

第五章

乔纳来的时候带了些行李，数目少得可怜，一个装满衣物的垃圾袋、一个脏兮兮的杰斯伯运动背包、一个维拉·布拉德利牌行李包。温迪猜测，这些大概都是他养母弃置不要的东西。行李被搬到客房时，里头乒乓作响，大概是些炮兵玩具。可她转念一想，一个十五岁的男孩，包里更可能装着些电子设备、漫画书和色情片。他的样貌和十五年前大不相同，对此温迪感到十分庆幸。他刚出生时，模样一言难尽，既有点像迪克·切尼，又有点像咕噜[①]。当时为了宽慰维奥莱特，温迪只说了些陈词滥调的好话，现在的他长得更像维奥莱特。维奥莱特和乔纳挨着彼此，站在门厅里，两人都略显局促，身上有种无法否认的相似性。

“我们又见面了。”温迪边说边向乔纳伸出一只手。那天带他去餐厅见维奥莱特时，他表现得很礼貌，鲜少说话，只是偶尔谈一谈学校的社会科学和武术课程。温迪的头皮突然一阵刺痛，她意识到：是她第一个把他抱在怀中，是她见证了他的出生，是她为他唱着摇篮曲版本的《咻》伴他入睡（因为她只能想得起来这一首歌），是她替他的母亲清点了他的脚趾头。而此刻，面前这个孩子可能永远也不知道，他掀起了多大的波澜；仅仅只是存在于这个世界上，他就让她们的生活

① 英国作家约翰·罗纳德·瑞尔·托尔金小说内的虚构角色，身形佝偻，面目狰狞，在小说《霍比特人历险记》里首次登场。

发生了翻天覆地的变化。

他一把握住了温迪的手，动作有力，富有男子气概。她很喜欢这个年龄段的孩子。和成年人不同，他们总能让她捧腹，但与此同时又能被她轻易威慑住。他长得很帅，性情急躁而古怪，而且总会让温迪十分揪心，不仅仅因为他让温迪感到分外熟悉，还因为他让她重新回想起了十五岁这个糟糕的年纪。

“那么，一切就全都安排妥当了。”维奥莱特说道，仿佛刚刚随手完成了一瓶插花，“除非……乔纳，你还需要什么吗？”

他抬起头看着她，表情仿佛在说：见鬼，我怎么知道。

看到他对维奥莱特不如对自己友好，温迪心中一阵窃喜。

“客房已经准备好了，”温迪开口说道，与其说是在回答维奥莱特，不如说是在叮嘱乔纳，“房间里有浴室，东西很齐全，或者说，至少必备用品全了。”实际上，她还专门买了一小块锚形的法国羊奶皂放在了他的浴室里。也许对他来说，那根本算不上什么“必备用品”。

“谢谢。”乔纳说。

“好吧，我要走了。”维奥莱特说道。温迪和乔纳同时看向了她。她双手交叉在一起，前后打量着他们。一直以来，温迪都非常享受维奥莱特的局促不安。

“如果你没有其他需要的话，乔纳，”她说，“那我们……就先再见了。”

乔纳没有说话，眨巴着眼睛看着她。

“不如留下一起吃个晚饭吧？”温迪问道，与此同时感到一阵作呕。没错，是她主动提出要收留乔纳；没错，她很开心能够得到他。但她总觉得维奥莱特不能就这样轻易地撒手不管，像夏天的阵雨那样，匆匆地来，又匆匆地去，明明是维奥莱特一时兴起，才让她们沦落至此，不应只由她一人背负全部的责任。

维奥莱特面露愠色，双眼闪现出恶狠狠的光芒，她牙关紧闭，咬肌清晰可见。“我想我们不……”

“哦，对了，十七号我可能有点事情，”温迪继续说道，“不如那天让乔纳在你家待上一晚？”她又转头看向乔纳，“你刚住进来，到时候也不用一个人在这个陌生的家里待一整晚了。”

“我们那天应该很忙。”维奥莱特说。

“这事儿我计划好几个月了，迈尔斯的一个老朋友要来镇上，就一个晚上。”她说谎了。但是利用过世的丈夫，亮出最后一张王牌，总能让维奥莱特哑口无言。

维奥莱特缓缓地叹了一口气：“那好吧，既然这样的话，可以。”

“那真是太好了，”她边说边推搡了乔纳一下，“到时候，你就可以看到树屋了。”

“我该走了。”维奥莱特说。她伸出双手，冲他们挥了挥，仿佛一个诡异的儿童秀演员。温迪本想从维奥莱特那儿收到一声道谢，却并没有等到。

“再见了。”乔纳说。他踱着步子往房间的方向走去，好像用实际行动和维奥莱特道别。

“一切顺利。”温迪说。看着维奥莱特走出前门，她一阵恶心，好像喉咙被一把攫住。她产生一种遏制不住的冲动，想要冲出门厅，把维奥莱特拽回屋中，但是她没有。她深吸一口气，锁上了防盗门栓，转身面对着乔纳。他正坐在沙发上，姿势略显僵硬。

“把这儿当自己家，随意一些。”她说道，声音有些虚弱无力。他眨了眨眼，抬起一只手，搁在了沙发扶手上。“很好，”她说，“随意点，就好像你在这儿住了一辈子似的。”

他脸上浮现的一丝笑意，一下让她也开心了起来。

“你很有钱，对吗？”他问道，手指紧张地抠着沙发的绲边。

她走到他的对面，坐了下来。“为什么这么说？”尽管她心里已有答案，但还是这样问道。从她和迈尔斯的房子搬出来后，她迁至新址。

之前老房子的墙壁上安了大面积的玻璃窗，有着干净的白色包边和别致的灰色玻璃。而现在这个家中，她选择了现代风格的房屋架构和千篇一律的装修风格。这种单调的风格，似乎能让她得到某种宽慰。

“那不是第一版的《指环王》吗？”他瞥到窗边的书架，边点头边说道。

“你眼神还挺好的，所以，你也是个书呆子咯？那本是我丈夫的书。”

“所以是他很有钱。”乔纳说。

“他曾经很有钱，这点倒是事实。”她的嗓子突然有些发干，“现在，他死了。”

只停顿了一小会儿，他就紧接着又道：“所以现在你很有钱。”

“我过得还算舒服。”

“维奥莱特也很有钱。”

“没错，看来嫁给一个整天抱着杏仁蜂蜜麦片的烦人鬼，的确是个值回票价的决定。”

乔纳盯着她。

“她丈夫也很有钱。”她解释道。

“那你爸妈有钱吗？”他问。

“为什么老问这个？”

“他们人好吗？”

她略有迟疑，思考了片刻。“有时候挺好的，”说完她突然感到一丝愧疚，于是站了起来，晃晃悠悠地走到酒架边上，“我是说，当然，他们人很好，他们会很爱你的。”她从酒架上抽出一瓶酒，仔细读着上面的标签，接着转过身来，瞥到乔纳又在盯着她不停打量。

“怎么了？”

“你怎么知道？”

她打开抽屉，想翻出一个开瓶器。“我怎么知道什么？”之前从来没有人提醒过她，和一个十几岁的人对话竟是如此令人恼火。

“你怎么知道他们会爱我？”

“他们爱所有人。”她说。

“没有人会爱所有人。”乔纳说。

“可是，”她一使劲，拔出瓶塞，“噗”的一声，像一声谴责，“那就是该死的事实。”乔纳紧张了起来，于是她对他挤出一个微笑，到橱柜上拿了一个酒杯。“我开玩笑的。他们会爱你的，因为你是他们的外孙，他们最喜欢的莫过于‘收藏’小孩了，虽然有点丧心病狂。他们最喜欢干的事儿，莫过于看着自己身上那些与生俱来的东西出现在那些无辜的孩子脸上。”

“什么？”

她立即重新组织了语言：“我是说，和你见面，他们都很激动。”

“现在才几点，你就开始喝酒了？”

她瞄了一眼钟，还不到四点。对她来说，今天过得格外漫长。

“我爸妈生得太早了，生得太多了。他们不应该生这么多的。但是他们人确实不错，心地不坏。你不想多了解了解我吗？或者你的新家？或者——天哪，我也不知道了，或者任何其他你想知道的事？”

“你丈夫是怎么死的？”

她艰难地咽下一口酒。酒到了喉咙，呛了一下，她咳嗽不止。乔纳站在一边，被吓了一跳。“我没事，”她说道，声音嘶哑，眼眶含泪，“肾癌。你可真会破坏别人的心情啊。”

乔纳的脸色一下变得苍白。

“我开玩笑的。”

“对不起。”

“不用，生活有时就是这么操蛋，你应该更清楚才对，不是吗？”

“我？”乔纳问。

“我又在开你的玩笑呢，”她意识到刚才那话不太对，于是改口道，“我们要不——要不点个外卖？你们男生也喜欢吃好吃的，没错吧？”

在走向厨房的路上，她拼命克制自己，才没有冲出家门。

结婚不久，维奥莱特就意识到了雇一个保姆的紧迫性。只有那样，在晚上他们才可以单独外出。他们可以洗好澡，穿得整洁而体面，以正常的音量对话，而不用担心吵醒熟睡的孩子，或者担心谈话被突如其来的屎尿气味打断。和丈夫独处是再寻常不过的需求，如果和橡树林幼儿园的妈妈们倾诉一番，她们也一定能够感同身受。

尽管如此，事态从未发展至今晚这个地步。夜晚降临，两个孩子都已沉沉睡去；马特刚刚晋升为合伙人；维奥莱特在生完小孩后，终于甩去了身上最后一丝赘肉。万事俱备，在这样一个晚上，只要家中有个保姆，他们就可以出门共进晚餐，沉浸于婚姻的甜蜜之中，而不至于沦落到挽救婚姻的田地。乔纳已经闯入了他们的生活，在芝加哥，没有一家餐厅能让他们仅凭一顿饭，就缓冲掉乔纳给他们带来的冲击。和维奥莱特认识不久，马特就知道了乔纳的存在，尽管如此，对于乔纳的重新出现，马特也和维奥莱特一样感到困扰，即使他已经默许由温迪来照顾乔纳。

这天早上，在去幼儿园路上，维奥莱特把车停在柏油马路上，让自己打起精神。她需要向怀亚特解释为什么今晚会由保姆去接他。她不会告诉幼儿园的其他母亲，这天，那个曾经被她抛弃的孩子正式住进了温迪豪华气派的家中；她不会告诉她们，她将自己的孩子拱手让人，交给颓废的温迪，她心里很不是滋味，需要从丈夫那儿获得情感支撑，并用一顿晚餐的时间来短暂逃离；她会告诉她们，她今晚要和马特庆祝第一次见面纪念日。她和马特初次相遇，是在十三年前的五月五日，那天，他们在洛根中心参加了同一场讲座。所以严格意义上，她并没有说谎。她一直坚定地认为，就算再矫情，这一天也值得庆祝，哪怕是在孩子入睡后，窝在一起喝一杯香槟（当然，要不是时机不对，今年的纪念日本可以是个更加轻松的日子）。今年，为了补偿马特，她大费周章，在斯特维尔订了一家昂贵的海鲜餐厅。她选了一个离温迪家尽可能远的停车场，把车停好，向南一路走到迪尔伯恩，去马特的办公室找他。

乔纳和温迪现在在干什么呢？但愿她没有带着乔纳吸大麻，或者喝巴罗洛葡萄酒。今天下午在汉娜家时，他一言不发，给了汉娜一个拥抱和她道别。他拒绝了维奥莱特帮把手的提议，独自拎起行李就走。然而，在温迪家和维奥莱特道别时，他仿佛下定了决心，并没有给维奥莱特一个拥抱。想到这儿，她裹紧外套，抵御涌上心头的一阵寒冷。

马特的办公室是为数不多的会让她怀念起职场生活的地方。在职场中，人们都直截了当，有事说事，而且他们总忙个不停，鲜少闲聊。马特的接待员卡罗看到她，冲她眨了眨眼，竖起一根手指放在嘴上，另一只手浮夸地指了指马特的办公室，弄得好像维奥莱特准备了什么特大的惊喜。维奥莱特避开卡罗，来到了马特办公室的门口。门开着，她向里张望，看到了专注于工作正在随手涂涂画画的马特。他的肩膀高高耸起，几乎快要碰到耳朵。他身上有种近乎倔强的专注力，即使面对最令人厌倦的繁重任务，他也能全力以赴，将所有任务悉数完成。他一心想要赚足够的钱，让他们一家人能够过上稳定、舒适的生活。刚认识他时，维奥莱特正是被他身上的这股劲头所吸引——一种心甘情愿的盲目、一种为了生活付出一切的决心。

“马蒂[①]。”她轻轻喊道。

马特被突然响起的声音吓了一跳，手中握着的笔掉落了下来。“嘿，陌生人。”他略带挑逗地说道。

“你怎么到这儿来了，维奥？我以为你要送……”他顿了一下。

“我预定了晚餐。”她开门见山说道。

---

① 维奥莱特对马特的昵称。

“今天晚上？亲爱的，今天是五月五日节①，街上挤满了去泡酒吧的人。”

她没有说话，想给他一点时间，让他自己反应过来。

“噢，”他说，“我……纪念日快乐。”

她敏锐地察觉到，卡罗在她身后挺直了身子，好像对马特忘记纪念日这件事很是好奇。维奥莱特不禁在想，要是偷听到一桩私生子领养丑闻，她一定会亢奋极了。

“不是我们的结婚纪念日，”他警惕地补充道，“只是我们第一次见面的日子。”

“不愧是你，我最浪漫的老公。”她说道。但仅仅是因为卡罗在场，并不代表她没有感到一丝受伤。

马特没有说错，街上挤满了去泡吧的人，全是喝得烂醉的洛约拉大学的大学生，以及满脸惆怅的三十多岁的中年人。从那些中年人脖子上金光闪闪的项链来看，他们也许是在年轻时发了一笔来路不明的横财。尽管如此，他们预订餐厅时还是用高昂的价格，过滤掉了醉醺醺的人群。

“今天怎么样？”马特有些生硬地问道。她的心情一下陷入了低谷，她本来想着好好吃完这顿晚饭，像几个月前一样，漫不经心地聊聊孩子，讲讲他同事的趣事儿，彼此报备各自生活中发生的重要事件，轻松地闲聊，没什么风险地闲聊。马特看着她，之前维奥莱特告诉他温迪会照顾乔纳时，他长舒了一口气，尽管心中仍有一些顾虑，他还是感到十分庆幸，这个被维奥莱特抛弃的孩子的出现，似乎并不会直接打扰到他们的生活。

她连忙小口喝起了鸡尾酒。酒虽是水果调的，但入口还是烈，杯

① 墨西哥的地区性节日，纪念墨西哥军队在普埃布拉战役中的胜利。

沿上粘了一圈辛辣的红色粉末。“挺好的，”她说，“就像一次顺利的人质移交。”

他眉头一扬。没错，她开了一个低级的玩笑，连她自己都不知道这个玩笑从何而来。

“他似乎很冷静，而温迪——还是很‘温迪’。他带的东西少得可怜，马蒂，那就好像——就好像他过去的人生可以全部塞进那几个袋子里。在我们离开丹福斯家之前，汉娜哭了，但是乔纳只是——非常顺从，就好像——就好像他已经经历过无数次了。当然那可能就是事实。然后我才突然意识到，我其实一点都不了解他。”

“可不是嘛。”马特戏谑的语气，让她感到不适。

“我没有什么恶意，”她说，“我的意思是，他曾经经历过那么多事情，但是我却……我不是说他这个人很危险之类的。”

“我也不是说他就一定非常危险，维奥。只是他……我的意思是，他是个未知数，你对他一无所知。”

“汉娜对他赞不绝口。”

“也就是几周之前，你还说她是个古怪的环保主义者，会因为受到什么厄瓜多尔‘精神’的影响而选择移民。”

“没错，她确实是那样。但是……”她清了清嗓子，喝了几小口酒，“过几个星期，温迪某天晚上有事，他要过来吃晚饭。”

马特怔住了。他紧紧地闭上双眼，长吁了一口气：“维奥莱特。”

“她就那么撂给我了……温迪她全甩给我了，我没法儿……”

“你没法儿怎样？”

“她……你又不是不知道她有多么……那种感觉，她会……”

“什么？把你玩得团团转？”

“她要收留他，马蒂，我心里很不好受，毕竟是我把他交给了温迪，就好像我随手把什么东西丢在了干洗店一样。”

“但是把他交给温迪，才是解决方法，”马特对维奥莱特说道，仿佛她是个孩子，“你也不想看到他被硬生生地塞回领养系统里。而且，对伊莱和怀亚特来说，把一个陌生人硬生生地塞进他们的生活，也是不公平的。你难道没有想到这一点吗？怀亚特换一个新的麦片碗，都要花整整六个月的时间才能适应。现在突然多了一个同母异父的哥哥，他不可能平白无故地适应过来。如果他一直适应不了，那该怎么办？如果乔纳适应不了我们这个家，又要找新的去处，又该怎么办？那样又会对我们的儿子产生怎样的影响？到时候，他们好不容易接受了这个新的家庭成员，却又要眼睁睁地看着他消失不见。”

“孩子可以很快适应新的兄弟姐妹的，莉莎出生的时候，我就和他们差不多大。”

“这和我们再生一个孩子不一样，维奥莱特。你打算怎么向儿子们解释这一切？”

“嗯……我想肯定会有一些资料……”

“告诉你怎么把你十几岁的私生子介绍给你还懵懵懂懂的儿子？”马特的语气突然变得刁钻起来，“再说了，要不要让他们见面，你从来都没想过问问我的意见。”

“那只是因为，我们最近没有那么多时间可以好好谈谈。”她笨拙地解释道，“马特，一切已经发生了，而且是温迪一手做出了这种事。做决定的时候没有考虑到你，我感到很抱歉，我只是……这件事也是突然落在了我的头上，我已经在尽全力解决好这件事情。我不可能做每件事之前都和你报备。”

“不完全是温迪，你竟然同意了让他来吃晚饭。”

“我也是被逼无奈。”

“因为你，我现在也很难办。这一点都不像你，你以前不会做出这么冲动的决定。”他用双手捧住平底玻璃杯，紧盯着杯底。他快速地摇了一下头：“我最近都有些不认识你了。”

她没有回答“我也是”，而是自然而然地回答道：“不管如何，他一直都有可能重新进入我的生活。”

“这和他重新进入你的生活没有关系，维奥莱特。现在这一切已经发生了。真正关键的是，你需要对你做出的决定负责，不能让你的决定把我们整个家庭搅得天翻地覆。你不能总是拿‘温迪就是温迪’当作借口，每次都是这样，每当你决定做……”

“做什么？”

“我们是你的家人，维奥莱特。儿子是第一位的。”

“他们的确是第一位的。”

“但只要你姐姐一张嘴，你就听之任之了。”

“只是一顿晚饭，马特。”

“不是那样的。”

“不是怎样的？”

“所有和这个孩子有关的事情，没有哪一件是可以一次性解决的，牵一发而动全身。虽然只是一顿晚饭，但从某种程度上，他会就此介入孩子们的生活。那当然不仅仅只是一顿晚饭而已，维奥莱特。他现在和温迪住在一起，以后他还要和你父母见面，他——你真的看不到这种涟漪效应吗？让温迪收留他，到底意味着什么？”最让维奥莱特感到糟糕的，是马特脸上担忧的神情。维奥莱特意识到，虽然他的声音听上去很生气，但脸上坦露出一种忧虑——这种忧虑并非源自这件事本身，而是源自她在其中所扮演的角色，源自她。

“之后会发生什么，谁都不知道。”她平静地说道。

马特的心突然软了下来。他越过桌面握住了维奥莱特的手，让她一惊：“你还好吗，维奥莱特？我应不应该担心你？我不——我从来没见过你像现在这样手足无措，自从……”

她一下充满了防备之意，像弹簧一样迅速弹起，把手抽了回来。

“自从什么？”她挑衅地说道，激他说出那个她一直都心知肚明的事实——过去的这些年里，他们的关系已经不太正常了。就算乔纳没有出现，他们的关系也已经渐渐走向了失衡。

马特突然一脸疲惫："我只是觉得，我们应该谨慎一些，维奥莱特。为了我们的孩子，也为了——我们，为了我们的家。"

"我在尽力了。"她说。

主菜上桌后，这样的交谈仍在继续，没完没了，可憎又可笑。他们都吃得很快，巴望着这顿晚饭尽快结束。但她却忘了一件事情，预订座位时，她提到今天是他们的纪念日，所以让餐厅老板娘预留了一个低头就能观赏河景的靠窗的桌位。然而，一顿饭吃下来，她完全忘了欣赏窗外的景致，而是全身心地投入到了这场婚姻矛盾的拉锯战中。

"主厨推荐！"女服务员突然出现，呈上了一道巧克力可颂面包。面包和腰包一般大小，摆在了桌子正中间。"纪念日快乐！"

他们同时看着那道撒满糖霜的甜品，满脸惆怅，恍如隔世。

第六章

前往父母家的路上，莉莎幻想着另外一种现实。那种现实也许正在另一个平行宇宙之中发生：带着大学时代就相恋的爱人和腹中刚怀上的孩子，回到儿时的家，害羞地用气球演示自己将要渐渐隆起的肚子，或者和家人分享胎儿的声波图。所有人都沉浸在快乐中，欢笑声、苹果味气泡饮料，应有尽有。

然而，此时的她却手握方向盘，透过挡风玻璃，目不斜视地盯着前方，面容惆怅而坚决，仿佛一会儿要去参加的是一场假释听证会。瑞安坐在副驾驶座上沉默不语，一束山茶花正在他的腿上枯萎。他越过控制台，握住了她的手。她不得不扭过头看向他。他对她露出一个微笑，一个真实的微笑。她也扯动嘴角，回赠了一个并非刻意假装的笑容。看到他快乐的样子，她的确感觉心情明朗。怀孕测试结果出来后，他们相安无事地度过了几个礼拜。在把这个消息告诉瑞安时，因为不想给他带来任何压迫感，她没有用"我怀孕了"这样的字眼，而是告诉他，"我想我可能要生小孩儿了"。不出所料，这番话让瑞安一头雾水。于是她接着解释道，不是"我想我可能"，而是已经确切地拿到了结果，明年会把孩子"生"下来。那时，瑞安毫无保留地给了她一个拥抱，以及一个迫切而坚定的吻。他告诉她，他爱她；他告诉她，即使这是一个计划之外的孩子也没有关系；他告诉她，这是一个无与伦比的好消息。好长一段时间内，他整个人又振奋了起来。那个出人意料的消息就像一剂药，被她打入了他的静脉。一切顺利得令她难以置信。原来能让瑞安找回自我的，不过是一个巨大的惊喜、一道生活中掀起的波澜、一个敷在他的大脑杏仁核上的冰袋。虽然硕士期间学到的知识告诉她，这一切根本不可能，但在那之后的日子里，她还是死死抓着这艘救生艇，暗暗观察着瑞安。他的步伐变得轻快起来，他的声音又充满了活力。

“你紧张吗？”他问道。她摇了摇头。

“我为什么会紧张？”

他没有说话。他可能受伤了。

“我的意思是，我很激动，”她攥了攥他的手，精准把控着语气中流露出的热情，“今天晚上你没关系吧？”

她常常想知道，如果她的爱人是一个酒鬼，是不是也不过如此。在回家的车里，她和瑞安总会提前做好心理建设，提前说好不会在那里逗留。他们甚至像间谍一样，彼此约定了一个暗号。如果瑞安用左手拇指和食指揉搓他的喉结，就意味着是时候离开了。那意味着他累了，他的神经会变得敏感，意志也会渐渐消沉。

宣布了怀孕的消息后，他们有一段甜蜜的日子。可是没过多久，一切又开始急转直下。但即便如此，如果要把这个消息告知父母，她离不开他的陪伴。而且在家庭聚餐上找借口帮他脱身，她再擅长不过了。

“我没事，”他说，“没问题的。”

“你可以告诉我的，如果你……”

“我都说了没事。”

在另一个平行宇宙里，瑞安永远不会这样恶声恶气。在另一个平行宇宙里，瑞安会问：“那你呢，你现在感觉怎么样，亲爱的？”这样来安抚他陷入焦虑、怀着孕的女朋友。在另一个平行宇宙里，他们可能早就结婚了。她一边胡思乱想，一边把车开上了停车道。如果是那样，她一定不会像现在这样恶心作呕。

她的父母坐在门廊里。卢米斯冲下了台阶，母亲在它背后漫不经心地喊道："卢米斯，待着别动。"莉莎俯下身，摸了摸卢米斯的头。在另一个平行宇宙里，她怀孕的消息不会和乔纳的秘密收养事件撞在一起。更何况她带来的是一个新生命，而维奥莱特带来的是一个凭空出现的十几岁的大孩子。

"真是一个美妙的夜晚！"母亲站了起来，把他们两个拥入怀中。

"你妈现在已经正式开启了门廊模式，"她的父亲说道，"不到十月份，她绝不会迈进屋子半步的。"

父亲也给了莉莎一个拥抱。莉莎刻意把身子贴紧，拉长了那个拥抱。在那短短的一秒钟内，她迫切地希望父亲能有所察觉，又希望他什么也没发现。

"温迪拉着我们加入了她的'每月好酒俱乐部'，"玛丽莲说，"这个月是白葡萄酒。我对这瓶酒一无所知，只知道今天早上，这瓶酒像个炸弹一样被丢在了家门口。它的价钱可能比我们的燃气费还要贵呢，你们有兴趣吗？"

莉莎没有回答，迟疑了很久，才说道："事实上——"说第一字的时候，她就有些破音。她本来没有打算用这种方式宣布消息，但是她已经吸引了大家的注意。血一下涌上了她的脸，眼泪也一下涌上眼眶。

"亲爱的，怎么啦？"玛丽莲问道。

"我们有——要宣布一些事情。"莉莎说道。她注意到，父母飞快地交换了一下眼神。接着，母亲慈爱地握住了她的手腕。

"莉兹？"

她扭头看向瑞安，他看上去十分窘迫，穿着匡威牌帆布鞋的脚左右来回碰着。

"我怀孕了。"她说。她第一次这么直截了当，没有留任何回旋的余地。母亲一把把她拉进了怀里——玛丽莲的拥抱是独一无二的，紧实、热烈，充满活力和爱——然后说："天哪，亲爱的，这真是一个天大的好消息。"

接着，玛丽莲去拥抱瑞安，留下莉莎和随即也给了她一个拥抱的父亲。父亲的拥抱，一下打开了她的泪腺，泪水打湿了父亲身上那件吸水性很好的马球衫。父亲松开了拥抱，看着她。

“莉莎？”父亲轻声询问道。

“对不起，这是开心的泪水。”她说谎了。她再一次钻进了父亲的怀里。

“莉莉。”过了一会儿，父亲轻声喊着她的小名，声音略微有些哽咽。她想，父亲一定也为她流下了开心的泪水。“我为你感到开心。”他说道，然后终于松开了拥抱。紧接着，他向瑞安伸出了手。“恭喜。”他说。

“谢谢，索伦森医生。”瑞安说道，仿佛是个在露天看台下面搞大了女朋友肚子的十五岁的青少年。

莉莎挤出一个笑容，抓住了瑞安的胳膊肘。“天哪，”她说，“直接叫他戴维就好了。”为了向瑞安证明她没有生他的气，话音刚落，她就立即飞快地吻了他一下。

玛丽莲笑意盈盈地看着他们。“瞧瞧这对要当爸当妈的小两口，”她说，“真是太好了。我去拿点——莉兹，亲爱的，气泡水？姜茶？你最近能吃点什么？我还是去拿个拼盘过来吧。坐坐，坐坐，把所有事都告诉我们。”她侧身进了屋，离开前对他们挥了挥手。“我是说，倒也没必要把‘所有事’都告诉我们。”落下这一句话后，她就进了屋。戴维和瑞安的脸涨得通红，而莉莎也没让自己闲着，假装挠着卢米斯的肚子。

“你最近怎么样，瑞安？”戴维问道，“除了……这个好消息。”

“还不错。”瑞安用力地点了点头。戴维不是那种“好好照顾我女儿，不然我就对你不客气”式的父亲，但是莉莎知道，父亲的存在还是会让瑞安坐立难安。她也知道，瑞安讨厌——一次又一次地——告诉戴维自己仍旧是个无业游民。“就是——在找到稳定工作之前，我可能就是——接一些——散活儿。”

莉莎站在他的身边，小心翼翼地牵住了他的手。她想通过这种方式告诉他：这个时候说谎也没关系的，总有一天谎言会变成现实。“和爸说说你那天在院子外边儿发现的那株奇怪的植物，亲爱的。”莉莎说道，“看起来——看起来像仙人掌似的，爸。”

“马齿苋，有可能。”父亲回答道。

母亲端着一个托盘回来了：“天哪，不是吧，亲爱的，你怎么拉着他们聊起杂草了呢？他们还没告诉我们宝宝的预产期是什么时候呢。”

“帮帮我，帮帮我，帮帮我。”莉莎在心里呼号，“一切都糟透了，妈，可不可以帮帮我；爸，那根本不是开心的泪水。我不知道该怎么办了，你们能不能告诉我，我该怎么办。”

“现在已经第十一周了，”她说，“预产期在一月份。”她注意到父母又交换了一个眼神，“怎么了？那……不好吗？一月份怎么了？”

“不，不，”她的母亲说，“不，我只是……”

“一月是个不错的月份。”戴维蹩脚地补救道。

“不是那样的，亲爱的。我——真是太蠢了，乔纳的生日在一月份，维奥莱特——最近才告诉我们的，我只是觉得一月份这个时间有些耳熟。”

她看到母亲急得湿了眼眶，父亲自然而然地伸出手臂搂住了母亲。在另一个平行宇宙里，哭的人应该是莉莎才对。在那个平行宇宙里，她会因为手上乐活牌气泡水的温度掉几滴不合时宜的泪水，然后瑞安会伸出手臂搂住她，冲父母眨眨眼，和他们道歉：“都是孕期荷尔蒙惹的祸，哈哈哈。”在那个平行宇宙里，她不用像现在这样竭力隐藏自己的忧虑；她不用对父母隐瞒，而是和他们坦白，她和瑞安摇摇欲坠的感情，会对这个即将降临的孩子产生无以复加的影响；她会告诉他们，瑞安病了，即使他怀抱美好的愿景，也远不足以填补他们漏洞百出的现实，等待着她的，将会是动荡不安的几十年时光，她会独自一人开车，一只手握着方向盘，另一只手腾出来安抚身旁的孩子。

当然，如果平行宇宙真的存在，这一切的悲剧也许压根就不会发生。她抬起头，看到父亲正忧心忡忡地望着她。

“对不起，莉兹。我只是刚好想到了，”玛丽莲说，“绝对不会影响到这个天大的好消息。实际上，那个时间点很凑巧，不是吗？你刚好可以请一整个春季学期的假？”

“我们还没想到那一步，”瑞安说，“我们目前只把这个消息告诉了你们。”

“那我们真是太荣幸了，”母亲把头靠在了父亲身上，“那你们时间还很充裕，所有事情都可以安排得井井有条。”

“什么叫‘井井有条’，妈，告诉我该怎么做才能‘井井有条’。”莉莎心里喊道。

“有什么过来人的经验可以分享吗？”瑞安问道。不知为何，她觉得他这个问法有些可爱。

玛丽莲笑了出来：“那样的话，你可能需要先找一个真正的‘过来人’。”

“没错，”父亲接着说道，“从1975年开始，我们就一直不知所措到了今天。”

戴维一直是一位谨慎的父亲，女儿们给了他谨慎的理由，他能觉察到莉莎有些不太对劲。之前她打电话来，问可不可以和瑞安一起来家里吃晚饭时，他和玛丽莲都以为他们要分手了。戴维刚才给莉莎的那个拥抱，其实是想向她传达：“嘿，你知道的，在我面前，你不用撒谎。”作为父亲，他没有直说，而是费尽心思选择了这样一种表达方式，尽着一位父亲应该承担的责任。

晚饭后，莉莎和往常一样，站起身来，收拾桌子。戴维也和往常一样起身帮忙。他们一直默契地遵守着这个惯例，一个人洗碗，另一个人擦碗；一个人洗毛巾，另一个人拧毛巾。他和女儿度过的最难忘的时刻，都是在他们卷起袖子，手上全是朵恩牌洗洁精泡沫的时候。

“格雷西最近怎么样？”莉莎问道，“我最近都没有怎么和她联络。”

戴维和玛丽莲最近很少谈起格雷丝。傍晚在门廊里聊天的时候，他们对格雷丝申请法学院的事情几乎只字未提。他们为乔纳的事情操碎了心，现在又开始为莉莎感到忧心忡忡。

“啊，”戴维说，“你知道的，莉兹，我也不确定。她肯定不会有什么事儿的，但是我——我感觉她听起来有点茫然，也许是有点孤单。但是我感觉开学之后她会好起来的。”他调节了一下水龙头，边等水温凉下来，边继续说道：“这么说来，你不觉得你读研究生的时候简直是过关斩将吗？”

她哼了一声：“根本就不是。”

“当然是啦……我是说，莉兹，你……”

“格雷西是没什么好担心的，”她话锋一转，“对了，妈还好吗？关于——乔纳那件事儿，感觉她好像……”

他知道她在转移话题，为了不让他继续追问下去。

“她会没事的，”他说，“只是对她来说，事情来得有点突然。”他停顿了一会儿。“你不会……乔纳的事……你不会……”

“早就知道了？”她大笑出声，说道，“我的天，我不知道，爸。我总是最后一个知道的，维奥莱特和温迪从来都不会把任何秘密告诉我。”

任何秘密，不止一个。

莉莎和瑞安离开之后，戴维本以为玛丽莲会开始胡思乱想。但没想到，她只是冲他微微一笑，擦了擦她的脸。

“你太棒了，”她说，“把所有碗给洗了。我累得眼睛都花了，要是今天轮到我洗碗，我一定会原地爆炸的。”

她的话有些出乎他的意料，但他还是冲她笑了笑。“我很乐意，”他说，“你今天是不是太累了，没法坐下来和我开个会，好好谈谈孩子的事儿了？要不喝点酒，就睡下吧？”

“亲爱的，我很想和你聊聊，但是我——不如明天早餐的时候我们开个圆桌会议吧，配上鸡蛋卷。”她一定是察觉到了他的失落，于是走了过来，在他的脸颊上落下一个吻，“或者我也可以做点别的。炒鸡蛋，端到屋子后边的露台上吃，怎么样？”

他把她拉进怀里。她疲倦的身体似乎要融化在他的怀里。“我忘了你今天工作了，”他说，“你上去吧，我去遛遛卢米斯。”

她把脸颊贴在他的胸膛上微微磨蹭：“谢谢。”

卢米斯突然出现在了他的身旁，期待地摇着尾巴。

他们的院子干净整洁，除了那棵凋萎的银杏树。那棵树耸立在庭院的中央，宛如一座灯塔。戴维走下楼梯，摘了些丁香，随手捆成一个花束，打算送给妻子。卢米斯在每一丛戴维精心修剪的灌木边上都标记了自己的领地。戴维在一旁寻找品相最好的那丛丁香时，卢米斯跑了过来，在戴维身边来回打转儿，左嗅嗅，右嗅嗅。他们刚在一起的时候，玛丽莲也会摘丁香花送给他。那时，这个房子还是她父亲的。她会捧着丁香走出房子，来到车里，把花一把塞进他的怀里，嘴里还不停念叨着“我真是受够了那种过时的女性观念，女生明明也可以给男生送花嘛”。他会把她送的花插进一个咖啡杯，放在床头边，一直到花瓣凋零、养花的水开始散发腐烂的恶臭。即便每个清晨都闻着臭味醒来，他也不舍得把花扔掉。

他挑选了几枝带叶的花，小心翼翼地从主干上折了下来。

“春天要来了，亲爱的。”他边走进卧室边说，却发现玛丽莲已经沉沉地睡去。灯都开着，她紧紧地蜷在被子里。他把那束花放在她的床头柜上，脱掉衣服，钻进了被窝。

“但是我觉得我——”她迷迷糊糊地说道，在被窝里踢了踢腿，似乎努力不让自己坠落于某个梦中。

“嘘，”他轻声说道，“没事儿了，继续睡吧。”

黑暗中，她睡意蒙眬，摸索着靠近他，把自己缠到他的身上。他把她拉近了些，在她额头上落下一个吻。

“对不起，是我扫兴了，”她挪了挪身子，打了一个大大的哈欠，“我们一直都有‘开会’这个环节的。”

他略微放松了下来。原来她都知道，原来她和他都对同样的事情产生了怀疑。女儿们的生活都是一团乱麻，她们正身陷混乱局面。

“你给今天晚上打几分？”他问道，嘴唇贴在她的脖子上。

“嗯，九分，”她说，“今天晚上很开心啊。”

他身子变得僵硬起来。她的身体在一旁微微挪动，试图和他的身体完美贴合。

“怎么了？”她说，“太低了？还是太高了？”

“九分？”他问。

“又多了一个宝宝，”她说，“多好啊。莉兹看起来状态不错，不是吗？”

“她明明看上去精神散漫，神色失落，好像随时随地都会崩溃，就和你每次怀孕时一模一样——无意冒犯。而瑞安在旁边一个字也不说。他身上那件衬衫的袖子太短了，露出了小臂。他手腕上是文了一个软盘图案的文身吗？”

戴维没有说出心中所想，而是说道：“你今晚很开心。”

她哼了一声，他感受着她的呼吸，她几乎又坠入了梦乡。

她竟然真的打算对一切避而不谈。就算莉莎突然唐突地宣布了怀孕的消息；就算格雷丝最近显然已经开始抽烟了——上周格雷丝和他们通电话的间隙，传来了吞云吐雾的声音；就算在她提到乔纳一月份的生日时几乎泪崩。他用手轻轻上下抚摸着她的肚脐眼，她那里总是很敏感，只要碰到，总会神奇地激起她的欲望。然而此刻，她却仍然保持着平稳的呼吸。也许这就是婚姻这种制度的唯一合理解释，一方扛起所有的忧虑，只为了让另一方睡一个安稳的好觉。

“如果迈尔斯在的话，”温迪说，“他肯定会抨击公共教育的。”

乔纳从刚才开始就一直在不停抱怨他的秋季课表。学校没有给他安排自习课，而是让他参加一门叫作“探索英语世界”的课程，参加这门课程的学生都是一些需要补课的差生。他和他们不一样，他只是没有在八年级的时候参加标准化语言测试罢了。当时正值考试月，他住进了一个新的寄养家庭，那户人家喜欢收藏一些无聊的动物雕像，住在一个前不着村、后不着店的地方。他是在那之后才被汉娜和特伦斯收养的。

“学校倒是没什么问题，”他说，“只是，就是，我又不是什么出身豪门的Y世代[①]，又不会被保送到普林斯顿那样的学校。”他从来没机会和别人像这样说话。

“你也可以上普林斯顿啊。”温迪晃着手中的红酒杯，说道。

“我才不想上普林斯顿呢。”

“好吧，其实我也那么想。但是你总不能像个乡巴佬似的，连一个简单的句子都写不好。要是迈尔斯遇到你这样的学生，他肯定会抓狂的。”

温迪总是频繁地提起她过世的丈夫，乔纳搬到温迪家好几天，才最终适应了过来。婚姻是一桩要紧的大事，对温迪来说，丈夫未满五十岁就去世，的确非常糟心。

“我们会让你好好上学的，最起码不会让你沦落到读那种城市学院。”她说道，语气里的愤慨让乔纳有些受宠若惊，“格雷丝念的是里德学院，她还蛮开心的。那里的学费几乎和普林斯顿一样贵，不过还算是所说得过去的学校。”

---

① Y世代，又叫千禧世代，一般指1980—2000年出生的人。

“我还没有想得那么远……”

“我会负责的，”她说道，吐出一口烟雾，烟雾缓缓上升至她的头顶，“到时候。”

他不太能理解她这种人：自称待在家里追寻简单的生活，但其实根本没有正经工作，随随便便就把一个陌生人收留到自己家里。在温迪家，乔纳从来没法偷听到任何谈话内容，不像在汉娜家里，可以偷听到他们谈论日常用品预算、牙科保险，等等。温迪住的这栋公寓楼，像《蝙蝠侠》里的反派角色会住的地方。三十六层，向下可以看到一片湖泊；随处可见的窗户，气派的大理石瓷砖，高高的天花板，硕大的素色家具。走在她家里，就像在参观一个充满未来感的博物馆展览。温迪拥有的太多，而他需要的却很少。他第一次感觉自己不再是一个被强加到别人头上的麻烦，他第一次感觉一切是如此顺利。他渐渐适应了和温迪一起生活的日子，习惯了这个女人喝酒如喝水，习惯了她总是游移在正常人的生活架构之外，不用日出而作，不用遵循规则。毕竟和一个精神不太正常的有钱人一起生活，总比待在莱斯洛普中心强。住在这里，你可以拥有单独的房间，就算有时会听到隔壁房间里你的“阿姨”又在和一个你素未谋面的男人做爱。在莱斯洛普中心，你只能住在一个取了“青少年房”这么个愚蠢名字的宿舍里。夜里入睡前，你只能假装听不到周围的嘈杂声音，然后在白天醒来后继续惹是生非。在温迪家里，他不仅可以吃到无限量供应的麦片，还可以在夜晚时分和人谈天说地。虽然聊天内容有时超出了他这个年纪的理解范畴，他仍然感到十分荣幸。她把他当作一个“人”，而不是一个数字。她读过很多的书，和读书读得太少相比，那也不算是件坏事。

他还记得母亲那一头柔软的红发，记得他房间床单上印着的帆船图案，记得从面包机里刚烤出来的华夫饼，以及方块凹陷处填满的糖浆。他记得，他会穿上船上专用泳衣，在洒水器洒出的水花间跑来跑去。他记得，母亲身上总有面包的味道。他记得，父亲总是会在停车标志前停留过久，惹得后面的人冲着他们猛按喇叭。

他记得，突然有一天，他们就不在了。他记得，一位头发绾成一个发髻的女人告诉他，他们的车撞上了高架桥。他也记得，在父母离世之后，他来到那个到处是牛的味道的小镇上，住进了他第一个寄养家庭。他记得，那些夜晚他总是听着蝉鸣声入睡。坠入梦乡之际，他总是会想，他的爸爸妈妈是否也能听到这些蝉鸣声。他记得，之后他搬进了另一个家庭。他记得，那个家里的人总是争吵不休，大吼大叫，对家里的狗十分刻薄，而且总会忘记晚餐时间。他记得，就在两年前，那个家里的一员把他送进了莱斯洛普中心。他就那样住进了那间“青少年房”，房里还住着其他四个男孩。

“你走神了。”温迪说道，她站在露台的另一侧冲着他微笑。喝了一点红酒之后，她的神色变得柔和许多。“你还好吗？”

他点了点头。在温迪家，他听不到蝉鸣声，只听得到楼下车辆飞驰而过的“倏倏”声，还有远处湖泊上像被小精灵扰动出来的“嘶嘶”风声。进到屋内，关上滑门，就可以像封上一个真空密封袋一样，把所有的声音都隔绝在外，只听得到家里的声音——温迪的声音，不是在不着调地唱着玛丽亚·凯莉的歌，就是在卧室里发出那种令乔纳不忍细想的声音。

“嘿，温迪，”他问，“你知道我的爸爸是谁吗？”

温迪呛了一口红酒。“天哪，问之前给女孩子一点预警好吗？”说完，她又立马严肃起来，“这个问题信息量太大了，小乔。”她边说，边点燃一支香烟。她微微仰起头，吐出一口烟：“我知道他是谁，没错。第二次感恩节的时候，维奥莱特把他带回了家，我只见过他那一次。维奥莱特上大学的时候和他谈了几年的恋爱。”

他紧紧盯着温迪，等待着。

“问题是，小乔，我没有资格告诉你这些事情。”

“当初是你找到我的，不是吗？”这是他从汉娜那里偷听来的，

“把我的事情告诉维奥莱特，和把我爸爸的事情告诉我，难道不是一回事儿吗？”

“我没有把你的事情‘告诉’维奥莱特，”温迪说，“她又不是不知道你的存在，是她自己把你生下来的。”

“你知道我不是那个意思。”

温迪又吞了一大口红酒：“我知道。你说的也有道理，不如我们一步步来吧，嗯？你连格雷西都还没见过呢，我不想你现在就刨根问底，把所有事情都问个底朝天。”

“至少你可以和我讲讲和他有关的事情吧？”

温迪似乎在思索怎么让这段对话进行下去。“说实话，我也记不太全了。我只记得他不是个坏人。但是没有那么有趣，不过对维奥莱特来说，那也很正常。时间一久，习惯就成了嗜好。他好像要拿一个什么科学类的博士学位。对了，你科学学得怎么样？”

他摇了摇头。

“好吧。那你可能会是个大器晚成的物理学家，谁知道呢。我隐约记得，你爸肤色很白，扭扭捏捏，总是穿着短袖衬衫。说实话，其他的我真记不得了，乔纳。我很抱歉，我也很希望我能记得清楚。”她叹了一口气，“你知道吗，我丈夫也是被继母带大的，他母亲生他的时候就去世了，他父亲在他母亲离世一年之后重新结了婚，那时，迈尔斯还没到可以记事的年纪，一直到十多岁，他才知道他妈是他的继母，不是亲生母亲。”

“那可太惨了。”乔纳说道。

“是啊，是有点儿。但是我其实是想说，血缘关系也不是那么重要。”

他对这个话题有些倦怠了，没办法获得更多父亲的信息，他有些失落。“‘第二次感恩节’是什么？”他问道。温迪大笑了起来。

“对你来说，这可是个惊喜呢，等着瞧吧。”她说。

1977—1978

一走进艾奥瓦州家里的厨房，看到脏兮兮的黄绿色陈列柜、暗淡的芥末黄色地板，玛丽莲便觉得不忍直视，想转身就走。每天早上煮咖啡的时候，她都会眯起眼睛，把注意力全部集中在手头，咖啡一煮好，立马逃到米色调的客厅里。虽然她也不太喜欢客厅的色系，但和厨房比起来，起码能在这里头忍一忍，读读报纸。那段时间，家里难看的装潢成了一桩心事，郁结在她的心头。这个房子其实不差，屋外的墙壁漆成了深绿色，一旁种着某种连翘属的黄色花。从外面看，整栋房子还算赏心悦目。屋外小径的尽头矗立着一个信箱，上面粘着一张写着“索伦森”的贴纸。每次去那里面取电话账单时，她都会竭力说服自己这也不失为一件有仪式感且浪漫的事。

她努力看向事物好的那一面。这次搬家并不顺利，和他们预想中的有所偏差。做了搬家的决定后，她花了几个月的时间待在父亲芝加哥的家里，安抚经历着过渡期的父亲，并让戴维一点点将东西搬进他们达文波特街上的新家。跨州转学的话，她在伊利诺伊芝加哥分校修的学分将全部失效。为了下学期成功转到艾奥瓦大学，她必须暂时在社区大学修读一些无聊透顶的课程。冬日提前来临，将会持续数月的衰颓和苍白，正在一点一滴地渗入他们的生活。冬日的冷风从窗沿细缝钻进了屋，连续好几周都阴云密布，不见阳光。这样的季节里，她的精神也萎靡不振，即使到了三月，冬雪消融，天空终于摆脱了最后一丝冬日的深灰时，也不见好转。如果成功被录取，夏天她就可以以一个转校生的身份重新开始校园生活。但此刻，她的当务之急是先在这个家里安顿下来，她需要挂上他们从二手商店淘来的新潮艺术品，给餐厅里硕大无比的窗户安上窗帘，重新布置这个看上去欠打理的家，这一切比她预想的艰难很多。她这才发现，母亲能把家里收拾得那么妥帖，并不是一件想当然的事情。原来抽屉并不会平白无故地变得整洁；原来只要一晚上的工夫，家里平整的物体表面就会积上一层灰尘。

在她过去的想象中，婚姻生活就像一次持续时间更久的外宿。他们可以成天待在床上，享受舒适而热烈的性爱，云雨之余凑合着吃点东西；夜晚，他们可以一起待在屋外门廊里，呼吸乡下没有掺杂烟尘的新鲜空气，招呼附近探头探脑的小野猫。然而，现实却是，搬家以来，戴维就一直埋头钻研学业，把心思全花在胚胎学、神经科学这些艰深难懂的课程作业上了。清晨，她还未醒来时，戴维就已经出门了；晚上，她已经进入了梦乡，他才姗姗归来。一开始她试过等他回家，但断断续续的失眠，加上晚上喝半瓶红酒的新习惯，让她很难保持清醒。她开始感到厌倦。艾奥瓦令人厌倦。有的时候，她会独自一人沿着河边散步；有的时候，她会到学校里看戴维，给他带个三明治，给他一个拥抱，但戴维明显有些心不在焉。被学校里那些时时刻刻精力充沛的人围绕着，他显得慌张而疲惫。她本来期待的是一种更加舒适的生活——她和戴维都是学生，都很忙碌，都能各自实现价值。

粉刷厨房是她临时起意做下的决定。上午九点钟，她买好涂料回家，二话不说就干了起来。戴维回家时，十二个小时过去了。她伏在厨房餐桌上睡了过去，干掉的淡蓝色涂料溅得到处都是。

戴维搂住她的肩膀，轻声地想要叫醒她。“亲爱的，这股味道——”他说。她把头埋在手臂里，脸贴在餐桌冰凉的油布桌垫上。“玛丽莲，快起来，从这儿出去。”他打开了窗户，浮夸地用他的课本扇着风。

“不要紧的，”她说，“都快干了。”

“来，”他说，“我们到门廊上去吧。我的天哪，你到底睡了多久？你是晕过去了吗？”

“当然不是。”她站起身，跟着他到了外面。戴维指着一张椅子，示意她坐在那里，但她一下瘫坐在了楼梯上。过了一会儿，戴维坐在了她的旁边。

“你最近怎么了？”他直言不讳地问道，比平时更加坦率。婚姻无法预料的弊端之一：戴维突然开始和她开诚布公，并试图用这种方式给她安慰。“你是不是——我是说，屋里全是油漆味，你不能在屋里睡觉，玛丽莲。况且刷厨房这件事我们都没讨论过，这种事情，我们不是应该提前讨论一下吗？”

“你不喜欢吗？”她问道。

“那不重要，”他说，“我——我应该担心你吗？”

“我的天哪。”她说。

“这么草率，一点都不像你。”

“我又不是用凝固汽油刷墙。老天啊，我只是想做点让我们开心起来的事——我只是想让我们的家看起来没那么可笑。”

“你什么时候开始觉得我们家很可笑的？”

“你白天成天不在家，所以你可能没注意到，家里的厨房看起来简直就像一所精神病院。我只是想做点改变，我还以为你会很喜欢。挑颜色的时候，我还想着，这个颜色和你婚礼上那条领带的颜色很搭。但是你关心的，就只是我有没有提前问过你，这就是我所期待的生活吗？一个该死的大男子主义的丈夫？”她知道自己伤害了他的感情。

“别说胡话了。”戴维回应道，“我只是问你最近怎么样，因为在我看来，没错，在你这个丈夫看来，你最近不太正常。而且我没想到，你竟然觉得我这个丈夫是个耻辱。”

“那你就没有想想，为什么我最近不太正常吗？就因为你，我住进了这个小得可怜的房子里，成天在家，无聊透顶。你倒好，忙得起劲，从来都没想过花点时间陪陪我。”

“你觉得我很喜欢这样吗？我的天哪。你……你现在有点无理取闹，你不觉得吗？”

“很好。”她说。她起身进了屋，看了看刚刚刷好的墙壁，心中盘算着明天还得继续上第二层漆。然后她拿起一瓶红酒，用他们廉价的瓶起子艰难地拔出瓶塞。

“这就打算喝酒了，嗯？喝酒能解决问题吗？”

“我喝酒，”她说，“是因为我现在的生活太枯燥了，我的丈夫甚至不在乎每天见不见得到我。而且，我现在住在艾奥瓦。显而易见，之前从来没有人提醒我这个地方是这么个——穷乡僻壤。”她重重地把酒杯放在柜台上，酒杯里的梅洛[①]红酒越过杯沿溅了出来，在她铺在地上的防尘垫上留下了血红色的污渍。

“你明明自己也同意了，我不知道我还能说什么，我很抱歉？我很抱歉，该死。明明提前告诉过你现在这种情况，但还是让你失望了，是我的错，行了吗？你到底想让我说点什么好？”

“我不确定。”她的呼吸开始变得沉重。她紧紧握住酒杯，力气大到仿佛可以把杯子捏碎，“你以前从来不会吼我。”

“我没有吼。”他说。他说的是事实。

之后的日子里，每当玛丽莲想到怀上温迪这件事的时候，都会不自觉地想到他们的第一次争吵。当时，正是因为她缺乏理性的判断力，他们才吵了起来，而她则以实际行动证明了这一点——她抱着“我要给他点颜色看看”的念头，没有戴上子宫塞。每每看到温迪，她都会不自觉地把温迪视为自己真正迈向一个成年人的复杂难懂的第一步。她也总是不自觉地将温迪和戴维刚刚脱口而出的那句“该死”联系在一起——那是戴维第一次在她面前说脏话。多年以后，经历过那些快乐的时光，她才最终释怀了一切。之后，再看到温迪时，她只会想到那一次最为原始的爱的表达和那个精疲力竭的夜晚。

玛丽莲坐在餐厅的那一头，头发闪耀着一圈光泽。戴维很喜欢这样偷偷看她，尤其是在公共场合。在家以外的场合，她会显得有些不

---

① 一种酿酒葡萄，欧亚种。起源地是法国波尔多右岸，是法国最为广泛种植的葡萄品种。

同，不那么熟悉，更加沉着，展露出一种不同于往常的美。他朝她走了过去，弯下腰，以一个吻向她问好。

“抱歉来迟了，”他说，“我提前给这里的女老板打过电话了——这一天过得很漫长。”他难为情地咧嘴一笑，在她对面的座位上瘫坐下来。“能看到你真的很开心。”

“我也是。”她回答道。他越过桌面握住了她的手。

“事情怎么样了？”他问出了一个已经可以猜到答案的问题。她的肩膀有气无力地垂了下去，显然，事情进展得并不顺利。

“我可能要不及格了。”她说道。

“嗯——我敢说一定——”

“我现在仅排在百分之四十二的位置。”

“那也是超过一半的机会呀。”他没有底气地说道。

“那是我唯一的翻盘机会了——如果我通过了的话。如果……那就完了。”

“没事的，”他说，“没事，我们一起突击准备。”

“考试安排在十七号。”她继续说道。透过轻薄的蓝色衬衣，她肚子的凸起已经清晰可见。他们面对面坐着，一个胎儿正在她的肚中平静安睡，预产期是十二月十九号。

“好吧，但是我们可以确定，”他紧接着说道，“我们可以确定的是，期末考试期间，你的时间可以灵活调动。你也说了，他会让你在家考试的，我们只要……”

说到这儿，他发现她的眼神发生了一些难以觉察的变化，微妙而模糊。原本的恐慌，渐渐变成了一种怜悯；原本的恐惧，渐渐变成了一种优越。那眼神中分明透露着，“你啊，永远拿不定主意，别再装作一副很有主见的样子了”。他甚至开始怀疑她是否乐在其中，是否享受做两人中更加成熟的那个。即使真是如此，他想他也不会对她有任何的苛责。

“格雷迪教授说同意我退学，”她接着说道，“他的老婆在教务处工作，他们挺为我遗憾的，说会把学费退给我。”她快要落下泪来。她理应念完大学，如果他可以，她也一定可以。然而，不知怎么，他突然觉得松了一口气。她的努力总是令他感到紧张，即使已经逼近预产期，她仍然拼尽全力，彻夜学习，为考试恐慌。为了让他的妻子拿到一个英语文学的学位，他们真的要将即将诞生的孩子交给陌生人看管，然后为孩子的日托支付一笔他们无力承担的费用吗？他精疲力竭，刻薄的念头开始在脑海中浮现。

“看来你找到她了。”女服务员如同幽灵一般，突然出现在他身边，脸上堆满了微笑。在这个州，人们都异常友好，以至于显得不太正常。直到搬到艾奥瓦州，他才知道芝加哥中西部有多么像一个大城市。

他眨了眨眼：“抱歉，你说什么？”

“刚刚接你电话的就是我呀，你说你妻子是金色头发，穿一件蓝色上衣，怀着孕。”他真的是那样形容她的吗？一想到要向另外一个人形容她的外貌，他就感到惊慌失措。那种感觉，就像要形容他自己的一只手。他开始仔细观察他的妻子：美丽，带有一种无法调和的忧伤。但他当时却用了“穿一件蓝色上衣”“金色头发”“怀着孕”这样的词语来形容她。对文学专业的她来说，她似乎配得上一些更优美的形容词。

“是我。”玛丽莲回答道。只有他能听出她声音里的忧伤。

“两位决定好点些什么了吗？”女服务员询问道。他本以为她已经进入了和他的深度对谈，无心点单，没想到的是，玛丽莲从他的手腕下面抽走了菜单，翻了起来。他现在没有一点食欲，但他的妻子却从容不迫地点起了菜。汉堡，不加蛋黄酱；薯条；一份沙拉，旁边多放一些莳萝泡菜。

“把肚子里孩子的那份也一起吃了！”女服务员感叹道。只要人们对她怀孕的事情评头论足，她就会很抓狂。不难看出，听到女服务员的这句话，要不是为了在人前逞强，她一定会低头啜泣，眼泪刷刷地落进她面前的冰茶中。

“那您呢？”

她曾经告诉过他，就算人们问出一个再普通不过的问题，他也总会有一副小鹿受惊后怔住的表情。她会用一只手捧着他的脸，对他说，“你都思考得着魔了，我疯狂的科学家先生”。

“他也要一样的，”玛丽莲挺身而出，替他回答道，“但是他的那份汉堡，要加蛋黄酱，切达芝士换成瑞士芝士，配菜要番茄。不要沙拉，他的泡菜可以给我。”

“你是会说腹语吗？”服务员问他，“你嘴动都没动。”

玛丽莲刚刚刻意堆砌出来的表情正在逐渐崩塌。他看到她牙关紧咬，露出了下颌线旁的咬肌。

“不愧是我的另一半。”他配合着说道，仿佛他们正身处一个剧场，他配合着她，唱着一出老生常谈的婚姻戏码，上演困境和压抑不住的绝望。“谢谢。”他边说，边将菜单递还给服务员，眼神里似乎在说：“拜托，拜托，拜托，快点走吧，珍妮特！”——她的姓名牌上写着她的名字——尽管她并没有做错什么。所幸的是，她离开了，去了厨房。她一走，玛丽莲的眼眶立马泪水满溢。她暴力地摆弄着吸管的包装纸。

他再一次握住了她的手。“我可以帮你做作业，”他说这句话的时候，用余光扫视了一下四周，确保没有旁人听到，他想全心全意地为她提供一些帮助，为自己刚刚那些小心眼的想法赎罪，“至于期末考试，你可以抄答案，只要是你自己的字迹就行。”

“亲爱的，”她的眼泪一下夺眶而出，脸上却仍然挂着一个浅浅的笑，“首先，你不觉得在我连续两个月都拿D的情况下，突然拿了个A，会很可疑吗？”

“莎士比亚对我来说也很艰深，亲爱的。我们能一起提升到C的成绩就已经很不错了。”

“其次，”她没有理他，接着说道，“我不会让你那么做的，你会被开除的。我还是见好就收，办退学吧。虽然吧，我也没有‘见’到什么‘好’。”

“好吧，”他说，“那也就是少上一次课？你也是时候让自己放松一些了。”

“格雷迪的妻子已经把所有课程费都退给我了。我决定一切就到此为止了，戴维。你仔细想想，那笔退回来的钱对我们来说多么有用。”

“你……你已经退费了？商量都没和我商量？”

“我当时觉得，那样的话我就可以一次性把事情都处理妥当。”

“那你的学业就半途而废了。”

“我没有半途而废，”她尖锐地反驳道，眉头皱了起来，“这……这对我们都好。”

“但这对你根本就不好，这……这和你想要的东西完全背道而驰。”

“我已经很累了。”她说。

“那当然了，你还怀着孕呢。但是感觉你老师挺通情达理的，不是吗……”

“我……我真的累极了。我是说……不仅仅是……我意思是……我的心很累，戴维。可能这话听起来很……但是我……”

每当她这么忧虑的时候，他都会试图引出那个话题。正如现在，他再次试着提议道：“亲爱的，正因如此，你不妨去……我是说，去试试心理咨询。如果你心情不好，不妨去和别人聊聊你的……毕竟，你妈曾经也是这样。”

“我妈是酗酒死的，而且是因为她很长一段时间精神状态一直都很糟糕。”玛丽莲突然不耐烦地说道，“我是遗传了她的基因，但那不意味着我就注定会和她一样抑郁。我是压力很大，很孤独，激素水平有点失调，但我没疯。”

“我没有说你……如果你很孤独，可以和我聊聊。”

“我们还需要买个婴儿床。”她说道，语气坚决。不顾他的想法，就此终结了上一个话题。

一切本来已经计划得非常完美。她可以用五或六个学期拿到英语文学学位。晚上，她可以兼职做服务员，之后再到镇上找一份更加正经的工作。她还可以去报社上班，或者任意做一份文职类的工作。在那之后，她可以继续深造，攻读研究生。他们也许会搬进一个更大的房子，生一个孩子。但那都是后话了。

春日的某一天里，当她告诉他已经两个月没来例假时，当一个事物的消失预示着新事物的来临时，戴维曾经对她这样说："我们会想办法的。"但是直到此刻，坐在这家敞亮得有些过了头的餐厅里，他们仍然没有头绪。这段日子里，她一边服用大量的白垩抗酸咀嚼片，一边参加爱尔兰诗歌暑期班。秋季学期刚开始的时候，她的孕肚已经隐约可见了。在所有课程中，她最喜欢的莫过于中世纪文学课。有时她会窝在床上，把《高文爵士》的片段大声读给他听，边读边在旁边的空白处写写画画。

"如果是个男孩，就叫亚瑟吧。"他曾经打着趣儿说道，他把手放在她的肚子上感受胎动，"要是一个女孩儿，就叫尚蒂尔？"

然而她却不大愿意搭理他，只是露出一个蒙娜丽莎一般的微笑，向上扯了扯被子盖住肩膀。和他比起来，她兴致不高，她会敷衍地说："尚蒂尔是个男生的名字，亲爱的。"或者，"我怀着孕呢，能让我一个人待一会儿吗？"

曾经他还怀抱希望，觉得他们能找回快乐。但此时此刻，他坐在桌边，看着她，原本的自信心也开始摇摇欲坠。

"我不想和你吵架。"玛丽莲说道。她语气中的无奈，让他感到无比悲哀。"很抱歉没有提前告诉你，我只是觉得那样损失最小。"她看着他的眼睛，露出一抹苦涩而疏离的笑容，"反正我的生活毁定了，我寻思着，至少得用一种最划算的方法。等这笔学费退到手，我们还可以入手一个恩戈麦牌的婴幼儿秋千。”

女服务员回来了，她用小臂托着两个餐盘，保持着平衡，一张大饼脸上堆着笑容。他突然丧失了理智，怒气顿生，再也忍受不了她的笑、她的无知，还有她上菜的方式——明明可以一只手端一个盘子，她却非得演这浮夸的一出。

“还有什么要帮忙的吗？”

他看着妻子，她正在把餐巾铺平在大腿上，捋开了脸上的碎发，大口吃起了莳萝泡菜。她饿坏了，体内的胎儿不断生长，这让她对食物毫无抵抗能力，也让她迅速把刚才的沮丧置之脑后。

“有啊，借我们一万美元，”玛丽莲说道，“然后给我们一台时光机。”

服务员脸上的笑容一下消失了，玛丽莲咬了一口泡菜。

“我们可能还需要一些纸巾。”他抱歉地说道。珍妮特灰溜溜地走开了。“明年——”他说，在桌子下面，他把手伸向她的膝盖。他们本来早就打算好了：她可以在春季学期休学在家，照顾孩子，秋季学期再重返校园。“明年，我们从头再来，我们仨。”

她没有回答。

孩子睡下后，妻子玛丽莲也爬上了床。一旁的戴维只穿着内裤，背靠着床头板坐着。她转过身去，背对他，害羞地脱掉了衣服，似乎旁边躺着的不是她的丈夫，而是某个对她垂涎已久的游泳教练。她套上一件他的T恤衫，下摆一直垂到膝盖处，然后到他身边躺了下来。她又变回了很久之前的那个她，不怎么休息，但很开心，浑身散发着的母爱也蔓延到了他的身上——她会抚摸他肩骨之间的皮肤，抚摸他的头发，在早餐桌旁亲吻他的额头。此时此刻，她将他的手臂抱在胸前，就像抱着一个毛绒玩具。“她的小手现在不会老是攥成个小拳头了，你注意到了吗？”

温迪两个月大了。他为她着迷，对她宠爱有加，无条件地满足她所有的要求。她脸上出现的某种难以形容的复杂表情，会让他呆呆琢磨上半天。他忍受着白日里的奔波，只为了在一天结束时回家看到她。但他也必须承认，他也很想念他的妻子，那个对他照料有加的妻子，那个精力充沛的妻子，那个总是热情洋溢的妻子，那个不费吹灰之力就能把他逗笑的妻子。

戴维吻了吻玛丽莲的额头："我明天再好好观察一下。"

"就当是你星期天的作业了。"她说道，然后愣了一会儿。"明天是星期天吗？天哪，我连日子都过忘了。我不知道——我真的记不清了。"

"难道不是所有人都不知道吗？"他故作正经地开着玩笑，但她突然严肃了起来。

"你现在有多累？"她问。

他一时不知如何作答，他们以前上床后很少会有交谈："倒也还有一些残存的体力，你呢？"

她试探性地吻了他："当然了，我也是，我们要不要……"

一想到又可以和妻子做那件事，戴维就激动不已。八周的时限已经过去了，他们的女儿已经满五十九天了。他把手探向了玛丽莲……但她却浑身僵硬。

"亲爱的，"他问道，"怎么了？"

她翻过身去，紧紧捂住了双眼。

"我之所以意识到八周已经到了，是因为便利店的收银员问我孩子多大了。那个时候，我才发现原来八周已经过去了。医生之前说，八周之后，我们可以重新开始性生活。但是问题是，戴维，我已经不认识我自己的身体了。我太讨厌这种感觉了，尤其是和你在一块儿的时候。和你单独待在一起，一直是我的快乐源泉。"她竟然没有哭，声音听上去也毫无波澜，"我的身体就像不属于我了，我很迷茫。所有人都告诉过我，这种事情有可能发生，但——但是我之前死也不信。我现在真的好累，我很抱歉，是我把一切都搞砸了。”

实际上，这段日子里，戴维很敬佩妻子照顾温迪的状态。她可以一只手抱着温迪，另一只手处理其他事情。趁着温迪趴在肩头睡着的工夫，她会继续读《兔子归来》[①]。她会给温迪轻轻哼唱《蓝月》或《奔放的旋律》，声音舒缓，连他听着都昏昏欲睡。他惊讶地发现，她的身体竟然能胜任这么多事情。成为一名母亲后，她身上经历的所有迅速而显著的改变，都让他对她钦佩不已。

他握住了她的手：“亲爱的，你没有，你做得很好。”

“可是别人都比我做得好。我今天去了图书馆，看到一个妈妈——带着三个孩子，年纪最小的和温迪差不多大——她看上去非常——能干。但是我呢，只能在新书上架区晃晃荡荡，像没睡醒似的。回家之后，我才发现我衬衫上的扣子都崩开了，整个胸罩都露了出来。而且，我感觉我现在身上总有股味道——你闻得到吗？”

事实是，他能闻到。过去的八周里，她没日没夜地照顾孩子，身上的香水味早已被某种清晰可辨的人体气味所取代，但那种味道有时反而能够唤醒他的欲望，他感觉自己见到了她截然不同的一面。

“我变得没有那么有趣了，”她说道，“我没有——从此以后再也不会发生任何激动人心的事情了，我就是——我就像个空空的容器，一点存在感都没有。”

“嘿！”他抓住机会，再次把她一把拉了过来，她没有反抗。他知道她的担忧是真切的。她是真的觉得生活凌乱不堪，觉得自己了无生气，一点也不性感。“你很有存在感，”他对她说道，语气平静，“你现在是一位美丽而伟大的母亲，是我们女儿的妈妈，我确信我现在比从前更爱你了。”

---

① 美国作家约翰·厄普代克创作的长篇小说。

她看着他，脸离他很近，他无法辨别她此刻的表情，只能看到她睁大的双眼，以及她橄榄绿色的眼眸。

他吻了她的眉毛。“很感谢你，为我们生了这个孩子。”接着，他吻向她的脸颊，“谢谢你让她这么健康，”然后是她的嘴唇，“这么平安。”然后是她的脖子，“谢谢你让我这么开心。”然后是她的手。他吻了她每一个指节的根部。“谢谢你，让我回家的时候可以看到你。”他轻轻抚过她的头发。“你做得很好。”他对她说。她微微侧过脸来，回吻了他……

在温迪还有几周就要过一岁生日的时候，维奥莱特出生了。

第七章

“你从来都不需要我担心，莉兹。”母亲站在厨房水槽旁边，茫然失神，满脸倦态地说道。那是吉莉安闯进他们生活的一年，也是她父母彼此不再说话的一年。

“那是什么意思？”她回应道。偶尔保持担忧，未尝不是一件好事。那时，在那个厨房里，她不想听到母亲一边洗着西兰花，一边随口用这种论调掩盖她一直对她这个三女儿不闻不问的事实。

那时候，母亲转过身来，回过了神，脸上的表情变得清晰明了。她对莉莎露出了一个疲倦的微笑：“我是说，亲爱的，你永远都是最优秀的那一个，我是这个意思。”

优秀？十九年后的莉莎，带着十三周的身孕，此时此刻正躺在她的同事兼上司——马库斯·斯皮尔博士的床上。令人倍感讽刺的是，这位博士研究的领域，恰好是工业与组织心理学[①]。躺在床上，她可以看到他书架的全貌。不难看出，他是詹姆斯·帕特森[②]的狂热粉丝。平日里，她只会偶尔和马库斯开开无伤大雅的玩笑。而今天，她主动向他发出了邀请，问他是否愿意一起出去散步。问出口时，她声音里的自信，连她自己都吃了一惊。马库斯·斯皮尔是个沉默寡言、考虑周

---

① 应用心理学其中一种，是对员工、职场、组织所进行的科学研究，与组织行为学及人力资本息息相关的学科领域。

② 美国畅销惊悚推理小说作家。

到的人。他沉着冷静的模样总是让人分外安心。他在床上的表现甚至窘迫得有些可爱。他总是过于专注不让自己出错，以至于没有察觉任何异样：他并没有发现她胸部的肿胀，也并没有发现完事之后，她在强忍着眼泪。他动作娴熟，每一步都小心翼翼，满足着她的渴望。最近一段时间，她无时无刻不欲望高涨，但这种欲望却无法从瑞安那里得到满足。昨天，她躲进四楼的残疾人卫生间，靠着墙壁，一边在脑海中肆无忌惮地幻想着《暮光之城》里那个开着沃尔沃汽车的男孩，一边自慰。

那次和她的父母共进晚餐后，瑞安就一直萎靡不振。虽然不比平时，但仍然低迷得让人担忧。她每天早晨都会晨吐，而他却总在呼呼大睡。上周，他没有陪她去做中期妊娠检查。只要一谈到未来——产假、要购置的东西——他都会表现得仓皇失措。哪怕是最为基本的身体上的安抚，他都从不曾给过她。在她晚上焦虑难眠时，他不曾抚摸她的后背哄她入睡。最近获得了终身任职的她，肩负着更重的责任，而在她压力倍增，为工作付出着前所未有的努力时，他也没有对她的身体状况表示过担心。孕期荷尔蒙发生变化，她的欲望也随之上升，而就连她最基本的身体需求，他都无法满足。也正因如此，她才出现在了这个喜欢看商业犯罪小说的男人的床上。

她尝试抽离出来，幻想自己此刻的模样，却发现她做不到。她无法勾勒出自己的面庞——满脸天真，披着一头棕褐色的头发，小心翼翼地做着这样的蠢事。她的身体已经欲火中烧。她渴望获得某种简单的欢愉，渴望仅仅为了快感而不计代价地去做某件事情。三个月前那个如同灾难一般的清晨让他们的生活开始变得混乱不堪。自那之后，她和瑞安就没有再做过爱了。他一开始表现得比较正常，但那全是暂时的。所以此时，她躺在了另外一个男人的床上，怀着一个没有父亲可以依靠的孩子，一阵恶心翻涌而来，她拼命忍住。这一切的后果是如此真切，也是如此不公。

“感觉很好。”马库斯躺在她的旁边，试探性地把她拉进怀里。她这才开始意识到——尽管已经太迟了——自己做了件蠢事，竟然用这种方式勾引了自己的同事。她几乎能想象，从今往后，每次开员工会议的时候，马库斯的目光都会如同X光一样，准确无误地穿透她的衬衫。现在是傍晚时分，春季学期终于结束了。一切都好，除了那个令人难堪的事实——她的肚中怀着一个越长越大的孩子。作为一个女性主义者、一个科学家、一个想要极力否认现实的女人，她还是想用“胎儿”来称呼肚子里的孩子，好为自己辩解。一切都好，只是这个“胎儿”的父亲现在很有可能正穿着他的运动裤，套着他之前参加某次网络安全会议时的工作T恤，颓废地窝在家里看《犯罪现场调查》。

优秀？她的所作所为，让她对母亲的那个评价产生了深深的怀疑。

“是啊，”莉莎虚弱地回复道，转过身背对着他，“谢谢。”她上网查过，她肚子里的孩子现在应该已经和一颗梅尔柠檬[①]差不多大了，虽然她不太清楚梅尔柠檬的个头和普通柠檬有什么区别。

马库斯笑了：“是我应该谢谢你。”

他们第一次见面时，马库斯称赞过她的鞋子。那时，她险些以为他是个同性恋。他没结过婚，在教室里上课时总是非常内向，不苟言笑，透过他黑色的大框眼镜观察他的学生。他养了两只猫，一只叫莎莉，是《花生》[②]中一个角色的名字。另外一只叫沃尔特，沃尔特·蒙代尔[③]的沃尔特。他叫马库斯，大名叫马库斯，别名也叫马库斯。

马库斯只是问了她一个问题：“你想喝杯红酒吗？”

她一下振奋起来，回答道：“当然，为什么不呢。”

---

① 柠檬与某种橘子或柑橘的杂交后代。

② 一部美国报纸连环漫画，以小狗史努比以及查理·布朗、莎莉、莱纳斯、露西、史洛德等几位小学生为主要角色。

③ 美国民主党政治人物，第42任美国副总统。

她的母亲曾经说过，她怀孕的时候从不喝酒。但是再往前几代的芝加哥人一定会喝——几乎整个芝加哥城怀孕的女人都会大口喝着曼哈顿[①]，一根接着一根地抽烟。就算那样，她的父母似乎也健康地长大了。

就喝一杯。他们穿好衣服，端着酒，来到了他的阳台。莉莎用手指托着酒杯，轻轻晃动酒杯底部，低头看向楼下的人行道。一个时髦人士用一根伸缩狗链牵着一只斗牛犬正好路过。她的父母在她这个年纪的时候，不可能每时每刻都过得美满幸福。与此同时，她也知道，即便如此，母亲也绝对不可能和另外一个男人上床，更不用说是在即将诞下一个女儿的时候。那阵恶心重新涌了上来，她一时分不清是因为怀着身孕，还是因为厌恶自己。就在那时，手机提示音响了，是瑞安发来的信息——“不要指望我今天还会去你爸妈家”。这次，她喉咙里发哽，传来一阵难忍的痛意，她又一次强忍着咽了下去。她突然感到一种令人窒息的疲倦。她无比渴望此时能得到某个人的照顾，哪怕就这一次。她小口喝着酒，酒水令人愉悦地顺着喉咙滑了下去，让哽住的喉咙变得麻木起来。她转向马库斯，问他能不能开车送她回俄亥俄街。

乔纳一直很纳闷，为何这个家里的人全都住在宽敞气派的大房子里。他们房子的面积相加，足足有十几个足球场那么大。温迪住的公寓楼的一楼，甚至比丹福斯整个家的面积都大。果然不出他所料，戴维和玛丽莲也住在一个大房子里，只不过，他们的房子更像一个有人居住的家。他们家里挂着风铃，种着杂七杂八的植物，前门廊里停着几辆自行车——加能戴尔牌的，价格不菲。门廊里还摆着一张木头靠椅，上面放着几个旧旧的碎花坐垫。靠椅对面是一个红色的门廊秋千。房子外面砌着红棕色的砖石，显得优雅庄重。窗户上用的是几何图案

① 一种由威士忌、苦艾酒和香艾酒调制的鸡尾酒。

的有色玻璃，旁边种着一排紫色的花卉灌木，像栅栏一样簇拥着窗沿。门廊用了赤色陶土地砖，走在那上面时，他的球鞋会和地面摩擦，发出像粉笔划过黑板时的尖锐噪声。每次听到那种声音，他都觉得脖子后面汗毛直立。

“你准备好了吗？”温迪问他。在车上的时候，她一直想让他放松下来，逐一向他介绍她的妹妹们，形容她们的外貌：“莉莎很漂亮，但是她头发的颜色太糟糕了，是一种形容不上来的颜色，可能是……类似亚麻色，就和创可贴似的。”“你今天可能见不到格雷西，但是她长得有点像椰菜娃娃。”她还一一细数了她们闹过的别扭：“虽然维奥莱特不承认，但是她绝对偷了我那条编结的手链[①]，那是我高中时代的男朋友送给我的。”说着，他们就来到了门廊处，她拍了拍他的肩膀。“我保证，一点都不吓人。别说你怕见到他们了，他们还更怕见到你呢！”

“他们怕见我？”

“好吧，不是。我的意思是……不是，是我没有组织好语言。”她又捏了捏他的肩膀。这时，一辆英菲尼迪开上了停车道，停了下来。维奥莱特从车里钻了出来。

“你儿子们呢？”温迪问道。

“在家，马特陪着。”维奥莱特脸红了，“我就是觉得，今天这个场合可能不太适合——你懂的——不太适合小孩子参与。”

“你是觉得今晚会有人拿刀斗殴吗？还是觉得今晚要做什么父子鉴定？”

他看到维奥莱特的脸变得更红了。维奥莱特接着说道：“温迪，可不可以不要这样？拜托你了。”

“我只是觉得马特没有和你一起来有点奇怪。”

---

① 来自南美的一种手工艺，通过多种打结技巧将宝石、串珠、羽毛等结合制成充满灵性的首饰，由旅行者带往世界各地。

“我们没找到保姆，好吗？天哪，能不能别钻牛角尖了。我们直接进去吧，好吗？”

她甚至没有和他打声招呼。当初是她把他丢到了温迪家，但她甚至不屑于问一句他在那个家里过得如何。她按响了门铃，门开了。戴维和玛丽莲出现在了门后。他们手拉着手，仿佛是《闪灵》里那对恐怖的双胞胎。一只黑色的狗站在他们之间，体形像马一样硕大。

“为什么你要按门铃？”戴维问道，松开了玛丽莲的手，打开了外面的一道门。玛丽莲则俯下身来，抓住了狗的项圈。

“我只是觉得……”维奥莱特支支吾吾地回答道，“我只是觉得，因为……”

“因为这是一个揭晓时刻啊，”温迪打起了圆场，“就像一场隆重的真人秀首演一样。”

大多数时候，乔纳很喜欢温迪。她很有钱，很疯狂，她总是能把他逗笑，而且她允许他看《每日秀》。无论什么时候，她似乎永远有话可说，比如现在——尽管这些话让在场的所有人都感到了不适，他们在原地僵了好一会儿。戴维手撑着门，玛丽莲站在他的身后，紧攥着他另外一只手。

“快进来，快进来，”玛丽莲终于开口说道，“请进。你们好呀，快请进。”

温迪第一个进了屋子，然后冲乔纳招了招手，让他跟在后面。在前门的玄关处，他们一行人又都停住了。戴维和玛丽莲仍然在门口站着，温迪、维奥莱特和他则停在了客厅入口处。客厅的大门旁边有一个硕大的木头书架。

“妈，爸——”维奥莱特向前迈了一步。她伸出手，好像想要碰他，但最终只是把手悬在了他肩膀上方，仿佛他身上有虱子一样。“这是乔纳。”

戴维走了过来，伸出手。戴维看上去很高，身材健硕，灰黑色的头发，手指上沾满了油污。他说道：“不好意思，我今天下午在帮玛丽莲修自行车。”

乔纳抓住戴维的手，握了握。

“我是戴维，很高兴见到你，乔纳。”

“你也是，”他回答道，“我是说——我也是。”

“这是卢米斯。”戴维抓着卢米斯的项圈，向他介绍道。

出于本能，他身体一僵，向后踉跄了几步，撞到了温迪。

“噢，不，你是不是害怕——对不起。虽然它个头挺大，但是性格很温顺，我想我们可以……亲爱的，我们可不可以……”

他的脸烧了起来——他没想到自己竟然会对这只狗感到害怕。玛丽莲神色凝重，专注地打量着他。虽然他不确定，但是他仿佛在她的眼中看到了泪光。如果这真的是场真人秀的话，那这集简直烂透了——眼泪，巨型犬，手挽着手的老人家。

“好吧，”戴维接着说道，“没关系，那我就——让我把它带到它自己的房间。”

“它的房间？”温迪惊叹出声，“我的老天哪，怎么，这只狗现在都有它自己的房间了？”

“要不你来看看，温迪？”戴维说道。

他好奇地看着眼前这一幕。温迪就这样闭上了嘴，跟着戴维，沿着走廊离开了。只剩下他一个人面对着维奥莱特和他的外祖母玛丽莲。

“妈，”维奥莱特紧接着又说道，“这个就是乔纳。乔纳，这是——这是我妈，玛丽莲。”

“嘿。”他冲玛丽莲打了声招呼。还没等他反应过来，玛丽莲就抱住了他，他的两只手臂僵硬地贴在身体两侧。

“能看到你，我们真的非常开心。”玛丽莲说道，随后终于松开了他。他这才确信，她是真的哭了。“不好意思，我走开一下。”她说。话音刚落，她就不见了踪影，一个转身就上了楼。现在，只剩下他和维奥莱特了。

“天哪，”维奥莱特小声说道，听上去似乎有些恼羞成怒，“该死，对不起，我只是……她确实很开心。这一点我可以和你保证，他们是真的很开心。不如我们……不如我们去厨房看看吧。你真的怕狗吗？我应该提前问问你的。不过卢米斯很温顺，它很讨家里人喜欢，不会伤害别人的。你想不想……想不想喝点水？或者……我爸妈可能没有……”

“我买了苏打水。”戴维突然又出现在了门厅里，身边已经没有了卢米斯的身影。

“你买了苏打水？”维奥莱特难以置信地问道，“你从来不买苏打水，我长这么大就……”

“特殊场合，”戴维说道，“我觉得乔纳可能会喜欢喝苏打水。”

“谢谢，先生。”他开口回答道。“先生”这个称呼是突然从他脑海中冒出来的，大概是他从詹姆斯·邦德系列电影里学来的称呼。戴维满脸疑惑，但还是对他轻轻一笑。不一会儿，玛丽莲就回来了。她领着他们走进餐厅。他听到她在厨房里叮当作响地忙活着，剩下的人则在餐桌旁坐了下来。戴维站起身来，去厨房关心玛丽莲忙得怎么样了。他察觉到，相对而坐的温迪和维奥莱特，正在进行着复杂微妙的眼神交流。

“没事的，”温迪说道，“虽然她有一点疯头疯脑，但还是很和蔼的。”

“温迪。”维奥莱特喊道。

“不好意思，你是……难道你不同意吗？”

“住嘴吧，你。”维奥莱特回答道。

“自从格雷丝出生以来，这可能是发生在她身上的最有趣的事情了。”温迪转向他，对他说道，“大多数时候，她就是个心地善良的废人。”

“我刚刚说‘住嘴’，难道是让你继续口无遮拦地讲下去吗？”维奥莱特说道，接着转身面向他，“对她来说，这太难接受了。不是因为你，而是因为我。她没事的。想问他们什么，就问什么，好吗？能够认识你，他们很激动。”

“天哪，拉倒吧，”温迪回应道，“他们又不是……”

“我感觉鸡煮得有一点点老了。”玛丽莲端着一个大平盘，突然出现在了门口。他很难时刻找准她的方位，因为她总是飞快地走来走去，变换着位置。刚把菜放到餐桌上的隔热垫上，她就去捣鼓蓝色的长蜡烛了，没过一会儿，她又来到戴维身边，清理起他衬衫上几乎可以忽略不计的线头。“维奥莱特，亲爱的，如果我没猜错的话，马特和孩子们今天不和我们一起吃饭了？”

“临时保姆取消了。”维奥莱特说道。

温迪哼了一声。但是玛丽莲没有理会，又四处忙活了起来，一会儿围着餐桌扫地，一会儿挪一挪桌上成套的餐具。之后，空气突然陷入了短暂的沉寂，玛丽莲伸出手来，开始祷告。他从余光里瞄到温迪翻了一个白眼。

“奉圣父之名，”玛丽莲嘴里念叨着，“奉圣子和圣灵之名。”

“阿门。”维奥莱特跟着念道。

他觉得自己好像听到了温迪的嗤笑声。

“莉莎今天要参加一个员工会议，”玛丽莲接着说道，“她可能要到上甜品的时候才会过来。”

“甜品？”温迪难以置信地问道。

“你爸烤了一个派。”玛丽莲回答道。这一次，温迪真实地笑出了声。

“苹果派，”戴维在一旁补充道，“加了咸味焦糖。”

“不好意思，戈登·拉姆齐[1]先生，”温迪说道，“你是认真的吗？”

“你爸做饭还是很不错的，关键是要让他脱掉那身白大褂。谁知道呢，维奥莱特，亲爱的，你可以开始准备孢子甘蓝了吗？”

---

① 知名英国厨师餐厅老板和电视名人。

“谁是戈登·拉姆齐？”戴维问道。乔纳不假思索地回答道：“就是个厨师，他办了一个节目，参加节目的都是些想成为大厨师的人。节目上他们对彼此都很刻薄，总是诋毁他们的对手。”莱斯洛普中心有有线电视可以看，是他们专门为一个得了阿斯伯格综合征[①]的倒霉孩子装的。

所有人的目光都锁定在了他的身上。

“啊，”戴维开口说道，“那个节目我们也可以看看，是吧，亲爱的？”他从玛丽莲手中接过装孢子甘蓝的碗，“你对做饭感兴趣吗，乔纳？”

“噢，”乔纳回答道，“不。我的意思是……不，不太感兴趣。”

“他陶艺做得很好，”维奥莱特说道，口气听上去和汉娜如出一辙，“是吧，乔纳？”

“嗯……就还行吧。”乔纳回答道，“我——方便的话，我想去一下厕所，可以吗？”他迫切地需要逃离他们，让自己喘口气，不用同时被那么多人的声音包围。和他过去的经历相比，索伦森一家人身上有一种全然不同的混乱。毫无疑问，这种混乱不仅源自这个家庭的富裕，更源自那种围坐在一起的这一家人之间反复拉扯的奇怪张力。任何一个表情，仿佛都只有某个特定的人能够接收，而其他人都毫无察觉。一些明明就不好笑的事情，却能让温迪捧腹大笑。还有戴维和玛丽莲，他们总是以各种方式进行着肢体接触，有时玛丽莲会把手放在戴维的手上，有时戴维会把手臂搁在玛丽莲椅子的靠背上。他已经习惯了在餐桌上一言不发——以至于莱斯洛普中心的员工都用“安静”这个词来形容他——他不习惯被这么多人同时注视着。他是促成这顿晚餐的契机，在这之前，他从来没有想象过，自己会成为任何事情的“契机”。

---

① 自闭症的一种。

沿着走廊走向厕所的路上，他看向窗外，一轮夕阳正在缓缓落下，散发出橙色的光芒。窗外，一辆旅行车停在了路边，车窗摇了下来，可以看见一个男人和一个女人坐在前座接吻。他停下脚步，好奇地望着他们，那个女人戴着一条橙色的丝巾，丝巾绕在脖子上，看起来像一面旗子。他心想，八成是隔壁一些恶心人的邻居。他继续向厕所走去。

回到餐厅时，刚到座位上坐下来，他就注意到了另一位客人的到来。“你好！”一个声音说道，“嘿，不好意思，我……”是坐在车里的那个女人。她一边解开那条橙色丝巾，一边走到玄关那里。显然，她就是莉莎。她长得很漂亮，一双明亮的绿色眼睛，一头富有光泽的金色头发绑成了一个马尾。温迪之前说她的头发和创可贴是一个颜色，现在看来，是温迪的评价太过小心眼了。“哦，不好意思。嘿，你们好！我今天提前散会了，我寻思着，也许我可以踩着点来吃晚饭。瑞安……今天晚上有事。”

“乔纳，这是莉莎，我的妹妹。”维奥莱特对乔纳说道。

他犹豫地站起了身，却立刻发现其他人都还坐着，可是等到他反应过来，已经太迟了。

“很高兴见到你。”莉莎说道，然后靠近他，给了他一个拥抱，似乎是想缓解只有他一人站起来的尴尬。虽然这种方式显得不太自然，但能看出她的慷慨大方。“很抱歉打断你们了。”

“没事。”他不知道为什么和她坐在那辆车里的男人——好像叫什么瑞安——没有和她一起进来。

“你想要喝什么吗，亲爱的？”玛丽莲询问道。

“水就好了，谢谢。”莉莎回答道。

“因为她怀孕了。”维奥莱特对乔纳解释道，仿佛喝水是一件需要解释的事情。

“老天啊，维奥，他又不傻。”温迪说道。

“温迪。”维奥莱特呵斥道。

“她怀孕又不是什么秘密。”温迪继续反驳道。

“是，那就是我刚刚要反驳你的点，你的重点一点都没跑偏。”维奥莱特恼羞成怒地说道。

她们两个人让他头痛，他感觉自己在看一场躲避球比赛。

“感觉是我扫了大家的兴，”莉莎说道，边说边坐了下来，眉头紧锁，“我不是有意打断你们的，希望你们还有心情吃完这顿晚饭。”

“奇怪极了，我们今天晚上的进程已经算是很快了，”温迪回应道，“妈今天又神经兮兮的。”

“温迪。”这一次，戴维开口制止道。

“对不起，对不起。”温迪挥了挥手，说道。玛丽莲回到了餐桌前。她在座位上坐下后，莉莎举起了水杯。

“敬乔纳，欢迎加入我们的大家庭。”虽然莉莎好像也有些精神错乱——这家人里面还有人是精神正常的吗？——但她倒是非常友善。

“干杯。”戴维说道。

乔纳犹豫不定地举起了装着可乐的杯子。屋里回响着清脆的碰杯声。

晚餐时间，对话断断续续地进行着。他们向他提了一些问题，他以尽可能有趣的方式一一回答——尽管他平时并不是一个多么有趣的人。温迪聊到了她的巴尔核心运动[①]课，莉莎聊到了她的学生。玛丽莲则在一旁忙个不停，往每个酒杯里满上酒，或者处理快要滴在桌布上的蜡油。晚餐后，戴维起身收拾餐盘。汉娜曾经教导他要主动帮忙，于是乔纳打算去帮把手。但就在他要起身时，温迪碰了碰他的手。

“不用，你待着就行，”她说道，“我爸会收拾的。”于是，他此刻只能和维奥莱特、莉莎、温迪和玛丽莲四个女人面对面坐着。她们都盯着他，看上去很像恐怖电影里的女巫团，四个道貌岸然的幼儿园女

① 是一种结合了芭蕾和普拉提的新型运动。

教师，仿佛随时要把他开膛破肚。

“虽然这么说有一点奇怪，”玛丽莲说道，声音显得有些心不在焉，“但是，你的鼻子长得和我爸很像，乔纳。”

他在椅子上挪了挪身子：“那是……不好意思，那是……好事还是坏事？”

他刚问完，玛丽莲就大笑出声。这是他第一次听到她的笑声。在这一刻，在这个气氛诡异的大房子里，在这间餐厅里，他确定，他很喜欢玛丽莲。

第八章

“这不是我们的预备律师嘛。”父亲接起电话，在那头说道。六月一个周四的早晨，格雷丝给家里打了个电话。当然了，在和莉莎说了那个谎之后，她本应该把那个谎言扼杀在摇篮之中的。她本可以随便找些愚蠢的理由：“我当时喝大了，抱歉；是他们弄错了，录取通知书不是寄给我的。”然而，她最终什么也没有说。和莉莎联系过后一天，父母也打来了电话。她只能继续含糊其辞，小心翼翼，甚至有些卑微地圆着那个谎。尽管她还是说了一部分的真话。“是啊，所以，”她说道，“看来我要在外面住上一阵子了。”话说出口后，她立刻意识到，自己竟然愚蠢到认为自己可以过上谎言中的那种生活。然而现实是，她住在一个铺着油毡地面的小公寓里，每周拿着税前只有三百八十美元的工资。她看不见一个可以抵达的未来，孤身一人，漂泊不定。她莫名其妙地毁了自己的生活，过得惨淡至极，然后还不小心撒谎隐瞒了真相。她本可以借这通电话，让一切都回归原位。父母无条件地爱着她，再加上，莉莎怀孕的事情一定让他们分身乏术。

倘若格雷丝和他们坦白，从头至尾都是一个谎言，他们可能也不至于那么愤怒。她卧室内门上方的墙上裂开了一条缝，上面好像生了霉。墙壁和天花板交接的地方有一些黑色的污点，莫非是石棉[1]？石

① 一种天然矿物，曾被作为建筑材料，但是对健康有严重危害。

棉纤维是肉眼可见的吗？

“最近过得怎么样，小笨鹅？”父亲问道。

“不怎么样。”她好想这么说，但她咽了一口口水，说道：“还行，你过得怎么样呢？”

父亲停顿了一下。“亲爱的，‘说真的’，你过得怎么样？”他继续问道。她吓了一跳，父亲从来不会说“说真的”，他语气中的试探令她感到十分不适。“我这儿发生了很多事情，”他的声音听起来疲惫又苍老，“你的姐姐们，还有房子外头有很多杂七杂八的事情需要打理。比如后院里的那棵银杏树，让我们花了好些工夫。这阵子真是忙得出奇。”

“噢。”她吃了一惊。每次问父亲“你过得怎么样”，他几乎都会用“挺好的，你呢”来回应她，他几乎从不谈论自己。她知道，作为这个家里唯一的男人，他一定过得很艰难。他难以获得话语权，难以优先照顾自己的情绪。或许，他甚至难以承认自己的情绪，而是将它们搁置在一旁。她受到了触动，想让他继续说下去，于是说道：“一切……一切都还好吗？莉莎还好吗？还有……维奥莱特的……”

“乔纳，”他接过格雷丝的话，“是的，相对来说，还不错。莉兹……很健康，只是有一点……有一点疲惫。你都听说了吧，她最近升……”

“听说了。”不等父亲说完，她就回答道。

“至于乔纳——他是个不错的孩子，很有趣，很机灵。你一定会很喜欢他的，小笨鹅。”

听到父亲形容另外一个人——另外一个比她年纪小的人——机灵和有趣，她心中涌起一阵莫名的伤感。

“我们上周一起吃了晚餐，”他继续说道，并没有意识到自己在往她的伤口上撒盐，“当然了，除了你。”

嫉妒之余，父亲的语气也让她突然担心起来。她回想起小时候和父亲一起开车上高速公路的经历。那是她第一次意识到，父亲也是一个普通人，也会迟疑，也会懦弱。“那……那你呢，你还好吧，爸？”

然而，一如往常，父亲给出了她意料之中的回应。他只是笑了笑，回答道："哦，当然了，小笨鹅，我很好。别总说我的事了，你呢，最近在忙些什么呢？在准备开学了吗？如果你哪天有空，你妈还想让你在你们学校书店买个咖啡杯给她，她最近才知道，原来你们学校的吉祥物是一只鸭子，是真的吗？"

他们一定是在网上搜了她谎称考上的那所学校。他们竟然相信她能过上那种正常的、积极向上的生活。一幅画面在她的脑海中浮现：母亲坐在家里那台老旧的台式电脑前，在网上搜索那只头上戴着顶小帽子、名字取得毫无创意可言的俄勒冈鸭的图片。一想到这儿，她突然精疲力竭，盘腿跌坐在厨房的地上。

最近，她掉了很多眼泪，通常在比较恰当的时刻，可以远离他人投来的目光。但此时，她感觉喉咙阵阵发堵，情绪就要泄露。近来，她总是感到一种近似疼痛的孤独。她总是一个人走过街道，一个人醒来，一个人前往不知名的小杂货店买酒、蜂蜜和苜蓿芽，活像个《圣经》里的寡妇。

"格雷丝？"他担忧地询问道，"格雷西，你还好吗？怎么了？"

她不能那么做，她不能忍受自己再为父亲平添烦恼。她第一次看到曾经在家里顶起半边天的父亲也会这样不知所措。回头想想发生过的一切，她到底为什么还要向他施加更多的压力？他刚退休，和同龄人的父亲相比，年纪还要大上一些。他理应过上退休生活——每天打打高尔夫球，炒炒股，玩玩填字游戏。然而现实却是，他仍然把所有的精力都倾注在了她那几个姐姐身上。如果她说出实情，父亲一定会竭尽所能地帮她，那对他来说太不公平了。

她到底为什么会偏离了原本的生活轨迹呢？在她的同龄人中，有的在念硕士；有的已经订了婚；有的为了显摆，每天穿着商务休闲套装；有的正在和男朋友——潇洒帅气到就算把双肩包的搭扣系在胸前，也不会被人嘲笑——在异国他乡旅行。其他和她差不多大的人，也全都找到了工作。他们或许已经有了同居对象，还一起养了宠物。而格雷丝，却仍然住在这间像诺斯费拉图伯爵[①]用来关押受害者的屋子里。昨天晚上，她心情郁闷，不想洗她唯一的那把叉子，最后只能用手抓着剩下的糙米饭潦草下肚。她生活中能和异性接触的机会，仅限于偶然接起的推销电话，或是和给她老板送快递的戴红色头巾的单车快递员聊聊天气。格雷丝没有认真对待法学院的申请，最后——不出意外地——遭到了所有研究生项目的拒绝。

尽管如此，她还是不如温迪悲惨，不像莉莎那样正在经历一桩人生大事，更不用说二十出头时就已经很有城府的维奥莱特。即使过得再凄惨，似乎也无伤大雅。

她将泪水吞下肚，对父亲说道："不，我很好，我只是很累。"

别人都会按时睡觉，而格雷丝却半夜窝在床上，喝着酒，昏昏沉沉地看着《绯闻女孩》。

别人——最为关键的一点——或许不会像她那样强烈地思念着父母。她总会想起那个场景：父亲靠在厨房柜台上，一只手端着温热的咖啡，另一只手摸着卢米斯的脖子。她最担心的，是再也无法待在父母、姐姐们身边，享受那种无与伦比的舒适、轻松和愉悦。没有人会像母亲那样给予她同等的热情和肯定，没有人会像父亲那样安静地、由衷地为她感到自豪。在家以外的那个世界里，她害怕余生都在无尽的失望中度过。

她希望此时此刻就在父亲身边，而不是只通过电话和他交谈。她希望如同一个婴儿一般，蜷缩在他的身边，像她刚出生那天一样，和他两个人单独待在一起，不顾在产床上流着血、经历着生与死的考验的母亲。曾经，只要想到那一天，她都会感到恐惧。而现在，她开始

---

① 《诺斯费拉图：夜晚的幽灵》中的主要角色，是一只住在古堡里的吸血鬼。

想象那一天父亲都经历了些什么。当他被单独领进那间空房间，第一次看到她，肩头突然落下重担的时候，他在想些什么？她也回想起了大约五年前，父亲帮她搬进新生宿舍时的场景。

那时候，看着父亲艰难地组装着各式各样的拼装家具，她向他表示了感谢。“我来就是帮忙的，”他那时候这样回答道，“这些可都写进我的‘父亲合约’里了。”

此时此刻，她多么希望能向他提出像组装家具一样具体的、切实可行的请求，多么怀念被人照顾的日子。然而，她的父母值得拥有一个令他们骄傲的孩子，不是吗？如果你是家里年纪最小的孩子，那么在姐姐们的影响下，父母对你的评判标准就会大不相同，似乎只要不像姐姐们那样剑走偏锋，就能得到认可。格雷丝一直这样按部就班地活着。她无法想象，如果父母得知了她撒下的弥天大谎，会受到多大的冲击。她需要更多的时间思考，找到一种最为圆滑的方式让自己从谎言中脱身。她安慰自己，只要那样，她就还是一身清白。

“我要开始工作了，爸爸。”

“祝你一切顺利，小笨鹅。”他说。

两天之后，一个联邦快递的信封被送到了她家门口。信封里面装着一沓刚从银行取款机中取出来的崭新的二十美元现金，还有一张马洛里五金店的便利贴，上面手写着一行字：小笨鹅，晚上出去吃顿好的，工作加油干好。我们爱你，爸爸和妈妈。

她认出了父亲的笔迹，然后哭了整整四十五分钟。

网络上可以搜到各种关于树疾的信息，多得令人眼花缭乱。这是戴维每天早晨必做事项之一，妻子出门上班后，他会和狗一起坐在阳光房里，端上一杯咖啡，将电脑放在野餐桌上，上网搜索有关根结线虫、疫霉菌的治疗方法，以及与鼻涕虫相关的资料。玛丽莲鼓励他发展自己的兴趣，他想他找到了，他手头上正在做的事，让他再次精力充沛。他仿佛还是一名诊断师，需要对不同病灶进行筛查：血管，自身免疫……他依然很担心格雷丝。那天早晨，格雷丝打来了电话，电话那头的她听上去非常茫然。但是他知道，如果是玛丽莲，一定会劝他留给她一点成长的空间，让她自己寻找解决方法。于是那个时候他没有刨根问底。今年的银杏树和往年相比，长势不太正常。于是他收集了一些树叶摆放在厨房的窗沿上仔细观察。他犹豫了一下要不要打电话咨询树艺师——这种做法太“中产阶级”了，似乎是种不必要的浪费——他最后还是决定自己钻研，解开这道谜题。

银杏树的衰亡有可能出于自然原因。去年冬天中西部反常的寒冷天气，让今年树上的鼻涕虫数目激增。如果真是那样，他会对自然束手无策。他和玛丽莲刚认识的时候，这棵银杏树长得十分繁茂。这么多年过去，它也已经迈过盛年，时日无多了。生活的平静容许他生发这些思考，让他开始用心理测量的方法去分析一件自然事物。他当然不想面对这棵银杏树的死亡，但是如果它注定衰亡，他也能够平静面对——他闲来无事的时候，也会翻翻妻子那些关于正念疗法的书。

银杏树的树干光滑，很难攀爬，于是戴维拿来一把梯子，靠在树干上。爬上去的时候，他感觉自己年轻而敏捷，再一次对自己的体力充满了自信。他上一次拥有这种自信，还是他爬到玛丽莲家车库里高高吊起的屋檐上，帮她挂万圣节装饰的时候。当时，玛丽莲站在停车道上，抬起头，满眼崇拜地看着他。

“从这个角度看过去，你的屁股很性感。”如果孩子们不在周围的话，她会这样称赞他。他继续向上爬，修枝剪被他夹在胳膊底下。他伸出手，抓住一根看上去很结实、低低垂下的枝干，然后两腿一跨，像骑马一样跨坐了上去。树干离地面大概十五英尺[1]高，他在那上面坐

---

① 1英尺≈0.305米。

了一会儿，俯瞰着整个后院。

树下，卢米斯正在院子里来回踱步。他拿起一片树叶，放在手掌上仔细观察。树叶一半是暗绿色，另一半则有些泛白，正反面都长满了小黑点。隔壁邻居的橡树上，啄木鸟时而发出一些声响。他揉了揉酸痛的肩膀，最近总是爬树，他的肌肉在抗议。他靠在树干上，叹了一口气。

他对正念的概念感到不屑。赋予生活意义的，是工作。工作描绘了生活的轮廓，让生活充满秩序。只不过，突然之间，你就六十五岁了。原来堂堂的内科医生，现在却像一个男孩一样爬着树，一门心思钻研着鼻涕虫和奇怪品种的霉菌。这种人生转折来得太过突然，以至于显得很不公平。以前，他拥有一份薪水丰厚的工作，而现在，他却每天埋头钻研“树医生”网站①。这两种生活之间本应该有一块中间地段的。他刚给网站管理员发了一封邮件——在邮件的落款处，他还多此一举地加上了“医学博士”的头衔，抓住哪怕只有一星半点的自豪感——指出网站站名中严重的语言错误。网址中的“*decidua*”其实是人类分娩后随胎盘排出的子宫内膜，和“*deciduous*”（落叶植物）搭不上一点干系。他为写了这封邮件而得意。邮件里面，他还详细地解释道，两个词共有的词根是“*decid*”（意为“切断”），或者“*decidere*”（意为“脱落”）。不那么严谨的话，“*decidere*”既可以用来形容掉落的树叶，也可以形容孕期子宫内膜的脱落。

然而，不到二十分钟，他原本的得意，就转而变成了一种羞耻。去年，他明明还是个负责处理子宫内膜的医生，而现在，他却沦落到和某个不知名网站上的二流树木学家解释拉丁语词根。

正念疗法根本就是狗屁不通。房子外头的镶边需要上漆了，玛丽莲坚决不让他一个人开工。也许他该提醒她，他是一个男人，一个曾

① 原文为“DiagnoseYourDecidua.com”。

经备受尊敬的男性，一个曾经被她形容为“像猫一样反应迅速、身手矫健”的男人（尽管那是她个人给出的形容，但是他肢体协调的确是个不争的事实）。“虽然这样说有些陈词滥调，但我感觉全世界都把我给落在了后面。”他也许会这样告诉她。

他突然感到一阵奇怪的眩晕，他的余光扫到了一团金色的东西，那团圆盘状的生物在他头顶的枝干上长成一簇，外表光滑、颜色金黄，看起来像蛤蜊的壳。他的背脊骨猛然传来一阵凉意，他一直都很厌恶长成这样子的东西——比如谢德水族馆那些深受女孩喜爱的珊瑚或者海葵。它们蓬松，多孔，体积庞大，紧簇的波瓣像癌症细胞一般蔓延生长。

“该死。”他倒吸了一口气。

“亲爱的，怎么了？”

听到声音，他吓了一跳，双腿夹紧枝干：“老天爷啊。”

玛丽莲站在树底下，眼睛眯了起来，抬头迎着太阳光望着他。她用手捂住了胸口：“噢，戴维，很抱歉。”

“你要吓死我吗，小家伙？”

“亲爱的，我真是祸害人，我没有意识到我会吓到你。”

一阵恼火重新烧上心头：“你没有吓到我，我只是不知道你到家了。”

她迟疑了。他知道她在犹豫要不要理会他的冲撞。“我到家啦。”她终于开口说道。虽然声音紧绷，但她依旧抬起头来，冲他露出一个笑容。虽然眼角爬上了细纹，她绿色的双眸却依然明亮动人。

“你到啦，”他回答道，“是蜜蘑。”

玛丽莲仰起头，以为那是他用来称呼她的新昵称，于是回应道：“甜饼。”

“不，是——蜜环菌。看到左边这一团了吗？”他尽力隐藏着看到那簇蜜环菌时的不适。他曾经在书上读到，蜜环菌代表这棵树已经无力回天了。

“如果已经长到了树干上，那树根也很有可能被腐蚀了。”他解释道。

“然后呢？”

“然后，树就死了。然后这种菌就会扩散开来，长到周围的树上。”

“噢，戴维，”她身子后倾，再一次仰头望向他，“太可怜了。”玛丽莲总是能和任何人、任何事物产生强烈的共情。“下来吧，亲爱的，”她朝他的方向伸出双臂，关切地盯着他，“我今天还没得到过一个吻。”

突然之间，他迫切地想要给她一个拥抱。他从树上爬了下来，动作格外谨慎，生怕让她紧张。

维奥莱特最近只要一见到温迪，就会产生程度不一的想要打她的冲动。今天，温迪本来和她约好了一起喝咖啡，但就在刚刚，离见面只差十五分钟时，温迪却临阵脱逃，说她的慈善事业突然出了点事，派了乔纳前来赴约。小时候，父亲曾经教过她们一种给疼痛划分量级的方式，如果按照当时那个标准，那么她会给温迪的临阵脱逃给她带来的痛苦打上七点五的高分。当然，这还远比不上温迪带着乔纳出现在她的生活里给她带来的折磨——高达十一分。在她们的关系中，能够达到十一分的痛苦只有那一次，而且罪魁祸首还是维奥莱特。但是不管如何，维奥莱特还是非常恼火。

她不想和乔纳单独出去，这也是她耻于承认的事实之一。她知道她应该常常陪他出去，并且以此为乐。她应该陪伴他，探索他复杂的内心世界，认识他这个人，了解他想在这个世界上获得些什么，询问他，是否仍然对曾经辜负过他的她和这个世界怀抱希望。她的父母很喜欢他，温迪则表现得像已经认识了他一辈子似的。然而，他在维奥莱特心中掀起的波澜，却只让她感到了深深的不适。当然，他一定也察觉到了。马特也还对他持着怀疑的态度，他完全有理由相信乔纳会带来一连串的涟漪效应，所以维奥莱特决定不把温迪在最后关头“诱饵上钩，趁机调包”的把戏告诉他。

温迪选了一家离她家很近的星巴克，维奥莱特暗自希望那里环境很差，那样的话，这次见面就不用耗费太久。她感觉自己糟透了，还没和他碰面，就已经想着离开。但没办法，他让她紧张。她一边找了个停车位，见缝插针地停了进去，一边在心里承认自己是个烂人。至少她敢于承认。

乔纳已经到了，他站在星巴克门外，穿着一件宽大的运动帽衫，戴着帽子，衣服前面印着“我们手握真相，我们敢于说‘是’[①]”。她在车里多待了一会儿，悄悄地、客观地打量着他。他看上去就是个十几岁的普通男孩。他体态很差，长着一个和脸相比大得不太协调的鼻子（并非遗传自她），身上总有种与生俱来的局促。她往停车收费器里投了钱，过街朝他走去。

“抱歉，我迟到了。”她冲乔纳喊了一句，响亮的声音把乔纳和她自己都吓了一跳。她放低了音量，继续说道：“等了很久吗？”

“嗯哼。”他既没有回答“是”，也没有回答“不是”。

“很高兴见到你，我们要不……喝点咖啡吧？”

他耸了耸肩，她领着他走了进去。

“今天过得还不错吧？”她排进队伍里，问道。他嘟囔了一声，她继续问道：“你有没有试过一天一个字儿也不说，能撑多久？”她本来只是想开个玩笑，但是在他面前，她感觉自己连开玩笑都变得蹩脚。她变得没有办法掌控自己说出口的话。

他只是盯着她看，然后说道：“该我们点了。”

“哦，对，对。我——您好，我要来一杯咖啡因减半的卡布基诺，全脂牛奶，但是只要薄薄一层奶泡。”她转过头看向乔纳，看到他在一旁偷笑，“怎么了？”

“温迪和我之前还说呢，我们都很讨厌别人说‘我要来’，而不是

---

① “俏妞的死亡出租车”乐队（Death Cab For Cutie）的一张专辑名。

说‘我要点’。那么说感觉好像你要和你的咖啡亲热似的[1]。”

她的脸涨得通红：“好吧，温迪确实会说出那样自命清高的话。你要点什么？”

“浓缩。”他对咖啡师说道。

“等会儿，”维奥莱特打断道，“你这个年纪喝咖啡因是不是太早了？”

乔纳大笑。咖啡师看热闹似的看着他们两个。

“咖啡因不利于你长身体，”维奥莱特说道，“你还这么小，要是对咖啡因上瘾了，那可真是太蠢了，你的身体还不需要咖啡因。”虽然伊莱还在一个要穿纸尿裤的年纪，但她已经读过一些和青少年发育相关的书了。别的不提，她至少是个优异的学生。

“我从十三岁就开始抽烟了。”乔纳说道。

如果她没有看错，咖啡师正在努力憋笑。

“好吧，”她说道，“那就浓缩，但只要一杯。”她付了钱，全程没有看他。

他们找了张桌子坐下来。她试着重新开启话题：“你觉得和我爸妈吃的那顿晚餐怎么样？”

“你当时也在场啊。”他平淡地说道。

“我是说，你感觉怎么样？我爸妈都很喜欢你。”

“他们人很好。”

她笑了，愚蠢地期待他继续说下去，那当然没有发生。她只能继续说道：“所以，夏天到了，是个不错的开始吧？你喜欢住在城市里吗？”

“和这个孩子有关的一切，都会牵一发而动全身。”马特曾经这样说过。

“挺好的。”乔纳一口灌下那杯浓缩咖啡。她控制住想要皱眉的冲

---

① 维奥莱特点咖啡时说的是“I'll do a half-caf cappuccino”。英文中的“I'll do…”既可以指想要点某样东西，也可以指想要和某人亲热。

动，看到他的脸也没忍住皱成一团，她感到一种病态的愉悦。

“你最近都在做些什么呢？”

“也没什么特别的。看看网飞，到处闲逛。对了，我最近在练以色列街头格斗。”

“什么？”

“温迪帮我报的名。”

“所以——所以这是一个有组织的练习？”

“这种格斗叫作以色列马伽术，以色列国防部的人都会受这种训练。”

“温迪帮你报名参加了以色列军事训练？”

“她去的那家健身房开了这个课程。”

她舒了一口气，但是心还是悬着：“就和……巴西武术差不多？”

“实际上，不是巴西武术，是巴西柔术。巴西武术是西式的叫法，不，它们完全不一样。这个可能会更加——会更加激烈。”

“怎么个激烈法？”

他又耸了耸肩，没有作声。

“你们相处得怎么样，和温迪？”

谈到这个话题，他好像突然振奋了起来：“很好，温迪太棒了。”

听到这句话，她一时不知道是该开心还是该伤心。“那真是太好了，我也很希望你们俩能合得来。”是吗？她真的这么想吗？手边这杯卡布基诺的奶泡对她来说还是太多了。“我也意识到了，我可能没有……不像温迪那样闲，但是我可以……”她咽了一口口水，“我的孩子，我要……我要花很多时间照顾他们。”她努力挤出一个微笑，“但是我……你要知道，你可以来找我，如果……你懂的，如果你有任何的问题，或者有任何需要。”

“你能跟我讲讲我爸的事吗？”

她的胃猛然一沉，迅猛而沉重，像一部自由坠落的电梯。她依稀记得大学里那节亚里士多德诗学课上讲到过，“越是意料之外的事情，越无法避免发生”。她不想让乔纳问出口的问题，注定会被他问出来。他完全有权利这么问，但为什么此时此刻，坐在这样一家黄金海岸的连锁咖啡厅里，看着桌对面的他，她会想扇他一巴掌呢？

她脸上的表情一定糟糕极了，乔纳竟然令她意外地圆起了场：“我的意思是……如果谈这个很奇怪的话……”

“不是，只是……只是我们或许可以挑个其他的时间来聊这个？”她本想说“你2094年有空吗？”但没有问出口，“事情……事情很复杂，乔纳。”他仍然平静地盯着她，目光毫不闪躲，深蓝色的眼睛眨也不眨，“我们现在手头上还有很多事情要处理，你不觉得吗？我最近哪儿都不去，我们将来还有很多机会可以好好聊聊。”

一丝担惊受怕后的宽慰从他的脸上一闪而过，但她还是捕捉到了，她的心情越来越沉重。她不知道，他之所以感到宽慰，是不是因为她刚刚临时随口许下的那个关于时间的承诺。对他来说，她刚才说的“将来”，是不是意味着她像汉娜恳求的那样，承诺了某种永恒？

这个孩子就坐在她的对面——这个曾经陪伴过她的孩子，这个曾经让她短暂学会了善意面对世界的孩子。他是她的人质，是和她年龄相差过多的密友，她会把手放在肚子上，对他轻声呢喃：所有人都以为我心里有数，但其实我一点头绪也没有。对于那些想要顽强生活下去的人，这个世界真是开了一个残忍的玩笑，我的宝贝。往往是那些看上去最坚强的人，最容易被忽视。所有人都觉得他们不需要任何东西，但是没有人不产生需要。我也是。谢谢你听我说话。明天我保证会摄入更多蛋白质。

她惊恐地发现，自己眼里突然噙满了泪水。

“哦，我刚还在祈祷你们还没走。”

维奥莱特从来没有因为温迪的出现而这么开心过。

“天哪，外面简直就像在蒸桑拿。”温迪随意地坐在他们中间的椅子上，“我提前散会了。不好意思，我打断你们了吗？”

“完全没有。”维奥莱特回答道。她放任温迪像一剂剧毒的镇定药膏将自己覆盖。“我们刚刚谈到了巴西武术。”

“是巴西柔术，”温迪纠正道，真是一个模子里刻出来的两个人，“是啊，小乔前不久开始在我的健身俱乐部里上马伽术课了。他熟练得像个杂技演员。其实还蛮酷的，对周围环境的感知啊、引导性的攻击啊之类的，是一项很不错的运动。把你的三头肌给她看看，小乔。”

看到乔纳也同样因为这个提议而满脸尴尬，她松了一口气。这句话让温迪像个控制欲极强的老妈子，翻版的罗宾逊夫人[①]。

“我自己都很想报名呢，”温迪继续补充道，“巴尔核心运动开始有点单调了。”

“既然连你都这么说了——”维奥莱特不耐烦地嘟囔着。

“我是不是打扰到你们了？”

“没。”一个小时后，她要去运动营接怀亚特。伊莱现在一定正在和卡罗琳玩“西蒙说”[②]玩得不亦乐乎。他们本来不需要保姆的，毕竟维奥莱特为了好好照顾伊莱，牺牲了她的事业。但是最后他们还是雇了卡罗琳。今天早上，马特吻了她，但那个吻显得有些敷衍与潦草。而她活成一团乱麻的姐姐温迪，却可以帮乔纳报名参加这项娱乐——尽管仍然存疑——活动，因为她有大把的时间，能够陪在乔纳身边。一切也并非毫无道理可循——意料之外而又无法避免——因为毕竟当初也是温迪一手促成和鼓励了乔纳的诞生。

“不是的，见到你很开心。”过去这十五分钟她心中翻涌的情绪，

---

① 电影《毕业生》里的主要人物，是一个勾引了刚刚大学毕业的男主角本杰明·布拉达克的已婚妇女。

② 一个传统多人儿童游戏。其中一个人充当西蒙，其他人必须根据情况对充当西蒙的人宣布的命令做出不同反应。

比过去十年间的都更为强烈。她看了看温迪，又看了看她至今为止都没有办法将其称为自己“儿子”的乔纳。尽管温迪身上总是响着警报，她仍然学会了享受她们在彼此身边时的片刻轻松。她喝完了最后一口卡布基诺，里面的牛奶加得太多，之后几个小时好像都会留在胃里无法消化。“我是说，你们两个，很高兴见到你们两个。”

1980年

维奥莱特是在感恩节四天前出生的。她出生后，戴维自私地想着，谢天谢地。谢天谢地，她很完美，四肢健全。但是他很快又想到，谢天谢地，今年的感恩节活动可以取消了。谢天谢地，他不用专门回奥尔巴尼帕克一趟了。独自养育他长大的父亲，总是坚定地守护着这份仪式感。每到感恩节这天，他们都会聚在一起吃火鸡，喝波旁威士忌，一起在前院里踢足球。但是，只要回到艾奥瓦，他都会意识到，他现在拥有的崭新生活才是他真正想要的。富有活力而温暖的现在，反而让他愈加憎恶他冰冷的童年。在医院，他给父亲打了电话，告诉他他的孙女出生了。他的父亲依然不折不挠地问道：“所以，我们周四照旧？”

他眨了眨眼，一旁的玛丽莲正深深浅浅地打着瞌睡：“实际上，可能没办法了。玛丽莲没办法舟车劳顿，而且现在我们有两个孩子了——要顾的事太多了。”

玛丽莲稍稍挪动了一下身子，调整着怀里孩子的位置。“你在干吗？”她用唇语问道。

“好吧，你怎么不早点告诉我。”父亲在电话那头说。

“我们也不知道孩子会在这个时候生下来，爸，我们也没办法。”在他和父亲之间，仿佛他才是更成熟的那个，虽然他刚晋升为两个孩子的父亲。

“让我和他说几句。”玛丽莲小声说。她伸手去够电话，戴维犹豫不决地递给了她。“理查？嘿。”她拿着听筒，露出微笑。她很爱他的父亲，第一次见到他父亲时，她就说过他的父亲是个好人。“我很好，”她接着说道，“挺好的，我们很开心，她和戴维简直是一个模子里刻出来的。”说完，她抬起头望着他，冲他眨了眨眼。“今年的感恩节我可能去不了了，”她继续说道，“我得待在家里照顾孩子，但是戴维和温迪会过去陪你，也挺好的。”戴维身子一僵，挥着手比画了个“你到底怎么回事”。她皱着眉头瞟了他一眼。“他们也都很期待。我很希望我能去，但是……”电话那头接过了她的话，她停顿了一下，接着笑出了声：“没错。生活就是这样，老出岔子。”

“你到底为什么要那么说？”玛丽莲一挂掉电话，他就问道。他没有以质问的语气——毕竟她刚刚生下了他们的女儿。

她掖了掖维奥莱特身上的毯子，用手掌轻轻摸了摸她的头。玛丽莲的身上散发着一种平和的气息——随着荷尔蒙水平的变化，她既疲惫不堪，又对世界充满了爱意。和她的愉悦相比，他觉得自己像个孩子一样执拗。她只是对他笑了一下：“亲爱的，就一天而已，那一天对他来说非常重要。”

“你刚生没多久，玛丽莲。”他回复道，仿佛说了句废话。

“是吗？谢谢你的提醒，刚生小孩的是我没错。”她依然笑着，然后低头看向维奥莱特，“那天你就去吧，一天结束后就可以回家了，就算不是为了你爸，也当是为了我。”

为了她，他去了。四天后，他带着温迪，开车去了芝加哥。维奥莱特出生后，温迪变得更黏人了。他和父亲一起坐在客厅的时候，她一直紧紧搂着他的脖子。

“玛丽莲怎么样？”父亲问道，“孩子怎么样？”

“她们都很好。虽然有点手忙脚乱，但是——玛丽莲把她们照顾得太好了，我都不知道她是怎么做到的。”他是故意的吗，将他美满的家庭生活摔在父亲脸上？他边为自己的这个念头感到羞耻，边从外套里掏出一枚硬币，递给温迪捣鼓。

“我还记得你刚出生的时候你妈经历的那段过渡期。”父亲突兀地说道，戴维吃了一惊，他们很少提到母亲，“她好像什么都懂……好像就是一种本能。我愁坏了，看着她，我感觉自己像个山顶洞人，笨手笨脚的。”

“没错，的确会让人很羞愧。”他说。只要在父亲身边，他的说话风格就会发生变化，他的言语会变得更加花哨，开的玩笑也会更加刻意。他至今都不明白为什么，也不明白他是怎么做到的，他只知道这让他很痛苦。

“我打算几个星期之后再办一次，如果到时候玛丽莲觉得可以。”

“再过一次……感恩节？”

“再吃一顿晚饭，就当是欢迎刚出生的宝宝，就一天时间。”

“第二次感恩节？”

父亲笑了：“是啊，没错，第二次感恩节。”

尽管此时的氛围很好，尽管他知道玛丽莲也会觉得这个点子很有意思，他还是觉得很不耐烦：“到时候再说吧。”

“你不要让她捣鼓那玩意儿，”理查德说，“会卡在她喉咙里的。”说得很对，那枚二十五分硬币眼看着就要被温迪塞到嘴里，他一把夺过硬币，她大哭了起来。

“没事的，没关系的。”他轻声安慰道，但是温迪还是大哭不止。他站起身来，试图转移她的注意力：“看着，小狮子，镜子。还有这个，你看，是一盒舒洁纸巾呢！”最终，他拿起一根线轴，才转移了她的注意力。父亲平时也会缝缝补补吗？他突然开始想象父亲给裤子缝边的画面。那画面让他一阵悲伤，几近眩晕。然后他又想，父亲是不是也有一个针垫呢？那种像一颗番茄的针垫，和玛丽莲的相差无几。他的胃里翻涌起一道道滚烫的羞耻，在他为刚诞生的女儿、美满的家庭生活而自鸣得意时，他怎么会忘了多年以来和父亲如影随形的悲伤。他得有多混账，才会一心想要避开这一天，剥夺父亲人生中鲜少的闪亮时刻。

一只粗糙的手搁在了他的肩膀上，是父亲，他来到了他的身后。“你已经做得很好了。”他说，听上去像一位父亲该有的语气，和他平时很不一样。戴维感觉一下回到了十几岁的时候。他和玛丽莲是那么笨拙而无知，同时照顾着两个孩子，对生活中可能出现的差错一无所知。“你的女儿们非常幸运。”理查德又补充了一句。戴维只是点了点头，说不出一句话来。

晚餐，他们二人分着吃了一只火鸡腿、一个南瓜派。南瓜派剩了一些，还可以接着吃上四天。桌上放着两套餐具。

“用不了多久她就要睡了，”戴维一边清理桌子，一边说道，“要不我们去扔会儿球吧？”

父亲看上去很意外，同时也很开心。他点了点头：“我很乐意。”

他的妻子是一位优秀的演员。他正在房间的另一头观察着她的一举一动。他们现在正在医学院院长的家里——一座新古典主义的三层别墅。此时，玛丽莲用婴儿背带将维奥莱特抱在胸前，手上端着一杯红酒轻轻左右晃动，小口啜饮。她的脸上挂着一种昏昏欲睡但又快乐祥和的微笑，她说道：“我很喜欢当妈妈的感觉，这是我一生中最快乐的时光。”

他可不那么想。在家，她很容易大惊小怪，神志不清，疯疯癫癫。她有的时候会嘟囔着和孩子们说话，有的时候会过度亢奋地手洗孩子们的围兜和连体衣。她入睡很快，睡得很深，但总是一阵一阵的。这样的睡眠很不健康，但又足以让她的身体维持正常运转。他有时也会出现同样的状态，如果工作得太久，他也会突然记不清今天是周二还是周五，三月还是四月。她时常带着孩子们去学校看他，一见到他，接受他的拥抱时就久久不愿松开，就像被搭扣扣在了他的身上，直到他松开手臂，每次推开她时，戴维总会感到一丝心痛。

她正在和他的一个教授——一位四十来岁的精神病学专家——交谈。他不确定在弗莱彻博士眼里，玛丽莲呈现出的是哪一面——是那个富有魅力、美丽自信，总会让他萌生保护欲和嫉妒心的女人？还是那个缺乏睡眠，内分泌失调，即使失业在家却仍然宣称“这是我一生中最快乐的时光”的家庭主妇？

“那真是非常高的评价。”听到他的老师这么说，一阵钻心的怜悯涌进了他的心里。她看上去是那么年轻，一切对她来说又是那么突然，他察觉到，她已经表演不动了。他和一圈同学打了声招呼，来到她的身边，用手轻轻托住她的后背。

“我都听说了，做了爸爸妈妈，很开心吧。”弗莱彻博士笑着说道，但是笑容中却似乎带着一丝嘲讽——他在嘲讽玛丽莲吗？玛丽莲看向了戴维，眼神中满是绝望，仿佛在恳求他：“拜托了，不要在这么多人面前戳穿我。我知道我今天早上边洗澡边哭，但是拜托了，不要戳穿我，配合我演下去吧。”

“那简直是全世界最值得让人心存感激，最让人害怕，但同时也最美好的一件事情。”戴维回答道，措辞格外地花哨。玛丽莲冲他微微一笑，身子向后，贴紧了他的手。

“你有小孩吗？”玛丽莲问弗莱彻博士。他们托邻居帮忙在家照顾温迪，而维奥莱特刚满十周，还太小，没办法丢在家里让邻居照顾。他们不可能把两个女儿都带在身边，所以最后只带上了维奥莱特。然而，他看得出来，温迪不在身边，玛丽莲就像出现了幻觉一样魂不守舍。

“天哪，当然没有，我没有小孩。”弗莱彻博士说道，“我一直觉得那样对我不太公平，那样的话，我就没有多少留给自己的时间了。”

玛丽莲脸一下红了，戴维望着她。

“但是，嘿，”弗莱彻博士说道，“那对于一些人而言是可行的。”

“没错。”戴维说。

弗莱彻博士又神神秘秘地凑近了身子，对他们说道："我建议你们生两个就够了。科里根有四个小孩，他忙得都快直不起身子了。"话音刚落，他又和站在远处的男人点了点头，打了声招呼。那男人是戴维医院的导师，站在他旁边的应该是他的妻子。他们看起来如同行尸走肉一般，瞳孔放大，精力仿佛已被榨干耗尽，疲惫的身体疏远着彼此。

"四个？"戴维挽着妻子的胯部，手上加大了力度。

"上周做阑尾切除手术的时候，他几乎站着睡着了。"弗莱彻话音刚落，玛丽莲就打了声招呼，一个人溜开了。走之前，她捏了捏他的手，他没有弄明白那是什么意思。

回家的路上，她很安静。

"那房子不错，是吧？"路过河上一座亮着灯的桥时，他开口问道。"我都不知道，这附近原来还有这样的房子。"说出口的瞬间，他才意识到自己可能打开了一扇曾经被他紧紧关死的门。

"是啊，和我们那片真是天差地别呢。"她回答道。边说边抬起手，悬在维奥莱特熟睡的脸上方，帮她遮挡过路车辆的头灯。他们住在艾奥瓦城边上一个比较破败的区域，好在那附近比较安静，在离他们家几个街区的地方就有一个公园，她平时可以带着女儿们去公园里玩，不会很冷，也很安全。就在他怒火顿生，想要开口反驳她时，她挽住了他，她的手臂穿过他的手肘，和他紧紧依偎在一起。

"对不起，"她说，"我现在情绪不好。"

"弗莱彻就是个自恃清高的混蛋。"戴维说。她将他拉得更紧了，两人的胯部相撞了好几次，他们才统一了步伐。

"他一定认为我——我都对他说了什么？一生中最快乐的时光？那么说真是太蠢了——呃，希望我没有让你尴尬。"她泄气地对他说道。她没有看他，而是紧盯着河面上粼粼的波光。

他猛地摇了摇头："当然不会，永远不会。"

"我不知道我还能不能说出什么有意思的话了。"

“你对自己太严格了。”他说。

“你只是在安慰我。”她将包挎在胳膊上，“要是现在能来支香烟就好了。”搬到艾奥瓦之后，她养成了抽烟的习惯，但是怀上温迪之后，她就戒掉了。现在的她还要母乳喂养维奥莱特，所以还处在戒断的状态中，“好像只有这种直截了当的方法可以让我保持清醒了，但是……”

“我们不‘直截了当’吗？”他问，“我和女儿们？”

“女儿们和我，”她纠正道，“不，才不是，你是另外一种境界了。对我来说，你无时无刻不在我身边。”

这句话浪漫至极，但同时也悲伤至极。

到家后，他打发走邻居。玛丽莲去看了看温迪，他做了几个花生酱和果酱的三明治。刚刚聚会的时候，玛丽莲没吃多少东西。他端着三明治进了房间，看到玛丽莲正一只手抱着维奥莱特给她喂奶，另一只手上下抚摸着温迪的背。温迪蜷在玛丽莲的膝盖窝里，发出沉沉的呼吸声。她就在那儿，他的妻子，在他们的家里，和他们的女儿们一起，再也不用白费力气，对弗莱彻那种人解释自己存在的必要性。她抬起头看向他，他突然心软了。

“要是我得了乳腺炎，会有什么感觉吗？”她问他，眉头紧紧地皱了起来，“还有，如果你不介意，要给温迪换尿布了。”

在之后冲突不断的日子里，他们会反复告诉彼此：“这是我一生中最快乐的时光。”

第九章

作为一位曾经的诉讼律师，维奥莱特熟知危机公关的套路：及时干预止损，控制事态发展。所以，带乔纳回家一起吃晚饭的时候，她采取了同样的对策。马特对这次晚餐忧心忡忡，只要一提到这件事，他的表情就仿佛在说："你真的想好了吗？我不会拦着你，你最好自己拦着你自己。"维奥莱特反而从中获得了某种满足感，这是一种大多数人在婚姻中都使用过的"我管你呢"的幼稚逻辑，你的丈夫越是不乐意，你就越想去做某件事情。

没有任何一条现成的条款能告诉她，要怎么将被她抛弃的孩子介绍给她的丈夫，或者怎么把她的丈夫介绍给那个她主动选择生下来，但从未想过留在身边的孩子。所以，她先点好了比萨——没有谁不爱比萨，不是吗？接着，在确认了家里的酒够她和马特喝之后，她又去找了怀亚特和伊莱，竭尽所能地和他们解释：一个家可以有各种各样的组成形式；十五年前的她和现在的她截然不同，那时候她还不知道爸爸的存在；他们现在多了一个同母异父的哥哥，叫乔纳；乔纳今天要来家里吃晚饭。儿子们表现得十分坦然和平静，但她猜测那并不是因为他们已经接纳了一切，而是因为他们还不明白这到底意味着什么。马特似乎对她的解释不太满意，于是走到他们跟前，蹲了下来，对他们补充说道："这件事情要保密，只有我们一家人知道，好不好，伙计们？"

"马特。"她惊呼出声，她不想让他们的孩子说谎。

他站了起来，压低了声音："你真的想让这件事在学校传开来吗？"

一想到橡树林幼儿园的妈妈们会像一群火鸡包围一具尸体一样把她团团围住，她立马妥协了。“没错，亲爱的，就当成是家人之间的秘密，好吗？还记得我们在图书馆听到的那个故事吗？大熊的家人要给他办一个生日派对，他们全都守住了这个秘密，记得吗？”她夸张地做了一个用拉链把嘴巴封上的动作，把伊莱逗笑了。一旁的怀亚特看上去还是充满怀疑。“我们不要给乔纳太多压力，好不好，亲爱的？所以啊，就把这件事情当成我们之间的秘密吧，他已经有很多新的变化需要应付了。”

她一个人出发去温迪家接乔纳。回埃文斯顿的路上，她把那些和她一家人有关的地标指给了乔纳——“那里有个小小的免费图书馆，是我们筹款建成的”，“那是我儿子上的学校”。直到留意到乔纳脸上的木然，她才意识到自己的生活原来是这么枯燥。她突然很好奇乔纳会怎样向她介绍他曾经去过的地方——这是我虐待松鼠的地方，又或者，这是我差点一把火烧掉的地方。接下来的行程中，他们一言不发。

驶上停车道的时候，他低声惊呼：“天哪。”

她满腹狐疑地转向他：“什么？”

他咧嘴笑了一下：“没什么，房子不错，仅此而已。”

维奥莱特不是没有意识到，亲生儿子住在寄宿中心，自己却在湖畔这片三英亩的土地上坐拥一座都铎式[①]的豪宅。但这并不是她一手策划的。“这是一套待修廉价房。”她说道，语气充满防备。

她领着他进了屋，然后笨拙地向她的家人介绍起乔纳：“这是我的……你们的……一个……乔纳。”

“一个乔纳，哈？”平时并没什么幽默感的马特回应道。他向乔纳伸出一只手。她不知道他会怎么看待乔纳，不知道他会不会在乔纳的

---

① 模仿都铎王朝时期传统中世纪建筑的一种建筑风格，历史上是庄园主等上流社会人的住宅样式。

脸上看到她的影子，会不会想到在他们认识之前，她怀过另一个男人的孩子。“真的很高兴见到你。”马特说道，听上去竟然非常诚挚。她摸了摸他的后背，对他表示感激。乔纳来到孩子们的面前，窘迫地和他们招了招手，伊莱躲在她身后，通过她的膝盖缝偷瞄乔纳。

“别担心，”怀亚特神秘兮兮地说道，“我们不会把你的事告诉别人的。”

乔纳看向她，刚才脸上的笑容也一下消失殆尽。怀亚特的话让他感到受伤。“谢了，伙计。”他对怀亚特说道。

但事实是，他和孩子们相处得非常融洽。他可以像和任何其他人说话一样，和孩子们对话，她知道那是儿子们很喜欢的一种特质。他们正在向他展示一排排的乐高小人，趁这个工夫，马特把她拉到了厨房。

“你要知道，我刚刚不是想让孩子们对他的事情撒谎。”他说，“我只是不想让他们把这件事情传出去，在我们还不确定……”

她转过身面对着他，递给他一个红酒杯：“是，我能理解，你说得很有道理。”

“但是就算这样，你刚刚怎么都没和我讨论，就告诉他们乔纳是他们的‘哥哥’……”

“天哪，马特，难不成有什么明文规定吗？不然呢，我还能怎么说？爸爸妈妈最近和一个不知道从哪儿冒出来的高二学生成了朋友？”

“我只是觉得还是保险一点好，你又不是不知道他们现在这个年纪有多容易受影响。”

“我们的孩子们？”她说，“你是说每天都是我来照顾的孩子们吗？是啊，我太知道了。”

“没必要这么……”

“今天晚上已经这么难熬了，我们就不要吵架了好吗？”

“是你先……”

“妈妈！”

听到怀亚特的声音，她立刻进入了恐慌模式。这就是把乔纳带回家的后果吗？是她让自己的孩子们陷入了危险吗？她一把推开马特，做好了冲进游戏室的准备。她调动起那种潜在的、哺乳动物特有的力量，就像车祸发生时，人们也总会借助相似的力量，护住他们的孩子一样。

然而，冲到游戏室里，她却只是看到了正在倒立的乔纳。他的手肘微微弯曲，腿向外分开，怀亚特满脸崇拜地看着他。

“妈妈，你看！”怀亚特说。

维奥莱特停在原地，整理了一下自己的心情。“亲爱的，你刚刚吓到我了，我以为有什么事情……”她的声音渐渐弱了下去，因为她看到了乔纳脸上混着尴尬的受伤表情。

他停止了倒立，坐到了地上。

“我不是那个意思，”她说，“我只是以为……也许有人受伤了之类的。”但她心里的想法是：“我以为只是让你和我的孩子单独相处两分钟的工夫，你就想要谋杀他们。”

“他也可以用一只手。”怀亚特难以置信地说道。乔纳已经站了起来。他走到窗边，僵硬地在胸前拉伸着手臂。

“就……就是，你也知道，他们这个年纪太容易发生意外了。我只是有点儿紧张。”她说道，语气略带歉意。她能感到马特在她身后无声的批判。“我不知道你还会体操。”她接着说道。

乔纳“扑哧”笑了一声：“我不会。”

“那这只是你随便学会的？”她问道，然后把伊莱拥进怀中，感受着他真实的触感。还好她的孩子没有出事，一切都很好。

“是啊，是的。”

“没有报班？”话刚说出口，她就意识到了这个问题有多愚蠢，仿佛在把她优越的生活甩在乔纳面前。报班一直是她生活中不可或缺的一部分。只要她想，她可以去学体操，去学中提琴，去学任何她想学的东西。

“就是随便学学，只要我能做的话。”他平淡地回答道。

“那好吧，你肢体这么灵活，一定是从我这儿遗传的。”她再一次脱口而出，很尴尬，很突兀，很不得体。乔纳脸红了。

“你能教教我吗？”怀亚特问乔纳。乔纳迅速地看了她一眼，然后回答道：“不了，伙计，太危险了。”

门铃响了，马特起身开门。

“是比萨，”她说道，“没问题吧，没有人不爱吃比萨的。”

看到他要开口说话，她抢先一步抢走了话语权。

“不要告诉我你不喜欢比萨。”她说道。

“我喜欢比萨。”怀亚特一本正经地说道。

“我乳糖不耐受。”乔纳回答道。

“你——真的吗？我怎么不知道？温迪应该提前告诉……”然而，错显然不在温迪，而在于他们之间横亘着的时空。那些时光跳动着，冲她眨着眼：“你不知道的事情还有很多，这只是冰山一角而已。”

“没事，反正我现在也不是很饿。”

“你十五岁，”她说道，“当然早就饿了。你可以吃麸质[①]吗？”

“我可以吃……当然。”乔纳抑制着脸上的笑意，“没错，麸质没问题。”

她想到自己曾经给他做过一个花生酱和果酱的三明治，突然感到羞耻极了。但她假装无事发生，洗盘子去了。

马特开车送他回家。回来的时候，马特会发现家里的酒架上又少了三瓶酒。

在那个红发男人就要接近他的目标时，温迪注意到房间里多出了

---

① 一种在小麦、大麦及裸麦中含有的蛋白质成分。

另外一个人。一开始，她以为是她喝了太多灰雁牌伏特加，出现了幻觉。但在她低下头，看着那个红发男人的胡须蹭到她的私处时，她突然瞥见了站在门口的身影。

“见鬼。”她惊呼。接下来的几秒钟，房间里仿佛上演了一场滑稽的闹剧：她迅速起身，想找些什么来遮住身体，可不料男人的头卡在了她的大腿之间，她的手肘也重重地撞到了床头板上。“老天爷，你在这儿干吗？”这天晚上，她说要和迈尔斯的朋友共进晚餐，缅怀迈尔斯，那明显是个谎言。趁乔纳不在家，她决定好好享受这个夜晚。她的确听到了家里的动静，一定是乔纳从维奥莱特家回来了。但她当时的心思全在那个红发男人身上，而且她断定乔纳一定很快就睡下了。

“这到底是怎么回事？”红发男人说道，他已经站了起来，拳头握紧，肩膀绷了起来，“这是谁？”

“不，没关系。”她一边说，一边爬了起来，用一条床单裹住了身子。他正要朝乔纳冲过去，她一把拽住他的手臂：“没关系的，他也住这里。”

“那是什么意思？”男人一前一后地来回打量她和乔纳，“这是你的小孩吗？”

他对她的了解第一次有了飞跃性的进展，而且还是在这种情况下，这令她感到十分痛心。她之前只和他提过她今年三十二岁。“这是我的外甥，乔纳。乔纳，这是……”她想说出他的名字，但是脑海中却一片空白。她一直很担心自己不是提前得了老年痴呆，就是因为喝太多酒而记忆力减退。

“你刚才是在看我们吗？”男人问道。她能感觉到手指下方的肌肉依然紧绷着。

“不是，我只是……我只是过来要一点泰诺……对不起，我不是……我只是要……”

“为什么要吃泰诺？”她不假思索地问道。她的本能反应竟然是关心他的健康。

“可能是肌肉拉伤了，我的肩膀。刚才我想逗逗维奥莱特的小孩，做了点动作。”

“布洛芬效果更好，”她说，“在楼下的浴室里，右边第三个柜子。”

“谢了，”他说，“还有，抱歉。”

“两片就好，不要吃三片。”她补充道。

“知道了。真的很抱歉，谢谢。”他飞快地离开了。红发男人把手臂从她的手里抽了出来。

“好吧，这真是太诡异了。”他说。

“没错。”说完她瘫坐到了床沿上。

“他和你住在一起？你应该提前告诉我一声的，老天啊。”

“为什么？”她问道，突然竖起了防备，“那和你有什么关系？”

“因为我……我们不是要……我难道没有资格知道这个家里住着个会站在门口盯着我们看的古怪小孩吗？”

“他不是在看我们。”虽然她嘴上这么说道，但心里仍在纠结刚才乔纳的反应。看到床上的他们，他竟然没有立马惊慌失措地逃走。

“我真的……真的很抱歉，温迪，但是我……觉得太奇怪了。”

“我们可以把门锁上。”她有气无力地回复道。此时他给她带来的那一点刺激已经荡然无存了。史蒂夫。就在这时，她突然想起了他的名字。

“我要走了，”他说道，没有直视她的眼睛，“我会给你打电话的。”

她也经常说这句话。她知道他在撒谎。

莉莎和母亲坐在门廊里，莉莎问：“妈，你有没有……你有没有想过会和爸分开？”

父母那代人让莉莎羡慕的一点是，他们好像永远不需要过多的思考。他们去做某件事，只是为了让那件事呈现出特定的样子。只要那件事看上去如此，就好像已经成功一半。就好像只要你年纪到了，就得去找一个男人，只要他长得还行，活着，还会呼吸。你会像应付差事一样，和他一起生活，不管他多么无趣，多么刻薄，多么神经质，你都要忍到最后，自尝苦果。这一点都不浪漫，但她很喜欢其中的固执、简单和安稳。

但她的父母是例外，直至今天，他们仍然沐浴在爱河之中，疯狂地爱着彼此。家里随处可见的老照片——父亲的桌上，厨房窗户上，浴室橱柜里——便是证据。照片里，二十岁的迷人的玛丽莲被戴维紧紧搂着，站在福斯特海滩上。照片里，他们站在一片南瓜地里，戴维把手放在玛丽莲的腰间，而玛丽莲在一旁若有所思，隆起的肚子里正怀着温迪。照片里，他们结婚那天，他们在婚礼结束后站在圣坛旁边，融化在笑声里。

“哦，不，从来没有想过。”母亲说道。莉莎的心向下一沉。她很喜欢照片里那些简单的日子，但她知道他们已经回不去了。

“我是说，”玛丽莲继续说道——两杯红酒下肚，玛丽莲已经微醺，而此时的莉莎却格外清醒，在两种截然不同的状态下，她们各自调整了一下坐姿；怀孕的残酷之处在于，你会被前所未有的焦虑填满，却无法摄入任何的精神镇静剂——“我有没有想往他脸上捶上一拳？有。他有没有说过一些让我感觉世界都塌了的话？”酒精开始让玛丽莲变得富有诗意，“有。但是，我有没有想过离开他？”她又啜了一口酒，“没有。待在另外一个房间里？当然了。互不联系，跑到更远一点的地方？当然想过。”

“但那些都不是什么大事。”莉莎说。她和瑞安是在大学里认识的，理论上，如果她只想寻求一段简单、长久的关系，瑞安的确是那个完美的人选。在你们都还年轻，对自己的愚蠢一无所知的时候，遇见那个人，你们会提前了解彼此的古怪，挖掘彼此的秘密，抢在这些古怪和秘密失控增长之前。

“从来没有想过分开。”玛丽莲说。房子里突然亮起一盏灯，是戴维的书房。她们双双转过头，惊讶地发觉刚刚的谈话很有可能被几英尺之外的人听到了。

“从来没有想过类似的事情。”

“但是，为什么不呢？”莉莎追问道。

玛丽莲又喝了一小口酒，似乎是出于某种本能，她微微歪过头，朝向丈夫书房的方向：“为什么要那么想呢？天哪，看看他，还有谁比他更好呢？”

她们一起向窗外看去，没有谁能给出一个令人满意的答案。

“为什么要问我这个问题，亲爱的？”本来满脸惆怅的玛丽莲，现在突然为莉莎担心起来。

莉莎摇了摇头，泪意突然涌了上来：“没有为什么。”她很想问问母亲，自己心底涌动着的绝望，是不是只是婴儿中心论坛上从来没有提到过的一种常见妊娠反应。

“家里现在怎么样？”

“挺好的，很好。”

“你真是很不会撒谎啊，莉莉。”玛丽莲站起身走到莉莎身旁，挨着莉莎坐到了沙发椅上，“我刚刚不应该说得那么轻率的，我们也有过非常困惑的时候。”她碰了碰莉莎的膝盖，“我们当然也有过疑虑。只不过，我觉得真正重要的是，你要越过那些困惑去看待很多事。那样做了之后，如果你依然觉得很开心，很平静，那才是最关键的。”

“也就是说，要将就。”莉莎说。

“不，”玛丽莲语气重了一些，“不是将就，完全两码事。我的意思是，你得用一种诚实的眼光，好好看看你现在感到困惑的事情，它们真的有那么重要吗？”

“但你怎么知道呢？你怎么决定要不要——你知道的，底线到底是什么呢？”

“每对夫妻的情况都不一样，亲爱的。并不是所有事情都可以套用公式的。”玛丽莲将手放在莉莎的大腿上，“你最近到底怎么了，莉兹？你可以和我说说的。”

莉莎张开嘴，想要说些什么，但又咽了下去。她最近怎么了，她不能说。一旦她开口，那些她不希望留下的东西，就会永远留存下来。“我只是好奇罢了，想知道你对爸是不是曾经也动摇过。”母亲一定也经历过这种如鲠在喉的痛苦。看到父亲吃芦笋的样子，她一定也曾感到过深深的厌恶。想到父亲未来有一天可能会开始谈论芦笋让他尿臭，她一定也曾经感到过惧怕。每个人都必然会历经这些时刻，即使是她父母，一对结婚多年却仍然会在餐桌上暗送秋波的夫妻。

“不，我没有动摇过。莉莎，但那不是说……困惑是完全正常的，亲爱的。有的时候，你就是会对另一半感到焦虑，感到不确定，但这都没有关系。你和瑞安现在正在共同经历着这样一件大事，亲爱的，你当然会感到害怕了。你可以找机会和瑞安分享这份害怕的心情。”

“你有没有曾经躺在床上辗转反侧，担心会把你的基因越过爸爸遗传给我们？你有没有想过，也许他没有你想象中的那么好？你有没有想过，如果他没有你想象中的那么好，也许错全在你？”莉莎好想对母亲说这些，但她什么也没说。上个月，她去了很多次马库斯的公寓。在他格子花纹的针织床单上，她迷迷糊糊地度过了很多个松弛的下午，在那里，她可以逃离瑞安，逃避现实。而此时，她又不安起来，后脖颈袭来的阵阵焦虑，让她不停地挪动着身子。

“挺有意思的，”玛丽莲继续说道，“关于要怎么把一段关系维持下去，我想了很多。关键在于，即使有的时候你不在状态，也得对你的伴侣保持友好。虽然这听起来是个再显然不过的道理，不过，说起来容易，做起来难。你觉得呢？”

母亲对“爱”有着细腻而深刻的洞察，如果她对瑞安没有一丝担忧，那已经充分表明了她对这段感情的认可。长大成人之后，从来没有人提醒过你，你必须亲自做出各种决定，凭借那一点站不住脚的直觉行事。长大成人之后，你还是会像一个八岁的孩子那样，期待你的父母挺身而出，救你于水火之中。

简单来说，她和马库斯正在做的事情非常残忍：被他的笑话逗笑，让他开车送她回父母家，在他的车里和他接吻，把瑞安一个人留在家中，看着网飞，吃着椒盐卷饼，沉浸在他一如既往的沮丧之中。这对马库斯和瑞安两个人都很残忍。玛丽莲进屋泡茶去了，趁这个工夫，莉莎掏出手机，开始组织语言，用小说一般的笔触写道："过去的一段时间里，我过得很开心，但是最近我发现我怀孕了——是在我们在一起之前怀上的，所以请千万不要担心。我觉得怀孕是一个最好的结果，不管是对我的身体健康，还是对我目前这段亲密关系的健康。另外，其实过去几周以来，我的性欲也在慢慢下降。但不管怎样，还是祝福你，也希望沃尔特的髋关节置换手术一切顺利……"

"你在外面还好吗？"玛丽莲回来了。莉莎没有把刚刚那条信息发出去，而是全部删光了。莉莎抬起头，看着无忧无虑、积极向上，对她的所作所为一无所知的母亲。莉莎很想问问母亲能不能替她结束和马库斯的关系，但她拼命忍住了。

莉莎飞快地写了另外一封短信——我们得分手了，出于一些个人原因。我很抱歉，爱你。发出去之后，她合上手机，对着母亲露出了微笑。

1983—1984

玛丽莲开始怀疑——甚至开始假设——她的大女儿温迪是反社会人格。她有大把的时间来反复琢磨这个念头，甚至还到嵌入式书架上翻阅了各种育儿图书，按书上说的，她每天和温迪待在一起，可能会"当局者迷"。但是，如果不是她，又有谁能来做出这个判断呢？她每天和孩子们形影不离：早上，她伴着她们的声响醒来；晚上，她读书伴她们入睡。她喜欢看到女儿们的各种模样：太阳升起时，她们穿着睡衣，紧紧依偎在她的身边——她们的身体懒洋洋、暖融融——将她们甜蜜、混杂的鼻息呼到她的脖子上面，她们会睡意蒙眬地问她早餐吃什么，并和她讲述昨晚做的梦；太阳落山时，昏昏欲睡的她们会努力撑着沉沉的小脑袋，软绵绵地靠着她，听她读着苏斯博士[①]的书慢慢睡去。

女儿们睡下后，是她最爱她们的时候。这也许是问题的一部分，但她敢肯定更大的问题出在温迪身上，有时她甚至会设想把温迪送到那种专门负责解决问题儿童的寄宿学校。

那天早些时候，温迪问她要巧克力牛奶喝，她没有允许。接着，她目睹温迪在厨房中央蹲了下来，缩成一团，双臂紧紧锁住膝盖，温迪脸上的表情很奇怪，仿佛在向某一个地方集中发力，几秒钟过后，她的脸就涨得通红。玛丽莲这才反应过来，温迪是在憋气。

“温迪，停下来。”玛丽莲惊呼。成为母亲之后，她总是会下意识地去设想最糟的后果，比如此时，她几乎已经可以想象温迪眼球里血管爆裂的画面，她的心猛烈地跳动起来。维奥莱特坐在桌旁的椅子上，手里捧着电话簿涂涂画画，一边画还一边好奇地打量着她的姐姐。“温迪，我说真的，赶紧给我停下来。”但是温迪没有停止，她逐渐加大力度，把自己锁得更紧了。她的眼球微微凸起，脸也涨成了深紫红色。最后，玛丽莲实在没办法，只好走到她跟前，用手指使劲抠开温迪的嘴，这是她唯一能做的。温迪用尽全力咬了她一口，她倒吸一口凉气，骂出声：“见他妈的鬼。”温迪重重地喘着粗气，愤怒地盯着她，一字一句地说道：“妈妈刚才说脏话了。”

玛丽莲强忍着眼泪，把温迪送回她的房间，然后回到厨房，在维奥莱特对面的椅子上瘫坐下来。身后传来的砸门声，让玛丽莲终于没忍住小声啜泣起来。维奥莱特看上去很害怕，她从座位上爬了下来，

---

① 美国著名作家及漫画家，以儿童绘本闻名。

然后爬到玛丽莲的大腿上。

“没事的，妈妈，”她安慰道，“没事的。”

她低头看向受惊的小女儿。那个瞬间，她突然想起自己曾经发誓，如果自己成了一位母亲，绝不会允许这一幕出现。她太熟悉这一幕了。小时候，她的母亲总酗酒，经常焦虑，经常抑郁，也经常当着她的面陷入崩溃或者暴怒。

“别哭。”她会一边安慰她的母亲，一边给母亲递上纸巾，伸出小手抚摸母亲的头发。那样的记忆可以追溯到很久之前。那时候，她也许才五六岁，又或者是四岁，和维奥莱特差不多的年纪。小维奥莱特就像当时的她，仰头看着她，伸出肉嘟嘟的小手为她拭去脸上的泪水。

“我很好，宝贝。妈妈没事的。对不起，我吓到你了，亲爱的。”

温迪每次胡搅蛮缠，戴维都不在家。晚上和他一起躺在床上的时候，她总会试图向他形容发生的一切，但是话一说出口，听上去就弱了许多——事实远比她说的更加严重。每当这个时候，丈夫都会把她一把拉过来，用手来回抚摸她的背。

“这本来就是一个有点麻烦的年龄段，亲爱的，小孩子总会闹脾气的。”

然而，她知道事情没有那么简单。有的时候——很多时候——温迪都会在没有受到任何委屈的情况下，平白无故地开始闹脾气。有时，温迪、维奥莱特和她会围坐在一起，玩玩厨房游戏，捏捏缩泥[1]，或者读读《阁楼上的光》，就在这时，温迪会突然发出一声尖叫——“不许！”然后用她小小的腿够着去踢她的妹妹维奥莱特。坐在那里的维奥莱特对这突如其来的状况不知所措——她还在玛丽莲肚子里的时候，性格就一直非常文静。接着，温迪会变本加厉，而玛丽莲则只是

① 一种儿童塑料玩具材料，可以在上面绘制图案，然后放入烤箱内加热，体积会缩小数倍。

在女儿们中间端坐，目睹这一切的发生。她很确定维奥莱特不懂得反抗。温迪的神色会渐渐变得强硬起来，维奥莱特则会越来越低落。在经历过两三次类似的情形之后，玛丽莲将维奥莱特的变化看在了眼里。维奥莱特渐渐摸清了状况，温迪会先爆发，摔坏东西，持续一段时间，然后尖叫，摔门，把母亲留在原地，让她抑制不住地陷入烦躁、悲痛或者愤怒的情绪之中。玛丽莲注意到小女儿对这一切的察觉。她眼睁睁地看着维奥莱特在年仅四岁的时候，就已经品尝到了这令人失望的人生滋味。起初，她为维奥莱特感到心碎。但很快，她就又把注意力转移到了五岁的温迪身上。温迪令她厌倦，也更让她愤怒。

玛丽莲的偏头痛就是从这时候开始的。温迪赌气跑开之后，玛丽莲能做的，只有到沙发上蜷缩起来，双眼紧闭。

“妈妈头有点痛，我的小茉莉。”她会和维奥莱特说。维奥莱特会乖乖地爬到沙发上，轻轻地靠在她的身边，咿咿呀呀地对两只手上抓着的芭比娃娃说话。

不用多久，温迪会重新出现。有时候只要几分钟，有时候则要花上几个小时。她会有些愧疚，但是依然装作什么都没发生过。她会走到玛丽莲的身边，把她柔软的小手放在玛丽莲的膝盖上，或者紧紧缠着她的腰。一开始，玛丽莲会对面前这个认真忏悔的孩子感到十分陌生，但很快，她又会重新坚定不移地爱上她。然而，这个怪异的循环会一直反复，不断地重演。她开始更加频繁地向戴维寻求帮助。

“我很担心她。”有天晚上，她和戴维坐在沙发上，哽咽着对他坦白。

“亲爱的，她才五岁。”他回答道。他的语气听上去不算刻薄，但带着一丝嘲弄的意味。医生的身份让她的丈夫惹人厌烦，她本以为他的身上不会有这个职业所特有的傲慢，但无法否认，这种傲慢还是会时不时地从他自以为是的腔调里露出马脚。

“你不知道她的那个样子，”她继续说道，“她——就好像，她没有办法控制自己。反正——看着她，我感觉很糟糕。我知道对她来说，像这样——像这样伤心欲绝，肯定也不好受，她一定很受伤，但她好像不知道怎么表达出来，然后……”她声音颤抖着弱了下去。“她的样子让我非常心碎，戴维，我不知道怎么才能帮到她。”

“有些小孩就是更加情绪化一些。”他说。她对他无动于衷的态度感到一阵窝火，于是从他身边走开了。

“她那样的时候，你又没有亲眼看到。”

实际上，他看到了。温迪最近爆发得越来越频繁，一天通常会有三到四次，不可避免地会被戴维撞见。一开始玛丽莲还松了口气，但她很快发现，戴维还是不能理解。有一次，温迪看到维奥莱特正在用她想用的蜡笔，于是尖叫着打碎了一只果汁杯。那时候，戴维刚好走到了门口。那是他第一次撞见温迪这样。于是，他把温迪夹在胳膊底下，大步向她的房间走去。

“不，不允许，小丫头。”他操着一口凶恶警察的腔调，厉声说道。他很少有机会展现这一面，因为通常都是由玛丽莲来扮演那个严厉的角色，她待在家的时间更多，理所应当地担起了对她们严加管束的担子。平时，她会拒绝她们烤饼干的请求，不允许她们看《小超人》，女儿们也经常因此而躲着她。戴维下班回家时，女儿们会欢呼雀跃着奔向他的怀抱，这令她心生怨气。戴维温和而严厉，就算温迪拼命摆着身子抵抗，他还是紧紧地夹着她，沿着走廊朝房间走去。“温迪，如果再被我看到一次，我就会把那些蜡笔全部扔掉。”温迪大哭不止。戴维把温迪丢在房间里，锁上了房门。温迪在房间里面愤怒地用拳头砸门。

玛丽莲蹲下来收拾那堆玻璃碎片，不小心割伤了手。原来温迪需要的，只是一点严厉的爱。一想到这儿，玛丽莲就分外恼火。原来一直以来，那么多次，她只是没能够好好管教他们的女儿。让她更为恼火的是，二十分钟后，温迪从房间里蹑手蹑脚地走了出来，她来到戴维身边，紧紧抱住他的腿，夸张地向他道歉认错。

“我不是故意的，爸爸。”她一边说，一边抽泣。戴维把她搂进怀里，然后意味深长地告诉温迪："我们生气的时候，会无心地做出很多事情，但那并不意味着我们可以随便摔东西，或者随便伤害我们的妹妹。"

"还有我们的妈妈。"玛丽莲一边在心里嘀咕着，一边清洗着手掌上的伤口，自己给自己贴上了创可贴，反正戴维可能也不会发现。"就算平白无故地生气——而且还仗着我们只有五岁，怎么劝也不听，让别人纵容我们的无理取闹——也不可以随便打碎东西，让我们的母亲来收拾残局。"

有好几次，她甚至对她的丈夫和温迪产生了一种她耻于承认但又在狠狠折磨着她的憎恶。

"如果今天晚上我还是要逼着温迪上床睡觉，我就真的要疯了，干脆一刀刺死我算了，戴维，我发誓。"昨天晚上，她和戴维抱怨道。而戴维只是冷漠地翻了个白眼，回答道："不是吧，又来这一套。好，很好，我们来好好聊聊。"

虽然她知道现在的生活是她自己的选择，但她还是常常感叹。八年前，她还和迪安·麦吉利斯在一起，他们会在橡树街海滩上接吻，他还会带她一起裸泳。每当她为女儿们的事情忙前忙后，看着一旁帅气但无用的丈夫干坐着打盹时，她都会冒出这样的念头："我现在本来可以和麦吉利斯在一起裸泳的。"她本可以选择另外一种生活，而不是一边自己给自己贴创可贴，一边充满怨念地看着丈夫和大女儿在房间那头进行着一场甜蜜而深刻的谈话。她拿起烟走了出去——她知道维奥莱特应该正坐在门厅壁橱旁边玩着她的芭比娃娃。抽完烟，她回到屋里，看到戴维正坐在厨房餐桌边，脸上顶着很深的黑眼圈，袖子卷到了手肘处。

"已经把我们的'病毒'给遏制住了，"他说，"我想，到她睡觉的时候，就可以被完全'治愈'了。"

她露出一个勉强的微笑。

"哎呀，小家伙，我只是开个玩笑。"

她走到他的对面坐了下来，开始整理桌上堆满的纸，纸上是女儿们刚刚创作的画。"我没有心情跟你开玩笑。"

他盯着她看了一小会儿，但没有得到她的回应，于是只好起身大步向卧室走去。“好吧，但是我有心情。”他嘟囔着，随后便不见了人影。

有那么一瞬间，她容许了自己的愤怒——他有的时候真是太孩子气了。可是过了一会儿，她又思考起他那一番话。也许他说得没错，他的确有心情开玩笑。他总是那么热情，以至于到了令人生厌的程度。他很善良，平易近人，每天工作二十个小时，和她一起养育着两个不到六岁的孩子。而且这一次，他的确压制住了“病毒”。只不过，换作从前，类似的玩笑话总会让她对他萌生爱意。当年，正是在这种爱意的驱使下，她怀上了“病毒”，她无比怀念那段时光。她从餐桌边起身站了起来。

不出她所料，他不在他们的房间，也不在客厅。她来到门厅，在壁橱边找到了一屁股坐在地上的他。他双腿向前伸出，一只手抓着芭比娃娃，另一只手抓着一个粉红色的小梳子，小心翼翼地梳着芭比娃娃的假发，动作略显生疏。维奥莱特依偎在他的身边，正在用一套性感的女服务员制服打扮她的娃娃。

“嘿，妈妈，”维奥莱特先发现了她，对她说道，“爸爸在编头发。”

戴维抬起头温柔地看了她一眼。“爸爸只是在试着编头发。”他说。和芭比娃娃小小的头相比，他的手指显得格外粗大和笨拙。维奥莱特突然扑向一旁塞得满满当当的塑料篮，在里面一通乱翻，篮子里面装了一些小小的鞋子、小小的汉堡模型、小小的围裙、信用卡和刮铲，以及一些很久之前就只剩下半副的迷你耳环。

玛丽莲和戴维对视一眼，彼此笑了。

“刚刚是我做得不对。”她说。

“没什么大不了的，”他耸了耸肩，“你今天辛苦了。没事的，亲爱的。”

此时，阳光洒满了木质的走廊。一缕略带粉色的光线穿过窗户，照在他的头发上，让他的头发看起来极其光滑柔顺。她细细地端详着他的脸。

“我去准备晚餐。”她说。

“回归原位。”他说道。听到他的话，本已经走开的她转过身来，看到他冲她眨了眨眼。

幸好他还有心情开玩笑，幸好家里还有这样一个人。

一天晚上，戴维回到家，却没有看见妻子的身影。往常回到家，迎接他的总是妻子忙碌的声响——她的电台，或者是没有关上的水龙头。然而今天，家里一点动静都没有，他心一凉。最近，他和玛丽莲的关系变得有些不同，一切变得更加苍白，更加冷淡。他们像所有夫妻一样掉进了平凡生活的陷阱，疲惫地应付着彼此的牢骚。就算他们五岁的大女儿脾气差，屡教不改，那又怎么样呢？他们为什么不能一笑了之呢？

他在楼梯平台上站定下来。他听不见她安慰孩子的声音，听不见她读书的声音，也听不见她唱歌的声音。浴室里没有一丝水声。他走上二楼，发现女儿们的房间也空无一人。他心一紧，然后屏住呼吸，一路小跑下楼去查看他自己的卧室。

看到躺在床上的玛丽莲，和依偎在她两旁的女儿们，他长舒了一口气。她的腿上放着摊开的《小种子》，书皮朝上，她们都沉沉地睡着了。维奥莱特的头轻轻枕在玛丽莲的胸上，玛丽莲刚才好像在拨弄温迪的头发，她指尖还留在温迪的发间，人就已经睡着了。他再次屏住呼吸，看着这静谧而完美的一幕：满头蜜色柔发的温迪和深色头发、性格沉稳的维奥莱特，穿着小小的睡衣，吮吸着大拇指睡得香甜，她们像小青蛙一样，腿紧紧并在一起；一旁的玛丽莲把头微微斜向左侧，她仍然拥有一副少女的面庞，鼻子周围长着星星点点的雀斑。

就在这时，他突然——如同《威利在哪里》[①]中，要擦亮双眼从一大群穿着条纹衫的海盗中找到威利一样——察觉到了些什么，他把目

① 一套由英国插画家马丁·汉福特创作的儿童书籍，书的主题是在一张人山人海的图片中找出一个特定的人物威利。

光锁定在妻子微微隆起的肚子上，他身子一僵。她浅蓝色的针织衫被微微撑开，像极了怀着八周或十周的身孕，也许不止八周或十周。他努力在脑海中搜寻她怀维奥莱特时的模样，但他脑海中浮现出来的，全是她当时疲惫的神态。

晚上七点半就沉沉地睡了。他走进屋，在她旁边的床沿上坐下来，用手掌轻轻覆在她的胯骨上。她没有被惊醒，她对这一切一无所知。他感到悲伤，看着坠入梦乡的妻子，他很确定，她太累了，以至于丝毫没有察觉到自己身体上的变化。他回想起她那天早上为女儿们做早餐的场景。她看上去累吗？浮肿吗？心神不宁吗？他已经不记得那天早上都聊了些什么——也许关于天气，也许关于车子上急需更换的轮胎。他只记得，他走上前想要吻她，她却只是让他吻了一下脸颊。

“祝你度过愉快的一天。”他收拾着东西打算出门，妻子在一边翻炒着鸡蛋。“我爱你。”他害羞地向她说道。她转过身来，露出一个困倦又有些不耐烦的笑容。

“我也很爱你。”她说。

坐在床沿上，他用手掌感受着妻子的身体。也许她只是长胖了一点，但是他手掌下面结实的鼓胀，明明就是她正在不断扩充的子宫。看着正在呓语的玛丽莲，他心中突然袭来一阵钻心的羞愧，是他让玛丽莲变成现在这个样子，是他让她沦落到这个境地。他感觉自己野蛮且残暴，又一次让她怀上了孩子。他把她困住了，困在洗衣做饭的生活琐碎里，困在和孩子们麻木的争吵里。是他把她带到这个拥挤的家中，也是他在她早已疲惫不堪、丢了自我的情况下，一而再，再而三地让她的子宫被新生命填满。然而，责任也不全在他。她和他一样，享受着他们之间的性生活。最近，他们几乎只剩这一种交流方式了。有时，他回到家，会发现她已经在床上等他了……他们用做爱代替交谈。既然如此，怀孕又有什么好惊讶的呢？

但这一定会让她大吃一惊，他很确定。

他没有把手从她的肚子上移开。此时，他坚定不移地相信着那是一个孩子，那个孩子会成为这个家的希望，让温迪消停下来，让他们重新快乐起来。他不知不觉湿了眼眶，也许这次是一个男孩，这个家又迎来了一个孩子。

玛丽莲动弹了一下，醒了过来。“哦，”她说，“是你啊。”她看向他的手。他来回抚摸着她的小腹，好像在故意将她惊醒。

“是我，”他说，“嘿，小家伙。”

莉莎是个很好带的孩子，戴维为此感到十分庆幸。如果莉莎也很难带，他就真的分不出一点精力了。实际上，他们也分不出一点空间给莉莎了。他们的房子很小，实在容不下更多孩子的东西了，于是他们只好把莉莎的婴儿床塞在了他们的床旁边。每天天还没亮的时候，戴维就得起床准备上班，昏暗的房间里，他总会被婴儿床向外倾斜的老旧床腿绊到。莉莎出生以来，他和玛丽莲都还沉浸在迎接新生命的喜悦之中，他们一股脑儿将所有的爱都给了莉莎。但与此同时，仍有一股压力对他们虎视眈眈——他们还是得把一部分的精力花在他们更难伺候的大女儿身上。源源不断的压力、源源不断的混乱，让他们陷入了日复一日的单调生活。对他来说，他的生活无非就是在医院轮班，回家后亲吻女儿们，和她们互道晚安，到点上床睡觉，和妻子吵架。这一切的逻辑开始变得越来越无法自洽了：他在医院做着一份工作，勉强为他的家人维持着生计，无心顾及家庭；但与此同时，如果这个家庭分崩离析了，他的这份工作又会变得毫无意义。他们的房子太小，玛丽莲的精力似乎随时会被榨干耗尽，而温迪仍然在不知疲倦地胡搅蛮缠。

但这一切并不是莉莎的错，即使莉莎的降临对所有人来说都很意外。“这不公平。”得知自己怀上了第三个孩子时，玛丽莲痛心疾首地说道。他不知从哪儿听说过，孩子的性格是在周围环境的影响下形成的，这样的说法似乎在莉莎身上得到了验证。尽管她才三个月大，她却好像早已对这个家的情况心知肚明，她一定知道这个家再也承受不起任何一点动荡，所以才发展出了冷静沉稳的性格。于是，他每天都会抽出一段时间单独陪着莉莎，同时也借此机会自私地享受一小段宁静的时光。

每晚到家之后，他会略过所有等着他去做的琐事——拿邮件，倒垃圾，吃晚餐。玛丽莲最近的体重在飞速上涨，他却快瘦得没了形。玛丽莲总是抱怨这件事，所以他不会落下一顿晚餐。他会把所有事情都撂在一边，蹑手蹑脚地走进他的房间，小心地避开熟睡的妻子，悄悄把莉莎从婴儿床里抱出来——通常情况下，莉莎不会被惊醒，她特别能睡，仿佛睡眠是她的一项使命，必须坚定不移地执行，玛丽莲曾经开玩笑说她是个“瞌睡狂”——他会把她抱到客厅里，如果天气暖和，他也会把她抱到屋外的门廊里。之后，他什么都不做，只是坐在那里，让她小小的身体靠在他的胸前，沉醉在这个新生命给他带来的完美无瑕的甜蜜之中。他会给她唱歌，搂着她哼出声来。

她仍在渐渐生长的头颅贴着他的嘴唇，他能感到自己的哼唱声反弹回来的微微震动。她完美地窝在他的肩膀上，倚着他以保持平衡。露水打湿了庭院里的草坪，头顶的月光越来越暗。他将女儿抱在怀中，发誓永远不会辜负她。

温迪的脾气还是阴晴不定，她在学校里不是一盏省油的灯，在家更是变本加厉，总喜欢惹是生非。和温迪相比，维奥莱特更像个忍声吞气的和事佬。而莉莎呢，虽然年纪最小，却像那个位于中间地带能起到缓冲作用的孩子。这种现象让他和玛丽莲都对她心怀愧疚。他永远无法原谅他和玛丽莲竟然利用莉莎，让刚刚来到这个家庭的她扮演着这样的角色。带着这种愧疚，他总是会抱着沉沉睡去的莉莎，轻轻晃着身子，在庭院里散步，为她哼唱《诞生于河口》《坏小子勒罗伊·布朗》和《回到苏联》，仿佛只有这样才能缓解他的愧疚之情。即使她记不清他哼唱的声音，他也仍然希望她可以记住这种被疼爱的感觉。他希望这种感觉能深深扎根在她的心中，伴她一路成长，帮她越过重重阻碍，逃脱这个支离破碎的家给她带来的限制。

第十章

在莉莎眼里，一个成年人看似正常的生活，不过是不断调整，费尽力气演一出好戏。这是一个崭新的清晨，窗外的鸟儿啾鸣不止，莉莎坐在床边，看着熟睡的瑞安，暗自期待腹中的孩子可以让他们的生活变得更加柔软。也许比起不断调整，成年人更需要的是认清现状；也许她早就已经拥有了那种柔软的生活，只是她自己没有意识到。“嘿。”她轻声喊道。

瑞安一动也不动。

她把他被枕头压得温热的手抽了出来，紧紧握住，放在自己的肚子上。也许生活中所有事情的发生都是精心策划出来的，对于成年人来说，生活也许就是在不断重复地走过场，拼装组合出不同的场景，然后在偶然之间迎来如同电影场景的一幕：一个刚刚怀上孩子的女人坐在那里，在怀孕尚未让她的身体饱经摧残的时候，她仍然满目柔光地看着她熟睡的爱人，她要叫醒他，不为别的，只为了和他共同分享这份新生命的喜悦。

“瑞安，”她继续喊道，然后加大了音量，“瑞安。”

他惊醒了，抬起沉重的眼皮看她一眼。“怎么了，还好吗？”

她努力对他挤出一个微笑，精心策划出一场假装随意的情感流露，也许所有的感情都是如此。“我没事。”

“现在几点了？”他根本没有察觉到自己的手正放在她的肚子上，便一下抽走了，揉了揉眼睛。

“还早着呢。”她说，她打算连哄带骗让他陪她出趟门。她曾经偶然之间读到：如果你的伴侣经常抑郁，可以让他陪你出趟门，不用太远，只要简单走走逛逛，就可以让他获得某种成就感；他可以出门为孩子买一两件东西，清一清越来越长的购物清单，也可以去森林保护区里散散心。“不如，今天我们一起到外面走走吧？”她轻声提议道。

“莉兹，我没怎么睡好，我们过会儿再说好吗？”他的眼皮一点点耷拉下去，就快要完全合上了。

“我给你做了咖啡。”她说。他重重地叹了口气，手臂撑在床上坐了起来，接过她递来的咖啡。她竭力压下自己受伤的心情。

“真的有必要早上六点就出门吗？”

“那你真的有必要一直这么混蛋吗？”她紧紧闭上了眼睛，“对不起，我……”

“不，”他说，“该道歉的是我。我只是……只是昨天晚上醒了一小会儿，所以现在非常……非常烦躁。”

“要不我们今天去买点新家具吧？”她继续询问道，她试着从清单上筛选一些不那么令人头疼的东西。也许他们可以买一些柔软的、印着动物花纹的东西，让他们暂时将以后孩子源源不断的需求和惊人的脆弱抛在脑后。

瑞安将目光从她脸上移开。“现在就想那些，是不是有点太早了？”

“接下来的几个月会过得很快的，提前准备好一些重要的东西，不是挺好的吗？我们也能安心一些。”

“那些东西都太贵了，莉莎，我的天哪。”

她为没有考虑瑞安的感受而懊恼不已。看着她花这么多钱购置婴儿必需用品，瑞安心里一定不好受，也许比看到她为家里添置日用品或者还房贷更加糟糕。一瞬间，她既感到羞愧，又感到愤慨；既为挑起了他的自卑情结而忧伤，又为自己无法享受这些最基本的孕期准备而愤怒。在瑞安面前，她永远没有办法对新买的雪松木婴儿床或人体工学摇椅流露出丝毫的兴奋，因为只要她稍有不慎，就会让瑞安意识到自己有多么无用。

“也就是，就那几样东西。”她做出让步，平静地说道。

“你妈应该会很感兴趣。”

她努力忍住泪意，因为她担心掉眼泪也会伤害到瑞安的感情。“当然了，”她说，“你说得没错，我去问问她。”她躺了下来，仰起头盯着天花板说道，“那你今天有什么打算呢？”

“我打算随便试玩一下新出的《光晕》，看看怎么样。”

一阵深深的哀伤涌上她的心头。他谈论电子游戏的语气，就好像那是一份正儿八经的工作，是他需要潜心从事的一项研究。然而事实是，对他来说，电子游戏不过是另一个乏味的出口，让他能一次性打发掉好几个小时。

“不如把乔纳叫过来？”她询问道。她不知道这个念头从何而来，但她心想那也许不是个坏主意。“他可能也喜欢《光晕》。”

“嗯哼。”他回答道，似乎并不反对。这让她吃了一惊。

“我只是随便说说而已，”她小心翼翼地补充道，“如果有一个……一个对手的话，可能更好玩。而且我感觉，那样的话，他也能更好地融入这个家庭。”

“没错，”他若有所思地说道，“那样我也可以多了解了解他的过去。”

莉莎好奇地看着他，心里默默说：“怎么，莫非你也是我哪个姐姐或者妹妹的私生子吗？”

“因为我不是你们索伦森家的人。”

她愣了一下，不确定他有什么言外之意，心里想：“那当然了，谢天谢地，你不是我们家的人。”

“我是说，我能明白他那种初来乍到，什么都不懂的状态。多多少少会有一些……一些压迫感。”

“相信我，我比谁都更清楚这个家有多么压抑。”

“但你不是……你们家像在践行某种等级制度[①]，不是吗？”

“等级制度？”

“我不是像你那样长大的。”

“所以呢？你这话是什么意思？我是怎样长大的？”

“你们一家人似乎一直都养尊处优，但是没关系，莉兹，人生嘛，就是这样，不过如果从小没有在这种环境里长大，的确需要花时间适应。”

“我也不是从小到大都是这样，我爸妈最开始也只能勉强维持生计而已，后来我爸才开了那家私人诊所。就算是现在，我是说……没错，他们过得是不错，但他们还有我们姐妹四个要照顾啊。再说了，我爸只是一个家庭医生，又不是什么整形医生。”

“看吧，你甚至知道整形医生可以赚得更多……”

“我之所以知道，是因为我又没有与世隔绝。而且，把你自己和乔纳放在一起做比较，实在是太不公平了。乔纳是在寄养家庭长大的，而你呢，从小到大都舒舒服服地住在家里，一直有人照顾。你又不是住在什么……贫民窟。”

“你是想和我吵架吗？”他问。

“不，我只是……只是你好像早就想说这些话了。”

“这都是些显而易见的事。”

“行吧。”

“我觉得那是个好主意，”他继续说道，“可以多和乔纳联络联络。”

“怎么，因为你觉得你们之间有某种阶级兄弟情谊？”像成长环境差异这种索然无味——而且再正常不过的——小事，也常常能引起他们之间的争执，而且屡试不爽，她几乎开始怀疑自己是否其实乐在其中。

“你说得没错，莉莎。”

---

① 原文为caste system，意为种姓制度，是一种曾在印度、孟加拉国、斯里兰卡等国普遍存在的以血统论为基础的社会等级制度。

她想要假装一切如常，假装他们仍然是一对正常的情侣，假装他们仍然可以中伤彼此，进行着这场乏味无聊的权力争夺游戏。正因如此，她对他翻了个白眼，并没有打算让这个话题就此罢休——尽管最后一定是她先松口。

书房里，戴维目不转睛地盯着电脑屏幕，鼻梁上的眼镜已经滑了下来，挂在鼻尖上。他试图重新启动电脑，但电脑没有反应，蓝色的屏幕上满屏闪烁着白色的提示字眼，他不知道那些提示是什么意思，只好胡乱地敲了几下键盘。屏幕像闪烁的灯泡，突然发出了不祥的声音，接着，电脑黑屏了。

“该死的。”他小声骂道。以防万一，他又敲了几下键盘。

“爸？”

听到声音，他猛然一惊，抬起头，看到了站在门口的莉莎。每次看到怀着孕的莉莎，他还是会感到非常困扰，虽然他的女儿们已经长大成人了，但在他的脑海中，她们都仍然是孩童时的模样，这让他感到错乱。就像此时此刻，他仍然无法接受面前的莉莎已经是一个怀着孕的成熟女人了。

“对不起，我本来是想提前打电话的。但是——你的电脑还好吗？”

他哀怨地瞥了一眼电脑屏幕，然后从桌前站了起来。“大概我们八字不合吧。你怎么来了，莉莉？”

“嗯，我想——我想和你聊聊。”她伸出双臂想要拥抱他，动作中似乎透露着某种绝望。

他紧紧地抱住了莉莎，脑中乱糟糟地闪过各种猜测，自从莉莎宣布了怀孕的消息，这些猜测就总会时不时地冒出来：“一切都还好吗？”

“我不确定。”

“是因为宝宝吗？”听到莉莎的回答，他有些吃惊，松开拥抱看着她。

“不是，或者说……不全是。妈还有一会儿工夫才到家，是吧？”

“她六点才下班。”

“行，我只想……我只想单独和你聊这件事。”

这太奇怪了。女儿们通常总会第一时间向玛丽莲倾诉，而不是他。他从来没有把这件事放在心上，因为他自己也是如此，遇到任何事，他第一个想到的也是玛丽莲。

“我去给你泡点茶。”他把手放在她的背上，领着她来到了厨房。餐桌旁，她一声不吭地在那个默认属于她的位置上坐了下来。每次和家里人一起吃饭时，她总是坐在那个位置上。他在玛丽莲的茶包里翻找。“低咖啡因？”

“普通茶包就可以。要是不摄入一点咖啡因，我会疯的。”

他笑了，挥了挥手。“和我说说，到底怎么了？”他半开玩笑地说道，心里仍然十分担心。

她哭了起来。

“亲爱的，没事的。”作为家里唯一的男人，他本应该早已对眼泪习以为常了，但是，直到现在，只要妻子或任何一个女儿毫无征兆地哭起来，他还是会揪心不已，就好像她们流出的不是泪，而是血。而为了帮她们止“血”，他总会眉头紧锁，支支吾吾地对她们轻声说着“没事的”。

“瑞安生病了，”她说，“而且病得不轻，一直没有好转。”

对于曾是一名医生的戴维来说，“生病”是一个非常宽泛的词语，小到伤风感冒，大到白血病，都落在“生病”的范畴里。他在莉莎旁边坐了下来。

“他已经确诊为抑郁了，我不知道你和妈有没有猜到。他……他哪儿都不想去，而且无时无刻不在睡觉，我……我真的不知道该怎么办。我已经没办法……我已经没办法再假装什么事都没发生了。”

戴维的确有所预料，但在她说出口的瞬间，他还是吃了一惊。“好吧。”他说。停顿了片刻，他问道：“这……多久了，莉莎？”

“其实，我刚认识他的时候，他就有抑郁的趋势了，自从——自从我们搬到这儿，他怎么也找不到工作以来，他就越来越严重了。我在外面赚钱养家，可能他觉得自己是个吃软饭的，不管我们再怎么支持性别平等，这种观念还是根深蒂固的。爸，我不知道我应该……这个孩子，我不知道要怎么办才好……知道我怀孕以后，他正常了几个礼拜，但是之后就又不行了……”

“抑郁复发，”戴维说，“有可能，如果压力太大，抑郁就会复发。”

“所以……都是因为我怀孕了？”

“不是的，亲爱的。”他递了一张纸巾给她，“我不是那个意思，莉莎。”

“这是一场意外。”莉莎说。他抬起头，看到莉莎把手放在小腹前，紧紧地攥了起来。他对这个动作太熟悉了，他知道，此时的她对这个孩子毫无预兆的降临一定既深恶痛绝，又不得不挣扎着让自己保有感激之心。“我从来都没有打算怀孕，但我有的时候也会觉得……也会觉得，如果我们有一个孩子，他的病也许就可以好转。可是他似乎……我是说，当然了，现在的情况是，怀孕并不能解决任何问题，不能……”

“他有吃药吗？”

“他在吃百忧解，但是我感觉他可能需要重新去看医生，再做一次测试。我不知道应不应该和他提这件事情，我不想让他心情更糟，不想让他觉得他的病情已经严重到无可救药的地步了。”

“那是必须的，亲爱的。”此时，戴维多么希望可以像妻子一样，将女儿搂入怀中，然后像以前一样给她哼歌，或者说一些他小时候经常听到的谚语安慰她，比如“人生的苦涩过后总会迎来甜蜜的希望”之类的话。他多么想调动自己的医学知识，引用公式或数字，摆事实，讲道理。然而，一看到莉莎脸上的失落，他就把那些念头全都抛在了脑后。在他的心中，她仍然是那个会紧紧依偎在他胸前，对他充满信任的孩子。“你可以照顾好你自己吗，莉兹？”

“其实，我就是因为这个，今天才来这儿一趟。我是说……我想……这是我第一次和别人说，我……我觉得我需要告诉另一个人，这样我就不会感觉……不会感觉太孤单。”她的声音时断时续，支离破碎。

“嘿。”他说，同时用手臂紧紧搂住她。她顺势瘫在了他的怀里。

但她很快就站直了，松开了怀抱，擦了擦眼泪。“我想……我想问你一些问题。或者说，我想求你帮个忙。”

“当然可以。”

“我想要换一个医生。”她说。

“哦。但我以为你……你现在的产科医生是不是……”

“她挺好的，但是我……我想要找一个更有经验的。”

“是因为……是出于什么考虑呢，莉兹？一切都……”

“我想要确定一些事情。”她一定是经过了反复排练，才说出了这句话。

“你想确定什么，亲爱的？”

“就是……就是，我想证实一下。”

这一次他没有接话，等待她继续说下去。

“我不想再这么提心吊胆了，瑞安，还有瑞安的病……瑞安的病会不会对孩子有什么影响。你知道我是什么意思吗？”

戴维当然知道那是什么意思。玛丽莲怀四个女儿的时候，他悉数经历了相同的焦虑，那是一种初为父母都会经历的紧张与不安。再加上他是个医生，他比任何人都更清楚生命的脆弱。作为一位习惯用研究成果、证据和数据说话的临床医师，他用他熟悉的方式做了回应。

“孩子出生前是看不出来什么的，莉兹。”

“我只是想知道是不是没有……”她摇了摇头，“我只是想知道，有什么选项是我可以排除的。”

“你能做的微乎其微，莉莎。你现在已经五个月了。”

“我都知道。”她抬起头，平静地看着他，“我只是想让自己……让自己做好准备。”

“你永远都不可能做好准备的，亲爱的。就算你做了所有力所能及的事情。”

他可怜的女儿，这个好不容易熬过了——虽然没有被家里人遗忘，但总是在坐冷板凳的——童年，在这个世界上找到了归属的孩子，她永远是那个得不到重视的孩子，总是乖乖地坐在一旁耐心等候。从来没有给他们添过任何麻烦的她，却在长大成人后独自面临着如此深重的困境：一个不可靠的伴侣，一次不公平的怀孕。莉莎的身上背负的担子太重了，重到让他开始怀疑，她所谓的“确定一些事情”，其实指的是她已经无路可退的事实。也许她想断送一切后路，让她再也没有借口逃避成为一位母亲，再也没法妄想切断她和瑞安密不可分的联结。这个想法让他细思极恐。莉莎和玛丽莲之前怀孕的时候完全不同。莉莎的忧虑更加巨大，更加绵延。他对这个摆在面前的真相心痛不已。

“不知道吉莉安·莱文现在还收不收病人了？”莉莎说。

他差点从厨房椅子上滑下来当场晕厥过去。他怎么也没有预料到，吉莉安的名字，以及这个名字背后所隐藏的含义，会以这种方式重新出现。他回忆起坐在副驾驶座上的吉莉安，她深色的头发，她站在他房间门口时渴望的表情，她放在他胳膊上的手。

“妈怀孕的时候，她做得很棒。”莉莎继续说道，“好像是格雷西出生的时候，我是说，难道不是……难道不是多亏了她，妈和格雷西才挺了过来吗？”

“没错。”他有些僵硬地回复道。

“所以我就在想……我就在想，如果是她，我也许会感觉好受一些，毕竟她曾经……对我们一家子产生这么大的影响。而且，她也算是个……熟人。”

他抬起头，琢磨着莉莎脸上的表情，试图判断“这么大的影响”这句话背后是否别有意味。“那已经是二十多年前的事了，莉莎。你和她能有多熟？”他的语气有些没绷住，于是他试图挽回道：“我是说……”

“她知道我们家的历史，”莉莎的语气依旧平静，“包括温迪，还有其他所有事情，你也知道的。”

他一时间不知该如何回复：“其实你不需要我的批准，莉兹。”

“我知道，但是我想……我就是想确认一下你不会介意。”

他咽了一口口水：“我为什么会介意？”

她盯着他，然后过了好久，才说道：“没有为什么。”

“只要你觉得没问题，那你就去做好了。”他转念一想，补充说道，“只是，这件事我来告诉你妈吧，好吗？”

莉莎眉头一皱：“我……当然了，但是……为什么呢，你是觉得她会……”

“不是，”戴维毫不犹豫地否定道，“只是……只是对你妈来说，那是一段特别煎熬的日子，莉兹。先是格雷西，然后是温迪。我担心这件事可能会……可能会让她回忆起过去的那些事，你知道的。”

“那当然了，可以啊，如果你那么觉得的话。”

“你妈这边我会处理的，你照顾好自己就行，莉兹。”

她目光垂下，眉头紧锁，点了点头。此时此刻，在他眼里，她又变成了一个孩子，变成了曾经那个因文了身而感到愧疚的十七岁女孩。与此同时，他也竭尽全力忽视着心里翻涌而来的不安。

乔纳在马伽术课上新认识了一个教练。课上，教练对着他大谈特谈一个人要如何“纯净地”生活，那让他不禁反思起自己的生活习惯。他现在偶尔也会抽上几根香烟，是莱斯洛普中心的孩子们教他的。他不喜欢啤酒的味道——所以自然而然地，他也不喜欢温迪家里的味道。他不太清楚一个人为什么会对酒上瘾，于是就在网上查了一通，结果发现判断一个人是否“酒精上瘾”的标准实在太低了，如果真的按照那些标准，那每个人都可以算酒鬼了。网上也列了一些酒精上瘾的“典型特征”，但温迪并不吻合。通常情况下，她早上起得比他还早。她开车从不乱来，说话也从不会语无伦次，只是偶尔会显得有些过于亢奋。她的确喝得很多——但通常是在晚上，有几次晚上回家，他还能明显闻到公寓里残留的大麻的味道。尽管如此，他仍然觉得温迪的生活维持得不算太差，毕竟作为一个成年人，她拥有一个温馨的家，可以在里面随时随地喝酒抽烟，不用担心自己会过上下水道老鼠一样的生活。

尽管如此，她的性生活还是让他觉得尴尬极了，不仅因为她和男人交往频繁，还因为她总是自以为隐藏得很好。但是事实是，他每天晚上都能透过墙壁，听到她房间里面的动静——有时是沉闷的笑声，还有一次是哭声。他能听到她领着他们走到前门的动静，以及一个男高音和她的女低音交谈的声音。那天，他没有料到自己会撞见那一幕，也没有料到自己会僵在原地。他只是对眼前的景象过于震惊。与此同时，那幅画面也激起了他的好奇心，每周都会带不同男人回家的她，竟然是这么浪荡而不自知。尽管如此，他们的生活还是一如往常，没有受到一点影响。他们依然会一起吃晚饭，在露台上一起玩拼字游戏或者拉米纸牌。温迪会趁着夜色喝完一整瓶酒，但她从来不会让自己烂醉如泥。她和网上说的完全不同。

“如果你不尊重你的身体，身体是会背叛你的。”教练这样说道。过去的九十分钟里，他一直盘腿坐在地上，听教练列举着《功夫梦》的例子，没完没了地说着人应该如何保持正直，如何找到自我，以及肉体为何是一座神殿。“一味忽视痛苦的种种迹象，是一个致命的错误。”教练继续说道。听到这句话，他不禁替温迪紧张了起来。温迪现在是不是很痛苦，但因为酒精和大麻而没有发觉？他是在担心她吗？他们还没有亲密到为彼此操心的程度。而且，她已经是个成年人了，该操心的应该是她才对。

上完课，乔纳从班上走了出来，看到了站在走廊里等他的温迪。她一般不会来接他下课，因为上课的地方离她家只有几个街区的距离。

“我刚刚去了一趟全食超市，”她说，“就想着干脆顺路来接你。坐在最后一排的那个长得像贾德·尼尔森的男生是谁啊？他看起来太可怕了，跟个学校枪击犯似的。”

“温迪。”他连忙制止了她。

“天哪，”她顺手把购物袋递给了他，“我还是第一次听到你用这么情绪化的声音说话，终于像个青少年的样子了。”

“我们可以走了吗？”他说，“好重！”他怀疑温迪又买了酒。温迪有很多酒，她的餐厅里有个专门用来存酒的冰箱，还有一整面墙的酒柜，即便如此，她每次还是会买很多的酒回家。

“某人生闷气了哦。”她说。

“不，我才没有。”拎着这个装着酒的购物袋，乔纳突然觉得无比烦躁。他的这个阿姨堕落到连自己的身体都不愿意尊重，明明都一把年纪了，却还是让他操心。

“好吧，好吧。”温迪说。向外走的时候，她替他扶住了门，让他先走。“我道歉，好吧。天哪，我买了点东西，想和你一起户外烧烤来着，看来你是想一个人待着了。”

他低下头看向手中的购物袋，长长一条收据下面，依稀可以看见一袋紫薯、包装好的肉和一捆花束一样的芦笋。他感觉脸烧得滚烫，愧疚感无处可藏：“对不起。还有，谢了，我刚刚没有——对不起。”

“别放在心上。”温迪说。她伸出手揉了揉他的头发，他本能地躲开了。她笑了出来：“我像你这么大的时候，也特别惹人嫌，这都是我的报应。”

尽管莉莎经常会想到吉莉安·莱文这个名字，但她其实已经记不太清这个女人的长相了。然而，在她匆匆忙忙冲进检查室，看到吉莉安·莱文深棕色的马尾辫和清秀的五官时，她依然感受到了一种扑面而来的熟悉，这让她不免吃了一惊。

“莉莎，”她说，“上次见你的时候，你才一点点大。”

“现在不是了。”她说道，试图挤出一个笑容。

“我的天哪，你现在长得很像你妈，”吉莉安说，“她现在怎么样？”

当然了，父亲一定是心怀鬼胎，才想亲自把吉莉安的事情告诉母亲。他对这件事情的考虑本身，就已经非常值得怀疑了。

“她很好，”莉莎说，“非常好。”

吉莉安点了点头，翻阅着莉莎刚刚递给她的材料：“那你爸呢？”

问出这句话时，吉莉安没有和她眼神交流。莉莎一时之间无法判断这是否值得怀疑。“也挺好的，”莉莎说，“实际上，他刚退休不久。”

“嗯。对他来说挺好的，替我向他问声好。”吉莉安拧开笔盖，“好吧，现在已经第十九周了，对吧？爸爸今天会来吗？”

莉莎想了一会儿，觉得这里的“爸爸”应该还是指她的父亲：“哦，不会。我……他……今天有事，不过他……他一直都在，对，他一直都知道的。”

“我们通电话的时候，你没有具体说为什么想换医生。”

“我就是……就是想找一个熟人，我现在非常……焦虑，我知道我妹妹出生的时候，你把我妈照顾得很好。我没有……我是说，我那时候还以为她要死了。”说这番话时，她没有想到自己会破音，“对我们一家人来说，那时候真是太可怕了，是你救了她一命。”

“我只是做好我的分内工作罢了。”吉莉安对她微微一笑，“但是，你妈妈身上发生的事情是不会遗传的。不知道我这么说能不能缓解一些你的焦虑。对于生过很多次孩子的人来说，概率会更高一些。你现在对你的健康有什么担忧吗？”

“不是的，我……不是因为……我知道你……很了解我们家的情况，很熟悉我们家的过往。主要是……这种熟悉的感觉，让我想来找你。我知道我不是非常理性……”她感到自己随时要哭出声来，“我感觉……感觉很害怕。我对所有要发生的事情，都害怕极了。所有事情。”

“你指的是把一个新生命带到这个世界上来吗？”吉莉安递了一张纸巾给她。吉莉安仍然面带微笑，冷静而沉着，“所以你到底为什么会觉得紧张呢？”

“我很抱歉。”莉莎说。

“你不需要为任何事情感到抱歉，”吉莉安说，“这的确是一件很可怕的事情，莉莎，你就要成为一位母亲了。”

她的眼泪簌簌地掉了下来，浸湿了纸巾。这是第一次有人这么直接地对她说出这句话——一位母亲。此时，她的内心受到了前所未有的触动。

“哦，亲爱的，”吉莉安说，“来，深呼吸。”

恍惚间，她注意到吉莉安省略了介词[①]。母亲从来不会省略介词。她深吸了一口气。

“我不想吓唬一个即将成为母亲的人，”吉莉安说，“当然了，你可以假装怀孕是一件发生在你头上的事情，那样的话当然会轻松许多。但是，在这个过程中，如果你能主动意识到你自己发挥的作用，也许就可以变得更坚强一点。”吉莉安停顿了一下，从椅子上站起身，帮莉莎拿来一整盒的纸巾。莉莎很欣赏吉莉安这一点，她一直都很讨厌那些像地主一样在办公室里走来走去的医生。

“你有几个孩子？”莉莎问。

吉莉安递了几张纸巾给她，没有看她的眼睛：“实际上，一个都没有。”

“那你……我是说，你是不想要孩子，还是……抱歉，可能轮不到

---

① 文中“深呼吸”对应英文原文为“A couple deep breaths”，吉莉安在说这句话时省去了介词“of”。

我……我来问的，抱歉。”

“我之前以为我会想要孩子，”吉莉安回答，“但是，时间……不多了。你甚至还没意识到，时间就一点点流走了。”

“挺好的，”莉莎小声说道，“那样的话还有其他很多盼头。”

“我向你保证，莉莎，你，还有你肚子里的孩子，都会平安无事的。”

“是的，我相信你会……其实……那就是我想来找你的原因。”

“我们会把你照顾好的，好吗，莉莎？但如果你感觉害怕的话，也没有关系。”吉莉安捏了捏莉莎的手，“不如你现在躺下来，我们一起来看看宝宝的情况？”

“我很……很谢谢你。”她结结巴巴地说道。肚子上的凝胶传来的凉意让她的身子一下紧绷了起来。

“我又认识了一个新的小生命呢，”吉莉安说道，“我才要感谢你呢。”莉莎终于明白父亲为什么曾经那么喜欢她了。

第十一章

中午的时候，格雷丝打算出趟远门。她打算穿过小镇，去店里喝杯咖啡，顺便给自己留出一些时间来收拾心情。她是家里最小的孩子，正面临着一道长大成人的难题。在家里，她既会被当成那个十二岁的小孩，也会被认为拥有远远超越她年纪的成熟。莉莎既会提醒她记得锁门，也会向她寻求恋爱上的建议。而温迪到现在还依然称她为“小妹妹”。她的姐姐们幸运地成长在了八十年代。如今，她们一个接着一个，成功地踏上了追逐人生目标的道路：法律、心理、钓男人。而她的人生却仍然充满着不确定性。

“嘿，”咖啡师说道，“瞧，这是谁！”

是那个经常去给她办公室送信的邮递员。他今天没有戴红色的头巾，她一下子没认出来。但很快，她就想起了他像标本一样完美无缺的外貌。他身材修长，有一头巧克力色的头发，一双夹杂着绿色的牡蛎灰色的眼睛，浑身上下散发着魅力。看到他对她露出的笑容，她的嘴角也抑制不住地上扬，就好像在走出机场的时候，在穿梭的陌生人群中一眼认出那个只为她而来的熟悉面孔。

“你不记得我了吗？”他问道。

“你记得我？”她不假思索地回复道。男人们从来都记不住她，她总是要和他们一而再、再而三地自我介绍，但她倒是坦然地接受了这个现实。也许那是因为她的脸在男人的脑海中没有记忆点；也许是因为她的瞳色太深，男人们注意不到她因为兴奋而放大的瞳孔；又或者，仅仅因为她长得实在其貌不扬。

“格雷丝·索伦森，全世界双簧管演奏家的生活得靠你才有保障呢。我怎么会忘呢？”听到他的话，她激动得几乎当场晕过去。他不仅记得她，还能叫出她的名字。

“那的确是一份很奇怪的工作。”她说。

“一般情况下，我可能会说，有什么工作不奇怪呢。”他笑着说道，“但是没错，你的工作好像确实更奇怪些，希望没有冒犯到你。”

“完全不会。”这是一家有些装腔作势的新潮咖啡馆，进去之后，你可以坐在吧台凳上喝咖啡。过去五年以来，她头一回为生活在这个令人厌倦的城市而感到庆幸。她走到他面前，在一张吧台凳上坐了下来。“你是……辞职了吗，你之前邮递员的工作？”

“不是的，这是我的兼职，我是个业余的咖啡豆烘焙艺术家。”

“你……是什么？”

“开玩笑的啦。邮递员是我的兼职，咖啡师才是我的全职工作。我帮你做点什么呢？”

“我不太会做选择。”她咽了一口口水，“你随便做点什么，给我个惊喜。”

他眼角的纹路迷人得几乎要引人犯罪。“我可以给你做手冲咖啡。我们刚从供货商那儿进了一批阿拉比卡咖啡豆样品，那可是我们的王牌咖啡豆。”

“你刚刚说的大部分话我都没有听懂。”

他笑了起来——笑声敞亮，肆无忌惮，她也跟着感到一阵陌生的快乐。

“我突然意识到，我还不知道你的名字。”她说。

他伸出一只手，对她说道：“本·巴尔内斯。”之后，他一边问她问题，一边给她做手冲咖啡。咖啡冲泡起来很费时，还需要用到一种看上去很稀奇的圆锥形过滤纸。“芝加哥，对吧？”

“我有的时候还挺想芝加哥的，你呢，你也是芝加哥的吗？”

“土生土长的芝加哥人。”他把一杯做好的咖啡放在她的面前，“喝完告诉我你觉得怎么样。”

她不假思索地端起杯子，喝了一小口，烫到了舌头：“嘶——”

“对不起，我应该提醒你一下的。”

“提醒我什么？这杯腾腾冒着热气的咖啡会很烫吗？天呐，是我太蠢了。”

他从吧台架子上拿了一块干净的毛巾，打开水龙头冲湿，递给了她：“给，把舌头伸出来，我保证会感觉好受一点。”

格雷丝很确定，在搭讪异性的时候，实在不应该在他面前公然展露你最不性感的那个身体部位。但他看上去很坚持，而且她的舌头实在很痛，所以她还是把舌头伸了出来。他把冰凉的毛巾敷了上去。她没有忍住，微微呻吟出声。

“我说的吧，”本笑了，“牛奶也挺有用的。等你回家之后，可以喝点冷牛奶。”

“谢啦，你对舌头了解得还真不少。”一说出口，她就立马后悔了。她极度缺乏经验，对于如何进行这类对话没有一点头绪。

“那就是做这一行的风险。说到这个，你呢，你是怎么回事？”

“我是怎么回事？”

“为什么一个芝加哥女孩大老远地跑到这儿来了？”

“我现在……在经历一个过渡期。”她很担心这句话像是说她在变性。“就是，就是……我去年毕业的，然后我现在正在试着……你知道的。”

“慢慢摸索，”他回复道，“我知道的。”

“你是什么时候毕业的？”

“高中吗？有一段时间了。”

“你没有上大学吗？”她没有想到自己竟然用了这么难以置信的语气。

“很震惊吧？”他说，声音中多了一丝尖锐。

“哦……天哪。是我语气不好，对不起。只是……我从小到大从来没有过别的选择。”

“父母很严？”

她的父母仍然以为她被法学院录取了，他们为她骄傲。但她知道，那并不是终点。大学之后，还会有研究生在前面等着她。可是不管怎样，她想他们一定只是希望她能一直开心。想到这儿，她突然有了底气。“不，其实不是。”她说。不用多久，她就会向他们坦白——如果有一个完美的时机。一定会有的，一定。“更多是因为……你知道的，人生的必经之路，一些你必须得做的事情。”

“听上去挺好的，真的。”他说，“可以有所期待。”本露出了一个捉摸不透的微笑，就转身去招待顾客了。回来之后，他看着她的马克杯，点了点头：“咖啡凉得差不多了，应该可以尝尝了。”

“很好喝。”她回答道，他把话题转移了，她感激不尽地抓住这个机会，“真的非常好喝，让我对什么是‘王牌阿拉比卡’开始有点好奇了。”

他们简单地聊了聊天气——她从来没有想过她可以聊雾聊得这么亢奋——然后她喝完最后几口咖啡，起身准备离开。

“我欠你多少？”

“这是店里免费试喝的。我会转告供货商你觉得他们的豆子很惊艳。”

“好吧，谢了。还有，谢谢——毛巾。”她把包挎在肩膀上，下定决心对他说，“下次再见。”

本冲她笑了：“希望如此。”

回家的路上，她在想他。洗她唯一那把叉子的时候，她在想他。晚上吃炒鸡蛋的时候，她在想他。她无时无刻不在想他，也无时无刻不在思考她到底为什么会一直想他。

她不是不懂得什么是爱。她是在爱里长大的，爱以一种近乎冒犯的姿态扎根在她的生活里。每天早上一下楼，她就会撞见坐在咖啡壶前面搂搂抱抱的父母。到了晚上，母亲有的时候会对书房里的父亲喊道："亲爱的，燃气账单！"然后父亲会冲母亲喊道："周一交过了，小家伙！"她知道那并非每个家庭的常态。相对来说，她的姐姐们就正常许多。她们每个人都至少有过那么一段还算正常，而且相对比较长久的恋爱关系。日复一日，反倒是格雷丝变成了反常的那一个。她今年已经二十三岁了，不信阿米什派[①]，却从来没有交过男朋友，仍然保持着处女之身。温迪和橡树园高中的精英分子谈过恋爱，后来嫁给了迈尔斯。据格雷丝所知，温迪现在仍然维持着活跃的性生活——从她喝醉的次数，以及她对大街上陌生男性屁股的打量，可以看得出来。维奥莱特嫁给了马特，而且在马特之前，还交过一个学科学的男朋友——格雷丝新外甥的亲生父亲。莉莎像格雷丝这么大的时候，就一直和瑞安在一起。

还有她的父母。父亲爱了母亲整整四十年，母亲也是。这么多年以来，他们的爱情并非完美无缺。母亲很美——格雷丝知道，这是一个不争的事实——但是生下四个女儿之后，母亲抽烟度日，在她二三十岁的日子里（因为格雷丝的出生，也包括了四十多岁的时候），她总是深陷极度的疲乏。日积月累的疲倦，让她的肚腩渐渐凸起，手上青筋乍现，眼周也爬满了皱纹。而这并没有给父亲对她的爱产生任何干扰。几十年来，父亲也饱受失眠的困扰。他总是睡眼惺忪，头发也懒得打理，总是蓬松杂乱。尽管如此，母亲还是会站在厨房水槽旁边，帮他揉捏肩膀，或者在前门廊里亲吻他的耳垂，对他轻声说着诸如"你这叫美中不足，瞧你这个帅家伙""天知道我有多爱你，我的先生"之类的情话。在她关于父母爱情的记忆中，她记得最清楚的就是父亲看母亲时的眼神。他的眼神赤裸又含蓄，仿佛在告诉妻子——"你就是那个最完美的人"。

对于这段婚姻中的不完美之处，父母都保持着令人难以置信的乐

① 基督新教重洗礼派门诺会中的一个信徒分支，拒绝汽车及电力等现代设施，推崇简朴的生活。

观。既然如此，也许终究会有那么一天，有那么一个时机，他们也会用同样乐观的心态接纳格雷丝。

吉莉安打来电话的时候，莉莎正在办公室里批着一份无聊透顶的认知工效学论文。接起电话时，她仍在绞尽脑汁修改一个错误的句子。

“现在方便吗？”吉莉安问，“你的血液检查结果已经拿到了。”

莉莎手上握着一支鲜绿色的笔，她专门用那支笔来批改那些写得非常离谱的论文。听到电话那头吉莉安的声音，她把笔放了下来，向后靠在了椅子上。“当然了，现在很方便。”

“没有任何问题，”吉莉安的语气非常轻快，“宝宝一切正常，你就快要拥有一个健康的宝宝了。你想知道孩子的性别吗？”这本来应该是个令人开心的问题——想知道是男宝宝还是女宝宝吗？

“不。”她说。如果知道了孩子的性别，她只会迎来更多的沮丧。腹中这个迅速成长着的，本应给她带来无限的爱、无限的奇迹和无限的满足感的孩子，却只让她感受到了深深的悲哀。只要感到腹中的胎动，她都会执拗地把它压抑住。这个孩子，意味着永远也摆脱不掉的瑞安。“我想和我的伴侣一起揭晓。”谎言的重量压得她快要喘不过气来。

“你没事吧？”吉莉安问，“你听上去有一些……低落。”

“没有，”莉莎说，“没有，不是的，我很好。”

吉莉安在电话那头沉默了一阵。“你是我今天打出去的第五个电话，”过了一会儿她说道，“我通常会先打电话通知一些坏消息。但是你和你的宝宝都很健康，一切都好，莉莎。”

当然不是。一切都不好，一直以来都不好。只有她一个人意识到了这一点，她感到精疲力竭。吉莉安的话也让她感到心烦意乱。她突然想起之前和父亲问到吉莉安时，父亲的声音一下变了。她想起了很久之前，她和姐姐们一起前往医院看望格雷西时，父亲独自待在医院病房里的身影。她想起了二十年前那个一遍又一遍反复回响着这个女人名字的夜晚。她想起了那天晚上空气里充斥着的香烟味、父亲的怒吼声，以及母亲的哭泣声。对她来说，那个夜晚让一切都发生了极为微妙却又异常显著的变化。自那之后，她就渐渐和温迪、维奥莱特还有格雷丝疏远了。她也是从那个时候开始对父母的感情产生了怀疑。

“你是不是和我爸上床了？”她问。

电话那头传来一阵令莉莎感到心满意足的沉默。然后对方说道：“你说什么？”

她本来并没有打算问出口，但是多年以来，她第一次像这样占据上风，让她获得了极大的满足感。吉莉安，吉莉安，吉莉安，这个挥之不去的人物、举足轻重的角色，这个曾经在他们家永远地刻下一道痕迹的女人。

“不得不说，”吉莉安迂回着开了口，“第一次有人问我这样的问题。”

说不该说的话，公然挑战公序良俗，刚开始的确让莉莎觉得很有意思。但没过多久，她便底气全无。她猛然间意识到，她并不想知道父亲和另外一个女人之间的情事。从小到大，她们已经对父母之间的情事了解得够多了，那些事已经够令人生厌了，生活已经够艰难了。“我只是想知道……”

“你到底为什么要……”吉莉安听上去很愤怒。莉莎这才意识到自己刚才说的话有多么不可理喻、多么愚蠢、多么具有破坏性。“你爸是我的同事，你妈是我的病人，你刚刚问的问题，太不合适了，这不是你该问出口的问题。”

“我只是……”一行抑制不住的眼泪从她的眼中流出，滴到了面前论文纸的修改痕迹上。纸上绿色的墨水晕了开来，宛如一摊用来做罗夏测验[①]的墨渍。她说那句话时，完全没有为她的孩子着想。她的孩子

① 又被称为墨渍图测验，著名的投射型人格心理测试。

无法拥有一个情绪稳定的父亲和一个知道分寸的母亲，但至少值得拥有一个医术高明、通情达理的医生。“吉莉安，我……莱文医生，我不是有意的……很抱歉我说了那样的话。你说得没错——那确实不是我该问的问题。”

“没错，”吉莉安说，“的确不是。”

她把一只手放在了肚子上，接着，她又道了一次歉：“我真的，真的，真的非常抱歉。”她不确定这句话是对吉莉安说的，还是对她的孩子说的。

这天早上，他给妻子买了束花，送到了店里。花束里有绣球花，有虎皮百合，还有某种不可食用的羽衣甘蓝，看上去十分引人注目。玛丽莲给他回了个电话表示感谢，但是语气有些漫不经心，让他觉得自己像个拜倒在舞会皇后裙下给她送康乃馨的忧郁青少年。她捧着那束花回了家，插进了花瓶，然后抬头看向他，对他微微一笑。“花很美，”她说，“很抱歉，我没有给你送什么东西。”

那不一定是因为她忘了今天是纪念日，但与此同时，他也不确定如果不是那束花，她自己会不会主动记起。早上，他醒来之前，她就早早地出了门，在店里给他回电话的时候，她也只是简单地祝贺他纪念日快乐而已。对于诸如此类的——和孩子们无关的——日子，他们一向不太上心。但是随着这些值得纪念的日子一天天地变多，他们也开始尝试着做些什么。有时，他会给她送花，而她会给他写小卡片。有时，他们会出门吃一顿奢侈的晚餐，或者开车去湖边兜风。每年的纪念日，他们都会做爱。无论这件事有多么粗糙、原始，它都毋庸置疑地支撑起了这段婚姻。但是，也许他们早就度过了激情阶段，开始安于现状。对他们来说，这段长达几十年之久的婚姻，早就成了一个无法改变的事实，而非曾经那段奇迹一般的爱恋。他们站在厨房柜台前面，吃完了烤架上剩下的一点剑鱼和她随手拌好的沙拉。他会和她讲一讲院子里那棵银杏树的近况，而她则会和他分享店里面发生的事情，比如店员德鲁坚持要给店铺注册一个脸书账号。

玛丽莲正在准备早晨要喝的咖啡，她一边设好定时器，一边对他说道："你介不介意去遛一遛狗？我今天睡觉之前想冲个澡。"

"当然不介意。"他说完，便转过身，冲着卢米斯的方向摇了摇手上的钥匙串。

"谢谢。"她在他身后说道。

戴维很确定，他比世界上任何其他人都更爱玛丽莲。这种爱有时甚至会让他觉得窒息。有幸陷入爱情的人们，似乎常常会对这份幸运习以为常。就像世界上其他事情一样，无论是拥有，还是失去，你的身体总是能够迅速适应。但是，毫无疑问的是，他和玛丽莲拥有的爱情是个奇迹。他们能够在这颗星球上，在芝加哥这片土地上，甚至是多年以前的那栋行为科学大楼里，找到彼此，是一件此生仅有一次的幸事。更何况，一直到今天，他们仍然陪伴着彼此，不曾分离。他们既没有离婚，也没有婚内谋杀。他们甚至成功逃脱了那些平淡生活的陷阱。多年以来，他们从来没有陷入过长时间呆板乏味的沉默，没有吃过一顿无精打采的晚餐，没有分床睡，没有为了马桶座圈对彼此开恶劣的玩笑。他们依然能把彼此逗笑，即使是在六十好几的年纪，他们仍然有性生活，而且比三十多岁的时候更加频繁。每天晚上回到家，只要看到她的身影，他仍然会感到一种无与伦比的快乐。

他也将无穷无尽的爱给了他的女儿。他愿意不问缘由，为他的女儿们，任何一个女儿，死去。从玛丽莲害羞地拉起他的手——他二十四岁的手——放在她因怀着温迪而微微隆起的肚子上，他感受到微弱胎动的那一刻起，他就知道了。从那一刻起，他就做出了决定，他要把强烈得无以言说的爱献给他的孩子们。看着她们从玛丽莲的腹中诞生到这个世上，成为一个个小小的独立的人，他意外地发现，爱她们反而变成了一件更加顺其自然的事。尽管如此，他还是更爱玛丽莲，他很早之前就意识到了。尽管他的每个孩子都是奇迹，是快乐，是极致的愉悦，但一切的发生全因为玛丽莲。他见证了女儿们在玛丽莲的腹中不断成长，从她的身体里诞生。从女儿们的脸、仪态、说话时总胡乱舞动的手势，以及各种细微之处，他都能看到玛丽莲的影子。是玛丽莲接过他的心，给了那颗心无微不至的关怀。是她用无限的关照、爱意和仁慈，填满他心上那一个个小小的空洞。

卢米斯把他拉到一丛乳草旁，他也任凭自己被卢米斯拽着漫无目的地走。他回过头，看向家的方向，他们房间里透出的光线，让他又想起了她，突然变得感性起来。他被他深爱着妻子的那一面牢牢支配着。他爱她，他爱她释放无穷无尽的爱的能力，爱她的乐观，爱她眼中那个没有任何丑陋或邪恶，美好得令人心碎的世界。他深爱妻子的那一面始终统领着他。她属于他，他也属于她。他至今仍然会对自己的这份好运气感到困惑不解。每天早上醒来，他看着眼前的她，看着她跳动的眼皮，看着她心甘情愿地与他共度一生。每天晚上，他看着她爬到床上，依偎在他的身边，就算他们吵架，她也会给他一个吻。他看着她每天早上铺床的身影，看着她生下自己的孩子，看着疲惫的她硬撑着打起精神和他分享孩子们遭遇的挫折和收获的成就。她给予了他爱的承诺，也让他陷入了无尽的困惑。为什么，到底是为什么？他们是如何走到今天的？他们怎么能把走过的这么多年当成一件理所当然的事情？他们怎么能假装这只是一个洗碟刷碗、满屋子收拾鞋的平凡夜晚？到今天为止，他和他一生的挚友、一生的伴侣，已经共同走过了四十多个年头，这难道不应该是一个非同寻常的夜晚吗？此时此刻，他真想不管不顾玛丽莲的疲惫，回到家里，把她喊醒，紧紧握住她的双手，将这些心声全部吐露给她。他牵着卢米斯，向家的方向走去。

回到家，戴维去食品储藏室拿卢米斯遛弯结束后会吃的零食，不料起身时却一头撞上了梆硬的低层橱柜的边沿。就在这时，电话铃响了。卢米斯忧心忡忡地在他膝盖那儿嗅来嗅去。头上传来的刺痛，让他的脑海中飘过一连串的脏话。他一边揉着脑袋，一边接起电话，声音听上去不是非常友好。

“喂？”他说。电话那头传来一阵沉默，然后，响起了一个声音：“嘿——戴维？”

吉莉安·莱文，这个对他和他的家庭都意义深重的女人，又这样轻易地出现在了他们的生活里。那个时候，为了让自己心里更好受些，他选择把这个女人从脑海中完全抹去。在他们决定不再一起吃晚饭后没过多久，她就离职了。她去了芝加哥的远北区，自己开了一家产科医院。之后，那些曾经被他们的友谊所填补的空洞，很快就又被生活给填了个满满当当。女儿们渐渐长大了，妻子重新爱上了他。大学学费、女婿、外孙，全都一件件地来了，让他们的生活变得愈加复杂。

但是，这一刻，一切戛然而止。卢米斯伸着鼻子，探到戴维的膝盖间，好像仍在担心他刚刚被撞到的地方。他低下身子，揉了揉卢米斯的耳朵后面。

“我没事。”他对卢米斯说，说完立刻意识到了这句话听上去有多奇怪。“我是说……是的，嘿，我是戴维。嘿。”

“我是吉莉安·莱文，”她需要对他自我介绍，显得格外荒唐，“现在是不是不太方便呢？”

“不会。”戴维说道，同时心里嘀咕着：“今天是我结婚三十九年纪念日。”

“好的，我不占用你太多时间。我只是……只是想告诉你，我今天下午和莉莎在电话中聊过了，戴维。”

他身体里的血一下子凉透了。也许莉莎最阴暗的猜测成真了，也许她的孩子的确有问题。

“抱歉，刚刚我……我没有表达好。她很好，她和宝宝都很好。但是，她今天在电话里提了一些让人很难堪的话。”

他是不是终究还是疏忽了？他是不是应该更关心莉莎的心理状

况？他是不是不该想当然地认为，她只是因为第一次做母亲而有些紧张？他突然想起他们还住在达文波特街上时，在充满油漆味的厨房里睡着的玛丽莲。

“她问我，你是不是和我上床了。”吉莉安说道。

看来在这场对话中，神并没有打算对他有所眷顾。他靠着厨房水槽，稳住了身体：“她怎么？”

“当然了，我告诉她，那是没有的事。但是我——我觉得那很没有礼貌，侵犯到了我的个人隐私，然后我……我并不是想让你……”

“不，我……我不知道她是怎么……她为什么要那么问。”他的心猛烈地跳动着。一幕幕往事从电话听筒里钻了出来，攀附着厨房墙壁蔓延开来。这不公平。

“我真的非常努力，才把那扇门给彻底关紧了。”吉莉安说，“我是说……能和你成为朋友，对我来说意义重大，戴维。”

他咽了一口口水：“对我来说，也是一样的。”

“但是我从来没有……我之前从来没有……我也需要维护我自己的声誉。”

“当然了。”他默默答道。一切已经远远超出了他的预料。莉莎的精神状况是不是出了什么问题？答案一定是否定的——这件事一定是她在很久之前从哪儿听来的。又或者，是她自己察觉到的。这个被他们遗忘的女儿，不用他们耗费精力照顾的女儿，没有存在感的女儿，难道在过去将近二十年的时间里，一直背负着这样的疑虑生活吗？“我不知道该怎么做。”他说。

“我只是觉得，你应该知道这件事。”吉莉安说。

“当然了。我很抱歉，我也不知道——我也很费解。但是对这件事，我还是感到很抱歉。”

“你不必道歉。”她说。

“好吧。”接着，一阵沉默。作为彼此曾经的朋友和同事，他们中的任何一个人本可以打破这一大段沉默，主动提出未来有机会重聚一下。

“亲爱的？”妻子的声音从楼上传来。

“玛丽莲在叫我。”他条件反射地说道。她的名字就像一颗定时炸弹。

“当然了。”吉莉安停顿了一小会儿，“多保重，戴维。”

“我真的很抱歉。”话音未落，对方就已经挂断了电话。

他走进卧室，看见她正穿着他破破烂烂的棒球T恤坐在床边。那是他在圣克雷蒙特高中篮球队的时候穿的衣服。玛丽莲费了好大力气，才把这件衣服从女儿手里夺了过来。她把头发披散开来，笑吟吟地望着他，他已经好几个月没有见过这种笑容了。

黑暗与光明总是同时存在的，生活又一次让他明白了这个道理。他不敢相信，玛丽莲竟然完全没有察觉到吉莉安的出现。也许，这就是他的纪念日礼物，对他一直坚持到今天的奖品。他打算抓住这个机会。

“谁打的？”她问。

他只带着一丝残存的愧疚之心：“粮食济贫组织。”

“你可真是扫兴，帅家伙。”

“你看上去很美。”他简单地回应道。

“三十九年纪念日，可是个大日子，”她说，“你觉得我会轻易放过你吗？”

他朝她的方向一个猛扑，把她逗得大笑不止。

1984—1985

玛丽莲是在准备晚餐的时候，得知了父亲去世的消息。那时，她正一只手抱着莉莎，马尾辫被莉莎叼在嘴里，另一只手拿着一袋土豆，所以只好用肩膀夹着听筒接电话。

“您要不先找个地方坐下来。”电话那头的护士说道。事实上，她已经重重地跌坐在了厨房的椅子上，惊动了怀里的莉莎。莉莎仿佛感受到了她一下沉重起来的心情，也突然不安分起来。

“嘘——”她甚至不太确定自己到底是在和莉莎说话，还是在和电话那头的护士说话。

“您的父亲刚刚心脏病发作了，索伦森夫人。”

“我知道，”她把下巴轻轻抵在莉莎的头上，声音很轻地回答道。离开橡树园镇以来，她似乎就一直等待着这一天的来临。“我知道，知道了，知道了。”

“我们没能够及时抢救他，我很抱歉。”

生活总是会在你还不谙世事的情况下，突如其来地将成年人的责任一股脑儿地强加在你的身上——和丈夫一起签下房子的租约，每月定期给燃气公司寄付支票，让女儿们诞生在这个世上。然而，即使经历了这么多之后，生活还是让她大吃一惊。突然之间，她就失去了父亲。没有人告诉过她，这意味着什么；也没有人告诉过她，她该作何反应。在某种程度上，父亲生前没有太多地过问她和孩子们，离世时也走得干脆利落，已经是对她最后的仁慈了。她开始想象自己的孩子们渐渐长大，步入成年，开始想象她们走路不再蹒跚，不再每走一步都让她的心像现在这样高高悬起。

“你们太棒了，我的小绵羊们。”父亲去世后，她每天晚上都会一边看着女儿们头顶头发的分界线，一边像这样和女儿们轻声说话，“你们是我得到的最好的礼物。”

此时，维奥莱特慢吞吞地走进屋，身上的裤子湿了一大片，她刚刚在和温迪一起玩航海游戏，她们用玩具娃娃扮演航海家，把簸箕当成船只。也许她太过于专注了，一个不留意就尿在了裤子上。玛丽莲并没有感到非常意外。她知道，两个女儿总是形影不离，沉浸在专属于她们的幻想世界中，她经常需要把女儿们从那个世界中拽出来，处理一些诸如尿裤子之类的麻烦事。她很了解自己的女儿，比她父母对她的了解要深得多。面前的维奥莱特窘迫得直掉眼泪，而玛丽莲仍在用肩膀和耳朵费劲地夹着听筒，听电话那头的护士讲述事情的前因后果。莉莎依然叼着她的发尾不停地咂嘴。她用另外一只空出来的手臂，把莉莎抱得更紧了。

父亲去世后的几周时间里，玛丽莲变得安静了许多，但是戴维不确定她的状态到底怎么样。他们节奏紧密的生活，似乎再也挤不出一段专门用来哀悼的时间。他提议她休息一阵，但她只是对他笑笑，坚持认为自己并无大碍。

接着，那样的她又回来了。

“亲爱的，我讨厌这个地方。”几周后的一天晚上，他一走进家门，她就情绪激动地对他喊道。她一只手戴着橡胶手套，另一只手端着一杯马蒂尼鸡尾酒，看上去像从父母那个年代穿越回来的人。而且他一眼就看出，她甚至还化了妆。

“晚上好。”他说。他去放公文包，途中被一双小雨靴绊到了。然后，他走进厨房。她正在擦洗厨房柜台，一旁的电台里播放着斯普林斯汀的歌，婉转柔和的歌声衬托着她此刻复杂的心情。她看上去既崩溃又愤怒，与此同时一副欲求不满的模样。

“地下室里有一只死老鼠，”她说，“女儿们房间天花板上的缝越来越大了，可能是蚂蚁弄的。还有，图书管理员今天问我，是不是又怀孕了，她说她觉得我最近胖了不少。”

“你才没有胖。”

“我胖了。我胖了，因为我无处可去，只能待在家里。我给你做了一杯饮料。”

“谢谢。”

“坐下吧，我去给你拿。”她取下手套，顺手丢进了水池。转身经过他时，她俯下身给了他一个吻。她抽身离开时，他尝到了她嘴上黏腻的唇釉。“我需要多走动走动。”

“快别说了，亲爱的，你动得还不够多吗？你每天可是追着三个孩子跑个不停呢。”

“再怎么跑，”她把他的那杯马蒂尼递给了他，“也只是跑到女儿的房间而已。”

“你刚刚说，她们房间里有蚂蚁？”

“不，问题不大，也许那些蚂蚁会自相残杀呢，戴维。”她大笑着坐在他的旁边。在家里时，她说话总会带着戏剧化的轻快的调子，似乎那样就能让她的一天变得更有趣。她一直带着一种幽默感来享受他们的生活。有的时候，他会听到她边叠衣服，边哼着曲子。每当莉莎发出孩子特有的那种“咯咯”的清脆笑声时，她的脸也会被快乐点亮。前不久，她还在前院里种了一排郁金香。

他拉住她没有端酒的那只手，和她碰了个杯。

“哦，是吗？”他喝了一小口酒，说道，“就像《蝇王》里那样？”

“可不是嘛。”

“图书管理员看错了，是吧？你没有怀孕吧？”

“天哪，当然没有了。我现在都已经快疯了，戴维。”

每次回家看到她，他都会非常愧疚。不是因为他的一天过得有多么“有趣”，而是因为她看起来总像被榨干耗尽了。晚上回到家，他会来到她的面前，俯身吻她，但却不敢看向她的眼睛，因为那双眼睛对他来说是如此陌生。她的表情总是空洞而呆滞，嘴角总是挂着一抹虚弱的笑。有时她会回吻他，有时她只是让他吻着。接着，不可避免地，她会捕捉到女儿突然传来的一阵动静，或者水池里、锅里漫出来的水，迅速回过神来，思绪戛然而止，转身便去处理家里应接不暇的混乱。

他剥夺了她深入了解自己的机会。对此，他感觉非常愧疚。二十九岁那年，她毅然决然，头也不回地成了三个孩子的母亲。自那之后，她的生活就再也容不下其他人参与。即使容得下，她的生活也很少有旁人在场，因为即使是在孩子出生之前，她也一直没有机会去认识她自己。同意嫁给他的时候，她放弃了太多。当戴维沉浸在拥有她的喜悦之中时，他忘了停下来思考对她来说，“被拥有”到底意味着什么。对他来说，他得到了她，他赢了。而对她来说，这不公平，她值得拥有更多。

他环视了厨房一圈。冰箱上贴满了女儿们的水彩画，画上画着粉色头发的公主和彩虹色的恐龙。莉莎的婴儿座椅被勉强塞在了餐桌旁边。水槽旁边放着一排正在沥水的吸管杯和用来盛草莓酥饼的盘子。妻子正在这个杂乱的空间里忙得晕头转向。很久之前，她一时冲动，把厨房的墙刷成了蓝色，那时他们对生活的沉重还一无所知。

“今天我爸的律师给我打了个电话。”她说。

“哦。”

“那栋房子现在属于我们了。”她试探性地说道，“如果我们想的话。”

俄亥俄街上的那栋房子，她父亲的房子，她童年的乐园，那个种着丁香花丛和银杏树的地方。在那棵银杏树下，他把自己的初吻给了玛丽莲。

他讨厌橡树园镇。从小在城市中长大的他，对郊区弥漫着金钱味道的空气感到深恶痛绝——一座座有父亲房子九倍之大的庭院，一条条矫揉造作的鹅卵石街道。除此之外，他十分怀疑他们一家人能否像融入艾奥瓦城一样，融入那个地方。他们不够富有，孩子又太多。橡树园不像住着很多犹太人的北部，也不像住着正统天主教徒的南部。它位于城市的西面，城里住着一群天主教徒和不可知论者。那些人对一切都充满了怀疑，他们看上去总是非常疲倦，即使在礼拜日也会睡懒觉。在橡树园，人们有着宽阔的草坪和狭隘的思维。那里既诞生了海明威，也诞生了雷·克洛克[①]。与此同时，橡树园的街道上也充斥着

① 麦当劳之父。

行走的矛盾体。他那既主张社会自由主义又主张财政保守主义的岳父认为，这些人都深受“邻避效应”的折磨。橡树园和他所成长的那片实用的灰色土地截然不同。这时常令戴维感到困惑不解。两地虽然相隔不远，但在审美上天差地别，仿佛分别出自弗兰克·劳埃德·赖特[①]和某些张三李四之手。他从小就是在后者设计的公寓里长大的。这些公寓通常没有电梯，外面用的也是廉价而无趣的塑料镶边。而橡树园的房子，则大多配备了地下室、保龄球道和室内游泳池。在经济大萧条的年代，这些房子里住的都是些黑手党，正是他们对这些房子进行了一番改造。时至今日，这些房子又被投资银行的白人银行家和外科医生买了下来。他们的孩子会开着宝马汽车，坐等着被马奎特大学或者康奈尔大学录取，然后轻而易举地拿到一个虚有其表的社会科学学位。一想到要住在那个矫揉造作、富得流油的地段，他就厌恶极了。

但是他的妻子——跟着他一起搬到艾奥瓦城的妻子，让他拥有了现在这个美满而混乱的生活的妻子，让他成了一位父亲和一名医生的妻子，即使在混乱之中也仍然对他矢志不渝的妻子——讨厌这里。所以，只能这样了。虽然他们可以一边在逼仄的夹缝中生存，一边笑对生活，但他真的不确定还能继续多久。这都是他欠她的。不论他们住在哪里，只要她还在他的身边，其他事情就都不重要了。

玛丽莲担忧地看着他。他对她笑了，然后看到她的脸上划过一丝宽慰。一切都是值得的，只要她还能紧紧握住他的手，无论搬多少次家，他都心甘情愿。

从下往上数的第三级楼梯依然会嘎吱作响。玛丽莲安顿女儿们睡下后，走下楼，看到坐在沙发上的戴维。在还没有摆什么家具的空荡

---

① 美国最伟大的建筑师之一。

荡的客厅里，戴维看上去是那么渺小而迷茫。他微笑着看着她，她到他身旁坐了下来。

“我想，我可能一直都没有真正意识到这个地方有多大。”他说，“我——从小到大——住的那个房子，可能才和这个客厅一样大。”

“卖火柴的小男孩。”

“我是认真的。我想……我之前就睡在壁炉的那个位置，我的房间可能就在……在门厅那一块儿。那地方是叫门厅吗？”

“随你怎么叫。”她说道，不停用手摩挲着他的大腿。

“在我适应这个地方之前，还请你多多担待着点。”

“当然，好吧，就像你曾经对我那样。”她说，他直直地看向她的眼睛，“我会很有耐心的。”

他早已知道，婚姻不过是一场诡异而愉悦的权力游戏，一次小心翼翼的自我与自我之间的权衡，以及无数次的情绪博弈。在他想彰显自我的时候，她就会默默地将她的自我放在一边。谈判，互惠互利。在他承担下所有焦虑和悲观的时候，她可以变得自信和亢奋。在他为所有事情瞻前顾后的时候，她可以无忧无虑。搬到这儿来，是他送给她的一个礼物。此时此刻，她正蜷在他的身边，环顾着灾难一般的客厅。他们已经卸下了女儿们的东西——或者说，女儿们的一部分东西，因为女儿们的行李足足有她行李的七倍之多——和一些必需用品。其他行李都还乱作一团。箱子乱糟糟地摞在地上，家具也横七竖八，摆得到处都是。卷起来的地毯看上去像一具倒地的尸体。客厅里留了一些父亲的家具——嵌入式的房间分隔柜，里面还有几本镀着金边的百科全书，还有一张被母亲修补过的古董桌。

“我们现在先干点什么？”他问道，声音听上去有气无力。如果可以的话，他本来想拖到后天再整理。他昨天从锡达拉皮兹医院下班后，半夜才到家。一到家，他就马不停蹄地开始收拾厨房和他们简陋的客厅。他将剩下的东西都仔细地打包好，直到凌晨三点才上床睡觉。第二天，他六点就起了床，接到友好搬家公司的车。他像玩俄罗斯方块似的，绞尽脑汁利用卡车车厢中每一平方厘米的空间，把他们的全部家当都塞了进去。在她发现卧室衣橱里还漏打包了一个箱子，然后想把箱子递给他时，他看上去沮丧极了。于是她当即决定没有那套床上用品也罢——尽管母亲留下来的这套床上用品是普翠仕牌的，上面还印着淡紫色的百合花图案——然后就把箱子丢在了马路边上。

"我们应该到外面的门廊来杯啤酒。"她说。

"现在才八点，我们只有明天一天的时间可以整理了，之后我就要去上班了。"

"所以呢？"她说道，然后从沙发上站了起来，"出来。"

他看了看她，又看了看新客厅的惨况。

"今晚就先别管了，我们还有接下来五十年的时间拆行李呢。"

他被这话逗笑了。他摇了摇头，站了起来，跟着她来到门廊。露台专用的家具还没有从行李中整理出来，他们只能在车库里翻出一个旧的水上救生阀，在那上面坐下来。

第十二章

“乔纳，过来，陪我坐坐。”温迪坐在露台上，朝屋里喊道。乔纳正在客厅里看《南方公园》的回放。喊一个人的名字，并得到他的回应，的确能够缓解不少孤独感。听到声音，乔纳抬起头来，他的一条腿正随意地甩在沙发背上，脖子以一个看上去很疼的角度搁在沙发扶手上。他顺从地站起身，关掉电视，来到屋外。

“要不要帮你带瓶酒？”正要伸手开纱门时，他张口问道。

她身子一僵：“什么？当然不用。”

他愣了一下：“好吧，我只是确认一下。”

“武术课上得怎么样？”

“还行。”他耸了耸肩，“还在练三百六十度防御。”

她意外地发现，仅仅几个月的时间里，他就和她迅速亲近了起来，和她在一起的时候也放松了许多。他会和她开开玩笑，和她分享他在网上看到的那些无厘头的东西。他还会告诉她很多青少年世界的知识，教她用“很燃”“酷毙了”和“表情包”这些词语。他还会和她说明，什么时候可以用这些词，什么时候用这些词又会显得用力过猛。

“如果一开始你没练成功的话……”她漫不经心地说道，然后点燃一根香烟。有的时候他也会从她那儿拿一根去抽，但他的烟瘾并不算严重。

拿一瓶酒？说得好像她是什么无家可归的酒鬼。没错，从她可回收垃圾桶里的酒瓶子数量来看，她是喝得不少（但至少她还会分类回收垃圾）。没错，她经常去那家杂货铺买烟，和卖烟的混得很熟，但她有的时候去那儿只是为了买橙汁和克里夫牌能量棒。就算她是那里的常客，也并不代表她吸烟过量——尽管科学上的共识表明，只要抽烟，就是过量。

就算是这样，她仍然维持着正常的生活。她参加志愿者活动，她做有氧运动。她至少每两周参加一次募捐会。至今为止，她没有让自己出过任何一次洋相。况且，她现在还挑起了照顾一个青少年的担子。在她的照顾下，他活得很好，不是吗？

乔纳最近看她的眼神中充满了警惕和担忧，就好像她说出口的每一句话都不可理喻，每一句话都像在开玩笑。她不知道那是从什么时候开始的，她只知道，在他的眼里，她一定像个颤颤巍巍的连煤气灶也用不了的老太婆。

“你是不是觉得我过得一团糟？”她问乔纳。

“什么？当然不。”

“那你刚才为什么问我要不要酒？”

他盯着她：“因为有的时候你会让我帮忙带一瓶给你。”

“如果你刚好路过厨房，我可能会让你帮忙拿点东西。但是我不是总让你拿酒。”

“我也没那么说啊。”

“你是不是觉得我就是个酒鬼？”

“我的天哪，当然不是了，温迪。别这么紧张。”

“你说实话。”她感到一阵恶心——一个从科学层面来讲，可以通过服用某种药物得到缓解的症状，“你——你怎么看我？”

乔纳皱了皱眉。

“我的意思是，你觉得我是个什么样的人？”

“我觉得你的生活挺不可理喻的。”他说。她的脸上一下血色全无。“不是，”他注意到了温迪的表情，继续说道，“我的意思是，这种‘不可理喻’其实挺好的。”

“是吗？”她翻了个白眼，说道。

“我觉得那简直‘酷毙了’，”他说，“这种‘不可理喻’真的挺好的，我是认真的。就好像你——我不知道怎么说，虽然你抽烟、喝酒，每天都在玩儿，但你——我不知道怎么说，就好像，你什么都不在乎。”

“玩儿？”

“我的意思是，你是个很放松的人。普通人会担心的那些破事儿，你根本不会放在心上。那很酷，温迪，是一件好事。”他尴尬地挪动着身子，“我能抽一根你的烟吗？”

“不行。”她拒绝了，语气中的怒气让她自己都吓了一跳，“我的天哪，你还是个小孩子，抽烟可一点儿都不酷，这么早就开始抽烟，你是在糟蹋你自己。”因为抽烟，她曾经被父亲狠狠地教训过，当时的她气坏了，因为她觉得父亲是个伪君子，而且她都知道，母亲总是会在他车库的工作台后边放上一包骆驼牌香烟。

“听着，伙计，我不是……”

“我不是什么‘伙计’。天哪，该死，你到底……唉，算了。你该去睡觉了。”

“现在才八点半。”他异常笃定地抬起头望着她，“温迪，我刚刚不是……我觉得你很酷。我不抽烟了，不用担心。我们之间就这样扯平了。”

别人眼中的你和你眼中的自己不完全相同，这几乎已经成了一个人尽皆知的常识。十几岁的时候，她曾经深受身体畸形恐惧症[①]的困扰，那是一种青少年身上常见的精神障碍，只要一照镜子，她就会觉得镜中的自己一下胖了十五磅[②]，发色变得像洗碗水一样恶心，下巴上

---

① 一种精神障碍，患者过度关注自己的体相并对自身体貌缺陷进行夸张或臆想。

② 1磅≈0.45千克。

又多出了一层赘肉。现在的她却反其道而行之，走向了另外一个极端，她什么都不在乎了。和年少时相比，这反而对她造成了更深的伤害。生活看起来还过得去，但实际上已经坠入了万丈深渊，她感觉自己像极了在商店行窃被捕后一败涂地的薇诺娜·瑞德①。要不是银行里的巨额存款，她一定已经过上了如同下水道里的老鼠一般惨淡的生活。

“你已经长大了，别再这么蠢了。”她说。

“什么意思？”他似乎一下变得孩子气起来。

“别再装酷了，你经历的已经够多了，你应该做你自己。”此时，她真希望他刚才把那瓶喝剩的酒拿了出来。

他沉默了，这让她心里更不好受了。为了找点事做，她提前掐灭了香烟，又点了一根。

“不要总觉得我过得这么颓废是件很酷的事情，然后你就可以——我是个大人了，乔纳。我经历过的破事比你——天哪。”

“听着，温迪，我只是想对你友善一些，我没有别的意思。”他迟疑地站了起来。“再说了，你就是很酷，”他说，“酷毙了。”她能听出他声音里的焦灼。他脸上的焦虑和青涩，既让她愤怒，又让她心生不忍。

“睡个好觉。”她说。说完，她便转过身去，靠着栏杆，惆怅地低头看向湖面，像极了一个饱经风霜的风尘女子。听到他进屋时门发出的“唰唰”声响，她一阵鼻酸。湖面上浪涛汹涌，不停地拍打着芝加哥河口闸口②。

事后，细细回忆起来，戴维才惊讶地发现，温迪竟然先给他打了电话。那个周二晚上，他接到了温迪的电话。“喂”了一声后，电话那

① 美国知名女演员，2001年在商店行窃被捕。

② 芝加哥河与密歇根湖之间有闸口，定时开合，开闸时，船只方能驶入。

头没有任何回应，只是传来了一阵哽咽。他立刻意识到，糟糕的事发生了。当时他真希望她拨通的是玛丽莲的电话。他的妻子正在门廊看书，他真希望自己像卢米斯把枯树枝和骨头叼着送给玛丽莲一样，把手机递给她，搁在她的大腿上。

“出什么事了？”他问。

温迪终于平复了下来，开口说话时，声音比他预期中的更加坚定。“这行不通，”她说，“我是说——乔纳。”

“那是什么意思？”他们当然早就料到了。至少玛丽莲早就料到了，而他其实一直对温迪抱着希望。他知道，温迪也有温柔体贴、坚韧不拔的一面。但是他万万没有想到，温迪这么快就想要摆脱乔纳了。

“他把我的生活节奏完全打乱了。还有我的行程，一切都太……合不来了。”

据戴维所知，温迪所谓的行程，仅仅包括参加核心健身课程，接受初级心理治疗，以及定量摄入鸡尾酒。在他看来，温迪在经历了那么多事情之后，完全有资格——或者至少暂时有资格——随心所欲地生活。

“发生什么了吗？”

“不，我……不是的，没有发生什么具体的事情。我只是觉得，我们现在的相处状态不是非常理想。说实话，我都不知道为什么我们一开始竟然觉得这是可行的。你们的家和高中只隔了几个街区，而且你们也有空房间，你们……”

“受过青少年忍耐力训练？”他打趣说道。以前每次开玩笑，他总是抓不准把温迪逗笑的时机。但是今天晚上，在一段长久的沉默之后，她被他逗笑了。

“太复杂了。”她终于开口说道。

可不是嘛，但他没有说出口。

“就是——现在这个阶段的我，可能不太适合——你知道的——不太适合和另外一个人一起生活，我还没有准备好——我现在完全没有做好抚养一个孩子的准备。”

戴维心想，如果所有人都得先做好万全的准备，再生小孩，那么人类可能早在几个世纪之前就灭亡了。但他没有说出口。

“对他来说，可能住在你们那儿更合适一些。”她停顿了一下，“我知道，你们都觉得我过得很糟。我都知道，每个人都是那么想的。但是我——我是真的——我现在真的做不到，爸。对不起。”

“没有人会那么想，亲爱的。你可不可以坚持到这个周末呢？”可怜的乔纳，他像极了一本图书馆的书，被两个家庭轮流传阅。

“当然了，”温迪说，“我还没有告诉他。”

“暂时什么都别说，”戴维说，“以防……你肯定也不想让他觉得自己不招人喜欢。”

“他没有不招人喜欢，只是我……”

“我知道，你先不要轻举妄动，我会和你妈说的。”

玛丽莲正蜷缩着躺在屋后门廊里的柳编扶手椅上，卢米斯卧在她的身边，把头窝进了她弯起的膝盖之间。戴维站在门口，望着她。她的卷发沿着脖子的弧度垂了下来，一只手正在懒洋洋地抚摸着卢米斯的背。他走到她的身后，把手放在她的肩膀上。她吓了一跳。

“是我。”他说。

“嘿，是你。谁的电话？”

“是温迪。”他在她身边坐了下来，把一只手放在了她的膝盖上面。“你猜怎么着？”

她把一根手指放在书页中间，抬起头，期待地看着他。他记得很久之前，他在锡达拉皮兹医院轮班的时候接到了她的电话。当时，她用颤抖的声音，说了同样一句话：“看来，我们又要有一个孩子了。”

说出这句话前，他早该意识到这对她来说并不好笑。

“妈给我打电话了。”听到维奥莱特的话，一股怒火灌进了温迪的喉咙口。“天哪，你可真的是一团糟啊，不是吗？”

“我……”

“我就知道，”维奥莱特说，“你当然什么都不在乎了，你就是一个神经病。”

“不是，你……”

“我就求你帮了我这一次忙，”维奥莱特说，“我就求你帮了这一次忙，我……天哪，甚至都不是我求你帮我的，是你自己主动提出来的，你几乎不用付出什么吧？但你就只坚持了一个夏天，你别忘了，你是导火索，温迪。所有这一切，都是你一手造成的。你是不是从来都没想过，你会亲手毁掉别人的生活？老天哪，你怎么就不明白，我们活在这个世界上，是有情感，有需求的——而且，他才十五岁，他的人生已经够凄惨了，让他的生活得到哪怕一丁点儿的改善，对你来说不是件轻而易举的事吗？只要你能振作起来，连这个你都做不到吗？你没有意识到他的生活有多不稳定吗？而且，我还信誓旦旦地告诉他，你很愿意和他一起生活，他可以想住多久就住多久，你知道吗？哦，顺便提醒你一下，那是你自己的原话，一个字也不差，当时听到你竟然像个精神正常的人一样说出那句话，我实在是太惊讶了，甚至还拿笔记了下来。”

维奥莱特从来没有这样对温迪说过话，她从来不敢这样暴露她残忍无情的一面。温迪一下慌了神，一心想着赶快让自己的心情平复下来，克服喉咙口的拥堵和心头的痛苦开口说点什么，以至于没有经过过多的思考，就对维奥莱特说出了接下来的话：“维奥莱特，如果我没有记错的话，他的生活这么凄惨，罪魁祸首另有其人。”

维奥莱特骂出声来。

“他出生的时候，你看都没看一眼，你连他是死是活都不知道。现在倒好，你一口一个‘神经病’，说起我来了。”

“不要再提那件事了，”维奥莱特说，“你没有一丁点儿……不归你管，好吗？那段经历，不属于你，永远不属于你。就算你当时在场，也并不意味着那是你的……见鬼，你的……”

“我的什么？”

“你的……你的……你的痛苦清单上的一项。那简直是太可悲了，温迪，我们都知道，你过得很糟，但是，每个人都过得很糟，生活就是这样的。”

“痛苦清单？”

如果这段对话发生在别的情形之下，此时的她们可能都会被逗笑。

“这不是一场游戏，”维奥莱特说，“所有的一切不是……对你来说，别人的生活就好像……都是被你用来寻开心的，不是那样的！”这段话让她心中充满了近乎焦灼的羞愧。

“我不想再和你有任何瓜葛了，”维奥莱特说，“我希望你离我越远越好，好吗？”

“你也早就不正常了，维奥莱特。”温迪说。比起掉眼泪，她更习惯于奋起反抗。“无论你表面上看起来再怎么像个正常人，你内心深处也早就是个废人了，一败涂地的那种。”

“从你嘴里听到这话，”挂电话前，维奥莱特说，“其实是对我的称赞。”

Ⅲ　秋天

第十三章

“我不是针对你。”温迪对乔纳说。他们正堵在路上，她没有看他。他把那个被某个人捐给莱斯洛普中心的难看的碎花旅行包放在大腿上，扭头看向车窗外，他用余光瞥见温迪在看他。他为什么要在乎？她又不欠他什么。

“这样可能更合理。”她说。然后她又接着说道：“我很抱歉，乔纳。”

她听上去充满歉意。他只是把头抵在车窗上，一言不发，他已经厌倦了不停告诉别人，无论他们做出什么蠢事，他都乐于接受。

那个男孩——玛丽莲到现在为止还无法称他为“她的外孙”——在房子里躁动不安地走动着。每次停下脚步，他抓向地面的脚趾都显得犹豫不决；每次呼吸，他的鼻息都像卡着痰。看着他，她想起了——尽管这种联想很成问题——从收容所接卢米斯回家时的场景。那时，卢米斯很不情愿，极易受惊。它总是会趁他们不注意时，悄悄地嗅嗅这、嗅嗅那，熟悉着他们的气味。

“就这么大了。”她说，然后向两边敞开双臂。她脸红了，她本来是想开个玩笑，但是站在这间她再熟悉不过的杂乱无章的厨房里，她突然意识到，这座房子对他来说太大了。尤其是在四个女儿搬出去后，房子更是显得空空荡荡。“又能有一个十几岁的孩子住进来，真是太好了。”她说道。她是真心的，只不过，如果时间倒回，在当年这个房子里还住着很多青少年的时候说出这句话，就难免显得有些可笑了。

“你饿了吗？”她问道，“我能给你做点什么吃的？三明治？或者……”打开冰箱门后，她的声音渐渐弱了下去。她只会做女儿们的专属食谱，随着女儿们渐渐成熟，她已经很久没做过那些食谱了。莉莎喜欢草莓酱，不喜欢葡萄酱；维奥莱特喜欢花生，不喜欢花生酱；最黑暗的那几年里，温迪拒绝接触任何白色的东西；格雷丝喜欢切成四竖条的烤芝士三明治。可是，十几岁的男孩喜欢吃些什么呢？

“暂时不用。”乔纳说。

“好吧，如果想吃什么，就随便拿，从……从冰箱里随便拿。零食在食品贮藏柜里。”女儿们还都住在家里的时候，食品贮藏柜被专门用来存放零食。但是如今，那里面已经全塞满了卢米斯的小玩意儿，还有一些看上去很瘆人的价格高昂的冷冻动物碎块，肝脏、羊小腿之类的，那是他们从橡树园镇中心的一家高端“爱犬集市”上买回来的。她打算一会儿让戴维去买些人吃的零食。

那天的晚饭桌上，他们小心翼翼地打量着彼此，一边吃着沙拉，一边交换着害羞的笑。卢米斯则待在门口，忧郁地望着他们。玛丽莲担心卢米斯会吓到乔纳，让他丢了胃口，于是用婴儿护栏把它给关了起来。这个男孩看上去没有营养不良，但肤色极其苍白，她不确定那是因为他的饮食，还是因为他像大多数这个年代的孩子一样，喜欢成天待在屋里。

“我从小到大也没养过狗，”戴维说，“但是它们——让你意外的是，它们会渐渐成为你生活的一部分。”

乔纳紧张地笑了笑，用余光瞟了瞟卢米斯。

晚些时候，玛丽莲走到了莉莎以前的房间门口，想要看看他。她总有种想要帮他掖掖被子的奇怪冲动。然而，他还没睡，就算他睡了，他的年纪也不小了，对他做出这个举动显得很不合时宜。

“睡个好觉，好吗？”她说道。他正坐在桌前的椅子上，身子前后晃着。“如果觉得冷，家里有多余的毯子。明天上学，要我叫你起床吗？”

“我用手机设了闹钟。”他说。

“好吧，那你一般什么时候起床，以防万一？”

“以防什么万一？”

“以防你的闹钟不响，或者你倒头又睡过去了。”

玛丽莲注意到，在他脸的轮廓之下，突然模糊不清地闪过一丝熟悉的戏谑。她以前想帮女儿们规划晨间行程时，女儿们的脸上也出现过同样厌烦的表情。

“妈，我又不是要执行什么美国宇航局的任务。”维奥莱特曾经这样抱怨过。而在那之后，戴维会在和她独处的时候温柔地补上一句：“好吧，亲爱的，你有时候确实容易过度规划。”

“七点半。”乔纳回答。

“你会睡懒觉吗？最晚几点叫醒你？”

“我不睡懒觉。”他说道。又有一丝笑意浮现在了他的脸上。

“那就，七点半吧。”

“谢了，但我会设闹钟的。”

“当然。”她点了点头，“没问题。如果你愿意的话，戴维可以开车送你去学校。”

“我走路去就可以了，谢了。”

“好吧，你可以明天早上再做决定。”她环顾了整个房间。除她和戴维的房间外，这是他们家最大的一间屋子，这里闻上去仍然是莉莎的味道，房间里到处贴着她钟爱的碎南瓜乐队的海报，还摆着一张古董梳妆台，青春期叛逆爆发的时候，莉莎用丙烯颜料把梳妆台涂成了鲜艳的绿色。“这房间是你的了，你可以随便布置。如果还有什么需要的东西，告诉我，比如新的桌子、椅子、音响之类的。”

“不用了，已经很好了。谢了。”

“你不用感谢我，”她说，“你今天说‘谢谢’的配额已经完成了。”

“哦，我不是……”

她笑了。然后——也许是心血来潮，也许是早有预谋——她弯下腰，吻了他的额头。他身上有股蜡的味道。

“这个家里没人觉得我有幽默感，”她说，“但是我觉得，我比他们有意思多了。”

他的外祖父母正在厨房里做一些他不该看到的事情。他本来是想去拿点零食的，这栋房子仿佛突然之间就被塞满了零食——汉娜舍不得买的那种高档零食。巧克力碎片烤燕麦卷、透明塑料桶装的新鲜菠萝汁、麸质椒盐卷饼，以及数不清有多少种的小黛比牌的零食——燕麦奶油馅饼和花生酱巧克力威化饼干。他可以随心所欲，想吃多少，就吃多少。只是如果在拿零食的时候被玛丽莲撞见了，她通常会主动提出为他做一些更健康、更饱腹的食物。他没有办法回绝，一来是因为尴尬，二来是因为她做的三明治实在是太美味了。而且，她还会把苹果切成三角形的小块儿，那样的苹果吃上去口感更好。他本来是想去拿点芝麻棒或者苏打水的，但是走到厨房门口时，不小心看见了靠在水槽边上的他们。他们看似寻常地在聊着天——他听到戴维说“它们长得和野草差不多，但我不是很确定，所以我暂时没有动它们”——但是，玛丽莲靠在水槽边上，戴维则紧紧地压在了她的身上。汉娜和特伦斯从来没有靠得这么近过。

“可能是紫菀。”玛丽莲说。她的两只胳膊紧紧地环绕在他的背上。“或者是白蛇根，我从来没在这附近见过，我倒是在哥伦布公园见到过一些，感觉不可能长在我们家院子里。但是，谁知道呢。”

“我们明天可以一起去看看。”

他们的脸贴得很近，以至于看上去非常不适。乔纳联想到了床上的温迪，脸一下变得滚烫。戴维垂下头，吻了吻玛丽莲的脖子。和健身课上的那对哥特风的情侣不同，戴维只是飞快地吻了一下。

乔纳站在门口，一动也不敢动。他不知道自己是该迅速逃回楼上，还是走进厨房，还是站在原地，直到他们发现他的存在。身后的楼梯会嘎吱作响，通往前面楼梯的走廊地板也会嘎吱作响。他被困在原地，望着他们。他竟然产生了一丝诡异的冲动想要待在原地，看看接下来会发生什么。他想试图理解他们这一类人的生活，搞懂到底为什么两个人会心甘情愿地靠得这么近，为什么他们嘴上谈的明明是院子里的杂草，下半身却要那样贴在一起。他们老了，但又似乎没有老。

“你可真是个肩负除草重任的殉道圣人。”玛丽莲说道。

“那是什么意思？”戴维的手突然收回到了身体两侧，向后退了一步。玛丽莲的胳膊不得不伸直一点。

“哦，天哪，亲爱的，我在开玩笑呢。”

“我是在给你的花园除草。”

“我知道。老天哪，亲爱的，我都知道。你除草除得很好，帮了我很大的忙。不说了，我刚才没有别的意思，我只是开了个玩笑。”

“除草除得很好？”

此时，玛丽莲松开了她的手，双臂交叉起来放在胸前。乔纳心想，早知如此，刚才就应该赶紧走开才对，撞见他们吵架，比撞见他们做之前那件事情还要尴尬。

“我刚刚已经努力挽回了，”她说，“你知道我是什么意思，你在故意曲解我的话，因为你闹情绪了。”

“我没有闹情绪。”

随之而来一阵沉默。沉默之间，玛丽莲抬起手，拨弄起了戴维的头发。

“你知道的，我很感谢你白天所做的一切。”

乔纳将身体的重量微微后倾，想要抓住机会偷偷溜上楼。

“还有晚上所做的一切。”她的声音变了，她侧过脸，吻了戴维，吻得非常悠长。乔纳看到她的膝盖抵在了戴维的两腿之间。那一瞬间，他意识到他真的得走了。然而，他一挪动步子，地板就发出了“嘎吱”

一声，声音刺耳得出奇，他再次僵在了原地。他抬起头，看到他们松开了彼此，正瞪大眼睛望着他。

“哦，亲爱的，”玛丽莲开口说道，顺手拿起了水槽旁边的碗刷，姿势很不自然，仿佛手里攥着一根魔杖，“嘿，我没看见你，你需要什么吗？”

“不，”他说，“不，我只是……我只是想……我只是想拿点零食。”

“当然没问题了。”玛丽莲说道。她拧开水龙头，洗起了晚餐时用过的一个盘子，“希望你不要介意，我们只是在闲聊。我要帮你做点什么吃吗，还是你……”

“不用了，”他说，“不用了，我……我只是想……吃点水果什么的。”

“有苹果，”玛丽莲说道，“还有李子，但我不确定它们熟了没有。”

“那我拿一个苹果吧。”他说道，然后走到冰箱那儿，一心想要赶紧抽身离开。

“作业做得怎么样？”戴维问道，“化学做下来还可以吗？”

“差不多。”

“如果你有什么题目不会，那你可真是来对地方了，”玛丽莲说，“这个房间里的某人可是帮我通过了好几次残忍的化学考试呢。”

乔纳站在冰箱旁，转过身来，恰好看到他们又在以一种暧昧不清的近乎痴迷的眼神看着彼此。

“虽然不确定能不能帮上忙，但我倒是很乐意帮你看看。”戴维说。

“谢了，有问题的话我会来问你的。”实际上，他的化学作业做得糟透了。关于这学期的化学课，他能记得住的只有在那次课上，他的老师一边播放着《舞出彩虹》，一边让几瓶液体变换出不同的颜色。

“我感觉你们都在故作谦虚。”玛丽莲说。

乔纳很不自然地发出了一声“呵”，然后就拿着苹果，溜上了楼。

1992—1993

起初，那是戴维的主意。他们正坐在床上，讨论孩子名字的问题。玛丽莲提了一堆男孩的名字，然后他突然说道：“格雷丝怎么样？”那是他母亲的名字，这个名字从那段被他压抑的记忆深处突然浮现了出来。刚刚提出“克里斯托弗”的玛丽莲，埋怨地冲他笑了笑，回答道：“那他在学校可能会被人取笑。”

“有的事情不用太早考虑，万一预言错了呢。不过，考虑你的光辉记录，你猜的应该不会有错。”

她笑了，朝他靠了过去。怀孕让他们两个人都感到年轻而快乐。“好吧，”她说，“万一我错了——但我肯定不会错的，你这小信[①]的人啊——你确实可以挑一个女孩的名字。”

“格雷丝。”现在想起母亲，他只会偶尔感到悲伤，而且通常只会在一些最奇怪、最不合时宜的时间点。不像之前，只要每次大声说到母亲的名字，他总会感觉心头有种沉重的悲伤。他早些年的记忆，充斥着州立医院那一条条无菌走廊。他记得，当他们得知母亲的癌症已经无药可医时，他的母亲伸出枯瘦的手臂，摸了摸他的前额。

此时此刻，他的孩子们——无论是已经出生的孩子，还是仍在肚中的孩子——都让他回忆起了过往。他仿佛突然能越过日常生活，看见那些像电线杆之间的插接线一样，缠绕在几代人身上的不可分割的联系。玛丽莲立即觉察到了，她敏锐的“妻子雷达”已经进入了高度戒备的状态，她上前吻了吻他。

“我很喜欢这个名字。”她把头靠在他的肩上，“这个名字很好听。”她知道，在他们同时情感流露的时候，如果能由她来占据主导地位，

---

① 原文为ye of little faith，出自《圣经》。所谓“小信”指门徒拒绝完全信靠耶稣。此处指玛丽莲认为戴维不该质疑她。

他会更加自在。过了一会儿，她捏了捏他的膝盖。“不过，很遗憾没办法给我们的‘小意外’起这个名字了。”这次，轮到他笑了。平时，他们只有单独待在卧室里的时候才敢讲这个笑话，因为这是他们之间的秘密：这个孩子并不是一场意外。距离他们生下上一个孩子已经过去整整九年了，而且玛丽莲也到了这个年纪，所以外人都想当然地以为，这次怀孕只是一场意外。他不喜欢这个词，而且很高兴地得知妻子和他一样。莉莎的确是一个意外；维奥莱特是在温迪才两个月大的时候怀上的，也是一个意外；而温迪呢——好吧。

但是这个孩子——格雷丝——的出现却并非偶然。夏末的一天傍晚，他们坐在屋前的楼梯上，看女儿们在暮色中一起打篮球，怀她的念头突然冒了出来。女儿们玩起了“骑马”的游戏，其乐融融，这些就要长大变成女人的小女孩。就连他们最小的女儿，莉莎，也似乎在这七月的一天里突然长大了，她轻快地迈着她修长的腿，眼中突然闪烁着大人一般睿智的光芒。他隐约感到悲伤。

“她们都已经这么高了。”玛丽莲说道。他立刻捕捉到了这句话的言外之意。她的声音听上去既忧伤，又意味深长。“她们都这么高了，我完全没有做好准备。”

“我也是。”他说。她转过身来看着他，多年以来，他们开发出了一种复杂而隐秘的语言，现在他简单地说一句“我也是”，就意味着“我同意，我们再生一个吧”。他们根本不需要一字一句明说。

“真的吗？”她说。他耸了耸肩。

“是啊，试一试吧。”

他躺在妻子旁边，抚摸着她的肚子。手掌之下就是他十二周大的孩子：他们“试一试”的成果。他感到前所未有的放松，因为这一次，他终于负担得起这个孩子了。和前几次相比，他再也不会为生下这个孩子而感到担忧。他们有一所大房子，他在附近的私人家庭诊所拥有一份稳定的工作，准点上下班，拿着合适的工资。妻子脸上的皱纹在渐渐淡去——虽然这次怀孕让她第一次经历了晨吐，但把那些皱纹全部填满了——他们也终于走向了成熟，来到了人生中这个舒适的阶段，让他们能够充分理智地做出这样一个决定。一个孩子，一个能让父母永葆年轻的孩子，一个能把青春期的姐姐们凝聚在一起的孩子。格雷丝。他想他的母亲一定会为这样的他感到骄傲——一位父亲，一个能养家糊口的人。在他对母亲最为真切的记忆之中，弥漫着医院的味道，一种混杂着柠檬清洁剂、人的分泌物和腐烂物的气味。他的孩子们永远不会重蹈他的覆辙，他的母亲一定会为他感到高兴。

“我的天哪。”玛丽莲在一旁说道，仿佛共通了他的嗅觉记忆。她从床上爬了起来，捂着嘴冲向卫生间。他跟了过去，蹲在她的旁边，帮她把头发捋到脑后。

等到第二周，他们坐下来把这个消息告诉孩子们时，先前的喜悦似乎已经消减了大半。

“孩子？”莉莎问道，“我不——我不明白。”

沙发上，玛丽莲坐在他的旁边，紧握他的手。在他办公室的候诊室里，有一本名叫《你是如何被创造的》的匪夷所思的书。书中对女性的生理结构进行了令人瞠目结舌的图像描绘——血红的子宫，以及宛如一道伤口的子宫颈。与此同时，旁边还画着一幅卡通版的男性生理结构图。他们能不能把这些带着乐观的微笑，打着领结，一个劲儿向深处猛冲的精子们展示给莉莎看？

“恶心的小蝌蚪会从爸爸的阴茎里爬出来，游到妈妈的两腿之间，”温迪漫不经心地说道，“变成一个小孩。他会长得和西瓜一样大。最后妈妈会把他从屁股里用力挤出去，会流出来很多血，还有很多其他东西。”

“温迪。”他说。玛丽莲同时惊呼道：“哦，天哪，亲爱的，不要。”

“你是不是有点老了？”维奥莱特问道。她眯着眼睛，目光锐利。

“莉兹，”玛丽莲说，“当——妈妈和爸爸相爱的时候……”玛丽莲示意莉莎坐到她的大腿上，“小甜心，这是一件很棒的事情，好吗？妈妈和爸爸都为这件事感到非常开心，宝宝会在这里待上一阵子……”玛丽莲迟疑地把一只手放在她的子宫附近。“然后他会从这个里面出来。我们会在你卧室旁边的那间房里放一张婴儿床，你可以带他散步，抱抱他，给他念书，听起来是不是很有趣？”

“我不确定。”莉莎皱着眉头说，“爸爸的蝌蚪……是怎么……”

“你都快四十了。”维奥莱特说，语气异常固执。

玛丽莲拼命捏了三下戴维的手。他无助地望着她，然后挨个打量眼前这三个正经历着不同程度焦虑的女儿。莉莎出生时，他们非常讶异——又是一个女孩。

“这次，我们觉得会是一个男孩。”他终于开口了，同时捏了三下玛丽莲的手。他开玩笑似的推了推莉莎，“嗯，莉兹，你说呢？”他能感受到来自温迪和维奥莱特的充满压迫感的评判，他清了清嗓子，“老天爷眷顾我一次吧。”

在玛丽莲怀着孕，年纪渐渐增长，体型渐渐膨胀的同时，吉莉安却变得更加活泼动人。就吉莉安已经获得的成就而言，她其实还很年轻。和刚结婚不久的戴维一样，她精力充沛，事业有成。吉莉安身上散发出来的年轻的气息，让玛丽莲看到了女儿们的影子。所以，每当她走进产检房间，玛丽莲都感觉自己更像她的母亲或者老师。她总会向吉莉安抛出一大堆令人紧张的问题：新公寓怎么样？最近在忙些什么？而只比她小了四岁的吉莉安会和她讲述不幸的约会经历，倾诉对郊区生活的不适应，或者长篇大论地评价柳条公园和罗斯科村里的餐厅。玛丽莲和戴维没她那么酷，他们甚至从来都没去过那两个地方。

或许向一个曾经在你家参加过圣诞派对的女人寻医就诊，多多少少会显得有些奇怪。但是自从吉莉安在诊所正式入职以来，戴维就一直对她褒奖有加。玛丽莲不好意思回绝，因为那样就好像在质疑丈夫的医学专业知识。于是，她成了吉莉安的病人。每次被问到痔疮或白带的情况，她只能竭力忍受那种让她如坐针毡的尴尬。吉莉安医术高超，人很聪明。虽然玛丽莲一直很想对此怀抱一颗感恩之心，但只要一想到这位她在晚餐桌上招待过的客人给她做了那么多次盆腔检查，她就觉得浑身不适。

就这一次，戴维不得不缺席这次检查。吉莉安冲进房间，说道："听说我们最爱的超级英雄医生被叫去急诊室了。"他不得不去，因为他的一个病人中风了。玛丽莲之所以知道，是因为戴维提前给她打过电话，发现吉莉安也知道这件事，让她有些恼怒。

接着，哦，接下来发生的事情——独自一人，没有丈夫的陪伴，只有一个女人陪在身旁，这一切让她变得十分感伤。所以，当她被吉莉安戳了戳，看向远处的屏幕，听到那交叠着的心跳声时，玛丽莲眉头紧皱，哭了出来。连她自己也吃了一惊，在这之前，她没有意识到原来自己这么不开心。

吉莉安没有大惊小怪。她从门边的纸巾盒里抽了几张纸巾递给玛丽莲，把玛丽莲的袍子拉了下来，盖住她的肚子，然后把检查桌旁的一把椅子拖了过来，坐在玛丽莲的旁边。

"你想聊聊吗？"她问道，"不过，如果你不想，也没有关系，深呼吸。"

玛丽莲想，大概是因为戴维不在，她才会哭出来——她终于承认了这一点，并且同时感受到了一种深刻的孤独。这种孤独感就这样在她独自一人的时候，赤裸裸地暴露在这间办公室里。尽管她知道，丈夫此刻离她不到一英里远；尽管她知道，如果没有其他事情缠身，丈夫此刻一定会陪在她的身边。

"我很抱歉。"她试图开口说话，但她的努力只是让事情变得更糟了。

"用鼻子吸气，用嘴巴呼气，没关系，想哭就哭吧。"

她按照医生的话，深呼吸了几次，才渐渐平静下来。“我好尴尬，”她说，“我不知道我这是怎么了。”

成为一位母亲，有可能是世界上最孤单的一件事情。怀孕让她感到疏离，感到精疲力竭，她的疲乏让她渐渐远离了女儿们的生活；怀孕还让她变得非常健忘，容易心烦意乱。直到她在没有丈夫陪伴的情况下，独自坐在吉莉安的办公室里，她才终于体会到，到底是什么让这次检查如此不同。之前每当她感到孤单，她总会第一时间去找戴维。不管她与周围的世界多么格格不入，她毫不在乎，因为戴维一直都在；每当她疲惫不堪，浑身酸痛或极端情绪化时，戴维总会来到她的身边，轻轻按摩她的后背，给她一个拥抱，或者逗她笑。但这一次，一切都变得不一样了：他总是工作得很晚；青春期的女儿们表现出程度不一、令人难以忍受的叛逆；只有三十八岁的她，已经开始在九点前上床睡觉了。

“我想，我最近觉得自己——老了。而戴维好像——哎，他不在的时候这么说，感觉像在背叛他。”

“你是我的病人，玛丽莲，你说的话，只会留在这个房间里。”

“他好像对我不感兴趣了，我们以前从来没有出现过这种问题。只是他非常——我们很久没做爱了——从二月以来，我们从来没有这么久没做过。”

“嗯，”吉莉安说，“你要知道，这是一个过渡期。当然了，我是说身体上的过渡。感情上的话，其实也是一样的道理。你说的这种情况其实并不少见。”

“我们已经有三个孩子了，”她苦笑着说道，“之前从来没有出现过这种问题。”

“可是，这次怀孕，你手头上要处理的事情更多了，不是吗？而且你年纪也更大了。”

她又哭了起来：“我不是——是，你说的没错，我是老了很多。我只是在想——也许，是我没有给他机会，我感觉自己好像活在另外一个世界，我不知道我是怎么走到今天这一步的。我只知道，现在我什么都做不好，我……只想知道我们的这个决定是不是正确的。”

“关于什么的决定？”

玛丽莲吃了一惊，突然反应过来自己说了些什么：“我不知道我为什么要说这些，我还没有——我甚至还没有好好考虑过这个问题。”

她当然考虑过。温迪开始变本加厉了，十四岁的她，比四岁时的她还要尖酸刻薄，让人受尽折磨。而最让玛丽莲意想不到的，是自己的疲惫，那种疲惫比和任何一个女儿在一起时都更令她心力交瘁。莉莎仿佛变得更幼稚了，她总是缠着玛丽莲，把她的小手插进玛丽莲的腰带环里，拉着她问东问西，关于她肚子里的孩子、关于圣诞老人、关于自己可不可以睡在他们的卧室里，她说她总是会做噩梦，梦到《动物园》里的角色。玛丽莲不止一次地想，如果他们当时把“子女名单”的总人数控制在三人——实际上，三个女儿已经十分棘手了——他们是不是会更轻松些。

“我太累了，没有力气继续了。”玛丽莲说。

“我可以说几句吗？”吉莉安用她冰冷的手碰了碰玛丽莲的肩膀，戴维的手也总是很凉。为了节省开支，他们只在检查室里开了暖气。“我们办公室里的人老是开玩笑，说他非常——我是说，你知道的。戴维一直都是我们这儿最专业的医生，但是，只要一开口谈起你，他就会变得像个十五岁的小男孩，连说话的声音都变了。有一次，我听到他和你打电话——说起来有点不好意思，我当时偷听了一耳朵——一开始我都没听出来那是他在说话。天哪，他太爱你了。”

“呃，”玛丽莲说，另一种尴尬涌了上来，盖过了她对自己性生活冷淡的担忧，“你倒也没必要那么说。”

一阵敲门声打断了她们，她连忙用纸巾胡乱地擦了擦脸。

吉莉安皱了皱眉，站起身来：“稍等，可能是护士。”

但当她打开门时——起先，为了保护隐私，她只开了一条缝，但随后她便把门全打开了——出现在门外的不是护士，而是戴维。

“看是谁来了。”吉莉安笑着对他们说。

戴维注意到了玛丽莲的眼泪，于是走到她面前，蹲了下来，一只手放在她的膝盖上。“怎么了，亲爱的？”然后，他转向吉莉安，“出什么事儿了吗？”

“我没事，”玛丽莲说道，然后把手覆在他的手上，“一切都好，荷尔蒙罢了。”她羞愧地笑了，同时感觉到了肚子里轻微的胎动。腹中这个对一切一无所知的“马后炮”，似乎已经懂得了回应他父亲的声音。戴维隔着她的袍子抚摸着她的大腿。

“宝宝一切正常吗？”他问道。

“宝宝非常健康，”吉莉安说，“一切都很好。”

八年级毕业典礼。一切都使温迪感到尴尬，尤其是她形形色色的家人：莉莎依旧非常黏人；维奥莱特穿着一件可笑的工作背心——她暑假在弗兰克·劳埃德·赖特宅邸及工作室找了份导览员的活儿，那是她在那儿的工作服；母亲穿着一件父亲的纽扣衬衣，挺着硕大无比的肚子，在做某些动作时，衬衣会被撑开，衬衣下面凸起的肚子若隐若现。毕业典礼全程，温迪都没有直视自己的家人。母亲鼓起的肚子令她恶心，莉莎的幼稚令她难堪——已经快十岁的她，仍然坚持坐在父亲的腿上。之后，在所有家长都应该把焦点放在温迪身上的时候，他们却向她的母亲问起了肚子里孩子的事。而她的母亲不知道什么时候，莫名其妙地从背后抽出了一束百合花，献给了她。母亲还费劲地弯下腰，吻了吻她的头发。

“我们真为你感到骄傲，温思迪。”她说。然而，这个分外温馨的时刻，却无法让温迪忽略母亲衬衫下面隐约可见的肚子，以及艾登·奥布莱恩不小心听到了她的昵称的事实。

毕业典礼结束后，他们一起去吃晚餐。温迪看到母亲突然面容扭曲，身子不停地扭来扭去，双手像抱脚踢球那样死死地抱着她的肚子。

“你还好吗？”戴维问道。他们刚才终于聊起了温迪，他们夸奖她的成绩有多优异，感叹这次毕业典礼有多精彩，还称赞了她漂亮的卷发。尽管如此，温迪早就知道这场关于她的对话迟早会被打断。

“嗯，还好。”玛丽莲说。她对戴维做了个令他捉摸不透的表情，然后一边翻了个白眼，一边笑了出来。“哦，对了，温迪，刚才演讲的那个女孩是谁来着？”

“萨默·弗兰克，”温迪说，“她太娇生惯养了。”她谈论起她的同学。在父亲轻轻的“啧啧”声中，她肆无忌惮地用了“骚货”“白痴”这样的字眼。然而，突然之间，她的母亲又闷闷地发出一声呻吟。即便如此，她仍然点着头，努力表现出还在听的样子。

“天哪，妈，你怎么了？”

“没什么，亲爱的，抱歉。”玛丽莲说。现在，每个人都关切地看着玛丽莲，尤其是感觉随时随地要哭出来的莉莎。玛丽莲也有所察觉——她就坐在莉莎旁边，因为莉莎总是执着于挨着父亲或者母亲坐——于是伸出胳膊搂住了她。“我只是在练习宫缩。”她充满歉意地解释道，说完吻了吻莉莎的头。

“你确定吗？”戴维问道。

“百分之百确定。”

“那是什么意思？”莉莎带着哭腔问道。

然后玛丽莲便大张旗鼓地解释起——尽管在莉莎面前她的言辞已经有所收敛，但听上去还是非常恶心——她的宫颈、子宫肌，以及出门吃晚餐时她的身体会出现的那些奇怪而私密的反应。这顿晚餐明明是为了庆祝温迪毕业。玛丽莲好不容易说完之后，朝温迪笑了笑：“生温迪之前，我也有这些反应，持续了差不多两个月的时间。我没事，完全没问题。继续，再说说这个烦人的萨默吧。”

菜端了上来，再一次打断了他们的谈话。此时，温迪已经胃口全无，她满脑子想的全是宫缩、脚踢球，自己有多么无关紧要，以及母亲是多么轻易地将她忘在了一边。她不算胖，却是家里个头最大的人。而现在，怀着孕的母亲超过了她，成了家里最胖的人。温迪的出生如同一个诅咒，对于当时身体状态糟糕，只有一百一十五磅重的母亲来说，生下将近十磅重的温迪，几乎断送了她的生命。温迪的出生，就是一个变异的巨婴用尽全力彻头彻尾地摧毁了她的小精灵妈妈的故事。她看到像鸟一样纤瘦的莉莎偷偷摸摸地往面包上抹了三大块黄油，塞进了嘴里；她看到和萨默·弗兰克一样娇生惯养的维奥莱特为了让自己看上去更懂事，更像个大人，模仿母亲点了一盘沙拉。为了显得成熟，温迪点了一盘伏特加通心粉，然后不停地把橙色的奶油酱汁拨到盘子的边缘。她突然想起了赤身裸体的父母，想起了狰狞分娩的母亲。她想象着，母亲正在吃的沙拉，正在通过那些隐秘的、充血的管道，输送到胎儿体内。她感到一阵恶心。她又高又瘦的父亲很快就吃完了他的卡瓦泰利干酪，她走了过去，把自己盘中的通心粉倒在了他的盘子里。

“嘴大喉咙小，是吧，温德[①]？”他打趣问道，默默接受了盘中多出的食物。

她强迫自己挤出一个笑容。即使感受到了母亲锁定在她身上的目光，她还是选择了视而不见。这是她第一次成功地避开了吃饭这件事。

格雷丝出生之前的那个母亲节。醒来时，玛丽莲首先感受到的是正贴着自己肩膀的戴维的嘴唇，他正沿着她的后颈，落下一连串的吻。在这样浪漫的瞬间醒来，她一下子没有反应过来，花了好一会儿才意

① 戴维对温迪的昵称（Wend）。

识到是他，她挪了挪身子。他向下一路吻到她的锁骨，她轻轻地发出一声呻吟，然而突然想起了自己无法忽视的腰围。她和戴维上一次做爱，还是在那个白雪皑皑的冬天。

“亲爱的，你在干什么？”没有旁人的帮助，她没有办法自行翻身，所以她只好笨拙地仰躺着。他撑着一只胳膊肘，杂乱不羁的头发让她忍俊不禁。

“你觉得我在干什么？”他笑着问道。她已经快不记得被丈夫渴望的感觉了，她感受到了涌上眼眶的一股热流，以及腹腔中的一阵胎动。她还感到身下的床单已经被一种专属于哺乳动物，但和情欲没有一点关系的汗水打湿了。

“哦，看在上帝的分上。”她说，把脸埋进了枕头里。

他将身子贴近她，一只手试探性地放在了她的腹部：“怎么了？”

“看看我现在这个样子。”她埋在枕头里说道，声音像棉花糖一样绵软。

“我在看着你啊，”戴维边说边上下抚摸着她，“我正看着你呢。”

“好吧，不要这样。”她猛地抬起头。两个人都笑了起来，“我们怎么了？这件事对我来说怎么变得这么陌生？我是不是——有什么地方不对劲，戴维，你不觉得有点……”他能感受到手掌下面孩子在奋力地踢动，他看着她的眼睛，笑了。

“现在情况是不太一样了，”他说，“我知道我们不能……”他停顿了一下，脸红了。这一次，他们决定不在孕期内做爱，因为之前正是他们在孕晚期的肉体放纵，成了其他三个女儿提前出生的诱因。

突然他们听到了走廊里女儿们的窃窃私语和她们“咯咯”的笑声。她身子一僵，然后猛地把腿合了起来。戴维也一下弹了起来。门开了，她满脸潮红，而他则站在离床十英尺远的地方，装出一副若无其事的样子。

“我们来得是时候吗？”莉莎大喊着“母亲节快乐”时，维奥莱特开口问道。她的孩子们还不会做那种漂亮地堆成一堆的经典松饼，所以维奥莱特手里端着一盘烤吐司，温迪和莉莎则分别拿着一盒早餐谷物和一束刚从前院摘下来的郁金香。

“你看，”她看着戴维说道，努力憋住笑意，“到这儿来，亲爱的。”

“我去拿点咖啡。”他说。

“上来吧。”她说。莉莎第一个爬上了他们的床，窝在她的旁边。维奥莱特害羞地跟在了莉莎的后面，爬过来亲了一下她的脸。

“我的女儿们真是太贴心了。”她说，然后挪了挪身子，给维奥莱特腾出点地方。此时，只有温迪还站在门口。她抓出一把干麦片，再一粒一粒地把它们撒到盒子里。

“温思迪，今天就满足我这个心愿吧，我想让你们仨都睡在一张床上。”

温迪勉强地笑了笑。

“来吧，来让你又胖又神经质的妈妈开心一下。”

温迪走了进来，矜持地缩在床脚边。

“是爸爸帮你们准备了这些吗？”

维奥莱特摇了摇头：“不，这是我们的主意。”

莉莎把整个身子都搭在了玛丽莲的肚子上，手中的郁金香和那上头粘着的泥土被她扔在了戴维刚才躺的位置上。

“我的天哪，”玛丽莲惊呼，“他踢我了。”

她的肚子上突然间多了三双手，就连不大情愿的温迪，也伸出手戳了戳她的肚子。她们笑作一团，彼此小声地说着什么。她靠在枕头上，休息了一下，心中升腾起一种不同以往的满足感。也许这就是家人，她们身上的魅力和不吵不闹时的状态总会带来惊喜。那些少有的时刻——就像这一次——正是她再一次怀上孩子的原因。比如很快就又是他们结婚十五周年纪念日了。又比如此时此刻，这三个平日里总让她操碎了心的女孩，令她感受到了从未有过的幸福。这就是拥有一个家庭的意义，它让她拥有了这些转瞬即逝，但毋庸置疑的快乐。斯德哥尔摩综合征。她们总会让她一次又一次地想要拥有更多这样的快乐。

肚中的胎动，和肚子上放着的六只小手，让她挪了挪身子。她伸手去摸温迪的头发，温迪并没有避开，这让她的心变得无比充盈，这就是家庭的意义。

“天哪，”戴维回到房间里，说道，“我才离开九十秒钟，瞧瞧你们。”

他从来没有见过这么多血，玛丽莲的情况很快便开始恶化。他抱着孩子，被带到了房间的一处角落。这个还没有名字的孩子刚刚被简单地清洗了一下，她在阿普伽新生儿评分[①]中，拿到了十分的满分。在这段时间里，他听到吉莉安对房间里除他之外的人提到了“胎盘植入[②]”。他仔细地回忆起他还在医学院上学时学到的有关胎盘植入的知识，就在这时，吉莉安突然拉高了音量，下达着一些他无从插手的指令。孩子被紧紧地裹了起来，躺在他的怀里。此时，他只能沉默地站在那里，看着他那饱受煎熬的血淋淋的妻子。吉莉安注意到了他，她停下手上的动作，一双血红的手悬在玛丽莲不断往外涌血的子宫上方，对他说道：“她会没事的，孩子爸爸，快去和你女儿做个自我介绍吧。”

“又是一个女孩。”他暗自想着，但是，他却找不到人可以倾诉。一个护士——看上去非常严肃又极其敏锐的凯萨琳——把一只手放在了他的背上，把他领了出去。

“跟我来，索伦森医生。”

玛丽莲是凌晨三点入的院。他穿着牛仔裤和一件小熊队[③]的T恤，

---

① 一种对新生婴儿健康状况快速评核方法。

② 产科严重的并发症之一，可导致产妇大出血或继发感染，甚至死亡。

③ 美国职业棒球大联盟的一支球队。

胡子拉碴，眼神空洞。他认识几个在过去的十二个多小时里负责照顾玛丽莲的护士，她们也认识他，并为他感到高兴，在她们的眼中，他今天并不是索伦森医生，而是一个新生儿的父亲，一个在旁人的提醒下会讲故事来安抚妻子的男人。那个亚瑟王时期的故事是他在大学文学课上听来的。在她们眼中，他也是一个懂得忍气吞声的男人，因为那个故事很快就遭到了妻子的驳斥，她恶狠狠地告诉他："别他妈和我讲什么骑士，讲什么中世纪了，别再和我说任何和父权制度有关的事情，别再碰我了。"那一刻，他突然意识到，这些护士——比他更精通这门令他疑惑不解的，属于女人的语言——居然要屈尊称他为"医生"，是一件多么可笑、多么值得反思、多么愚蠢的事情。

"叫我戴维就好。"他纠正道，声音已经沙哑。凯萨琳拍了拍他的肩膀。

"振作一点，戴维，玛丽莲会被照顾得很好的，看看你手里抱着的这个孩子吧。"

就在这时，他终于低头看了看他的孩子。

"你想好要取什么名字了吗？"凯瑟琳说道，然后带着他，回到玛丽莲的病房。她刚才被迅速地从那儿带走了，他甚至没来得及握住她的手。那是一间他不想回去的房间，房间的每一面墙，都会让他想起妻子惨烈的叫声和她肉体上曾经历过的痛苦。凯萨琳温柔地领着他坐到了床边的那张椅子上。过去的十二个多小时里，他大部分时间都是在这张椅子上度过的。病床，以及躺在那上面的妻子，已经一齐被推走了。

"克里斯托弗。"他苦笑着说道，他突然感受到了这个名字背后的讽刺意味。

凯萨琳笑了，给他递了一杯水："听起来，你今天被震惊了好几次呢，是吗？"他抬头看了看她，脸部肌肉稍微松弛了一些，但他不确定自己是要笑还是要哭。

“你没有想什么女孩儿的名字吗？”

“格雷丝。”他打量着新生女儿的脸，说道。她的脸又皱又红，看上去湿漉漉的，他碰了碰她前额上的一缕头发——和维奥莱特的发色一样深，也像他的发色一样深——她缩了一下，但没有哭闹，他们剪断了她的脐带之后，她就一直非常安静。

“那就试一试吧。”这就是他一时冲动的后果。他的妻子被这个孩子撕裂，血流不止，无法看到他们刚出生的这个美丽的孩子。而他，可能会成为四个女儿的单亲父亲。他听到她说出口的最后一句话是“混蛋”——当时她正跪趴着，痛得直打滚。他感觉泪水开始往外涌，也感觉到了凯萨琳再一次搭在他肩膀上的温暖的手。

“是个很好听的名字。”话音刚落，她就转身离开了，留他一人在房间里。“我会为玛丽莲祈祷的。”走出房间时，她又开口补充道。他低头看了看孩子，孩子也抬头看了看他，和他目光相接——尽管他知道，她还没有学会要怎么和人对视。他也开始祈祷了。起初，他向他童年时代那个总不应验的神漫不经心地祈祷着。接着，他又开始向一些更加宏大的神灵祈祷。

“求你了，不要带走她。”他在心中默念，“不管你是谁，求你了。失去了她，我什么都不是；失去了她，我没办法承受这一切。”

“求你了，求你了，求你了。”他向着每一个人，向所有人，向他的女儿大声地呼喊着。这样的重担不应该由她来背负，她比任何其他人都更应该见到她的母亲，那个几小时前还一边经历着宫缩，一边开着玩笑，说和一胎生二十四只鼠仔的鼹鼠相比，自己简直太幸运了的女人。“求你了。”他低声对怀中的孩子说道，但她睡着了。

“你不是说是个男孩吗？”温迪用略带厌恶的语气问道，然后满腹狐疑地打量着父亲怀里抱着的那个孩子。莉莎则满脸焦急，反复查看墙上的白板，上面用夸张的花体字写着“**妈妈：玛丽莲**”。母亲名字里

“i”上面的一点被画成了一颗爱心。**“目标：健康的宝宝！”**父亲的父亲在陪了她们一夜之后，开车把她们送到了医院。虽然他在车里竭尽全力开玩笑缓和气氛，莉莎还是隐约察觉到了不对劲。而且，当她第一次见到她们刚出生的妹妹，却没有见到母亲，当看到父亲闪躲的眼神时，刚才那种隐约的感觉便上升成了深深的怀疑。

“开指是什么意思？”莉莎问道。

“我们的确说过她是个男孩，”父亲对温迪说道，“但是我们错了。”然后，他又对莉莎说：“改天问妈妈吧。”

温迪稍稍松了口气。如果父亲还允许莉莎问出那些烦人的问题，那就证明她们的母亲一定还没有死。

她的母亲那天深更半夜来到她的房间和她道别，当时，温迪醒来，发现了坐在床边的母亲。

“亲爱的，醒一醒。”玛丽莲说道，她的声音比平时温柔，但在那个外面已经一片漆黑的晚上，又显得异常的清醒。“温迪，嘿。”

“妈。”她说，试图表现出不耐烦的样子。而实际上，她的心在猛烈地跳动，她不想看到父母离开，十四岁的她虽然羞于承认这一点，但不可否认的是，她确实希望他们的家可以一直保持不变。

“亲爱的，我开一下你的台灯，好吗？”

“咔哒”一声，她一片漆黑的枕头上，突然洒下了刺眼的黄光。“哦，我的天哪。”温迪说。

“亲爱的，看来肚子里的宝宝想要加入我们这一家子了，爸爸和我待会儿就要去医院了。”

她没有反应。

“爷爷已经在楼下了，”母亲说，“他明天会送你们去学校的，知道了吗？”

“好。我可以继续睡了吗？”

“要祝我好运吗？”母亲的声音变了。温迪抬头看了她一眼，短短一秒钟之内，她在母亲焦虑的微笑和疲惫、浮肿的双眼以外，察觉到了某种近乎恐惧的情绪。

“祝你好运，”她说，“你能把灯关了吗？”

母亲有些泄气：“我——没问题，我们很快就会给你打电话的，我爱你。”

她没有回应，而是扯过毯子，翻了个身，把脸埋进了床垫里。她当时竟然没有回应那句“我爱你”，而现在，母亲不知道去了哪儿，父亲则表现出了前所未见的怪异的模样，他的头发全被捋到了后面，一双眼睛如同猎户座中的恒星一般，大而空洞地向下看着怀里的孩子。

“看起来是有点像男孩。”她轻蔑地说道。

“不，她不像。”维奥莱特悄悄地走了过来，“她长得很像妈妈。”

“我觉得，”他说，“她长得和我们所有人都有点像。”

莉莎向他们走近了一步：“怎么说？”

“嗯。”父亲向后靠在了椅子上，用毛毯的一角裹住了孩子的脖子，“妈妈的鼻子，和你一样的小手，维奥。温迪的嘴，莉兹的长腿。要是她没被裹得这么严实，你们肯定也会这么觉得。”

他告诉她们，母亲正在休息，环境需要保持无菌，所以她们现在还不能见她。

“如果你们没人想主动抱抱她的话，她会很伤心的，”他说，“她会有心结的。”

“我来。”莉莎说道。

“记得托住她的头。”维奥莱特说。为了不惊扰到宝宝，她说话的声音很轻，轻得让一旁的温迪直想揍她的脸。过去的几个星期里，母亲一直在教她们怎么照顾婴儿，但温迪并没有仔细听。

“记得托住她的头。”温迪学维奥莱特说道。

“爸，”维奥莱特说，“你能不能让她不要这么……”

“姑娘们，”父亲平静地说，“求你们了。”

“别把她弄掉了。”温迪说。她走到飘窗前坐了下来，经过维奥莱特时，她用胳膊肘轻轻推搡了一下维奥莱特。父亲站了起来，把孩子递到了莉莎怀里。

“你呢，爸？”维奥莱特问道，“她哪里长得像你？”

他脸上突然浮现出一种恶心想吐的表情，她以前从没见过父亲这样。

“爸，”维奥莱特问道，“你没事吧？”

他虚弱地笑了笑：“当然没事了，我只是想上厕所了。”

温迪皱了皱鼻子：“爸，你真恶心。”

他勉强地笑了笑，然后朝卫生间走去：“三双小眼睛都要好好儿地看着小宝宝，好吗？如果她被拐跑了，妈妈可饶不了我们。”说完，他关上了门，拧开了水龙头。在水流声下，温迪听到了一种奇怪的声音。与呕吐不太一样，那声音听上去有些颤抖。当时的她并没有立即意识到，那是父亲的哭声。

“我要见妈妈。”莉莎说。她一本正经地抱着孩子，得心应手的样子让人讨厌。

“闭嘴。”温迪说。这时，卫生间里清晰地传来了阵阵的呜咽声。她胳膊上的汗毛全都竖了起来。

“我身上的细菌也不至于那么多吧。”莉莎若有所思地说。

“闭嘴。”温迪又说了一遍。就算她再怎么无法忍受她的母亲，她也不想看到母亲死去。她不想让昨天晚上的那场对话成为她们之间的最后一次对话。她开始悉数回忆起过去一年，乃至过去三年里，她对母亲说过的所有尖酸刻薄的话，以及母亲像看待外太空生物一样打量她的眼神。她想起了她没有对母亲说出口的那句“我也爱你”。

过了一会儿，父亲回来了，他用一团纸巾捂着他的脸。“孩子们，”他看上去低沉极了，“我要和你们谈谈妈妈的事了。”

第十四章

维奥莱特正准备出门前往詹妮弗·戈尔茨坦的葡萄酒之夜，却被洗碗机给耽搁了下来——或者说，她是被洗碗机给吸引了过去。她想，家庭生活的本质，就是在某个时刻，你发现自己竟然会为叉子在餐具篮中应该朝哪个方向摆放而与自己的丈夫开始激烈地争执。最近，她和马特争吵的话题变得越来越琐碎了，全是一些老生常谈的小事。她还记得，他们刚在一起的时候，会进行一些荒唐的辩论，关于政治（哦！克林顿的时代！），关于说话是否得体（直到现在马特仍然不明白为什么在日常对话中使用有的名词会显得很不妥当）。那时候，他们那些激烈而尖锐的争辩，往往以一场美妙的性爱告终。

事情理所当然地变得更复杂了。他们单独相处的时间几乎不存在，尤其在马特成为合伙人之后。他们养育着两个年幼的孩子，背负着一大笔房贷，理财之余还需要打点一幢房子。再加上一个后患无穷的男孩又闯进了他们的生活，打破了所有事情原先所达成的平衡。而这件他们本应仔细讨论的事情，却成了他们谈话中从不会涉及的话题，成了一个禁忌。他们总是如履薄冰地在这个话题周围兜着圈子，假装永远不会有碰到的那一天。

因此，她将矛头指向了她的丈夫，把餐具放到洗碗机里的时候，他又把所有的刀叉手柄朝下，尖头朝上地放了进去，一打开沥水架，那里头就好像躺着一把把小型的凶器。她昨天晚上最起码提醒了他十七遍，要把刀叉的尖头朝下放。

“我以为你要走了。”他出现在门口，说道。她知道他意识到了她在做什么——她正在小心翼翼地挑剔地一件一件地把餐具给拿出来，以表明自己的态度。他咬紧牙：“真的有必要吗，维奥莱特？”

她感到一阵窝火：“我甚至没有……”

“你就不能出门找你的朋友喝点酒吗？你就不能放我一马，就今天一天晚上，别再纠结那些无关痛痒的事吗？”

“我没有纠结，”她说，“只是，我们昨天刚刚才聊过这件事。”如果她冷静下来好好听一听自己的声音，一定能听出此时的她有多不可理喻。但她现在满脑子全是恨不得杀了他的念头，也许这就是不停转移话题，对关键问题避而不谈的弊端之一。那种本应该出现在灾难性时刻的愤怒，全被她倾泻在了餐具摆放的小事上。

“我当时走神了，”他说，“我不会再忘了。”

“你到底怎么样才能长点记性呢？”

“我可没法儿给你一个科学分析的结果，宝贝，”他回答道，最后一个音节带着一丝敌意，“但我会尽力记住的，好吗？”

她是最聪明的女孩，马特曾经这么说过。天大的谬误。看看她现在的生活，是多么地不堪。她做出了所有和母亲背道而驰的决定，走上了所有和母亲背道而驰的道路，但她的生活并没有变得更好，反而变得更烂了。就算母亲大学中途辍学，选择跟着一个男人去到一个荒僻的城市，支持他追求理想，怀上他的孩子，她至少还存有一些自知之明。无论她对母亲的过往有多鄙夷和抗拒，母亲的故事也比她自己的富有诗意多了。看看他们现在的处境，连那些无聊透顶的琐事，都讽刺地成了刺激的来源。他们会突然激动起来，不管不顾正在隔壁房间看《神奇宠物！》的孩子，为类似餐具这样的小事而争执不休。他们的争吵再也不会以一场性爱收尾，转变正在发生。它们已经从大门口那儿溜了进来，吹拂着他们，进入他们的呼吸，让爱的离子在顷刻之间分崩离析。更何况他们还有乔纳，他的出现已经成了一个无法改变的事实。维奥莱特不由自主地颤抖了起来。

“这太蠢了，”她承认道，“为这件事吵真是太蠢了。”

“是你开的头。”

“我知道，”她说，“我道歉。我为开了这个头感到抱歉。”

“啊，我没听出来你在道歉。在詹妮弗那儿玩得开心。”

他没有再看她一眼，就去找孩子们了。她小心地把剩下的刀具从洗碗机里拿了出来，然后跟着他，走进了书房。她停在门口向里张望，马特坐在沙发上，怀亚特把自己穿着袜子的脚搁在了父亲的大腿上，刚才好不容易洗了澡的伊莱，紧紧贴着他刚锻炼完满身是汗的父亲。她深吸了一口气。“随它去吧，”她告诉自己，“放下，放下，放下。”她深呼了一口气，但没想到声音大得像一头牛的哼声，马特抬起头，看向她。

她用尽全力，冲他笑了笑。“邀请我加入你们吧。”她暗自期许着，那样的话，管他什么橡树林幼儿园的妈妈，她要和她的儿子们窝在一起，享受这个无比美妙的家庭之夜，然后和马特以一场剧烈而浪漫的性爱告终。等孩子们都上床睡觉之后，他们这一次也许会前卫地找个隐蔽的角落——厨房的桌子？那些画面生动地浮现在她的脑海中。她几乎能感受得到丈夫双门襟衬衣上那令人愉悦的汗湿气，以及儿子们小脚柔软而冰凉的触感。也许，她可以安然享受这个昏昏欲睡的夜晚，儿子们在一旁不吵不闹地看着电视里那只戴棒球帽的仓鼠，而她深爱的男人会用指尖上下摩挲她的后背。也许，他们会重新步入正轨，把几个月以来彼此之间紧绷的情绪一笔勾销。他要做的，不过是回以一个微笑。他要说的，不过是一句“快到我这儿来，亲爱的”。

但是他并没有，他看上去非常困惑。

“你还在生气吗？”他问道。

“我还在……？”她停顿了一下，一阵心痛，“没有。”

“你看上去很生气。”

“我刚刚还对你笑了呢。”

“妈妈，我听不见了。”怀亚特礼貌地插了一句。

她紧紧抿住嘴，“算了。”她说。她眼睁睁地看着他们之间的那条裂缝越来越宽，马特留下的那个空洞越来越大。又是他们没能和彼此联结的一天。

“我很迷茫，”她在心底发出哀号，“帮我，马蒂，帮帮我，帮帮我。”她想告诉他，如果像这样的一天渐渐累积起来，将会对他们的婚姻产生致命的伤害；她想告诉他，结婚的全部意义就在于，任何一方都不用独自承受这样的时刻；她想告诉他，她很想念他，同时也更想念自己。

“明早见。”她终究还是没有把这些话说出口。

开车去詹妮弗 · 戈尔茨坦家的路上，焦虑向她席卷而来。她的胸腔被这股灼热的焦虑烧穿，胳膊上的汗毛也一下全都竖了起来。突然之间，驾驶成了一项重担，让她恐慌起来——她正操控着两吨重的钢铁，以每小时四十英里的速度向前飞驰。只要她稍微扭转一下方向盘，就可以轻而易举地撞上一棵橡树，或是一头冲进密歇根湖里。这个念头让她过于错愕，以至于错过了亮起来的绿灯。后面的车开始鸣笛，她更焦虑了，于是她打开转向灯，拐进一条小路，把车停了下来，把额头搁在了方向盘上。

这种熟悉的焦虑让她感到深深的不安。她试着放慢呼吸，但她从来不擅长做放松练习，即便是在瑜伽课上做“仰尸式”时，她的思维也总是异常跳跃。她会为各种各样的事情操心，从她的购物清单，到夏令营注册的截止日期，再到她的运动文胸会不会让她的背变厚。此时，她的肺里似乎不再充满空气，就像打了个哈欠，但没有打完。她这次出门，本应去享受一个有趣的夜晚，一头扎进橡树林幼儿园的社交生活中，一边品尝皮诺塔吉红葡萄酒，一边闲聊些流言蜚语。然而，她却困在了车里。她越是执着于想要完成一次完整的呼吸，这件事就变得越是困难。她不受控制地又想到了她的车，想象着它沿着麦科米克大道飞驰的场面。事物的变化竟是如此迅猛，事物的终结竟是如此轻易。她摇下车窗，试着回忆普拉纳呼吸法[①]的步骤，思考哪个鼻孔应该负责让她保持平静。即使是一场普普通通的橡树林幼儿园的谈话，谁知道她又会暴露些什么呢？“我没有性生活！我说谎成性！我很容易陷入恐慌！”

她无处可去——她不想回到那个连自己的丈夫都不认识自己的家，不想去戈尔茨坦的豪宅，见那些根本称不上是朋友的人，也不想去找她的父母或者姐妹。她没能够接纳乔纳——这个曾经活在她的体内，本应再也见不到的男孩——所以她和家人们渐渐疏远了。她感觉自己退化成了一个十几岁的孩子，只不过并非她十几岁时的模样——那时候的她眼神明亮，乐观开朗，每天晚上都恨不得梳七十五遍她的头发，周末会去弗兰克·劳埃德·赖特宅邸及工作室做志愿者。而现在的她，更像个普通的少女，漫无目的，叛逆而困惑。她惊讶地发现，仅仅只是六年以前，她的生活还是那么简单，她会沿着湖边和丈夫一起慢跑，住在漂亮的水滨公寓里，帮那些针对大规模企业的无受害者的诉讼案件打官司。她可以赚数不完的钱，一心一意地向上攀升。但是在那之后，怀亚特出生了，随之而来的是另一种未曾见过的黑暗，但她没有理由再次抛弃她的孩子。

她不假思索地发了条短信，毫不费力地编了一个谎言：“小伊总是吐个不停，改天再说吧，隔空干个杯！”她暗自向上天祈求她的儿子能和他的父亲一起度过一个愉快的夜晚，不会因为被她用作逃避社交的一枚棋子而真的遭到什么报应。詹妮弗飞快地回了一条信息，上面是一张哭脸，以及一个充满节日氛围的香槟表情符号。

---

① 一种瑜伽中的呼吸练习，主要用于放松和冥想。其中较为常见的一种练习方法是左右鼻孔交替呼吸。

1993

莉莎惊恐地醒了过来，半梦半醒之间，她一时间没有分清那是梦境还是现实。没过多久，她就感觉到了她的睡美人睡袍上传来的正在渐渐变凉但仍然温热的潮湿。这件并不如听上去那么有趣的事，把她钉在了全家的耻辱柱上。自从母亲——变得更瘦弱、更迟缓、更困倦的母亲，带着宝宝从医院回到家的那天起，莉莎就开始尿床了，每天晚上，无一例外。她难受地挪了挪身子，家里很安静，小婴儿已经睡了，母亲也一定睡了。从母亲平日的行为举止来看，睡眠对她来说实属难得。有的时候，她会往狗碗里倒上麦片或牛奶后再倒上橙汁；有的时候，她会往她们的午餐盒里装苹果和布丁杯，而把三明治忘在了柜台，又或者是完全忘了做三明治这码事。她从床上滑了下来，脱下湿漉漉的睡衣，远远地拎着，蹑手蹑脚地溜进了父母的房间。

母亲正睡得一动不动，莉莎一度担心她已经死了。她一点点地挪着步子走到床边，观察母亲是否还有生命迹象。父亲不在床上，晚饭后，他被叫回医院帮某个人值班，得在医院过夜。她依稀记得父母在她上床之后吵了一场架，她听到母亲哭着说："所以，为了她每天起夜起四次的，就应该是我？"父亲反驳道："那你想让我怎么办？"母亲泣不成声地说："我只是想睡觉。"吵完之后，父亲便摔门而去。在对父母离婚的隐隐担忧中，她睡了过去。

"妈咪。"她小声地喊道，她有好几个月没有叫过她"妈咪"了。她和维奥莱特习惯喊她"妈妈"，而温迪则总是用一种略带轻蔑的语气喊她"妈"。"妈咪。"她愧疚地戳了戳母亲的肩膀。"妈咪。"莉莎小声说道，担心自己随时会哭出声来。"妈咪。"这次她稍微大了点声，母亲一下惊醒了。

"天哪。"她倒吸一口气，眼睛眨巴着，一副开车差点撞到什么东西似的表情。然后她眯着眼睛，伸出一只手，撑着枕头半坐了起来。

“怎么了，亲爱的？”

“我尿床了。”

听到她的话，她的母亲才慢慢反应过来，然后显得有些低落。她完全坐了起来，迷迷糊糊地找起了钟。她们的目光同时落在了此刻的时间上：凌晨两点三十二分。

“对不起，”莉莎说，“对不起，对不起，对不起。”

“哦，亲爱的，没关系，不用因为这个道歉。”

她莫名地哭了起来。母亲伸出手来，连同被她尿湿的睡袍一起，将她搂进了怀里。格雷丝的出生，让母亲变得更温柔了，莉莎依偎在她的身旁，把头枕在她的肚子上。

“你随时都可以把我叫醒的，我的宝贝。”她说。这是她从医院回家后，第一次称呼格雷丝之外的人为“宝贝”。格雷丝脾气很好，但她需要被人照顾的程度让莉莎感到震惊——一个人怎么可以这么无助？她几乎需要母亲为她操心每一件事。除此之外，还有一个更显而易见的变化，就是无论她们在做什么，身边总会突兀地多出一个小小的人影。

“走吧莉莉，我们一起去洗一洗。”母亲慢慢起身，站了起来，领着她进了浴室，拧开了水龙头。通常情况下，母亲并不会像这样处理她的“晚间插曲”。以前，母亲只会简单地换掉被尿湿的床单，把床铺好，然后在半梦半醒之间机械地给她换上新的睡衣。“要泡泡吗，亲爱的？”母亲问道。莉莎点了点头，脸上绽开了笑容，她裹着毛巾，爬到母亲的膝盖上，等待浴缸灌满水。母亲倚着她的额头，哼起了歌。大概是刚睡醒的缘故，她的声音听上去有些沙哑，她以前总唱《我的邦妮躺在海上》或《巨石糖果山》，但今晚她唱了别的，像是民谣，听上去有些悲伤。

“那是什么歌？”莉莎问。母亲迟疑了一下。

“是……”她支支吾吾地说，“我想不起来名字了，真是搞笑。”她对莉莎虚弱地笑了笑，“我只是太累了，还不至于发疯，亲爱的，我保证。”

接着，母亲帮她洗了澡。她从来没有洗过这么长时间的澡，她一边哼着歌，一边和放在浴缸边上的各种橡胶小动物说话——小牛、小象，还有小企鹅。快要洗好时，母亲又捧了几捧温水，冲了冲莉莎的头发，莉莎打了个寒战。

“出来吧，莉兹。”她的母亲说道。母亲用双手撑开一条毛巾，紧紧地把她给裹了起来，然后吻了吻她湿漉漉的头发：“我一直都在，亲爱的，知道吗？我哪儿都不会去的，我知道现在发生了很多变化，但我会一直，一直陪在你的身边的。”

“我知道。”

“有的时候日子确实会过得更顺一些，”母亲突然突兀地感叹道，她不解地点了点头，母亲吻了吻她的额头，“你可真是我的小大人。”母亲帮莉莎擦干了身子，帮她换上一套新睡衣，领着她进了卧室，掀开父亲那一侧的被子，“你今晚就睡在爸爸的位置上吧，小甜心。”一开始，她还以为自己享受到了独一无二的待遇，但直到后来她才意识到，那只是因为家里没有干净的双人床床单了，因为母亲最近清洗床单、衣物的次数只有平时的一半。母亲爬上床，躺在她身边，搂着她，直到她坠入梦乡。

那天，她的父亲早早地回到了家。凌晨四点，母亲刚给格雷丝喂完奶，父亲就悄悄地溜了进来，莉莎躺在父母的床上，迷迷糊糊地看着他们。

“我给莱西打了电话，拜托他来接了班。”他低声对母亲说道，然后从她怀里接过孩子。“睡吧。”

“莉莎在我们的床上。”她说。

“那我睡到她的床上去。”

“她尿床了。”

“那我睡在沙发上。”他说。接着，一阵长久的寂静，以及亲吻的声音。

这是父母之间对话的标志性特征。他们吵架后，几乎从不对彼此道歉，而总是用某种极为神秘的、言语所不能及的方式进行沟通。他们会用眼神、嘴巴，用宽宏大量的精神拥抱彼此，最终达成让步和宽恕，让所有的矛盾得到化解。

“不，我们挤一挤，睡在一起。”母亲说。

于是，他们上了床。她记得父母睡在了她的两侧，她能闻得到父亲身上清冽的消毒水味，还有母亲身上刚搽完粉似的甜蜜的香气。彼时彼刻，她体会到了一种从未有过的安全感。

温迪总将自己的父母称为“一个内科医生和一个家庭主妇”，好让他们的职业听上去更加崇高。然而实际上，父亲大多数时候都待在西岸的一家诊所里，随随便便穿条牛仔裤就可以去上班；至于母亲，与其说她“持”家有方，不如说她是在艰难地“维持”着所有家事，她能做的，也只是将家中的喧闹声勉强控制在一个适中的音量，而且，她也总是穿着父亲的牛仔裤。

“如果我们真的那么让你尴尬的话，”母亲一边说道，一边不慌不忙地拆着一堆垃圾邮件，“我们倒也可以把你们留在这儿，我们搬走。到时候，你们可以把账单邮寄给我们。”母亲很生气，因为刚刚温迪“随口”提到，希望能在斯科特·普拉特家拍返校节[①]的照片。他住在欧几里得一幢都铎风的大房子里，他的父亲在富国银行集团工作，母亲会整洁地穿戴好围裙在家做事，和她家很不一样。她没办法同母亲解释。

“只是因为他们家更漂亮，”她说，“而且——我们家前院里落叶积

① 一年一度的校友集会。

得太多了。”

“你得知道，就算我们都习以为常了，耙树叶可不一定就得留给男人去做，温迪。你们平时又不是不可以帮爸爸一把，把这些事情主动做一些。”

“你呢，你不做吗？”温迪问道，话说出口的瞬间，她就意识到自己不该这么问。

“我有点忙，”母亲只是简短地回答道，“我还有其他事要做。”

温迪不知道什么时候母亲手头是没有事情的，她做起事来总是很疯狂，似乎总在东奔西跑。她的头发总是用各种发夹向后固定住，青筋暴露的手背上也总是密密麻麻地写着给她自己的备忘录。

桌子下面，温迪用手掌摸着自己的胯骨，毛衣下的两块骨头像翅膀一样凸了出来。

“差点忘了，”温迪说道，她来厨房的真正原因其实是：“我的裙子需要改一下。”

母亲疲惫地抬头望向温迪。格雷丝正在睡觉，最近，她开始有规律地午睡了——欣喜若狂的父母把这件事的每一个细节都告诉了孩子们。母亲最近的样子把温迪吓得不轻，自打她生下格雷丝从医院回来，就变得比以前更苍白，更憔悴，也更消瘦了。她的肚子被缝了针，一个月以来，她只能佝着身子走路。

“我们一个月前才刚刚裁过。”母亲说。为了她生平第一次的返校节舞会，她们一起去马歇尔·菲尔德百货公司买了条新裙子，那是她升入高中后参加的第一场舞会。

“你看上去美呆了，真是女大十八变啊。”在更衣室里，母亲曾经这样称赞过她。接着，母亲一锤定音地追问道：“你是在减肥吗，亲爱的？”

五月份八年级毕业以来，她已经瘦了六磅之多，她感受到了母亲的凝视。

“我担心你吃得不够多。”

“很够。”

“你看上去很瘦。”

“我没有，我只是——我忘了说了，上次改裙子的时候，我正来着例假呢。”她说的这个谎，以及这个话题本身，让她的脸“唰”一下红了，“所以现在有点松了。”

母亲定定地看着她，突然开口说道：“我今天没给你做午饭。”

“没事。”每次母亲忘记做午饭，她都会暗中窃喜，那样的话，她就不用特地去扔那个装着涂了花生酱和果酱的三明治、迷你胡萝卜和烤燕麦条的棕色的袋子了，每次去扔，她都会罪恶感顿生。“我吃了点别人的。”看到母亲立马开始着手准备起了点心，她赶紧补充道。玛丽莲转过身来，用怀疑的眼神盯着她。

“但是午饭时间已经过去四个小时了。而且，我今天想看看如果不叫醒格雷丝，她能睡多久，所以晚饭可能会迟一点儿。”玛丽莲切了个苹果，然后走到水池边，到橱柜里去拿能多益巧克力酱。

“我还不饿。”她连忙说道。

“别和我争。”意识到自己语气有些冲，玛丽莲好像有一丝内疚，她接着开起了玩笑，“妈妈竟然要千方百计地让自己的孩子多吃点巧克力，这真的是有史以来的第一次呢。”

听了这话，她又一次勉强挤出了一个笑容，她在母亲的注视下，吃了点苹果。如果嚼得细一点的话，过一会儿吐出来会轻松很多。

温迪参加返校节舞会的第二天早上，凌晨五点，戴维下了夜班，回到家中，看到已经醒了的玛丽莲站在咖啡壶前面，双手抱在胸前。

“怎么了？”他询问道。她慢慢地抬起头，看向了他。诡异的光线下，她脸颊上的金色绒毛变得清晰可见，眼下的黑眼圈仿佛永久地刻在了她的脸上。他们两个人都还在慢慢摸索要怎样做好一个婴儿和三个青少年的家长。

“你回来啦，”她的语气有些古怪，“温迪喝醉了。”

他转过身，向身后瞥了一眼，好像这幢大房子里还潜伏着其他人。“你是说，我们的女儿温迪？”他问道。前一天晚上，当女儿穿着闪耀的长裙和高跟鞋，挽着一个男同学的胳膊出现在他面前时，他非常感动，那个男孩已经上高三了，对年纪还小的她来说，他的年纪似乎有些太大了。他记得，温迪刚生下来时，是他见过的个头最小的婴儿。

“她昨天半夜才回来，醉醺醺的，全吐在了我们床上。”

“她睡在我们的床上了？”

“我让她睡在我们床上的，那样我比较好照顾她。”玛丽莲充满防备地说道。

“她喝醉了？”他感觉自己全身都紧绷了起来，“在哪儿……怎么喝醉的？”

“都还不清楚，我猜是有人偷偷把酒带进了舞会。”她叹了口气，“我还没做好准备。”

“什么准备？”

“我们的女儿已经会在派对上喝酒了，戴维。”她说道，像吟出了一句诗。

“好吧，想尝试新事物，也是人之常情。”这并不是他真正想说的，他真正想说的是：“到底他妈的是谁把我女儿灌醉了，她才十五岁啊。”但是看着已经满脑子全是这种想法的妻子，他必须表现得无所谓，即使这种态度既有可能安抚她，也有可能触怒她。

“我头发里都有她的呕吐物。”她说。所以，这次是后者。

“你想去洗个澡吗？如果你不放心，我可以看着格雷丝。”

婚姻中很多的误解，其实都只是源自对保持和睦的执念。他们都是如此。百分之七十五的情况下，那些为了缓和关系而做出的努力，往往会以争吵收尾，愤怒永远是最容易被挑起的情绪。

“她还要一个小时才能起床。”玛丽莲说。她倒了一杯咖啡，抿了一口，皱起眉头。

他到冰箱里拿了块冰，丢进她的咖啡里，又吻了吻她的太阳穴。“你是不是没怎么睡觉？去睡吧。”说完，他从她身边走开，去给自己倒了杯咖啡。

“你现在再也不能摄入哪怕一丁点儿的咖啡因了。”她说道，接着一把拦住了他。她用的力气很大，他杯里的咖啡都飞溅到了柜台上。

“你从昨天开始就没合过眼，上楼，马上，去睡觉。”

“你知道我的血压计在哪儿吗？”

“你的……哦，我的天哪，戴维。”

然而话音刚落，他就已经找了起来，他拉开厨房里放杂物的抽屉，在里头一股脑儿地翻着。压力在他的身上骤然而至：他的女儿，不是因为疲惫，而是因为别的原因，昏睡了过去。他蹲在特百惠橱柜前，把一堆堆塑料碗推到一边。玛丽莲走出了房间。

他想起了那年在沃伦沙丘州立公园一日行返程的车上，温迪被他抱在怀里，两腿搭在他的小臂上，睡得香甜。两岁那年，温迪高热不退，软绵绵地趴在他肩上，即使神志不清，她也仍然信任着他，相信他可以解决一切问题。

“嘿。”玛丽莲回来了，戴维转过身来，看到她手里拿着他的血压计。很久没用的缘故，那上面蒙着一层灰尘。“在储藏室里。”她说。

上楼前，他碰了碰她的胳膊。他们的卧室里并没有弥漫着呕吐物的气味——他不知道玛丽莲是怎么做到的——但当他看到躺在床上的女儿时，整个房间一下变得如此不同。躺在妻子床头灯光线下的，是她陷入昏睡的小小的身体。他走到床边，坐下来，解开血压计上的袖套。他被撕开魔术贴的声音吓了一跳，在没有一丝声响的房间里，那声音简直震耳欲聋，但他的女儿并没有被吵醒。他把袖套系在她的胳膊上，他已经很久没有靠她这么近了，近到他终于留意到了她的纤瘦。上周上班的时候，他特意问了吉莉安，想知道女儿骤降的体重和喜怒无常的情绪是否需要引起警惕。吉莉安当时建议他不要过度敏感。她说，这些变化都是青春期的正常表现，但与此同时，他们也要保持密切的关注。吉莉安还说，一切都会自然而然地好起来的，他们无须多虑，除非她开始出现营养不良的症状。

在给袖套充气的这段时间里，他战战兢兢地等待着，生怕女儿突然醒来，嘲笑他的过度警惕，以及他作为父亲的笨拙的关心。但是她没有，她依旧沉沉地睡着。袖套充满气后，他便开始放气，同时观察着测量仪上的数字，比正常水平略微高些，很有可能是酒精造成的。接着，他把手指压在她的手腕上，每分钟六十四下。他回忆起他们还住在达文波特街上的日子，有一天，他们一起窝在沙发里，她挤在他和玛丽莲中间昏昏欲睡，嘴里还嘟囔着要和他们一起待到很晚，她把脚搁在他的大腿上，头枕在玛丽莲的大腿上。他还记得，为了把她从沙发上抱起来而不把她弄醒，他像耍杂技一样使出了浑身解数。而此时此刻，她正面色苍白地躺在他们的床单上——那是当初他们搬到俄亥俄街时玛丽莲忘记打包的一条碎花床单，当时玛丽莲因为把这条床单扔了而伤心不已。为了她，他特地从路边把床单给捡了回来，塞进友好搬家公司的备用轮胎里带了过来。

他拨开女儿脸上的头发——她的额头摸上去十分温暖——然后向前挪动身子，离她更近了一些。他把背靠在自己的枕头上，让自己的耳朵贴近她的嘴。他看了看表，仔细地听着她含着痰的呼吸声，她似乎有轻微的气喘，吸气，呼气，一切如常。一绺头发垂到了她的脸上，他伸出手，把那绺头发拨开，端详着她的脸。她长得和她母亲很像，但是——现在看来更加明显了——脸上的棱角更分明了，脸上青春期的圆润已全然消失不见了，她的眼睛下面有一圈黑眼圈，再往下，是她鼻子上熟悉的雀斑。

人们总说，婴儿时期是最艰难的一个时期，但他从不这样认为。已经快五个月大的格雷丝裹着她小小的睡衣，在婴儿床上睡得正香。

而莉莎正伫立在青春期的门口，迟迟不愿跨过那道门槛。维奥莱特的A型人格[①]虽然让年幼时的她显得聪慧过人，但现在只是让她变得冷漠而孤僻，而在她得知自己获得了可以一脚迈进常青藤高校的额外加分后，一切只是变本加厉了。

还有温迪。和格雷丝同样瘦小而脆弱，但又和她截然不同的温迪。她很难被爱，也总是让人为她担心，这两种特质相加，常常让她周围的人精疲力竭。泪水突如其来地涌上了他的眼眶。

“亲爱的？”玛丽莲出现在了床边，看着他。

察觉到妻子眼中的忧虑，他迅速眨了眨眼睛，想让泪水快点蒸发。“没事，”他说，“呼吸心率一切正常。”

她点了点头，走了过来，躺在女儿的另一侧。她用一只胳膊肘撑起身子，另一只手轻轻地抱着温迪的头。他也挪了过来，弯着身子，蜷在女儿身边。躺在床上的他们，像极了一个完整的括号，保护着躺在中间的女儿。一切仿佛又回到了她的婴儿时代，他们会紧紧把她围在中间，仿佛仅仅她的存在本身，就足以让他们发出惊叹。

---

① A型人格的特征通常有有闯劲，遇事容易急躁，喜欢竞争，好胜心强等。

第十五章

终于和瑞安见面了，乔纳总会想起第一次到外祖父母家吃晚饭时，莉莎和那个男人在那辆斯巴鲁汽车里接吻的场景。那时候，他还不知道车里的人是莉莎，还以为她只是一个寻常的过路人，她围着一条橙色的围巾，和一个长得和瑞弗斯·柯摩一样恶心的男人在那辆绿色的旅行车里热吻。

令他没有想到的是，车里的那个男人并不是瑞安，除非他在短短几个月的时间里漂浅了头发，体重暴减，还文了花臂。不过，瑞安和莉莎都对他很好——他们邀请他和瑞安一起玩《光晕》，让他随时去家里做客；莉莎还给他们送来了椒盐卷饼和葡萄柚味气泡水——所以他打算对那件事绝口不提。也许成人世界就是这么奇怪，只不过他还没接触过罢了。没过多久，他就把这件事全部抛在了脑后，被瑞安的电子游戏吸引了过去，他没想到一个成年人竟然会拥有这么多种游戏，在丹福斯家，他们从来不允许他玩游戏，汉娜认为这些游戏大肆宣扬了暴力和厌女情绪。

和瑞安在一起的时候，他总会觉得瑞安和他年龄相仿，但是实际上，瑞安大了他一倍，而且也快要当爸爸了。莉莎和瑞安住得很好，正常范围内的好——和索伦森家其他人的家比起来，他们家看起来正常多了。莉莎有的时候会突然冒出来，给他们送些零食，或者问问乔纳学校的事。瑞安风趣幽默，很会打游戏。

“你觉得最后一关怎么样？”瑞安漫不经心地使出了“斯巴达冲

锋”的大招，问道。

“很酷，”乔纳说，“我很喜欢——你知道的，那个蓝色的女克隆人，头发像碗一样的那个。”

“是吧？她简直帅爆了，很自信，还很幽默。而且她，怎么说，是个性价比很高的角色，玩她的门槛不是很高，但她又比大多数其他角色都更厉害。”瑞安笑了，“莉莎可能要不同意了。”

因为莉莎工作的缘故，乔纳很少见到她，但他仍然对她非常好奇。他从来没见过别人怀孕的样子，而且他还发现，莉莎似乎早早地做好了养育这个孩子的准备。他自己曾经辗转于不同的寄养家庭，过着流离失所的生活，每当看到有人在和一个孩子尚未谋面的情况下，就已经做好了为这个孩子付出的准备，他都忍不住心生敬意。

“嘿，伙计，最近过得怎么样？”瑞安突然问道。他身上有时会散发出一种诡异的书呆子气，就好像乔纳是他实验室里的研究标本。

“还行吧。”他说。

“与戴维和玛丽莲相处得还行吧？”

乔纳最近经常和戴维待在一起，他们会在家里四处找活儿干——修修地下室里老旧的淋浴器，给窗户贴上防冻塑料膜，或者爬到后院低矮的树干上修剪树枝。在大段大段并不会令人尴尬的沉默中，他们一边干活，一边听着收音机里放着的老歌。在他的想象中，和父亲相处的感觉大概就是这样的，戴维总会时不时地停下手里的活儿，跟他解释一番——“你这么做是没用的，你得去找一个有截止阀的水龙头。”

“是的，”他说，“挺好的。”

“那个家里的氛围会让人觉得有点压迫，”瑞安说，“我第一次和莉莎回家过圣诞节的时候，温迪和维奥莱特在晚餐桌上大吵了一架。天哪，我真是搞不懂，当时好像就为了一些鸡毛蒜皮的小事，她们总会为了那些小事吵个不停。后来，我又在食品贮藏室里撞见了正在吵架的戴维和玛丽莲。结果那天晚上，我只能和格雷丝一起，坐在地上，逗逗狗，消磨了一大半的时间。”

他重新打开了游戏，乔纳靠在椅子背上若有所思。玛丽莲的确会带来一些“压迫”感，因为她总在确保他有没有吃饱睡足，房间是不是通风透气，或者老师们有没有给他足够的关心，但那是一种善意的“压迫”。和玛丽莲不同，温迪和维奥莱特之间的“压迫”才是真正的“压迫”，在过去的几个星期里，她们每次上门拜访的时候，他都成功地避开了她们。

“我没有说她们不好的意思，”瑞安说，“她们都是好人，只是有点——太好了，你明白吗？我的成长环境和莉莎很不一样。”

“我也是。”乔纳回答道。不过他立马意识到，不用他说，瑞安也早就知道了。这个家里的每一个人都对他的过往有着极其详细的了解，而他却还在一点一点地慢慢了解他们。

“我想说的是，我还是相对比较客观的。”瑞安一边说，一边操控着游戏控制器，执行一系列复杂的游戏指令，在他的操作下，游戏界面中的一把剑迸出了一团火花。“如果你需要参考——一个不偏不倚的旁观者的视角的话。”

这句话听上去是在为他好，但是乔纳并没有完全理解瑞安的意思。“谢了，伙计。”

“不客气，”瑞安说，“一切都还好吗？学校怎么样？”

“嗯哼。”

“有女朋友了吗？”

乔纳一下脸红了，他还从来没有吻过一个女孩。他试着想象，未来的某一天，他也会遇到一个漂亮、成熟的女孩，她会知道在哪里可以买到莉莎和瑞安家里的那种淡蓝色窗帘，会和他产生联结。继父和继母在高架桥上丧生之后，他就再也没有和另一个人——无论是父母、兄弟姐妹，还是女朋友——建立过真正紧密的联系，在那之后的每时每刻，他都觉得自己会被随时“退还”。

“嗯哼。”乔纳含糊地回答道。虽然瑞安不经常现身，也从来不参加他们的家庭聚餐，但他和索伦森一家相处得似乎不差，而且很显然，他已经说服莉莎做出了生孩子这个无法回头的决定。

“你和莉莎结婚多久了？”

“快十年了，只不过，我们没有结婚。”

“你们没结婚？”他又想起了那个长得很像瑞弗斯·柯摩的男人和莉莎橙色的围巾。

“没有。我们只是没有——我是说，我们算得上是夫妻了，只是没领证而已。”瑞安瞥了他一眼，“我是说——我们不喜欢给我们的关系贴标签，而且——不管怎样说，婚姻就是一种社会契约罢了。”

“你们是怎么决定——你说的，是指像嬉皮士那样吗？”

“不，我们只是……”瑞安耸了耸肩，“我们不太喜欢那种千篇一律的生活，什么朝九晚五，什么安居乐业，我们都不在乎。我们有我们自己的方式，我打算做农业综合企业软件这行，莉莎呢，就教教书。她做她的，我做我的。”

“那挺好的。”他说。瑞安说话的方式，让他想到了曾经的温迪。他们都会把他当成一个足够成熟的可以理解他们的人。他们都会为了他付出努力，想要给他留下一个好印象。“我也不太喜欢标签。”

听到这句话，瑞安笑了起来。乔纳非常尴尬，好像突然之间他又卑微了起来，再一次沦为了那个幼稚的小孩，但他不甘心。和他的阿姨们比起来，瑞安有意思多了。比起和外祖父一起修剪丁香花丛，和瑞安一起玩《剑魂》酷多了。他想找回刚才那种和瑞安平起平坐的感觉，“但是，开放关系不会让你感觉浑身不自在吗？”乔纳问道，他想，那个专有名词应该是“开放关系”，“比如，看到莉莎和别人好的时候？”

“什么？”瑞安哼了一声，“不，我——我的意思是，我们分开缴税，但我们不在外面乱搞男女关系。”

“哦。”但是，过了几秒钟，瑞安才突然反应过来，脸上的笑一下子消失了。

“你为什么这么问？”瑞安随口问道。乔纳听得出来，他语气中的随意是装出来的。

“没有为什么，”他说，“我以为你是那个意思，就像……”

“你是不是——你问我这个，是不是因为——是不是因为你看到莉莎和别人在一起了？”

他摇了摇头。此时此刻，他多么想回到家里，陪戴维一起在淋浴房里除霉，而不是坐在这儿，面对着这个妻子怀着身孕出了轨的男人。他很不会撒谎，他的这个特质曾经特别讨莱斯洛普中心员工的欢心。

“不，不，我只是以为你是在说——你刚刚说——就是，你刚刚说‘她做她的’，我以为你是在说……不是她……我只是想到曾经……”

“曾经什么？”瑞安此时的样子看上去有些瘆人。

“就是有一次，我看见了——莉莎，就那一次，已经是很久以前的事了，好像是在夏天的时候。”

看到自己的话竟然会让别人如此崩溃，他感觉很不可思议。

“在哪里看见的？”

“就在外面，外祖父家外面，在一辆车里。”

“在干吗？”

“嗯……接吻，和一个男的。”

瑞安把游戏控制器搁在了膝盖上：“那男的长什么样？”

“我没怎么看清。有点书呆子气，戴一副眼镜，头发颜色很深。”

“什么样的车？”

“一辆旅行车，绿色的。就一小会儿而已，只是……”

“怎么亲的？是……在脸上？还是……”

乔纳感到非常为难，没有回答。瑞安的脸一下子沉了下来。

“对不起，伙计，我不是故意要……”

瑞安猛地站了起来。

乔纳也跟着站了起来。“我可以走，如果你……”

瑞安点了点头，丝毫没有为乔纳的提议而感到意外。乔纳有些沮丧。

“我真的很抱歉，如果我……”

“没事的。”瑞安短促地回答道。他没有和乔纳进行任何眼神交流，双手握成拳头垂在身体两侧，“但你可能要……”

“当然。”

“那个男的，是个年轻人，还是个老男人？”

“哦，我……中年，我猜？可能……和你差不多大？”

听到那句话，瑞安虚弱地笑了，乔纳并没有弄懂其中的意味。

维奥莱特总是抱着濒死囚徒一般高度戒备的心态迎接工作日下午三点的到来，那是幼儿园放学的时间。她敢肯定，她开的那辆英菲尼迪里，一定已经充斥着焦虑的汗水的气味。两点五十八分，她看到人群开始渐渐聚拢过来，吉纳维芙 · 威尔莫特的母亲、头发蓬松的精英妈妈格雷琴 · 莫利，还有詹妮弗 · 戈尔茨坦——她戴着碎花遮阳帽，穿着干练，神采飞扬，蓄势待发。六月以来，维奥莱特就没有做过爱了，她现在的头发和她睡觉时一样，在脑袋后面绑成一个马尾，伊莱坐在后座，嘴里唱着《货比三家》[①]，她以前觉得儿子唱这首歌的样子可爱极了，但此时，这首歌只是让她如坐针毡。

“亲爱的，”她说，“我们在心里默默地唱吧，好不好？”

听到这话，乖巧的伊莱开始用几乎听不见的音量轻声哼着：“我要听妈妈的话。”

“谢谢。”她轻声说道。

---

① 由奇迹组合（The Miracles）在20世纪60年代演唱的大热单曲。

“妈妈，”伊莱突然说道，歌声戛然而止，“有个女的。”

“没错，小甜豆，妈妈是个女的。”维奥莱特说，同时她看到阿什顿·特雷斯洛的妈妈手里正抱着刚出生的孩子穿过停车场，至今为止，维奥莱特连一张贺卡都还没给她寄过，要是换作以前，维奥莱特一定早就帮她准备好了礼物，美味的意式芳提娜奶酪米饼，以及“铁与酒”[①]那张动听得令人心碎的复刻专辑——她总给伊莱播放那张专辑哄他入睡。就在不久之前，她来接孩子放学的时候还总是第一个到，她会早早地把车停在柏油马路上，涂上口红，穿着乐斯菲斯牌的运动服，喝着咖啡，把伊莱像一个可爱的炸弹包一样抱在胸前。

“不，我是说有个女的。”伊莱说。维奥莱特抬起头，心一沉。格雷琴正朝他们的车走来，笑得满面春风，牙齿白得很不自然。

“真是见鬼了。”维奥莱特轻轻骂出声，但是很快，她就管理好自己的表情，熟练地戴上了那副微笑面具，以防眼前的这只秃鹫嗅出端倪。“一分钟之内哭出来，我就给你十块奥利奥饼干，小家伙。”维奥莱特冲着伊莱的方向小声说道，然而，他已经又开始哼起了歌。她按下按钮，把车窗摇了下来。

“维奥莱特，”格雷琴说，“瞧瞧这是谁！我们可想死你了！”

社交生活的丧失，似乎并没有对维奥莱特产生什么影响，这很奇怪，同时也很悲哀。橡树林幼儿园的妈妈们——格雷琴、詹妮弗，还有她至今仍然记不住名字的阿什顿的妈妈——曾经是她生活运转中不可或缺的齿轮，她们会开陶艺派对庆祝孩子们的四岁生日，然后一起在湖边喝卡布奇诺。正是她们填补了她生活中的所有空白，她们是她的朋友，不是吗？可是，当她再也见不到她们时，为何却如此无动于衷呢？她现在的生活，已经和那个她精心构建出来的生活相去甚远了，

---

① 美国独立民谣歌手，“铁与酒（Iron and Wine）”是他的艺名。

那中间横亘着的，是一整个乔纳的距离，是一整个温迪的距离，或是令人心碎的一整个马特的距离。

“见到你真是太高兴了，”维奥莱特对格雷琴说道，脸上仍然僵硬地维持着那个近似微笑的可怕的表情，“我们最近太忙了。”

她和马特那么努力，才走到了今天这一步。然而，家里那张加州大号双人床对面的胡桃木半身镜里映出来的她的面容，却开始让她惶恐不安：纤薄的身躯、深重的黑眼圈、凸起的眼球，以及一双大大的棕色瞳孔。她眼里的那种好奇的光已经全都消失不见了，取而代之的，是在整整三十六年的时光里渐渐爬上她眼周的笑纹。她连续五个礼拜翘了高温瑜伽课，即使她有充裕的时间帮她的儿子们做一些更健康、蛋白质含量更高的食物，她还是放任他们连着三天晚餐吃了兔子通心粉。维奥莱特在心里说：“我这辈子都没这么迷茫过，格雷琴·莫利。”

格雷琴咧着嘴，笑得更开了，隔着窗户，她把身子探上前，靠维奥莱特更近了些，然后说：“我可不想在其他妈妈面前多嘴。”

“我知道，我忘了做义卖会上要用的纸杯蛋糕。我知道，我的头发都快掉光了。我知道，读书俱乐部轮到我了。我也知道，如果要去的话，我可能得选一本和弗兰纳里·奥康纳的作品比起来不那么黑暗的书。”维奥莱特在心里呐喊。

“我只是想和你说‘恭喜’，”格雷琴说，“如果你有需要的话，我可以把哈里森之前用过的一些东西给你。当然了，伊莱之前的东西一定也够用，但我不知道你是不是已经把那些东西送人了。”

“一些什么……？”

“怀亚特都告诉哈里[①]了，他说他要有个新弟弟了。”格雷琴说道，然后令人毛骨悚然地眨了眨眼，合上她那精致地涂了眼影的大眼睛，

---

① 哈里森的昵称。

又很快睁开，“但你看上去还是很瘦。”

不，不，不。维奥莱特转念一想，这种状况出乎意料却也无法避免，她还在上幼儿园的可爱而热情的儿子怎么可能保守住他们的“家庭机密”？况且，他们从一开始就不应该要求他撒谎。马特说过他们应该保持沉默，事实证明，他是对的。她早就知道自己会把这一切搞砸，但她万万没想到，这一刻就这样降临在她的头上，让她困在车里，和一个用价值四十美元之多的露露柠檬牌发带固定住蓬松头发的女人面面相觑。“呃，好吧，谢谢，”她说，“我……那是因为我没有……”

“我猜可能还没多久，所以我没有在妈妈们面前多说什么。”

“我没有怀孕。”维奥莱特说，与此同时她在心里说：“怀亚特的新哥哥是我的私生子，最近刚被我从乡下一个垃圾堆一样的地方带了回来。”格雷琴的脸一下白了。维奥莱特咽了一口口水又说道：“我们——呃，我们没有成功。”“就当这个谎言是我造下的恶业好了，那又怎样呢？把你梳得油光锃亮的大脑袋随便探进别人的车里，张嘴就问别人是不是怀孕了，难道不也是恶业一桩吗？”维奥莱特心里说道。

“哦，”格雷琴说，“哦，亲爱的，我很抱歉。”

“嗯。”维奥莱特立马动用了她敏捷的律师头脑：输卵管折扭，一个她在《美国周刊》上读到过的术语，“情况不太好，输卵管折扭。”

“哦，你说什么……”格雷琴把眼睛眯了起来，“折……折磨？”

“折扭。”维奥莱特纠正道，然后瞥向仪表盘上的钟。

“啊，好吧，那……那真是太糟糕了，维奥莱特。我之前不知道，很抱歉。”

“是啊，好吧，”维奥莱特说，“这段时间对我们全家来说都不太好过，所以如果——如果怀亚特说了什么，可能——不能全信，孩子们不太能理解这个状况。”孩子们没什么不能理解的，除非他们的妈妈把他们一把推倒在格雷琴·莫利豪华派对巴士的车轮之下。有那么短短几秒钟的时间，维奥莱特发现自己竟然有些想念温迪，温迪至少是个富有创造力的骗子，当初正是温迪一手策划了那场为期一年之久的巴黎闹剧，使她陷入了这般境地。这个消息以后迟早会传播开来，而格雷琴——她一定已经和其他妈妈们透露了维奥莱特精神性假怀孕的消息——一定会在她的小喽啰面前，用嘲弄而怜悯的口气，像讲述一个悲剧故事一样，大肆描绘维奥莱特身体上的缺陷。橡树林幼儿园的妈妈们是她的朋友，但她们平时只会一起聊聊天，练练普拉提，买买博登童装而已。在这个世界上，社交货币意味着一切，但它有可能随时升值或贬值。如果你没有时刻保持密切关注，也随时有人会从你那儿偷走本该属于你的那一份。

后座上的伊莱突然小声啜泣起来。

“等我一下，亲爱的。”维奥莱特说。

“好吧，听着，”格雷琴说，“我知道你是个‘超人妈妈’，但是……”维奥莱特非常确信，那个女人眼中闪过了一丝责难的光芒。“如果你有任何需要，比如，让我帮你接送孩子，这样你就可以去——看医生，直说就行。”

维奥莱特笑了。她决定选简·奥斯汀的书，再带上一箱酒去参加读书俱乐部。她甚至想象也许有一天，她会最终坦白，讲述这场她年轻时的鲁莽所招致的灾难；她会告诉别人，怀亚特的“弟弟”，其实并没有被她的生殖器官扼杀，而是正花着她姐姐的钱，参加着某种学费高昂的以色列军事训练。

身后的伊莱大声哭了起来。

“哦，”格雷琴说，她向后退了几步，“好吧，我还是先走了。话说回来——我感到很抱歉，关于——你知道的。我是说——我会给你发短信的！”

她目送格雷琴大步流星地穿过柏油马路，然后转过头看向她的儿子：“亲爱的，怎么了？”

伊莱一下不哭了，抬起头冲她咧嘴一笑：“说好的，十块奥利奥！”

她笑了起来，半哭半笑，这种笑总会出现在她疲惫不堪之时，也总会让她联想到某些精神变态，以及她的母亲。

1994—1995

温迪蹑手蹑脚地走下楼，准备去用大人用的那条电话线路。孩子们的那条线路被残忍地停用了，因为她之前曾经用那条线路给斯宾塞·斯托林斯打了电话，没错，就是那个可卡因贩子，但同时也是她的朋友。但就在她还有三级楼梯就走到楼下的时候，她僵在了原地。客厅里，父母正在看电影《黑潮》，想也不用想，一定是母亲选的片子，她的父母并没有睡着。

虽然身体里的每个细胞都在迫使她把目光移开，但是她大脑中的什么东西却在拼命反抗，某种天生忤逆的基因片段正在对她说："我的父母正在沙发上接吻，上一次他们接吻，下场就是生下了我。""接吻"也许是过于保守的说法，他们并不在"接吻"。他们平时的确总在接吻：父亲每天下班一到家，母亲就立马贴了过去；等红灯的时候，父亲总是会俯下身子，轻轻啄一下母亲的脸颊；后院的那张双人椅上，玛丽莲会蜷在戴维身边，像牵线木偶或者电影明星那样，歪着头和戴维接吻，吻得那张巴沙木做的椅子都开始嘎吱作响了；他们会在少年棒球联盟比赛现场接吻，在杂货店接吻；他们会吻彼此的手肘、脖子和头发；他们将手插在彼此的口袋里接吻，把手臂搭在彼此的腰上接吻。他们说早安时接吻，说晚安时接吻，打招呼时接吻，道别时也接吻。他们不为任何理由接吻。

但是这次，他们不是在接吻，而是在做一些别的事，那绝对不仅仅只是接吻而已。她站定在台阶上，呆呆地看着他们。屋子里一片寂静，只听得见母亲细碎的呻吟声，那声音稳定而沙哑，像极了一列货运列车发出的富有节奏的声响。父亲也发出了喘息的声音，他们就在那张沙发上……就在那张沙发上，他们常常会以“家人”的身份，坐在一起看《宋飞正传》；几个小时之前，穿着蝙蝠侠睡衣的小格雷丝还在那张沙发上翻《猜猜我有多爱你》；而温迪有的时候会坐在那张沙发上吃东西。这是一种亵渎，那张沙发本来是一个纯洁的、公用的地方。谢天谢地，他们都还穿着衣服。

怎么办？如果她走过去，吓到他们，谁知道她会看到什么场面？她蹑手蹑脚地回到了楼上，身高五英尺八英寸[①]，体重却只有一百零一磅的好处在这时彰显出来了，她没有发出一点声响。

温迪直接去了她妹妹的房间，没有敲门就推门走了进去。

维奥莱特正趴在床上，头上仍然戴着她那天戴去学校的难看的格纹头巾，她手上拿着一支铅笔，正在一行行地读着一本研究伦理道德的书。听到开门声，她双眼蒙眬地抬起头。

温迪溜了进去：“我必须得说，我活不下去了。”

“那扇门，是用来敲的。”

“我快死了，维奥莱特。”

“那我可以拿走你的吹风机吗？”

“我在楼下看到了……一些很恶心的东西。”

“死老鼠？”

“不是，是一些，很色的事情。我觉得爸妈好像在做爱。”

维奥莱特皱起眉头。

“我是说，也不是真正地做爱，更像是——前戏。”这个从她嘴里蹦出来的词下流极了，恶心极了，仿佛嘴里多出来的一条舌头。她没忍住，笑了出来。

---

① 1英寸=0.0254米。

维奥莱特正在赶作业。维奥莱特总是在赶作业，因为如果你住在全伊利诺伊州最闹的一幢房子里，想按时完成作业并非易事。对她来说，学业上的抱负是一种崇高的追求。

而此时此刻，很显然，她的父母正在光天化日之下做爱。她一点也不惊讶，她只想立马考入大学，远离生命中那些放纵的人、那些厌食的人，以及那些沉迷肉欲的人。

“有声音，”温迪说，“我没法儿假装听不到。”

父母的房间和她的房间共用一面墙，维奥莱特曾经听到过那种不堪入耳的声音，她犹豫不决地转向西面那堵墙。墙上挂着一张裱起来的美国国家高中荣誉生会入会证书，还有一张没有装裱，只是用图钉固定住的惠特尼·休斯顿的海报。

“在沙发上，”温迪说，“客厅里。”

一想到有人——更不用说是她务实主义的父母了——会在沙发上做爱，维奥莱特还是觉得难以置信。而且，新闻职业准则第六条：温迪是一个不可靠的消息来源。

“妈也发出那种声音了。”温迪说。

“像打呼的声音？”

“根本就不是打呼的声音。”温迪说。

维奥莱特坐了起来，她给正在读的地方做好标记，然后扭头看向她的姐姐温迪。温迪看上去骨瘦如柴，打扮浮夸，新剪了一个并不适合她脸型的刘海。“什么样的声音？”

“就像……”温迪脸上的表情把维奥莱特逗笑了，温迪是维奥莱特认识的最讨厌但同时也最有意思的人，她总能把维奥莱特逗笑，“类似于那种特别开心的声音。”紧接着，温迪也笑出了声，脸上的表情明朗了许多。短短几秒钟时间里，她们两个开怀大笑，像极了两匹嘶鸣的小马，惊慌失措，但也无拘无束。

“妈妈。”就在姐妹俩笑得喘不过气来时，一个弱弱的声音像警报声一样打断了她们。她们姐妹几个身上的母性雷达，总能让她们迅速捕捉到那个声音，那声音的音调略微高过她们惯常听到的声音，有时是哭声，而更多的时候是呼唤声，听上去郑重其事又充满好奇，从家里某个黑暗的角落里传来。“妈妈，有水吗？爸爸，你在吗？有人吗？有人吗？”温迪转过身去，把门打开。是格雷丝，她穿着连体睡袍，大拇指放在嘴边。温迪仍在大笑不止，维奥莱特则向她的妹妹敞开了怀抱。

“嘘，”维奥莱特说，“妈妈在忙，小笨鹅。”说完这句话，她和温迪两个人又“咯咯”地笑了起来。这时，只有两英尺高的格雷丝艰难地爬到了维奥莱特的床上。

“妈妈在哪儿？”格雷丝问道，这是她最常问的一个问题。

“她在楼下，”维奥莱特说，“怎么啦，小笨鹅，都这么晚了？”

格雷丝耸了耸肩，把大拇指塞进了嘴里，紧紧搂住维奥莱特的腰。

“如果我说，我有点想看，会不会很奇怪？”莉莎突然不知道从哪儿冒了出来，维奥莱特和温迪都吓了一跳。

温迪转向了她：“我的天哪，你怎么像鬼一样？你刚才是悬浮在这个房间里吗？”

“我也有点好奇。”维奥莱特说。

“那就，”温迪轻声说道，“好吧，那我们就去看看吧。”

房间中央，她们的视线相遇，交织成一张错综复杂的网。维奥莱特从床上起身，把格雷丝交到莉莎的怀里。然后由温迪带头，她们一起走下楼。温迪和维奥莱特的体重相加，让第三级楼梯发出了“嘎吱”一声响，把她们的父母吓了一跳。

玛丽莲平时会随随便便套一件丈夫不穿的牛津衬衫，但是这天，为了去参加格雷丝的学前班毕业典礼，她特意翻出一件点缀着绿色碎花的深蓝色无袖背心裙。然而，温迪脱口而出的评价却让她立马浑身不自在起来。

“天哪，妈，你就穿成这样吗？”

“有什么问题吗？”她一边问，一边低头看了看自己。房间另一头站着的，是她十六岁的女儿，她今天化了全妆，夸张地挑染了头发。看着年轻、性感、有自己一半基因的女儿，玛丽莲突然觉得自己身材走样了，又土又老。

“到处都是问题吧？无意冒犯，但首先，你这么穿看起来像怀孕了。”

她怎么会生下这样一个可恨的唯美主义者呢？

“我知道，我是你妈，所以你觉得你可以随口侮辱人。但如果你和其他人相处的时候也是这样，真的不太好。”她说道，“听着，你可不可以为你的妹妹留一个小时的时间出来？”

“我有其他打算了。”温迪说道，她正坐在一本合着的几何书前，抬头盯着玛丽莲，眼神里带着一种不加掩饰的憎恶。过去一年里，玛丽莲早已习惯了这种眼神。

“这可是她的毕业典礼。”

“她才上学前班。”温迪回答。

“第四个孩子和第一个孩子最大的区别是什么？”曾经有人这样问过玛丽莲，那时候，她的回答是：“我希望她们哪哪儿都不一样。”

“而且我很忙。”温迪说。

玛丽莲握紧了拳头，指甲深深嵌入了手掌。“话虽如此，”她说，“你爸也很忙，但他特意和别人换了班；莉莎也翘了她的水球训练。”

“莉莎水球打得可烂了。”温迪一边说，一边涂着暗红色的指甲油，整个房间都弥漫着指甲油的气味，“你的生活就可悲到围着这一件事情团团转吗？”

“这对格雷西来说很重要。”

温迪闷哼了一声：“妈，对她来说，《小淘气》很重要，她收藏的那些愚蠢的橡皮很重要。她才不关心我会不会到她那所算不上学校的学校参加她的毕业典礼呢，她可能都不知道‘毕业’是什么意思。”

“那不是重点。”

她怀疑，温迪不想去的真正原因，其实是戴维之前提议毕业典礼结束后一起去吃冰激凌。一瞬间，她既感到气愤，又感到绝望。她既想为自己的生活进行辩护，又为温迪和她所深陷的痛苦而感到深深的悲哀。那种痛苦从她的体内不断生长出来，永远无法得到抚慰。如果她抱一抱温迪呢？如果她走进房间，张开双臂，抱住温迪，会怎么样呢？

“我不会去的。”温迪说。

“你愿意为了我去一下吗？”这句话太可笑了。温迪会为了她做某件事的可能性，几乎和让她吃下一整盒冰激凌三明治一样渺小。即便如此，她还是想试一试。

不出所料，温迪笑了出来，她从椅子上站了起来，拖着步子走到梳妆台前。“我们现在是在演电影桥段吗？”她问道，“我的老天哪，妈，整整十六年了，你这个妈妈当得这么烂，竟然还道德绑架我，逼我去看那群刚学会走路的小屁孩唱菲尔·柯林斯的歌？”

玛丽莲感觉像被人打了一巴掌：“那么说真是太伤人了。”

温迪耸了耸肩。玛丽莲拼命克制住上前抓住女儿肩膀摇晃的冲动，她回忆起温迪还在蹒跚学步时她曾经感受过的那种愤怒，她当时没有意识到，那种愤怒和现在比起来，是那么温和，那么可控，她渴望找回当时的那种愤怒。

“你被禁足了。”玛丽莲说道，尽管她心里真正想说的是：“见鬼，我到底对你做什么了？你知道你的下场会有多惨吗？”

“我已经有安排了。”温迪说。

“那可真是太糟糕了。”

“妈，艾伦马上就要到了，还有不到……”

“你被禁足了，温迪。”撂下这句话之后，她转头就走。“砰”的一声关上了卧室的门，没有给门后目瞪口呆的女儿留任何抗议的机会。

她回到自己的房间，躺在床上，泪水从眼角溢出，滑过太阳穴流进了耳朵。她从小在混乱的环境下长大，那种环境驯服了她，所以通常情况下，她不会对她的孩子们大吼大叫。在她十几岁的女儿们面前，她总会出于本能地顺从。她们使她紧张。

最终，她镇定下来，补涂了睫毛膏。她先是换上了一条牛仔裤，但最后还是不屈服地换回了那条无袖背心裙。她走下楼去找格雷丝，她的小女儿每次见到她，或者碰到她的时候，都会特别激动，从而让她获得了某种满足感，虽然这种满足感来得十分轻易，但她还是紧紧抓住了它。听到温迪的声音，她在厨房门口停了下来，看见温迪正把小格雷丝抱在怀里，格雷丝胖嘟嘟的模样让她的姐姐看起来更加消瘦了。

“快毕业了，你激动吗？你是不是优秀学生代表呀？”温迪抱着格雷丝颠了几下，格雷丝仰着头，咯咯地笑了起来。“是不是要在毕业典礼上致辞，扔帽子，再拿个文凭呀？”每说一个音节，她就颠一下格雷丝，每颠一次，格雷丝都会笑出声来。“你是不是有史以来最可爱的毕业生呀？”

“是的！”格雷丝喊道。

“那我们明天见啰。”温迪说。玛丽莲这才注意到温迪已经背上了包。

“我们明天早上见，到时候你得把今天发生的所有的事都告诉我，好不好？”

“没问题。”格雷丝说。

“那我们去换上毕业礼袍吧？想不想换上你搞笑的礼袍呀？”

就在这时，玛丽莲走进了厨房：“在我这儿呢。”

她一进门，温迪立马有些垂头丧气：“我刚才只是……”

“我早跟你说了，你被禁足了，温迪。我不知道为什么你看起来像要出门的样子。”她希望自己的声音听上去更有克制，她才是那个成年人，她应该把她所有的卑微、所有的伤痛都搁置在一边。她向格雷丝伸出手，格雷丝一骨碌扑进她的怀里。

“我也早就跟你说了，我有安排了。”温迪说。

这时，屋外响起了喇叭声。

“温迪，我发誓，如果你敢走出那扇门……”

温迪身上全是香水味，她弯下腰吻了吻格雷丝的脸颊，出奇地温柔；她还用鼻子蹭了蹭格雷丝，蹭掉了一点自己的眼影，最后亲了亲格雷丝脸颊上水蜜桃一般的绒毛。然后，温迪退后一步，说：“祝你好运，小笨鹅，去给他们点颜色看看。”没等玛丽莲反对，她就迈出了家门。

在玛丽莲帮格雷丝套上她塑料质感的小礼袍时，在她用旅行货车载着女儿们去圣埃德蒙时，格雷丝反复学说着这句话：“给他们点颜色看看，给他们点颜色看看，给他们点颜色看看。”在毕业典礼上，看着穿得五颜六色、成群结队的孩子们，听着背景音乐中唱到的“明亮而幸运的白昼，黑暗而深邃的夜晚[①]”，玛丽莲哭了出来，戴维搂着她，误以为她的悲伤源自荷尔蒙影响下的怀旧情绪。玛丽莲承认，那的确是一部分原因——因为那首简单而动听的歌，因为小女儿那令人心碎的天真，因为她认真跟唱歌词，被毕业帽压住的刘海遮住眼睛的模样，因为她站在台上从一个孩子突然变成了一个年轻人。但是，玛丽莲靠着丈夫哭的时候——周围的妈妈们纷纷投来了困惑而又怜悯的眼神，而周围的爸爸们则似乎只是好奇发生了什么——满脑子想着的却并不是她的小女儿，而是她的大女儿。

“给他们点颜色看看，给他们点颜色看看，给他们点颜色看看。”格雷丝在车上重复道。

“闭嘴。”玛丽莲说，所有人——包括她自己——都大吃一惊。

三小时后，格雷丝拿到了她用蜡笔画的毕业证，吃到了点缀着巧

---

① 路易斯·阿姆斯特朗代表作《多么美妙的世界》（What a Wonderful World）中的歌词。

克力米的冰激凌。戴维已经回去上班了，莉莎和维奥莱特难得一见地像姐姐一样挺身而出，用停车道上的那辆雷德福莱尔牌推车拉着格雷丝，到附近遛弯儿去了。玛丽莲则回到家中，推开洗衣房的门，看到了她成为母亲以来见过的最为惊悚的一幕：她的女儿正“飞鹰展翅”式靠在洗衣机上，身体某个被挡住的部位正和亚伦·巴尔加瓦连在一起。亚伦肌肉发达的臀部——她不得不承认——让人大饱眼福。

“老天啊。”她惊呼出声。听到声音的二人一下僵住了，亚伦慌乱找起衣服，而温迪却在洗衣房那头漫不经心地望向她。随后，温迪的镇定自若也让玛丽莲渐渐冷静了下来，她注意到了女儿苍白的像梯子一样节节凸起的胸廓，以及她那几乎不存在的乳房。玛丽莲不太记得自己之后到底说了什么，她只记得，在他们匆忙找衣服穿的时候，温迪最终把眼神移开了。和她的同伴相比，温迪举手投足间显得更加淡定。

她之前曾经对女儿这个分分合合的男朋友——亚伦·巴尔加瓦心存感激。每隔几个星期，温迪都会带一个不同的男孩回家，和亚伦比起来，他们要么头发颜色太浅，要么块头太大，要么头脑太简单，而亚伦则算得上是独树一帜的存在。和那些男孩相比——戴维背地里会称呼他们为“希特勒青年团”——他很有魅力。他很懂礼貌，为人正直，而且还是个运动员（苍天哪，看看他的臀大肌）。他和格雷丝相处的时候有些傻乎乎的，他和戴维则因为都喜欢小熊队自然而然亲近了起来。玛丽莲可以想象这个男孩顺利长大成人的样子，但很可惜，在这之后，他可能再也不敢直视她的眼睛了。

玛丽莲的父亲总是对她的性生活避而不谈，所以玛丽莲一直都很希望自己能比父亲做得更好：她希望能和女儿们开诚布公地交流，非常乐意无条件地为她们提供避孕套，她想让女儿们知道她们想要什么，知道怎样说“不”，并且最终成长为心理健康的年轻女性；她希望女儿们长大后可以意识到，性这件事带来的是愉悦，而不是混乱或羞辱；她希望她们都能进入一段稳定的亲密关系并从中获得慰藉；她希望她们能找到一个真正关心她们的伴侣，并且享受彼此身体的交汇。

她想成为这样一位母亲，她的孩子们可以带着各自的问题，各自的故事来向她求助。至少一开始她是那么想的，直到她的女儿们纷纷长大成人，她心神不宁地目睹着转变的发生。身体一点点增高的她们拖着步子走路的样子，她们开始胀大的乳房和臀部，她们脸上慢慢消失的婴儿肥，还有在所有变化之下，她们变得更好奇也更诡计多端的眼睛。日复一日，她们超过她的，不仅仅只是身高，更是她们对外面世界的了解。每当她问她们一天过得怎么样，或者在某人的生日派对上过夜过得如何时，她们的嘴角总会扬起一抹会意的微笑。她试着告诉自己，自己只是反应过度了，作为一位母亲，看着她年幼的女儿们像朵朵兰花一样从地里探出头来，又像一匹匹小马受人瞩目，优雅从容地长大，注定会是一个痛苦的阶段。眼睁睁地目睹这一切的发生是极为残酷的，而所有这些变化都死死攥住了她内心深处的某个部分，在那一部分的记忆里，她们不过是刚出生不久，对这个世界仍然一无所知的婴儿。

亚伦灰溜溜地走掉后，玛丽莲来到温迪的房间，发现她正趴在床上，比基尼胸衣的带子系在了脖子上，超短裤外面露出一双晒得很黑的长腿。从这个角度看过去，她依然是一个健康的、容光焕发的女孩，只不过有点瘦而已，戴维曾经也很瘦。玛丽莲在门口站了一会儿，观察着房间里的女儿，她的女儿正在埋头读一本破破烂烂的《科学怪人》——那是她上大学的时候自己买的。看着这个爱去派对、疯狂节食，甚至——从刚刚发生的事情来看——有些放荡的女儿，她突然想起了八岁时的那个呆里呆气、性子很急的温迪。仿佛就在不久之前，她还会和她的妹妹们一起在海滩上玩耍，读着《保姆俱乐部》沉沉睡去。

“你是要用今天一整天的时间专门守在房间门口吗？”温迪突然开口说道，把玛丽莲吓了一跳，“我知道，你还是要让我禁足，所以呢？我都已经被你禁足了，还能怎么样呢？难道还可以分阶段禁足吗？”

“温迪，你……我不知道你……已经到这一步了，和亚伦。”

“哪一步？”温迪问道。

“把书放下。”她慢慢走进房间，在温迪桌前的椅子上坐了下来，“你有用保护措施吗？”

“他知道分寸。”温迪说。玛丽莲感觉一股寒意沿着她的胳膊内侧传了下去。

“哦，上帝，亲爱的，那不……那不可靠……哦，温迪，你有没有……”

“我的天哪，妈，我开玩笑的，我吃过药了。”温迪说。

“你……什么？从什么时候开始的？怎么买到的？”

“几个月之前。”

“温迪，你才十六岁，亲爱的，我希望你可以……”这和她想象中的开诚布公的交流一点也不一样，在她的想象中，这理应是一场氛围亲切、伴着拥抱的深夜对谈，而不是在她抓到女儿“现行”后，对她进行的这次生硬而笨拙的指导，“这可能有一点尴尬，但是作为你妈妈，我的主要职责之一就是教你怎么……”

“做爱？我已经会了，但还是谢了。”

“我的妈妈走得早，没人会和我聊这些事情，你不知道我多希望当时有人能跟我说这些。”

“妈，我早就搞明白了，老天啊。”温迪不耐烦地说道。

玛丽莲双膝颤抖着站了起来：“如果我用你这种语气对我爸说话，他会杀了我的。”

温迪抬起头，飞快地、严肃地看了她一眼：“对不起。”

“我不……我现在不知道该说些什么，温迪。之后我们一定得找个时间好好谈谈这件事。”

“哇，说好了哦。”温迪刻薄地讽刺道，在这短短几秒钟的时间里，她就迅速翻了脸，刚才的真诚一下又变为了冷漠。“我可不想染上什么性病。或者跟你似的，莫名其妙地被搞大肚子。天哪，妈，你自己心里到底有没有数啊？就在几个星期之前，我们几个还撞见你和爸在沙发上做爱，你也不是什么好榜样，好吗？”

“这个妈要是给你来当，你做的可能还不及我万分之一好。”玛丽莲撂下这句话，转身就要走。

“这……说真的，妈，我做好安全措施了，我发誓。”

“谢谢你告诉我。”说完，她便离开了女儿的房间。

直到后来她叠衣服的时候，一些东西才又慢慢涌现出来。格雷丝正坐在她的脚边，她一边把她粉色的小舌头伸在外边，一边在一本青蛙布偶涂色本上一个劲儿地乱涂乱画，一副要把画纸撕破的架势。玛丽莲在脑海中反复回想的，并不是那两个人本身——她毕竟不是什么女色狼，对亚伦身材的关注也早已经烟消云散了——而是他们之间产生的激情，他们对彼此的渴望，以及他们享受的样子。那种激情，在她和戴维之间已经一去不复返，再也找不回了，他们对彼此的渴望，也早就从夫妻生活中黯然离场。虽然他们之间的性还是很美好，但难免让人昏昏欲睡，又或者被当成是达到某种目的的手段，睡前的最后一道工序——就像睡前要把房子锁好。那种渴望曾经是他们婚前和谐的秘方，现在却只是显得太费时了。

一个糟糕的母亲。这难道是她的错吗？客厅中央的沙发上，她与戴维……周围的世界一片模糊，幻化为静止。在那样一个醒目的位置，他们很容易会被发现，也的确被发现了。她的女儿们如同一支行刑队一样伫立在楼梯上，像看《真实的世界》一样注意力高度集中，注视着他们的一举一动。

他们为女儿们树立了什么样的榜样？肯定比她的父母做得更好，不是吗？像树懒一样渴望肢体接触的格雷丝此时正紧紧靠着她的小腿，玛丽莲伸出手，摸了摸这个小小毕业生细软的深色头发，莉莎今天帮着给她把头发编成了法式小辫。作为母亲，即使她真的在那次意外事件中有错，她也只是错在仍然深深地被丈夫吸引，这个错和她作为母亲的其他疏忽相比，根本算不了什么。美国国家公共电台的声音渐渐散了开来，变成了背景噪声，格雷丝继续画画去了。那段时间里，她独自一人，陷入了沉思……

“妈妈？”

玛丽莲眼皮沉沉地耷拉下来，几乎就要睡着了，但是一看到温迪，她立马清醒了过来。她的大女儿今年十七岁了，出于生理上的需要，她已经不再熬夜等大女儿了。格雷丝白天的时候让她精疲力尽，晚上也不消停，常常睡到一半就醒来，身体对睡眠的需求有时会让玛丽莲放松警惕。戴维正在上晚班，她合上手中正在看的书，把手指夹在刚读到的地方——为什么每当温迪出现在她身边的时候，她总会无意识地做出这些举动，假装手头正忙呢？需要她忙的事情还不够多吗？——然后撑着枕头坐了起来。

“怎么了？”她问道。

“我能进来吗？”温迪问。听到温迪的声音，她心里的某个地方突然向下一沉，拉扯着肠胃，传来一阵转瞬即逝的疼痛，她立马意识到，那是一种极为特殊的、势不可挡的、不求任何回报的爱。

“当然了，亲爱的。”

玛丽莲万万没有想到的是，温迪竟然从戴维睡的那一侧爬到了床上，瘫坐在床上，肩膀向内凹陷进去。玛丽莲拉过被子，盖住温迪的膝盖，她身上有股啤酒和燃烧的树叶混杂在一起的味道，是篝火余烬的味道。

“妈，你有没有过这种感觉——就是，自己比同龄的人都成熟很多，所以你很想把他们甩在后头，自己往前走。或者，你很想和一群——一群更成熟的人交往？”

她把书放下：“我——当然，我当然有过那样的感觉，出什么事儿了吗？”

突然，她感觉温迪把头靠在了她的肩膀上。

“我今晚过得很糟糕。”温迪说道。玛丽莲可以闻到女儿嘴里呼出的酒味和一股令人作呕的甜腻香味，那味道让她想起了芝加哥交通管理局里总是一个劲儿地猛喝漱口水的老男人。这是她这么多年以来和温迪靠得最近的一次，她没有丝毫犹豫，就决定不管有什么矛盾，都留到第二天再说，她伸出手臂搂住了温迪。

“对不起。”玛丽莲说道。之所以这么说，一方面是因为“对不起”是她的口头禅，另一方面则是因为她的确心怀歉意，她为女儿的生活状态感到抱歉，也为不知如何帮女儿挽回她的生活而感到抱歉。

“我也很抱歉。”这是玛丽莲第一次从温迪的嘴里听到这句话，虽然声音很小，但这句话还是穿过了女儿放在嘴边的大拇指，从女儿的嘴里艰难地说了出来。

玛丽莲把嘴唇贴在温迪的头发上，一动不动，心里涌现出了家里刚养狗时的感受。歌德刚来这个家的时候，女儿们和丈夫都觉得她一定会对歌德喜欢得不得了，而事实上，当时看起来像一头小野兽的歌德只会让她感觉非常紧张。她突然发现自己在拿温迪和家里的黄毛拉布拉多作比较，脸唰一下红了，但她没有变换姿势，只是一次又一次地把温迪散落在脸上的头发别到她温热的、薄薄的耳朵后面。接着，她深吸了一口气，开口说道：“所以，亲爱的，发生什么事了？”这是一个她会问女儿的问题，但不是一个她会问戴维的问题，因为他总会在她开口询问前就主动分享。“为什么今天晚上过得这么糟糕？”

可是，温迪却像睡着了一样。之后发生的事情，让玛丽莲整个余生都陷入了深深的自责。几个小时后——星期天的清晨，戴维回到家睡在了沙发上，温迪仍然躺在她的身边，呼吸微弱得可怕——她喊了喊女儿，却没有能够把她唤醒。

第十六章

莉莎把车驶上停车道，停在了瑞安的背后，他正在收拾后备厢。她突然意识到，她必须挪动一下车的位置，瑞安才出得来。

“发生什么事了，瑞安？”她说道，并不完全是一句提问。瑞安把一个箱子费力地塞到了某个间隙里，这个举动让她想起了父亲。

他转过身来，面对着她：“我不知道要说什么。”

“你说什么呢？怎么回事？”

“我本来想在你回家之前就走的，我知道，压力太大对你肚子里的宝宝不好。但是，我不确定我还能不能心平气和地和你说话，莉莎。你可不可以——你能不能先挪一下你的车？”他的声音里透着一种她很久没有听到过的力量，以及一种尖锐的愤怒，这让她一下子紧张了起来。

“瑞安，我不明白，你到底怎么了？”

“你学院里的那个男的，对吧？我在圣诞派对上遇到的那个人，对吧？”

面对突如其来的质问，她毫无防备，差点跌坐在停车道上。她把身子靠在车上，调整着呼吸，努力让自己平静下来：“你怎么……”

“戴眼镜？”瑞安继续说道，“头发颜色很深？”

“等等，不，瑞安，你是怎么……我不是有意……”她振作起来，开口说道，“只有过几次，我没有……我和那个人之间已经结束了，那都是……夏天的事情了，现在已经全都……结束了。我甚至从来没有……我们需要好好谈一谈，求你了。”

他的脸色阴沉了下来。她这才意识到，原来他刚才还抱着一线希望，觉得没准是他自己弄错了，可没想到，他只问了那一句，她就全部摊牌了。

“那……会是他的孩子吗？”他看向她的肚子。

她永远也不会忘记那一刻的崩溃，也永远不会原谅自己竟然把他逼到了问出这个问题的地步。“不，”她说，“是在我怀上孩子之后。”这句话听起来比她脑海里想象的要糟糕得多。她知道自己有责任解释一切，但同时她不想解释。她的大脑一片空白，她像孔雀鱼一样，连续两次张开嘴想说些什么，却又把话吞下了肚子。

“那你……是要惩罚我吗？”

“不，当然不……瑞安，你怎么会……我们得好好谈谈。你可以……进屋吗？好不好？我们……”

“对不起，是我没能一直陪着你。”他冷冷地说道。

“瑞安，求你了，那只是……我做的一件蠢事，单纯因为荷尔蒙作祟。我很抱歉，我很抱歉对你做了那样的事情，但一切都结束了。如果我们能好好谈谈这件事……”直到嘴里尝到了一丝咸味，她才意识到自己哭了，她擦了擦脸上的泪。“你是怎么……怎么知道的？”

瑞安平静地看着她，他清了清嗓子：“顺藤摸瓜发现的。”

“对不起，”她说，“我很抱歉……不管你是怎么看出来的。”

“那不是我要操心的事情。”

“瑞安！”

“我不知道我还能做什么，”他说，“这不公平，对我们两个人都不公平，对……”他含糊地看了她一眼，“对我们的孩子也不公平。如果我拖了你的后腿，让你恨我恨到要用这种方式来报复我……这太病态了，莉莎。”

“我不恨你，瑞安，我的天哪。”

“我想，这个决定会把这件事对我们的伤害降到最低。”

“什么决定？”

“我在柠檬图形公司认识的一个人在密歇根上半岛做一个风能项目，他有一间空房，他说他需要找个帮手，帮他干一些技术活儿。实际上，几个月之前，他就和我提出来了，但我那时候甚至都没打算告诉你，因为……好吧，因为当时我会考虑……我们俩。”他揉了揉额头，“我们仨。”

莉莎感到既悲伤又愤怒，一时间无法决定这个时候该展现哪种情绪更为合适。于是，她选择了后者，至少愤怒能减轻她的内疚感。“你说什么？”她说，“你要搬到密歇根？你觉得你已经做好准备一个人搬到密歇根去了吗？”

他把眼睛眯了起来：“你真的觉得你现在有资格问我这个问题吗？”

“我只是说，你现在还没有恢复健康……”

“出轨的是你，”他平静地说，“我很羞耻，很生气，很绝望，莉莎，全都是因为你。所以我是不是可以说，单凭这一点，密歇根似乎不失为一个可以让我更‘健康’的地方。”他满怀期待地挑起了眉毛。看到他竟然有力气刁难她，她几乎为他感到骄傲。

但就在这时，她想起了自己的处境，想起了和瑞安度过的那些年，想起了肚子里的孩子。她想起了躺在沙发上陷入焦虑的瑞安，想起了他经历过的那些无法言说的痛苦。这难道不是从她第一次向父亲坦白以来，一直梦寐以求的逃离瑞安的绝佳机会吗？这样的一次计划之外的事故，不就是她一直想要的吗？离开瑞安，过上更好的生活，不就是她一直以来想要的吗？那样，她就可以独自养育她的孩子而不用操心孩子的父亲，就可以力朝一处使而不必担心分身乏术。她之所以对他不忠，并不是为了让他离开她。但是事已至此，他真的要离开她，还她自由了，她终于要摆脱她想摆脱的一切了。然而，她不甘心，她想要处于掌控地位。对于问题深重的瑞安，她理所应当享有愤怒的权利，她想让他们两个人都对这件事负责，是的，她的确做得不对，但他怎么可以就这样离开她，留她独自照顾孩子？假想化为现实，照进了她的心中，她一下慌了神，感受到了一种广阔的、如同孤岛一般的孤独。

“你不觉得我们应该分手吗？”他问。

“嗯——不，我是不会提分手的。”莉莎说道，同时心里说：“我他妈的不知道自己在说什么，也不知道自己到底想要什么，我不想成为唯一需要为做决定而负责的人。”

“除此之外，我不知道还能怎么办，莉兹。”他说道。她没有意识到他声音的孱弱，也没有意识到那孱弱里透出的绝望。

主动提分手，莫名其妙地成了瑞安这么多年以来做过的最成熟、最无私的决定。尽管如此，她还是哭了起来。她知道整件事的前因后果，但她的孩子一无所知。她的孩子永远没有机会在夜里醒来后钻进他们的被窝，挤到他们中间；她的孩子永远没有机会看到他们在客厅沙发上接吻，然后傲娇而厌恶地把头扭开；她的孩子永远没有机会在早晨走下楼来时，看到他们搂着彼此，睡眼惺忪地靠着厨房的柜台一起煮咖啡；她的孩子永远无法体会郊区生活带来的那种踏实的安全感，以及以“呃，我爸妈……”开头，和朋友们随口吐槽父母的快乐。“我爸妈”，她的孩子永远没机会说出口的三个字。

“所以，你就一点错也没有，可以无罪释放了。”她说。

“可恶，你怎么说得好像我才是那个罪人。我的天哪，莉莎，你做出这种事，把我的心都给伤透了，我永远都不会这样对你的。我知道，和我在一起生活确实不轻松，但我永远都不会这样伤害你。过去的几个小时里，我从来没有感觉这么糟糕过。”

“对不起。”她又重复了一遍。她已经和他一起生活了八年，过去的这些年里，她几乎每天早上都在他的身边醒来。他与她的目光相遇了，她打量着他帅气的脸，那张她从十九岁起就再熟悉不过的脸，以及他那双善良的灰色眼眸。

“也许，这样对我们两个都好。”他说，“我不知道，我不知道我是不是……但是既然事已至此，应该也没有什么继续恶化的余地了，除了向前看，我们没有其他选择了。”他摇了摇头，“有机会我会给你打钱的，我也希望你……可以和我保持联络。”

她点了点头。他本可以挑明她的罪过的，但他没有。过去几年，他犯下的唯一的过错，就是必须承受那些不受他掌控的折磨，但她对他的惩罚，却是一桩赤裸裸的残忍行径。如果说他的基因会把抑郁症遗传给他们的孩子，她的基因则会让孩子染上她恶毒的心性。况且，他的痛苦是自发的，和她所经历的痛苦完全是两码事，他本可以说出这些话来声讨她的。

“我爱你。”然而，他却说了这么一句话。他走上前，抱住她，接着唐突地松开拥抱，头也不回地开车走了。她别无选择，只能回赠了一个拥抱，肚中的胎儿，这个被他们辜负了的孩子，被他们紧紧夹在了中间。

1996

看到出现在大门口的亚伦 · 巴尔加瓦，维奥莱特瞬间窝了一肚子的火，即使温迪不在家，也总会有人上门找她。

“她还在医院里。”维奥莱特说道，语气并没有非常冷漠。亚伦是那种让人没办法对他冷眼相看的男孩，他的眼神中洋溢着温暖，他的微笑几乎令她心碎。他的手里正捧着一束虎皮百合。

“哦，不，我知道。我只是想把这个送给——你的家人，然后看看温迪现在怎么样了。”他把那捧花递了过来。

她低头看了看那束花，然后把鼻子凑了过去，闻了闻其中的一朵。那花散发着十分浓烈的香味，她想象着自己的鼻腔里充斥着亚伦 · 巴尔加瓦从杰威尔—奥斯克连锁超市特意带过来的花粉。“谢谢，”她说，“她——我不太确定，应该还挺好的，我猜。”温迪的众多男朋友中，亚伦是唯一会在学校走廊上和维奥莱特打招呼的。他每天晚上从她们家离开时，也总会停下来和她聊上几句。

维奥莱特在门廊秋千上坐了下来，下意识地把脚固定在地上，稳住晃动的秋千，好让他和她坐在一起。

他坐了下来。“你去看她了吗？”他问道。

维奥莱特摇了摇头，她和妹妹们还没去过医院，她们没有主动问过，父母也没有特别提议。她和莉莎给格雷丝放了母亲喜欢的歌，《邮差先生，请等一下》《收获之月》，还有《那一夜他们压下了南部的气焰》，把格雷丝哄睡着了。她们还一起看了重播的汤姆·佩蒂的摇滚纪录片。周一到周五晚上父母一般不允许她们看电视，所以这本来应该是一件很难得、很有趣的事，但这天晚上温迪的缺席，让她们感觉失去了平衡。即使她知道温迪一回来就又会像以前一样开始压榨父母，但是此时姐妹四人只剩三个，总像某种亵渎。

“温迪……不在家，你还好吗？”

她又想起了温迪戏剧性的离开，想起了停在停车道上的救护车，想起了她从未在母亲身上见过的模样，母亲看上去像极了一只受惊的动物。

“过一天，是一天。”她轻声对亚伦说道，觉得自己虽然处境艰难，但是显得非常成熟。

“她经常说起你。”

“哈，说我是个老古董？”维奥莱特想象着温迪的语气，然后缓缓地说道，“说我偷了她那支黑蜂蜜的口红？”

“实际上，她还真提到过口红的事。”他笑了出来，“但除此之外，她总是和我说你有多聪明。”

这更让维奥莱特伤心了。一直以来，她都很好奇到底为什么她的姐姐——她那任性妄为、勇于冒险、势不可挡的姐姐——会愿意搭理谨小慎微、老套乏味的她。在这一整出闹剧中，她第一次产生流泪的冲动。当和她拥有同样爱尔兰血统的“双胞胎”姐姐不在身边时，她永远无法享受哪怕只有半秒钟的安宁。然而，她绝不允许自己在姐姐帅气的男友面前哭出来。这个男孩那么爱温迪，爱到即便见不到卧病在床的温迪，也要来看望她的家人。

“你们需要帮忙吗？”他问道，“比如明天开车送你们去学校之类的？”

“我们的爷爷会送我们。”虽然嘴里这么说道，她心里却忍不住开始幻想如果可以像温迪一样，带着一个开车的男孩出现在学校，会是什么感觉；她开始幻想如果可以成为温迪，变得像她一样美丽动人、一样勇敢、一样充满活力、一样为所有人梦寐以求，会是什么感觉。

“嘿，她会没事的，”亚伦说，“她可是温迪，她很有韧劲。”

“谢谢。”维奥莱特说，绞尽脑汁想再说些什么，让他多逗留一会儿。但是，他已经站了起来，她用中指和拇指抚平了其中一朵花瓣。“谢谢你的花。”

医院里，他的妻子在温迪的床边睡着了，她的手交叠放在一起，背拱起，向前趴在床边；她的头以一个奇怪的角度歪着，仿佛她是在祈祷的时候睡了过去。温迪也还没醒，左手仍然输着液。他俯身吻了吻女儿的额头，她没有化妆，头发软趴趴地搭着，多年以来第一次看上去像个孩子。他转过身去，往事一下全涌上心头，繁重得让他几乎无法思考。他绕过床，走到玛丽莲面前，蹲了下来：“亲爱的。”

她惊醒了。听到她的脖子清晰地发出“咔”的一声，两人都缩了一下身子。她迅速转过头，看向温迪的床，好像是在确认女儿没有逃走，这是一个令人心碎的举动。这么多年来，他们早已知道谁也阻止不了他们的女儿去任何地方。

“我们该回家了。”他提议道，尽管他觉得不能让女儿们看到她现在的模样。她变得很不像她，身上邋里邋遢，眼下的黑眼圈重得像一圈淤青。

“我不会把她一个人留在这里的。”

“玛丽莲，你太久没睡觉了，自从……”戴维没把这句话说完整。

自从周六晚上。他们一直在回避那个周六的晚上，以及随后那个周日的清晨，就是在那天，玛丽莲醒来，发现躺在身边的温迪失去了知觉。如果他要重提这件事，所有的细节都压得他喘不过气来：抱在怀里的女儿身体的重量，还有她苍白得可怖的面容。前一天的晚上，她参加了一个聚会。聚会上不仅有混合酒精，还有混合药丸，一些他想都不敢想的东西。他只能依稀回忆起那个在沙发上醒过来的周日清晨——几个小时前回到家时，他发现女儿睡在了他的床上，所以他就睡到了沙发上。他也记得妻子发出的歇斯底里的尖叫声。

“她会好起来的。”他说，捏了捏她的膝盖。他们同时看向了他们的女儿，玛丽莲一直没有时间洗漱，可是温迪——多亏了那些护士——已经擦洗干净了，脸上渐渐多了一丝血色。玛丽莲似乎很痛苦，背过身去。

“我不想再听到这种话了。”

他们的女儿并不好，从过去，到现在，一直都不好。

“至少下楼吃点东西吧。”

他看见她又朝温迪的床看了一眼。

“对不起，”他说，“来，简单吃点，我去给你买酸奶冰激凌。”本来蹲着的他站了起来。玛丽莲张开嘴，好像要反驳他，但最后只是叹了口气。他像往常一样，朝她伸出了一只胳膊，她顺势靠了过去，然后被他拥入了怀里。但在他们走出病房之前，她走到温迪的床边，给她把毯子掖了掖，吻了吻她瘦削的脸颊。傍晚时分的医院沉入了一片可怕的寂静，他们蹑手蹑脚地下到二楼，在医院餐厅的一张桌旁坐了下来。他坐在她对面，握住了她的手。

和她一起待在这间医院的感觉真是太奇怪了。如同僵尸一般的医院护工在周围到处走动，空气中弥漫着熟悉的消毒水、比萨混杂的味道，但是那味道并没有盖过妻子身上阳光和香草的香味，即使她现在很邋遢，却依然明确无误地散发着那种气味。他拿起她的手，放在了自己的唇边，然后看向她的眼睛，她只是飞快地看了他一眼，就把目光移开了。

“我们能信任卡尔森博士吗？”玛丽莲问道，“我不太相信他，他不太喜欢和人用眼神交流。我只是不……我不是很喜欢，在他们的口中，她好像只是一个教科书里的案例，就像她……”她说着说着就哭了起来。

他捏了捏她的手指。“吃点东西，亲爱的，你会感觉好一点的。”

玛丽莲把手从他手里抽了出来，然后把面前的杯子推开了：“看在上帝的分上。”

“玛丽莲。”他们之间明明只隔着三英尺的距离，此时却好像隔了一条银河，他辨认不出她脸上的表情。

“该死，我真是烦透了他们用的那些——辞藻，他们谈论她的时候，就好像——我又不傻，我是她妈，所以我有话就要直说，我没办法忍受一群陌生人在我女儿身上做心理分析。”

“他们是医生，玛丽莲。”

她讥讽地笑了出来：“瞧你这话说的，书读太多了吧？”

“书读太多了吧？”玛丽莲每次不开心的时候，总会匪夷所思地说出一些他闻所未闻的挖苦话。每当她说出这些话，他都会开始质疑起她的爱，以及他们的生活。他知道妻子对她受过的教育很没有安全感，而且一直对她半途而废的学业感到愤愤不平，但是她是他见过的最聪明的人。

“你的女儿，”他说，“难道就不是我的……”

“你知道我是什么意思。”

如果没有她，他就无法胜任为人父母的角色；如果没有她，他甚至觉得自己连一个“人”都做不好。但是，他既为她的残忍而气愤，又感到一种与她重新建立联结的无力。认识她以来，这是他第一次不知道该怎么和她沟通。“你不觉得，你这是在折磨我吗？”

“是，但也不是……戴维，每天陪着她的又不是你。”

“是啊，好啊，陪着她的是你，然后她就出事了。”

她恶狠狠地抬头瞪着他，他从未在她脸上看到过这样如同火烧一般的、夹杂着些许心碎的愤怒：“你知不知道，过去的这七十二个小时里，我没有一刻不为这件事感到自责！发现她昏迷过去的人是我，戴维。如果那还不足以说明我有多崩溃，那我就重申一遍。”

“瞧瞧，是谁这么会用‘重申’这样的大词。”过了一分钟，他开口回击道。她又瞪了他一眼，然后把她的酸奶搅拌成了米黄色的糊状物，冰激凌上撒着的糖粒颜色化开了，融进了她搅出来的酸奶漩涡中。“我很抱歉。”

“我什么都做不了，只能干坐在那儿，看着她，我……只要能让她快点好起来，我愿意付出任何代价。”

“那是行不通的。”他说。他总会努力展现出他务实的一面——她通常也很欣赏他这一面——然而此时此刻，这句话听来分外刺耳。但是，不管怎么样，他同意她说的话，他也无比渴望自己的女儿能尽快好转，这种渴望比任何其他感受，甚至于比他对妻子的爱，都来得更为强烈。

“就当是帮我个忙，”她说，“不要说得好像是我有病一样，好吗？”他同样在她的脸上看到了那种渴望。她的心神已经被温迪抽走了，没有留下一分一毫给其他女儿，更不用说留给他了。他目睹着他们之间的那段空白的出现，哀悼先前填补空白之物的消逝。玛丽莲在桌旁站了起来，她的椅子摩擦油毡地面，嘎吱作响。“我不应该离开她的，”她说，“在我对你说出什么可怕的话之前，我还是赶紧上去吧。现在如果我们谁一个不小心，场面就会失控的。”她随口说道，她的口吻听上去很随意，但她疲惫而憔悴的脸显得异常笃定。“你到底上不上去？”

他站了起来，跟在她身后：“我想，我应该回家看看女儿们。”

玛丽莲极其勉强地冲他挤出了一个笑，然后一把抓起她的酸奶，转身丢进了垃圾箱。“莉莎每周四要去乐队排练。”她说道，她的言外之意似乎是，“我考虑的可比你周全多了，你这个混蛋”。“明天早上记得让她带好单簧管。”她继续说道。

他们面对面站在医院餐厅外面的走廊上。

“替我给格雷丝一个吻。”过了好久，玛丽莲的语气才终于柔和了下来。她定定地望着他，不知道过了多久，她出人意料地主动靠近了他，给了他一个紧实的拥抱。“我们刚才之所以说了那么多难听的话，只是因为我们都太担心了，对吧？”她问道。

他把一只手放在她的颈后，另一只手扶住了她的腰：“我也是这么想的。”

她终于松开了拥抱，揉了揉眼睛：“开车注意安全，记得给女儿们一个吻，还有单簧管。”她把背挺直，用她标志性的方式甩了甩头发，吸了吸鼻子。

“我爱你。”他鼓起勇气说道，她点了点头。

“嗯。”她说。然后过了好一会儿，她才含混不清地补充了一句：“我也是。”

第十七章

正在准备午饭的温迪透过滑门，看向站在露台上的母亲，母亲的脸正对着阳光，双目微闭。她身材娇小，脸上布着雀斑，一头金发，有着如同小精灵一般的爱尔兰长相。她的父亲则身材高大、健壮，脸上棱角分明，有一双很会眨的眼睛。虽然他们都相貌出众，但并不等同于他们能生出同样漂亮的孩子。“摩尔—威利斯”夫妇和“布拉吉丽娜”夫妇[①]就充分证明了这一点：外貌越是富有魅力的人，就越是不可能生出同样漂亮的孩子。所以在温迪看来，拥有相貌出众的父母，不失为一种诅咒，更何况，她的父母还是“商品目录模特”级别的好看——甚至不是杰西潘尼的商品目录，而是梅西百货商品目录上拉夫·劳伦的专栏。

有一次，玛丽莲看着往屋顶上挂圣诞彩灯的大汗淋漓的戴维，骄傲地说道：“你爸啊，可是很多女人去松饼早餐铺也会涂口红的原因哪。”

这一次温迪是心血来潮才把母亲邀请了过来。乔纳从她家搬走之后，维奥莱特就和她断了联系，而莉莎正怀着孕。出于某些原因，温迪无法忍受和怀孕的人共处一室。父亲总是让她和母亲多花点时间相处，所以，在这样一个刚刚给家里的地板抛过光的周三，母亲来了。

“我不懂你家里到底为什么会这么整洁，”母亲说道，“即使是我和

---

① 原文为“Moore-Willises and Brangelina”，分别指黛米·摩尔和布鲁斯·威利斯夫妇，以及布拉德·皮特和安吉丽娜·朱莉夫妇。

你爸，东西也总是会——一点点积攒起来。”

“可能只是我们的优先事项不同罢了。”温迪回答道，这个回答简直太糟糕，太一本正经了。她绝对不会在父亲面前说这种话。

母亲久久地盯着她。

“不过，日子一久，我差点忘了和一个十几岁的孩子住在一起是什么感觉了，”母亲说，“看来，日子也在一点点‘积攒’起来啊。”

严格意义上来说，那并不是一句挖苦的话。母亲向来很懂得如何“被动攻击”，但即使如此，她也不算是一个刻薄的人。乔纳从温迪家搬出去之后，他们就对乔纳的事情只字不提，此时，她镇定地看着母亲的眼睛，等待着迎接自己罪有应得的指责，但玛丽莲什么也没说。

“我从没见过一个人能攒那么多双袜子，”温迪终于开口说道，“那些袜子闻上去简直臭死人了，但是我从来没见他穿过。”

这句话勾起了玛丽莲一丝笑意。

“想喝一杯吗？”温迪问。

“好吧。”玛丽莲瞥了一眼钟，“好吧，当然，为什么不呢？”

“是的，我明白了，妈，”她心想，“我都知道，你和我待在一起一定特别尴尬，才会大白天地就想要喝酒。”她敢肯定，在她走到餐厅酒架的过程中，母亲的目光一定一路尾随着她，看着她用做了美甲的手指尖挨个碰了碰几瓶酒的瓶颈。

“我刚从一个朋友那儿收到一瓶品质上乘的夏布利白葡萄酒。”

“别把你那些高级货浪费在我身上，温德，我可是个什么都不懂的土包子。”

如果温迪此时很不耐烦，她通常会回母亲一句，“我只有‘高级货’，妈”，但她现在心情还不错，于是把那瓶酒拿了出来。

“瓶子很好看。”母亲说道。

“走的时候带走，送给你了，你可以带回去当花瓶用。”

“哦，好吧，但是我们可不一定能喝完一整瓶。”

同样地，如果她这个时候心情不太好，她可能会说，“别开玩笑了，我们当然能喝完一整瓶”。

但她并没有那么说，而是说：“到时候我再送给你一些绣球花，我知道你很喜欢它们。”

接着，她拿出了各种各样的碟装小菜——橄榄、皮塔饼、鹰嘴豆泥、软奶酪，还有一小盘酸橘汁腌鱼，这些小菜是她从全食超市买来的，原来装在小塑料桶里的小菜经过摆盘之后，看上去就像是她自己做的一样。

“没想到我竟然都这么饿了，”玛丽莲说，“看起来很好吃。”

最后，温迪又端上来一个盘子，里面放着小片的意式烤面包，把菜端上桌的时候，她甚至有一些自鸣得意，仿佛在告诉她的母亲：“妈，看我，我多正常。”

她十几岁时养成的一些习惯现在依然会在她的生活中一闪而过，她仍然会时不时地产生催吐的念头，偶尔也会想要尝试一下她在《美国周刊》上读到的节食减肥法。但让她意外的是，成年后——经历过婚姻，以及那次短暂的怀孕之后——她变得更能接受自己的身体了。她再也不会为诸如此类的事情而纠结，她讶异于过去竟然没有在她的身上留下一点痕迹。

回想起那段日子，温迪感到的只有尴尬。按常理来说，她那时候对可卡因的依赖和极端的节食，是某种更为严重的心理缺陷的表现。但温迪不那么认为，她觉得她只是厌恶自己的家庭，想要拥有更好的生活。在她眼里，那不是她心理缺陷的表现，而是她积极向上的证明，她像她的父亲一样野心勃勃。他去上了医学院，而她则刚好相反，她能吸引那些打算上医学院——或者法学院，又或者是在父母的赞助下可以去阿姆斯特丹休假——的男人，父亲和她不一样的地方在于，他的工作是受人尊敬的。她记得曾经有一天晚上，在撒切尔树林旁边一座大别墅的地下室里，她、可卡因贩子斯宾塞·斯托林斯、另外三个男孩，还有一个满头蜜金色秀发名叫奥特姆的富家女，待在一块儿，斯宾塞·斯托林斯一看就是那种从小养尊处优，在豪华的别墅里长大的金发小孩，浑身上下都散发着优越感，他当着其他人的面，对温迪说："吸它，索伦森。"

温迪照做了。那是非常糟糕的，她膝盖着地，跪了下来，就在那儿，当着所有人的面。她必须那么做才能融入这群人，和他们相比，她没有漂亮的金发，她的头发是灰褐色的。她出生在一般的家庭，虽然她有着像天鹅一样纤细的身体，但那不过是因为她擅长催吐罢了，那是远远不够的。在那间地下室里，她地位卑微，只能选择那样做。斯宾塞之所以对她颐指气使，不仅仅因为他是个无耻的混蛋，也因为他知道温迪一定会照做。每当父母之外的人对温迪下达命令，温迪总是唯命是从。

现在，她已经和她羞耻的青少年时代达成了和解，过上了如今的生活，一种能用上恒温酒架的生活，一种住在高层复式公寓俯瞰密歇根湖湖景的生活，一种轮到她对别人颐指气使的生活，一种能在酒吧偶遇某个二十来岁的小伙子，把他带回家，然后在大半夜为所欲为地把他踢出家门的生活。她将多年以来的屈辱吞咽下肚，然后在步入成年后，以同样的方式报复着别人。更糟糕的事情多了去了。不过是生存罢了。

她一边说，手头一边开着酒："大家都过得怎么样？"

玛丽莲叹了一口气。"哦，大家啊，他们挺好的，我们都挺好的。你的妹妹们——你知道的，和原来差不多。莉兹最近好像很累，但我想……嗯，你应该也知道为什么。"她的母亲停顿了一下，意识到说错了话，于是充满愧疚地抬头瞄了她一眼，"乔纳也还不错，他越来越适应了，他是个很讨人喜欢的男孩，而且话说回来，他身上的韧劲——真是让人惊讶，你不那么觉得吗？"

她抿了一小口酒，没有回答。

“亲爱的，你和维奥莱特——你们之间还好吗？”

“嗯哼。”她说道，这句话让她想到了乔纳。

“因为我没办法——我试着去想象过去的几个月——有多煎熬，对你们俩都是。但是，我还是觉得……好吧，我也不知道了，只是我的感觉而已。”

“我挺好的，维奥莱特怎么样我就不知道了。”

“实际上，我们还没有讨论过那件事。”她的母亲小心翼翼地说道，“到底……发生了什么，那一年，维奥莱特住到你家的那一年？”

“我来，我见，我征服[①]。”虽然母亲的严肃让她有些紧张，她还是装作漫不经心地回答道，“天哪，妈，你到底还想知道什么？维奥莱特怀孕了，生了个孩子，孩子给别人带回家养了，然后她又以惊人的速度，变回了原来那个无聊古板的维奥莱特。再后来，她去念了法学院。没了。”温迪并没有说实话，对她和维奥莱特来说，刚刚她说的那些不过只是一个开始。

“我只是不明白，你当时为什么不给我打电话；我只是不明白，为什么你们就那么自以为是，觉得靠你们自己就能处理这么重大的人生决定。”

“你怀上我和维奥莱特的时候，和我们也差不多大啊。”她挑衅地说道。

“好吧，你说的是没错，但是我——那时候情况不太一样，温迪，我有你爸，而且我们一直有计划要生孩子，只是怀你怀得早了一点……”

“我的天哪，妈，我完全在你的计划之外？”她翻了个白眼，“我简直是太震惊了，你以前从来没有提过。”

“哦，天哪，温迪，我不是有意……”

---

① 恺撒大帝在泽拉战役中打败法尔纳克二世后写给罗马元老院的捷报。

“妈，我和维奥莱特是姐妹，我没办法再多给你解释什么了，你不会懂的。”

母亲笑了：“是我生了你们四个，我怎么可能不懂你们姐妹之间的感情呢。”

温迪耸了耸肩：“我也不知道，但你就是不懂。”

又过了一会儿，她的母亲终于不再追根究底了：“那你呢？你是不是也和其他人一样，觉得很绝望，很迷茫呢？”从某种角度来说，这句话其实算是一种令人费解的称赞。比起妹妹们，温迪的复式公寓、她寡妇的身份，还有她家里那些预加工的有机食品，都让她在这个世界的夹缝中活得更为自在。她的母亲向后靠在了椅子上，眼睛闭了起来，似乎并不是非常期待得到温迪的回应。她又一次为母亲的美貌而感到震惊：她脸上的皱纹，仿佛不过是一些微笑的纹路；她的头发——没有染色，只是随便修了修——依然漂亮得像圣诞树上的金色丝线。

“不，妈，和原来差不多，我还是会不停地让人失望。”

“你从来没有让我失望过。”母亲说道，眼睛眨巴着微微睁开来，“如果你对现在的一切感到非常不满，我只能说——我很抱歉。但我希望你不要那么想，你从来没有让我失望过，从来没有。”

“你差点把我唬住了呢。”温迪说。

“你是在……是在报复我吗？如果是那样的话，我希望你可以提前告诉我一声……”

“你老是这样，一开始明明表现得挺真诚的，但只要我也真诚起来，你就会立马翻脸。”

“你刚才是在开玩笑，温迪，那不叫‘真诚’。”

“我的真诚就是这样的。”

“那这一点你倒是遗传了你爸。”玛丽莲叹了口气，“温迪，亲爱的，我……像你这样突入其来和我作对，我当然会很不知所措……”

“哦，我的天哪，妈，不是‘突人其来’。我见过的人里只有你把这个词说错，是‘突如其来’。你不是拿了……几乎快要拿到英文学位了吗，在我毁掉你的生活之前？”

“温迪，你没有毁掉我的生活，天哪。”

“我只是随口那么一说，你介意我抽烟吗？”

“一点也不。”玛丽莲眨了眨眼睛，“好吧，我是说，我当然介意。但你抽吧，最好把烟往我脸上吐，我其实还挺喜欢烟味的。”

温迪点了一根，背朝母亲吐了口烟。

“我之所以这么问，是因为我很想知道你到底怎么了，温迪，”玛丽莲说，“我真的很好奇。”

“好吧，那还请你原谅我这么没有眼力见儿，毕竟我从来没见到你对我好奇的样子。”

“我一直都很关心你，”玛丽莲说，“你们姐妹几个都是。你是个奇迹，在这个世界上，我最在乎的人就是你。”

“我想说的是，”温迪往两人的酒杯里满上酒，“好像只有当我们取得了某些里程碑式的成就，你才会真正地来关心我们。莉莎念了博士；格雷西……好吧，至于她，她就是个孩子，不管怎样我们都会关心爱护她的；维奥莱特生了孩子，而且不止一个。”

“我很爱我的外孙们，”玛丽莲说，“但我还是希望你们不要觉得我是在给你们压力——我绝对不会因为这件事更加偏爱维奥莱特。”

“但是你把维奥莱特当成圣母玛利亚一样对待。”

“维奥莱特很脆弱。”玛丽莲说，“她需要被那样对待。”她能这么轻易地说出这句话，让温迪感到意外。

“狗屁！”

“你是我所有女儿里面最坚强的，虽然我知道我不应该那么说。”

“可你还是说了呀。”温迪虽然嘴上反驳道，但心里突然提起了兴趣。

“也许我一开始是没有那么疼你。”玛丽莲说。温迪哼了一声。

“不是‘也许’，我就是没有好好疼你，行了吧。但你不觉得恰恰是因为这个，你才变得更好了吗？你不觉得这样其实可以让你变得……更加坚强，更加独立吗？”

“那又不是你的本意。”

“作为父母，你做出来的每一件事都不可能是你的‘本意’。”

“你是说，如果我顺利地做了妈妈，现在就能懂你是什么意思了？”

“如果事情以你应得的方式发生了，你就会明白我是什么意思。”

“那上帝呢？”温迪刻薄地反问道，“上帝不是应该把我们应得的东西给我们吗？”

“不是那样的，”玛丽莲平静地说道，“对每个人来说，生活都很难，有的时候生活甚至很可怕。这不是我们应得不应得的问题，而是我们……我觉得，当我们被剥夺了那些对于别人来说理所当然的东西时，我们有权利感到愤怒。”

“好吧，嘿，那真是谢谢你了。”温迪说，“谢谢你的批准。”

“你想让我现在就走吗？我没办法——按你的标准，我没有一件事做得是对的。你是不是就想让我离开，好让你一个人待着？”

温迪抿了一口酒，眯着眼睛，越过母亲的肩膀看向某个地方。“不，”她终于说道，“我不知道我想要什么。”

“好吧，慢慢来吧，”玛丽莲说，“这可能一辈子也搞不清楚。”

温迪扬起了眉毛。

“好吧，”她母亲说道，然后喝了一口酒，“让我也抽一根。”

“什么？”

“我不太习惯在午饭的时候讨论这种让人头疼的存在主义问题。”玛丽莲说。

温迪把那包烟递了过去。

玛丽莲拿了一根，点燃，深深地吸了一口，她把烟吐出来的时候被呛得直咳嗽。“好吧，好久没抽了。”她说道，然后喝了一小口水。

“现在觉得烟味恶心了吗？”温迪问。

玛丽莲摇了摇头。

“不，这可是我几个月来经历过的最美妙的事情了。”她又抽了一口，“我知道你为什么那样做，我是说乔纳的事，我都明白。我一直都很想告诉你，没有哪一个要成为父母的人是做好了准备的。”

“我又不是要当他的……”

“我是说，你肯定没有准备好把自己全部的时间都用来照顾一个孩子，除非亲身经历过，不然没有人会真正理解的。我们不过是在屏住呼吸，祈祷着不要有什么灾难降临在我们头上罢了，但是仅仅这一件事，就会让你痛苦到什么地步！那种痛苦会一直都在的，那种不留余地的痛苦，每时每刻，直到永远。”

“你说得可真有一套。”温迪说。

“只有时间才能让我们意识到这一切是值得的，我不知道为什么我们一定要经历这样的过程。你出生后的那段时间，我们每天都睡眠不足，困得都快疯了。可是有一天，当我醒来，看着这个被我创造出来的孩子张嘴说出了她生命中的第一句话，我突然意识到，我生命中所发生的一切，不过是一场为了创造眼前这个新生命而参加的试镜。我突然意识到，是我把这个生命带到了这个世上，我必须对她全权负责。”

“所以，如果你搞砸了……”温迪说。

“求你了，亲爱的，”母亲说道，“不要逼我说出我不想说的话。”

母亲的秘密。她真希望自己可以早点窥探到这个秘密：只要你把自己交给她，哪怕只是冰山一角，她也会把她的全部都奉献给你，满载着沉甸甸的爱、快乐和信念。温迪好像一下回到了十五岁。她抱住膝盖，然后把一个三角形的皮塔饼塞进了嘴里。

“在我桌子里，”温迪喊道，“左边中间的抽屉里。”

玛丽莲正在女儿的卧室里找止痛片，刚才的谈话让她头痛了起来，而刚才抽的那根烟又加剧了她的头痛。玛丽莲只听到了“左边”两个字，于是拉开了左边最上面的一个抽屉，那里面放着很多文件：医疗-2009，牙科-2012，税收免除-07-08，然后，第四个文件夹——埃维（Ivy）。

直到现在，一看到这个名字，玛丽莲还是会很难过。她盯着这个短短的由三个字母组成的名字，还有温迪熟悉的笔迹——温迪会把字母“y”的最后一笔拉得很长，卷成一个圈。她很难想象，在文件夹上贴标签——将埃维尘封在文件柜的最深处——这样一件再寻常不过的小事，会让温迪多么心碎。她用手拉开文件袋，打开一个小口，往里看了看，里面是几张超声波照片、一个医院手环，还有一张淡蓝色的纸。她屏住呼吸，把那张纸拿了出来，上面写着：“伊利诺伊州人口统计局。死亡日期：2006年10月9日。”

“你找到了吗？”温迪喊道。

她强迫自己将肺里的空气呼了出来，然后把纸放回了文件袋。她接着打开了中间的抽屉，在很多曲别针和便利贴之中找到了止痛片。她摇了摇瓶子，确认了一下。“找到了。”她喊道。

她对温迪有很多遗憾。她后悔在她那么年轻、那么孤独的时候怀上了温迪；她后悔没有给温迪足够的关心。如果说一开始是因为疲惫，那么后来则是因为意外到来的维奥莱特——他们的第二个孩子——让她分身乏术，他们本来没有想这么快就要第二个孩子，所以维奥莱特的到来让他们手忙脚乱。她不后悔生下格雷丝，但却很后悔做出了那个和戴维再生一个试试看的决定。那个时候，与其耗费时间做下那个冲动的决定，她也许早该注意到温迪越来越不稳定的性情，以及温迪和食物之间越来越不健康的关系。她后悔自己做下的任何让温迪产生自我厌恶的事情。她不知道她到底做了什么，让温迪对她的生活如此鄙夷，让温迪那么迫切地想要跳脱出去，寻求更好的生活。

午餐桌上，无论是温迪对她的指责，还是温迪迅速开酒瓶的熟练程度——她的坏习惯由此可见一斑——都令她感到深深的不安。她突然第一次意识到，在这个家里，也许只有她能懂得温迪到底失去了什么。温迪失去的不是丈夫，不是孩子，她失去的，是她甚至没有机会深入了解的母亲。虽然痛苦无法度量，但玛丽莲——曾经用整段的童年时光学会了妥协的她——比任何人都更清楚温迪正在经历的痛苦。

在所有女儿身上，她都能看到自己的影子，但大多数都是她不太喜欢的特质。维奥莱特很会逞强，有时甚至会伤害到她自己。莉莎和曾经的她一样，对父母总是怀有过度的敬畏之情，曾经的一次平安夜，玛丽莲就怀着那样的心情，看着烂醉如泥的父母在客厅里跳着华尔兹，她目睹他们将婚姻的苦果吞下，勉强维持着关系。格雷丝极易受外界的影响，并且总是习惯性地回避冲突。但是温迪不一样，温迪遗传了玛丽莲最强而有力的特质，她冲动、强势、混乱，她和生孩子之前的玛丽莲一样，会直言不讳地说出内心所想，她懂得如何自我认知、自我批评、自我毁灭。

玛丽莲从来没有明说——她担心那会毁掉一桩好事，成为一个好心办坏事的母亲——但是在她看来，温迪和迈尔斯的婚姻与她的婚姻最为相似。温迪和她一样，都是在遇到丈夫之后，才得到了真正的成长。她的丈夫比她年长，性情更加深沉，就像1975年的戴维，这种相似性让一切都变得更加艰难了。温迪变得更难接近，更难安抚，也更难同情。她回想起温迪十几岁的时候，每当她伸出手抚摸温迪，想要给温迪安慰时，温迪都会四肢僵硬，毫无回应；她回想起每次想与温迪建立联结时，温迪对她嗤之以鼻的模样。

温迪——他们的第一个孩子。是温迪第一次让她不要把目光局限在怀里的孩子身上，而是为了她的孩子，试着去爱周围世界；是温迪第一次唤醒了她内心深处那个她所不自知的部分，是温迪让她意识到了那个部分无穷的潜力，以及那些永无止境、不断更迭变化的界限。意志坚定、让人恼火的温迪。在她的脸上，玛丽莲第一次看见了一双和丈夫一模一样的眼睛。

她永远无法把这些和女儿解释清楚："是你让我意识到，我的心是一个装载着快乐与绝望的无底洞。"她永远无法告诉温迪："是你给了我生活的意义，但同时也是你亲手毁了它。"整整六个月，她和她的大女儿形影不离，经历着各种心理活动："你的鼻子和我妈的长得一模一样"，"其他人不觉得你的眼神有什么含义，但我知道不是那样的"。但是后来，维奥莱特的到来又给了她一个借口："我现在是两个孩子的母亲了，如果我犯错了，只是因为我太累了。"

再后来，埃维死了，那时，她曾经为温迪以及她从来没有打过照面的外孙女而伤心欲绝。此时此刻，她倚着温迪的桌子保持平衡。多年以来，她都误以为埃维没有中间名，和格雷丝一样——她从来没有因此而怪罪过戴维，因为她可以想象，当时的他抱着刚出生的格雷丝，带着将要失去妻子的绝望，才下意识地做出了那个决定。

她的胸口堵得慌，也许温迪并不像她所以为的那么恨她。"**埃维·玛丽莲·艾森伯格**"就印在那张被她刚刚放回原处、重新被尘封的证书上，就在日期的上面。

之后，温迪把她送到家门口时，玛丽莲下意识地伸出手臂搂住了她，她们都大吃一惊。

"希望你能知道，我有多爱你。"玛丽莲说。温迪全身僵硬。

"天哪，妈，你也太矫情了吧？"

"你并没有毁了我的生活，温迪，恰好相反。我再多说几遍也不为过。"

"好吧，但是，妈，我那时候可是个恶魔一样的存在。"温迪说。

她仔细地打量着温迪的脸，从她们在达文波特街上的家里度过的那些寒冷的早晨，到此时此刻，温迪脸上的某些东西一直都没变过。她看着她的女儿，看着眼前这个异常坚定的女人，突然回想起了从婴儿时期起不同版本的温迪，像在脑海中翻阅着一本诡异的嵌着花纹的翻页书，书中温迪的模样瞬息万变，刚出现，就又一下消失殆尽了。

“如果我是你，我一定会想把我自己给杀了。”温迪说。

“你不会的。”她帮女儿把脸上的一绺头发拨到一边，“二十年之后，你一定会想方设法，克服一切阻碍，跑到你大女儿的家里，只为了和她一起吃一顿饭，喝一瓶酒，抽几根烟。而且，你会惊讶地发现，她成了一个多么了不起的女人。”

谁会想到，如果把女儿们现在的生活状况放在一起做个比较，温迪竟成了最后的赢家？她的第一个孩子靠一己之力，冲破了重重阻碍，走到了今天。

1996

吉莉安·莱文救了他的妻子，这让他们之间的关系又进了一步，他们不再只是同事，同时也成了知己。一天晚上，她脱下白大褂，穿上了一件和她气质不太相称的机车小外套，出现在他办公室门口。

“准备回家了？”她问道。

他停顿了一下，手里正攥着公文包的一个包扣。“并没有。”他说。

“我要去吃晚饭，要一起吗？”

他松开了包扣，有些犹豫：“和你一起？”

“不要有压力。”她冲他笑了，他的脸一下变红了。他花了很多时间和妻子还有女儿们相处，但是没有人——包括他的妻子——会用这种眼神看他。而他的女儿们一个问题缠身，另外三个也都不省心。他和玛丽莲像刚从战场归来的人质——面容消瘦憔悴，因为许久不见天日而半眯着眼睛——回归了他们自己的生活。最近，他和妻子之间产生了前所未有的疏离。

“哦，”他说，“当然——可以，我这就打个电话。”

她抬起手指了指："我去把储物柜锁起来，你慢慢来。"

过去几个月，他和玛丽莲两个人都精疲力竭。他们和温迪的医生时刻保持着联系，密切关注她的食物摄入量、她出门以及去卫生间的次数（虽然站在门外偷听温迪催吐的声音，会让他们觉得冒犯了她的隐私）；过去几个月，他们轮流照顾格雷丝，并提醒彼此不要忘了维奥莱特和莉莎，如果维奥莱特拿到了"国会学业奖"，或者莉莎排除万难成了水球队队员，不要忘了表现得亢奋一些；过去几个月，他们总是往床上一摊，倒头就进入了深度睡眠，碰也不碰彼此。他们并没有起任何冲突，但是他们却像交代公事一样和彼此交流。除了孩子、狗，还有房子，他们变得无话可说，这让他感到前所未有的焦虑。他们已经克服了重重阻碍，安然度过了这么多年，对生活的掌控也刚开始变得游刃有余，但这突如其来的一切，杀了他一个措手不及，那种对"正常"生活的幻想，如今早已幻灭，一切都和他的想象背道而驰。

吉莉安以为戴维是在打电话给玛丽莲，但实际上，他拨通了另外一家诊所的电话。过去几周，他晚上会在那儿多加一会儿班，他告诉那个诊所，办公室出了点急事，去不了了。

他特意选了一张靠窗的桌子，仿佛那样就能自证清白，表明他并没有在避讳什么。他完全可以和同事一起吃顿晚餐，尽管他和玛丽莲在彼此之外的社交生活并不是非常活跃，但那并不意味着他就不能拥有一个朋友。吉莉安正在和他事无巨细地聊着她在辛辛那提做新闻主播的哥哥，他试着保持专注，假装若无其事。

"太难了，"吉莉安说，"总是活在那种阴影之下。虽然我们都成年了，但我觉得——好吧，我想你应该很懂兄弟姐妹之间的那种较量。"

"实际上，我是独生子。"他说。

她笑了："我是说你的女儿们。"

"哦。"他感觉自己的脸一点点烫了起来，这是他几个月以来头一次把她们远远地抛在脑后。莉莎交了个住在镇边上一栋公寓楼里的朋友。他想象玛丽莲开着她的沃尔沃经过，透过窗子看到了他。但那又如何，他又没有做错什么，况且，就算他真的做错了什么，玛丽莲会在乎吗？他抿了一口苏格兰威士忌。

“你看起来有点焦虑。”吉莉安说。

他摇了摇头：“只是……有点缺觉。”

“温迪怎么样了？”她轻柔地问道。

温迪过量嗑药的那次，为了请一天假去医院陪她，他粗略地告诉办公室主任他的女儿病了，但是他一回到办公室，就把事情的经过一五一十地告诉了吉莉安——那个每当玛丽莲开始担心温迪的体重，他总是第一时间去寻求帮助的吉莉安，那个对女儿的理解远超过他的吉莉安。

“在慢慢恢复。”他说道。她看着他，等待着。他不自觉地接着说了下去：“实际上，温迪几乎已经百分之百地恢复了。至于我们——好吧，过得还凑合，但也不是不可以更好。”和一个没跟你结婚的女人一起吃饭时，你说的每一句话都像充满了暗示。

“你其他女儿是不是也过得不太好？”格雷丝出生后的一天晚上，吉莉安顺路拜访了他们。当时玛丽莲还在住院，她送去了一些中餐，还给两个大一点儿的女儿买了《阿奇》漫画和卷尺手环当作礼物。

“哦，不，”他说，“她们都——还挺好的，孩子们都很有韧劲儿。”他突然之间意识到，他这句话可以用排除法来理解：除去女儿们之后的“我们”，也就只剩下他、玛丽莲和卢米斯了。他清了清嗓子：“说说你自己吧，都发生什么新鲜事儿了？”

吉莉安耸耸肩：“老样子。只不过，我最近发现我竟然都没有什么兴趣爱好。你有什么爱好吗？”

“喜欢睡觉算吗？”

她笑了：“我以前有趣多了，经常会去尝试一些有的没的，溜溜直排轮啊，玩玩填字游戏啊。”

“直排轮？”他没有忍住，笑了出来。她也笑了。

“别笑，有本事你自己试试看。”她说，“或许你的女儿们可以教教你。”

“那她们一定会开心疯了。”他笑了，然后摇了摇头。“你可是个事业有成的医生，”他说，“没有兴趣爱好也很正常。”

“唉，但是我要付出多少代价啊。我只是想找到一个相处起来很舒服的人，但是没有想到会这么难。找个爱好，归根结底不就是为了这个吗，你觉得呢？”

“当然了，是找个兴趣爱好的好处之一没错。但那是——好吧，不得不说，是还挺重要的。”

“你上医学院之前，和玛丽莲就认识了，对吧？”

妻子的名字突然出现在这场餐桌谈话中，让他吃了一惊：“没错。”

“大概那才是对的方式吧。可是我现在没那么多时间了，不知道什么时候才能遇见一个正常人，难道得让我的病人帮我介绍对象，作为我帮她们接生的报酬吗？说起来，这顿饭是我几个月以来的第一次社交，不用吃微波炉爆米花，从急诊室里逃出来透透气，还挺好的。”

当然了，对他来说，这也不失为一个“透透气”的好机会。他要逃脱的并不是孤独，而是家里的那一团混乱，是他的女儿，是家庭生活的重担，是他和妻子渐渐疏远的婚姻生活——原本那是帮他抵抗所有混乱的港湾。

“急诊室里一定要有医生坐班，实在是有点老套了。”他说。

“在爱上你老婆之前，你有爱上过别人吗？”

他呛到了，咳嗽起来，然后说道：“实际上，没有。我们很幸运。”

她的眼神黯淡了几分。“那真是太好了，”她说，“我只是想找到一个——我不确定，我只是想找到一个觉得和我在一起很幸运的人。”

“那很重要，”他说，“你的伴侣必须得意识到你是他生命中的重中之重才行。”他永远不可能对玛丽莲说出这些话，昏昏沉沉的晚安和一张张的购物清单，已经填满了他们之间的每一丝缝隙，“你值得遇到这样一个人，他会坐在你的面前，然后告诉你，遇见你是他生命中发生过的最幸运的事。”

吉莉安的眼睛闪烁着光芒：“那标准太高了。”

“没道理将就，要和一个疯狂爱着你的人在一起。”

她笑出了声：“无意冒犯你的性别，但不得不说，作为一个男人，你真的很有洞察力。”

“好吧，我……”

“看来有女儿对你很有帮助。”她微笑着对他说道。他一时间有些混乱，在这样一句有些撩拨的话中，竟然出现了他的女儿。

“那可不一定呢。”

“之后还想一起吃顿饭吗？”她问道。

他可以重新安排诊所的加班时间，再腾出一个晚上。不等她开口打圆场，他就抓住了机会，把这件事敲定了下来：“星期四如何？”

维奥莱特近乎痴迷地向往着大学生活，她不停地想象着自己能考上哪所大学，学什么专业。然而，她的母亲好像对整件事有点不太耐烦。对于她勃勃的野心，母亲不再发表任何评价，维奥莱特去参加高考模拟考试时，玛丽莲也只是敷衍了事地摸了摸她的头。维奥莱特早就厌倦了身边失控的一切，厌倦了总是能得到密切关注的温迪，也厌倦了那个随之而来的事实——母亲根本没有把这件对她而言至关重要的事情放在心上。

“妈？”

她的母亲正在帮莉莎填露营登记表，与此同时还时不时地离开座位去检查烤箱里烤着的东西。母亲从来都没办法好好儿地坐下来进行一次对话，她的手上不是抱着格雷丝，就是捧着一堆刚洗好的衣服，拎着一壶水，或者抓着园艺工具。她有的时候甚至可以同时做几件事，一边把格雷丝放在大腿上维持着平衡，一边叠毛巾，屁股后头的口袋里还插着一把泥铲。她填完莉莎的中间名，抬起头来。

“什么事，亲爱的？”

“你为什么没把大学念完？”

从玛丽莲的尴尬和戴维的揶揄中，她们不难抓住母亲疯狂的大学生活的零星线索。那天晚上，玛丽莲皱起眉头，起身走到电话旁的抽屉那儿拿了瓶涂改液。

“发生了一点小插曲。”玛丽莲眯起眼睛，用涂改液的小刷子在纸上涂抹。

“但你为什么——我是说，当时你大学就快念完了，不是吗？你有……你不想拥有更多吗？你为什么就……就那么半途而废了？”她的母亲看上去非常聪明，而且读过很多书，上个礼拜，她走到维奥莱特身后，瞥了一眼她正在读的《简·爱》，说了一句“哦，所以她还没听说罗切斯特先生有老婆的事儿？”，破坏了这个等着维奥莱特自己读到的惊喜。

“我想要的，是和你爸在一起过日子。”她说，这句话一下让维奥莱特觉得她思想狭隘、保守，同时也很悲哀。

“但你可以在艾奥瓦继续读书的，不是吗？”

“我当时的学分一分都没能转过去，而且我们没钱，之后又有了温迪。”她说得好像温迪是从某颗星球上掉下来的生物，又好像是从难民营里逃出来，跌跌撞撞闯进她家的难民。表格填好之后，她把涂改液放在了桌上。“维奥，那会让你觉得很尴尬吗？我——我不知道你为什么要提起这件事。对当时的我来说，继续念书是不可能的。我也不是没有考虑过，但是我——总有这样那样的事情阻碍着我，我没有念完大学，是我自己的选择。”

“但是，为什么呢？”对维奥莱特来说，不上大学这个决定几乎等同于截肢。

“你这问的是什么问题，亲爱的？”

维奥莱特试着想象母亲像她一样大的时候，也曾经上过高中，也曾将世界握在她的手中。虽然她知道她的外祖母在母亲十几岁的时候就去世了，外祖父常常出门在外工作，但在她看来，母亲仍然有很多选择，她是家里的独生女，从小到大并不缺钱，比有四个孩子的她们家殷实多了。

“但是你不想要更多吗？”她问道。

“更多什么，维奥莱特？我的老天哪。”

“就是，更多……为你自己争取更多东西。”

她的母亲低头看着面前的表格，扭转着她手指上的婚戒。“当然了，我时不时也会那么想。但是你不能……亲爱的，很多事情只是看起来黑白分明，但是生活并不是那样的，生活中……有很多灰色地带，很多事情并不是非此即彼的。只是……很多事情就那么发生在你头上了，你只能随遇而安，做出这样那样的妥协。眨眼的工夫，你就从医学院毕业了。”她用手指咚咚敲着餐桌，“又或者，你突然成了一个累死累活的母亲，辛辛苦苦养着四个孩子，还要一边听十几岁的女儿抱怨你的不好，一边盯着烤箱里的猪排以防肉被烤焦。”

“我不是那个意思……我只是想说，我不明白为什么。”

“我很爱你的爸爸，我也很爱你们，那就是原因。”

“因为你疯了？”

母亲刚才有些愠怒地瞪着她，现在却突然放声大笑了起来：“好吧，我们不都是一个样吗，对吧？天哪，也不想想，你们这些姑娘都是从谁的肚子里生出来的！”对话戛然而止。母亲又站了起来，检查烤箱去了。

第十八章

门卫打电话给温迪，告诉她她的妹妹正在大厅里等她的时候，温迪一下就亢奋了起来，她几乎能想象维奥莱特的狼狈模样——又或者，如果见到的是过了十多年，终于打算和她开门见山，把话说清楚的维奥莱特，就更好不过了。但是过了一分钟，她打开门，出现在面前的却是脸色苍白、眼神空洞的莉莎。

莉莎开口说道："瑞安离开了我。"

又是这句耳熟能详的话。大概十五年前，维奥莱特也曾经对她说过一句一模一样的话："罗伯离开我了，我怀孕了。"当然了，这次的情况完全不同，甚至让她有些惊慌失措。虽然她和莉莎相处得还算融洽，但从来都算不上亲近，更不用说是"危急时刻一声不吭地出现在你家门口"那种程度的亲近。

"真是很有冲击力的开场白呢。"她领着莉莎进了屋，"你要——要喝点水吗？低咖啡因的咖啡？或者来点其他的？"

莉莎摇了摇头，盘腿坐在了沙发上："很抱歉这么突然地来了，我没有别的地方可以……"

"怎么回事？"温迪说。她选择像往常一样，用开玩笑来掩饰自己受伤的神情。"出事了，你竟然第一时间想到要找我？难道我是你认识的人当中最有智慧、头脑最清醒的？"

莉莎虚弱地笑了。

她在莉莎身边坐了下来："出什么事儿了？"

"我不……确定，很多事。"

"怎么，他现在是人已经走了吗？"

"昨天晚上走的，他搬到上半岛去了。"

"他妈的，"她说，"为什么？"

"他有个什么风能科学家朋友，"莉莎用力地摇了摇头，像一个极力洗脱责任的小孩子，"很……很复杂。"

"你说会不会是因为，你身上总有男士除臭剂的味道？"

莉莎脸一下涨得通红："过去几天，我一直穿的是瑞安的衣服，比起我自己身上的味道，他的味道不会让我作恶。"

"是作呕。"温迪纠正了莉莎的措辞。这是一个她们开了几十年的老笑话，时不时被她们用来嘲弄一番她们追求极致精准的医生父亲。她还记得，她刚结婚时，迈尔斯也会用同样的方式纠正她，听上去和父亲一个德行，当时她还笑着威胁他要是再纠正她一句，她就取消婚约。"瞧你这样，大着肚子，还喷男士止汗露。"

莉莎只是虚弱地笑了笑。

她看得出来，她的言语对莉莎来说太轻佻了，别人也多半会对她开的玩笑做出同样的反应。

"让他马上回来，如果他不明白这件事有多重要，我替你告诉他。"温迪停顿了一下，她想起了迈尔斯，实际上，迈尔斯无时无刻不萦绕在她的心头。他离开这个世界的时候，带走了一半的她，而把一半的他自己留在了她的身体里。"我怀孕的时候，迈尔斯和我大吵了一架，就因为加湿器。"她仿佛又回到了那间尚未完工的理查德·斯凯瑞[①]主题婴儿房里，站在了他的面前。那时候，她怀着孕，但是肚子还没有莉莎现在这么大，她骂骂咧咧地抱怨着潮湿空气有可能导致的危害，

① 美国儿童畅销书作家。

而迈尔斯从网上打印下来一篇文章，摔在她的面前，告诉她加湿器不但不会毒害空气，反而可以净化空气。他还说，如果放一个加湿器在婴儿床旁边，他们晚上就可以睡得更加安稳。

“当时真是太蠢了，”她说，“他晚上十一点左右离家出走了，过了六个小时左右才回家。他回来之后，我就跟他说，如果他离开了我们，他就是个生物学上的懦夫。”

“生物学上的懦夫？”

“如果一个男人抛弃一个肚子里正怀着他的孩子的女人，那么基本上可以确定，他从生物学上就是一个懦弱的物种。当然了，在我看来，可能大多数男人都是这样的，只是有的人没有那么明显罢了，但世事难料嘛。走可以，但他得知道回来。”

“我不确定我想不想让他回来，”莉莎平静地说道，“可能我们两个都不想继续下去了。我一开始觉得……我不知道了，也许一切都是注定的。”

“你这么想很宿命论。”

“实际上我已经在尽量‘现实论’一些了。”

“这两个可能是一码事。”她捏了捏莉莎的膝盖，“天哪，做一个人真的是太难了，你说是不是？”

莉莎茫然地点了点头。

“我有时候真是受不了了，”温迪继续说道，“活着太痛苦了。我们就像一群自恋的巨婴，走到这儿，走到那儿，一副我们知道自己在做什么的样子。当然了，除了爸妈，他们过得太幸福了。一看到他们幸福的模样，我就想把我的头塞到烤箱里。”

“你是……认真的吗？”莉莎问道，突然像个老师一样挺直了背。

“你得先定义一下什么是‘认真’。”

“我是说，你当然可以那么说了，没人会怪你的。”莉莎说。

“我的天哪，莉莎，你是在开我玩笑吗？”温迪不带任何幽默地说出这句话，然后抬起头看着莉莎。莉莎也正盯着她，像《夺标27秒》里那个爱管闲事的角色。

“不，不……我的意思是……我们当然会……我只是想说，你经历了那么多事，会把自己封闭起来，也是一件自然而然的事情，毕竟你遭受过那种程度的……创伤，可能也丧失了……”

“你是说，如果我丧失了活下去的意志，你也能理解，对吗？”

“不，我只是说不会……天哪，你别再逼我了，温迪。”

“你现在不给别人提供法律咨询了，是吧？我是说，你现在做的这份工作。”

“不了。”

“好，”温迪说，“我当然不是认真的。天哪，我们不是在聊你的事情吗？你现在的生活好像比我的更像一摊狗屎呢。”

她的妹妹崩溃了。又来了一个在她的沙发上引火自焚的单身孕妇。“我一个人做不来，”她说，“我还以为我想让瑞安消失，因为他……好吧，他整个人一塌糊涂，真的，就最近。温迪，那段时间，他一直都很焦虑，焦虑到了极点，好像孩子已经生下来了似的。所以我一直很担心他不能做好一位父亲，不能照顾好他自己的小孩。可是现在他真的走了，我真不知道我当时在想些什么。还有，天哪，工作上的事情也一团糟，搞得好像我是为了利用终身教授的福利，特意搞大自己的肚子一样，你真该看看我们系主任是用什么眼神看我的，好像我身上有辐射似的。”

“你会没事的。”温迪说。

“我现在肚子里有一个孩子，我要让这个孩子活下去。”

莉莎的思维渐渐跟上了温迪的语速。她先是伸出手摸了摸她的肚子，仿佛在和她的孩子道歉，然后又像她们的母亲想强调某件事情时那样，攥紧了温迪的手腕。

“哦，天哪，温迪，我很抱歉，我不是故意……”

“别放在心上。”

“我只是想说……”

“你只是吓坏了，”温迪说道，“很正常。但是你会没事的，你不用一个人承担这一切。妈和爸都很兴奋，他们一定会缠着你，让你把孩子交给他们照顾；而维奥莱特呢，她会抓住一切机会，向你灌输她自以为是的育儿智慧，反复显摆她比你聪明多了；至于我呢，我也不是一个完完全全的混蛋，我一定会把你的孩子宠上天的，迪奥精品店橱窗里摆着的那些滑稽的婴儿裤装，我到时候肯定会傻乎乎地一股脑儿全买给你。”她那次怀孕后不久，迈尔斯曾经从瑞格利球场旁的街边小贩那儿，买了一件小熊队的婴儿连体衣回家，直到那一刻，一切才第一次变得真实起来，她的孩子，还有愿意为孩子尽心尽力的慈爱的父亲。她艰难地咽了一口口水。“会有很多人爱你的孩子的，莉莎。你知道的，对吧？”

“我一直想象——那幅画面，就像我们长大的过程那样，就像你渴望看到你的孩子能好好长大一样。”

“见仁见智吧，我觉得。”温迪说，“事情的结果常常会和我们的预设有所偏差。”

莉莎停顿了一下：“我刚刚的意思是‘没人会怪你’。”

“如果我自杀了？谢了，莉兹。”

“你明白我刚才是什么意思吗？”

“我的理解是，你觉得我现在过得很惨，那和我的观点正好吻合。世事难料，人走茶凉，但那不影响我飞黄腾达，和奥普拉[①]住在同一栋楼里。”

“我以为她离开芝加哥了。”

---

① 美国脱口秀主持人、制作人，世界上超级有影响力的女性之一。

“好吧，可能只是‘据说’而已。”

“奥普拉才不住在你这栋楼里，温迪。”

“如果还是这种态度的话，你可就别指望我给你的小孩买博柏利风衣了。”

莉莎笑了：“我之所以来你这儿，就因为我希望你能暂时蛊惑我，让我产生一切会好起来的错觉。”

“然后呢？”

“谢谢你，温迪。”

“当然了。”

转机。格雷丝爱上了一个男孩，而且她赚的钱终于不仅能付清房租，也能让她每季度买一次牛油果，以及采购一些她通常情况下买不起的卫生棉条（如果她想奢侈一把）。这些细枝末节的事情对她来说很重要，她试着把注意力全放在这些细节上面。最近她常常去猎户座餐厅，只要本在那里，她下班后就会顺路进去看看，很快，她便对本每天的行程了如指掌了。这要么表明他们正在顺利地发展一段恋爱关系，要么表明她其实是个不折不扣的跟踪狂。她会坐在吧台的高脚凳上，面对着他，晃着腿，和他聊所有能聊的话题——从被严重低估的《皮特和帕特的冒险》，到她那个吹双簧管的古怪的老板，再到本参加的即兴足球联盟里错综复杂的人际关系。奇妙的是，明明聊了几个小时，她却感觉只过去了几秒钟而已，她低头看了看表，发现已经晚上十点了。最近，她也因为常去咖啡厅而对自己的生活产生了一种巨大的厌恶。她在咖啡厅以外的生活似乎都在慢吞吞地向前挪动，没精打采地走向一片虚空。

每次和家人打电话，她都会强烈地意识到自己的凄惨境地，不和他们联络的时候，她至少还能对自己的现状选择性地视而不见，就像在没有戴隐形眼镜的时候看网飞一样，一切都可以变得模糊起来。于是她便开始限制自己与父母和姐姐们的联系，减少与姐姐们联系比减少与父母联系容易多了，姐姐们更以自我为中心，但她的父母总会给她打电话，至少每周一次，或者更频繁。

“小鹅，”接起电话时，母亲在那头说道，“我想死你这个小可爱的声音了。”

那是一个周六的晚上，她刚刚做了个发膜，用掉了家里剩下的两个已经过期一周的鸡蛋。她在冰箱旁边靠墙坐着，因为那附近信号最好。“我不是什么‘小可爱’，好吗？就是一个普通的声音而已。”她停顿了一下，“对不起。”

“我打来得不是时候吗，亲爱的？”她的母亲说道，发出了迟疑的笑声。

“不，不，没有不是时候。抱歉，妈，我也很高兴能听到你的声音。”

“你爸和我刚才吃晚饭的时候还说来着，我们都很想你。你现在去学校上课是不是很麻烦？我看你那儿已经下了将近一个星期的雨了。”

“我……是有点麻烦，没错。你怎么知道这儿在下雨？”

“你爸和我的手机上装了天气软件，我们把你那个地方也添加进去了。”

这是她这么久以来遇到的最温暖的事情，世界上竟然还有人会关心她所在的城市是不是下着暴雨。她用手指梳着自己的头发，想看看头发有没有变得更加柔软，她不知道本会不会留意到她头发的光泽，也不知道如果是本的手指穿过她的发间、抚过她的后背，会是什么样的感觉。他下班之后，他们会时不时地一起去喝杯啤酒，昨天晚上，他还帮她掸掉了衬衫袖子上的一截线头，面对那突如其来的亲密接触，她一下子慌了神。本笑了，为自己对她造成的惊吓说了声抱歉。此时此刻，他的触摸依然残留在她的手臂上，而电话那头，她的母亲正喋喋不休地谈着五金店和乔纳正在学的武术。

她咽了一口口水，这是她有生以来第一次对性痴迷到这种地步，她偷偷摸摸地从图书馆借来了有关性爱方面的书。她有一次甚至在电脑上键入了那个令人羞耻的单词——“黄片”——然后在惊恐中砰地合上了电脑。她总是和本保持着距离，但她痴迷于本的身体构造，痴迷于他那微微撑开T恤的肩膀，痴迷于他下腹部的深色的汗毛——有一次他伸手去够高架子上的咖啡豆，被她看到了。她也痴迷于他身上汗水的气味，每当他靠得足够近时，她都能闻得到。她曾经在书上读到，男孩们可以分辨出女孩是不是处女，这让她感觉非常紧张。

“趁我没忘，”她的母亲说道，她回过神来，“我要把新的信用卡号给你，这样你就可以买回家过圣诞节的机票了。”

她完全忘了节假日这个令人不快的事实，她之前谎称学校期中考试日程安排太紧，从而逃过了感恩节。谁知道圣诞节却趁她不备，突然又冒了出来。她不是不想见到他们，实际上，她非常想家，她现在最想做的事，莫过于在家待上一两个星期，到俄亥俄街上闲逛，和小狗窝在一起一觉睡到中午，享用母亲做的烤奶酪三明治。她想听莉莎畅所欲言地和她分享怀孕的感受；她想坐在温迪的沙发上边喝着她的高级红酒，边看着她醉醺醺的姐姐在网上给她订购价格高昂的手提包；她想和父亲一起出去买东西，和外甥们一起玩“糖果乐园”桌游；她想见一见乔纳——维奥莱特的那个神秘私生子，他似乎已经完全融入了这个家庭，大家对他的评价都很高，让她有点嫉妒。如果说作为家里年纪最小的孩子有什么好处的话，那就是不可能有比她更小的兄弟姐妹让她嫉妒了。然而，乔纳的出现改变了一切，更荒唐的是，她是这个家里唯一还没有见过乔纳的人。一想到这一点，她就觉得和每个人都更加疏远了。

但是，当事情在她的脑海中渐渐展开全貌时，她开始嗅到了危险的气息。吃烤奶酪三明治就意味着她得和母亲一起坐在餐桌旁，当着她的面撒谎；向她新加入的外甥介绍自己，就意味着她说的每一句话都至少真假参半。而她的姐姐们则有一种神秘的能力，总能从她身上榨取真相。当然了，她也知道，自己不可能永无止境地把这个谎圆下去，总有一天，真相会不可避免地泄露出去，而且很有可能就在不久之后。她不敢相信她到今天还没有告诉他们实情，她不敢相信自己未来一年竟然毫无计划。一个真正的计划，能推着她的生活向前，也许是再参加一次法学院入学考试，也许是降低期望值开始新一轮的法学院申请，又或者是再大胆一点，搬到旧金山，和她的有钱朋友凯特琳住在一起，然后找一份初级市场营销的工作。但这些事情她一件都还没做过，每一天，谎言都像霉菌一样蔓延生长，阻塞着她的判断。

“妈。”她无意识地喊道，她的声音听上去微弱得可怜。

“怎么了，小笨鹅？”她的母亲听上去非常担心。紧接着，母亲自己打断了自己：“我在和格雷西通电话，亲爱的，你去问问戴维吧？”

母亲一定是在和乔纳说话，那个填补了她的位置的替代品，那个正处在需要照顾的年纪的替代品。

“亲爱的，你没事吧？”

她清了清嗓子：“没事。我——实际上，很抱歉，但我……”

“你可一定得回家。”她的母亲不留一丝余地地说道。

“就是我——我收到了一个我没办法推辞的邀请，”她脑海里闪过了她那些出身名门望族、活力四射、会到瑞士风格小木屋里度假的朋友们，“我要去滑雪，和学校的几个朋友一起。”

“什么朋友？”

她竭力不去想母亲声音中的失落。“呃，艾米丽。”她曾经和他们提到过这个名字，这个她信口胡编出来的“艾米丽”来自威斯康星州，双性恋，和她一起参加了一个根本就不存在的研究小组。“还有莎伦。”她僵住了，这个名字又是从哪里冒出来的？除了那些20世纪60年代之前出生的人，谁会取“莎伦”这样的名字？但她只能顺水推舟，这就是活在谎言中的弊端，你必须时刻有高瞻远瞩的意识。“她爸妈在阿尔卑斯山有座别墅。”她说。

“阿尔卑斯山？瑞士的那个？”

见鬼。“我是说，阿斯彭，”格雷丝说，“对不起，我太累了。”

“哇，亲爱的，”虽然母亲在假装热情，但她的声音听上去还是非常受伤，“听上去会是一个很棒的假期。但是，当然我们——天哪，我已经很久没见过你了，亲爱的，我很想你。”

那个蠢蠢欲动的想法又出现了，要是现在就和母亲摊牌，忏悔，连夜回家，得到父母的照顾，该有多么轻松啊。然而就在此时，手机响了，是一条短信，她把手机从耳朵边上拿了下来。“在吗？想喝一杯吗？归来酒吧，八点左右？”每当她的手机屏幕上闪烁起他的名字时，她的内心深处就打开了一扇小门。有了这扇门，她就能从生活中获得一次稍微喘口气的机会。

她又把电话放回了耳边。“我也想你。”她说。如果她对这句话迟疑太久，没有不假思索地做出回应，她就会感到一阵恶心的眩晕。“很抱歉我没办法回家过圣诞节，但是我——我觉得交朋友还是挺重要的。在里德学院认识的那些朋友都不在了，我想在这儿找到我的立足之地，我……”

“当然，”她的母亲说，“当然很重要啦。不管怎么样，我们都是一条船上的。维奥莱特和马特会去华盛顿，你也有你自己的生活，小笨鹅。但是你要知道，无论什么时候，你爸和我会一直在家里等你的。”

在这种时候，拥有世界上最好的父母的弊端就显现出来了，正因为他们的好，她的罪恶感在一点点攀升。她感到喉咙堵塞，于是艰难地咽了一口口水。“很抱歉我是这样一个一无是处的女儿。”但她没有把这句话说出口。“我要挂了，妈。我要和一个朋友去喝点东西。”

“没问题。玩儿得开心，亲爱的，我爱你。”

“我也爱你。”说完，她就挂了电话，给本回了短信：二十分钟内到。她还没来得及完全消化自己刚才撒下的那些恶劣的谎言，就飞快地出了门，一头扎进了夜晚寒冷的雾气之中。

1996

出于绅士风度，戴维提议把吉莉安送到她的车里。外面寒风袭人，而比起零下十二度的体感温度，坐在副驾驶座上的吉莉安更让他局促不安，脉搏加快，喉咙后方酸涩难忍。过去几个星期以来，他们两个会在下班后一起偷偷溜出去，吃一顿续好几轮饮料的漫长的晚饭。

“世上有这么多可以住的地方，”吉莉安说，然后把手并拢，捧成碗状，朝手掌中央哈了一口气，“我们却选在了中西部。”“我们”这个词让他觉得非常诡异，就好像他和吉莉安一起在伊利诺伊州这片土地上插了一面小旗。

“真是疯了。”他心不在焉地说道，然后找好角度，驶出了停车位。她在他身边收缩，扩张，像一氧化碳、冰冷的空气，或者流动的能量，充斥着车里的每一寸空间。她静止不动，身上散发着留兰香的味道。他现在已经非常了解她了，一起吃饭的时间里，他知道了她很多基本信息：大学的时候，她去意大利留了一年学，会说一点意大利语，很喜欢意大利产的干红葡萄酒；她给佩罗①投了票，因为她对疯狂的弱势者情有独钟；她骑车的时候摔断了右边的锁骨，但是骨头没有接好，皮肤上留下了一个显眼的印子。他试着去享受他们之间的对话，而不是实时进行自我审视。吃完晚饭回家的路上，他也在心中一一列举着他们没有做任何错事的理由。

“我车就停在这儿。”吉莉安说。

戴维把换挡杆推回了停车挡，把车停在了她那辆灰色的本田车旁边，她没有动。

---

① 指罗斯·佩罗，美国商人，分别于1992年和1996年参加总统竞选。

“如果你可以住到别的地方，”她问，“你会选哪里？”

“嗯哼。”他拨弄着空调暖气出风口。

“我列了一个清单。”她说。

“我从来没有想过这个问题。”

“你从来没有考虑过搬到别的地方去住吗？”她声音里的讶异让他十分羞愧。他从来没有考虑过另外一种选择，难道就这么奇怪吗？在他心中，只要他的家人还在这里，剩余的一切都无关紧要。

但是此时此刻，他坐在车里，思考起了这个问题。他一直很喜欢冬天，那是温迪和维奥莱特出生的季节，大地一片雪白。还有一年冬天的晚上——那时他们住在艾奥瓦城，还没有孩子——家里的火炉坏了，回到家时，他看见了在客厅地板上铺上毛毯裸着身子坐在上面等他的玛丽莲。寒冷最大的好处，就是为了逃离它而收获的舒适。暖风阵阵，从空调排风口处吹出，而车外则是二月初寒彻骨髓的空气，不知道意大利有没有这么冷。

“西伯利亚挺好的，”他说道，但是并没有把吉莉安逗笑，“我有给你推荐过雪地轮胎吗？这儿至少还要下好几个月的雨。”

“戴维。”

“那种轮胎真的很不一样。”他们之间什么都没有发生，每次和她一起吃晚饭的间隙里，他都会反复提醒自己这一点。但是他知道她喜欢点什么酒，知道她觉得和父母有些疏远。他还知道秋天的时候，她和一个业余时间会玩滑翔伞的高中数学老师约会了几次但不太成功。他习惯了她的谈话节奏，习惯了她沉默的重量，习惯了她在不喝酒时很容易就被人忽略的智慧。

吉莉安一点点地靠近他：“我不是……我不是在幻想，对吧？”

“幻想什么？”

“来吧，敏锐的女性主义先生，帮帮我。”她靠了过去，他的心跳停了一拍，她身上有股——他终于闻到了他妻子喜欢的那种味道——

橡胶手套上颗粒状泥沙的味道，她把手放在了他的手上。

他深呼了一口气，直到那一刻，他才意识到自己原来一直在屏气。“我不可以。”他说。这种感觉比接吻来得更为亲密，他说话时吐出的气息离她的脸如此之近，她的手指交叉在他手指之间，他可以感受到他们相互摩擦的皮肤。“我很抱歉。”

“我不想打扰到你们，”她说，“我只是在想……”

“我不是故意——要误导你的。”他还是没有把手移开。

他们的脸之间仿佛流动着少许的带电粒子，他能感受到不知道属于谁的温暖的沾着酒气的呼吸。她把手移到了他的小臂上，他的身子隐隐一震。

“不是幻想。”过了一分钟，他开口说道。

她脸上突然绽开了如同少女一般的笑容。

“但我不是……你想要的那个人。”

“哪个人？”她把手放在了他的大腿上。他对这个举动太熟悉了——和妻子一起坐在车上时，她也经常用她特有的小手拍拍他的腿，漫不经心之间对他传达爱意——以至于过了好几秒钟，他才意识到发生了什么。

“吉莉安……”

“我只是——我需要——我很喜欢你，我从来没有像最近和你在一起的时候这么开心过。”她说，“和你在一起我感觉很放松，你明白吗？”对他来说，这也是一段美好的时光，但与此同时，他永远不会亲口承认这一点，因为即便玛丽莲一无所知，那也会招致无法挽回的后果。

“我结婚了，吉莉安。”他不记得上一次这么焦虑是什么时候了。“我不能……这不是……”他向下伸出手，把她的手从他的腿上移开，“你是我的朋友，我很荣幸，但是……”

“我没疯。”

他艰难地咽了一口口水："你是没疯。"

她悲伤地冲他笑了一下："你太善良了，这对你反而不好。"

"我该走了。"

但她没有动。他们的眼神恰好相遇了，她靠得更近了一些。"谢谢你的陪伴，戴维。"

她吻了他——一个干燥、迅速的吻，就像说了一句晚安——然后就离开了。

回到家时，戴维惊讶地发现玛丽莲还醒着，她正在沙发上看书，光线昏暗。

"嘿。"他说。屋子里很安静，她没有抬头看他。看到没有睡着但一动不动的她，他感到很不习惯。最近每次回到家，他总会看到她全力冲刺，做着各种事情——打包午饭，盯着温迪，安抚其他女儿，让她们知道爸爸妈妈会一直陪在她们身边。即便是在他们的关系就要陷入危机（上帝保佑这不会发生）之时，她也一如既往地忙碌着。"嘿，亲爱的。"他又重复了一遍，她才终于缓缓地抬起头，那双眼睛仿佛不愿大费周章地看向他。

"我给你打了电话。"终于，她直截了当地说道，他的心开始猛烈地跳动起来。

"哦……"

"六个星期了，"她说着把手上的书放了下来，"阿德里安说六个星期之前，诊所的加班时间就被你调到了早上。"

"打电话给我有什么事吗？"他问，挣扎着维持他所剩无几的理智。尽管如此，他意识到他已经不可挽回地毁掉了一些东西，他只希望还没有毁掉一切。

"我早早地把格雷丝哄睡着了，温迪她们出去溜达了，我想打个电话问问你要不要一起吃晚饭。"从她嘴里说过的话，从来没有哪句像这句话一样让他这么绝望。他走进客厅，坐在了她对面的椅子上，他能看得出来她的愤怒是假装的，她在努力忍住不哭。

“对不起，”他说，“我很抱歉，亲爱的，我……”他停了下来。在没有事先告诉她的情况下改加班日程是一回事，公然对她撒谎就完全是另一回事了。“我很抱歉。”

“为什么抱歉？这段时间你都在干什么？”她的声音听上去与其说是愤怒，不如说是受伤，“你最近回家回得很晚。”

他一向编造不出一个令人信服的谎言：“我和吉莉安一起去吃晚饭了。”

“和——我的那个吉莉安？”

他迟疑了一下。玛丽莲对吉莉安的定位是合乎情理的：她的医生。虽然玛丽莲只是在好几年前，在吉莉安那儿问了大概十次的诊，但和每天都只是与吉莉安打个照面的他比起来，她和吉莉安的那十次接触无疑要亲密许多。“我的吉莉安”，当然是她的吉莉安，给他们接生女儿的吉莉安。

哦，老天哪，他真是个混账东西。

“只是吃个晚饭而已。”他平静地说。

“十一点都已经过了，”她听上去真的很受伤，“那你们真是吃了一顿漫长的晚餐呢。”对他和玛丽莲来说，这样的晚餐远远不算“漫长”。偶尔几个晚上，如果家里有保姆照顾孩子的话，他们会甜甜蜜蜜地一起在外面待到凌晨，喝一点酒，漫无目的地在城市里闲逛，最后开车回到郊区。如果身边的人不是他的妻子，这样的夜晚的确非常漫长。

“我们只是聊聊天，”他说，“聊很多——办公室里的事情，有很多可聊的。”

他们并没有聊工作，而且这么说让一切变得更糟了。他看着疲倦而美丽的妻子，看着她坐在沙发上伤心欲绝的样子，确切地意识到了这一点。结婚以来，他第一次考虑起了最坏的结果，之前无论是结婚四周年，还是结婚十四周年，有一件事从来没有变过：他从不担心玛丽莲会离他远去。

“不得不说，我们曾经也有不少东西可聊。”她说，“如果你能和我吃一顿几个小时之久的晚餐，我们也都能受益匪浅呢。”紧接着，她似乎意识到了自己处于弱势的坐姿，以及自己声音的虚弱无力，于是坐直了身子，笔直地看向了他的眼睛。“你知道，我很信任你，”她平静地说道，“但你知道为什么我这次会……这么不开心吗？”他们的对话节奏慢慢放松了下来，他也放松了下来。

“真的没什么，亲爱的。”

“已经持续了六个星期。”

他又僵住了。“好吧。”他说。

她的脸一下沉了下来。

“不知不觉就形成习惯了，”他说，“我们平时工作压力都太大了。”

她发出了一声讽刺的笑。“好吧，既然你这么说。”她说。

“玛丽莲。”

“不。随便了，如果世界上就你们两个人压力大，那你们就继续吧。你想和她在一起，就和她在一起，也不用费神回家了。家对你来说就像个禅修所。那样就说得通了，为什么你不愿意把你的压力带回家与我分享，要不是你朝我脸上来了这么一拳，我还没有反应过来呢。”

“平心而论，你对我也没有那么坦诚。”

她的脸一下失去了血色，暴露了她此时的愤怒。“因为你不听，”她说，“我试着和你讲过，但你不想听。而且就算是平心而论，我也没有找别人和我共进晚餐。”

他再一次哑口无言。玛丽莲的愤怒极为罕见，但每次发作时都极为致命。

“你知道那为什么让我这么不爽吗？”她问道，“你宁愿去和你的同事聊天，也不来找我。你知道那为什么会让我感到受伤吗？因为我最近满脑子想的全是要是能和你聊聊天就好了，戴维。如果这种感觉不是相互的，那——那也没关系。我不知道，但我希望你至少能尊重我，告诉我一声。”她已经濒临泪崩，但还是没有哭出来。

吉莉安有所行动时，他拒绝了。他差点就选择了另一个女人，但他没有，他最终还是回到了妻子身边。他本来拥有一个愉快而放松的出口，一个朋友，一个可以卸下所有负担一起度过那么多个夜晚的朋友。和她待在一起，比应对家里的压力要来得轻松很多，但他最终还是选择回到了这里，一如既往地回到了玛丽莲身边。突然之间，他心里有什么东西坍塌了，愤怒突然涌现。所有的内疚、所有的悲伤，都被这种强烈而明确的愤怒所淹没。他做了他该做的一切，他一直都在做着他该做的一切，尤其是今天晚上，当他的车里有另一个女人的时候，他依然选择打出玛丽莲这张牌。在各种选项面前，他依然坚定地选择了玛丽莲，他有什么好内疚的呢？

“你难道不明白为什么我最近总是觉得和你说不上话吗？你现在就像一具空壳，玛丽莲。拒我于千里之外的人是你，一直不肯面对现实的也是你。你就像个烈士，就算你面对了现实，也只会不停地对我抱怨你过得多难。”说完这段话，他没有动弹，敏锐地意识到了那种深入骨髓的痛楚。他越过了自己的界限，也越过了他们彼此之间的界限，那条他们多年以前建立起来的避而不谈但默认永远不会触碰的界限。话快说完时，他从座位上站了起来，意识到自己正在渐渐向她逼近。因为晚上喝了两杯鸡尾酒，他的脸微微发热。“该死。”他轻轻地骂了一句，声音渐渐弱了下去。他本来想要道歉，但看到玛丽莲松开了双臂，僵直着身子坐在沙发上，她看着他，眼神中夹杂着再显然不过的悲伤和愤怒。他意识到现在收回说过的话为时已晚。又过了好一会儿，她站了起来，向厨房走去。他听到“砰”的一声关抽屉的声音，紧接着，屋子里飘出刺鼻的烟味。

他跟着她走进了厨房，她正靠在洗手池上，开着窗，机械地狠狠地抽着烟，眼睛里似乎随时有眼泪满溢出来。

“这是你的问题，”终于，玛丽莲开口说道，“你一直都很好，但是你现在成了世上最可恶的混蛋，为什么我以前从来没有听你说过这些话？如果说是我一直在把事情搞砸，你为什么不提出来呢？”

“我不是有意那么说的。”他说。她疑惑地看着他。“我是说——有的话确实是有意的，但不是——天哪，亲爱的，刚才我实在太慌了，你知道吗？我真的不知道该怎么办才好。”

“我倒是有几个建议，当然肯定不包括让你和我的产科医生约会。”

“我没有和她约会。天哪，我们只是一起吃过几次饭。”吉莉安的嘴唇曾经贴上过他的嘴唇，对于这件事，他打算绝口不提。“跟她聊天简直比现在这样开心多了。”

“抱歉了，是我没能给你更多的乐子。”她转过身，背对着他，向着窗外，抽烟。接着，她极为冷静而克制地让他睡到客房里去。“也可以睡在沙发上，我不在乎，睡在草坪上都行。但如果被孩子们看到了，你自己和她们解释。”

“我要怎么……？”

“那就得靠你自己了，戴维。尽量不要给她们留下任何阴影。”

二十年来，他从没有和妻子分开睡过。

“但是明天……”帮帮我，快帮帮我。戴维很想朝她求救。他想让她听到他声音里的无助，然而，从她的表情来看，她丝毫没有注意到他的绝望。“亲爱的。”看看我，求你了。他们从来没像他们无聊而又虚荣的邻居那样，陷入这种千篇一律的婚姻生活，他们有时会吵架，但从不分开睡，没有任何事情值得他们牺牲掉这段相拥在一起的时光。在那段时光里，他们可以安全、温暖地窝在一起，他们会接吻，抚摸对方，然后像十几岁时那样说着情话；在那段时光里，他们再也不用顾忌他们年幼的孩子。她起身上了楼，走到一半停了下来，但并没有转过头来看他。

"就告诉她们我们吵架了，不要说为什么，我们过一会儿再解决。"她走上了另一级台阶，接着又停了下来，"只不过，这不算一次吵架。"她向前迈了一步，"你自己要清楚这一点。"她短短地停顿了一下，就从他的视线中消失了。

她入睡很久以后，他才蹑手蹑脚地回到了他们的房间，他小心翼翼地坐到了床边，担心把她吵醒。他想她一定是把脸给哭肿了，即使她在他面前一滴眼泪都没有流（但是杂物抽屉里的那包香烟让他感到很是意外），他竭尽全力才遏制住了像刚闹完脾气的格雷丝那样哭着紧紧抱住她的冲动。实际上，女儿们小时候对玛丽莲的那些本能，和他对妻子的感情相差无几——拥抱她，抓住她，任她摆布，被她保护，受她影响。不管他刚才说了什么，在他心里，她依然是那个最能安抚人心的存在。

他环视着这个房间，慢慢适应了黑暗，床头柜上放着一本硬页绘本，她刚才一定让格雷丝钻到了他们的床上，然后给她讲了故事；成摞的衣服还没有分类，被一股脑儿地塞进了角落的篓子里；窗户上——他刚从干洗店取回来的几件衬衫挂在了窗帘杆上。即使他们在吵架，即使他们的关系陷入了前所未有的僵局，即使整个家都弥漫着冲突的气息，即使那种气息让女儿们都沉默不语、紧张焦虑，她还是坚持着。她照顾着女儿们，包揽了所有人的衣服，维持着他们平静的生活；帮女儿们掖被子的是她，叠衣服的是她，和孩子们依偎在一起的是她，开车送孩子上下学的也是她。而他却在欺骗他的妻子，欺骗他的孩子，欺骗他的病人，只为了和一个女人一起喝一杯鸡尾酒。就算这个女人再怎么善良，再怎么能干，就算她的陪伴让他感受到了前所未有的快乐，她也终究和他不同，她没有他身上的那些束缚；就算这个女人总是让他联想到妻子，她也只能是一个朋友，一个比他更能意识到这种冲突的单身女人。

他把一只手轻轻地放在了妻子的肩膀上，反复提醒自己她的存在，反复提醒自己曾经是她让他获得了新生。难怪她一直在哭，难怪戒烟五年多的她仍然偷偷藏着烟，难怪她会把他赶到客厅。他就像个孩子一样，他的妻子嫁给了一个还没长大的孩子。

他记得温迪出生的那个晚上，他也有过类似的自我怀疑。二十三岁那年，玛丽莲对成为一位母亲，以及随之而来的那些无法推卸的责任感到惶恐不安，但是温迪一出生，在他把哭着闹着的温迪放在玛丽莲胸口的那一刹那，玛丽莲变了。她一下变得成熟了，变成了温迪的妈妈。她是如此得心应手，一切对她来说是如此水到渠成。曾经的他站在那里，眼里噙着泪水，任凭一种完全未知的预料之外的恐慌在他的肠胃中翻腾，那种恐慌后来又发生过三次——另一个女儿，又一个女儿，再一个女儿。而他背负着愈发沉重的责任，面临着越积越多的债务、琐事、义务和年龄。他见证着妻子如鱼得水地成为两个孩子的母亲、三个孩子的母亲、四个孩子的母亲，然后又成了一个房主、一个记账员、一个危机顾问、一个司机。她料理着他们的家，照顾着孩子的同时，还要照顾他年迈的父亲——渐渐老去，需要在家接受透析治疗的理查德——和家里吵闹的宠物狗。

是她让他的日常生活得以维持不变，然而却是他搞砸了一切。在这个悲惨的夜晚，他又甩给她一个巨大的危机，在她的生活中掀起了十英尺之高的巨浪，卷起了他所有阴暗的懦弱。而她，他美丽的妻子，在哭泣中以一个别扭的姿势进入了梦乡。倘若不是今晚，她此时的姿势看上去其实有些滑稽。

那天晚上，莉莎本来计划去朋友家过夜，但后来她没去成，而是待在了家里。她听到了父亲从车库里进来的声音，听到了母亲冰冷、克制得吓人的声音，听到母亲一次又一次地提到那个名字——吉莉安。接着，她闻到了从厨房传来的烟味，又听到了母亲回到卧室小声啜泣的动静。那是她听到过的最可怕的声音。

吉莉安，吉莉安，吉莉安。她至少听到过几十次这个名字——父亲的同事，母亲的医生，那个救了母亲和妹妹的女人。但她的身份似乎远不止于此。她就像某种东西的催化剂，在这糟糕透顶的一年中发挥着举足轻重的作用。这一年，温迪被父母非正式地囚禁在家。即使是在莉莎考虑尝试素食主义的情况下，全家人仍然严格实施着一份荒唐的饮食规划，其中包括了大量的红肉和鱼。他们的家开始变得杂乱不堪。在温迪那次“不小心”过量服药之后，父亲工作的时间变久了，她的母亲也开始全身心地照顾起了温迪。父亲出轨了吗？虽然难以置信，但她再也想不到另外一个能让母亲哭成那样的理由。她也难以想象是什么会让母亲在家里抽烟且抽成那样。

父母那晚是分开睡的——吉莉安，吉莉安，吉莉安——父亲睡在沙发上，母亲则在卧室里小声啜泣。莉莎蜷着身子躲在被子里面，没有一点睡意。她既想把这件事告诉她的姐姐和妹妹，又很害怕告诉她们，她陷入了彻底的困惑之中。

第十九章

“杂种。”

厨房里传来了父亲尖厉的声音。和母亲刻意压低的声音不同，父亲的声音刺耳而低沉，压过了母亲抑扬顿挫的“戴维，你声音能不能小一点”。莉莎把瑞安离家出走的消息告诉了父母，此时的她正坐在沙发上，双手一板一眼地交叉放在大腿上，像一个被玷污的处女，或是一个萎靡的高二学生。她刚才力不从心地开了个玩笑，说他们两个是“清醒分手”，但是父母两人似乎都没听懂这个笑话。母亲的脸上没一丝血色，似乎全部被抽到了父亲那张涨得通红的脸上，母亲从摇椅里起身，走过来，坐在她的身边，一边对她说着“哦，亲爱的”，一边紧紧地握着她的手。与此同时，父亲也站了起来，在客厅里来回踱着步子。卢米斯爬了起来，饶有兴致地跟在他的后头。

“我们去给你泡点茶吧。”终于，母亲开口说道，起身之前，她捏了捏莉莎的膝盖。“亲爱的，来帮我泡点茶吧。”她拦住了踱着步子的戴维，言外有意地对戴维说道。莉莎用余光瞟了一眼，看到母亲扬了扬眉毛，父亲像个孩子一样，顺从地跟着她走进了厨房，中途，他一直没有直视莉莎的眼睛。

接着，就是那声“杂种”，以及马克杯丁零当啷的碰撞响声。莉莎独自坐着，卢米斯走到了她跟前，用它湿漉漉的黑鼻子在她的大腿中间嗅来嗅去，它左看看，右看看，然后迈着它像马一样修长的四肢，一个大跨步跃上了沙发，在她身边卧了下来。父母在家里严格禁止宠物跑到家具上，但是卢米斯敏锐而狡黠，像他们家里的另一个孩子，绝大多数时候都能躲过一劫。卢米斯把头搁在了她的腿上，她抚摸着它柔软的短短的毛，她和狗相处很有一套，似乎所有的狗都很喜欢她。她可以胜任一个单身母亲，父亲为什么不正眼看她？

她又想到了“杂种”这个词，这个词——尽管她父亲说的肯定是瑞安——在她心中掀起了波澜。严格来说，她现在肚子里怀着的，不也是一个“杂种”吗？茶壶发出了哨声，紧接着，父亲出现在了门口。

“卢米斯，赶紧下来。”他说。没等她反应过来，父亲就坐到了她旁边狗刚才窝着的位置上，他把他粗糙的手放在了她的头上，摸了摸她头顶的头发，“一切都会好起来的，你要知道。”他说。不知为何，听到这句话，她一下哭了出来，也许是因为父亲的手传来的熟悉的力度，也许是因为他竟然愿意打破他隐忍坚硬的男性外壳，特意跑过来安慰她。在他的安慰之下，她差点缴械投降，告诉他她想搬回来和父母住，让他们帮忙抚养她的孩子，然后像一个住在成人身体里的孩子那样活着。她多么想发自心底地相信，一切都会变好。“你是个非常优秀、非常能干的孩子，莉莎。仅仅因为这一点，你肚子里的宝宝就已经很幸运了。让妈妈给你泡点茶，然后我们再聊，好吗？”

她没忍住，笑了出来，身边萦绕着的是他棉质衬衫上的熟悉的味道。

“你们两个在笑话我吗？”母亲突然出现在门口，问道。卢米斯凑到她的身边，她揉了揉卢米斯的耳朵，忧伤地冲莉莎笑了一下。

“怎么可能，”她的父亲说道，然后轻轻把她的母亲搂了过来，“小家伙，过来和我们一起坐坐，我正想让莉莎给我解释一下什么是‘清醒分手’。”

她坐在父母中间，给他们列举了各种离过婚的名人，还告诉他们自己正在考虑面向教职工的日托所。过了一会儿，她变得有些昏昏欲睡了，她的母亲微微撤开身子，看了看她。

“亲爱的，你有正常吃饭吗？”

“偶尔吃一点，我只是有点累了。”

她母亲抬起手，摸了摸她的脸：“你当然会累了，要不你去躺一下？”

莉莎一般不会在大白天睡觉，尤其认识了瑞安之后——从逻辑上来说，并不是所有人随时随地都能睡着——但是听到玛丽莲的话，她发现自己已经困得几乎睁不开眼睛了。

她的母亲站了起来，“来吧，亲爱的。”母亲领着莉莎来到了维奥莱特曾经的屋子，让她在床上躺了下来，然后像她小时候一样帮她盖好了被子。也许她可以一直留在这里；也许她的父母可以帮她，那样的话，她的孩子就不用交给教职工日托所了；也许他们又像照顾格雷丝和乔纳一样，恢复了全部的精力；也许她可以卖掉她的房子，在俄亥俄街上的家里过一辈子不用付租金的日子。“我会在床头柜上给你留一份点心，万一你醒来时饿了，尽量吃点东西，好吗？就当是为你自己好。”

她嘴里嘟囔着，就要坠入梦乡，睡着之前她能记得的最后一件事情，就是母亲俯下身吻她时身上淡淡的香水味。

怀亚特正在为即将到来的幼儿园音乐表演会做准备，他的劲头之足，就好像要去参加的是一场在卡内基音乐厅举办的音乐盛典。一个月之后就轮到他做“每周之星”了，在那一周里，他可以展示自己一项特殊的才艺。所以，他们正一起坐在客厅里，她的儿子正在练习《你见过雨吗》里的开放和弦。

“妈咪，乔纳能来听我的音乐会吗？”他问道，手上的动作戛然而止。

她愣住了，自从那次他们把乔纳请过来吃饭，他就被乔纳深深地迷住了。他总是极其频繁地提及他的名字——“你觉得乔纳会喜欢泰国炒粉吗，妈咪？”“我要画一匹小马给乔纳看。”对于乔纳，她一直都非常谨慎，她总是独自去拜访父母，也尽量避开所有的家庭聚会，但有那么几次，她不得不把孩子们带了过去，而一和乔纳见面，怀亚特就对他更加着迷了。但是天哪——带着乔纳出现在俄亥俄街以外的地方，一想到这儿，她就觉得头晕目眩。

“他要上学，亲爱的。和你一样。”她回答道。她不知道怀亚特还有多久才能像她听懂母亲的情绪——为了保全自己的面子，母亲通常会对她说“对不起，我吓到你了，亲爱的”——一样，甄别她的语气，觉察到她声音里的紧绷和深深的不安。

她该怎么和橡树林幼儿园的家长解释呢？“这个阴郁的孩子突然就冒了出来，完好无损地从我得了输卵管折扭的卵巢里冒了出来。现在往家里领养桀骜不驯的青少年非常流行，你没听说吗？”怀亚特，以前从不会提任何要求的她的儿子，正用恳求的眼神眼巴巴地看着她。她伸出手，帮他捋了捋前额上的碎发。

“你很喜欢乔纳，是吧，亲爱的？”

他正在用他小小的手指够着去按一个和弦，非常专注，嘴巴微张，露出了舌头：“对啊。”

她一时语塞：“是什么……你喜欢他什么呢？”

他拨动了琴弦，手里拿着的拨片不比他的手小多少。“他很有意思，”他说，“他人很好。”

为什么听到这句话，她没有更高兴呢？她为什么没有抓住这个机会，让这个被她遗忘的十几岁的孩子和她的小儿子走得更近呢？为什么即使她搞砸了一切，做了错误的决定，最后还是幸运地获得了最圆满的结果，她的心中却并没有洋溢着希望和温暖呢？也许那是因为她看到了现实，马特曾经多次强调的那个现实——牵一发而动全身。和乔纳有关的事情，会不可避免地层层铺开，她不可能永远安逸地悬停在这个中间地带，她的生活——以及她的家人——不可能不受到波及。

“我们还要再练一练吗？”她问道。

她害羞得令人心碎的儿子看上去非常焦虑，他太紧张了，实在没办法自己上台表演，所以她提出帮他唱合声。她和马特在床上闲聊的时候还开过这件事情的玩笑。但是，当她真的开始和怀亚特一起练习时，他的专注，以及他微弱的颤抖的声音，都让她湿了眼眶。她听到他弹出了第一个和弦，然后用手指敲着咖啡桌帮他打节奏，他在琴颈上移动着手指，弹起了开放和弦。是她创造了这个小小的身体，而这个小小的身体正在创造属于他自己的音乐。当她开始合声时，她的声音也颤抖了。

练习结束时，她热烈地鼓起了掌。

“妈咪，你为什么哭了？”

她摇了摇头：“啊……我只是太高兴了，亲爱的。我为你感到骄傲。”

他挪了过来，钻到她的胳膊下面。他笑了，好像她说的是什么蠢话：“既然很高兴，为什么要哭呢？”

她轻轻抚摸着他的额头，呼吸着他的气息，感受他身上自发生长出来的复杂性，感叹他在没有她的帮助下，学会了那么多东西。那并不是一个很难回答的问题，然而这次，她却没有给出答案。

1996

玛丽莲试着去想象戴维和吉莉安在一起的画面，但她不得不承认，她做不到。第一次遇见戴维的时候，他还是个处男，这一点给了她极大的信心，让她抢占了两人都不愿承认的优势地位。她之所以从来都不担心戴维出轨，其实就是因为——她现在觉得这个理由愚蠢极了——她是他的第一次，也是他的唯一。

客观来说，他是一个相貌出众的男人，只是他似乎毫不自知，活在自己的世界之中。但是，她知道，每天带着妻子和蹒跚学步的孩子在超市里闲逛，和以一个帅气家庭医生的形象每天出门上班，完全是两码事。一直以来，她都有点嫉妒这个每天能和丈夫待在一起的女人，更何况，这个女人还见过她最原始不堪的一面。是她见证了玛丽莲的难产，用她戴着手套的手反复进出玛丽莲的体内；是她最终切开了她的腹部，将那个饱受痛苦的格雷丝给取了出来。

最近对戴维产生的信任危机，让玛丽莲有些不知所措，她以前从来没有碰到过这种情况。他重新睡回到了他们的床上，大多数情况下，她不会搭理他，但是同时，她也不会完全把他视作空气，因为那样会给他们十几岁的女儿立下一个滑稽的榜样。她试着保持冷静，保持礼貌，保持得体，而他却显得慌乱不堪。有一次，他们一起走上楼，一片黑暗中，他突然对她说："亲爱的，你知道我永远不会……"

然后她不耐烦地回答他："我都知道，那都不重要了。"

她的确知道，那些也的确无关紧要。但是，在各种因素的驱使下，几周后的一个下午，在确认了他在面诊之后，她来到了他的办公室。吉莉安是她的医生，也是她曾经的"战友"，这个女人一定知道，那并不只是几顿朋友之间的晚餐。吉莉安必须得明白，玛丽莲是一个有感情、有主观能动性的成年人，而不只是电话那头那个让堂堂索伦森医生为情所困的女人。前台旁，那个站在接待员后面弯下腰看着电脑的女人，就是她——吉莉安。

"玛丽莲。"听上去她很惊讶，但没有丝毫的负罪感。她从前台后面走出来，伸出手来拥抱玛丽莲，玛丽莲被吓了一跳。"你看上去状态不错，好久不见。你是来预约面诊的，还是来见戴维的？他今天下午在恩格尔伍德。"

"我不是来预约面诊的。"她说。吉莉安冲她淡淡地微笑着，看上去有些疑惑，没有一点站在出轨对象的妻子面前的样子。那么，确认无误。为什么她心里没有好受一些？"我——呃，格雷丝今天早上把我的东西放在了他的公文包里，他说他会帮我放在他的桌子上，你不介意我去……"

"当然，"吉莉安说，"跟我来吧。"吉莉安领着玛丽莲，走过了那条熟悉的长廊。途中，她们经过了体重秤，经过了婴儿营养科普海报栏。“格雷丝怎么样？好久没见过她了，自从……天哪，我都快记不清了，那时候她还穿着尿布呢。”

“她挺好的，现在不用穿尿布了，总是说话说个不停，她是我遇到过的精力最充沛的人，真不知道她是怎么变成这样的。”

“她长得很漂亮，戴维桌上摆了张照片，照得太好了，她的那双眼睛。”

“什么照片？你什么时候……我是说……”

吉莉安迟疑地转过身来面对着她：“进去之后你就看到了，摆在很显眼的位置。”

“哦，抱歉，我……我本来也打算给你看一张她的照片的，但我觉得可能是同一张，所以……”

吉莉安微微噘起嘴唇，眯起眼看着她，然后碰了碰她的手臂：“温迪怎么样了？”

“很好，”她语气坚定地说道，“非常好。”

“那真是太好了。”

“虽然这样会显得我很没有礼貌，但是，过一会儿我还得去接格雷丝。”

“没问题，”吉莉安摊开手，对她说道，“很高兴见到你，玛丽莲。”

玛丽莲目送着那个女人离开，脑海中浮现出她和戴维对视的画面。

他的桌子上照片数量惊人。一张婚礼上的照片、一张温迪和维奥莱特小时候在圣诞节照的照片——那时候她们个头还很小，穿着天鹅绒的衣服；一张女儿们围在刚出生的格雷丝周围的照片、一张玛丽莲在花园里时被维奥莱特偷拍的照片——照片里的她穿着一条滑稽的工装裤，浑身散发着那种如今已经被她遗忘的快乐；一张生下温迪没几分钟时兴奋又疲惫的她和温迪一起照的照片。她想象着他购买相框，挑选相片的画面，对他的爱又在她的心中翻涌了起来。她是多么爱他，多么思念他，多么想杀了他，如果让她用诗意的语言来形容她和戴维的婚姻，她一定会去细细描摹那种既想让他近在咫尺，又想让他远在天边的极为特殊的感受。

吉莉安提到的那张照片确实摆在了最前面，戴维大概一年前拍下的那张照片，照片中，玛丽莲坐在沙发上，格雷丝被她抱在腿上。当时她正在给女儿读《青蛙与蟾蜍》，丈夫拿着相机冒了出来，看着热情而深情的丈夫，她放下手中的书，看向了镜头，无可奈何地笑了笑。格雷丝像被闪光灯吓了一跳，一双深色的眼睛睁得大大的，盯着镜头。格雷丝的长相完美地融合了他们两个人的特点。温迪和莉莎一看就是康诺利家的孩子——莉莎的照片会让玛丽莲一下想起自己的母亲；而维奥莱特无疑继承了来自戴维母亲的捷克血统，她有着卷曲的深色头发和天然的棕褐色皮肤，身上一点爱尔兰人的影子也没有。但是格雷丝不一样，她是他们俩的完美结合，她有戴维的头发、额头和眼睛，有玛丽莲的鼻子和下巴，她漂亮的嘴巴既有点像戴维，又有点像玛丽莲。

过去几个月来，他们爆发过无数次的争吵，为了温迪的治疗，为了维奥莱特的固执，为了莉莎的孤僻，为了格雷丝延迟的发育。为了房子，为了狗，为了车里的汽油。那么多次，他在大吼大叫，她在啜泣。或者她在大吼大叫，他一动不动，面无表情地坐着，冷静得令她抓狂。那么多次，他们无意识地通过让孩子们传话的方式和彼此交流——“让你爸送你”或者“去问你妈，格雷丝”。那么多次，在他们本可以善待彼此的时候，他们却选择了无视，选择了孤立。她很想他。

“找到你要找的东西了吗？”吉莉安出现在了门口，问道。

她用手腕擦了擦眼睛——她刚才是快哭了吗？她最近到底怎么了？

“我刚刚突然想起来，他说他会带回家给我的。哎，你也知道的，活了快一个世纪，婚也结了快半辈子了，哪哪儿都开始走下坡路了，记忆力啊什么的。”

吉莉安被逗笑了。

虽然是她主动开的这个玩笑，但实际上，她并不比吉莉安大多少的事实让她感到非常困扰。她的丈夫每晚回家面对的，并不是一个干瘪的老太婆，她依然精力旺盛，充满活力，有幽默感。就算她什么也不是，也是她在养育着他的孩子，是她每天早上帮他煮咖啡。况且她已经很正派了，忍住了要往咖啡里下毒的冲动。

“我刚刚撒谎了。”玛丽莲唐突地冒了这么一句。

“什么谎？”

“我不是来他的办公室拿东西的，我是来找你谈谈的。我撒谎了。”

“和我？”吉莉安皱起了眉头，“那我们——你想去我的办公室吗？你没事吧？”

“我都知道了，你和戴维的事情，”她说，“我都知道你们……你们最近经常见面。”

吉莉安好像突然没了底气：“哦，玛丽莲，我……”

“我不是来兴师问罪的，我本来只是想和你聊聊这件事情，但是我现在又不想了。我一开始……我一开始心想，也许你可以多告诉我点什么，因为他什么都不肯告诉我。我这样太不合适了，我感觉自己像个……傻子。”

“不是……不是你想的那样。”吉莉安说。

“哦，我想的是什么样？”

“没有……”吉莉安把门关了起来，“我知道你们现在的生活里发生了很多事情。”

“啊，是的，凑合吧。”她摆了摆手，“反正日子也在一年年地过。”

“你们有很多事情要处理。”

“你说什么……他……说了什么吗？”

吉莉安看上去十分不安。

“对了，”玛丽莲唐突地说，“你得保密，我不是你的病人了，我都忘了。”

“戴维不是我的病人，他是我的朋友。”

“你的朋友……”

“听着，玛丽莲，我不想……”吉莉安的脸一点点变得通红，声音也开始发颤，“我只想说，戴维知道自己的底线在哪儿。如果说，我从他那儿学到了什么的话，大概就是这一点了。他……”

“我实在不需要你来告诉我我丈夫有多爱我。”她裹紧了外套，转身向门口走去。

“我不是有意要那么说的，我的意思是，他是个很好的人。”

玛丽莲走到一半停了下来：“我知道，他是。”

可她想，那正是问题之所在。她的丈夫是个好人，让人很难对他发火，正因如此，整件事的高开低走让她非常沮丧。他甚至没有展开一场传统意义上的婚外情，即使她去和他对质，和他所谓的“情人”对质，两个人都坦荡荡地否认了出轨的事实；然而他们却都没有否认他们之间的亲密，没有否认戴维的确心甘情愿耗费着他有限的时间，花好几个小时和另一个女人在一起吐露他的忧虑和心事。她仿佛回到了四年前她在那间检查室里失声痛哭的时候，感到和戴维之间前所未有的疏离，那种疏离感不仅已经横亘在了他们之间，而且正在日复一日地加深，然而她却对此无能为力。

“对不起，玛丽莲，”吉莉安说，“我承认，我一直都很羡慕你，但我也真的很喜欢你。”

“听着，如果你不……我是说，我也没法拦着你……我现在很尴尬，吉莉安。你做的一切让我感到无地自容，希望你不要告诉他我们有过这段对话，那样我会……”即使玛丽莲不问缘由地降低姿态，她还是走到了婚姻的这一步，荒唐透顶。

“肯定不会的。”吉莉安说。

“我欠你一个天大的人情，”她说，“字面意思，我的确欠你一个‘人’情。我会永远因为格雷丝而对你感激不尽的，但是，我希望你离我丈夫远点。我不……”她张开了嘴，但又闭上了，“不仅仅因为我。”

星期天，玛丽莲进城去了，只有戴维在家，他正在后院里修剪草坪，格雷丝在秋千架上玩。走出门和他们道别时，玛丽莲看到了独自待在滑梯顶端的格雷丝，玛丽莲立马扔下她的包，飞速地穿过草坪。在割草机的轰隆作响中，戴维完全没有注意到周围发生的一切。

“亲爱的，我们不是说好了，不要一个人爬上去吗？”玛丽莲气喘吁吁地喊道。

“可是爸爸在这儿啊。”格雷丝说着，然后无辜又淘气地笑了。玛丽莲一直摸不清小女儿的性情，她要么是个邪恶的天才，要么恰恰相反。

“戴维。”她喊了一声，但是戴维没有听见，他继续朝她相反的方向走去，埋头割那一排的草。直到他走到那一排的尽头，转过头来时，才注意到正盯着他的玛丽莲，他关掉割草机，发动机慢慢地熄了火。

“出什么事了吗？”他问道，“怎么了？我就在离她十英尺的地方啊。”

“她还小，不能一个人爬到秋千架上去。”玛丽莲朝格雷丝看了一眼。

“不，我才没有。”格雷丝附和着反驳道。

“哦，我的老天哪。”戴维说。

“你得看好她，我要走了，戴维。你爸还在等着我呢。”

“我才不小呢。”格雷丝抗议道，她加快了语速，因为眼里噙着泪花而有些喘不过气。她大胆地抓着滑梯顶端的横杆，把自己挂了起来，玛丽莲被她吓得一哆嗦。

“格雷丝，赶紧下来，马上，好好儿地，屁股贴着滑梯，脚先着地。”

“你这是在没事找事。”戴维说道。格雷丝放声大哭起来，连她的胳膊和腿都在耍着脾气。她的手臂僵硬地摆着，穿着运动鞋的小脚愤怒地跺着地。玛丽莲的确是在“没事找事”，只要一看到他们在院子里享受愉快的下午时光，她就忍不住想要破坏他们的兴致。但是看到格雷丝一个人站在滑梯上面，她的脑中立刻闪过各种可怕的画面，像一本翻页书一样，想象着格雷丝可能受到的伤。她没有办法再踏进医院半步了，至少短时间内还不行。曾经那个戴维是会理解她的，但此时此刻，她已经表明了自己的立场，她必须将这个立场坚持到底。如果说这些年来读过的育儿书籍教会了她什么，那就是惩罚的时候不要犹豫，不要让步，不要让你孩子气的混蛋丈夫压制住你。

格雷丝一边哭，一边垂头丧气地从橙色的滑梯上滑了下来。如果玛丽莲此时心情还不错的话，她可能会觉得这一幕有些滑稽。

“亲爱的，到这儿来。”她冲格雷丝喊道。然而，她的女儿却径直跑向了她的父亲，戴维弯下腰，把她抱了起来，格雷丝把头埋进他那件破破烂烂的马球衫里。

“拜你所赐。”戴维从格雷丝头顶上面看了她一眼，嘲讽地说道。

“不要那么和我说话，”玛丽莲说，“我得走了。我不知道我会迟到多久，今天吃完晚饭后记得给她洗个澡。”

“不，我不要。”格雷丝被戴维抱在怀里，闷声大哭起来，边哭还边踢着她的腿。

看着被戴维抱在怀里的女儿，她的心中竟生出一丝嫉妒，她伸出手，摸了摸格雷丝的后背。女儿一下子僵直了身子，又号哭起来。她抬头瞄了瞄戴维。

“拜拜。”他说。只要再多说一句，她就会感觉更加心痛，于是她没有回答。

戴维父亲家里请了一个护工，每周来三次，尽管如此，玛丽莲还是会每周过来一趟给他做晚饭。在理查德家的客厅里，她想到自己最近和戴维之间的关系，戴维最近似乎对她很不耐烦。他一开始怀揣着的那种内疚和想要赎罪的心理，如今已经逐渐演变成了一种对她的轻蔑。住在艾奥瓦城那段时间，即使是在他们刚生下三个女儿，每天都过得精疲力竭、怨声载道，需要同时兼顾一个婴儿和两个学龄前儿童的时候，他也从来没有用那种眼神看过她。那个时候一切的恶化都还在情理之中，而且在孩子们都入睡后，他们依然会相互安慰。此时，在这栋房子里，她感到浑身燥热不安，于是把马尾辫从脖子后面拿开。她刚刚帮理查德擦洗了身子，理查德说在他们的“必备环节”马拉松拼字游戏开始之前想要休息一会儿，他坐在扶手椅上，双眼紧闭。疲惫像雾一样笼罩着她，于是她也决定让自己休息一下，她最近睡得很少。而戴维上班的时间则越来越长，他已经不再和吉莉安一起共进晚餐了，但与此同时，他像在赎罪似的，在诊所加班到越来越晚了。

“理查？”她叫道，同时掀着衣服给自己扇着风。

她打算和他打听一下戴维的小时候，听一些或许能让她的内心重新变得柔软的故事。她停顿了一下，“没事了。”

“你还好吗？”

“当然了，挺好的。”她眼眶泛起了泪。但她眨了眨眼睛，把泪压了下去。

“你有很多非常优秀的品质，玛丽莲，但你是个很蹩脚的骗子。”

她笑了，一滴泪悄悄沿着她的脸颊淌了下来。

“我儿子对你挺好的，是吧？”

“当然了。”她没有告诉任何人她和他之间的疏离，也没有告诉任何人吉莉安的事。理查德肯定不是合适的倾诉对象，但她还是在脑海中纵容了自己想要和理查德全盘托出的念头：“你儿子给自己找了个女朋友，你儿子是个人渣。”她幻想着，也许理查德会扇戴维一巴掌，然后警告他振作起来。

“但也过得不算轻松。”她还是允许自己说出了这一句。

“温迪过得怎么样？”理查德问。

“哦，她……”玛丽莲仔细打量着他的表情，然后伸手拽了拽辫子。如果戴维在这儿，她一定会佯装随意地给出一些无关紧要的回答，说一说温迪勉强及格的成绩，或者对文学重燃的兴趣。不过，戴维不在这儿，戴维正在家里和他们四岁的女儿培养感情。如果不是他，她的女儿也许压根就不会知道她曾像温迪那样厌恶自己的母亲。“她的体重涨了一点儿，但她的精神……还是有些萎靡，而且，我感觉她在学校里过得不太好，但是至少比在家的时候要好一些。我们现在给她定了宵禁时间，她得时不时地出门，因为如果她一直待在家里，我们都会很抓狂。但如果她跑出去背着我们做一些事情的话，我们至少可以确保她会回家。她……好像活得不是很开心，我感觉那才是问题之所在。我不知道该怎么办才好了，只能尽量不让她变得更不开心，可是那真的太难了，她很讨厌我。但是有一说一——她比以前好多了。”

“我打赌她肯定不讨厌你。”

她不敢看他的眼睛，接着说道：“那你可能得把你的赌注押到别的地方，理查。”

“天哪，要是这些姑娘能意识到有你这样的母亲是多么幸运的一件事，就好了。”

“谢谢你说这话安慰我。”

他僵硬地挪动了一下身子，清了清嗓子：“我还是得告诉你一嘴，她其实一直会到我这儿来。”

她不可思议地抬起头看了他一眼：“什么？”

“她有时会到我这儿来。”

“到这儿来？‘这儿’指的是你家吗？”

“她出院之后来找过我。在那之后，她就一直定期来找我。我们会聊聊天，玩玩拼字游戏，她玩得几乎和你一样好。”

她盯着他。

“好吧，其实没有你玩得好，但也不差，她是一个很强大的对手。”

“对不起，理查，我……我们在说的，是温迪吗？”

“她需要一个除家以外的地方，我们不都需要这样一个地方吗？”

她本想用她自己来反驳，因为她从来没有得到过这种喘息的机会，但她又意识到自己来这里拜访理查德并非完全没有私心。在这里，她可以远离她的孩子；在这里，她可以帮忙照顾她的公公，从而在丈夫那儿占据上风；在这里，她可以独处，做一个成年人。

“大概是吧。”她说，“她都是怎么过来的？”

“坐地铁，”理查德说，“绿色线转棕色线。”

“她……她都会和你聊些什么？”

“没什么，”他说，“什么都聊，很小的事情。她上的课啊，宠物狗啊，你啊。”

“我？”

“你和戴维，都是些以前的事了，她说那些都是她自己的‘起源故事’。我猜是因为你们送她去了那所新式的社会主义学校。”

听到这句话，她笑了出来。“那是一所公立高中，理查。”

“有一次我还跟她讲到了我第一次见你的那天，看到我儿子竟然找到你这么一个漂亮的女孩，你都不知道我当时有多震惊。”

“呃，好吧。”她的脸红了。

“是你救了他。他能遇到你，和你在一起，你不知道我松了多大一口气。”

“是我们遇到了彼此。”她说道，然后感觉自己在流泪的危险边缘徘徊。她扭头看向了别处，但是他执着的目光，最终还是让她看向了他的眼睛。

“戴维是个不错的人，”理查德说，“但是，他和我们其他人一样，也有缺点。他心是好的，但也总会有犯错的时候，我们都一样。如果你对他有什么不满，玛丽莲，你得去和他谈谈。”

“可是如果他不做回应，那我也是白费力气。”这是她离背叛他最近的一次。

“我和温迪说起过，你第一次来我家的时候，你们坐在餐桌旁边，看起来就像两个小孩子，那个时候你们还那么年轻，一整个晚上，他的目光都没有离开过你。”

她的喉咙突然一阵刺痛：“理查，你能这么说真的非常贴心，但是……”

“能和你在一起，他很幸运，他自己也清楚这一点，只是有的时候需要你提醒他一下。如果你有你外表看起来那样十分之一的痛苦，亲爱的，那你才真的有麻烦了。”

“我确实没有。”她想开口说，但是又把话咽下了肚，因为她有。

五月底，温迪就和所有她认识的人失去了联系。她的父母在即将到来的新生班里抢到了所有人梦寐以求的听课名额，而她则拒绝参与大学里所有形式的竞争。她的父母一开始对此缄默，直到那天下午，她刚走到家门口，看到了坐在门前台阶上的母亲，她提了提肩上的双肩包，调高耳机的音量，打算直接从母亲身边走过。

她母亲举起手拦下了她。“嘿，”母亲说，“有空吗？”

“作业。”

“已经高三下学期了，”她母亲说，“高中早就结束了，根本就不需要做作业。说这些话的难道不应该是你吗？”

就在她决定永远恨她的母亲时，母亲开了这样一个玩笑。

“我知道你讨厌我，”她的母亲轻声说道，言语中的从容深深刺痛了温迪，“但是你可不可以就坐几分钟，我想和你谈谈。”

温迪勉为其难地靠在了门廊的嵌入式花坛边。

“我怎么可能讨厌你呢，妈。”母亲说道，假装替她做出回答，但只是让自己显得分外难看。母亲仍然在假装她们是一对正常的母女，假装她们可以随心所欲地开这样的玩笑。母亲这才意识到温迪不可能被她逗笑，于是最终放弃了尝试：“我们需要谈谈你上大学的事，温迪。”

“有什么好谈的？我不上。”

“还没上，你只是暂时还没上。”

“我不会去上大学的，那太蠢了。我才不要花整整四年，和一帮心理有问题的小屁孩待在一起，只为了拿到一张贵得要死的纸，最后变成我爸办公室里那个负责归档，每天都在打瞌睡的女人。”

虽然她不是很确定，但她感觉母亲在听到最后几个字的时候轻轻地笑了出来。

“你可以成为任何你想成为的人，亲爱的。”母亲从来没有叫过她“亲爱的”，她们似乎同时意识到了这一点，玛丽莲脸红了，温迪则皱起了眉头。“我们一起研究研究，你可以明年申请，也可以去社区大学上课。花点时间，定好方向，想清楚你想做什么。”

“我什么都不想做。”

“肯定不是那样的，”她的母亲回答道，“听着，亲爱的……”“亲爱的”三个字，又让她们两个都毛骨悚然，母亲败下阵来。“我刚上学的时候，也不知道自己想做什么，后来我发现，我很喜欢读书。一旦你找到了那件事——哪怕是很小的一件事，温迪——你的可能性就打开了，你就可以用不同的方式去思考你的生活。对我来说——我可以做老师，做编辑，我甚至还考虑过写点东西，我有很多选择，但是，如果我没有去上大学，我永远也不可能接触到这么多的选择。”

“一个中途退学，和一个男人跑了的女人说出来的话。”她说道。母亲的脸色一下阴沉了下来，像被一根棒球棒狠狠地击中。她很熟悉母亲的这个表情——“我只是想说，要想说服我上大学，你并不是什么好的榜样。就算——你找到了一些你觉得很有意思的事情，但后来你还是把那些东西全部丢掉了，嫁给了爸，然后你就——算了，管他呢，然后你就生了我们。”她突然意识到，如果有人让她落入和母亲此时此刻类似的处境——忘掉青春年少时的情情爱爱，认清现实吧：到头来，你面对的依然会是无聊透顶的中产阶级生活和一个十几岁的混账女儿！——她一定会选择割腕自尽。

“不仅如此，”她的母亲说道，然后抬起手，指了指她周围的东西——砖墙、天竺葵、贴在大门上的格雷丝的手指画，“我不后悔我做过的任何决定。但我还是很感激能度过那几年的学生时光，那几年里我受益匪浅。”

在母亲还没有察觉的情况下，温迪先看到了走到大门后面的格雷丝。她想出来，正够着去拧门把手。

“妈——”她正开口说道，她的妹妹就跌跌撞撞地冲了出来。格雷丝扎了个歪歪扭扭的马尾辫，身上洋溢着的一个四岁孩子独有的活力，这既让温迪觉得可爱，也让她觉得疲惫。

“妈妈。”格雷丝喊道，她伸出双臂，一把搂住了母亲的脖子。温迪惊讶地发现，母亲的脸色又沉了下来，她从来没见过母亲对格雷丝动火。

“嘿，我的小甜心。”母亲摸了摸格雷丝的胳膊，“我们正说着话呢。”

更令人惊讶的是，母亲竟然认为这次谈话要比冲出门来的格雷丝重要得多。

“妈妈，我找不到斯科蒂了。莉莎说它被洗了，但我没找到。”格雷丝把脸埋进了母亲的肩膀。温迪很想知道自己还是个孩子的时候是不是也曾经这么黏人。

“在烘干机里呢，亲爱的。我要和温迪说点事情，你可不可以不来打断我们呢？”

“你们在说什么呢？”

“格雷丝。”母亲说道，声音突然变得严厉起来，“亲爱的，姐姐和我正在单独谈话呢，你就打断了我们。你先回屋里去，我待会儿就进来，帮你把斯科蒂从烘干机里拿出来。”这就对了，这才更像她对温迪说话的语气。

温迪和玛丽莲都担心地望着还不习惯挨骂的格雷丝。起初，格雷丝看上去有些受伤，她睁着一双大眼睛，闪着泪花。但很快她就平复了下来，小手仍然搭在母亲的肩膀上。

“好吧。”她说，然后往后退了一步。

“抱我一下，小鹅。”玛丽莲说，她转过身把格雷丝搂进了怀里。温迪看着她们，心情错综复杂，不知道母亲是否也曾向她提出过同样的请求，“抱我一下，温迪”，好像不太可能。“乖乖等我，宝贝，我们马上就好了。”格雷丝踮着脚进了屋。玛丽莲又将目光锁定在了温迪脸上。“我的建议是，”她说，“你可以再在家里待一年。然后随便申请一个你感兴趣的学校，等等看会发生什么。我考虑过了，如果你感兴趣的话，我可以让你一边上学，一边用几个下午的时间照顾格雷丝，我会付报酬给你。”

玛丽莲从来没有请她帮忙照顾过格雷丝。

“你在开玩笑吗？”

“我没有，”她的母亲说道，“你这一年过得很漫长，亲爱的，我想，在这件事上歇停一会儿，喘口气，对我们大家都好。”

这是一种出乎意料的温和的方式，但她无法对此表示感激。再在家里过一年，就如同被打进了炼狱，她仍然会是那个连第一次申请大学都懒得申请的混蛋。“或者，我可以直接离开。”她说。

“哪来的钱让你‘或者’？”

她耸了耸肩，扬起了眉毛，试图向母亲暗示也许她有一些秘密的、不正当的收入渠道。又或者，她想暗示母亲她会去创业。

“试试看吧，看能不能熬过一个夏天。”

她没有反驳的理由，因为她没有任何熟人可以联络，也没有其他地方可去，因为这是她的母亲头一次没有那么恨她。所以，温迪同意了。

第二十章

莉莎尽量不去想这整件事的荒诞性。父母请她到俄亥俄街的家中帮忙照看乔纳，好让他们外出度过一个可以尽情云雨一番的周末。她竭力压制着怒气，为父母没有去找她那两个姐姐帮忙而感到愤愤不平。维奥莱特撒了那个天大的谎，将乔纳的存在隐瞒了十五年之久，但是她毕竟是乔纳的亲生母亲；温迪连一盆仙人掌都照顾不好，但她毕竟没有工作，而且腰缠万贯。而莉莎怀着八个月的身孕，单了六个星期的身，正在经历着如同炼狱般的秋季学期。她的姐姐们再怎么说也是比莉莎更加适合的人选，然而，她的姐姐们还是赢了。她在父母的床上蜷成一团，试着将注意力转移到一些宁静的事物上——日出，或者是卢米斯躺在她旁边的地板上呼出的鼻息。就在这时，晨吐又翻涌而来，这个熟悉的姗姗来迟的不速之客。

她跪在父母家卫生间的马桶前，静静地等待着下一次爆发。上一次在这个家里生病已经是20世纪90年代的事了，青春期犯的胃病，母亲敷在她额头上的毛巾，冰凉而舒适的触感，那个更纯粹的年代。

“我——呃——抱歉。”乔纳突然冒了出来，从他和人交往中的窘迫程度来看，他身上一定遗传了索伦森家的基因。

她转身看向了门口。“哦，天哪，今天你要去上马伽术课，是吗？”她还不习惯时时将别人的日程安排放在心上，“听着，我……我要坐地铁去上班，你可以用我的车。”不停发出声响的食道和被胎儿挤压变形的膀胱让她分了神，她没有注意到乔纳点头答应之前的第二次犹豫，

"钥匙在门边的桌子上。"

她几乎是把他赶了出去，听到门在身后"咔哒"一声关上时，她的胃一阵蠕动，翻涌。她不得不再次跪在了地上，腹中的胎儿也开始胡乱踢动。

晚秋的密歇根湖，气温很低，游不了泳，玛丽莲疏忽了这一点（尽管如此，她还是壮着胆子往水里走去，直到湖水没过小腿中部）。但所幸的是，这个温度让湖边人烟稀少，五点四十五分，周围已经一片漆黑。除了阵阵拍打着湖岸的浪的声音，四周一片寂静。他们租了一栋老房子，屋里时而漏风，所以住在那里的头一个晚上，戴维给壁炉生了火。她停下手里的活儿，看着他跪在壁炉前，拨弄着里面的木头，眼神中透露着一种近乎贪婪的好奇。能和他自由自在地来到一个陌生的地方，和他单独相处，让她感到一种近乎眩晕的快乐。日出时，她会把他叫醒，和他做爱，然后无视室外的寒冷，从卧室里拿上一暖壶的咖啡和一条粗糙的编织毛毯，拉着他来到外面的码头上。她会在老旧的木头地上搭建一个小小的窝，拉着他坐到她的身边。粉色的阳光开始在地平线上晕出橙色的霞光，她打了个寒噤，他把她搂了过来。

"有人好像兴致很不错的样子。"他说。

"怎么，是你的咖啡不够浓吗？"

他笑了："我有好长一段时间没见过你这样了。"

"哦，天哪。难道你现在心情不好吗？"

"不，没有，"他说，"我可能只是没有你那么无忧无虑。"

她挪开身子，看着他。"你这话是什么意思？"

"哦，天哪，亲爱的，我没有——当我没说，好吗？"

"你知不知道，这是我有生以来第一次没人想从我这儿得到些什么。这么多年过去了，这一次，我们不应该好好享受吗？这不是我们应得的吗？我们养了四个女儿，现在她们好不容易都长大成人了，我们就不能沾沾自喜一下吗？”

“好吧，但她们还没完全——我的意思是，你最近有没有关心关心她们？”

“她们是成年人了。”

“所以我们在庆祝什么呢？在她们成长的过程中让她们好好儿活了下来？那样的话，标准可就太低了，小家伙。”

她没忍住，笑了出来。“现在得靠她们自己了，”她说，“责任是——我是说，我们的确可以到死都一直宠着她们。但现实是，她们得靠自己。我们能做的不多，只能爱她们，祝福她们。”

“你现在倒开始振振有词了，格雷丝十岁的时候，你还亲自送她进教室呢。”

“格雷西当时很焦虑，但是现在她已经在学法律了，我想说的是：我们已经把该做的都做了，是时候退居二线了。”

“真的是时候了？别忘了我们一个怀着孕且单着身的女儿还在家里照顾那个之前被我们另一个女儿偷偷抛弃了的十几岁的孩子。”

她紧紧地闭上了眼睛：“我们已经熬到头了，不是吗？”

“我很担心莉莎，”他说，“还有乔纳，还有维奥莱特。所以，我实在没有办法心安理得地享受现在这种自由。”

她多么想晃着他的肩膀，告诉他“放我一马吧，就这一次，就让我好好看一次日出吧”。一旦你打开这扇门，不仅是莉莎、乔纳和维奥莱特，就连温迪和格雷丝也会如同泄洪一般涌进来。女儿们、她们的伴侣、她们的孩子，以及她们的焦虑、她们的缺点、她们撒过的每一个谎言、她们犯下的每一个过错，最终都会归结到玛丽莲——她们的缔造者、一个更容易指责的对象——身上。洪浪会将她吞噬，灾难一般，直到永远。

“对不起。”他突如其来的道歉，让她吃了一惊。接着，他又把她拉近了：“我一直很担心莉莎。”

在她的想象中，他们婚姻中的起伏，就像微小粒子中的那些不断变换形态的遗传密码，在他们的身边不断飞舞飘扬。“先是你很担心，现在轮到我，然后又轮到你了。”那些如同珍珠一般五彩缤纷的蛋白质粒子在瞬间重新组合排列，适应着戴维和她交替紧绷的神经。

“她会没事的，是不是？”他问道。

“我猜她会没事的。”她轻声说道，“只是，你也知道‘我猜’通常是什么意思。”她停顿了一下，“不过，她会没事的，对吧？”那些珍珠般的粒子此刻反射着来自湖面的光线，在他们之间闪闪发光，再次发生了移动变幻。“天哪，她们都会没事的吧？”

“你可以让自己好好享受一下。”他说。

“我们都可以，”过了一分钟，她回答道，“我们只是离开了四十八小时而已，她们不会怎么样的。”

他笑了。“过来。”他边说边调整坐姿，挺直了背，拉了拉她的手。这个举动常常被他们遗忘，但此时提醒着他们，他们也存在于孩子之外。她站起来时，他吻了吻她，把她拉进怀中，共同抵御着十一月的寒冷。她把胳膊伸进他的外套，搂住了他，然后和他一起进了屋。

莉莎上课的时候从来不看手机，她想为面前这一大堆眼神空洞、游手好闲的千禧年孩子树立一个榜样。所以，过了很久，她才看到那一长串的未接来电——妈、爸、妈、爸、爸、爸——还有一长串父亲发给她的短信：

给我回电话，爱你，爸爸

有急事，给我或者你妈回个电话……爸爸

你在哪儿？爸爸

她突然感到一阵眩晕，瘫倒在办公椅上。有人死了，所有人都死了。她能感到自己跳动的脉搏像一具尸体沉沉地压在她的胸口。她拨通了父亲的电话，听着电话里的“嘟嘟”声，她小声祈祷“不要不要不要不要”。

“莉莎，谢天谢地。”

“爸，怎么回事？为什么你……是不是妈……我刚才没有……爸，一切都还……”

“一切都好，莉莎。冷静一点，一切都好。”

“妈妈在……”

“妈妈就坐在我旁边的沙发上。莉兹，亲爱的，你让乔纳用你的车了吗？”

“什么？”房间里仍然天旋地转，但感觉全然不同了。此时的这种眩晕来得更加古怪，更加熟悉，不具有毁灭性。“是的。我……我今天早上感觉不太舒服。”

“他才十五岁，莉莎，他连驾照都还没有。他们把他带到警察局了，他们以为车是他偷来的，苍天哪。”

“但他人没事吧？”

父亲的语气软了下来：“他很好，亲爱的，身上一点都没刮到蹭到。你现在只要打个电话，告诉他们是你把车给他用的。他在等人去接他。”

“他们……他会有麻烦吗？他们会……这都是我的错，我不应该……爸爸，我……我没有……我只是太累了，我甚至没有……”

“我知道，莉兹，没关系。需要我们回家一趟吗？我们可能得要……开车回去大概要四个小时，亲爱的，所以可能还是得你去接他了，不过我们很乐意……”

“不，这……我的天啊，维奥莱特就不能先去帮一下忙吗？”

“她不接电话。”她的爸爸说道。

“她这该死的当然不会接了。”莉莎轻声骂了出来。

整件事的经过是那么愚蠢和尴尬，乔纳没有看到有人从加油站停车场开车出来，等他注意到的时候，他急打方向盘，没有踩刹车，撞到了邮箱。警察仿佛没有把他视作一个十五岁的没有驾照的年轻人，而是一个滑稽的小丑、一条狗，或者一个穿着西装开车的巨婴，他们甚至得寸进尺怀疑他偷了车。如果他真的要偷车，他也会把目光投向别处，去偷维奥莱特和温迪的豪车。她们的车才叫物超所值，值得他偷，而莉莎的车不过是一辆用了十五年的凯美瑞牌汽车，控制车窗的依然是手摇柄。

他没有受伤，他的外祖父母还有莉莎在和警察通过几次电话之后，问题似乎得到了解决。直到那个时候，他才意识到他非常害怕。在他住过的寄养家庭里，即使是出了一个远不及撞车那么严重的小事故，他们也会把他扫地出门。再加上，莉莎本来就是一个十分值得同情的“受害者”，她大着肚子，忍受着孕吐，单着身——因为乔纳不小心把她和斯巴鲁汽车里的那个男人的事说漏了嘴。瑞安完全有可能早就把一切告诉了莉莎，然后莉莎也告诉了她的父母，他们都会觉得乔纳不过是个不知道把嘴闭好的混球。在警察局里，他并没有被关起来，而是坐在了前台后面的高脚凳上，他旁边站着一个穿运动衫的女人，运动衫上印着“把巧克力给我，那就不会有人受伤”。他突然想到了离开的可能性——天哪，他要离开吗？在电话里戴维和玛丽莲听上去还算友善，可是话说回来，他撞坏的毕竟不是他们的车。正当他思考这个问题时——也许他可以假装去上厕所，然后从侧门逃出去，剩下的事之后再说——他听到了一个女人的声音，音调很高，非常焦急：“我来这儿接我的外甥，他出了车祸。”

“他出了车祸”，而不是“他撞坏了我的车”。他越过那位巧克力女士，向声音传来的方向看了过去。莉莎好像随时要哭出来，脸色煞白，看到他时，她的脸上突然焕发了光彩。

“他在那儿。”她说。

“在外头可要小心点啊，埃维尔·克尼维尔[①]。”巧克力女士说道。

“我真的很抱歉，我……我不是故意的……莉莎，我……”

“乔纳，说抱歉的人是我才对。”她说，把他一把拉进了怀里，给了他一个拥抱，柔软而温暖的如同母亲一般的拥抱。最开始他浑身颤抖，但之后几乎要落下泪来，他还不太习惯当着别人的面做出这样情绪化的反应，在来索伦森家之前，在他还住在那些寄养家庭里的时候，做出这样的反应让他觉得“不值得”。而在索伦森家，情绪化的反应则意味着要冒更大的风险。“嘿，嘿，嘿，”莉莎说，“没关系，都没事了。天哪，我们这一天过得太煎熬了。”

她带他回了家，那天晚上，他数着自己的幸运星睡着了。

1996

戴维以前从来不觉得一年的时间那么漫长，他们的生活被塞得满满当当，本应该过得飞快的日子，现在却似乎将他们围困住了，他和玛丽莲几乎不说话了，他们的生活几乎毫无牵连。几周过去了，几个月过去了，他们家的上空一直被阴云笼罩。温迪沉郁度日，莉莎喜怒无常，维奥莱特过几个月就要去米德尔顿，开始她在维思大学的大一生活。父亲的身体每况愈下，每周日玛丽莲回到家的时候，都肿着一双眼睛，他想她和他一样，一定是在车里哭了。每周二和周四下班之后，他都会顺路去奥尔巴尼帕克的家中给父亲送饭，但是父亲已经连吃饭的力气都没有了。

---

① 美国冒险运动家，特技明星，以表演驾驶摩托车飞越障碍物闻名于世。

当那个必然的消息传来时，玛丽莲正在隔壁房间——对于如何避开彼此，他们已经深谙窍门，做得非常娴熟了——但是一听到他挂掉电话，她就立刻走了进来。

“他走得很平静，像天使一样。”家庭护工在电话那头对戴维说道。戴维挨着玛丽莲，坐在厨房桌子旁，觉得很不可思议，因为他的父亲和“平静”“天使”之类的词似乎一点也沾不上边。剩下的时间里，玛丽莲一直握着他的手。

他终于明白了婚姻的真谛。有的时候，婚姻是几个月以来他们所承受的强烈的孤独感，是他们之间持续了整整一年之久——无论一开始再怎么难以忍受，后来却也慢慢成了习惯——的疏离。但是，更多的时候，婚姻是握在他手中的玛丽莲的手，是在那段冗长的困境过去之后一切又可以严丝合缝地回归原位，是当她知道他需要她时她就会紧紧依偎在他的身边。这是一种他之前从未体会过的爱，一种直到此刻他才庆幸拥有的爱。他搂住了她，把脸贴在了她的头顶。她的头发浓密而顺滑，散发着柑橘的香味。他呼吸着她，抱着她，也被她抱着。他知道，是她缓冲了那重击。

虽然他的父亲在他们的生活中稳定地扮演着一个安静的角色，但是大多数时候，他都若即若离，只会偶尔来看看他们，每年和他们一起过“第二次感恩节”，或者时不时也会帮他们带带孩子，看地板曲棍球比赛的时候替他们占露天看台的座位。葬礼仪式上，莉莎和维奥莱特坐在房间后头，悲伤地靠在一起，她们祖父生前认识的某个陌生人走到她们跟前时，她们才偶尔抬起头来，做出回应。温迪在家陪格雷丝，看到死去的理查德，温迪心里很不好受，所以几个小时前，她抱着自己颤抖的身子，主动提出回家帮保姆的忙。他为所有人——他这支小小的队伍、他美丽而成熟的女儿们、他的妻子而感到骄傲。妻子穿梭在年事已高的宾客之间，抚摸他们的胳膊，关切地聆听，和理查德的老朋友、邻居还有同事们简短地讲述他生前的逸事。

接着，玛丽莲来到了他的身边，把头轻轻地靠在他的胳膊上，她以亲密而坚定的力度，轻轻抚摸着他后脖颈某个位置。她给他带来了一种恰到好处的安全感，让他渐渐打起了精神。“她选择了我，”他很想说，“她选择了我，我们做到了。”他的父亲一定会为他感到骄傲，为他做下的决定感到骄傲，为他身边这个善良而聪慧的女人感到骄傲。戴维感受着妻子手心的温暖，与此同时，他凝视着棺材里父亲的蜡像复制品，哀咏着那些他永远也无从知晓的父亲的故事。

惨淡的一年。在这个歪斜又面目可憎的平行宇宙里，一切是那样平静，却又充斥着仇恨、恐惧和残暴的固执。他和玛丽莲现在都成了孤儿，他们需要振作起来，做出妥协，迎头直面，咬紧牙关。和失去亲人的沉痛相比，一切都变得渺小了起来。他握着她的手，那枚冰冷的婚戒在他的手心渐渐变得温暖起来，他感觉又回到了行为科学大楼的那条走廊上，在那里，他第一次握住了她的手。

他快速地捏了三下她的手，他在用他们专属的摩斯电码，对她说着“我爱你”。

她又抬头看向了他——眼神相撞，确认，发出了意味深长的“咔哒”一声，完全不同于那么多天早上他们在厨房里隔着孩子们的匆匆一瞥——然后仰起脸来吻了他。

对他来说，这个吻像呼吸一样熟悉。

那天晚上回到家后，戴维去格雷丝的房间看她。一阵疲倦朝他席卷而来，他脑海里浮现出了父亲晚上出门上班时的画面。他常常穿着迪凯思的深蓝色牛仔裤和T恤衫，在八十五号中央公交线路上的无轨电车附近巡逻；然后画面一转，父亲又出现在了他的高中毕业典礼上，父亲靠在圣克雷蒙特高中体育馆的门上，黝黑、坚毅的脸庞几乎像雕刻出来的。

他看到格雷丝还醒着，正靠在温迪身边躺在床上。

"好吧，但是，"格雷丝说，"他去哪儿了？"

他本应该挺身而出和她解释这一切的——作为父母，他们有责任为她解答这些重大的问题——但有什么东西在阻挠着他。好奇心，也许。又或者是疲惫。

"他没有去'哪儿'，小笨鹅。"温迪开口说道。那时，戴维看到他的女儿——那个曾经的孩子，他们的第一个孩子，那个让他和玛丽莲体验过无限的快乐、愤怒和惊惶的孩子，那个重塑了他们生活的孩子——长大了。她是一个成年人了，是一个十八岁的女人了。"我想，他无处不在，差不多是那样，他永远都不会离开的。"

格雷丝睁大了眼睛："但是我不……"

"一点都不可怕，小笨鹅。实际上，那还挺好的。"

"'永远'是什么意思？"格雷丝说，"那是多久？"

"很久很久，最久最久。"

"嘿，孩子们，"他轻声打断了她们，"你要让我来替你的班吗，温思迪？"

温迪点了点头，像松了一口气。起身之前，她吻了吻格雷丝的头。"做个好梦，小笨鹅。"她说道。从戴维身边经过时，她拍了拍他的肩膀，走出了房间。"爸，你还好吗？"他是家里唯一的男人，他的妻子和女儿们会用缉毒犬一般敏锐的鼻子，嗅出他潜藏的软弱。她们是多疑、体贴的德国牧羊犬，以一种超乎常人的方式，敏锐地觉察到他即将患上的感冒，勘探到他情感上的脆弱。又或许，当你长大成人，失去父母后，衰亡才真正地开始了，轮到你的孩子来照顾你了。

"我很好，亲爱的。"他回答道。他坐到格雷丝的小床边上，用一只手摸了摸她的头发，格雷丝摇摇晃晃地靠到了他的身上。"嘿，小北极熊。"他说道，喉咙里一阵哽咽。所有女儿中，格雷丝长得和他最像——也就是说，她也最像理查德，他们都有深色的头发和大大的眼睛。他的一个姑姑刚才给了他一个装满旧照片的信封，在那里头，他第一次看到了他父亲小时候的照片，离奇的是，其中一些照片里的父亲看上去是那么熟悉，他甚至不确定自己从那些照片里看到的，是父亲，是自己，还是婴儿时期的女儿。他的眼里盈满了泪水，格雷丝再也不是那个小婴儿了，她再也不是那间空荡荡的产房里，被裹在襁褓之中，看不出是男是女的孩子了。

“爸爸，什么是‘永远’，”她呢喃道，“你为什么要用这么复杂的词呢？”他看得出来她已经昏昏沉沉地快要睡着了。

“嘘，”他说，“没事的。”

“你伤心吗？”她把拇指塞进了嘴里，另一只手仍然搂着他。

“不，小笨鹅。”他终于开口回答道，把她放上床睡觉前，他又抱了她一会儿，“爸爸没事，小家伙。”

他换了身衣服，来到妻子跟前。她正盘着腿坐在沙发上，手里端着一杯酒，身上仍然穿着裙子，高跟鞋踢落在面前，仰着头。

“吃的东西大概二十分钟后送到。”她开口说道，眼睛甚至都没睁开。“维奥莱特在打电话，莉兹在洗澡；温迪出去了，在屋子后头，知道我点了比萨她很激动，她说她今天从早到晚只吃了一点‘耶稣的肉身’[①]。”

“我去看看她。”

“你真是全伊利诺伊州精力最旺盛的人，”她笑着说，“吻我，奇异博士[②]。”他走过去，吻了她。她身上有很淡的香水味，还有浓重的殡仪馆圣水的味道。“我更喜欢看你穿便装的样子。”她说。

在温迪的家人眼中，逃走对于温迪来说是一件再自然不过的事情。她逃离了索然无味、流于程式的守灵仪式；逃离了那些多嘴的亲

① 指圣餐中的面包或无酵饼。

② 美国漫威影业电影《奇异博士》中具有超凡能力的主人公。

戚；逃离了她没有机会道一声别的祖父，和他那具肿胀得瘆人的尸体。在那段孤立无援的日子里，只有祖父是她的朋友，但是现在，他死了。而且她刚才还不小心和她五岁的妹妹用了“永远”这个词。在她还小的时候，她曾经做过无数个与“永远”有关的噩梦。作为一个姐姐，她面临的最大的不公就是，总会有那么些时候，你得想方设法地不去给妹妹们留下一生的创痕，一个在正常情况下应该由父母来完成的任务。她不会对格雷丝发火，她是那么温暖，那么小，那么单纯无辜。还好当时父亲及时拯救了她。看到自己的父亲被装进一个盒子里，一定很奇怪吧，他再也见不到父亲了。

“嘿，温思迪。”他突然冒了出来，吓了她一跳。她正坐在屋后的楼梯上，希望手头可以有根烟，这是她第一次为父亲感到担心，她担心他的脆弱，担心他因为这个家之外的事情而受到伤害。他在她身边坐了下来。“感觉怎么样，亲爱的？”

她耸了耸肩，点了点头。

“我知道你今天一定过得很煎熬，”他说，“我很抱歉。”

“我只是……”她摇了摇头，“我只是不……”

他伸出手臂搂住了她的肩膀。“哦，亲爱的，”他低声说道，“没关系，温迪。嘿，会没事的。”他揉搓着她的胳膊。“今天可真是糟糕的一天，对吧？”他终于开口说道。她向他用力点了点头，他把头靠在了她的头上，“今天真是糟透了。”

“嘿，爸？是不是一般会……会有人，帮忙抬……抬棺材？”她微微把身子挪开了一点，挺直了背，做足了抛出这个提议的准备。

“抬棺人，”他说，“怎么了？”

“明天谁来抬？”

“我，”他说，“我的几个堂兄弟，还有几个殡仪馆的人。”

“一些不认识爷爷的人？”

“爷爷的朋友大多都七老八十了，能找到人帮忙就不错了。”

“女的可以吗，抬棺材？”

“我从来没有见到过。”

“是被允许的吗？”

“我想如果是这件事，不管我们做什么，都是被允许的。为什么这么问？”

“我可能想要帮忙。”她说。

父亲有些哽咽：“你真的想吗？”

“是的，”她说，然后又补充道，“是的。爸，可以吗？会不会……呃……”

“当然，”他终于回答道，他再次举起手臂，搂住了她的肩膀，“你能这么做，我很开心。”

这几天，他们的生活以一种奇怪的方式变得更好了。她和妹妹们相处得更加融洽，而且今天早些时候，她走进厨房时，还看到了父母几个月来第一次亲吻彼此。她像个成年人一样，突然清醒地意识到了一个诡异的现实：像亲人离世这样一件悲痛欲绝的事，反而能让仍然活在世上的人对彼此更加善良。

Ⅳ　冬天

第二十一章

前门响起了一阵急促的敲门声，比起询问屋里有没有人，那阵敲门声更像在宣告某个人的到来。随后，吉莉安便走进了检查室，她并没有在笑，但她柔和的面庞总让人以为她在笑。

“莉莎，”她说，“咱们感觉怎么样？”

“咱们”是指谁？她和孩子？她和瑞安？还是她和吉莉安？“挺好的。”莉莎说，尽管那三个字和她的真实处境相去甚远。

吉莉安放下手里的图表，往手上挤了一泵干洗洗手液：“见到你我还挺惊讶的。”

自从那次灾难性的电话之后，她一直在想方设法地避开吉莉安，她甚至已经预约好了别的医生做侵入式产前检查。但是，最近生活中发生的变动又让她陷入了焦虑。于是，她又渴望起了那个只有吉莉安才能带给她的东西——熟悉感。只有吉莉安，才能让她相信自己其实很幸运。又或者，只有吉莉安，才能让她的所作所为得到原谅。

“我想和你道个歉。”莉莎说。

吉莉安挑起了眉毛。

“我男朋友最近和我分手了，”她不自觉地开口说道，“孩子的父亲。”

吉莉安停顿了一下，说：“很抱歉听到这样的消息。”

“我不想拿这个作借口，但我……我最近……真的经历了很多。”

“我能不能插一句，你这句话听上去也像个借口，而且考虑到你曾经对我说过的那些话，这还是个很站不住脚的借口。”

起初，她很担心吉莉安会把她们之间的对话告诉她的父亲，但是后来，她并没有听父亲谈起过，于是便放下心来。然而，直到此刻，和吉莉安共处一室，她才在那种令她无地自容的羞愧感中，意识到了事情并没有就此结束。

“我是个名声还算不错的医生，你知道吗？”吉莉安继续说道，“很多病人都等着来找我看病，一直排到了明年。我不需要向你推销我自己，你能不能来我这里看病，取决于我，莉莎，我们得先把这一点给拎清了。所以，在我们继续之前，我要先声明两件事。首先，我也提到过，在你挂断我的电话之前，我怎么也没有想到你会对我做出那样的指控。”

“我之前只是……”

“其次，我通常懒得对这样的指控做任何回应，但在这件事上，我有责任，因为你的父亲是个好人。出于这个原因，我才会对你说这些话，而不是因为我觉得我欠你一个解释。戴维是我的朋友，是他陪着我度过了一段艰难的日子。”

莉莎垂着头，盯着肚子下面凸起的膝盖。“我真的很抱歉，”她说，“我不……我之前的所作所为实在是太差劲了。但这段……这段时间对我来说也是前所未有的煎熬，我能咬咬牙，鼓起勇气做一个单亲妈妈，这件事本身就已经很困难了，更何况如果你是被我父母那种深深爱着彼此的家长带大的……天哪，他们之间的感情太坚韧，太完美，太痴迷了……那就……”她摇了摇头，“我再怎么也达不到他们的标准。”

“是的，”吉莉安轻声说道，“我和你差不多大的时候，也很煎熬。那时候，我和你一样，一边想要弄清自己的生活，一边见证着一段田园牧歌式的婚姻。”

莉莎抬起头，发现吉莉安正直直地盯着她。她突然想到，在家人以外，也许只有吉莉安能够懂得那种由父母的爱带来的巨大折磨，也许只有吉莉安亲身遭受过那种痛苦。

“我唯一的要求就是，我们接下来一概不谈你的父母，除非要做基因检查，明白了吗？这次聊过之后，这整件事就告一段落了。”

屋子里弥漫着的烟味。吉莉安，吉莉安，吉莉安，这个女人对她来说仍然是迷雾一团，是她童年宛如幽灵一般的记忆碎片，直至今日也未曾消失。而奇怪的是，她和莉莎并没有那么多的不同，她们都做着一份费力的工作，都抱着程度不一的尊严为工作疲于奔命，都在追逐着个人价值的实现。

“那行。”她说，“谢谢，莱文博士。真的。”

“你妈知道是我来接生这个孩子吗？”

“哦，她知道。”莉莎说，“我第一次来找你的时候，我爸就告诉她了。”

出于一时的软弱，维奥莱特还是向乔纳发出了圣诞节邀约。怀亚特仍然缠着她，不停地问她“每周之星”表演的时候乔纳会不会来，乔纳会不会唱这首歌，乔纳会不会弹乐器。“妈妈，拜托了，能不能让乔纳来，哪怕只待四分钟？”她敷衍了事地扔出了“他要上学，圣诞节的时候你再单独给他表演”的借口。但是话说出口，她才意识到，这一年他们得去马特华盛顿的家里过圣诞。她仅仅迟疑了三秒钟，她的儿子就已经飞快地蹿上了楼，练起了那套和弦。所以，她给正在工作的马特打了个电话，平静地告诉他，他们要在圣诞节前请乔纳吃一顿晚餐，并且希望他不要介意。丈夫牙关紧咬，默许了她的提议。然而他的沉默，却比他们可能爆发的任何一场争吵都更加糟糕。她感觉他像再也不会，也再也不想和她说话了。他的沉默，更像为了安抚精神病院里关押着的疯子。

马特开车去橡树园接乔纳，在怀亚特的软磨硬泡下，马特把他带在了车上——“我们可以和他一起坐车吗？”怀亚特充满期待地问马特。当他们回到家，同时站在她面前的时候，她感到很不可思议。十五年前，如果有人告诉她，有一天，她会站在门厅里，看着那个被她抛弃的孩子向她的儿子们演示怎么碰拳头——先碰一下，然后在空中张开手掌——她的丈夫也在一旁看着，她会做出怎样的选择呢？

“圣诞快乐。”她说。自从上次见他，他好像又长高了一些。在她豪华的家里看到他，她仍然觉得很不是滋味，因为她身边全是一些她没能给予他的东西。她强迫自己不去想家里的管家、园丁，以及像地毯一样在她面前铺张开来的空闲时光。为了填补这些空闲，她去参加读书俱乐部，做热瑜伽，参加烘焙义卖会，多此一举地为一些无关紧要的事情筹款——幼儿园里的任何一个家长自掏腰包，都能一下把这笔钱给筹全。当然，拥有物质富足的生活却仍然心存抱怨是愚蠢的——甚至是可憎的。但乔纳的存在，让贫富差距愈发彰显出来。她生活富足，而他一无所有，她感到胃里一阵恶心。

“谢谢你邀请我。”他说。

“不客气，你饿了吗？”

“我……当然，”乔纳说，“我是说，什么时候都可以，我倒是不饿。”

“晚饭好了。”她说。她已经打好了算盘：停车道上一传来车的声音，她就掐准时间，立即把猪排从烤箱里拿出来，如果他们早点吃饭，她就可以拿要哄孩子睡觉作借口，早点把他送走。就算那样会暴露她的掌控欲，她也毫不在乎，只要乔纳还待在这个家里，她就感觉自己无法呼吸。

“妈妈，我可以先给乔纳表演我的歌吗？”怀亚特抱着他的小吉他，走到了楼梯平台上。

她艰难地咽了一口口水。“当然了，亲爱的。我正要……我会在厨房里听的，宝贝，我要在厨房里拌土豆泥。”就算她嘴里说出来的话有百分之八十都不过是信口胡说，又怎么样呢？就算她不能像她的母亲那样，总是那么温暖，那么包容，又怎么样呢？“马蒂，我正打算去……你能不能……”话还没说完，她的丈夫就已经抱着伊莱，走进了客厅。第一次要和乔纳一起吃饭时，他就表达了强烈的反对，而对于这次突如其来的圣诞聚餐，他也一直在默默地抗议。然而此时此刻，他却表现得如此体面，甚至还和乔纳聊上了天——乔纳歪着头的模样，让她短暂地想到了她的父亲。乔纳并没有做错任何事情，他只是存在于这个世界上而已。她抗拒的，并不是他的存在本身，而是他的存在所代表的一切；她抗拒的，是他所构成的威胁，以及他有可能倾翻的一切。然而，她再怎么懂得这个道理，也于事无补。

她在厨房给自己倒了一大杯全喝下去可能会让她烂醉如泥的酒，然后稍微喝了几口，靠在厨房柜台上，思考着应该用哪个鼻孔呼气来对抗焦虑。她只是想做正确的事情，但那并不容易，因为她生命里遇到的每一个人对“正确”都有着不同的定义。她被困在中间地带，既想满足怀亚特的心愿，照顾马特的忧虑，同时又想为乔纳做点什么，即便她知道她对他的亏欠已经无法弥补。她不是一个坏人，而且正如所有人都认为的那样，她也不是一个温暖的人。但她至少是一个好的母亲，不是吗？她难道没有倾尽所有，把自己的每一分、每一秒都奉献给她的孩子吗？他们不是正在茁壮成长，就要长成大男孩了吗？她难道不是已经做好了绝大多数她应该做的事吗？

如果她在厨房里突然恐慌发作，接下来会如何？又或者，如果她晕了过去，重重倒在地上，倒地的声音被怀亚特的吉他声掩盖，无人察觉，接下来会如何？这样一个夜晚，又会给她的孩子们留下什么样的记忆？“你记不记得，那天妈的私生子来家里吃饭，我们在厨房里发现她的时候，她灌下了一整瓶佳美娜葡萄酒？你还记不记得爸妈离婚之前闹的那出圣诞惨剧？”也许长大后的怀亚特会这样和伊莱说，她在心里想。

怀亚特弹到了副歌，她飞快地将剩下的酒灌下了肚。对她的孩子来说，这本应该是一个其乐融融的夜晚。她和怀亚特之间的关系比起她和伊莱来得更加深刻和复杂，她和怀亚特一起经历了更多，也正是因为怀亚特的出现，她才在迷失了那么多年之后，重新找回了一个全新的自我，成了一个母亲。

他弹到了最后一遍副歌，于是她最后倒了一小杯酒，一口闷掉，转身打开搅拌器拌起了土豆泥，让搅拌器的声音刚好盖住了乔纳的掌声。

乔纳收到了维奥莱特的邀请，她让他圣诞节前夕去和她的家人一起吃顿晚餐。在乔纳看来，她的语气听起来并不像邀请，而且这顿晚餐听起来似乎没多大意思——或者说，算得上是无聊透顶——但是，他也找不到其他借口来推掉这个邀约。除了学校和武术课，他只会与戴维和玛丽莲待在一起。再加上，戴维和玛丽莲都鼓励他去，于是，他平生第二次坐在了他们的餐桌旁。这一次，他更自在了一些。熬过那顿尴尬的晚餐之后，他甚至和怀亚特、伊莱玩起了游戏。他来猜他们的年龄，而且总是故意猜错。

“四十七岁。”他故意说道，把两个男孩逗得合不拢嘴，发出了那种孩子所特有的极具感染力的笑声。那种笑声总会让人忍不住笑出来，即使此时此刻曾经抛弃他的亲生母亲正隔着一张桌子死死地盯着他，好像生怕他教她的孩子做坏事。维奥莱特拿着空酒杯，在桌子旁站了起来。上次来她家的时候，他往背包里偷偷塞了几瓶酒，不为别的，只是为了好玩，只是为了看看他们的反应，那些酒至今还躺在他卧室衣柜里的行李袋里，他不知道维奥莱特有没有注意到它们不见了。

“乔纳能来‘每周之星’的表演吗？”怀亚特问道。

乔纳转过身冲怀亚特做了个鬼脸：“怎么，真的有‘星星’吗？太空里的那种星星？”

听到这话，伊莱和怀亚特又都咧开嘴笑了起来。然而，一片笑声中，乔纳并不是没有发现，听到怀亚特问出那个问题，马特的脸色瞬间变得煞白。就在此时，维奥莱特也出现在了门口，像他和她第一次见面时那样，端着一杯酒，两片嘴唇紧紧地抿在一起。

“我是一月份的‘每周之星’。”怀亚特继续向乔纳解释道。他还不懂得如何觉察父母的感受，也没有留意到他们脸上的惊恐。而乔纳却把一切都看在了眼里。

“酷毙了，”他说，“恭喜。”他开始幻想自己出现在怀亚特气派的学校里，摇身变成一个悬赏金高达三百美元正被武装警察追着到处跑的逃犯。

“怀亚[1]，亲爱的。”她走了过来，吻了吻怀亚特的头顶。维奥莱特和怀亚特隔着桌子紧紧盯着他，两双如出一辙的深棕色的眼睛。维奥莱特一定是隐性基因携带者，这也就意味着，他的父亲有一双蓝色的眼睛。“我们已经说好了的呢，宝贝。”

维奥莱特一定是注意到了乔纳脸上受伤的表情——他的确很受伤，他又不是什么“大学航空炸弹客”[2]，况且这一切又不是他主动提出来的——语气又变得柔和起来。

“乔纳要去上学，”她说，“只是……爸爸和妈妈只是觉得，如果因为这件事缺课，肯定不太好，对吧，爸爸？”

真是两个像机器人一样冷漠无情的人，马特僵硬地点了点头，维奥莱特把嘴唇贴在了怀亚特的头发上。乔纳隔着桌子看着他们，不难看出，她是个好妈妈，而且愿意为她的孩子赴汤蹈火，只是她赴汤蹈火的对象永远是怀亚特和伊莱，而不会是他。

“好吧，”她说道，声音流露着硬挤出来的热情，“我们换上睡衣，一起读《圣诞怪杰》，怎么样？”

“能让乔纳带我上床吗？”怀亚特问道。

维奥莱特僵住了：“哦，我……”

---

① 怀亚特的昵称。

② 原文为“unabomber”（University Airline Bomber），指泰德·卡辛斯基于1978年至1995年间在全美范围内有针对性地邮寄或放置炸弹。

乔纳饶有兴趣地打量着房间另外一头的维奥莱特和马特，他们正在浮夸地上演一出哑剧：维奥莱特冲马特挑起了眉毛，恨不得把眉毛扬到额头上去；马特则将头歪向一边，用手挠着脸上并不存在的痒，打着唇语说着些什么。

“你读过《圣诞怪杰》吗？”怀亚特问乔纳，边说边爬到了他旁边的座位上。

“当然，”他说，“胡谷镇上住着的‘小胡人’，对吧？”

“妈妈，他真的知道哎。”怀亚特不敢相信地喊道。

“是啊，亲爱的，真难得，但是不是……”

“我来给伊莱念，”马特绷着喉咙说道，然后转过身对乔纳说：“你去给怀亚念。”

乔纳迟疑地跟着怀亚特、马特和伊莱上了楼，沿着走廊向房间走去。

“先刷牙，换好睡衣。”马特说。接着，怀亚特朝浴室飞奔而去，伊莱摇摇晃晃地跟在了他的后头。

“你做得来吗？”马特问道，好像乔纳待会儿是要去开飞机一样。

“当然了，”他说，“是的，没问题。”

“我就在走廊对面的房间。”马特交代道。

这帮人的粗鲁让他很不耐烦，在他们眼里，他好像不仅会给他们添麻烦，而且还是一个会让他们的孩子也陷入危险的陌生人。

“知道了。”他之所以这么回答，只是因为怀亚特从浴室回来了。怀亚特只用了大概三秒钟的时间，就飞快地换好了睡衣。怀亚特拉着他的手，带他进了房间。怀亚特带他参观了自己的卧室，给他展示了数目惊人的火柴盒汽车——上帝啊，他们竟然拥有那么多东西。过了好几分钟，他才终于把怀亚特哄上了床。

“和我一起躺下来。”怀亚特说。

“哦……我就不用了。”他笔直地端坐在床边，膝盖上放着怀亚特的那本《圣诞怪杰》。他抬头看了看天花板，上面精心点缀着一些在黑暗中会闪闪发光的行星图案。他心想，要是能成为他们，该有多好；要是能像他们一样长大，睡赛车床、学吉他，拥有爱他们的父母，该有多好。

“你和卢米斯住在一起，对吧？”怀亚特在毯子下面动来动去，“你喜欢狗吗？”

“不。”他说。

“为什么？”

维奥莱特总是说怀亚特是个害羞的孩子，但是随着和他见面次数的增加，乔纳越来越觉得维奥莱特的描述并不准确。他不知道如果被维奥莱特发现他们并没有在读书，她会不会生气；他不知道维奥莱特是不是每晚都必须定量完成配额，让她的孩子学会十万个单词，往他们的小脑瓜里塞满知识；他不知道如果怀亚特最后没有被耶鲁录取，他会不会被她指责为那个罪魁祸首。

“你会来‘每周之星’的表演吗？”这个孩子是如此真挚，如此充满希望——荒谬极了。“一月五号，十点。”

乔纳突然想象起了怀亚特像维奥莱特一样捧着一本小记事本的模样，然后差点笑了出来。一月五号，他的生日是一月七号，他不知道维奥莱特还记不记得。玛丽莲把他的生日标记在了日历上，并且坚持打算为他庆祝生日，带他出去吃顿饭，或者把他在新学校交的新朋友约到家里一起吃饭。他告诉玛丽莲，他更希望能和她还有戴维单独庆祝。一想到能和他喜欢的人一起庆祝生日，他就感到一种蠢乎乎的兴奋，只是庆祝这样一件小事而已。

“我尽量，小伙计。”他回答道。

“我们可以唱歌，不读书吗？妈妈有时候会给我唱歌。”

他无法想象维奥莱特唱歌的样子：“那我就黔驴技穷了，哥们儿。”

“那是什么意思？”

“就是说我不会唱歌，但是如果你想的话，你可以唱。”

怀亚特沉默了一会儿，然后说道：“圣诞老人是真的吗？”

唉，该死，这种悲剧总是会落在他的头上。

“贾克斯告诉我圣诞老人不是真的。”怀亚特说。

“这个贾克斯是谁啊？”

“他是我班上的同学。”

“转告他，他的名字可真蠢。”

“他说的是真的吗？”

他感觉像突然置身于电视真人秀的现场，在那种节目上，他们常常会让那些不善言辞的人和天才儿童进行尴尬的对话，看他们如何在谈话中自寻出路。

怀亚特满怀期待地看着他。

“你多大了？”乔纳问道，“五岁？”

“到今年夏天，我就六岁了。”

他在七岁的时候得知了圣诞老人的真相，是他曾经那个寄养家庭里的一个性情狂躁沉郁、信仰无神论的孩子告诉他的。实际上，他本来也一直对圣诞老人这个概念半信半疑，一想到有个成年男人半夜闯进家里，看着他睡觉，他就觉得毛骨悚然。

“圣诞老人不是真的，”他说，“不完全是。我的意思是，严格意义上，不，他是……”

“那礼物都是从哪儿来的呢？”听到他的话，怀亚特好像并没有表现出受伤的样子。相反，他躲在被窝里，睁着一双好奇的眼睛，天真无邪，不屈不挠地想从乔纳那儿知道更多。看着他的脸，乔纳又想起了维奥莱特，他和这个孩子共同的母亲，他不知道自己脸上的表情看上去是不是也会像她，他也不知道自己总是会说出不该说的话的毛病是不是遗传自她，就像之前，他不小心把莉莎和那个斯巴鲁汽车里的男人的事告诉了瑞安。过了一会儿，他突然感觉脖子后面阴森森的——

有人正在背后盯着他，他半坐了起来，看见了站在门口的维奥莱特，她的脸气得煞白。

“乔纳在和你开玩笑呢，亲爱的。”话音刚落，她便走进了房间，“说晚安吧。”

那孩子一定是累了，他枕在枕头上，有气无力地挥了挥手，眼皮耷拉着，就快要完全闭上了，也许到明天早上，他就不记得他们之间的对话了。维奥莱特坐到了床上，就在他的旁边，可她却没有看他一眼。他站了起来，打算离开。

“圣诞老人当然是真的，亲爱的。”她小声对怀亚特说，“他会从爷爷奶奶西雅图家的大烟囱钻到屋子里来。”

乔纳不确定要做些什么，于是只好呆站在外面的走廊里，望着他们：维奥莱特正画着圈，抚摸着怀亚特的胸口；她用压低了音调和音量的嗓音抚他入睡；她俯下身吻了吻怀亚特。乔纳移开了视线。

“我爱你，小甜心。”她低吟道，“做个好梦，小家伙。”接着，她站了起来，熄灭了灯，踮着脚静悄悄地走了出来。她出来的时候，乔纳侧身为她腾出了位置，关上门之后，她转向了他：“刚才是怎么回事？”

他愣住了，他一直怀疑维奥莱特可能是个非常刻薄的人，但到目前为止，她只是不太友善，还不到刻薄的程度。“他问我的，我不知道怎么——我不想，不想对他撒谎。”

“和孩子说的话里面，有百分之九十都是在撒谎。”

“维奥莱特，哎……”马特从房间里走了出来，在身后关上了伊莱的房门，“小点声。”

“他刚刚告诉怀亚特圣诞老人不是真的。”

“我们到楼下去说吧。”马特说。

“我说了，是他问的我。”乔纳回答道，完全无视马特的话，“他说贾克斯已经都告诉他了。他只是在向我求证。”

“他才五岁，比起另一个小孩儿的话，他更愿意相信你。”她彻底被激怒了，“上帝啊，是，你是被逼无奈，比普通人成熟得更快，但再怎么说，你都快是一个成年人了，那是我的孩子，你没有资格毁掉他们的圣诞节。”

“我没有……”乔纳说，同时想着维奥莱特所说的“我的孩子”。

“你最好……最好赶紧走。马特，你能送送他吗？”

“亲爱的，等一下。我们……”马特走到维奥莱特身边，把头贴了过去，小声提醒着她什么。

“没事！”乔纳说，“那我可得去戴维和玛丽莲家，毁掉点什么东西报复一下，比如放把火，把他们的房子给烧了之类的。对住在那附近的刻薄的街坊邻居来说，这说不定是个古老的圣诞节传统呢。”

“还有，帮我个忙，请你不要再偷我们酒架上的酒了。”维奥莱特尖酸地补了一句。

马特抬头看了她一眼，但是，他眼里闪现的却并不是愤怒，而是突如其来的忧虑和警觉。乔纳看得出来，他很担心她，他的担心合乎情理，因为面前的这个女人已经快气疯了。

“马特，你去吧……”维奥莱特撂下这句话，便转身走开了，没等马特伸手拉住她，她就消失在了身后那间卧室的门后。

“来吧，我送你回家。”马特说道，语气并不刻薄。

真是诡异的两个人。明明是一对夫妇，却被拆成了两半，其中一个和你大动干戈，另一个却能和你相安无事，跟他们在一起，他们的固执、他们的秘密，都让他感到疲惫不堪。他想不明白，为什么维奥莱特会是戴维和玛丽莲的女儿；他想不明白，为什么冷漠无情的维奥莱特却有着戴维和玛丽莲那样不计代价给人温暖的父母；他想不明白，为什么和外祖父一起修剪树枝或者修水管时，哪怕是一言不发的沉默，也比他和维奥莱特的相处蕴藏着更多的善意。

“随便。”乔纳说道，他同时掏出手机给外祖父母发了个短信，提醒他们自己会提前到家，以防两位老人家趁他不在的时候又亲热起来。

1998

仅仅用了一个周末的时间，温迪就瞒着父母在布瑞尔大街剧院附近找了一个单间公寓，并且在卢普区的一家牛排馆找到了一份服务员的工作。她只向父母提出了一个请求，那就是借用他们的旅行车搬家。对于温迪要搬出去的决定，玛丽莲的第一反应是坚决反对，但后来，她越是细细地思考这件事，就越是为女儿感到骄傲，她的女儿竟然做出了这个大胆的决定，主动寻找一种更好的生活。她在前门厅里和女儿拥抱道别，尽管温迪的住处离家不过二十分钟的路程，她却比那年秋天把维奥莱特送到维思大学时还要难过。温迪不像维奥莱特，她从来没有真正适应过这个世界，在玛丽莲眼里，温迪的特立独行令人忧惧，但她同时也会闯出维奥莱特永远无法企及的一番天地。

那辆沃尔沃的尾灯早已在她的视野之内消失，但她仍站定在窗口。她既想念女儿，又不想念女儿；既为她骄傲，又为她感到近乎绝望的担忧。

“妈，你在偷窥吗？”

她吓了一跳，转过头，看到了身旁的莉莎。她浅浅地一笑：“那还真是被你逮了个正着。”

“你在想什么？”莉莎又问道。

“我只是突然想到，家里的人都走了一半了，我有点儿想你姐姐了。”

“妈，她是个成年人了，她都二十岁了。”莉莎说道，仿佛“二十”是她可以想象到的最大的年纪。玛丽莲二十二岁的时候，就已经快要结婚了；二十四岁的时候，她已经有了一个丈夫、两个孩子，以及属于自己的家庭。尽管如此，这次和温迪告别，让她回想起了第一次送温迪上幼儿园时的感受。

“我又不是不可以想念二十岁的人，”她说道，然后把手搭在了莉莎的肩膀上，“或者十五岁的人。”

“她会没事的，妈。”莉莎轻声说道。

在某些时刻，你的孩子会突然跨过那道门槛，摇身一变，成为一个真正的大人。转变似乎永远不会大张旗鼓地降临，而是发生于一些像现在这样平静的时刻。

玛丽莲说了句“晚安”，就转身上楼了，她没有换上睡衣，而是脱得只剩内衣裤，在一片黑暗中钻到了床上。她的孩子们正一个个地从她身边溜走，她把冰凉的手腕压在额头上，仿佛想过滤掉想念的渣滓，或者压住即将到来的头痛。这时，门“嘎吱”一声打开了一条小缝，她下意识地翻了个身，看向从走廊里透进来的光线。

“你还醒着吗？”戴维小声问道，他随手把门关了起来，那道如刀锋一样明亮的光也随之消失。

“我没睡，怎么样？她还好吗？”每次谈起温迪，她和戴维都只是维持着有限的坦诚。他们的大女儿对他们两人都意味着太多——太多的心碎、太多的紧张、太多沉重的爱。

“挺好的。”他说，她一下听出来他低沉沙哑的声音里全是忧伤。他爬到她的身边，手指缠进了她的发间。他们像两把老旧而疲惫的勺子，相拥在一起。用戴维的话来说，他们就像两把叉子，因为他很高，而她很瘦，他们相拥时缠绕在一起的四肢，像极了交错相叠的叉子齿。

在某个时刻，玛丽莲彻底放弃了重新念书的想法，她对这件事一直心怀怨念，但她还是设法遏制住了自己的愤懑，把情绪深藏在臼齿后面，时不时把它嚼碎吞下肚，时不时允许自己沉溺在这种不公之中。然而，大多数时候，她只能选择继续向前走，步履不停地将女儿们送进学校，参加她们的水球比赛和钢琴独奏会，在她们的家长同意书上签字，给她们的裙子缝边，准备她们的晚餐……一如往常地让这些事消耗着她。

一天早上，女儿们都去了学校，玛丽莲准备去芝加哥大道上的五金店买一把新的修枝剪，到那儿时，她发现前门紧锁，橱窗上贴着一张小小的告示，写着商铺待出售。

在这片曾经让她痛苦不堪的故土之上经营她自己的家庭，并没有让她如幽灵缠身一般忧惧，大多数时间里，她都能集中精力，创造新的回忆。她和戴维选了客房作为他们的卧室，而不是父母原来的房间；怀着格雷西的时候，她换掉了其中一间卧室里恶心的黄色碎花壁纸，贴上了更适合婴儿房的动物图案；重新修整停车道时，她让女儿们在水泥地上印上了她们名字的首字母和手印。不可否认的是，俄亥俄街的那栋房子对他们来说是一种恩惠，但玛丽莲并不会对它区别对待，她仍然像打点艾奥瓦州的那栋房子那样，给这栋房子的厨房刷上了蓝色的墙漆，她喜欢变化和更新。

一部分关于故乡的回忆愉快地拉扯着她——熟悉的树木，还有走在街道上时双腿的肌肉记忆，迈进任意一家旧商店，不论是冰激凌屋里甜到发腻的牛奶冰激凌，还是五金店里散发着刺鼻气味的锯屑，都能让她刹那间回到几十年前。她清晰地记得——没有被她父母破碎的感情毁掉的为数不多的记忆——骑在父亲的肩膀上，到马洛里五金店里时的画面：进门的时候，为了不让她的头撞到门框，他会半蹲下来，开门时可以听到风铃的丁零声，店里还摆着一个装满好市多牌棒棒糖的鱼缸。

“玛丽莲·康诺利？你的小孩都到哪儿去了？”

此时此刻，在马洛里五金店外的人行道上，她撞见了和她母亲在圣凯瑟琳圣露西教区（她父亲觉得这个教区的名字很冗长，于是戏称之为“圣·口齿不清的阿奎那[①]”教区）一起做礼拜的老朋友，她怎么也想不起这个女人的名字。

---

① 全名为圣多马斯·阿奎那，欧洲中世纪经院派哲学家和神学家，自然神学早期提倡者之一。

“她们恐怕不是什么小孩啦。”玛丽莲说。说出这句话后，她惊讶地感到自己的声音充斥着饱满的情绪。

“她们不会全都已经上学了吧？”

“每一个。”她说道，勉强挤出一个笑容。

“有大把时间可以荒废了，那你自己有什么打算呢？”

她从来没有停止过思考自己继续生活的动力，虽然格雷丝还在上幼儿园，睡觉的时候还会穿纸尿裤；大一点儿的女儿们需要开车接送，也需要常常留意。但是，她的生活变得安静了很多。她从来没有想过之后的生活会如何。

长大之后，她并不经常光顾马洛里五金店，但是，每当他们需要盆栽土或鸟食，以及一些戴维一时兴起，在家进行一些改造时会用到的工具时，他们就总会到这家店买。她对这间店的感情并不算根深蒂固，但它的确能够让她联想起许多愉快的回忆。有的时候，她很迷信生活里的种种迹象。她曾经从她的父亲那儿拿到了一笔多余的存款，她养育着四个孩子，平时手上根本没有什么余钱，所以那笔钱于情于理，都应该花在她自己身上。从经济水平上来讲，她和戴维永远无法让他们的孩子也拥有她父母留给她的东西，但她希望他们至少能让她们幸福，或者至少让她们懂得如何诚挚地追求幸福。

回家的路上，她顺路去了戴维的办公室，她已经得知了吉莉安的离开——她最近从这家诊所离职了，在安德森维尔开了间自己的诊所，对此玛丽莲很羞愧。

“嘿，亲爱的。”他说。她想到吉莉安曾经说过，他和她说话时声音会变，她随手关上了门，走到他的办公桌后面，坐在了他的腿上。她不是没有意识到这个姿势非常滑稽，但她还是很想离他近些，她用手臂搂住了他的脖子。

“我想做一件大胆的事。”她说。

“推翻政府？”

“我是认真的。”她说。

他皱起眉头，掩饰着他的笑意：“明白。”

“你会支持我吗？”她问道。

“我不知道你要……”

“一般情况下，按照以前的经历来说，你相信我吗？”

“我比谁都更相信你，小家伙。”

她给了他一个吻：“谢谢你。”

“不客气！”

“我没有疯。”

“我也没那么说啊。”

“我想，也许是时候翻开新的一章了。”

“你要不要再点拨我一下，亲爱的？”

她站起来，向他伸出了手：“我们去散散步吧。”

自打温迪开始记事，她就很想拥有一栋有安静车库的房子，从小到大，车库门嘎吱作响的声音总预示着厄运的来临——每次父母开完家长会，吃完晚饭或者工作完回到家时，就意味着她会收到一份家务清单，或者是又要因为逃课被训斥一番。她希望拥有一扇能够安静开启的车库大门，她希望开进门里的是一辆声音低沉、足够安静的汽车，她希望车里坐着的是一个有些特立独行的男人——他会抽烟，会喝酒，但不过度；他读过《罪与罚》，还会烧熏香。

这是一个很容易实现的心愿——安静的车库，有趣的生活。和迈尔斯在一起，她得到了她想要的一切，即便和她的想象不完全一致——他比她大了十五岁，这本来不成问题，但是她的家人好像不太能接受。她二十岁，他三十五岁，而且还是——好吧，她的老师，这是另外一个她的父母不太能接受的事实。然而，说他是她的老师，并不完全准确，因为这个令人尴尬的事实其实只持续了不到一个小时。

第一次见到迈尔斯，是在哈罗德·华盛顿学院继续教育项目的经济学基础课上（她在二十七号公交车上看到了广告，然后花光了自己存下来的小费报了名，最后发现那些钱只够买两节夜校课）。她最终还是从家里搬了出来。维奥莱特以一种非比寻常的热忱，一头扎在康涅狄格州的文科院校的申请之中；格雷丝很可爱，但同时也让人抓狂，总在温迪看《走廊里的孩子》的时候偷偷溜进她的房间；莉莎是一个性格古怪、脾气阴晴不定的准成年人，她总是会错误地使用“准”这个字，也不明白那为什么会很滑稽。温迪对这一切感到厌倦，于是就搬了出来。

第一次上课的教室里，她看着迈尔斯走了进来，接着迅速转向了坐在她周围的人，她还以为她的女同学们会议论纷纷，然而她看到的只是她们的漠然。她又抬起头，向教室前面看了过去，他就在那儿，一只手从包里拿出了几本书，另一只手捋了捋他柔软的、灰白色的头发（他一定是少白头），接着把一包美国精神牌香烟塞进了口袋。天哪——为什么没有人注意到这些呢？

她拿出一本拍纸本[①]，把脸上的头发拨开，就在那时，他看向了她的眼睛。在那一刻温迪就知道了，他是属于她的。她没有忍住，笑了出来，这让她一下慌了手脚。她笑得像极了那些不等把蹩脚的笑话说完就提前笑场的人，咧着嘴笑，令人作呕地笑，但她停不下来。她望着他，他清了清嗓子，咬着他下唇的内侧（她后来才知道，这是他紧张时才会做的小动作）。

“嘿。”他喊道，用指关节敲着桌子，渐渐地，教室里安静了下来。他坐在那张寒酸的铺着油毡的桌子旁，双手插在口袋里。她注意到，他右手腕戴着一块手表——卡地亚——显得精致而有风度，多年来为郊区精英上菜的经验，让她对奢侈品颇有了解。“我是迈尔斯·艾森伯

① 纸的一边用胶粘住，便于一页一页撕下来的本子。

格，这学期由我来担任你们的讲师。”他提议先做一些破冰活动，然后将目光落在了温迪身上，“不如你来？你介意为我们开个头吗？”

应付这类状况温迪游刃有余，她在椅子上坐得更直了。“我？当然没问题。”

“很好。你可以选一个搭档，给我们做个示范。我们每个人都可以挑一个同班同学进行采访，这样可以让我们尽快熟络起来。那么，你要选谁呢？”

她咽了一口口水，脚踝搭在一起，然后抬起头看着他：“我可以选你吗？”

旁边座位上传来一阵窃笑，迈尔斯·艾森伯格的脸涨得通红。

“我……好吧，当然可以，你当然可以选我。那么，其他同学也可以两两组队，聊大概……”他瞥了一眼钟，“大概五分钟。”五分钟是一段漫长得有些尴尬的时间，但她为此欣喜若狂，她走到了她未来丈夫的桌旁。

当天晚上，她就跟他回了家，直到他们来到他家的前门厅为止——他拥有一个前门厅，或者说，他在海德公园绝佳的位置拥有一整栋气派的褐沙石房子——事情都还没有向奇怪的方向发展。但是，她突然跨坐到了他的身上。

“你再说一句我太年轻了我就立马走人，去找一个愿意上钩的十五岁男孩。”她把他逗笑了，他伸手拨开了她脸上的头发。

“温迪，你是我的学生。”

这一点她早就想到了。在课上，在她坐在他的桌子边，听他讲他在味好美和施米克食品公司的工作经历的时候，她就想到了这个问题。半小时前，当他们在他的车里——一辆奥迪——接吻时，她又想到了这个问题。也许命运就是这样，她本以为自己找到的只是一个区区的社区大学讲师，可却没想到他是个隐藏的有钱人。

“你到底为什么要去给一帮格格不入的小屁孩上基础课程，如果你能买得起这辆车的话？要知道，这辆车的价格，可比你所有学生去卖血拿到的钱还要贵上十几倍呢。”她刚才坐在副驾驶上的时候问了这个问题。那时，他们接吻接到一半，停下来喘了口气。

“这件事很有价值。”他说。

他给出的，是一个无比令人满意的答案：一个人，做一件事，只是因为他能做好，只是因为他乐在其中。在前门厅里，她又想起了坐在教室前面的他，想起了他局促而优雅的样子。

“那我就翘你的课，”她说，“那不就好了。那样我就不是你的学生了。”

他把头向后仰着：“这太不真实了，你知道吗？”

“如果你想让我走，我会照做的。”她说，她希望自己的话听上去令人信服。

第二十二章

圣诞节的奇迹。午后，外面正下着蒙蒙的细雨，本出现在了格雷丝的家门口，他穿着一件连帽派克大衣，把帽子戴了起来。见到他，她光顾着高兴，却完全忘了自己正穿着一条浣熊短裤，套着一件初中毕业时的纪念T恤。

“你怎么来了？”她问道，然后侧身让他进了屋。

“你那穿的都是些什么，索伦森？”他开玩笑地拉了一下她的马尾辫。她看到他瞥向了她刚才窝着的沙发，上面摆着一条毯子和一本摊开的《邪屋》。他转过身，冲她笑了笑。“我还以为你会在家唱圣诞颂歌，或者打扮成牧师什么的样子呢。”

“对不起，那我可真是让你失望了。”

她最近很喜欢和本待在一块，这是为数不多的能让她真正感到快乐的事情。除此之外，她还很喜欢看真实事件改编的犯罪纪录片。有的时候，她还会去和一个叫坎迪斯的长笛手喝上几杯。坎迪斯和她一样大，在她上班的地方做兼职出纳。大多数时候，她的生活就像一场单调、冗长，由工作和睡觉组成的马拉松，直到本的出现。

她不是一个主动的人。每当他吻她的时候，她都只会顺从地接受——准确地说，他一共才吻了她两次，而且都是在他们有些微醺的时候。与此同时，她每次都异常焦虑，不知道手该往哪儿放。他用手抚摸她的身体时，她担心他会觉得她的身材臃肿或平庸。当她热情地回吻时，她不知道该吻多久。她也很担心自己在他已经准备好结束这个吻的时候，仍在继续。除了那两次愉悦而短暂的唇间邂逅，他就没有和她更进一步了。他的耐心、他的善良、他一次又一次对她发出的邀约、他愿意为她付出的时间，都令她感到错愕。他总是会和她一起去那家名叫“归来”的酒吧喝啤酒，和她在伯克利公园遛弯，陪着她度过了一个又一个晚上——他们用那两个美好却略带一丝尴尬的吻，为其中的两个夜晚画上了句号。

现在，他又在圣诞节这天来到了她的家里，目睹着她古怪的独居生活。“不管怎样，”他说道，又瞄了一眼她刚才窝着的地方，上面放着那本雪莉·杰克逊[①]的书，“你好像很忙的样子，但是，如果你有空的话，我想带你出去。”

“带我出去，谋杀我吗？”她开玩笑道。她没有穿胸罩，没有洗澡，没有刷牙，头发全部向后梳了起来。在她的想象中，她的头发应该绑成一个整洁的发髻，但现实是，她没有洗头，因此只是绑了个马尾辫之后随手绾成了一个发圈。

“过圣诞节。”他说，“明明有一大家子亲人在美国另一头等你回去过节，你却一个人穿着浣熊短裤，宅在家过圣诞，我真的很纳闷。”

泪水溢上了她的眼眶：“可你是犹太人。”

“那又怎样，我又不带你去做弥撒。”他朝她笑了笑，“除非你感兴趣。”

“那我换件衣服吧。”她说。突然，一种失控的力量攫住了她，让她不由自主地伸出双臂，抱住了他。“谢谢你，本。”她说道，然后立马松开了手，满脸通红，没等看清他的表情，她就小跑进了卧室。

不出所料，他们又来到了归来酒吧。酒吧里空荡荡的，只有那个熟悉的爱尔兰酒保，以及在黑暗角落的卡座里坐着的几个常客。本有

① 《邪屋》作者，美国女作家，以恐怖小说和神秘小说著称。

一次曾经开玩笑地说，那帮人一定已经“‘精’疲力尽”了。

“四十七年之后，我们也会变成那样的，”几杯酒下肚，她说话变得有些大舌头，口齿不清，“变成两只孤独终老的酒吧苍蝇。话说，如果你没到这儿来，你今天会做什么？”

“有不少事可做。我可以到娱乐中心看一场临时足球比赛，到我姑姑和叔叔家吃饭，或者和几个高中朋友到营地露营。还有几个人从……”

“行了行了，我知道你很受欢迎。”

“我之所以说这些，其实是想告诉你，我和你在一起更开心。”他说。她抬起头看向他，发现他的表情比她想象中的更加严肃。

虽然经常一起出去玩，但他们似乎都默认了他们的对话不会越过某条界限。每次要分开时，他们都会在归来酒吧旁边一家烟草商店的雨棚下面分别。她会和本一起，坐在水晶泉湖旁，双脚在湖水里荡着，听他讲他一个高中同学的故事，然后笑得满地打滚——他的这个同学给自己建了一个网页，为她所谓“艺术的生活方式”发起众筹，希望每月可以筹集一千九百美元的款项，支持她在软陶上的艺术追求，她把她的作品称为“山羊分形”。然而，一旦笑声开始褪去，格雷丝就会立刻用自嘲的方式开起玩笑（比如，“我也和山羊一个德行，自我控制能力极差，老是去找易拉罐[①]吃”）。一旦他们之间出现任何浪漫的张力，她就会用这种方式将其化解，生怕危及他们之间柏拉图式的情谊。

此时，本好像也很尴尬。她本以为自己开的那个玩笑帮他解了围，让他不必继续讲下去。然而，他却反倒说起了她的好，告诉她和她在一起很开心，而且看上去是那么真挚。

---

① 山羊会咀嚼目所能及的任何东西品尝味道，比如易拉罐、碎布料、木头等，因此在很多照片、漫画中，总会出现嘴里叼着易拉罐的山羊形象。

她摆在桌上的手机突然震了起来。

本瞥到了手机屏幕上的名字："我可以听到你和索伦森妈妈讲电话了？"

格雷丝手忙脚乱地挂掉了电话："抱歉。"

"天哪，你刚刚是挂了你妈的电话吗？"

"我转到语音信箱了。"她清了清嗓子，"在桌上接电话不太礼貌。"

"好吧，伊丽莎白女王。但是，今天好歹是圣诞节，你应该和你妈聊聊。"

"她也不指望我会接。"

本打量着她："我不想窥探你的隐私，但是，你没有回家过节，有没有什么其他原因，除了机票太贵？你平时总是对你的家庭评价很高，而且……"

她一口闷下了杯中剩下的兑了苏打水的伏特加。酒保停下了手中的数独游戏，抬起头看到了她空了的杯子，于是示意她要给她再倒一杯。尽管他们用那么长的时间陪伴彼此，下午散步，凌晨喝啤酒，或者边喝咖啡边从克里斯托弗·格斯特[①]聊到暗箱[②]，她却从来没有告诉过他，她一直生活在谎言之中。只有本知道真相，只有他知道，她被法学院拒绝了，做着一份离奇的工作，负责接那些苦苦挣扎的萨克斯手打来的电话。只有他知道，她从来没有像现在这样迷惘过。本是她身边唯一知道真相的人，但即便如此，她也从来没有告诉过他，她一直在欺骗那些对她来说很重要的人。

"我家里人都不知道我现在在做什么，"她说，"他们不知道我是一个接待员，不知道我现在住在一个像疗养院一样的地方，也不

① 美国著名编剧和导演。

② 又称暗盒，是一种光学仪器，可以把影像投在屏幕上。

知道我正在一个破酒吧和一个明明可以有其他安排的男孩一起过圣诞节。”

“那是什么意思？”本问道，“你……那他们以为你在干什么？”

“他们以为我在阿斯彭，”她说，“哦，不对，他们以为我在阿尔卑斯山。这两个地方哪一个离这儿比较近？”

“你是在和我开玩笑吗？”

“我没有，”她说，“但我们能假装我是在开玩笑吗？省得我待会儿哭哭啼啼的，今天可是圣诞节，而且我们还在一家酒吧里。”

本定定地看着她，然后举起了酒杯说道：“敬我今天的最佳邀约。”她感觉脸烧得滚烫。

她在里德学院认识的一个损友曾经在喝醉之后问过她：“有几个漂亮的姐姐，你是不是挺难的？”姐姐们的美她都看在眼里，她一直都很希望自己也同样迷人。她只不过是有些自卑罢了，她长得也可以，有一头漂亮的头发，光滑的皮肤，以及一口完美的牙齿——住在郊区的时候，她花了几年的时间和高昂的费用做了牙齿矫正；她的胸部很丰满，有着如母亲一般纤细的腰，和四年级男孩一样的短短的仿佛被啃咬过的指甲。虽然她的手臂上过早地出现了下垂的赘肉，但她有令人惊艳的眉毛，不仅饱满，而且颜色很深。还有，据她了解，她的阴唇长得没有任何问题，没有什么大得不自然的“翅膀”之类的。她之所以知道这个（她多么希望能把这段记忆从脑海中撤销），是因为她在一节“性别和女性研究进阶课——女性自我认知心理学”课上，看过一部让人非常不适的关于阴道整形术的纪录片。还有她的屁股，中规中矩。她一直试着逃避也许没有男人会想和她在一起的事实。因为她总觉得，有一天，一切会顺其自然地发生。

她的姐姐们在性上都是很有趣的人，至少她是这么认为的。维奥莱特凶猛而有控制欲，男人似乎都很喜欢她那个样子；温迪……好吧，她的确富有冒险精神，自由奔放，那成就了她的某种造诣，不是吗？莉莎有点差强人意……但她身上透着一种复杂而强烈的善良，无论男女，似乎都会停下手中的工作，止不住地对她微笑，只要有她在，周围的人就能感到放松而愉快。

和姐姐们相反，格雷丝觉得自己很无聊。但是，如果她和她的姐姐们之间真有那么大的区别，怎么会至今都没有人指出来过？而且玛丽莲觉得她很漂亮，甚至有时候会泪眼蒙眬地看着她，若有所思地对她说道："你真是漂亮得让我心碎，小笨鹅。"但是，格雷丝想，母亲们不得不说那些话，尤其是对她们相貌平庸的孩子。她们用赞美之词充盈他们的灵魂，然后放手，把他们送到这个黑暗的世界面前，而在这个世界里，再也没有人会像他们的母亲那样对他们。

"那么，2017年，会发生些什么呢，索伦森？"本坐在她旁边，开口问道。他表现出了似乎完全没有必要的友善。对于她的专业，以及她刚才关于家庭的那一番沉重的坦白，他选择了缄口，这令她感到一阵舒心。

"树要抽新芽了？"她说，"长出新的树叶？"

"你最想让什么事情发生？"

她迟疑了一下，思索片刻。"我想找到我的命中注定。"她回答道，整个人微醺而感伤，"我想赶紧结束这一切，我想要变得……快乐。"

"你现在不快乐吗？"

"我……我是说，我现在当然很快乐，此时此刻。"她脸红了，"但总的来看，我没有……我是说，我希望有的事情可以不再……你懂的，悬而未决。"她感到手足无措，不知道该说些什么好，她把一只手放在了他的大腿上——但又立马弹开了——他抬头看着她，笑了。

"不那么悬而未决，听起来挺好的。"他说。

她又举起了杯子，她突然找回了小时候硬着头皮在全班同学面前发言时的感觉。她感觉自己正站在悬崖边缘，不确定是否要最终一跃，也不确定那一跃会意味着什么：“我也想要变得‘精疲力尽’。”

“嘿，”他笑了，“如果你想，我奉陪。”

但此时，她并不知道该如何掌控局面，她不知道除了“我想要你，想要你的身体，想要你的灵魂。但我需要你告诉我，我到底该怎么做，因为我不知道怎么主动”，还能说些什么。她不知道本为什么会选择和她继续下去，出于什么原因呢？出于好意？怜悯？或者一时的鬼迷心窍和被逼无奈——就像她的姐姐们会在母亲的督促下邀请她一起看《神犬也疯狂》或《小侦探哈里特》，而不是她们真正想看的《搏击俱乐部》和《冰风暴》？

“你不用……讨好我。”她突然说道。

他的脸拉了下来：“什么？我没有。”

她的心跳加快了：“我知道我不是很讨人喜欢。”她挤出一个微笑，伸手端起了酒。

本沉默不语，她抬头看他时，他正盯着他的啤酒。

“怎么了？”她说。

“你为什么要那么说你自己？”

她眨了眨眼睛，她不是那种会靠自我贬低来讨取称赞的人。她又喝了一口酒，她怎么才能向他，向这个坐在她旁边，喝着雷内恩库格尔啤酒，那么英俊又那么难以捉摸的人解释清楚呢？她怎样才能告诉他，如果她主动向他表白，她会非常尴尬？她怎么才能告诉他，只要她心中还有数，她就永远不会迈出那一步，因为只有这样，他们两人的关系才不会陷入僵局，他们就可以继续维持他们柏拉图式的关系，他才不必担心有一天她会愚蠢地打破游戏规则，跨出“先吻他”这一步？她想告诉他，她接收到了他的信息。她只想继续和他做朋友，和他继续聊杰夫·特威迪，聊《双峰》，和他打赌贾斯汀·比伯什么时候会精神崩溃。

“我只是不希望你觉得，我有什么企图。”终于，她开口说道，“我就跟埃莉诺·罗斯福[①]似的，反正到最后，我也会变成一个老处女，到那时候，我就隐居深山老林，孤独终老。反正我打赌，那里也可以看到鹿啊什么的，不至于那么孤单；反正我也一直想住到树林里去。”

他又沉默了，闷头灌了一大口啤酒。“你又怎么知道，我对你没有企图？”他问道。她紧咬着脸颊内侧，她先发制人的压制，并没能中断这个痛苦的话题，她感到非常沮丧。

“因为，天哪，本，你是个正常人，你是……你是一个普通人。”

“那你还真是把我摸透了。”过了一会儿，他抬起头看着她，犀利地说道。这句话听起来很不像他，因为首先，他没有用“索伦森”称呼她。其次，他的声音听起来很愤怒。他以前从来没有生过她的气。“首先，”他继续说，声音里仍然带着显而易见、让人感到不适的锐利，“我不确定你说我‘正常’，是不是想讽刺我。但是，我只想说，你和我们任何其他人一样正常。我不知道你是为什么，或者说，是从什么时候开始觉得自己不正常的。你一点也不奇怪，也一点不像埃莉诺·罗斯福。在你的口中，我仿佛就是一个只想找个理想的对象谈情说爱的混蛋，这让我心里很不好受。而且你总是说你不是一个理想的恋爱对象，我心里就更不好受了。刚才我们的这一整段对话，都让我觉得，也许我们并不像我以为的那样了解彼此。”他飞快地看了她一眼，“这对我来说太糟心了，因为我已经想约你出去想了足足一个月了。我想和你真正意义上约会一次，像真正的成年人一样，去一个真正适合约会的地方，而不是像周围那些蠢货一样，坐在这间酒吧里。我想确定我们之间是有……感觉的。”

她调动着自己绝大部分的理智，试图确认这一切是否真的发生了——以及如果真的发生了，她该做出什么样的回应。她很肯定，她

① 美国政治家，美国第32任总统富兰克林·德拉诺·罗斯福妻子，年轻时非常自卑、胆怯。

的第一反应是心中充盈着喜悦，一种完整的兴奋、快乐。但是与此同时，她的心中一如往常地升起了怀疑，就像有一个异常活跃并且喜欢冷嘲热讽的法庭记者做着当场转述：本表达了他对格雷丝的感情，但是不过是因为他很同情格雷丝，因为她是一个无法适应环境、永远也长不大的孩子。她有一副中规中矩、还算能看的身材，她错误地偏离了正常性成熟的轨迹。

“你不必……”她没有经过思考，就张嘴说了出来，她立马制止了自己。然而，本已经站了起来，他掏出了钱包，把几张二十美元的钞票扔在了吧台上。很显然，他帮她买了单，同时也抛弃了她。

“谢谢你放我一马。”谁会想到一个男孩也会这么夸张？“我要走了，你有钱打车吗？”

她突然想到她并没有钱打车，她的父亲总是唠叨她从不随身带现金的习惯。“我会去自动取款机取一点，没关系。”她在心里扇了自己一巴掌——她应该撒谎的——因为她看到本又掏出了他的钱包，“不，本，这——”

但他脸上的表情让她闭上了嘴，于是，她伸手把钱接了过来，看着他离开。突然，酒保出现在了她身边。

“你还好吗？”他问道，她总能在这间酒吧看到他，虽然已经和他打过无数次照面，但是直到今晚，她才第一次有机会细细地打量他。他很年轻，是个爱尔兰人，长相粗犷，算不上英俊，身材高大健壮，看上去像只熊。

“不是——很好。”

“那是你的男朋友吗？”

“不。”她抿了一口酒，开始了自我憎恶，“不是的。”

太难以捉摸了，她的女儿们，玛丽莲一边这么想着，一边给迫切地等在她脚边的卢米斯准备圣诞节的晚饭。她给格雷丝打了电话，但她没有接。她给维奥莱特发了一条冗长的圣诞祝福短信，短信里，她回顾了俄亥俄州街上的圣诞活动，附上了一张卢米斯啃牛皮糖果手杖的照片，还顺带回忆起了温迪和维奥莱特的童年——她记得那时候她们从理查德那儿收到了溜冰鞋，一整个假期都待在地下室里，伴着《冰上圆舞曲》的配乐到处溜着玩儿。然而，维奥莱特只是回复了她一个冰冷的她不太看得懂的“xo[①]”。这天白天，他们过得很平静。早上，她和戴维低调地与乔纳交换了礼物，一起吃了松饼，然后带着卢米斯到附近积雪的撒切尔树林里散了散步。晚上，温迪和莉莎回家吃了晚饭。这一天过得像一周中最为普通的一天，明明是和孩子相聚在一起庆祝节日的日子，家里却完全没有任何喜庆的氛围，她的孩子们都已经不再是孩子了。她弯下腰，吻了吻卢米斯的头。它已经等得有些不耐烦了。

“你在干什么？”

她转过身来，看见了站在门口的莉莎，她的肚子已经很大了。这让她想起了格雷丝，她姗姗来迟的孩子，当时已经足月的格雷丝晚了整整十天才降临到这世上，直到现在，她仿佛还是当年那个可爱的小女孩，磨磨蹭蹭，迟迟不愿踏进这个世界。

“没干什么。”她把碗放在了卢米斯跟前，“亲爱的，你怎么站着？”

“我又不是生病了，每隔几秒钟，就总有人让我坐下来，真的很烦。还有谁能比你更懂吗，妈？你到底怎么做到的，生了四个？”

“亲爱的，”她略带责备地说道，“只要肚子里宝宝健康，我身体再怎么不舒服，也都不重要。很抱歉，是我管闲事了，我只是很担心你。”

“你和格雷西聊过了吗？”莉莎问，最后还是坐了下来。

“呃，没有，我给她留了语音信息。你没给她打过电话，是吗？”

---

① 一种颜文字。

“我又不是一次都没给她打过，她还好吗？”

“可能吧，希望如此。我到现在还是没办法接受，她已经不再是个小孩了。”

“真的会有那种感觉吗？你的孩子真的会变得不像小孩吗？”

“完全不像小孩，那倒也不会。”她笑了，意识到必须得对怀着身孕的单身女儿做出一些虚假的保证，好让她不会在忧惧中度过余生，“但是，一切都会顺其自然的，莉兹，真的。”

“无意冒犯，但是，你说得倒是轻巧。”

“我……你说什么？”

“我只是想说……听着，妈，我们和你们不一样，好吗？”

玛丽莲畏缩了，心里非常受伤。难道女儿们不知道她和戴维也经历了很多吗？她们难道不知道，他们也一直在努力经营感情吗？

“不是……天哪，妈，顺其自然？就好像你和爸是一对正常的夫妻一样。但是，说实话，我真的从来没见过像你和爸这样的。”

“任何一段关系都差不多。”

“不可能。”

“是真的，每对夫妻都会经历——高潮和低谷。”

“当然了，但是并不是每一对夫妻都能像你们一样，再低的低谷，也不会低到让你们分道扬镳的地步。”

玛丽莲不知道该说些什么，她不知道应不应该重翻那本婚姻旧账，重提她婚姻里那些在愤怒、恐惧，或者无知的煽动下爆发过的问题。她的女儿们四散在各地，在其他城市，在其他州。有的时候，她也觉得她们遥远得像去了其他的行星。

“你和爸之间的爱超过了你们对我们的爱，都是因为你们，我们的感情发育都不太正常。”温迪随便插了句嘴。玛丽莲甚至没有留意到站在门口的她，她走了过来，坐在莉莎旁边，像做瑜伽一样盘起了双腿。她是最有魅力、最难以捉摸，也最爱惹是生非的女儿。

“天哪，你这说的是什么话，你是来打断我们的吗？你就不能说一句‘圣诞快乐’吗？”

“你不那么觉得吗？”莉莎问道。

她这两个目光敏锐、满头蜜色金发的女儿显然已经统一了战线，站在了和她敌对的那一边。

“我当然……”

“这未必是件坏事。”温迪说，“我现在之所以过得这么惨，所幸是因为我的父母感情太好，而不是因为他们虐待我。比如，把我拴在自行车上一整晚，或者只喂给我生燕麦之类的。不得不说，有对比才有差距。”

“爱不是这个样子的，温迪。”

“你有什么资格告诉我们‘爱’是什么样的？”温迪反问道，“就因为你们都已经结婚这么多年，爸割草坪的时候你还会偷瞄他的屁股？”

“到底是谁让你们变成这样的？你爸和我能在一起，我们都觉得很幸运。但是，那并不是说，我对他的爱要比……根本就是两码事，对孩子的爱，是一种完全不同的爱。”

“我不是在说爱的种类，我在说爱的程度。”

“你出生的时候，我兴奋得心脏都快要裂开了，温迪，你们两个，我所有的女儿。如果你想和我谈‘程度’……”

“婴儿的时候不算数，”温迪说，“谁会不喜欢小宝宝呢。”

“我感觉……实际上，我觉得自己很幸运，”莉莎说，“不得不承认，因为你们，我有过一个很美好的童年。但我长大之后，你们就变成了一个永远都不可能达到的标准。”

这一次，她没有责备女儿的措辞。

“我们都很想过得像你一样。”莉莎说，“但同时，我们也都意识到，那永远不可能。”

玛丽莲第一次坦诚地思考起了她和戴维能拥有彼此，有多么幸运，因为在这段不乏坎坷、长达四十年的婚姻里，她非常确信戴维永远会是她的人，他和她非彼此不可。

她仔细地打量着她的第三个女儿——莉莎。莉莎身上的不屈不挠和适应能力，一定会为她的孩子树立榜样。有一天，莉莎一定会像玛丽莲这样，坐在她的孩子面前，承接孩子抛过来的所有疑问，和孩子解释自己的生活。接着，她又看了看她的大女儿——顽强、坚韧、不留情面的温迪。

“我可以打‘是我生的你们’这张牌吗？”她问她们，“好让我不要在大好的节日时光里继续遭受你们的拷问。”

“你们在为难你们的母亲吗？”戴维站在了门口。无时无刻不在的戴维，给温迪量血压的戴维，妻子睡着后给还是个婴儿的莉莎哼斯普林斯汀①的歌的戴维，被她选择也选择了她的戴维。“非要在圣诞节这一天？”他走了过来，搂住了她的腰，女儿们望着他们，像两个被他们创造出来的复杂难解的谜团。她们都不完美，但都独一无二。她也知道，她和她的丈夫总是时不时地证实着温迪和莉莎刚才的所有指控，不过，就像温迪说的，这未必是件坏事。她也伸出手臂，搂住了丈夫。就在那个瞬间，她决定了，她不在乎。

1998

这天晚上，所有人都聚在家中共度周末。客厅中传来的笑声，把七岁的格雷丝吵醒了——她的姐姐们都还醒着，正聚在一起，讲着一些她听不懂的笑话。正当她又渐渐睡过去的时候，客厅里又传来了母

① 指布鲁斯·斯普林斯汀，美国摇滚歌手、作词作曲家。

亲的声音，她的声音和平时不太一样，但格雷丝还是一下听了出来。

“好吧，我就是这个意思。”她的母亲和姐姐们似乎正在聊某件事聊得热火朝天。

格雷丝踮着脚，走到楼梯顶上偷听。那儿只听得到一点零星的笑声，以及客厅地板嘎吱作响的声音。她走下楼梯，睡袍拂过了她的腿。她在楼梯旁停了下来。莉莎和温迪正蜷着身子坐在扶手椅里，母亲和维奥莱特一起坐在她们对面的沙发上。母亲把脚搁在了咖啡桌上，她扎着马尾，穿着父亲的红袖子旧棒球衫。格雷丝以前从来没有见过母亲这个样子，她看起来很像温迪。客厅里还回响着背景音乐——“我是一只长虱子的花生猴子，我的朋友们都是瘾君子”——温迪跟着节拍轻轻晃着头。

“大学生活的风险。”母亲说道。

莉莎瞄到了格雷丝，冲她笑了笑，眨巴了一下眼睛，吐了吐舌头。莉莎通常非常友善，除非在她心情糟糕的时候，那时母亲通常会说她又在闹“某种情绪”了。

“走廊里站着个小幽灵。”莉莎说道，大家纷纷转头看了过来。

格雷丝永远不会忘记母亲脸上的表情：一开始，她笑得像个小姑娘，满面红光正准备讲一个故事；但是很快，失望的神色就爬上了她的脸，让她的脸耷拉了下来。格雷丝知道，自己打断了一件重要的事情——一次女人之间的聚会——所以一瞬间，她既感到颇受冷落，又有一阵内疚涌上心头，她竟然在母亲这么开心的时候打断了她。前一秒，玛丽莲还像个女孩，但是后一秒，她就又变回了自己。她仍然穿着那件棒球衫，但其他一切都变得不一样了。格雷丝时常感觉她有两个母亲，一个比其他母亲还要再老一些，另一个则只不过和她的姐姐们差不多大。母亲的那张脸很快就“收拾”完毕，变成了格雷丝每天都会看无数次的模样，布满雀斑、昏昏欲睡、面带微笑，一双绿色的大眼睛每次一看见到她就会露出笑意，除了在她又哭又闹的时候。

“是一只小笨鹅，”她的母亲说道，然后把腿从桌子上放了下来，对她张开了双臂，“根本不是什么小幽灵。过来，亲爱的。”

她轻手轻脚地走了过去，目不斜视地看着母亲，她不想看到姐姐们的脸，生怕也看到她们脸上的失落。她爬到了母亲的腿上，把脸埋在母亲温暖而突出的锁骨上。

“嘿，甜心，我们在楼下是不是太吵了？”

“是啊，告诉我们吧，扫兴鬼。”听见温迪这么说，她感到母亲的身体僵住了。

“她才不是什么扫兴鬼。”

“那是什么？”她好奇地问道，把头从母亲怀里仰了起来。

“就是穿着爱丽儿[①]的睡袍，要去参加派对却迟到了四个小时的小女孩。”

“你们在干吗？”

“女孩的专属时间，亲爱的。”她的母亲说道。她温暖的呼吸拂过格雷丝棕色的头发和她头顶那条头发分界线。

“我也是个女孩呀。”她愤懑不平地说道。她看到母亲和姐姐们交换了一个眼色，露出了微笑。温迪闷哼了一声。

“你当然是个女孩了，”她的母亲说道，“我说的是我的大女儿们，一个专属于大女孩的时间。”

“我们聊的是成年人的事情，格雷丝。”维奥莱特接着说道。

“这么晚了，小宝贝。”她的母亲说。

“我会送她上床的，”莉莎说，“来吧，小笨鹅。”

她突然怒上心头。她很受伤，她也是个女孩，她不想让她的姐妹们独享这个有着奇怪模样的母亲，然后把自己撂在一边。她不屈不挠

① 动画电影《小美人鱼》中的主角。

地靠在母亲胸前。

“不，”她说。“我要妈妈。”

她的母亲开口想要说些什么，又把嘴闭上了。“反正我也早就该睡觉了，”她说，“好吧，好吧，我们一起上去吧，宝贝。”母亲从沙发上站起来，格雷丝用腿紧紧环住了母亲的腰。越过母亲的肩，格雷丝看到了失落的莉莎，还有满脸怒气的温迪和维奥莱特。

“做个好梦，宝贝们，不要熬夜熬太晚。”玛丽莲给了整间屋子一个飞吻，然后就抱着她上了楼。格雷丝把脸靠在母亲的肩上，闭上眼睛，假装睡着了，拒绝面对这场被她扰乱的聚会的残局。

莉莎决定文身，因为这会成就一个故事。一个书生气的女孩，做出了一个胆大妄为的举动，那些无关紧要但又至关重要的旁人，一定会立刻有所觉察。生活也可以呈现一抹不同的色彩。她刚满十七岁，所以从法律上讲，要想文身，她必须和父母周旋一番。她的父母没有明确禁止她文身，但她知道，如果她告诉他们，他们一定不会同意，所以，她决定伺机而动。周末母亲去维斯大学看维奥莱特时，莉莎从温迪原来的房间里，翻出温迪的旧身份证，去了德维依街上的蓝月亮文身店，她还拿了一个文件夹，里面装着一幅画。她参考碎南瓜乐队专辑封面上的那颗星星，去掉了原来在星星上的那个天使宝宝，画了一张精细的设计草图。她靠坐在皮椅上，看着德克——一开始，她还以为他衬衫上那个用20世纪50年代机械风字体印出来的单词是“迪克”[①]——把图案转印在她的皮肤上。

疼了整整三天后，莉莎才意识到她的文身感染了。那天，她醒过来，觉得有点发烧，但是之后的几个小时都没有理会，而是躺在客厅

① 原文为“dick”，也有男性生殖器的意思。

的沙发上看《X档案》。然而，疼痛在不断加剧，她脖子后面的皮肤开始肿痛不堪，她可以闻到绷带上那股刺鼻的味道。她这才承认，光凭意志，伤口是无法痊愈的。

不过，该给谁打电话呢？莉莎在学校里不是不太受欢迎，而是完全的默默无闻，几乎没有同学会主动和她交流，但同时，也不会有任何人对她表现出任何的厌恶。如果出了什么急事，她不知道该向谁寻求帮助才不会显得奇怪——比如在她擅自违法文身而伤口感染的时候。她知道，如果她告诉父亲，他在下班后一定会刻不容缓地赶回家，他会发一炮火，然后温和地呵斥她（“可真有你的，莉兹”），但他一定会对她伸出援手。接着，温迪的名字也冒了出来，以一个令人窝火的斯瓦米[①]的形象，她的姐姐在镇的另一头，住在她那个老古董男友在海德公园的豪华别墅里。她深吸了一口气，拨通了号码。

“莉莎！”温迪接起来之后惊呼出声。接到她的电话，温迪听起来异常兴奋。“谢天谢地，我正好需要一些建议。”就好像这通电话是温迪打过来的，“我们今晚要帮一群香港人办派对，好可怕，我不知道要穿什么，我真是快疯了。橡树园还是有一些亚洲人的，对吧？他们是不是也没有那么保守？”

“什么？”莉莎一屁股坐在了电话旁的椅子上。

“我可以穿膝盖以上的裙子吗？还是说，所有的亚洲人都非常保守？”

“不是所有吧？”莉莎难以置信地尖声说道。

“我有一条黑色的裙子，看上去很低调，”温迪说，“我们在米兰买的。听起来还不错，对吧？”

“我不……”

“谢了，莉兹。他们就要来了，我得赶紧准备一下了。你有什么事

① 对印度教出家人的称呼，通常指苦行僧、瑜伽士。

吗，还是你只是打电话来打声招呼？”

她家从来没有人会为了“打声招呼”给彼此打电话，他们不是那样的一家人。为了不让自己哭出来，莉莎艰难地咽了好几次口水。“没什么事，只是打个招呼而已。”

“你真贴心，谢谢你的建议，莉兹。祝我今晚好运吧，那就……”接着，温迪的声音断了，只剩电话里的忙音。莉莎咬着嘴唇内侧，又拿起了电话。

她的父亲走进客厅，在她旁边的沙发上坐了下来。尽管已经在竭力克制自己，她还是在不停地哭，她死死地盯着自己的脚趾头，不愿和父亲对视。

“对不起。”她开口说道，终于打破了沉默。他微微往后靠，撩起了她的马尾辫，盯着她的脖子看了好几分钟。

“肯定是感染了。”虽然他没有伸手去碰，她还是不由自主地僵住了，“很疼吧，我猜？”

“嗯，”她说，“我是说，是有点疼。”

“转过来。”

她转过来面对着他，他把手掌覆在她的额头上，眉头紧促。

“我摸不出来你是不是有点发烧，来。”接着，他做出了那个令人梦寐以求，充满母性的动作。和玛丽莲一样，戴维有时也会把脸凑近，把脸贴在她们的头上，感受她们额头的温度。长大之后，他就再也没有这样做过了。“不严重，但你肯定是发烧了。我帮你打电话开点抗生素，我们一起过去拿。”

“谢谢。”

“莉莎，为什么？”他问道，仍然帮她拎着她的头发，仔细地观察着那一圈发炎的伤口，“你知道这个地方离你的脊髓有多近吗？你知道那有多危险吗？”

“因为我想，我的身体我自己决定。”她说道，仍然压抑着泪水——她试着用任性妄为又漫不经心的语调，掩饰自己的可悲和孤单。

“天哪，莉兹，这是什么老掉牙的说法。”他的声音听起来有些伤心，让她心里很不是滋味，“你和我们直说就好了，没那么复杂。”

虽然她也很喜欢讽刺别人，但她欣赏不来父亲的幽默感，她皱起了眉头。

“我能帮你做些什么？”他温柔地问道，“告诉我，我应该做些什么。”

“没什么。”她转过身跑上了楼梯，“砰”的一声关上了卧室的门。

第二天早上，戴维很早就来到了她的房间，在床边坐了下来。醒来的瞬间，她感受到了脖子上灼烧的疼痛感。

“有多疼？”她的父亲问道。她们还小的时候，父亲就让她们用疼痛量级的方法来描述疼痛感，她们从小就懂得了不能滥用这种方法。维奥莱特十岁的时候，说她的喉咙痛高达九点五分，于是戴维把她们拉到了一块儿，给她们科普各种疾病疼痛量级，告诉她们，她们很幸运，如果还有力气思考疼痛感是否达到了九点五分，那就绝对不是九点五分。那天早上，她虚弱地躺着，感受着脖子后面跳动的疼痛。没错，她很不舒服，尽管她感觉非常不适——很有可能是因为她的羞愧而恶化了——但这种痛不会超过四分。

“让我看一眼，好吗？我把纱布拿下来的时候，可能会有点疼。”她撑着坐了起来，她的父亲动作轻柔，非常小心，慢慢地掀开了纱布。“嗯，”他喃喃说道，她感到他的指尖碰到了感染区域的边缘，“好吧，看上去还可以，我是说——毕竟有人拿了钱，在我女儿脖子上文了一颗这么大的星星。感染好像没有恶化的样子。”他的声音里仍然带着戏谑，让她再次燃起了对父亲的好奇，想要知道他以前是什么样的人，在她出生之前，在遇到母亲之前，在来到这个家之前。她的爸爸好像一直是“别人家的父亲”，和蔼可亲，说话轻声细语，时而慈爱，时而严厉。“先别动，亲爱的。”她感受到了从某一个点上传来的尖锐压力，和文身枪相差无几。

她绷紧了身子。“爸爸……”

“对不起，对不起。我就是用笔做个记号，这样我就可以观察感染的区域有没有变小。”

他拥有所有她认知范围以外的知识，他从她的床头柜里取出了消炎膏和棉签，帮她涂好，然后重新换上了一层纱布。“妈妈要是知道了会急死的，莉莉。”他说。她眨了眨眼睛，他略微有些笨拙地摸了摸她的头发。“所以，好好处理伤口，好不好？你多多注意，我时不时会来检查，直到你痊愈为止。”她不顾脖子上的疼痛，转过头看着他。

“我会保密的。”听到他这样说话，实在是太罕见，也太令她开心了。她知道他爱她，爱她们所有人，但他不是一个健谈的人，很少情绪化，他把那一面全部留给了她们的母亲。“但是如果你想告诉她，就告诉。我什么也不会说的，这不归我管，我的工作就是确保你的身体没有大碍，我只负责这个部分。”她开口想说些什么，却发现自己说不出话。他俯下身吻了吻她的额头。“你是个好姑娘，莉兹。如果你感觉比四分还痛，就马上告诉我。”

“好的。”她用沙哑的声音回答道，然后看着父亲的身影再次消失在了走廊里。

成为别人的妻子是一件比预想中还要容易的事，遇到迈尔斯不久，温迪就搬进了他家，并且四处留下了自己的痕迹：冰箱里的豆奶，水槽下的卫生棉条，床单上偷偷喷上去的宝格丽香水。一年后，他们在她父母的后院里举办了婚礼，到处都是陌生的有钱人，到处都是“掌控欲极强的男性[①]”。在那之后，就像有人按了一下开关，突然之间她

① 原文为“Dom”，俚语，为“dominant male”（掌控欲极强的男性）的缩写。

就拥有了海德公园的那栋三层连排别墅。迈尔斯还会带她去参加鸡尾酒会和捐赠者表彰晚会，经历了头两次的尴尬后，她终于明白了着装的要领，应该穿什么（裹身裙，披肩），不应该穿什么（针织衫或任何其他没有肩带的衣服）。没过多久，她就已经游刃有余了。她会和他的老同事聊天，把他们迷得团团转，她和他们的妻子也都相处得很好。她的诀窍是，她会小声地说“我比看上去要老多了，相信我”，或者是“亲爱的，我有很多东西要向你学习”。对她来说，虽然不算轻松，但她还是能够融入这些场合，她终于找到了能让她融入的地方。她年轻、漂亮，人们都觉得她反应敏捷，目光敏锐，认为她是迈尔斯背后的那个女人。尽管实际上，是迈尔斯在操持着一切。他很有钱，因为他纯属偶然地生在了一个对的家庭，从祖父母那里继承了一大笔财产，而且他没有丝毫犹豫，就把她加到了自己的账户里。

他在哈罗德·华盛顿学院的那份工作，让那一大笔遗产呈现出了不一样的质感。他的父母希望他能在西北大学或者芝加哥大学找份工作，而且只要他想，他们就一定能助他一臂之力，但他并没有那样做。他和温迪解释说，让他去教一帮家境富裕，能负担得起一年四千多美元学费的学生——像他一样的学生——只会往他对美国精英阶层既有的怨恨上火上浇油，虽然他也是这个阶层里的一员。她的丈夫和他手中的特权有着极为复杂的关系，他一直在和那些他容易想当然的事情作斗争。她能看得出来，他和学生们在一起时很开心。他花了大把时间在他们的论文批改和备课上，尽管没有必要，他还是对自己的工作严肃认真。他的心中有一种美丽的尊严，她想。

除了上课，他也是几个非营利组织的董事会成员，但他还是把绝大部分时间都花在了她身上。她开始接触慈善事务，参加社交俱乐部。而等她日积月累，让这些事情成为她的日常后，退学或辞职带来的愧疚感也就自然而然地消失不见了。

她开始学着享受现在的生活，奥迪车、支票簿，和她极具投资天赋的丈夫。她终于摆脱了那个焦虑不安、满身缺点的温迪，开启了她近乎完美的中产阶级家庭生活。她爱上了一个人，那个人也爱她。

之后的一天，她奇迹般地接到了维奥莱特打来的电话，维奥莱特是唯一对她丰富多彩的新生活还一无所知的人。可是，就在她怀揣激动的心情，想把一切都告诉她时，维奥莱特先开口了，她的声音时断时续，听不大清。在那之后，一切便开始跌落，下坠，下坠，再下坠，愈来愈快，势不可挡，像一个坐在雪橇上滑向死亡的孩子。

第二十三章

维奥莱特和马特凭借有限的演技，利用孩子来分散注意力，同时尽可能地避开对方，才好不容易挨过了圣诞节。就算他的家人注意到他们对彼此的冷落，也没有人提出来过。一场大雾延误了他们离开西雅图的航班，回到芝加哥时，已经是深更半夜了。第二天早上，维奥莱特很想自己一个人待着，于是在开车送儿子上学的时候走了“接送专用车道”。橡树林幼儿园的妈妈们曾经嘲讽过这条车道，她们说会用这条车道的人，不是懒人，就是那些有工作的人。

正要进家门时，她的母亲打来了电话。

“坐飞机累坏了吧，到家了吗？”她接起电话，玛丽莲在那头问道。

“刚到。”维奥莱特说。和母亲说话时，维奥莱特时不时会假装疲惫。她想向她的母亲证明，虽然她只有两个孩子——只有玛丽莲的一半多——但那并不意味着她的生活没有压力。

“嗯，晚了没事，到了就好。”她母亲说，听起来有些像喘不过气来。

“一切都好吗？”

“是的，很好。好吧，我是说，是挺好的，但是我——听着，不要觉得是乔纳向我告状了，维奥莱特，要不是我引他的话茬，他也不会主动告诉我。但我都听说了，他去你家吃饭那天晚上发生的事情。”

“他跟你说什么了？”她小心翼翼地问道。

“就是……好吧，他跟我说了怀亚特的事，关于圣诞老人。他告诉我，他把你弄得很不高兴，你就让他先走了。”

“对不起，但是，你到底是怎么引的话茬，让他说得这么详细的？”

“马特送他回来的时候，他看上去不是很开心，我一直问他发生了什么事，他最后才告诉了我。你没必要用那种语气，维奥莱特，他显然是不小心……”

“我能有什么语气？而且，他也不是什么‘不小心’告诉了怀亚特。是怀亚特问的他，他明明就可以好好儿回答的。”

她的母亲没有说话。

“天哪，妈，又怎么了？”

“不，是……我本来还在想，也许他……也许是他误解了你生气的原因。”

“你给我打电话，就为了怪我对乔纳发了火吗？是他搞砸了我儿子的圣诞节。”

“乔纳也是你的儿子，维奥莱特。”

母亲总是能如此坦率而直白地说出这个世界的真相，厌恶之余，她其实很羡慕母亲的这个特质。但是现在，她只想花几分钟的时间喘口气，因为她好不容易才熬过了那个炼狱般的圣诞节，好不容易才不用面对她冷漠的丈夫和多动的孩子。

“哦，我的天哪，妈，你不能就——你没有权利——”但是她很快意识到，她之所以感到焦虑，是因为她被抓住了把柄，她害怕听到母亲接下来会说的话。总是能息事宁人的母亲，给了她自由却又同时牵制着她的母亲。“我的天，妈，这不是我想要的。我的生活里再也没有余地可以留给他了。”

“你说的‘这’，是乔纳？”母亲愤怒的声音让她内心搅动不安。

“抱歉我们没办法像你们那么博爱、那么包容，妈。抱歉，我们只是希望生活不要总是乱成一团。”

“是，正因为我‘博爱’、我‘包容’，我的生活总是‘乱成一团’，乔纳才可以不去蹚儿童福利系统这趟浑水，维奥莱特。对这件事情，你从来就没有承认或表达过一点感激之情，我们全家都在帮你照顾这个孩子。就算我质问你这六个月都做了些什么，又怎么了？你才是他的母亲。”

“听着，妈，你想为我们操心，那你不如操心操心温迪吧，她已经在悬崖边缘挣扎了几十年了；你不如操心操心莉莎吧，她被一个既没有她成熟也没有她心智健全的男人搞大了肚子。还有那么多其他事情等着你去操心呢。”

“在我说出什么让我后悔的话之前，我先挂了。”她的母亲加快了语速说道，“如果你想和我谈谈，就来找我，维奥莱特。”说完最后几个颤抖的音节，母亲挂断了电话。

她从来不和母亲吵架，母亲——慈爱的、耐心的、好脾气的玛丽莲——的愤怒，让她感到一种别样的难受。她到扶手椅上蜷了起来，远远地望向屋外的侧院。她拿起毯子裹在肩膀上，眼泪和鼻涕违背她的意志流了下来。在她之前作为一个成年人的生命里，这样的孤独感她只感受过两次：乔纳出生之后的那几周，以及怀亚特出生之后的那几周。她无法向温迪倾诉，无法向马特倾诉，她连说话的力气都没有了。而现在，她又赶走了她的母亲，她感觉到了前所未有的绝望。她很想给玛丽莲回个电话，告诉她“我很抱歉，我很迷茫，是我搞砸了”，但她把电话落在了厨房，那种瞬间将她吞噬的疲惫，让她一动也不能动。所以，她只好坐在那里，将膝盖抱在胸前，让她压抑了几个月的泪水倾泻而出，直到消耗殆尽，直到——一切变得空洞，变得枯竭——她陷入了深不见底的昏睡。

乔纳最后还是去了怀亚特的学校，但并不是为了向维奥莱特泄愤，他只是考虑到，对一个孩子来说，如果大人能兑现许下的诺言，是件值得开心的事情。他从来没有过类似的体会，但他渐渐理解了这件事的美好。戴维到马伽术课上接他的时候从来不迟到，没有晚过一秒钟；

而玛丽莲永远不会忘记他不喜欢吃芦笋，但可以吃西兰花。所以，他翘掉了第二节课，乘地铁从绿线换乘红线，再换乘紫线，跟着他打印出来的地图，一路小跑，穿过十三个街区，最终来到了橡树林幼儿园。到那儿的时候，他冷得直哆嗦，但还是出了一身汗，只迟到了八分钟。那个晚上圣诞老人的事故发生之后，他就再也没跟维奥莱特和马特说过话，他不知道他是不是已经被维奥莱特列入了幼儿园的“禁飞名单”，他会不会被保安拒之门外。他暗自希望她会现身，然后因为担心尴尬，不想把事情闹大，去和别人解释说他是一个流落街头的小乞丐，她是出于善心才让他来看自己儿子的表演。但是他并不指望能再见到她。

当他告诉那个秘书他是来见怀亚特的时候，她一下子松了口气。

“哦，谢天谢地。”她说，“他都快崩溃了，可怜的小家伙。你……等一下，我不确定你在不在名单上，你是他家新请的保姆吗？”

一团模糊的蓝色身影渐渐向乔纳靠近，然后一头钻进了他的怀里。是怀亚特，他像考拉一样紧紧地抱着乔纳。

“我是他哥哥。”他笨拙地吐出哥哥两个字。怀亚特在哭，是那种伤心但是不发出声音的哭，和大人差不多。“哎呀，好啦。”乔纳拍着怀亚特的背，然后——看到那个手里有名单的秘书并没有报警——他补充道，“同母异父的哥哥。”他低下了头：“怀亚特，小家伙，没关系，没事的。”

“到底出什么事儿了？”一个身穿裙装西服的女人出现在秘书的办公桌后面，她身边还站着一个头发蓬松、穿着弹力紧身运动裤、看上去很恐怖的女人。

“这是他的……哥哥。”秘书解释说。

“我怎么不知道怀亚特还有个哥哥。”园长说。

他立即对这两个女人产生了反感。“维奥莱特是我妈。”这是他第一次说这句他以为他永远也不会说出口的话。如果维奥莱特在这里，他能想象她会做何反应。虽然这是事实，她也一定会被这句话给激怒。然后，他调整了语气，让自己听上去更有威严："怎么回事？他为什么这么难过？"

"洛厄尔先生正在开会。"园长说，"索伦森·洛厄尔太太——迟到了，显而易见。"

"他只是有点怯场，"秘书更圆滑地说道，然后拍了拍怀亚特的背，"现在哥哥来了，可以去表演了吗？"

"不好意思，"紧身裤女士说——半个屁股露在了上衣外面——她像维奥莱特似的扫了乔纳一眼，仿佛他是个充满恶意的坏人或某种有害环境的有毒物质，"这个人到底是谁？他到底怎么……难道我们的安保已经这么松了吗？我们就这么……"

乔纳一直盯着她看，她的声音渐渐弱了下去。"对不起，"乔纳说，"你又是谁？"

"我是莫利夫人，家长协会的副主席。"她一字一句地强调道，但好奇心仍然占据着她，"你刚才说你是维奥莱特的……儿子？"

"你叫什么名字，小伙子？"园长同样好奇地问道，"你有什么证件吗？"

这个园长像极了那天撞坏莉莎的车后遇到的警察，有钱人好像总是执着于身份验证这件事。

"我十五岁，"他说——再过两天就是他的生日了，到时候他就可以拥有一张合法的身份证了——"乔纳·本特，你可以打电话和马特确认。但我还是不明白——怀亚特，小家伙，到底怎么了？"

怀亚特把头从乔纳怀里抬了起来，看着他："妈妈在哪儿？"

他也不知道维奥莱特去了哪儿，他不敢相信她竟然没有出现，她的缺席让他感到一阵紧张，因为忘记做某件事不是她的风格。

"她堵车了。"他不假思索地说。怀亚特望着他，等他继续说下去。"是的，因为——出了一场严重的——严重的交通事故，你妈妈被困在路上了。一场大型事故，火车，还有好多好多汽车，现场还着火了，还有——”

园长清了清嗓子。

“不过没有人受伤。维奥莱特——你妈妈在离事故现场好几个街区的地方，只是她没有办法挪车，没错，因为其他人都停了下来，所以她——给我打了电话，让我转告你她没事，她会尽量赶到的，但如果她没有来得及……”他向上瞟了一眼秘书，比起那个园长，她看上去更加能干，“你叫什么名字？”

“露丝小姐。”她说，就好像“露丝”是一个正常成年人的名字一样。

“如果你妈妈没办法准时到，露丝小姐会用我的手机把你表演的全过程给录下来，到时候你可以和爸爸妈妈回家一起看，可以吗？”

怀亚特嘀嘀咕咕说了些什么，然后把脸埋到了乔纳怀里。

“你说什么？”

“我一个人做不来。”怀亚特嘟囔道。

“你不是一个人，”他说——他对自己接下来要说出的话有一种不祥的预感，“我会在那儿的，还有全班同学，还有露丝小姐。”

露丝小姐咧嘴笑了。

“不，我没办法一个人唱歌。妈妈答应好的，如果我太紧张了，她就和我一起唱。”

“是的，除非，”他清了清嗓子，“是啊，除非你太紧张了，小家伙。记得我们之前聊的吗？我不会唱歌，但是你唱得很好。”

“我唱得不好，妈妈唱得才好。我之所以也要唱，是因为如果只有伴奏，没人能听得出来这是哪一首。”怀亚特摇了摇头，身子开始颤抖，这个紧张到家的可怜孩子。

“嘿，嘿，”乔纳抱着怀亚特，对着他的头顶说道，像维奥莱特那样，“好吧，小家伙。好吧，我和你一起唱。”

“每周之星”演出结束后，妈妈们一窝蜂围住了他。他身边弥漫着混杂的香水味，眼前是各色各样的运动服。

“你们两个在台上真是太可爱了，”一个女人说，“我不知道怀亚特还有一个哥哥，你是被领养的吗？”

为了撑过整场表演，他努力麻痹自己，把注意力全部集中在了他那抱着一把小吉他的弟弟怀亚特身上。刚开始，他经历了一个奇怪的时刻，音乐一响起，他立马想起他曾经在他爸爸的车里听到过这首歌——他真正的爸爸，那个在高架桥上丧生的爸爸——但是这段回忆很快便散去了，取而代之的是上周和外祖父一起在地下室边听歌边修淋浴房的另一段回忆，他记得当时戴维满脸兴奋地告诉他，玛丽莲很喜欢克里登斯清水复兴合唱团。歌曲第一段结束时，他开始有些投入了。他一边跟着节奏敲着讲台的边缘，一边跟着怀亚特唱了出来。他不在乎他的声音听上去怎么样，也不在乎——几乎不在乎——自己中途几乎有些哽咽。他为怀亚特感到骄傲，这是他第一次为其他人——这个有生以来第一次被父母辜负，但仍然打起精神，在同学面前唱完了一整首歌的孩子——感到骄傲。

“你的声音很好听。”其中一个妈妈说道。另一个也紧接着问道：“是从维奥莱特那儿遗传来的吗？还是你的爸爸？”

“哦，对了，维奥莱特去哪儿了？”又一个人说道。说话的是一个戴着遮阳帽，眼睛很大，画着深色眼影的女人。“她最近很少露面，但我不敢相信她竟然错过了‘每周之星’。”

大多数时候，他都能对她们视而不见，因为他把注意力全放在了正在和同学聊天的怀亚特身上，所有人似乎都和他一样喜欢怀亚特。尽管如此，他还是有点担心维奥莱特，按照她的性格——尽管他并不确定她的性格到底是什么样——她绝对不会错过这样的场合。他不知道她对自己的性格了解多少，但他能看得出来，她很容易受到他人意见左右。他想，一定有一些非常糟糕的事情发生了，只有那样的原因，才会让她缺席，错过了阻止这群时髦的秃鹫刺探他——她最阴暗的秘密——的机会。

虽然他不喜欢她，但他也不希望她死。

“其实，她不是我妈。”确认怀亚特听不见他们的对话之后，他说道。如果说他从他的外祖父母身上学到了什么，那应该就是他懂得为家人做出牺牲。“她和她的——马特，他们在我住的收容所里做志愿者，有一次他们带着我和怀亚特还有伊莱一起吃午餐，我们是那个时候——熟起来的。”

“收容所？”一个女人说道，一副悲痛欲绝的样子。

“更像一个集体寄宿中心，”他说，“莱斯洛普中心。”

如果他是什么迪斯尼电影里的超级英雄，他也许会继续说下去，告诉她们施舍不幸之人的重要性；他会告诉她们，所有住在莱斯洛普中心的人，手中并没有选择的权利；他会告诉她们，他们的电脑房里需要添置一些新的平板电脑，他们的图书馆里需要更新一些更现代的书。但在有可能让事态接着恶化之前，他必须适可而止，省得那个头发蓬松的女人打电话报警，或者维奥莱特真的应验了他为了安慰怀亚特编出的那个故事，被倒下的停车标志砸死了。而且露丝小姐刚才告诉他，马特已经在路上了。

“小家伙，”乔纳把怀亚特拉到一边，蹲在他面前，对他小声说道，“我得回学校了。你今天简直太帅了。”

怀亚特直爽地笑了。怀亚特信任他就像一个孩子理应信任成年人（或是十五岁的未成年人）一样，他也希望怀亚特能这样信任这个世界，尽管他自己始终没能做到。他伸出了拳头，和怀亚特碰了一下。

维奥莱特醒了，她全然不记得自己是什么时候睡着的。她的头像灌了铅一样沉重，嗓子哭哑了。她从椅子上站了起来，舒展了一下因缩成一团睡了一下午而变得格外僵硬的四肢。她想知道母亲如果没有挂断电话，到底会说出什么让她后悔的话。她感觉眼睛中——奇迹一般——又盈满了泪水，就在这时，她听到一阵奇怪的嗡嗡声，是她的手机，开着震动模式，半掩在柜台台面上的一块洗碗布里。

“嘿。”她看到来电显示的马特的名字，接了起来。

“我的天哪，”他说，“噢，我的——天哪，你还好吧，维奥莱特？上帝啊。”

“我很好，”她说，“我只是睡……”

“我——你根本不知道我刚刚经历了什么——维奥莱特，我真不敢相信你竟然……”

就像和母亲通电话时一样，不安和恐惧悄然而至。

“你是不是忘了今天是什么日子？”马特说。

那件事像一次多余的心脏跳动，从她的脑海中跳了出来——哦不，哦不，哦不。“什么？”她靠在桌子上，看向厨房墙上的日历。“哦，我的天哪。”哦，可怜的怀亚特，噢，可怜、可爱的“小星星”。

“他们等了你一会儿，”马特说，“他们也试着给你打了电话。”

她紧紧闭上了眼睛：“你去了吗？他的表演成功吗？”

“我在开会，他们给我打来电话之后，我就出发了，但是路上实在太堵了。”

“发生了什么事？”她又问。

“乔纳去了。”

意料之外，情理之中，她在原地一动不动。

“他们一起唱的，露丝小姐帮我们拍了个视频。”

如果他们现在心里更有底气，一定已经嘲笑起“露丝小姐”这个名字了；如果他们冷静下来仔细想想，一定会讶异于这件事的吊诡程度：他们的儿子在幼儿园第一次表演“清水乐团”的歌，而帮他伴唱的，是他同母异父、曾经被他妈妈抛弃的哥哥，还有台下看着他们两个的那群女人——蓬松头发的格雷琴、阿什顿的妈妈，和那个一直戴着遮阳帽的詹妮弗·戈尔茨坦，她们终于找到了接下来几个月的午间谈资。

然而他们并没有。她在哭，马特的声音听上去带着前所未有的愤怒。

“我的老天啊，维奥莱特，我早就告诉过你，迟早会闹这么一出的。还有，我本来在和梦工厂的人开会，结果我中途跑出来了。”

“我只是太累了。”她说。

“好吧，但问题是……我不知道到底是什么事情让你累成这样，你唯一要做的事情，就是当好一个妈妈而已。”

“那……那么说太过分了。”

“是啊，刚才这一个小时，你不过分吗？我以为你死了，维奥莱特，谁知道你是在打盹呢。”

“你告诉怀亚特我很抱歉了吗？”

“当然了，”马特说，“老天哪，那你有没有想过跟我道个歉？跟乔纳道个歉？天哪，我一直想避免出现这样的状况。但是，他已经进入我们的世界了，你明白吗？他撒了个谎，说你被堵在了路上。他救了我们，维奥莱特。”

“对不起。”她说。

“你是应该感到抱歉，”马特精准地控制着声音里的刻薄，“可你的语气听上去可不是那样。”

春天不来，园丁就不会来砍掉那棵银杏树。戴维绝不允许这棵树像现在这样枯萎殆尽，枯枝垂败，死得毫无尊严。再加上，他现在有了一个小帮手，乔纳。乔纳身强力壮，身手敏捷，喜欢体力劳动。一根树枝掉了下来，他弯腰拾起，扔进树枝堆里。乔纳在离地面十五英尺高的树上，关掉了电锯。

“忘了和你说，”乔纳说，“我有张同意书要签字。”

“什么同意书？”乔纳从梯子上爬下来，戴维走近了一步，问道。

“一场锦标赛，”乔纳说，“地区性的马伽术比赛。”

乔纳那些不太寻常的课外活动，戴维到现在仍没能理解，但是他知道，那些活动对乔纳有利无弊，能帮乔纳重整他的生活秩序："地区性，听上去很了不起的样子。"

"是啊，可以那么说。"乔纳飞快地看了戴维一眼，好像在强忍着笑，"我进决赛了，全州的决赛，我有机会和……和很强的对手比赛。"

"也就是说，你实力也很强劲咯？"

乔纳耸了耸肩。

"那真是太棒了。"戴维说。

"几个月之后才比。四月份，我可以参加吗？"

"当然了，"戴维说，"我是说……只要……我们也需要和玛丽莲说一声。然后……还有维奥莱特，或者……好吧，我相信不会有什么大问题的。家人能去看比赛吗？"他活动了一下僵硬的肩膀，爬上梯子去拿电锯，乔纳帮他扶着梯子。

"我不确定，我想应该是可以的。"

戴维爬到乔纳刚才砍掉的那根树枝上头，向后靠在树干上气喘吁吁："好吧，去确认一下。我倒是挺想看看那个比赛是怎么回事儿。"

"你想来吗？"

戴维向下看去，乔纳声音里的怀疑，也摆在了他的脸上。戴维笑了："我们当然想去了。玛丽莲不喜欢冲突场面，所以，到时候你上场的时候，她可能会到外头转悠。但是我们还是很想看看你在……"他喉咙里突然升上来个嗝，脸也一下变红了。于是，他拉足电锯马力，专心锯起一根枝干。锯到一半的时候，一阵恶心让他停了下来，他关掉电锯，肺部被一阵不断上升的恐慌迅速填满。"天哪，怎么一下子这么热。"

"可是外面只有五度。"乔纳说。

他试着去笑："当然了，我就是这个意思。"

世界一下变得有限而短暂。他肺里的空气所剩无几，整个人汗流浃背。曾经，在这棵银杏树下，二十多岁的妻子伏在他的身上……之后，他的女儿，一个、一个，又一个，来到了这个世界。再之后，他的父亲，退出了这个世界。然而刹那间，所有的事物一下全消散了。除了他，没有人会记得他们，但是此时此刻，就连他自己似乎也无力铭记了，胸口的疼痛来得迅猛，在胸骨后持续发作。

“乔纳，我要把这个放下来。不要……我这就……”电锯从他手中掉落。他听到锯子落在冰冷的地面上，发出令人战栗的碎裂声，“我只是要……”

“戴维……”

他身下的草坪飘荡着……心头传来尖锐的疼痛。“糟了。”

“戴维，你还好吗？”

屋子里，狗发出了沉闷的叫声。

“我需要……我需要你……抓住梯子……我只是觉得不……”

接着，总是吵吵闹闹无处不在的卢米斯撞开纱门，冲了出来。

“打给玛丽莲，”戴维神志不清地说，“但是不要吓到她。”

“该死，”乔纳说，“该死，离我远一点，你……”

狗叫声。

“告诉她……”他感到意识模糊，头晕目眩，不知身在何处，他笑了，“告诉她，和她在一起，我度过了一段最快乐的时光。”疼痛愈发尖利，视野开始模糊，他已经无法自如地移动四肢。乔纳在树下叫着喊着。他想告诉乔纳不要担心，告诉乔纳他真的无能为力了，但他发现，那侵占全身的疼痛让他说不出话来。

“戴维！”乔纳喊道。

狗发疯似的叫着。

目光下移。树下面，乔纳和卢米斯在焦急地走来走去。

他在书上读到过，在人生的最后时刻，生命会在眼前回放。

脑海中最后浮现的画面——当他从梯子上摔下来的时候，当世界变得悬浮不定的时候——是妻子那双像猫一样莹绿的眼睛。

2000—2001

维奥莱特以一种极不维奥莱特的方式，重新进入了温迪的生活，电话中，她颤抖着向温迪坦白道："我没有地方住了，我月经推迟了，我从来都不会推迟的。"

温迪可耻的第一反应是：呦，呦，呦，看看是谁也和我们其他人一样搞砸了。温迪正在那幢褐砂石别墅的屋顶上裸着身子晒日光浴，她向后陷到躺椅里，盘起腿，沉浸在不穿裤子的舒坦和维奥莱特甩在她身上的重担之中。维奥莱特和她那个差劲的男友分手了，所以两个月前在温迪和迈尔斯的婚礼上，维奥莱特仍然沉浸在分手的悲伤之中，心碎得挤不出一丝快乐给那天容光焕发的新娘温迪。而现在，维奥莱特怀孕了。温迪把背心裙扯过来，套在身上，她想这并不是一场她可以光着身子进行的谈话。

"这件事必须得到解决。"维奥莱特说，"你知道吗，温迪，再过几个月，法学院那边就要开学了。"

温迪当然知道，毕竟上一次回父母家，维奥莱特被芝加哥大学录取的事情全家人都在说个不停。但是，刚才接通电话时维奥莱特并没有表现出快要开学的激动，而是说了一句"这件事必须得到解决"。维奥莱特说这句话时，温迪仿佛能听出她声音中优柔寡断的颤抖。

"可是，为什么呢？"温迪问道，她享受着维奥莱特随之而来的沉默，仲夏的微风拂过她的裙边。

"我就是……我没有想到会……"

"你没准会生出一个斯蒂芬·霍金呢。"温迪说。然后，面对维奥莱特的沉默，她又说道："或者，我是说，霍金可能不是一个很好的例子。但是——嘿，你和那个穿'快车男装'的书呆子先生的孩子，可能会继承爸的科学家基因呢，我们其他人可都没遗传到呢。"

维奥莱特依然沉默着。温迪的心脏短促地跳动着。过了一会儿，电话里传来维奥莱特的声音："罗伯不买快车牌的衣服。温迪，我不懂你为什么一定要这么……"

"我只是想说，"温迪说，"你肚子里的孩子，说不定一生下来就背得出元素周期表呢。"

温迪终于反应过来了，维奥莱特长久的沉默，是因为她在哭。

"我只是想问，你为什么这么伤心？你好像对你自己做的这个选择不太满意。"

"没有人会觉得堕胎是件值得开心的事情，温迪。"

"也许，那不是你唯一的选择。"

"我只是……只是从来没有感觉这么……虽然，这一定是最合常理的……"

"最合乎常理的决定，不一定是正确的。"温迪说道，同时感觉说出这话的自己充满智慧，异常强大，像极了母亲。这也是她会对自己说的话。你不必去做别人期望你做的事，这是她一生追逐的母题。"我只是说，如果你想，可以给自己留一点余地。比如，你可以休学一年。如果你愿意的话，可以过来和我住，你要知道，我不是说你必须要做什么。我只是想告诉你，其他人都在做的选择，并不一定是最好的选择。"

"你根本就不懂这对我来说有多可怕。"维奥莱特说。

所以，三天后，接到维奥莱特从机场打来的电话，温迪非常惊讶。

"我不知道自己到底在干吗。"维奥莱特边说边钻进了迈尔斯奥迪车的副驾驶座上，坐在了温迪的旁边。

"所有事都有第一次。"温迪说。然后她又花了几秒钟上下打量着她的妹妹，"你看上去有点过分了，"她说，"你的状态看起来竟然还挺不错的，维奥。"

"你确定迈尔斯不介意吗？"

温迪和丈夫提出这个想法时，他表示大力支持，作为家里的独生子，温迪和她妹妹们之间那种神奇的联结，很令他好奇。

“绝对不介意。”温迪说。她把车驶进车流中，开上了肯尼迪高速公路，回家的路上，她和维奥莱特有一搭没一搭地谈论着未来。

那个关于巴黎的谎言就那样突如其来地在她脑海中冒了出来，而且刚好维奥莱特辅修过法语，能用法语流利对话。到达海德公园的家后，她们来到屋顶，喝起柠檬水。温迪躺在吊床上，维奥莱特则拘谨地盘腿坐在柳编椅上，强烈的阳光和当下的状况，都让她们晕头转向。

“我敢打包票，海军码头那儿一定有卖水货香奈儿包的，”温迪说，“你可以买一个寄给妈。”

“我们还可以给爸买顶贝雷帽。”维奥莱特打趣地说道，两人都被逗笑了。人只有和自己的亲人在一起的时候，才能这样肆无忌惮地大笑。

正是在这样的时刻，温迪才记起，她有多么爱维奥莱特——她谨小慎微的妹妹，苛求完美的妹妹，时而让她感到厌恶的妹妹——因为只有维奥莱特，以一种和她完全相同的方式体验着这个世界；只有维奥莱特和她的生命维持着同步，一步一步地向前推进，除了生命初始，还在母亲腹中的那几个月。看着维奥莱特，温迪心中升起一股自豪感——笑起来可爱多了的维奥莱特正仰起头露出脖子放声大笑，一只手无意识地放在她仍然平坦的小腹上。她的姿势让温迪猛然意识到，这一切并不是一个笑话；或者说，如果仔细想想，一切已经那么让人恐慌。然而，不需要多想，难道不是自己一开始就给出的建议吗？大胆去做一件事的维奥莱特，只因为自己想做而去做一件事的维奥莱特。温迪脚掌着地，把吊床收了起来。

刚才的笑声渐渐消失了。“可是，爸妈那儿怎么办呢？”维奥莱特开口问道。她声音里的踌躇不决，又让温迪不耐烦了起来。

但这是一个必须正视的问题，因为她们慈祥的父母就在西北方向十五英里左右的地方，他们为维奥莱特出国的事感到担忧（即使只是在欧洲），期待每周和她打长途电话，给她寄无所不谈的手写信。最爱的女儿不在身边，他们还可能会频繁造访温迪的家，弥补他们心理上的缺失。她和维奥莱特都很肯定，父母不会到巴黎去，因为家里还有莉莎和格雷丝要照顾，再加上，母亲正一门心思经营着五金店的生意，抽不开身，完全没时间长途旅行。

“天哪，也许我真的要去巴黎一趟，”维奥莱特说，“去做点刺激的事情，趁我还没有……”

“你是说眼睛一睁就去和人谈合同？那你可是浪费了大半夜去‘伟哥三角区’[①]的大好机会啊，那里随处可以钓到那些穿康纳利西装的有钱人。”

“我不确定。”维奥莱特轻声说。

“爸妈那边我来应付。”

“温迪，我……”

“我的老天啊，你还要我说多少次，你已经是个成年人了，你可以做任何你想做的决定。我也不能洞察一切，维奥莱特，我没法儿保证一切会……”

“我只是想说，谢谢。”维奥莱特说，“谢谢……不管是哪件事，我都很想谢谢你。”

家里人通常不会对温迪表示感谢，所以当她回复“不客气”的时候，声音里仍然夹杂着一丝困惑。

之后的一段时间，她们想办法——让迈尔斯一个住在布列塔尼的朋友签收预先写好的明信片——让维奥莱特给父母寄盖着欧洲邮戳的信。维奥莱特搬到了她家，住在一间客房里，晚上，她们会一起沿着湖岸散步，一直走到彩虹海滩再返回，大谈特谈一些有的没的。温迪

① 芝加哥近北区的街区，以单身酒吧和舞厅而闻名。街区名的来源是许多富有的单身老男人时常光顾此处寻找约会对象，因而招致很多情感焦虑的女性也来此寻找伴侣。

会事无巨细地和维奥莱特讲述她的性生活，虽然维奥莱特面上嫌弃，但她又会迂回着追问，让她的好奇心暴露无遗。她们互相抚平对父母撒谎带来的浅浅的罪恶感——父母都希望自己的孩子们能成为最好的朋友，不是吗？于是，一切就这样开始了。原本被无限抻长的轻蔑，被不时溢出的柔软包围；原本尖锐的嫉妒，被阵阵翻涌的怜悯冲淡。她们之间的相处模式和从前并没有什么不同，但也全然不同，这段经历对她们来说有着非同寻常的超出她们理解的意义。

每次回郊区的家里吃完饭，温迪都能贡献一场完美无瑕的表演。她能胡诌出许多天花乱坠的故事，一边给戴维和玛丽莲描绘圣米歇尔山上那些喜欢和人亲近的羊，一边死死守着维奥莱特的秘密，不让他们嗅出任何端倪，发现他们本应该远在法兰西的女儿，此时正在离家约十五英里的地方，看着《白宫风云》，读着关于呼吸练习的书。

不出所料，即使是怀孕，维奥莱特也很擅长——就像她做任何其他事一样。每次回家，温迪总会看到维奥莱特盘腿坐在餐桌旁，一只手托着肚子，另一只手捧着一本书——《怀孕指南》《出发吧：法国》，或者是一本枯燥至极的芝加哥大学《法律评论》——她的脸上露出一种美丽的光彩，在凌乱的棕色头发的映衬下，显得容光焕发。即使处境凄惨，维奥莱特却一直像有人陪伴，她以某种方式变得充盈，这是温迪从来没有体会过的。

一天晚上，维奥莱特躺在双人沙发上，说道："我感觉自己像一个——受膏者[①]。"她怀孕后状态很好，随着体重的增加、身材的丰满、行动的放缓，她反而变得更迷人了。

"把自己说得跟圣人一样，可是很讨人嫌的。因为，你知道的——

---

① 原文为"anointed"，一种教会仪式，在人的身体上涂油以示神圣化。也喻指接受要职。

人还是得谦虚一点。”温迪说。

“其实我想说的是，我感觉……好吧，很幸福，可以这么说。抛开其他事情不谈，”维奥莱特说，“我觉得很……很完整。”

“给妈打个电话，把这话告诉她，”温迪说，“她会高兴坏了的，看来她送我们去上宗教教育课程的钱没有白花。”不过，温迪很喜欢维奥莱特的说法，怀上一个孩子带来的“完整”——当然还有随之而来的“健全”。她自己从未感觉完整过。她有一栋房子、一个丈夫、一个厨房，厨房里还有个嵌入式的专门用来放酒的冰箱。然而，明天晚上，她又要穿上那条卡尔文·克莱恩的黑色露背连衣裙，和迈尔斯一起参加铂金捐赠机构的谢德联欢晚会。在那样的场合，她觉得自己不像一个女人，而是一个到处转悠的小姑娘。她一定会喝得烂醉，走运的话才不会说出什么令人尴尬的话。最后，她会跌跌撞撞地坐上出租车回家，看到家里的维奥莱特——她一定又会穿着运动裤，做着诡异而私密的瑜伽动作锻炼骨盆肌，为接下来的几个月做好准备。幸运的、完整的维奥莱特。

要是可以成为维奥莱特，该多好，她不止一次地这样想到。

在温迪周围，维奥莱特总感觉自己像喝醉了，或许是八个月滴酒不沾的生活放大了这种感觉。有天晚上，她盘着腿，坐在温迪的客厅里，双脚在她微微肿胀的脚踝下面渐渐麻木，她突然莫名其妙地哭了起来。这么多天以来，这个孩子的存在，除了让她无休无止地消化不良，也让她产生了一种奇怪的亢奋，无论她再怎么逃避，这个孩子的存在还是让她融入了这个世界，这让她感觉分外陌生。在过去的几个星期里，她终于允许自己——真正意义上的允许——思考接下来会发生什么，她腹中这个奇迹般结合而成的小火种，这个既因为她，也因为她的姐姐而存在的孩子，接下来会面临什么。

在这段时间里，维奥莱特很想念她的母亲——当她思绪繁杂无法入睡时，当她的肚子因为布雷希式收缩[①]而变得僵硬时，当她终于鼓起勇气想象把孩子托付给一个陌生人并且永远无法和孩子相见的画面时。她究竟让自己陷入了什么样的境地？她有一对宽容大度的父母，他们一定能理解她，包容她犯下的过错，为了她重新规划他们的生活，就像他们对待温迪那样。就算她决定留下这个孩子，他们也一定会把她带去美国计划生育联合会，或者全力支持她。

她知道，她完全可以拨通母亲的电话，即使事已至此，即使她离终点线仅有一步之遥，即使腹中的胎儿——她仍然无法想象那孩子的脸——已经蓄势待发要来到这世上。她试图想象电话那头母亲的声音——玛丽莲一定会非常震惊，焦虑不安，但是，不论她的声音再怎么颤抖，她依然会为了确保万无一失，提出一些维奥莱特和温迪想不到的问题，问出一些至关重要的“假如”，尽最大的可能维护维奥莱特的利益。

“温迪……”她说，她此刻的感受，和小时候从噩梦中惊醒时的感受十分类似——耳中响起一阵急促的声音，心跳疯狂加速，一切都在失控，她只能紧紧攥住床单，像抓住一个救生圈一样。这天晚上，她一只手紧紧抱着沙发扶手，另一只手托着肚中的孩子，这个孩子可能会有和她一样的眼睛、手，和她有相同的兴趣，和她一样井然有序。这个孩子将第一口空气吸入肺部时，会本能地以为她会陪伴在左右，这个孩子没有道理不这么想，但他或她不曾有过选择的权利。

“温迪，我们是不是……”维奥莱特未说出口的话是“我们是不是没有想清楚”，她改口道，“你觉得谁会收养他？或者她？”

温迪久久地望着她。她感觉一些恐惧正在渐渐褪去，但仍潜伏在不远的地方。离她的预产期只有两周了——或者，大概两周，因为第

① 孕妇在怀孕的第七个月左右，子宫持续数十秒到数分钟不等的突然收缩。

一次做产检的时候，温迪坚持要陪她，她巧妙地回避了怀上孕的具体日期。半个月以后，在那个咚咚搏动着的心跳从她的身体里消失之后，她又会变成什么样呢？她开始想象自己肚子里不再住着那个孩子，变得空空如也的模样。她会每天训练，恢复体形，同时让自己变回父母所知道的那个女儿，那个心血来潮去欧洲留了一年的学，焕然一新归来的法学院学生。

“我想，你需要自己指定，然后才能让渡抚养权。”温迪说。

把实情告知父母，远没有温迪的提议来得诱惑，温迪的建议的确激动人心，能让她从这个状况中安然脱身。不过，她对这个建议更加感兴趣的绝大部分原因，是因为提出这个建议的人是温迪。父母只是父母，但温迪是她的姐姐，是她认识的最勇敢的人，也是这个世界上最了解她的人。所以，在她还不了解怀孕会带来什么巨大影响之前，在她还不知道身体里有一个独立的生命是什么感觉之前，她就早早地做出了生下这个孩子的决定，这看上去荒唐极了。

但是，把孩子留在身边，不也是一种勇敢吗？去探索自己的极限，身体的极限、心灵的极限，以及对这个世界的理解的极限。

温迪似乎读出了她的想法，说道：“别想那些，维奥莱特，那样会把你逼疯的。”

楼梯上传来了脚步声，迈尔斯从书房里走了出来。“啊，”他说，“我打断你们了？”

“我们只是在闲聊而已。”温迪回答道。维奥莱特喝了一口水，感觉更害怕了，任由他们之间奇怪的张力笼罩着自己。

“真是忙碌的周四晚上，”迈尔斯说，“我刚刚批了三十八篇论文，所以我现在要去喝一杯。”

“我也要一杯。”温迪在他背后喊道，“也给维奥莱特拿杯酒，那种淡红酒。”她转向维奥莱特，“让肌肉松弛下来，才能为生孩子做好准备。”

维奥莱特仍然不能直面自己即将生孩子的现实，同时也对生孩子会是什么感觉一无所知。虽然她的肚子已经很大了，但她似乎远没有做好分娩的准备。“真好，有人对我能吃什么、不能吃什么了如指掌。”她紧绷的畏惧仍在持续——抱着孩子离开医院，又会是什么感觉呢？

“你以后会感谢我的。”温迪说。迈尔斯很快就回来了，手里捧着三只酒杯。他先把酒递给了维奥莱特，他对维奥莱特毕恭毕敬，好像他才是家里的客人。

他坐在了沙发另一端，对着姐妹两人举起了杯：“我错过了什么？”

“我们刚才一直在讨论存在主义受膏仪式和假设性思考的严重风险。”温迪说，她的语气故作轻松。

“你感觉怎么样，维奥莱特？”他关切地问道。

她不知道该说什么，她已经和他们住了六个多月了，这段时间，一直都是温迪陪她去看医生。为了让她开心起来，温迪给她播放人行道乐队的专辑，给她做米糕，陪她没完没了地玩拼字游戏。也是温迪想出了和父母保持联络的办法，她们千方百计地购置了以“67”开头的手机号码和预付费电话卡，还在家里模拟了巴黎的背景音、丁零作响的刮刀声，和舒缓的赛日·甘斯布[①]的歌曲——因为这个她们都乐不可支——是温迪让这一切像一场游戏。

“我们在谈让渡抚养权的事情。”维奥莱特终于开口说道。但是，即使温迪做了一切，又怎么可以对她颐指气使，就好像她应该受到指责似的？六个月之前，她们明明谁也不知道她们会陷入什么境地。恐慌再次升起，但是被突如其来的胎动压了下去，那个孩子在提醒她，她并不是一个人，至少现在，她有一个人陪伴左右。

迈尔斯笑了：“我想，也没有其他办法了。今天晚上，我的一个学生——今天晚上，我还在和一个学生闲聊来着，她告诉我，她出生在

① 法国流行音乐教父。

首尔，后来被领养了，她说她对之后发生的一切都很感激。”

空气中传来一阵尴尬的沉默。然后，温迪说道：“之后的事情，是指参加夜校补习班，听一个奇怪的亿万富翁老师讲通货膨胀吗？”

迈尔斯是唯一的——除了维奥莱特——在温迪开了玩笑之后不会畏缩的人。“我只是觉得你这么做很勇敢，”他说，“把孩子托付给……”

她一下湿了眼眶。她知道，这将是她一生中最不合常理的决定。为什么当时她没有在米德尔敦的诊所就把一切做个了断？为什么她犹豫了那么久，以致等她打给温迪时，去诊所已经为时已晚？到底为什么？一次毫无意义的怀孕，不像维奥莱特会做出的事——这是温迪才会做出来的事，胆大妄为，令人费解。

“老天哪，你能不能有点礼貌。”温迪说。

维奥莱特摇了摇头。“不，没关系。”当然了，领养机构总是能帮这些孩子找到比较好的父母，和她相比能把孩子照顾得更好的父母，比她更想要孩子的父母。

“我可以感受一下吗？”迈尔斯问道。

维奥莱特抬起头，充满了疑惑，她看到他冲自己使了个眼色。

“哦……”她感觉温迪正盯着她看。

“如果你介意的话……”迈尔斯又开始了。

“不介意，没问题。”她强迫自己忽视温迪，“来吧，可能感觉不到什么，不过……”

沙发上，他一寸一寸地挪着身子，靠近了维奥莱特，伸出手悬在那里，仿佛在等待她的指引。她抓住他的手，放在了肚子上面。

“所以如果你——是的，这里大概是——我想是他的脚。”

“哦，哇——”

她看见他脸上渐渐焕发出光彩，刚才的紧张和局促全都不见了。她看到了温迪在他身上看到的东西——他眼里的善良。除了她的医生，她已经很久没有被任何人碰过了。她注意到，他抬头看了一眼温迪，和她交换着眼神。

维奥莱特抿了一口酒，喝了半年花草茶之后，酒的口感温暖而陌生。她听他们谈论起即将开始的筹款活动，心里的恐惧仍在隐隐搏动。杯里的酒喝完后，她站起身，准备上床睡觉。回到豪华的客房里，她让自己陷进冰凉、干爽的床上。她挪动身子，不断为肚中的孩子调整着姿势。她心想，也许到明天，她就能认清现状，坦然面对一切了。她体内这个顽强不屈的生命无条件地信任着她，相信她能平安地让他降临于世。也许她比自己想象的还要坚强，也许她真正的勇敢会在接下来发生的事情中彰显出来。温迪也曾经说过，最合乎常理的决定，不一定是正确的。她会用剩下的两周时间思考所有可能性，思考自己力所能及之事。她还想象着把真相告诉父母的画面，思考着那条她没有选择的路，想着想着，就迷迷糊糊地睡着了。

一个小时后，她的羊水破了。

第二十四章

玛丽莲以为自己懂得恐惧。大半的童年时光，她都是在恐惧中度过的——无力地拽着现实边缘不放的母亲，对一切熟视无睹的父亲，以及这个偌大又无情的世界，都让她感到害怕。她想——虽然无法说出口——和戴维在一起，一部分的原因是他能让她感到安全。

后来，她怀了温迪，恐惧卷土重来。那个孩子尚未降临时，她害怕所有可能随之而来的后果。再到后来，女儿们一个个地从她的子宫中诞生，新的恐惧也自然而然地向她涌来。她害怕尖锐的桌角，害怕坏掉的插座，害怕女儿喜欢捣蛋的幼儿园同学——艾希莉和希瑟，害怕疾驰的汽车，害怕老师错过孩子的重要信号。可是，她担心她们年少酗酒、过量嗑药，然后温迪就真的出事了。她担心失去她们，然后她就真的失去了她们。只不过，女儿们离她远去时都已成年，分别并没有那么撕心裂肺。她不过是像每一个正常人一样，失去了自己的孩子。只不过，她还住在郊区，在重要的节日依然能见到她们。

然而，失去戴维，却比任何其他事都更让她恐惧，因为这件事发生的可能性最大。周二下午四点四十六分，乔纳给她打来了电话，那时，她能感受到手腕里上涌的血液。

“当然了，”她这样想着，出奇地平静，“我一直害怕的事情，发生了。”

每经过一个英里标记牌，乔纳都很害怕自己会被拦下来。他还担心温迪没有收到他的短信，或者温迪即使收到了短信，还是报了警，举报他把戴维的车偷走了。戴维，天哪，戴维一定得活下来。他不确定自己有什么计划，他只是下意识地离开了，因为他知道，这件事远比那次开莉莎的车闯下的祸更加严重。他上个学期刚刚上过驾驶课，而且戴维——在那次愚蠢的邮箱撞车事故之后——也经常会载着他在橡树园里四处兜风，教他开车。

他听到医护人员用了“治疗代号[①]”这个词，他从电视上看到过，刚才那个“治疗代号”的意思是“死亡”。尽管如此，他们仍然在用电击板帮戴维做心脏复苏。

“嘿，伙计，你可以帮我们拿一下你爸爸的钱包吗？”一个男医护人员那样说道，“会没事的。”

据他所知，如果有人觉得有必要告诉你“会没事的”，那就一定是出事了。他冲进屋内，在戴维的抽屉里翻找钱包，卢米斯没有横冲直撞，而是跟在他后头跑了进来，用它愚蠢的脑袋蹭着乔纳的腿，好像在对乔纳道歉。就在那时，他发现了一个信封，一个普通的白色信封，正面用大写字母写着乔纳的名字。他认出了外祖父的字，和所有医生的字一样，短促有力，潦草凌乱。他愣了一下，然后把信封塞进了裤子后面的口袋里。接着，他又来到厨房的柜台里翻找，卢米斯紧紧贴在他的脚边。

在那儿，他找到了钱包，然后回到医护人员旁边。他们把戴维抬上了担架，他脸上戴着氧气面罩，手臂上插了针。他们剪开了他的毛衣，露出了他花白的胸毛。乔纳下意识地停住了脚步，那个男医护人员走到他身边，把一只手放在了他的肩上。

“他的情况已经稳定下来了，我们现在就把他送去医院，你和我们一起上车吧，怎么样？”

---

① 急性心脏病或呼吸衰竭等严重危急患者性命需要立即抢救。

乔纳把钱包递了过去，眼睛依然紧紧盯着戴维，摇了摇头。

“我还是在家里等吧。”他拒绝了，尽管连他自己也不太清楚为什么。他看着他们抬起担架，看着车门关上时戴维露出来的鞋底。救护车鸣着笛开走时，闪烁着的红蓝色灯光映射在俄亥俄街上那栋房子的棕色砖墙上。

他觉得不管从什么层面来讲，他都让他们失望了，彻底地失望了，他竟然因为怕狗，没能及时给予戴维所需要的帮助。他之所以那么害怕，不敢坐上救护车，是因为他不知道万一戴维死在车上，他该怎么办。万一医护人员只是说了个善意的谎言，万一戴维实际上已经死了，坐上救护车就意味着他要和一具尸体坐在一起，他又该怎么办？真正勇敢的人是不会在乎这些事情的，也许早在“每周之星”的表演上，他就已经把他所有的勇气都用在了怀亚特身上。他又想起了圣诞节那天，当着他的面摔门而去的维奥莱特——该死，你已经是个大人了，你没资格毁掉我孩子的圣诞节。

所以，他跑上楼，来到卧室，迅速拿了几件必需用品——几件毛衣、几条短裤，还有几双袜子。在衣橱里翻找时，他发现了夏天的时候从维奥莱特家偷来的那几瓶酒，于是顺手捎上了，因为即使深陷恐慌，他也不想被维奥莱特抓住把柄。接着，他给玛丽莲打了电话，给温迪发了短信，往卢米斯的碗里装满了干粮，然后从门口的挂钩上扯下钥匙，启动了那辆吉普车，小心地开上了“290西”号公路，因为温迪曾经告诉过他，从他们住的地方一路向东，只会开到湖里。

他开着车，一路向西，几个小时后，高速公路上一片漆黑，他的视野有限，只能看到被汽车大灯照亮的道路。他祈祷自己不会撞到一只鹿、一只雪人[①]或其他东西。他调大了车上收音机的音量，开着车

① 似人或似熊的巨大长毛动物，据传生活在喜马拉雅山。

窗。这样，他就可以屏蔽掉其他一切声音。喧嚣的声音几乎让他把注意力从外祖父身上转移开来。也许这时，外祖父早已与世长辞。他本可以活下来的，只要当时乔纳及时扶住梯子，只要当时那只像“库丘[①]”一样的疯狗没有追着他跑。噪声覆盖了他脑海中所有涌现的画面：戴维倒在树底下，双眼紧闭，手臂畸形地弯着，深红色的液体从他的头部左侧汇流而出。

他在内布拉斯加州的一个休息区停了下来，打开车门，吐了。

“心脏骤停，”医护人员说，“手臂也骨折了。”乔纳不确定那些血是因为什么。

他没办法不用手机——他需要看地图——但他开了勿扰模式。他不敢看温迪有没有回复他的短信，也不敢看是谁给他打了电话。但是他确实感到一阵短暂的庆幸，因为至少有人给他打过电话，在他消失不见之后，至少还有人会关心他，哪怕她们是在怀疑他谋杀了她们的父亲或者她的丈夫。他也想起了怀亚特和伊莱，那两个幸运的从来不用担心任何事情的混蛋。但是他还是很想念他们，愚蠢极了，过一两个月，他们可能连他是谁都记不得了。

他的脑海中仿佛有一盏频闪闪光灯，不断重演着这一天中最糟糕的时刻——电锯从戴维手中掉落；他的身体坠落到地面，发出了那声让人感到不安的闷响，那声音和电锯掉地的声音相似，但更加惨烈。老天，那该死的狗到底有什么好怕的啊。他记得，梯子开始摇动时，他为了躲开那只狗跑开了，没能及时扶住梯子；他记得，戴维的身体一落地——那恐怖的声音——狗立马把一时兴起的追逐游戏抛在了脑后，奔到它的主人身边。

最糟糕的是，他给玛丽莲打电话时，她的声音听上去是那么恐惧，

---

① 恐怖片《狂犬惊魂》中一只被蝙蝠咬伤后凶性大发的圣伯纳犬。

颤抖着，仿佛被抽干了力气。而且——最重要的是——她的语气中没有一丝一毫的怀疑。

“哦，亲爱的，我……”一阵停顿，就好像她在用一种陌生的语言朗读剧本，“你还好吗？我很抱歉你要……我很高兴你……”她深吸了一口气，但并不是在抽泣。“我应该赶去医院了，”她说，“哦，但是我……没有车，今天早上是他送我来的店里。”

“也许温迪可以开车接你。”

“当然了，谢谢。”电话里传来类似哭泣的声音。然而，当她再次开口时，声音又平复了下来。“你先找个地方待着，好吗？我打个电话给维奥莱特——你可以去她家，也可以待在家里，或者我想莉莎肯定愿意来……”

“我替你给莉莎打电话，”他提议道，但是她没有回答，“我说我会……玛丽莲？”

“他下午有没有说自己胸痛，或者手臂发麻，或者其他之类的？”

“没有。”

“他的眼睛真的没有睁开吗？一点都没睁开吗？”

“不是……看不太清楚。”他犹豫了一下，“也许睁开了那么一点。”

依照刚刚经过的路标，他继续向西开去。他开始思考自己要开往何处，然而脑海中掠过了一份寥寥无几的联系人名单。他突然想起了俄勒冈，他唯一的还没见过的索伦森家的女儿就在那个地方，他可以把戴维的车丢给她，也许她还可以借他一些钱，让他有钱上路，逃到一个更遥远的地方。

躺在医院病床上的戴维看上去个头小了不少，在绿色长袍的映衬下，他的皮肤显得格外苍白。她的丈夫一直很瘦，但好在他肌肉结实、皮肤黝黑，穿件外套就可以遮住他的瘦削。而此时此刻，他的憔悴和虚弱暴露无遗。一切是那么荒唐可笑，因为就在那天早上，他还开车把她送到了店里，在车里和她吻别。

医生向她描述了发生的一连串事情：心脏骤停，从银杏树上坠落，心脏复苏电击板，救护车。严格意义上来说，他短暂地死过，但是不确定有几分钟。玛丽莲难以置信自己竟然对家里发生的一切毫无察觉。那个时间点，她一边更新着店里的登记簿，一边哼着比吉斯的歌，全然不知他已经短暂死去的事实。然后时间一转，到了现在：因为药物的原因，他陷入了昏迷。为了让他的血压降下来，他的体温被控制得很低。

“我的天哪。”玛丽莲下意识地脱口而出，她走了过去，摸了摸他的脸，他冰冷的皮肤几乎让她退缩，就好像他已经死了，仍然死着。温迪缩在她的身后，站在门口。有那么一瞬间，玛丽莲既感激温迪陪在身边，又厌恶她的存在。她吻了吻他冰冷的脸颊，看了看他两侧的监视器、他头上的绷带、右手臂上暴露在外的淤青，以及左臂上的蓝色绑带。

“天哪。”温迪在她身后轻声惊呼。每当她的孩子们受到惊吓，她总会出于本能安慰她们，但是现在，她身上的母性已经远去，她再也说不出任何一句安慰女儿的话，除非她自己先得到安慰。然而，唯一能安慰她的人，现在正躺在医院那张薄薄的绿色毯子下面，毯子下面弯弯曲曲伸出一截导管。因为心脏病发作，她健康的喜欢慢跑的丈夫从树上——那棵该死的树上——摔了下来，肋骨和手臂骨折，左边眉骨上方严重断裂。因为头着地，他们还没有排除脑震荡的可能性。她赖以寻求医学建议的人不在了，她对他的情况能做出的预判并不乐观。

“妈……”温迪喊道。

玛丽莲仍然说不出话来。温迪开车送她来到了医院，来的路上，温迪给其他人打了电话，车内音响里传出了一个接一个震惊的声音。玛丽莲止不住地回想——虽然许多细节不记得了——刚才格雷丝的那通电话，当温迪以尽可能柔和的方式告诉格雷丝，戴维心脏病发作，从树上摔了下来，住进了医院的时候，格雷丝说道：“不，他才没有。”实际上，“不，他才没有”那句话听上去一点也不孩子气，笃定得好像温迪说的才是假话。

玛丽莲想她应该给格雷丝买张机票，她应该给她打个电话，确认她知道信用卡的密码。独自一人横跨整个美国，她的孩子一定会很害怕。生格雷丝那年，护士们在难产的她苏醒之后告诉她，在她失去意识的那段时间里，是戴维全程在照顾孩子。“那两个人”，她那时候会这么称呼他们。她在医院住了很长时间，每天都看着丈夫抱着他们的小女儿，在病房里转着圈跳华尔兹。“找一个喜欢抱孩子的男人吧，”她曾经对莉莎这样说过，“那是好男人的标志。”

玛丽莲的肩膀在颤抖，她这才意识到自己在哭。她感觉自己分裂成了好几个独立存在的实体：病房里的这具肉身、依附于肉身外沿的情绪，以及停滞在20世纪90年代早期的大脑。她产生了一个可怕的念头：如果她也心脏病发作呢？接着，另一个念头产生了：那样的话，不管丈夫去了哪里，她都可以和他在一起。

玛丽莲想起了还住在艾奥瓦城时的戴维，那时，他们还没有孩子，戴维经常半夜出门上班，他总是光着身子，在漆黑的卧室里四处翻找衣服，尽量不把她吵醒。她想起了心情不太好的戴维，那时，她们从他父亲家吃完晚饭开车回家，女儿们在旅行车的后座上睡着了，外头飘着雨夹雪，挡风玻璃上一片模糊。她想起了她生下温迪的那个晚上，和她在雨中散步的戴维。乔纳给她打电话的时候——他去了哪儿？是不是也应该有人给他打个电话？——他听上去很惊恐，还骗她说医护人员赶到之前，戴维的眼睛可能是睁着的。电话的末尾，他说：“玛丽莲，戴维让我告诉你……”

那一刻，她全副武装，做好了准备，拒绝听到任何戴维有可能对她说出的话。她知道，如果他当时以为再也见不到她了，他能说的无非是那几句肉麻的“我爱你；调热水器的时候，先拍几下左边，然后再用拳头用力捶一下”。“等一下，”她对乔纳说，“我不知道我有没有……”

“他让我告诉你，你是……”乔纳的声音听上去很尴尬，“他让我告诉你，和你在一起，他度过了他最快乐的一段时光。”

第一次听到这句话时，她曾经放声大笑，然而现在，又听到这句话，她泪如雨下。

一只手突然放在了她的背上，吓了她一跳。

“妈，”温迪低声说，把她拉进了怀里，“妈，没事的。”

2001

宫缩，一阵接着一阵，愤怒而无情。维奥莱特觉得自己不再像一个人，而像一只咆哮着骂着脏话的哺乳动物。

“记好书上说的，”温迪在她身旁的某个地方说道，她的声音空洞而惹人厌烦，“越是抗拒，越是难受。”

“给我闭嘴。”

“快了，维奥莱特。”旁边一个英俊的医生说道，“再帮这个小家伙一把，好吗？”她毫无尊严可言的分娩场面，竟然让这样一个魅力四射的男人来见证，简直荒谬极了。

她一边吐在床上的便盆里，一边强迫着自己发力。

“维奥，我能看见头了。”温迪说。

“天哪，不要看着我，滚。”

接着，一阵喷涌。

“维奥莱特，”温迪说，“哦，哇，维奥莱特。”

那个孩子的哭声好像来自侏罗纪时代，听上去是那么愤怒、绝望、凄厉，维奥莱特极力抑制住像个孩子一样捂住耳朵的冲动。

“你做得很棒，维奥。”温迪说着，站在护士后面，护士正把孩子放到秤上。“哦，维奥莱特，他——他很漂亮。”

他，他。

温迪走到床边，坐在她的旁边，握住她的手：“我知道你累坏了，但是，你还要坚持你原来的计划吗？这完全取决于你。”

“是啊。”她沙哑地说道，眼睛仍然闭着。

“嗯，好。那你想见见他吗？”

她摇了摇头。

“你确定吗？”

她点了点头。

她先是感觉哪里被撞了一下，然后才意识到，温迪将额头靠在了她们紧握的手上，她听见自己倒吸了一口气。过了将近一分钟，温迪吻了吻她的手，抬起头来：“我能见见他吗？”

听到这句话，她睁开了眼睛，尽量将视线绕过房间的另一侧。在房间另一侧的滚轮推车上，护士们正在擦洗那个哭号着的新生命。

“去吧。”她又闭上了眼睛，一股热泪涌了上来。她听见温迪对护士小声说了些什么，哭声渐渐平息了，门被关上了。

温迪回来后，到她的床边坐了下来。

“他长得很漂亮。”说完，她就哭了出来，然后抱住了维奥莱特。

温迪本以为生孩子是一件很恶心的事情。当然，她以为的并没有错。在她以前的生活中，她从没有接触过这样可怖的噪声，如同动物一般的呻吟，这样浓烈的消毒水气味。但是，看着那个恶心的小怪物被裹进襁褓之中的时候，她发自内心地觉得，他是一个奇迹，他长着极为精致的五官，以及一双完美的手。得到维奥莱特的允许之后——她可怜的妹妹不再焕发光彩，不再完整，宛如被掏空，全身浮肿，眼皮耷拉着，整个人前所未有的颓废——温迪被护士带到了一间空的产房，在那个房间里，她坐在专门为激动的新生儿父亲们准备的医院摇椅上，抱着那个温暖的轻得几乎感觉不到的孩子。

“真不敢相信，你像对维奥施展了巫术一样。”她轻轻说道。

小孩子总会让她紧张，上了学的大孩子也同样，只要一想到他们，她就会感到头大。至于青少年，她就更不能忍了。有一次，莉莎曾经认真地问了她一个尴尬的问题。温迪惊恐地望着莉莎，最后含糊回答了一句，就走开了。她只想离她那个穿着淡紫色匡威球鞋的书呆子妹妹，以及她那令人尴尬的好奇心远远的。

然而，婴儿不一样，婴儿柔软、无助，身上的味道好闻。他们长着小小的手指和一双可爱的眼睛，穿着像滑稽的小麻袋的衣服。他们是那么信任你，会在你伸出手的时候，握紧你的食指，即使你还没有和他们作自我介绍，即使你很快就要将他们拱手让给某些刚从斯帝姆波特不顾一切搬到这座城市的陌生人。他们会安静地依偎在你的胸口熟睡，即使你背叛了他们，即使你把他们的母亲像逃犯一样藏匿于你豪华的家中长达六个月之久，即使你还让她把监护权移交给别人。他们会窝在你的怀里，吸着鼻子，即使你身上已经散发出了难闻的味道——因为你半夜被你的妹妹喊醒，带她来了医院，没有来得及换掉身上那件洗得不勤的洞穴乐队的T恤。婴儿不一样。她也想要一个孩子，一个小小的、完美的孩子，一个她能主动实现的与这个世界最为持久的联结。

第二十五章

在医院时，维奥莱特一直想要和母亲道歉。为了缓解她的负罪感，玛丽莲紧紧抱住她，对她不停说着“哦，亲爱的”。她们现在需要面对更加重大的事情，她不敢相信，就在几个小时前，她还在和母亲争执不休，而且把她的“小小吟游诗人”的表演忘得一干二净。那次辜负了怀亚特的期待后，她就一直不太愿意把怀亚特留给保姆照顾，所以马特只好从公司请了假，回家照顾儿子。她阴暗地想，又被他逮到了一个拿来博同情的借口，他可以抱怨他不得不“爽了梦工厂那帮人的约”。她挨着莉莎，坐在手术室外面的一张小长椅上，时间的流逝总是很奇怪——在孩子们感冒，生胃病，或者天气不好没办法去公园的日子里，一天总是过得极为缓慢，但从今天早上醒来到现在，她好像已经飞快地度过了好几年。

去学校接怀亚特的时候，他很沉默，然后接受了她的道歉，告诉她没关系。他还告诉她，乔纳不用教也知道所有的歌词。

乔纳。

“谁去给乔纳打个电话？”维奥莱特问道。

身旁的莉莎眨了眨眼睛，她如同刚从水里浮出来，满脸泪水；温迪坐在对面的椅子上，一动不动地盯着父亲手术室门口的出口标志。维奥莱特的脑海中一直古怪地浮现一小段记忆碎片——格雷丝刚出生的时候，她也和她们一起待在医院里，父亲忧心忡忡，母亲生死未卜。她用胳膊紧紧抱住了自己。

“我们——我是说，这里是安珀警戒[1]区吗？”

“他又不是被绑架了。”温迪说。

“好吧，但他毕竟是个没有驾照的未成年人，身边也没有大人陪着，难道不和绑架——差不多紧急吗？”

“他之前确实撞坏了我的车。”莉莎开口说道。

“这么长时间来，这个孩子比我们所有人想象的要成熟很多。”温迪说。虽然温迪形容得非常准确，但是维奥莱特还是被惹恼了。

“对，没错，他是有超出他年龄的成熟，但那不等于他可以安全开车上路，也不意味着他就可以偷走爸的车，然后就那么……离家出走。”

“他没有偷爸的车，”温迪说，“况且，你能不能别装得一副好像很在乎他的样子？你上一次和他说话是什么时候？天哪。”

“你们两个，”莉莎恳求道，“求你们了，不要在现在这个节骨眼吵。”

“我们和他一起过的圣诞节，”维奥莱特说，“我上一次见他，就在圣诞节。”

“好吧。”温迪说，“你不过就给了他一间旅馆里的空房罢了[2]，和被你抛弃的孩子一起过一个晚上，真是难为你了。”

“我已经忍了很久了，”莉莎说，“我不知道那件事对你们俩来说有什么重要的。”

维奥莱特碰了碰莉莎的肩膀表示歉意，然后不知道为什么，又开口说道：“那天我对他放了很多狠话，他……我算是，把他赶出了我家。”

回忆这件事情，最起码比回忆最后一次见到父亲的场景要轻松许

① 原文为America's Missing：Broadcasting Emergency Response（美国失踪人口：广播紧急回应），通称安珀警报（英语：AMBER Alert），是一个主要用于美国和加拿大的儿童失踪或绑架预警系统。

② 《圣经》中耶稣诞生的故事。耶稣诞生在伯利恒的一个小旅店里面，当时因为旅店里没有空房，耶稣只能出生于马厩之中。

多。也就是几周前的一个周末，她还到父母家吃了顿午餐，那是无比普通的一天，父亲和伊莱玩了火车游戏，还用小推车推着怀亚特在外面遛弯儿。她的思绪止不住地滑向那些未知的、悲剧的瞬间：父亲面临死亡时脑海中会闪过的那些念头，他所经历的恐惧，她那英俊的、坚韧的、强大的父亲在身体失控的瞬间能感受到的巨大屈辱。

“让我猜猜，布里奇太太，”温迪说，“难不成是因为他用你的擦手巾擦手了？”

莉莎闭上了眼睛：“温迪，我的天哪，求你了。”

但维奥莱特不为所动，她对温迪的全部恶意已经产生了免疫力。也许此时的她当务之急是先让自己那天早上被母亲揭开的伤疤得到愈合，姐妹不就是用来分享那些可耻的秘密的吗？“他告诉怀亚特，圣诞老人不是真的。”

莉莎“啧”了一声：“记得当时，还是我把这件事告诉了格雷西，不过，她那时候十七岁了，不是五岁。”

“然后我就没有绷住，发火了。”维奥莱特说，“我就让他走了。但是他后来又去了怀亚特的学校，在怀亚特表演的时候帮了他。他不是……他是个很好的孩子，我们不应该让他……”

“天哪，我们早就知道他是个好孩子了。”温迪说，“这几个月以来，除了你，大家都知道他是个好孩子。他会没事的，好吗？我们用不着安珀警报，也用不着去找什么联邦调查局。他会没事的，等他想联系我们的时候再说。”

一个身上拖着氧气罐的秃鹫一般的男人经过了她们。等他走开之后，温迪一跃而起。“这儿简直就是个精灵市集[1]，怎么人人都长得跟哥

---

① 原文为“Goblin Market”，源自英国女性文学家克里斯蒂娜·罗塞蒂的诗作《精灵市集》，这首诗讲述的是一对姐妹劳拉和莉齐被河边哥布林商人引诱吃下神奇水果的故事。

布林似的，我要出去了。”

换作曾经，维奥莱特会跟着温迪一起出去，她多希望现在一切可以照旧，但是，她告诉自己，不能留莉莎一个人待着。莉莎孤身一人——和曾经的维奥莱特一样——苦苦挣扎着走到了分娩的边缘，还要经历悲伤、分别、抛弃。她又想到，换作她们的父亲，肯定不会弃她们而去。

莉莎想开口说话，又闭上了嘴。“维奥莱特，他不会见不到——上帝啊，不会见不到——你知道，这个孩子的，对吧？”她用手捂住了额头，“对吧？他不会——他至少得——我一直希望这个孩子出生的时候，由他来给这个孩子涂油①，否则就……”

“莉兹，一切都会没事的。”维奥莱特伸出胳膊，搂住了莉莎，莉莎重重地靠在她身上。她又想起了那时抱着格雷丝的她的父亲，站在没有母亲的空病房里，竭力遏制着自己的恐慌：“对了，我们应该找人去看看卢米斯。”

莉莎泪眼蒙眬地抬起头：“有人给格雷西打过电话吗？”

医院的气味开始让维奥莱特感到恶心，她站了起来，突然渴望呼吸一口夜晚的空气，她向莉莎伸出一只手，然后无意识地对她撒了一个没有恶意的谎：“温迪会打的。”

如果你住的地方离你从小长大的地方很近，那么你随时有可能撞见小时候认识的人，尴尬的是他们会记得扎着两个小辫子的你、烂醉如泥的你、凄惨可悲的你。所以，看见亚伦·巴尔加瓦的时候，温迪没有非常惊讶，也没有非常激动，主要因为他身边还站着他怀着孕的妻子和一个穿着芭蕾舞裙的大眼睛小女孩。那时，她正在医院外面的

① 涂油礼，基督教中的一种仪式，曾被作为信徒入教的基本宗教礼仪。

长凳上抽烟，看到了从停车场那边走过来的他们，她抱着一丝侥幸，希望他不会认出她来，很多人都认不出她了，她不再嗑药，体重也轻了足足二十磅。

她低着头，装出陷入沉思的样子，紧紧盯着人行道上的一块砖，上面写着“纪念格雷琴和拉里·斯坦尼斯劳斯”，她好奇这两个人是不是一起死的。也许他们是一对夫妻，又或者是一对亲密的表兄妹、一对过度相爱的母子、一个杀人后自杀的绝望的女人和她性感的高中生男友。

“温迪？”

她不由自主地紧张了起来，然后懒散地将目光抬起，摆出了一个常常陷入沉思的人才会有的那种疲惫而漠然的神情。

“我就说一定是你。”他说。

她没办法假装不认识他，他看上去和十六岁的时候一模一样。“哦，天哪，”她说，“亚伦。”她站了起来，想上前拥抱他，却发现手里仍夹着香烟。那个孩子正好奇地看着她的烟，她本可以把烟熄灭，但她没有，只是收回了那个没能给出去的拥抱，直起身子，面对着这三个人站着。那支香烟是她的依靠，此时，她简直想用香烟把自己点着，好逃离眼下这个局面。

“我们正准备去看医生，”他说，“我刚才还和珍说呢，我敢打赌一定是你，但是——我是想说，太巧了。”

“是啊，简直太巧了。”她说。他们当年是和平分手，而且已经过去了将近二十年，但她吃惊地发现，一看到他，自己的心中还是会泛起涟漪。

“你看上去很不错。”他说。

她知道，谦逊的时候到了，然而，她的外貌是她目前掌握着的唯一的优势，况且她太累了，没有力气说客套话。她只是抽了几口烟，看着亚伦转向他的妻子。他说：“宝贝，这是温迪·索伦森。温迪，这是我的妻子，珍。”

“实际上，现在我姓艾森伯格。”她说，她扭头吐了一口烟，然后伸出手，要和那个女人握手，“很高兴见到你。”

“我听说了很多和你有关的事，”珍说，“但是我没有任何不好的意思。”

温迪立即决定，她喜欢这个女人，但这随即让她心生怨恨——怨恨珍得到了她没能得到的亚伦·巴尔加瓦，怨恨亚伦·巴尔加瓦找到了一个亲切随和并且拥有正常子宫的女人。

“艾森伯格，哼？”亚伦说。他总会让她想起拉布拉多，浑身透露出一种单纯而盲目的善良，尽管他在床上的表现让他不再那么人畜无害。她又看了一眼珍的肚子。

“就是西边的艾森伯格家族。”她心不在焉地说道。巴尔加瓦一家人露出了困惑的微笑，看着她。“这是谁呢？”她看向了那个小女孩，小女孩依然睁着蓝色大眼睛，目光跟随着她手里的香烟移动。

亚伦把手放在了小女孩的小脑袋上。“这是艾薇。”他说，“打声招呼吧，亲爱的？”

“你为什么要抽那个？”艾薇没有打招呼，而是反问道。

“因为我今天过得很漫长。”

“亲爱的，不要这么没礼貌。”珍说。

“问得好，”温迪说，“我也应该经常问问自己这个问题。”

“我们家孩子还处在一个对什么都很好奇的阶段。”亚伦说，“你有孩子吗？”

这是一个很寻常的问题，但还是让她措手不及。“我要回去了。”她说，“天哪，对不起，我迷糊了，我在外面待得太久了。”

“没事吧？”亚伦问。

“嗯。”这时，她转过身，掐灭香烟，把它按进了旁边的小土堆里。“就是我的……”说出“爸爸”这个词前，她的喉咙哽住了。“我丈夫扭伤了手腕，打高尔夫球的时候弄的，很蠢。”她在心中向迈尔斯道歉，并且感谢他的救命之恩。她还没有告诉任何人，就在她们抵达医院后不久，乔纳给她发了条短信：“我会把车还回去的，拜托不要报警。很抱歉，是我把事情搞砸了。”她是家里情绪最起伏不定的人，可是为什么命运总是像这样捉弄她呢？

“见到你真是太开心了。”亚伦说。这次，他伸出双臂，主动抱了她。手上没有香烟，她也回赠了一个拥抱。拥抱时，他后背绷紧的肌肉还是让她感觉非常熟悉，搂着她的手臂像贴身穿的衣物一样舒适。“对了，你的妹妹们还好吗？维奥莱特怎么样？”

她愣了好一会儿，场面一度十分尴尬。“她过得可比我好多了。”她说。

父亲命悬一线，回家变得迫在眉睫，但是，身边没有愿意帮她付机票钱的人——她知道只要她开口，母亲一定会帮她出钱，但那样只会让格雷丝觉得自己非常可悲，为自己平添一桩羞于回想的事情。

她憎恨她的姐姐们都在芝加哥，憎恨她们从来没有想过让她回家。与此同时，她也再次意识到了自己的自私，她没有回家过第二次感恩节和圣诞节，放弃了见父亲最后一面（上帝啊，请不要让这变成最后一次）的机会。不出她所料，维奥莱特让她专注学业，不要因为这次意外事故而分心；而平时脾气很好的莉莎，听上去非常焦躁，心事重重，格雷丝觉得需要将她们的角色互换，把莉莎当成那个需要照顾的人，毕竟离她的预产期不到一个月时间了；而一想到温迪，她就更不想去医院了。所以，她被困住了，只能待在公寓里，哪儿都没去，她有好几次都很想给本打个电话，但最终放弃了那个念头。

她开始明白，为什么有些人愿意放下一切，只为寻求一种正常人的生活。那是因为，一件接着一件的悲剧，只会让人无边地堕落，离开香烟和酒精就寸步难行；身陷其中的人只会像某部荒诞情景喜剧里演的那样，坐在阳台上，直到天明，然后进屋接着看有关杀人案的纪录片。

门铃响起时，她正在吃她从食物贮藏室里翻出来的早就过期了的皮塔饼，再加上，从周日到现在，她就一直没有洗澡，所以听到门铃声之后，她顿时惊慌失措。她的第一反应是，上门的是她那个年迈的房东，然后她又想，也有可能是本 · 巴尔内斯。接着，她又开始怀疑是一场精心策划的快递谋杀（她放在咖啡桌上的笔记本电脑正播放着一部叫《叫我克雷格》的记录片，片子讲述了一个会列杀人清单的连环杀手的故事）。她在沙发上躺平，然后滚到地板上，顺着走廊向卧室爬去，这样一来，上门拜访的人就看不见她了。她心想，所谓的坠入人生最低谷，大概就像她此时此刻这样吧。

平安抵达卧室时，她的手机响了，和恐怖电影里的情节如出一辙。她的生活到底为何沦落至此？为什么一件再正常不过的事情，也会让她感到恐惧——不管是有人按门铃，还是被一个乐观开朗的男孩示爱？她屏住呼吸，读着那条信息："嘿，我是乔纳，你的外甥，我看见你的电脑了，能让我进去吗？"

她恢复了屏住的呼吸。奇怪的是，面对这个突如其来的客人，她不但一点也不意外，而且还松了一大口气，至少，她不再是孤单一人了。她从地板上站了起来，她得好好教一教他分号的用法。

2002

格雷丝没有中间名，但是她的姐姐们都有，分别是伊夫琳、罗丝和安。

"哦，亲爱的，我不知道，"她母亲说，"我们就是想不到要给你起什么了。"

她本来还盼望着听到一些更神秘的解释，比如，“这是一个父母深思熟虑后才做出的重要决定，你不需要和你的姐姐们一样，就算没有中间名，你也已经足够特别了，格雷西”。虽然她知道母亲差点因为她的出生丢掉性命，但给她起个名字，似乎并不是一件难事。

“你可以直接给我起你的名字。”她提议道，八年级的她正在做社会研究课上要用的家谱图，面前摆满了亮牌胶水和锐意牌彩色马克笔。她一边摆弄着手里的海报板，一边充满鄙夷地看着她的母亲。

玛丽莲在反反复复地检查她刚从花园摘回来的一株西红柿，听到格雷丝的话，她停下了手上的动作，思考了一下。“听起来不太对劲。”玛丽莲说道。格雷丝不得不承认，“格雷丝 · 玛丽莲”听上去确实没有“维奥莱特 · 罗丝”好听。

“那你的中间名是什么呢？”格雷丝问道。

玛丽莲哼了一声，把品相最好的西红柿放进篮子里冲洗。“至少我没有给你起一个俗套的爱尔兰名。相信我，有的时候东西越简单越好。”从小到大，她都叫玛丽莲 · 玛格丽特 · 弗朗西斯 · 康诺利。

格雷丝不得不再次承认，母亲说的很对，不过，她仍然很为自己抱不平。在那张家谱图上，她用冰蓝色的樱花牌彩笔写了所有人的中间名，而自己的名字里却没有用到那个颜色，她感到愤愤不平。

“你的医生是谁？”她问道。

“什么？”母亲的声音变得很尖锐。

“汤普森就是起的他妈妈医生的名字，因为他出生的时候差点死掉了。”

“多浪漫啊。”她的母亲说，声音里透着刻薄。

“妈？”

她的母亲拿着一个西红柿，用湍急的水流冲洗着：“什么？”

“你当时的医生叫什么名字？”

她的母亲停了下来，关上了水龙头，说道：“吉莉安。”

用这个名字做中间名，读起来虽然不是那么朗朗上口，但它和格雷丝都是以“G”开头的，压上了头韵。于是，她在自己名字中间留出了空格，等到第二天上学的时候，用水笔把她伪造的中间名字填了进去。

她的父母曾经说过，她是他们的“马后炮”。不过有的时候，她的父亲也会说，她是他们的“尾声”。她更喜欢后者，因为“尾声”是经过深思熟虑的，是有价值的。但是与此同时，“尾声”也极易被人忽视，所有重要的事情收尾时，才轮到“尾声”登场。她有一段错乱的记忆，一些她觉得自己明明亲身经历过，但实际并不在场的片段。比如有的时候在家庭聚会上，她会鼓起勇气，开口找话题：“还记得在动物园想和爸爸抢停车位的女人吗？”然而，几乎每一次，她的姐姐们都只会轻蔑地“哼”一声。她所有的姐姐，都会用匪夷所思的语调，发出类似的“哼”声，如同一群嘶鸣的大象。

如果温迪第一个开口，她会说出类似这样的话：“我记得，格雷西，因为我人就在那儿，只不过，你当时不在。”如果是维奥莱特或莉莎，她们同样会发出嘲讽的评论，只不过可能比温迪稍微温和一些，如“你当时才两岁，格雷西！”，或者相对尴尬的，如“你那时候还没出生呢，小屁孩儿”。

但是她的的确确能看见这些回忆，这一定是某种大脑认知上的残忍的紊乱。她清楚地记得，在布鲁克菲尔德动物园的停车场，父亲开着那辆旅行车，挤进了一个狭窄的停车位，从车里出来的时候，一个穿着“音乐之声”运动衫的女人对着他破口大骂，让他把停车位让给她。一旦她提出这个话题，她的姐姐们反而大谈特谈起来，完全忽视了一旁的她。她们会一起回忆当时的情况，在餐桌上笑作一团：被吓坏了的戴维不得不把车又开了出来，把停车位让给了那个女人；然后，已经非常疲惫的玛丽莲——虽然他们连动物园那扇坐着一只狮子的拱形大门都还没进——从副驾驶座位冲了下去，对那个女人说：“真是让人无语，你自己就不能重找个位置吗？”

她的家人经常会回溯那些她不在场的记忆，这让人不安，尤其是当那些记忆听上去并不陌生的时候。她也有过很多可怕的记忆，她难以判断这些记忆的来源和（或）真实性。这些记忆之所以可怕，仅仅是因为它们和她其他快乐而纯粹的童年片段——母亲灿烂的笑容、父亲有力的拥抱，以及姐姐们温暖的笑声——相去甚远。她记得有一次，莉莎在照顾她的时候，给她看了脖子后面那颗不知道被谁画上去的大星星；她记得有一次，她偶然撞见母亲坐在屋后的楼梯上抽烟，她记得她问道："妈妈，这是谁给你的？"她的母亲掐灭了香烟，回答道："一个坏女孩。小甜豆，过来，和我坐在一块儿。"

"不是说我们一点想法也没有，"她的母亲在厨房里说道，然后走过来，吻了吻她的头，"我们当时想了很多个名字，只不过爸爸觉得你的名字单独念起来更好听。"

她没有中间名，她没有属于她的记忆，这就是"尾声"不好的地方——你甚至没有机会完整读完一本书，就被塞进了书的结局。

在和马特说不完的话里，维奥莱特确立了和马特的关系。在她第一次吻他之前，他们连续六个星期，夜夜相见，每晚都有聊不完的话题。他们胡乱闲扯着各自的家庭，吹捧着各自坚定不移的政治立场，说大学室友的坏话。他们有加起来四十年里看过的书要和彼此讨论，积攒了无数见不得人的秘密要和彼此分享，她想和他一直一直聊下去。她是法学院一年级新生，而他已经三年级了。研究生期间，她埋头苦学，投入程度之深，让人觉得她要么是疯了，要么就是太过孤僻，没有朋友，但是马特打破了她的节奏。他们是在斯图兹·特克尔的一次演讲上遇到的，在那之后，他们连着好几个晚上都会一起去大学大道上一家酒吧，坐在露台上喝酒，分享各自的怪癖。再后来，一天晚上，他在时间喷泉旁吻了她。自从那次怀孕以来，她又一次感受到了那种纯粹的快乐——在那之前，她从来没有真正快乐过。

实际上，他身上的正常令她感到害怕。从十岁起，她就一直梦想着找到一个完美无缺的男人，但她也知道，那几乎是不可能实现的。但是距她生下那个孩子只过去了十七个月的时间，她就遇到了马特，他会被她的笑话逗笑，也会请教她一些严肃的问题，比如“你再和我解释解释”“你怎么想？说服我，维奥莱特”等等。

一天晚上，他们一起赖在马特的床上，马特正在读《经济学人》上的一篇文章，没有人能轻易分散他的注意力。他露出了专注的神情，手里转着他的三菱牌水笔，全神贯注沉浸于文章之中。

“马特。”她说道，不停地拧着手指。

“嗯。”他一边目不转睛读着那本杂志，一边握住了她的手。

“我不想——小题大做，但是，我想和你说点儿事。”

他终于把目光移到了她的身上。“什么？”他们的关系还很崭新，她不知道自己突如其来的坦白，会不会弄得像她要告诉他自己是个变性人，或者正在和他的同班同学私会似的。她不知道自己要坦白的事情算不算背叛或者出轨，她转过身来，看着他。她已经爱上了马特——这一点她深信无疑——所以她必须告诉他，让他知道这件令她最为痛苦的事情。她想起了她无话不说的父母，只有坦诚才能增进信任，不是吗？

“我曾经……”她开口了，有些结巴。

“你和米尔曼教授上床了？”他问道。直到后来，她才意识到，当时的他们还能够拿这样的事情开玩笑，是多么难能可贵。

“我曾经生过一个孩子。”她紧紧地盯着他蓝色床单的下摆，平静地说道。这句话就像路过的垃圾车排出的尾气，令人尴尬地滞留在空气中。“一年半以前，我和当时的男朋友分手了，就在我快要毕业的时候，我发现自己怀孕了。我把孩子生了下来，送给了领养机构。”

马特沉默了一阵子，握着的手仍然没有松开。那是他们这段关系最美妙的一点，从头至尾，一直如此——另一个人永远会在你身边，紧紧抓住你，即使平平淡淡，即使毫无意义。

“我不知道该说些什么。”他终于开口说道，声音很轻。接着她就开始讲述事情的经过，她告诉他，在维思大学上学的时候，她交了个正在攻读生物化学博士的男朋友罗伯，他对她很不好，还和他的一个研究助理出轨了。然而，她并没有对他坦诚，她没有告诉他，在温迪婚礼前的那天晚上，距离毕业仅有一个月时，她的人生规划才被完全地搅乱了：停车场里的那辆沃尔沃，以及那个娴熟地在她体内抵达高潮并且在那之后她再也没有见过的男人。

她谈了她是如何搬到温迪家，如何谨慎选择领养机构的。她告诉他，当那个孩子呱呱落地时，她因为过于恐惧，甚至没有正眼看过他，所以严格来说，她至今没有见过她的儿子。她告诉他，从医院回到温迪家，走进她的卧室时，她的内心有多么空虚。

“天啊，”她说完后，马特说道，“我没有办法想象。”

“是的，你没办法想象。”

“可是你为什么不……”他顿了一下，“算了。”马特的床头柜和她五十岁老父亲郊区家里的床头柜很像，上面放着他的眼镜、一支小蜜缇的润唇膏、一本破破烂烂的平装版《奥吉·玛琪历险记》、一瓶复合维他命、一杯水，还有一对用来屏蔽楼下邻居噪声的耳塞。从十岁开始，马特就知道要如何度过他的一生，他会去上达特茅斯学院，去上法学院，周末会去打篮球。

遇见他以来，她第一次感到周身被一种冰冷的恐惧笼罩——也许他没有办法理解她。她凭什么觉得他会呢？她凭什么认为自己能够向他——完美无瑕、一路顺风顺水走来的他——解释一切呢？她又是哪来的胆量，做出了这个决定呢？

“为什么我不什么？”她问道。

“我的意思是……虽然听起来很没礼貌……但我不是……你为什么没有去堕胎呢？”

她没有说话，静静思考着，这是一个连她自己都没有想明白的问题。她能拾起一些碎片，松垮地拼凑起来，但仍然拼不出事情的全貌。高中时，她会和温迪一起，躺在温迪卧室窗外的屋顶上畅想未来。更小一些的时候，她们会每天腻在一起玩“算命游戏”①，在其中做出复杂的假设，是和丹尼斯·奎德结婚，还是和丹尼斯·罗德曼结婚；是会住萨克拉门托的大别墅，还是住在皇后区的公寓；是会成为餐厅服务员，还是成为国际政要。温迪总是铤而走险，做出许多大胆的选择，她的表中布满各种各样的不确定因素；而维奥莱特则总是小心谨慎，懂得克制。游戏结束的时候，温迪一般会生下很多孩子，最终不堪重负，落得无家可归，只能嫁给皮威·赫尔曼②，维奥莱特则会过得很体面，拥有可观的薪水、一辆安全的豪车，住在郊区气派的家中，和博诺③共同养育着数量可控的孩子。但是，最合乎常理的决定，并不一定是正确的。马特大概对这套说辞感到非常陌生，就像当时的她一样。但是她也想要变得更加勇敢——一个从来没有用在她身上过的形容词——尤其当温迪在她身边的时候。

“维奥莱特，我并不是想……”

“嗯，我都知道。”她拿起那支润唇膏，反复拧开又拧紧它小小的盖子，“当时就是……不知道怎么的，就是没有选择堕胎，我没办法再解释了。是因为——温迪，我只能解释到这一步了。”

“你很少谈起她。”他说。

“很复杂。”她抱住了膝盖。

---

① 原文为“MASH”，一种流行的算命游戏，四个字母分别代表Mansion（别墅）、Apartment（公寓），Shack（棚屋）、House（房子）。游戏会告诉你你会和谁结婚，有几个孩子，以及开什么车，等等。

② 一个虚构的喜剧人物，由美国演员保罗·鲁本斯扮演。

③ 指保罗·大卫·休森，爱尔兰摇滚乐队U2的主唱兼旋律吉他手。

“她是唯一知道这件事的人吗？”

“差不多。”

“我没办法想象我如果遇到这样的事情会怎样，我想——我可能会崩溃的。真不敢相信……听上去太可怕了。”

“是很可怕。”

“维奥莱特，我……”

此时，要亲手摧毁一切，对他来说是一件易如反掌的事情：他可以信口数落她众多的缺点；他还可以告诉她，这个在她最低落、最困惑时做出的决定，会一辈子和她形影不离，让她再也无法幸福，再也无法变得正常。

“要是我当时能在你身边就好了。”马特说。她感觉心头轻了很多。如果马特那时在她身边，一切都会大不相同，她会变得更好，对于这一点，她毫不存疑。

“我之所以把这件事告诉你，是因为我认为，你应该知情。”她说。她在心中默默地对她的孩子表示了歉意，因为她竟然把她的孩子形容为“这件事”。当初她连看都没有看他一眼，现在，她又一次把这个孩子关在了门外，心房紧闭。“但我不想再多说什么了，马特，好吗？这件事发生过，但是现在都结束了。”没有谁会比马特更能理解这一点，毕竟，他是一个觉得可以通过意志力来驱散感冒，每天早晨五点四十五分不用闹钟也能起床的人。

“如果……你有任何介意的地方，我能理解。”

“不会。”他说。

“但是，你怎么知道你不会介意，如果……”

“你是想劝我和你分手吗，维奥莱特？”

“不是，我只是想确定，你清楚自己摊上了什么。”

他吻了她。“我很确定。”他说。

第二十六章

格雷丝意识到，在这个家里，她第一次因为年龄占了一次上风。她现在是一个率性的阿姨，一个独立自主的大人了；她拥有一套公寓、一张借记卡，还有一张供客人借宿的沙发。很早之前，她就察觉到了这种变化，但是，在乔纳踏入她家门的那一刻起，这种变化才变得真切起来，即使当时她没穿胸罩，萎靡不振地在看克雷格连环杀手的纪录片。

“我们终于见面了，”她说，“你是怎么知道我的号码的？你又是怎么知道我住在哪儿的？”

“你爸让我把所有人的信息都存到手机里。”乔纳回答道。

地位上的优势，让她很好地隐藏起了泪崩的本能反应。“我爸怎么样？”她问道，“为什么没人告诉过我你要……”瞥到他的模样，她又把刚到嘴边的话给吞了下去。他皮肤暗沉，看上去没怎么睡觉，手指甲被他啃得露出了甲肉；他满脸惊恐，好像生怕她会把他赶走。

“坐下吧，”她说，第一次感觉自己像个姐姐，“我给你拿点水来。”和她的家人——尽管严格来说，他依旧是个陌生人——待在一起，她不禁感到一阵舒心。她面前坐着的，是一个在一切开始走下坡路前陪伴在父亲身边的人，他并没有她想象中的那么像维奥莱特。她的眼里突然涌上了泪水，为了掩饰，她转过身，假装忙着把她唯一的那把叉子收进抽屉。

“你饿了吗？”她问道，但她立刻意识到，家里可以吃的东西，只剩那些过期的皮塔饼了。她不露声色地打开手机，看了看银行账户余额。虽然接下来的两周时间里，她还指望着用这笔钱来作家用，但是一想到要和他一起乘公交去市场买菜做饭，她就感到如同被掏空一般的疲惫。

所以最后，他们来到了归来酒吧，那个爱尔兰酒保——卢克——看到她，在吧台后面冲她笑了笑，挥了挥手。她脸红了。

“那是谁？”乔纳问道。

她的脸涨得更红了。和酒吧里的员工混得这么熟，会让她显得很不靠谱：“不认识。”

“如果你想，我们可以坐在吧台边上。”

她眯起眼睛看着他：“你已经十五岁了，是吗？”

饰演高人一等的姐姐的角色，还挺有意思的，毕竟她有几个很好的老师。

“实际上，我已经十六了。”他说。她看出他在憋笑。

她仔细打量着他的脸，他看上去的确比一个高二学生要更成熟，但同时，他也仍然穿着一双像舒洁纸巾盒一样厚重的板鞋，额头上长了很多出油的粉刺。“我们去坐卡座吧，”她说，“我们可以好好聊聊。”

他默许了，和她一起到卡座里坐了下来。卡座的隔板很高，挡住了酒吧的环境音。

“所以，当时你和我爸在一起？”

他挪了挪身子，手里不停摆弄着吸管的包装纸：“算是吧。”

“温迪说，是你叫了救护车。谢谢。”

“不用谢我。只要是个正常人，都会这么做。”

她向后靠了靠，被他的语气吓了一跳：“我只是……”

“抱歉。当我没说，不客气。”

“你能不能告诉我——我是说，他——到底发生了什么，他是不是……”

“他……他一开始看上去有点奇怪，然后就摔下来了。几乎是一秒钟之内发生的事，‘啪’的一下。”

她不寒而栗。她无法想象无坚不摧的父亲，竟然会像一个布娃娃一样倒在地上。这有悖于她对父亲的认知，这是一件不应该发生的事情。

“对不起，”乔纳说，“不是——‘啪’的一下。”

“你能不能不要再说那个字了？”

“你知道后来怎么样了吗？”对于她父亲的状况，他似乎一无所知。刚才在她公寓里，听到她说戴维的情况已经稳定下来了，只是还没有恢复意识时，他脸上紧绷的神色才稍稍褪去了一些。有那么一瞬间，他看上去像个孩子。

“我给姐姐们打过电话，”她说，“但是没人接。我猜……我没办法，只能安慰自己，没有消息就是最好的消息。”

吃的端上来了。乔纳狼吞虎咽地吞着汉堡，好像好几个月没吃东西似的。她则吃得心不在焉，她之所以把他带到这里来，是因为吃的东西便宜，还是因为她希望本会出现？紧接着，一想到本，一想到在她父亲心脏病发作仅仅两天后，她竟然和她十几岁的外甥来了酒吧，她的胃里又传来了一阵绞痛。她伸手拿起她刚刚点的伏特加兑苏打水，放在了面前的桌子上，然后冲乔纳点了点头，仿佛在说：“看见了吧？我很酷的，你也尝一口吧。”

“我爸住院了，”她说，“全家人都在陪着他。只有我，竟然又回到了我分手的这个酒吧，和一个十几岁的孩子一起买醉。”她闭上眼睛，把额头紧紧贴在坚硬的桌边。

“我不知道我还能去哪儿，”他说，“我……”

“不。”她说。她越过桌面，碰了碰他的手腕。过去两个小时的时间里，她已经熟练掌握了如何对年纪更小的人施展母性，“实际上，你能来这里，真的很好，即使你不告诉我你为什么会来这儿，即使你不告诉我为什么你会开着我爸的车。另外我也不关心家里有没有人知道你不见了。”

“你和谁分手了？”

她叹了口气。为了避开这个话题，她再一次示意他把那杯鸡尾酒端去喝：“其实根本就算不上什么分手，我们甚至没有真正在一起。”

她因为疲惫和伏特加变得非常虚弱，最终还是说了出来。

“他听起来像个混蛋。”乔纳说。

“他对我非常坦诚，”她一直不明白为什么男人们可以那么快就对彼此恶言相向，“哪里混蛋了？”

“对不起。”他朝吧台方向点了点头，“那个人是怎么回事？”

卢克正在和一个看上去大他不少的男人在高酒柜边上聊天，但他的眼神一直不停地飘向他们的座位。

“没什么。”她把桌上的酒推到他面前，她不记得这是他们的第三杯，还是第四杯了。自从接到父亲出事的电话后，时间的流逝就变得十分诡异。

“你刚才说——他叫什么名字？”

她的脸又开始发烫了：“我没说。卢克，怎么了？”

乔纳嚼碎了一块冰：“没怎么。”

“可以告诉我发生了什么吗？”她问道，“我爸住院的事情。”她的声音突然低沉了下来，连她自己都吓了一跳。乔纳也被吓了一跳，一下挺直了背。

“我不是……我不是故意的……”

脖子后面传来一阵隐隐作祟的不安，她迟疑了一下：“什么不是故意的？”

“我一开始就不该让他爬上去的，我比他年轻多了，就连这件事，我都没有……”

“几十年了，我爸一直在家里爬上爬下的，你根本拦不住他的。”她盯着他。现在，她开始替他感到悲伤。这个本来就已经无家可归又困惑不解的孩子，现在又被卷入了她的家庭旋涡之中。“还有，乔纳……我爸想和你待在一块儿，说明他……”她结巴了，差点说出了“生前”这个词，“在这个世界上，我爸在乎的事情屈指可数。其中之一，就是花时间陪我们。”那种莫名其妙出现的话语权的转移，让她不至于哽咽，“我父母非常喜欢你，乔纳。我爸爸之所以让你帮忙，是因为这样他就可以多陪陪你，就像以前，他也总是让我帮他扫落叶。”

他蓝得出奇的眼睛里噙满了泪水：“是啊，但是……都是那只该死的狗，它到处乱跑，把我吓着了，否则我就可以帮他扶着点梯子了。”

刚刚后脖颈上隐隐作祟的不安，现在变成了沉重的忧伤：“乔纳，事情已经发生了，你又能做什么呢？扶住梯子，不让他摔下来吗？不管怎样，他还是心脏病发作了。”

“但是，爬上去的应该是我才对。我不应该让他……”

“乔纳，我……他情况有多糟糕？”她问道，说到倒数第二个音节的时候，她的声音渐渐失去了控制，有些破音，“说实话，不要告诉我……”

“真的很糟糕。”乔纳说，然后低下了头。现在他看上去又像个孩子了。他弓起了背，两只手缩到了衬衫袖子里。

她试着想象那意味着什么。她想象着父亲脸色发青，血流不止会是什么样子。她的父亲，那个曾经抱着她坐在母亲床边不知妻子能否醒来的父亲，那个永远陪在她们身边的父亲。

她双眼紧闭，深吸了几口气：“为什么她们不管我，把我一个人留在这儿？为什么——无意冒犯——为什么是你，而不是我的某个姐姐来这儿找我？她们为什么不给我打电话？他是我——在这世界上最爱的人。”

“对不起。”乔纳说。

“不过，你能来，真的太好了。”她最后说道，“能有一个和我的家人长得很像——就像我一样——的人在身边，感觉很好。好久没人来看过我了。”

“你觉得我长得像你们吗？”

她把头歪向了左侧，酒精让她的脑袋沉沉地向左坠：“是的。虽然……不像我其他外甥那么像。但一看到你的脸，我还是觉得很熟悉。”

他对着面前的桌子放空眼神：“关于我爸，你知道些什么吗？”

她再次意识到，这个孩子体验世界的方式与她有多么不同。你的父亲生死未卜是一回事，完全不知道你的父亲是谁就是另一回事了。他的这句话，再次提醒了她，他还很年轻，而且和他相比，她一路走来已经非常幸运了。

“有段时间，维奥莱特交了一个男朋友。”她说。他立马挺直了背，注意力高度集中。“我不记得他的名字了，但我……我记得那个时候我还觉得他挺聪明的。但是从后来发生的事情看，他就是个蠢货。”

他脸色一沉。她这才意识到，对面坐着的是乔纳，她刚刚的那番话完全没有顾及他的感受。如果让她形容自己的父亲，她一定会滔滔不绝，细数关于他的点点滴滴。他的怪癖、他喜欢的东西，还有他那些一点也不好笑的笑话。她记得所有有他陪伴的日子；她记得他会在她生病时照顾她，给她掖好被子；她也永远记得父亲在帮她组装那张廉价的荷兰式床时说：“都写在我的‘父亲合约’里了。”

“我不是那个意思……我当时才上四年级，所以记不太……而且不管一个人的父亲有多糟糕，也不一定就意味着……”

“对于这一点儿，你好像没有什么发言权。”他说。

“你说得对。”她说。

他看了一眼她的空杯子，然后抬头看着她：“你在念法学院，对吧？”

她没有回答。

“如果你在念法学院，为什么你要住……住在那间破破烂烂的公寓里？”

她的眼泪又涌了上来，这次是因为羞愧。

“无意冒犯，我只是觉得很奇怪……我也不知道。”

“其实，我没有……在念法学院。”她说，“并没有。”在这之前，她本来有那么多次坦白的机会——她早就应该坦白的。而现在，她竟然可笑地当着乔纳——比她年纪更小，境况比她更无助的家人——的面，说出了真相。然后，她深吸了一口气，面对着这么久以来第一次来看望她、和她有着相同基因的人，说道：“我没有在上学，我一直在撒谎，我确实住在那间破破烂烂的公寓里，我他妈也不知道我在干什么。”

乔纳看上去有些不安。“天哪，你的父母都很为你感到骄傲，他们天天把你挂在嘴边。”

她生气地折着手里的吸管。

“真好笑，”她说，“把一个基本上已经忘得一干二净的人挂在嘴边。”

“拜托，”他说，“你的卧室就像一个神龛一样。哦，对了，我觉得你墙上那张‘电视电台’乐队的海报比‘肯因与甘布尔’乐队的那张好看多了。”

她脸一下红了。“当时我才十五岁。”接着，她立马把自己拽回了正在扮演的小姨的角色之中，“好多年过去了，我都快记不得那时候的事情了。”

“说真的，就好像你还是个小孩，就好像他们一直在等着你回家，你可以重新开始养你的电子宠物[1]。”

“那就是问题之所在，”她说，“每个人都不愿意把我当成一个成年人，他们一直不肯承认我有一天也会变成一个成年人，我他妈的真是一团糟。”

“实际上，在我看来，更像一对夫妻很爱他们的孩子，所以当孩子离家的时候，他们非常难过。”乔纳说，“我反倒觉得这样很温馨。”

乔纳的话让她崩溃地大哭了出来。大约十五秒钟后，乔纳坐到了

---

① 原文为Tamagotchi，是一款掌上电子宠物，称为“电子鸡”，又称为“电子宠物蛋、宠物机、宠物蛋”。

她的身旁，虽然有些局促，但还是试着用一只手试探性地拍了拍她的肩膀，另一只手里攥着一团没有用得上的纸巾。终于，她擦干眼泪，大声吸着鼻子，不是因为她已经哭完了，而是因为她想让乔纳摆脱窘境。

“你真是个很好的孩子，乔纳。”她说。

“我现在真的很想上厕所。”他带着歉意回答道。

他离开座位后，她试着平复心情。她看了看手机，没有一条未读消息，她的家人还是没有给她发来短信。于是她给温迪、维奥莱特和莉莎发了条一模一样的短信：“有什么新消息吗？我现在感觉在状况外。”

“嘿，”乔纳出现在她的旁边，对她说道，“吧台的那个家伙说喜欢你。”

“你说什么？”

“他问我是不是你的弟弟。”

“啊，难不成问问你是不是我的弟弟，就是喜欢我啦？”

“我能看出来，他人挺不错的，你应该去和他聊聊。”

她嗤之以鼻：“遵命，卡萨诺瓦[①]。”

“反正我也很累了，我可以先回你家，你回来的时候我保证让你进门。”

“怎么搞得好像我已经同意了似的。”她抬起头，和那个爱尔兰酒保卢克目光相接。他亲切地向她打了声招呼，让她想起了和本分手——一次不算分手的分手——的那天晚上，想到了他所有的好，她冲他微微一笑。

“明早见。”乔纳边说边从她手里夺过了钥匙，没等她改变主意，就离开了。

就在她目送他离开时，手机提示音响了，有人给她回了消息——

① 极富传奇色彩的意大利冒险家、作家，一位追寻女色的风流才子。

是温迪，温迪用她特有的不动声色的语气回道：一切都很好，去睡吧。

她把电话塞进口袋，朝吧台那儿走去。

他也许应该给谁打个电话，温迪。她会告诉他最新的进展，但是如果是个坏消息，那他就得把这个坏消息告诉格雷丝，可他说不出口。

错不在他，是吗？正如格雷丝所说，戴维从树上摔下来这件事，他也无能为力。到底发生了什么？天哪，他眼睁睁地看着一个人死去，自己却还不知道。况且死去的，是戴维。憨厚又爱开玩笑的戴维，无时无刻不在关心着女儿们的戴维，真正喜欢和他待在一起，和他一起修地下室淋浴、看黑鹰队比赛的戴维。戴维是不会原谅他的——死后不会，活着也不会。况且，如果戴维知道了乔纳偷了他的车，一路开到俄勒冈州，撮合了他的女儿和一个爱尔兰酒保，戴维就更不可能原谅他了。上帝啊。

尽管他答应了格雷丝会等她回家，突然响起的敲门声，还是把他吓了一大跳。夜已经深了，所幸那声音的吓人程度还不足以让他报警。他手里还攥着格雷丝寒酸的奶酪条，走到门口，打开门。是一个穿着“珍珠酱”乐队的T恤，看上去二十多岁的男人。“有什么事吗？”他说，强装镇定。但实际上，在一个陌生城市里流窜，吃着别人的奶酪的他，并没有什么底气。

“我……是我找错……”男人越过他，看向屋子里贴着的那些相片、窗帘，还有所有格雷丝为了使她的公寓看上去不那么像精神病院而付出的小小努力，“格雷丝在哪儿？”

“外面。”

“你是谁？”

“你又是谁？”不得不承认，他很怀念这种平日里的对峙时刻。在莱斯洛普中心的时候，他早就学会了和别人抢占领地——睡哪张床，看哪个电视频道——而且颇为擅长，他的马伽术教练称之为“施威”。

“格雷丝还好吗？她……”

“我是她的亲戚。”他松了口，因为男人看起来很紧张，他不想让男人报警。

“你和格雷丝？你是她什么人？”然后他好像一下意识到了什么，“你是乔纳？”

他有点感动，没想到在陌生的俄勒冈州，竟然有一个陌生人听说过他，而且还知道他的名字。一定是他的阿姨——格雷丝告诉这个男人的。

“我是本，”男人自我介绍道，和他握了握手，“我是格雷丝的朋友，她在吗？”

“不在。”他把手松开。

“你和她住在一起吗？”

“只是暂时的。”

“她一直不接我的电话。”

乔纳突然意识到，面前这个男人，就是格雷丝在酒吧里提到的那个和她分了手的男人，那个把她甩了的男人。“我不确定她今晚还会不会回来。”他说。

男人脸色变幻不定，过了好一会儿似乎才反应过来。

“哦，”本说，“我——你知道她在哪儿——算了。很高兴见到你，伙计。”

“我也是。”退回屋里时，他看到了那个男人耷拉下来的挫败的背影。“我会告诉她你来过。”他喊道。然而本并没有转身，只是挥了挥手表示感谢，就头也不回地走了。他心里有些自责，他只是想捣乱，试探那个男人，看他会有什么反应……他突然意识到，就像他当时和瑞安聊天时，把莉莎出轨的事情给说漏了嘴一样。他又搞砸了，把另一个索伦森家的人也拖下了水。

那天是他十六岁的生日，他没有告诉格雷丝，因为他不想让她觉得需要特别为他做些什么，也因为在那次高架桥事故发生之后，生日这天只会让他咽下无边的失落。尽管如此，他却一直很期待能和外祖父母过一个传统的生日，吃玛丽莲煮过了头的鸡肉，听她喜欢的滚石乐队专辑，和他们聊他即将参加的马伽术锦标赛，然后分享一整个印着他名字的巧克力蛋糕。他多么想度过那样一个平静的夜晚，多么想和他的外祖父母待在一起，因为他们永远不会不想看见他。他会吹灭蜡烛，许下生日愿望，一旁的他们会为他鼓掌。

他突然想起了在戴维桌子抽屉里发现的那个信封。两天前开车离家的时候，他随手把那个信封塞进了裤子后面的口袋里。他把它掏了出来，信封已经被弄得皱皱巴巴，封面上所有字母都是大写的，除了字母“j”。“j”的最后一笔被拖得很长，向上勾起一个圈。他从格雷丝的厨房抽屉里翻出一把刀，划开了信封，一张一百美元的钞票掉了出来，还有一张折起的字条。

> 亲爱的乔纳，你就要十六岁了——生日快乐！祝你一切如意！也谢谢你成为我们的家庭一员。戴维/外祖父
>
> PS——拿这笔钱去买点你喜欢的东西，不要告诉玛丽莲，她觉得直接给钱很俗。

如果他是在餐桌上，当着外祖父母的面把这封信拆开，会是什么样的感觉呢？如果从这笔钱里拿出一部分，买一个全新的篮筐，然后每天晚上和戴维一起练习上篮，会是什么样的感觉呢？吹灭生日蜡烛，又会是什么样的感觉呢？然而，他此时只有孤身一人。他在这个世界上认识的所有人，要么对他的生日一无所知，要么因为他一手导致的情况而和他分隔两地。至于维奥莱特，他甚至没有机会在她身边找到那种亲切的感觉。她看都没有看他一眼，就抛弃了他，和他天各一方。如果这世界上有一个人理应记得他的生日，也就只能是维奥莱

特了，而她现在却不想看到他，他不得不承认，这让他感到心碎。如果一切能够重来，他宁愿她没有和他那个谜一般的爸爸上床，那样的话，他也就不会存在于这世上，省去了不少麻烦。他愤怒地拭去从眼角流下的眼泪。不管这个家里的其他人有多么愿意接纳他，她也永远不会，而他是多么希望能被她接纳啊。现在，他手头上有一笔应急存款，戴维给的一百美元，还有几张被格雷丝放在迷你冰箱上一个罐子里的二十美元。有了这笔钱，他可以掉头就走，假装这愚蠢的一年从来没有发生过。

玛丽莲在戴维的床边浅浅地睡着——确切地说是打个盹，因为她得留意来得越来越频繁的护士，以及血压检测仪上的绿色光标。脖子后面传来了紧绷的疼痛，她像呵护一株植物一样呵护着这种疼痛。她依赖它，放任它，将自己所有消极的想法化为这种疼痛的养料。

心率监测仪上的波形突然攀升，让她一下清醒了过来。她下意识地转头看向丈夫，扯动了那根紧绷的神经。突如其来的尖锐疼痛让她失声叫了出来，但是她看到，戴维醒了，眨着眼睛。终于，那张她在过去两天里几乎分辨不出的面容，又变得鲜活起来。她一下站了起来，握住他的手——和二十岁时相比，她此刻正握着的这只手仍是如此的陌生。不过，眼看着他们就要挺过这道难关了，他们一定会挺过去的。

“亲爱的。”她说道，然后弯下身，吻了他的额头。一滴眼泪落在他的头发上，她这才意识到自己哭了：“哦，那个人又回来了，你又回来了。”

他还没有完全清醒——β 受体阻断药仍然让他意识模糊——但当他再次合上眼睛时，他虚弱地捏了捏她的手，三下。

从卢克公寓打车回家的路上，格雷丝享受着一种不协调的胜利。她的两腿间仍然残留着令人愉悦的酸痛，她终于把第一次给了一个看上去还算正派的人。

回到家时，她发现家里没人。她放下包，喊了声乔纳，走到厨房，她发现桌子上像在进行什么诡异的邪教膜拜仪式一样，摆着三瓶葡萄酒——维奥莱特和温迪喝的那种高级酒，而不是霍德纳普牌的廉价葡萄酒——旁边还有一张纸条，上面是青少年潦草难认的字迹。她甚至还没有读那上面的话，就感到脖子后面汗毛直立。纸条上面写道：

> 提前说声对不起，如果我搞砸了什么的话。我只是想帮忙。我从你的罐子里拿了点钱，但是我会还给你的。谢谢你请我吃晚饭。本看上去人很好——j。

不，不，不。她又喊了一次乔纳的名字，希望这是他开的玩笑。

本看上去人很好。“这他妈到底是怎么回事。”她吼了出来。她的生活已经沦落至此，这个世界难道不应该对她更好一些吗？她找了一件父亲的旧毛衣套在身上，这件破破烂烂的毛衣是她偷偷拿过来的，那时她和姐姐们还为了这件毛衣吵个不停。接着，她带着残留的醉意，坐到了冰箱旁的那个位置上。凌晨三点刚过，芝加哥才五点多，尽管如此，她还是拨通了电话。

“小笨鹅？”她没有想过，温迪的声音也会这样充满警惕。

“嘿，”她说道，尽管只说了一个音节，她的声音就已经颤抖不止，“乔纳来我这儿了，但是我刚回家，他人就不见了。然后，我现在真的非常担心爸爸。再然后，我刚刚和一个爱尔兰人上了床。我觉得一切都——没有什么是正常的——而且我离家又那么远。”此时，她觉得再也没有必要压抑了，于是眼泪夺眶而出，她撕心裂肺地失声痛哭起来。

“天哪，格雷丝，你刚刚说乔纳怎么了？”

她抽泣着吸了吸鼻子：“他……出现了。”

“在波特兰吗？”

“我难道还有很多个房子吗，温迪？上帝啊，是的，在波特兰。”

“我的天哪，我们一直都——很担心。他开车去了俄勒冈？他连驾照都还没有，他之前把莉莎的车给撞坏了，你知道的吧？”

“不，那我还真不知道。这个家里根本没人会告诉我任何事。况且，又不是我叫他这么做的，我今天晚上才见到的他。”

“他没事吧？”

“好吧，他……他已经不在这儿了。”

“那是什么意思？”

“我不知道。我刚到家，看到他给我留了一些酒和一张道歉的纸条。”

“为什么道歉？”

“他说他借了点钱，还说如果他把事情搞砸了，他很抱歉，他……”

“他什么？这太难以置信了，我真不敢相信你竟然没给我们打个电话，格雷西。”

“我也不敢相信你们竟然没给我打个电话，你们都在一起，只有我一个人在美国的另一头。我很害怕，我……而且甚至没人回我的信息。女儿们，我不也是他们的女儿吗，温迪？”

“格雷西……”

“我真的很想跟爸说说话，但我又不敢打给妈。我害怕万一我打过去，她告诉我他已经去世了，怎么办？乔纳也和我一样害怕。然后，我刚刚和一个完全不熟的人上了床，而且乔纳很有可能已经把这件事告诉了那个刚和我分手的人，我感觉……”她满脸是泪，喘着气说道，“所有事情都变得支离破碎。”

“没关系，格雷西，没事的。”

“有关系。”

“会变好的。”温迪说道，声音听上去像她们的母亲，这几乎让格雷丝感到了一丝安慰，“小笨鹅，啊——这个人——你——就是和你上床的那个人……”

她的爸爸经常会开玩笑说："大多数人只有一个妈妈、一个爸爸，而格雷西有四个妈妈、一个爸爸。"这四个女人关照着她，以四种不同的方式注视着她，慈爱、轻蔑，或者居高临下地觉得对她了如指掌。但是，从来没有人教过她如何做一个真正的女人。她们从来不和她聊性，除了曾经有一次，她的母亲给她解释过天主教里的"只能和你深爱的人做爱"（尽管在和她解释的时候，连玛丽莲自己都有些怀疑）。还有一次，温迪用了"高潮"这个词。在格雷丝的反复追问下，温迪告诉她，这个词是"非常非常好"的意思。有那么一瞬间，她因为将这一面展露在温迪面前而感到十分自责。她知道，他们都依赖着她来维系家中的和平。她是家庭的联络员，"棒棒糖公会①"的成员，一个肉嘟嘟、人见人爱的小小外交官——每次圣诞节有人吵架的时候，她都能假装视而不见。她是索伦森家的吉祥物，她代表着年轻，代表着纯真，代表着还没有被成年玷污的生活——至少在两个小时以前，她仍然扮演着那样的角色。又或者，八个月之前，从她假装被法学院录取，选择活在谎言里的那一刻开始，她就不再是从前那个她了。

"你……这个人是谁？他和你分手了，就在他……"她知道，这个时候温迪通常会用"上"这个动词。

"没有，我说的不是同一个人。"她说。

"你在太平洋西北岸到底发生了什么，格雷西？"温迪问道。她几乎笑了出来，这就是——她这才意识到——她打给温迪的原因。"你很安全，对吧？你……你们是……上帝啊。是你自愿的吗？是……是不是……？"

"是自愿的。我觉得……温迪，我觉得自己像个废物。我……当时脑子不清楚，而且整个人很沮丧。我现在每天都快疯了，你知道为什么吗？如果你单身了这么久，就……就没有办法客观地判断什么是正

① 出自电影《绿野仙踪》，是电影中奥兹国的小矮人。

常，什么是不正常了，你明白我的意思吗？”

“再明白不过了。是的，我都明白。”温迪轻声说。

“把一切搞砸的，不应该是我才对。”她说道。没等温迪回答，她就意识到这句话可能会冒犯到温迪，就好像她的言外之意是“我和你不一样，你才是会搞砸一切的那个人”。

“我……对不起。”

温迪哼了一声。

“我不是有意……”

“老天啊，格雷西，来吧，从头到尾告诉我。”温迪说道，放了她一马。

她照做了。

“这是我的第一次。”格雷丝继续说道，声音小得几乎听不见。

“哦，亲爱的。”温迪说道，声音中洋溢着母性，“没关系，这是……你会感觉怪怪的，这是很正常的一件事。”格雷丝听到电话那头传来一声响，“等一下，我去拿点酒，我没办法清醒着和你说这些，格雷西，对不起。”电话那头传来了一阵乒乓作响的声音，然后是滑动门拉动的“嗖嗖”声，以及打火机点火的声音。温迪再次开口说话时，声音里仿佛裹着烟雾。“和我说说，他是什么样的人，”她说，“详细一点，这样我们才能‘对症下药’。”

格雷丝满足了温迪的好奇心后，温迪又接着问：“所以，感觉怎么样？”

“什么怎么样……”

“和他上床。我必须得说服自己，你是个成年人了。我必须接受这个现实了，我们得好好聊聊这些事情。所以，你感觉怎么样？”

格雷丝咽了一口口水：“很尴尬？然后……我不知道，也有点疼。”

“是的，很多人都这么说。”

“你不疼吗？”

“哦，当然不疼，我当时感觉挺舒服的。”

“真的吗？”选择打给温迪的另一个好处就是，她能够巧妙地绕开格雷丝撒下的弥天大谎，把她们的注意力从那些黑暗的现实，转移到其他更有意思的故事上。

“事实上——说起来很巧，我今天碰到了——你一定不记得亚伦·巴尔加瓦了，难以想象，当时你还很小。他是我第一个真正意义上的男朋友，他那时候可太帅了，而且事实证明，他现在依然很帅，我刚刚在医院的停车场碰到了他。”

“真的吗？”

“是不是很奇妙？完全是碰巧遇到的。他那时候是个网球运动员，而且他……”

“嘿，温迪？我们可不可以——现在聊这些有的没的，是不是有点自私，毕竟……”

“小笨鹅，如果爸知道我们每天为他以泪洗面，他会受不了我们的。如果他现在醒了，会在干什么呢？”

温迪的这番话又让她的眼泪涌了上来，但她咬紧牙关，把眼泪吞下了肚，说道：“现在你那里是早上五点多，所以，他可能正穿着那件难看的威斯大学纪念衫在树林里跑步吧。”

“那如果现在是晚上，你很伤心，爸爸在你旁边，他会和你说些什么呢？”、

“要……我也不知道，也许他会告诉我要坚持下去。”

“没错。他一定还会开个蠢兮兮的玩笑，再束手束脚地给你一个拥抱。但是，那一定是世界上最美好的拥抱，对吧？”

她抽着鼻子，点了点头，然后才反应过来温迪看不见她点头。

“嘿。你想不想听听我的第一次？和一个性感的十五岁的网球运动员？”

“想。”格雷丝轻声说道。她打算把一切都告诉温迪，她太累了，

不想再说谎了，况且她已经和乔纳坦白了，再瞒着温迪也无济于事。但在那之前，她要先听温迪讲完这个真假参半的睡前故事。她在冰箱一侧缩成一团，双手紧紧地抓着父亲毛衣的袖口，把电话贴在耳朵上。格雷丝知道，温迪总是会天衣无缝地把话题引到她自己身上。但是有的时候，只要能听到别人的声音，对格雷丝来说就已经足够了。

2005

温迪刚怀孕的时候，添置了很多新的衣物，用尽办法把怀孕作为炫耀的资本，凸显她圆滚滚的肚子和膨胀的胸部。她前所未有地爱着她的身体——她丰满、坚韧、拥有繁殖能力的身体。她对身体的爱不再源自她疯狂节食而减掉的体重，而源自新生命的孕育。晚上，她会给肚子里的胎儿播放勃拉姆斯和鲍伊的音乐，然后想尽办法和迈尔斯做爱。她还加入了一个“新妈妈散步小组”，每周四，她们都会慢悠悠地在第五十七街道上散步，然后坐下来一起喝一杯全脂的脱咖啡因的玛奇朵，边喝边讨论睡眠训练。

维奥莱特仍然和她保持着距离，这并不难理解。生下那个孩子后，维奥莱特慢慢地振作了起来。然后又过了一阵子——她从悲伤中脱离出来的那种迫切心情，几乎让温迪怀疑她的心理状态是否健康——她去了芝加哥大学读书。机缘巧合下，她开始和一个叫马特的人约会。她又变回了原来的那个她，高度紧张，高速运转，收起了她和他们一起住在海德公园时暴露过的所有脆弱，仿佛那一整年从未发生过。但是，温迪光顾着为即将到来的一切感到欣喜若狂，没有空去怀念那个脆弱的维奥莱特。

后来，一切就那样发生了。怀孕整三十周，胎儿已经长得像一颗菠萝那么大了，这天，她一觉醒来，没有感觉到她的女儿（那时他们已经得知了胎儿的性别：埃维·艾森伯格）像往常一样在腹中猛烈踢动，腹中是令人不安的迟钝，一点动静也没有。她焦急地按压着腹部，然后叫醒了迈尔斯，并打电话给她的医生。她用近乎歇斯底里的声音说："我不确定我是怎么知道的，但我感觉不太对劲。"迈尔斯打了辆出租车，带她去了普伦蒂斯妇产医院，医生证实，胎儿的心跳确实消失了。接下来发生的事情，在她的记忆里永远地糊成了一团。她强迫自己忘掉一切，但那不代表她什么都不记得。当她想沉浸在悲伤中，悼念女儿时，她依然会重新回到那些至暗时刻。

她需要引产，她的身上被接上了各种监视器，除了那台监测胎儿心跳的仪器。刚开始的震惊渐渐消失，取而代之的是一阵将她刺穿的心痛。她突然意识到，埃维已经没有脉搏了，她的心脏已经停止了运作，因为她已经死了，死在了她的体内。她吐了一些胆汁，弄得医院的毯子上到处都是。就在这时，药效发作了。一开始就来得很强烈的宫缩突然开始剧痛无比，一阵阵向她袭来，那种痛苦耗费了她太多的注意力和精力，让她甚至无力哭泣。

她旁边的迈尔斯催促她给父母打个电话，但她坚持让他先打给维奥莱特。痛苦之余，她零碎地听到他给维奥莱特留了语音信息："如果你能来的话，就再好不过了……不确定是因为什么……249病房。门上有个牌子写着……"

一阵宫缩结束后，她挺直了背。

"门上什么牌子？"她问道。

迈尔斯走了过来，坐在她的身旁，他的眼神坚定而平静。他握住了她的手。"为了……为了让人们在进来之前知道，这里不是……这里面——住着的是特殊病例，我用错词了，我的意思是——天啊，我的意思是——对不起。"他哭了，这是她第一次看到他哭，这个让她走上这条路的男人，这个同样也失去了他的女儿的男人，这个愿意为她做任何事但此时此刻什么也做不了的男人。"我恨现在这种情况，"他说，

“温迪，我……天哪，我太恨了。我很抱歉。”

几个小时过后——其间，医生和护士们反复劝温迪用止痛药，但温迪都坚决地回绝了，因为她必须铭记此刻，让自己浸泡在所有的疼痛之中——迈尔斯再次提议给戴维和玛丽莲打个电话，她最终同意了，但是她让迈尔斯告诉他们不要在引产结束之前来，她不想让他们看到她此时此刻正在经历的一切。除了她和迈尔斯，这个世界上只有维奥莱特应该亲眼看看这个恐怖的场面，但是维奥莱特仍然没有接电话，迈尔斯还在继续给维奥莱特发语音信息。

她跪在床上，双膝打开，胎儿的头已经紧紧抵在了她的宫颈口。她像一匹马一样发出了撕心裂肺的叫声，此时的她再也无法控制自己不发出任何声音了。

“她到底在哪儿？”迈尔斯给她父母打电话回来时，她喊道。

他走到她身边，抚摸着她的背，直到她把他推开。“你爸妈让我告诉你，他们爱你，只要你说一声，他们就会立马赶过来。”他说，“然后，我猜维奥莱特应该正在考试。你妈正在试着联系她。”

接着，维奥莱特从她的脑海中滑了出去，取而代之的是席卷全身的剧痛。“迈尔斯，我想我得……你能不能告诉医生……我……他妈的……”

往外推的过程是最糟糕的部分，因为她一直在想象——当她有足够的力气，把注意力从两腿之间灼烧的疼痛转移开来，思考其他事情时——如果她能像维奥莱特一样，生下一个活着的胖乎乎的健康的孩子，医生和护士又会是什么样子。当年，维奥莱特的医生即使知道她要抛弃那个孩子，也仍然热心地为她加油鼓劲。在维奥莱特分娩的疼痛越来越厉害时，他还会开一些玩笑来转移她的注意力，并且一直和她说话，像“你可以的，维奥莱特”“我们一起帮这个小宝贝一把，好吗？”，那几乎像一场体育比赛。虽然明知比赛结果令人沮丧，虽然明知迈出这个房间之后，所有的运动员和观众都不会参与这个孩子的生命运动，那场比赛却依然如火如荼地进行着。然而，此时，她的医生却严肃而沉默，好像并没有把她产道里的孩子当成一个孩子，而是一个物体、一团东西。只有她知道，那是她漂亮的埃维啊，她被迫来到这个世界上，根本没有反抗的机会，即使你竭尽所能，她的一切也终将会被剥夺，那不公平。

她仍然期待孩子落地时会发出哭声，她感到孩子从产道滑了出去。她等待着，准备着——像某种生理上的条件反射，房间里的每个人似乎都在屏息期待——迎接哭泣着诞生的女儿。她希望这可怕的一天只不过是对她能不能成为一位母亲的测试。她通过测试了，不是吗？她拒绝了冰片和薄荷糖，拒绝了额外的枕头，拒绝了一切可以缓解疼痛的方法，拒绝了来自父母的关怀。“为了你，我已经准备好了，”她穿过房间里的寂静，对埃维说道，“看吧，我全都准备好了。”

迈尔斯抚摸着她的前额。

“她是……”她说，“我不……等一下。”

“我爱你。”迈尔斯对着她的太阳穴轻声说道。

“不，但是我……上帝啊，上帝。”她的牙齿开始打战。医生把孩子抱得很低，以防被温迪看见，而温迪只是愈发恐慌了。

“迈尔斯，你要来剪脐带吗？”她问道，他没有回答。她感觉到他站了起来。

之后的几个小时里，她和迈尔斯坐在一起，被他抱着。门上贴上了一个新牌子，以防有人敲门。她不敢相信，小埃维竟然这么轻，这么小，而又这么复杂完整；她只有维奥莱特孩子的一半大，但是她仍然完美得令人心碎——小小的眼皮、小小的耳朵，还有温迪见过的最小的一双膝盖。

“亲爱的，你准备好……”

“准备好什么？”她问道。一片沉静中，她的声音显得很是突兀，迈尔斯搂住了她。

“准备好……准备和她说再见，亲爱的。”

“我要吐了。”她说，仿佛这是一个合乎逻辑的回答。迈尔斯把床边的垃圾桶拿了过来，她朝里头剧烈地吐了起来，但只吐出来一些浮着泡沫的胆汁，她一点东西也没吃，胃里空空如也。

接下来发生的事情——医生进来了，还有一个护士站在她的身边——她始终拒绝回忆，她只记得自己像野兽一样号啕大哭，生平第一次，她无法从迈尔斯那儿找到任何一丝安慰。她不记得女儿是怎么从她怀里消失不见的，她不记得自己是怎么拒绝了医生拍照的提议，她也不记得自己是怎么说的再见。

不知道什么时候，她睡着了。醒来的时候，迈尔斯不见了，她的母亲坐在她的床边，握着她的手。

“嘿，亲爱的。”玛丽莲轻声说，温迪应了一声“嘿”，她的声音听起来空洞而可怖。“迈尔斯回家给你拿点东西。”她惊讶了一秒钟，她还需要什么吗？他到底还有什么可拿的？“我爱你，我的宝贝。”玛丽莲低声说，伸手捋了捋她额头上的碎发。

“爸来了吗？”她问道，她的母亲不是很自然地动了一下身子。

“他在停车，”她说，“就在附近。你感觉疼吗，亲爱的？迈尔斯说他们刚才给你用了一点吗啡，你还需要一点吗？”

她摇了摇头，迈尔斯替她同意了使用吗啡，让她感到很不满。她必须和疼痛形影不离，这是她对那个没能平安降临在这个世界上的孩子的尊重。那个为埃维撕裂、敞开的洞口，在灼烧，在搏动，如果那种疼痛变得迟钝，就是对埃维的亵渎。

“我多希望我能替你承受这一切啊，亲爱的。”她母亲简单地说道。这是一个奇怪的句子，透露着黑暗的诗意，语气一旦发生任何细微的转变，这句话听起来都会像一句诅咒，而非一句无私的母爱宣言。

“维奥莱特为什么没来？”她问，母亲理了理搭在她身上的一条毯子。

“她今天有考试，联系不到她。”

这是一个站不住脚的借口——考试。温迪感觉自己受到了羞辱，她一直都很想让维奥莱特陪在她的身边。她想让维奥莱特陪她坐上那辆出租车，而不是迈尔斯，她想看到维奥莱特为了她挺身而出，低声威胁那个医生，“你他妈放尊重点”——维奥莱特已经差不多是个律师了，她完全有可能干出这种事；她想让维奥莱特也抱一抱埃维。

将近十点钟的时候，维奥莱特赶了过来，她穿着雨衣，满脸焦急地冲进了门，但是那个时候，温迪已经不再想见到她了。她什么也不想说，她不想让维奥莱特的活力照进这间病房，让这里面发生过的那些黑暗、压抑、残酷的时刻显得更加可悲。

“嘿，”维奥莱特说，声音里已经带着哽咽，“温迪，我非常，非常抱歉。”维奥莱特坐在了温迪旁边的椅子上，亲昵地把温迪的头发掖到耳后。“我很抱歉，我刚刚才到，”她说，“我已经尽快赶过来了。”

“没什么大不了的，”温迪说，“你甚至可以不用来。”这是她的策略——意念高于物质，这是她所剩无几的东西。她发誓要以一种从容不迫的抗争精神死撑下去。

“我当然得来。”维奥莱特轻声说道。她用手指轻轻摩挲着温迪的手腕，她的触碰中透出了不安，还混着一丝被雨水包裹着的焦虑。“我在走廊上碰到迈尔斯了。”她空洞地说了一句。

“他只是去抽烟了。”温迪转向了窗户，背对着维奥莱特，“如果我现在能抽上一支，让我做什么我都愿意。”

维奥莱特不安地盯着那扇门。“你能——出去走走吗？我可以陪你一起。我偷偷带你出去，你可以穿上我的雨衣。”

就在这时，她注意到了维奥莱特的手，维奥莱特把手紧紧地握在胸前，左手无名指上闪烁着光芒。维奥莱特注意到了她的表情，迅速把手揣进了雨衣的口袋。在温迪一生中最悲惨的一天，维奥莱特订婚了。

“我不能就这么离开。”温迪说。事实上，她的确可以出去走走，但她还是觉得为时过早。这间病房是她和她的孩子共同待过的最后的空间，她不愿意这么早离开，她无法想象他们把埃维带去了哪里，医院这么大，她不知道她的女儿会被送到医院的哪个角落。“维奥莱特，事情没他妈的那么简单。”

“当然，”维奥莱特说，“我很抱歉。我只是想——这个提议蠢极了。”并不是，这其实是一个很好的提议。在那个瞬间，温迪希望自己可以撤回刚刚那句话，然后告诉维奥莱特，“当然了，把你的雨衣给我”。就算那件雨衣并不合身，她也会把它套上，穿过走廊，走到安全通道，和她温柔、忧愁、完美的妹妹一起抽根烟。但是温迪仍然很气愤，因为维奥莱特太容易受他人影响了，即使维奥莱特有倔强和强势的一面，但只要温迪在她左右，她就会将那些特质全部藏匿起来。然而，为这些事情而感到气愤是不公平的，这难道不是温迪的最终目标吗？难道不是每个姐姐自打出生开始，就都想凌驾于自己的妹妹之上吗？

但是，如果你有姐姐或妹妹，你就知道，应该做什么，并不等同于你就会去做什么，胜负才是关键，是姐妹情谊中极为重要的一个组成部分。即使她今天已经一点胜算也没有了，但是只要还有一丝机会，为什么不抓住呢？

“你可以走了，真的。你没必要继续待在这里。”

维奥莱特的脸拉了下来。“哦……当然，好吧。”她咬着自己脸颊内侧，“你知道我已经尽快赶过来了，对吧？马特和我是……”她畏缩了，“我回到家，才听到答录机上的留言。要是我早知道，温迪……我之前不知道，对不起。”

“没关系，你回家吧。”温迪说道，其实她的心里话是：“回去，回去，赶紧回去，不然我也要哭了。”

维奥莱特的脸色愈发惨白：“你想怎样就怎样，温迪。但是我很愿意留下来陪你。”

“真的没必要。迈尔斯在这里，所以你在这儿真的没什么意义。”

“好吧，如果……”维奥莱特像挨了一巴掌，“可是我想陪着你。”

她绝不允许维奥莱特是她们两个人中更受伤的那一个。“谢谢你来，”她说，“但是我刚从阴道里排出去了一个死婴，我真的很不希望有人陪在旁边。”她看到维奥莱特眼里又噙满了泪水，但是尽管如此，维奥莱特仍然俯身给了她一个拥抱，温迪身子一僵。

“有什么需要，就给我打电话，温迪，好吗？我一直在家，我等你的电话，好吗？万一你有任何需要。”

“我现在什么都不需要。”

维奥莱特系上了雨衣的腰带，转身准备离开：“我爱你。”

“出去！出去！出去！”温迪心中喊着。

维奥莱特在门口停住了脚步，说道：“这一切真的太糟糕了，我很抱歉。”

直到门“咔嗒”一声合上，温迪才终于允许自己崩溃。

去医院的路上，穿过市区拥挤不堪的交通时，戴维一直握着妻子的手，他注意到她看向窗外时紧紧咬着脸颊内侧，她用手指摩挲着他的手掌。她曾经那么兴奋，他们曾经都那么兴奋，但他知道，她对成为外祖母有着不同寻常的期待。她不是那种会对“外祖母”这个词感到恐惧的女人，她已经五十岁了，但一想到又有机会帮孩子换尿布，她仍会激动不已。她乐意帮上一整天的忙，然后把孩子送回他疲惫的父母身边。她热切地期待着这个小小的新生命的诞生。这个新生命不会当着她的面摔门而去，也不会重蹈格雷丝刚踏入青春期时的覆辙——在荷尔蒙阴暗的作用下与她渐行渐远。

“我们可以随意一些。”温迪告诉他们她怀孕的消息后不久，他们一起躺在床上，玛丽莲对他说道。他觉得自己一下老了，他的第一个女儿，也即将生下一个她自己的孩子。玛丽莲把手放在他的胸前，说道：“毕竟孩子们还小的时候，你把她们照顾得很好。”他们笑着回忆起了小时候的温迪，从出生开始，她就只愿意在戴维的怀里入睡。在疲惫的玛丽莲怀里，她总是醒着，躁动不安，嘴里叫唤个不停，偶尔还会发出尖叫；而戴维回家后，她一依偎到他的怀中，就立刻沉沉地睡过去。玛丽莲曾经为这件事哭了好几次——因为太累，也因为被这个挑剔的婴儿嫌弃而产生的一丝不理智的怨念——但是那天晚上，他们一起躺在床上时，她怀念起了那段岁月，和他那拥有抚慰婴儿的神秘力量的手臂。他把她拉到怀里，吻了吻她的头发。“我们可以再经历一次，”她贴着他的脖子，对他低声说道，“只是一天结束的时候，我们得把孩子送回家。”孩子是玛丽莲的生命，是她赖以寄生、赖以生存的东西。他知道，玛丽莲只要一想到他们拥有自己的孩子，还是会非常兴奋。

他讨厌在城里开车。一开始，他很反感郊区生活，但现在，除非迫不得已，他不愿意离开橡树园半步。驶离了高速出口之后，他厌恶一切，290大道上拥堵的交通，还有黄金海岸上的淤泥。他在一盏路灯前停了下来，转过身来望着她，她把头发扎成了一个凌乱的发髻，几绺夹杂着白发的金发散落了下来。

“还记得温迪出生的那天吗？”他问道，“还记得那次去医院的路况吗？”那一年，一场暴风雪刚刚过境。一开始还是雨夹雪，后来就变成了漫天大雪，一场严重的交通事故，让好几个街区里的车，包括戴维那辆二手的白色科威尔，都被堵在了路上。他当时还担心女儿会在那辆车里出生，也担心自己在那辆车里惨遭谋杀——被他的妻子。

他们从格兰德接着向东开，她握住了他的手，先贴在她的脸上，然后放在了她的大腿上。她用拇指摩挲着他的手，仿佛那是一只仿真的手模型。面对今天这场灾难，他们怎么可以还有心情追溯那段快乐的回忆？

“是很美好的一天。”她附和道。

到医院之后，他们进了电梯。他在电梯里松开了她的手，含糊不清地说他想去和谁聊聊，他的妻子拽住了他的衣袖。

“和谁？”她问道，“你在这儿认识谁？”她听上去疑心重重。他脸红了，她仍然紧紧拽着他的胳膊："亲爱的，有什么事吗？"

"我只是想和她的医生谈谈。"他说。

"戴维，别。"

"就几分钟，"他说，"我只是想知道……我想知道到底发生了什么，真的。"迈尔斯刚才粗略的解释并不能让他满意。

"你去问温迪吧，"她语气柔和了下来，"你问问温迪，看她什么时候愿意谈这件事。不然就是侵犯隐私了，亲爱的。"

"她是我们的女儿。"

她犹豫了。

"我一会儿再来找你。"他替她按了电梯按钮，吻了吻她的脸，"告诉温迪，我爱她。告诉她我在停车。"电梯门开了，她走了进去，门要合上时，她向他挥了挥手。

于是，他仔细盘问了温迪的医生。他把她约到了医院的自助餐厅，拉着她刨根问底，比如有没有做血液测试，有没有打算做尸检，以及为什么这种事情会发生在一个这么年轻、这么健康的女性身上。医生坐在他的对面，耐心而忧伤地望着他。

"你女儿拒绝进行尸检，"她轻声说道，"而且就算做了，也不能保证有什么结果，你应该也很清楚。温迪的血压很正常。至于你的——你的外孙女，也没有出现任何水肿的情况。我也希望我能说点什么安慰你。"她摇了摇头，"我为你们的损失感到抱歉，索伦森医生。但是，温迪会没事的，她可以再试一次。"

然而，他很肯定，她不会的。他的大女儿从来都不喜欢"再试一次"。任何失败的尝试——呼啦圈、长除法、高考备战——都只会让她流下愤怒的眼泪，然后大发雷霆，破口大骂，宣判那些事情的"愚蠢"或"弱智"。通常情况下，温迪绝对不会"再试一次"，相反，她会直接放弃，然后寻找她更加擅长的新事物。她会接纳那件新事物，全身心地投入其中，用她的热情冲散过往的失败。她总在逃离，她逃离了那个令她耻辱的少女时代，投入了迈尔斯的怀抱，才过上了后来的生活。

“谢谢你抽时间出来。”他说道，她拍了拍他的胳膊。

“只要是你的家人，我都会多加关照的，索伦森医生。”

“谢谢。”他喃喃说道，然后又在桌子旁边坐了下来，扭转着他的结婚戒指。事情不该是这样的，玛丽莲现在本应该待在她的花园里，温迪现在本应该平安无事地和丈夫待在家中。然而，她们两个人，他的女孩们，却都被困在这家市中心高等医院的二楼，为失去了那个她们甚至没有机会相见的人而悲痛欲绝。

一个微小的重量正压在她的胸口，轻轻地、睡意蒙眬地挪动着身子。她喝奶的嘴巴一下一下吮吸着，海星一般的手指也跟着吮吸的节奏一下一下地弯曲着。在她那不断生长的大脑中，藏匿着她无限的奥秘。她的第一个女儿，这个刚刚被她和戴维带回家的孩子，对他们的无能、他们过往的黑暗，以及他们的幼稚通通一无所知。他们的女儿，温迪·伊夫琳·索伦森，出生于十二月中旬的午夜零点二十六分，重九磅九盎司[①]。

玛丽莲坐在女儿的床边，回忆起了温迪的婴儿时期，玛丽莲握着她的手，为她祈祷。而温迪——也许是因为她接受了药物治疗——默许了。

“妈。”温迪说。玛丽莲高度警觉地转头看向了她，在如此悲伤的场景之下，她不太光彩地感到一阵愉悦。从温迪的婴儿时期起，这好像是她们之间第一次产生这种联结。“妈，她……她长着一张脸。”这是一句显而易见的话，一个三十周的婴儿，脸当然已经长全。但就是这句话，让玛丽莲一下体会到了女儿的心碎，她的心也跟着痛了起来。

① 1盎司≈0.028千克。

“她长得有点像爸，她有……她脸上有某种表情，但我分辨不出，我不知道她是什么感受。”

有一个和你很像的女儿的弊端之一，就是你会经常无话可说。听到那样一句话，你又能做出什么回应呢？

“我相信，她很平静，亲爱的。”玛丽莲说道——她那无能为力的天主教信仰，有时也能派上用场。“她怎么可能不平静呢，亲爱的。看看你有多爱她，看看你为她所做的一切。”

如同奇迹一般，温迪默默接受了她这个蹩脚的安慰。后来，玛丽莲爬上了病床，抱着她，她并没有反抗。

在格雷丝的心目中，不幸的消息总是伴着烘烤面包的气味而来。她觉得，一切都是从母亲载着她，走罗斯福路从市区开车回家，和她谈起“性”的那个下午开始的。玛丽莲说“做爱”这两个字的时候，她们正好途经图拉诺烘焙坊，车里突然充满一股令人愉悦的气味，是那种略微烤过火的法式小面包的香味，那气味萦绕在车里，掺杂着令人窒息的耻辱和不加掩饰的嫌恶。从那之后，似乎所有不幸的消息都是以这种方式传到她耳朵里的，她接收到的，永远是被稀释、被雕琢、被修饰过的消息，那比事情的真相更加令人困惑。

她第一次听到的最直接的真相，来自她的父亲，她总觉得有什么不对，但又不知道哪里不对。

“我们要去医院看你姐。”父亲说道，然后驶上了高速公路。

她转头看向他，先是觉得困惑，然后是一阵尴尬。她的父亲也许是感觉到了她的情绪变化，于是从方向盘上腾出一只手，揉了揉她的头发。

“温迪要生孩子了，你知道的吧，小笨鹅？”

“是的。”事实上，正是出于这个原因，她的母亲才和她进行了那场带着烤面包气味的关于“性”的谈话。那时候的格雷丝还不知道她的姐姐们要怎么样，以及为什么会成为母亲。

“好吧，有时候——有的时候，怀孕是不会走到最后一步的，亲爱的。”她的父亲尴尬极了。她不明白他的意思，于是望着坐在驾驶座上的他，他比平时更用力地攥着方向盘。“那个孩子死了，格雷西，”他说，“这是一件非常不幸的事情，有的孩子还没出生就去世了。”

她很想回答：“我不懂，这怎么可能，我和妈刚为宝宝派对订的纸杯蛋糕怎么办？”但与此同时，她也不希望父亲继续描述任何细节。她不想重蹈那次“性”谈话的覆辙，况且这次是她的父亲，场面只会更加尴尬。

“这是件很难过的事，小笨鹅。”他的声音很没有底气，有些发颤，“温迪和迈尔斯非常难过，我和你妈妈也一样。温迪会没事的，但这真的是一件非常令人伤心的事。”

她不知道婴儿也会死。她当然知道人会死，但是婴儿不是人，或者说，不是完全意义上的人。她很想问，“这是不是意味着我不能当阿姨了”，或者“如果还没出生就死了，会有名字吗”。她哭了起来，但并不是因为伤心——虽然她的确很难过，这也的确是一件令人悲伤的事——更多的是因为十一岁的她第一次意识到，她身体的一部分，那个帮她抵抗这些微小情绪的东西，也随那个婴儿死去了，因为这是她的爸爸第一次亲口告诉她，他也会难过。这对她来说，是一件影响格外深远的事情：她终于意识到，她的父母也会感到悲伤或害怕。

她的父亲并没有察觉到她内心那些自私的想法，而是捏了捏她的膝盖。他们正驶在艾森豪威尔公路上，向医院开去。这儿离图拉诺烘焙坊很远，但她还是闻到了那股烘烤面包的味道，她把头倚在窗户上，嗅着那股气味。

第二十七章

温迪穿着运动胸罩做着核心巴尔运动的时候，手机响了，她接了起来。

“温迪？”听到这个声音，她的心漏跳了一拍。终于！上帝啊。

她跑到走廊里：“你他妈的现在在哪儿？你都跑哪儿去了？”她终于松了一口气。自从听说乔纳离开格雷丝家之后，她终于宣泄出了她积压已久的恐慌，即便是她一直在安慰所有人，告诉他们，只要他准备好了，就一定会打电话回来。

“我现在在监狱。”

“监狱？”

“就是——在监狱，但不是说被关在牢房里。只是，我的位置，确切地说，是在监狱这里。”

“要不是知道你还活着我很开心，我一定会宰了你的。”

“我需要——他们说，需要有人来接我。你爸的车在我这里，但我不能——他们不让我开。”

“你怎么跑到监狱去了？”

“我被拦了下来，车的一个尾灯坏了。对不起，温迪。我没有……没有想到会发生这种事。”

“你他妈的偷了你外公的车，一路开到俄勒冈，连驾照都没有，你竟然指望着你不会被拦下来，不会被送进‘监狱’？”

“不要再用‘监狱’这个词了，我知道你觉得这个词语很搞笑。”

“真正好笑的是，你开着车穿过了整个美国逃脱追捕，最后却因为尾灯这种愚蠢的理由被逮到了。”

“温迪……”

“你在哪儿？”她问道，“确切地说，哪儿的监狱？”

“差不多是在蒙大拿州。”

“怎么个‘差不多’法，一只脚在州里，一只脚在州外？”

“我就在蒙大拿。”

“你怎么跑到蒙大拿去了？”

他声音渐渐弱了下去。“我当时……想去的其实是加拿大，但我反应过来我没带身份证。”

“老天，你可千万不要轻举妄动。”她叹了口气，“你现在安全吗？你能待在……监狱里，哪都别去吗？我会乘最早的一班飞机过去。”

她听到背景里传来低声说话的声音，然后他说：“他想和你说几句。”

她闭上眼睛，靠在墙上，她不确定血管里涌动着的那股灼热是否就是一位母亲的感受。她也不知道，她混杂着的恐惧、宽慰、歇斯底里和疲惫，是不是就是爱，就是亲情……不论她是不是他的亲生母亲。“让他听电话，”她说，“我会尽快赶到的。”

玛丽莲坚持要和戴维一起暂时搬进楼下的客房。

“我又不是摔断了腿。”他不耐烦地说。她坚持要用轮椅把他推出医院时，他也不大乐意。

然而两次她都没有理会他的抗议。

戴维坐在妻子从客厅拖出来的一把安乐椅上，望着外面的院子，卢米斯亲昵地卧在他的脚边，他那只骨折的手被裹在石膏里，一开始的疼痛渐渐变成了瘙痒。他突然想起了维奥莱特八岁那年，从单杠上掉下来，摔断手腕时说，“爸爸，只不过有点儿痒”，一想到这儿，他又一次心疼起了女儿。胸口的不适已经缓解了许多，但他仍然觉得自己不太像从前的那个他了，他的食欲消退，精神低迷，对洗澡之类的事情不太感冒，所以他的头发很油，皮肤也很粗糙。换衣服仍然是件费劲的事，所以他穿着一身浴袍，他觉得非常窘迫，与此同时也开始自怨自艾。他很担心乔纳——乔纳已经消失了将近一个礼拜了——因为乔纳之前不得不目睹了一切。在他的职业生涯中，他从来没有见过任何人心脏病发作，而乔纳却不得不站在那儿，眼睁睁地看着这件事发生在他的外祖父身上，一想到这儿，他就不禁颤抖了起来，肩膀上随之闪过的一阵尖锐的疼痛——并非几个月来他一直视而不见的那种肌肉酸痛，而是一种全新的由肌肉扭伤造成的疼痛——让他又想起了自己虚弱的身体。

“亲爱的。”玛丽莲急匆匆地进了屋，身上带着一股静滞的寒冷的味道，她吻了吻他的头——她之前给他端来了茶和烤面包，放在了他旁边的床头柜上——“罗斯家刚买了一台不可思议的吹雪机，看上去很先进，像一台赞博尼牌磨冰机。”她在他面前的飘窗台上坐了下来，“丹帮我们清理了车道和人行道。”她并非故意戳他的痛处，但她应该意识到，他其实很喜欢铲雪，而现在，就连铲雪这件简单的小事，也变成了一种他无法企及的快乐。她从床头柜上拿起了他的药盒——里面装满了各式各样五颜六色的药片，按每日的剂量分装，和他那些老年病人的药盒一样——然后把一天的量倒在手心里。“你要喝水送药，不要茶，是吗？”

“没关系。”他一边说着，一边接过了药片。然后，他突然想起了什么：“谢谢，小家伙。”

她朝他笑了笑，伸手捋了捋他前额上的碎发：“我们今天给你洗个澡怎么样？会很舒服的，今天外面太冷了。

撇开像个婴儿一样需要照顾不谈，另一件让他感到非常困扰的事，就是她一直都在家里陪着他。实际上，直到最近，他才注意到了这一点。她总是待在家里，喂他吃药，给他做清淡的饭菜，躺在床上陪他，饶有兴致地给他读最近比较重要的新闻。

“你是制定了什么家庭请假政策吗？”他之前问过她，“比如身体健康的女性得回家照顾她们手臂骨折的丈夫？”

她翻开了新的一页，没有看向他的眼睛：“店里我让德鲁负责了。”

“你什么？”

“那样可能会轻松一点。”她抬起头，望着他，疲惫地笑着。

“你请假不去上班儿了？”他产生了一种毛骨悚然的、似曾相识的感觉，“等一下，玛丽莲，我没有……我不能让你……”

“我已经请假了，”她说道，然后俯身在他的肩膀上落下一个吻，“等你康复得差不多了，我就回去上班。等你恢复到可以爬树的程度，好不好？”

如今，虽然他已经适应了有她在家的生活，但仍然不太适应一直被她照顾。

“先洗个澡，”她听上去心事重重，仿佛沉浸在她的日程表里，“然后我们出门转转，可以去逛逛杂货铺。或者，如果你想再走远一点，我们可以去看部电影。”

“不用了，”他说，“我没什么心情。”

“好吧。”她站了起来，声音爽快得不太自然，然后叠起了被子，“有的时候你得先尝试，才能‘有心情’。我们先去洗个澡，暖暖和和的，然后我们就可以干干净净、漂漂亮亮地……”

“看在上帝的分上，玛丽莲，你能不能别把我当个小孩一样说话？”

她僵住了，然后弯下腰，把被单的一角掖好。

“对不起。”他说道，虽然他并不觉得抱歉。

“不，”她说，“那是一个……很合理的要求。”她清了清嗓子，然后接着铺床，“只不过，如果你表现得像个小男孩，我很难把你当成成年人和你说话。我很难把我面前这个人，和我认识的那个丈夫联系在一起。”

“你生我的气是不公平的，因为……”

“我一点都没生你的气。”她语气中的直白让他吓了一跳。她走了过来，再次站在他的面前：“这就是我们在一起的原因，不是吗？能够相互扶持？那间店现在不是我的首要任务。因为我爱你，你的健康对我来说比什么都更重要。换作是你，你也会这么做的，是不是？”

“当然。”

“唯一让我不太开心的，就是你总是不愿意把事情往好的一面看。”

“我差点死了。”他说，这是他第一次把这个念头说出口。

她握住了他的手：“但是，你没有，那就是好的一面。你挺过来了，你会没事的，我只是想陪你度过这段时间。”

他慢慢地吸了一口气，感受着妻子手心的温暖。在他的生命中，她是唯一的总能保持乐观的人，甚至可以把康复流程视为享受生活、探索新爱好或者晒太阳的一种方式。“谢谢你。”他说。

她笑了，又伸出手捋了捋他的头发：“不用谢我。嘿，这么久以来，这是我们头一次同时这么无拘无束，也不用上班。如果白白浪费了这个好机会，简直就是在犯罪。”

“我想，我们可以去趟杂货店。”

“哦，我的冒险家。”她俯身吻了他。

“如果你同意和我一起洗澡的话。”

电话铃响了，她站起身，一边去接电话，一边回头喊道：“我会仔细考虑一下的。”

不知为何，莉莎学会说的第一个词竟是“戴维”，不是温迪学会的第一个单词“爸爸”，也不是维奥莱特的“妈”，而是“戴维”。当时，他们坐在餐桌上，她八字形的小小的嘴唇间，吐出了这两个清晰的音节。戴维和玛丽莲——那时，他们正因为存款、房贷、整理房间、时间管理这些问题吵个不停——看着彼此，笑出了声，几个月以来的紧张和压力在那个瞬间一下消散了。

我的孩子学会的第一个词会是什么？莉莎沉闷地想：“绝望”“不公”“存在主义虚无”“忧郁”。她正在阳光房里，将自己囚禁在躺椅上，为自己硕大的孕肚和孤独而感到讶异。只有腹中时不时传来的胎动会提醒她，她并不是一个人，胎儿现在已经很大了，动弹的空间十分有限。

“我是戴维和玛丽莲的女儿。”她有时会这样和亲戚朋友们作自我介绍，而她的孩子却不能。“我是索伦森和马克斯的孩子，但我也不确定。”她的孩子会说。

她在躺椅上不舒服地扭动着身体，突然，她的腹部传来一阵绞痛，那阵疼痛持续了整整三十秒，让她无法顺畅呼吸。她的两腿之间突然涌出了一股温热、气味刺鼻的液体，那些液体从她的身体里不断流出，一直滴到地板上。她的生活是从什么时候开始变得这么肮脏、这么不体面的？这不可能发生，绝对不可能，离她的预产期明明还有好几天。然而，在她自怜自哀的间隙中，那种感觉来得如此剧烈，如此尖锐。

混蛋，是时候了。她感觉自己快要吐了，她突然想起了她的文身师德克，想起了他腋窝下传来的麝香味香水，想起了她脖子后面针刺的疼痛。当时的她以为那种疼痛——在十分的疼痛量级表上——达到了四分，她太天真了。她突然很想要父亲的陪伴，很想让一切从头再来，她拿起电话拨了过去。

“妈？”她说——戴维和玛丽莲的女儿，能够那样介绍自己，也未尝不是一种宽慰——“妈，我需要你的帮忙。”

2006

他的后院里又举行了一场婚礼，又有一个女儿结婚了，走向了真正的独立。维奥莱特邀请了她的朋友和同事，而她的新婚丈夫则邀请了一大帮来自华盛顿信仰无神论的亲戚。戴维为他成就斐然的女儿感到高兴，但从某个时刻开始，他忧心忡忡地注意到，随着夜色降临，温迪醉意渐深，在和妻子还有另外三个女儿按照惯例开始跳舞的时候，他时刻留意着她。他看见她伸手去拿香槟的时候，差点把一个服务员撞倒在地；他看见迈尔斯说了她几句，然后她用胳膊肘把他推搡开；他还看到客人们也像他一样盯着她，眼神里充满警惕。

“必须得有谁去拦一拦她，”玛丽莲说，他们正一起站在银杏树旁呼吸新鲜空气——三十年前，就在同一个地方，他们的故事开始了——“她把别人的注意力都吸引到她身上了。”

失去孩子以后，温迪渐渐疏远了他们——以及她身边的每一个人。他很想告诉妻子，那是因为她很伤心，但他转念一想，玛丽莲其实都心知肚明。他一直都想不通，为什么这个世界上最包容、最大度，曾经成天牵挂着温迪的女人，此时却无法体恤温迪的心情。

“我要让迈尔斯送她回家吗？”她问道，他用手指抚平了她的连衣裙，她看上去很美。一整晚，她都容光焕发，他的女儿们也都神采奕奕，除了正在秋千架旁边的折叠椅上悲痛欲绝的温迪。

“不用。”他说，“我去跟她谈谈。”他可怜的女儿经历了太多。他吻了吻玛丽莲的头发，把他的酒杯递给了她。

她对他浅浅地笑了，但是一瞄到温迪，她的笑容就蔫了下来。“去给她拿点苏打水，”她说，“她的胃会舒服些。”

他点点头，穿过草坪，朝温迪走了过去。

“温迪。”他说——他希望自己不会显得胡搅蛮缠。她抬起头，眼泪汪汪，眼神飘忽不定，然后笑了出来。

“爸爸，袜子不错，伙计。”她说。他在她面前蹲了下来。

“跟我来，好吗?”他说，温迪抬头瞪了他一眼，他抓住她的胳膊肘。“答应我，来吧。”她耸了耸肩，挣扎着想站起来，他扶着她站了起来，搀着她慢慢进了屋，穿过厨房和酒席筹办工作人员，来到他的书房。他还顺手从厨房柜台上捎上了一瓶一升的巴黎水。“坐坐吧。”他边说边带她走向了沙发。

往沙发那儿走的时候，她绊了好几下，然后大笑了起来。她“咯咯”的笑声既让他为女儿感到忧虑，也让他想起了她三岁那年，在原来那个家的后院，她被他抱在怀里转圈圈的画面——那是一段毫无争议的欢乐时光。他把扶手椅脚上的脚凳拖了过来，在她身边坐下，他拧开瓶盖，把水递给了她。

“爸爸，我没事的。”

“温迪，喝点水。”他把那瓶水举到她的嘴边。她凑过来喝了几口，但是全洒在了她的裙子上。

“我打赌，这条裙子的价钱一定会吓死你的。”

他伸手抽了张纸巾，擦了擦她的脸。

“一千六百美元。”她装模作样地轻声说道。

“好吧，”他说，“试着放松。”但他知道，温迪现在需要的并不是放松，而是咖啡和心理治疗。她还需要一个除了知道拿舒洁纸巾给她擦脸和告诉她“要放松”，还知道该怎么安慰她的父亲。

“我知道，马特是‘储蓄债券先生’。”温迪说，“但是维奥莱特才不会纠结她是不是买了一条看上去一点也不像从科尔士百货公司[①]买来的裙子。”

“好了，够了。”每当她们让他感到尴尬，或者试图向他吐露一些

① 一家以提供高价、高品质的商品为特色的百货公司。

超出他理解范围的事情时，他总会这么说。“温迪，今天是她结婚的日子，你应该替她高兴。”

“我很兴奋啊。”温迪说，“恭喜啊，维奥莱特，你的生活能这么完美，我们都他妈的太吃惊了。”

温迪的婚礼已经过去三年了。那时，他曾经在温迪脸上看到过真正的快乐。

“我知道你这一年过得很辛苦。”

温迪把脸转向了他，他知道，只有在她酩酊大醉的时候，她的情绪才会发生这样极端的转变。刚才她语气中的欢快，转瞬之间便转化成了尖酸恶毒。“你真的知道吗，爸？你知道这一年我过得很辛苦吗？”她最后几个音节全都糊在了一起，含糊不清，足以见得她的烂醉。

“声音小一点儿。”他感觉脸越来越烫了，“我当然知道了，温迪。我们都知道。”

“她的婚礼本来可以再等一等的。”温迪说。

他也有过同样的想法，他曾经和玛丽莲认真提到，是不是应该让维奥莱特把婚礼推迟一段时间，在她的姐姐刚刚失去了孩子的节骨眼举办一场盛大的宴会，是不是不太合适。然而，玛丽莲匪夷所思地望着他，对他说道：“已经过去将近一年了。而且，她一直想在六月份结婚。”

于是，六月十六日他们就来到了这，和温迪一起待在他的书房里，他手里还攥着那瓶苏打水。

“你应该为你妹妹高兴。”他说。

“太不公平了，”她说，“她怎么可以假装什么都没发生过？为什么我就不行呢？你觉得是因为我不想吗？她只是在假装一切都很完美。没错，我是过得一团糟，但是她，也没比我好到哪儿去，爸。维奥莱特，还有她那个天大的秘密。我不是这个家里唯一把事情搞砸的人，好吗？”

“没人那么说过，温迪。你在说什么？”

她看着他，仿佛突然清醒了一秒钟，接着，她把头朝天花板仰了起来。“当我没说。”她哭了起来。除了拥抱她，他还能做些什么呢？他就那样抱着她，直到她睡了过去。他让她侧躺在沙发上，以防她一会儿吐出来。接着他走了出去，找到迈尔斯。

“你应该去看着她。”他说道。他的女婿双手插在口袋里，像个十几岁的孩子一样用脚在地上蹭来蹭去，然后点了点头。

“谢了，戴维。”

“我需要为她担心吗？”他问道，他很喜欢迈尔斯，尽管他一直不太愿意承认，毕竟他比温迪大太多了。但他能看出这个男人有多爱他的女儿，他现在甚至觉得，迈尔斯可能是唯一可以支撑温迪不让她跌落谷底的人。

“这个问题我每小时都会问我自己一遍，”迈尔斯说，“我自己也没有答案。”

戴维茫然地回到了宴会上。他领着格雷丝跳了一支舞，摆好姿势拍了一些照片，嘴里重复说着诸如“谢谢，我们很激动；我们太高兴了；我们为她感到骄傲”之类的话。他甚至没有注意到迈尔斯把温迪搀到了车里，然后开车回了家。

在那个本应该洋溢着喜悦的晚上，他躺在床上，仍然念念不忘他和温迪的谈话。

“温迪和我说了些奇怪的话。”他说。

玛丽莲翻过身来，面对着他：“什么？”

“天大的秘密”，那是什么？不可能是他们的维奥莱特，维奥莱特不可能隐瞒任何事。那个和戴维一起伴着《亲密爱人》的音乐跳舞时会眼眶湿润的维奥莱特，那个让领着她一起跳舞的戴维眼眶湿润的维奥莱特，那个温和、柔软、了无牵挂的维奥莱特，那个刚刚拿到法律学位并嫁给了她爱的男人的维奥莱特。

玛丽莲望着他，睡眼蒙眬，眼里爱意满满。她在毯子下面用脚在他的小腿间摩挲。温迪当时醉得太厉害了，她甚至没有认出父亲的书房，她的话肯定没有什么特别的含义，他不需要因为这件事给他的妻子增添任何负担，她度过了那么美好的一天，那么美，那么有信念感。“好吧，我也不记得了。”他笨拙地说。

她笑了，然后用一只手捧起他的脸。“喝多了？”她挪着身子贴近他，双腿缠绕着他。她又靠近了一些，吻了他，然后爬到他的身上。他那美丽的、一无所知的妻子，他放任她，回吻她，假装温迪的话并没有触发他内心深处某个地方的警报。

第二十八章

“他担心细菌感染。”玛丽莲没有底气地说道。得知戴维不会来的时候，她和莉莎一样失望。半个小时前，在她慌慌张张地把家里各种在接下来的几个小时里可能会用到的东西——游戏牌、俏唇牌润唇膏，还有一根莫名其妙的手电筒——扔进钱包时，她停了下来，恶狠狠地盯着她的丈夫，“你太孩子气了。”

“我去了只会碍事。”

“我现在都懒得说什么来照顾你的自尊，”她说，“那不是真正的原因。”她知道，他一定有些什么其他的理由，虽然她说不上来到底是什么——那些理由对他来说一定非常重要，才会让他拒绝得如此强硬——但是，当时的她太慌张了，没能停下来刨根问底。

“能不能别说了，玛丽莲？”

“她需要你。”她说。

“你不是会去吗。”

“我也需要你。”

“如果你生孩子的时候你爸出现了，你会疯掉的。”

“我爸对我，和你对女儿们完全是两码事。”一阵混着忧伤和怀旧的模糊不清的感觉突然翻涌上来。随之而来的，还有她为莉莎感到的悲哀。“我们的女儿要生孩子了，戴维。她现在是一个人，她需要我们。”

但他仍然不为所动，于是这一次是她开车把莉莎送到了医院。一路上，莉莎的镇定自若让她感到讶异——只有在她突然安静下来，紧紧攥住车窗上面的把手的时候，才暴露出她的不安。

“没事的，亲爱的。”玛丽莲轻声安慰道，她突然同情起一次又一次在医院陪着她的戴维。她现在是这么地无能为力，莉莎现在一定想杀了她，就像玛丽莲曾经那么多次想要杀了她的丈夫一样。

“你为什么不提前告诉我一声呢？”莉莎问道，情绪突然暴露无遗，原来攥紧的手松开了把手。

玛丽莲摸了摸莉莎的肩膀，感觉自己的神经也紧绷了起来：“我不想破坏惊喜。”

她和莉莎被领着走向产房的时候，她闻到了一股浓烈的爽身粉味道，那味道几乎将她击溃。不是因为那味道触发了她试图藏起的记忆，而是因为它让她想起了丈夫。很久很久之前，医院的气味对她来说非常陌生。但是，这味道渐渐成了他不可分割的一部分，也成了他们婚姻中不可分割的一部分，就像那个传说中适应了温水的青蛙一样。接下来的几个小时里，她们讨论着哪几个护士招人喜欢来打发时间。莉莎已经没法静静地坐着，也没法保持安静，玛丽莲看得出来，她的宫缩正在加剧。

“你想躺下来吗，亲爱的？”她问道。莉莎摇摇头，走到了窗前，一瞬间，她的身影看上去那么庞大又那么稚气，那么脆弱又那么强大。

玛丽莲没有注意到身后的门打开了。

“我们这边情况怎么样了？”

她一下就听出了那个声音，那个嵌在她脑海深处的声音。“我只是想和他做朋友。”她缓慢地转过身去，她不得不羞愧地承认，她首先注意到的是吉莉安的头发，和上一次见到她的时候比，她添了许多白发。

过去多久了？至少十年，或许已经快二十年了，如今，吉莉安几乎从他们的生活中淡去了。只有在梦里，或婚姻中的黑暗时刻，玛丽莲才会偶尔想到她，这个曾经有能力粉碎掉她所有努力的女人。她在他们家占据着非常重要的地位，因为是她接生了格雷丝，帮他们度过了那段噩梦一般始料未及的日子。但后来发生的事，让吉莉安在他们家的地位骤降，那天晚上，戴维告诉玛丽莲，吉莉安要离职去开一家自己的诊所时，玛丽莲很好地掩饰了她的第一反应——想到一切终于得到了了结，她长舒了一口气，但是与此同时，想到自己竟然需要舒这口气，她又感到愤怒。

然而，她又见到了这个女人。她惊讶地望向莉莎，但女儿脸上毫无波澜——她能读懂莉莎眼神里的那种空洞，那代表着她现在正在全身心地专注于眼下最为紧迫的任务。对莉莎来说，在那一刻，以及接下来一段长短未知的时间里，她身体里的那个生命才是最重要的；对她来说，外面的世界已经渐渐消失。

“玛丽莲。”吉莉安看起来坦诚随和，也很友善。她走了过来，张开双臂，给了玛丽莲一个拥抱。

玛丽莲松松垮垮地抱了她一下：“吉莉安。”

“我刚刚还在想会不会遇到你，我还挺想见到你的。”

站在窗边的莉莎冷静而克制地发出了一声沙哑的惊呼：“哦，见鬼。”

出于本能——一股生理上的牵引——她很想到女儿身边，竭尽所能为她减轻一些痛苦。但是在上几次宫缩时，莉莎只是不耐烦地挥了挥手，让她走开。

“你在这儿——”“你在这儿干吗？”显然是很愚蠢的问题。而“戴维知道你在这儿吗？”又显得过于充满敌意。谁知道她要和这个女人在一起相处多长时间？莉莎又发出一声号叫，二人都转过身来看着她。

“亲爱的，你……”玛丽莲想去扶女儿。

“不。”莉莎喘着气，不耐烦地说道。

“绕了一圈，又见面了。”吉莉安轻声说道，碰了碰玛丽莲的胳膊肘。

玛丽莲的神经被用力地朝两个方向牵扯着，她因为看到戴维的这位老朋友而感到震惊，也因为看到女儿的痛苦而痛苦。这种拉扯让她被困在两种情绪之间，哪一头也抵达不了。

“听说她做得很棒。”吉莉安说道。一下把玛丽莲的注意力全部牵引到了女儿此时的痛苦上，到现在为止，只有护士来查看过莉莎的情况。

“是的，她很坚强。”

“看来是家族遗传。感觉怎么样，莉莎？”吉莉安又捏了捏她的胳膊。在玛丽莲的印象中，这个女人不是个喜欢随便触碰别人的人。

莉莎这才回过神来。她拱起背，摇着头，俯下身躺到了床上。

“人活在这个世界上，有时候真的很荒唐，是吧，亲爱的？”玛丽莲说。

“是啊。”吉莉安回答道，尽管玛丽莲并没有和她说话，她摆弄着其中一台监视器，“戴维在来的路上了吗？”

玛丽莲愣住了，一时不知该如何作答。她不知道这个女人对她丈夫的感情是已经消失殆尽了，还是一直被她藏在心头。不论是哪种情况，吉莉安的出现都让她怨念横生。

吉莉安又一次涉足了他们一家人的隐私，尽管这次是莉莎主动向她提出的请求。

“戴维前不久心脏病发作了，”她说，“他还没有准备好——应对这么激动的场面。”

还没等吉莉安做出反应，莉莎就问道：“你能帮我检查一下吗，莱文医生？”

玛丽莲感激涕零地抬头看向她的女儿。泛滥的情绪之下，一切现状似乎都开始变得模糊不清。她握住了莉莎的手，而吉莉安，再一次握住了她们的命运。

玛丽莲惊讶地发现，当你不是生孩子的那个人，而是陪伴在旁边的那个人时，时间过得慢多了。还记得女儿们出生的时候，时间好像没有尽头，又好像转瞬即逝，仿佛在一个截然不同的时钟上嘀嗒流逝。但在医院陪莉莎的时候，她能够敏锐地察觉到日落的到来，手机电量的下降。她能清晰地感受到嘴巴里渐渐变得浑浊的味道，胃里隆隆作响的饥饿，以及眼睛里难忍的瘙痒。莉莎愈加躁动不安——“哦，天哪，妈，你能不能别像那样站着？”——于是她正好趁机溜到走廊上，给丈夫打了个电话。她不太想和他说话，但她知道他一定想知道莉莎的情况。到目前为止，她只给他发了几条简略的短信，告诉他温迪发短信来告诉他们，她找到乔纳了。

“嘿，亲爱的，”他说，“那边怎么样了？”

生活好像涨起了“好”和“坏”两条势均力敌的洪流，同时淹没了他们。他们现在处于一个相对比较好的阶段：新生命降临，失踪人口回归。然而，她仍然感觉烦躁不安，没有气力遏制自己的愤怒。“还好吧，”她说，声音里透着不可控的僵硬，“宫口已经开了七厘米。”

“那就好，那就……”

“吉莉安非常照顾她，”她狡猾地打断了他，“和以前一样，无微不至。”

他顿了一下。“哦，天哪，”他说，她几乎能听到他大脑运转的声音，“玛丽莲，我——我觉得我——我完全忘了这码事。”

“所以，你早就知道了，”她说，“你都知道，却没有告诉我。”

“不，亲爱的，我只是——我本来打算告诉你的，但是后来发生了太多事，先是乔纳，然后是瑞安。我就把这件事给忘了。但是我——莉莎想找一个——怎么说——更清楚我们家情况的人，她希望找一个能理解她的人——你知道的——事情有时比看上去复杂得多。”

“我们又不是什么曼森家族[①]，又没有藏什么天大的秘密——”

“我只是想支持莉莎，亲爱的。但我觉得那会让你不高兴，所以我想挑个最合适的时间点告诉你，但是其他事情……然后突然……”

---

① 于20世纪60年代末在加利福尼亚州建立的一个公社以及公认的邪教团体。

在他渐弱的声音里，她回忆起他们刚刚渡过的那场生活洪流，有史以来最为汹涌的一次——戴维也在这家医院，住在和这儿只隔着三层的心脏重症监护室里。她捏了捏鼻梁。

“我气的不是她，而是你没有告诉我，你还编出了什么‘细菌感染’的理由，简直是荒谬。你竟然让我一个人过来，被她杀了个措手不及。”

“那不是全部的原因，”他说，从他渐渐变得柔软的声音里，她听得出他的低落，“我只是觉得，我可能没有足够的精力，陪她走完这整个冗长的流程。而且，就算我真的在那儿，也帮不上什么忙，毕竟我……我还是觉得，现在的我依然很不像‘我’。总之，我觉得我还是不应该去。”对于她坚强的丈夫来说，开口坦白是非常艰难的一步，“她已经经历了这么多，我希望她能享受这个快乐的时刻，而不需要为我担心。”

“哦，亲爱的。”她叹了口气。她抬起头，看到吉莉安沿着走廊向她走来。

“很抱歉没有告诉你，”他说，这个和她共同筑起生活却对一切一无所知的男人，“不管你相不相信，我真的是忘了。”

“我原谅你了，”她说，“等我回家，我们再好好谈谈你有多蠢。”

“替我给莉莎一个吻，转告她，我爱她。”

“我会的。”

“也帮我转告你。”

她笑了，然后猛然发现吉莉安离她仅有几步之遥，于是连忙对电话那头说道：“你也是。”

“不好意思，打断你了。”她把电话挂掉之后，吉莉安说道。

“没关系。”

“我给你带了杯咖啡，还有漫漫长夜在等着我们呢。”

“哦……谢谢你。”她接过杯子，抿了一口，甜腻的味道让她皱起了眉。

“对不起，我的一个老习惯了。这种时候，我总是特别依赖咖啡因和糖，这是你的第一个吗？”

“第一个什么？”

吉莉安冲她笑了笑：“外孙。”

“哦，不是的。我有——维奥莱特有两个儿子，嗯——实际上，有三个。”说到这儿，她结巴了一下，“伊莱和怀亚特还很小，乔纳……好吧，现在已经十六岁了。”

“你怎么会有一个十六岁的外孙？”吉莉安笑着问。

“说来话长，”她说，“我们家发生了很多事。”

“关于戴维，我很抱歉。”吉莉安说，“我一点儿都不知道，玛丽莲。他现在怎么样了？”

“他在恢复，”她说，“慢慢恢复，身体状况还算稳定。他现在每天待在家里，可以走动。但我感觉——他现在心里还是过不去那道坎——天哪，死亡，那真的是世上最可怕的事，是吧？”她对喉咙里的哽咽毫无防备。

“我做这份工作的好处之一，就是可以强迫自己相信，我们要做的，就只有出生这一件事而已，其他的都不用管。但是话虽然这么说，随着年龄的增长，这对我来说也越来越难了。”

“我还记得那时候你看起来还很年轻。”玛丽莲说。

“看来脱了手套可以减龄。”吉莉安笑出了声。

“哦，我不是说……我只是觉得很好奇——当年你看上去和我的女儿差不多大。但是现在——你看上去和我差不多大，看来都扯平了。你过得怎么样？”

“还不错。”吉莉安说，“我过得很自在，有份工作，养了两只喜欢闹腾的德国牧羊犬，活得还算开心。”

听到她用这么坦率、这么冷静的字眼来描述她的生活，玛丽莲觉得非常奇怪。但是在某种程度上，玛丽莲很羡慕她能这么笃定地罗列出她的快乐，没有任何保留，也没有任何多余的解释。

“我时不时地还会想起你和戴维，”吉莉安说，“还有你们一家。我敢肯定，我那些高不可攀的关于‘幸福’的标准，都是因为你们。”

玛丽莲摇了摇头：“啊。哦，好吧，我们……”

吉莉安巧妙地转移了话题：“莉莎是个让人印象深刻的女孩。”

就在这时，传来了女儿的声音：“莱文医生？”

吉莉安把她的杯子随手放在了一张分诊台上，玛丽莲也照做了。

“摄入点糖分是个好主意。”她边说，边跟着吉莉安回到了女儿的病房，焦虑又鬼鬼祟祟地窜进了她的心头。但是，吉莉安径直走向了莉莎，没有回答她的话，已经投入到下一步的准备工作中了。

2010—2011

腹部奇怪的淤青、疲倦、骤减的体重，温迪讶异她竟然一点也没有注意到迈尔斯的这些征兆。但是，她本来对任何事情都不太上心，况且迈尔斯本来就很瘦。而那些被她忽略的症状在医生那儿得到了证实，所有的症状指向了极其严重的预后，一切一触即发，于是他立马开始接受极其激进的疗法，包括化疗和放疗。这几乎像一个笑话。一个已经饱受重创的家，竟然再次面临如此巨大的悲剧——他们只是一个由两个人组成的小小的家而已！她永远无法原谅自己在埃维离开后与他建立起的隔阂，也无法原谅自己竟然曾经一度享受那种没有他的生活。

第一周，他们几乎没有和彼此交谈，只是专注于完成那些必要的步骤：填写文书，问诊，制定一份令人糟心的购物清单。清单上面罗列着一些散发着不祥气息的东西，比如浴帘内衬，比如不含乳胶的手套。开始治疗的前一天晚上，他们坐在家里屋顶上的双人沙发椅上，一起裹着从床上拿过来的被子，相拥在一起。直到那一刻，她才明显感觉到他的骨瘦如柴。他们仍然小心翼翼地回避这个话题，像年少时那样忸怩作态，想要逃避，抗拒所有形式的正面讨论。

"你还是很容易死在我前头的。"他说，"你可能会被闪电劈中，或者被公交车撞到，或者——你知道，埃博拉病毒、流感，可能性多了去了。"

"很高兴看到你对我的死有这么多想法。"

他用手指在她的肚脐周围小范围地画着圈。

"现在轮到我来当你的啦啦队队长了，"她说，"比如——你会挺过去的；你能战胜病魔。"

他期待地扬起了眉毛。

"正常人不会那么说话的，对吧？"温迪半开玩笑地说。

"我他妈的也不知道。"

"不过，你会的，一定会的。"那一刻，她感到一种因为过早开始怀念他而翻涌上来的爱意，痛苦而强烈。她现在如果再不开个玩笑，可能会当场崩溃。"那些杀不死你的，会让你变得更强。"她说道。她感觉迈尔斯笑了。

"隧道的尽头总会有光。"

"虽然生活不会总是如愿。"

"……但只要你敢于尝试……"

"你的天梯就在呢喃的风声之上[①]。"

她也跟着笑了起来，她好久没有像这样笑过了。"这就是战斗的兴奋之处，艾森伯格。"她说。

---

① 齐柏林飞艇乐队最为有名的歌曲之一《通往天堂的阶梯》(Stairway To Heaven)中的歌词。

他哼了一声："等等，那是谁的歌词，白蛇乐队？"

"《你怎么敢》，幸存者乐队。"

"当然了。"他把头靠在了她的肩上。

"上帝不会让我们经历那些我们承受不起的事。"她倚着他的头顶说道。

"这一句才是白蛇乐队的吧？"

她笑了："我爷爷过去常说的一句话，我一直很喜欢这句话。"

他哼起了曲子。

"听着，我知道这是很糟的一年，迈尔斯，但我希望你知道我有多……我知道和我相处起来不轻松……更不用说是和我结婚了。"她永远无法原谅自己曾将他拒之门外，不愿意和他做爱。她无法原谅自己草率的残忍，无法原谅自己曾经拒绝了他的安慰，无法原谅自己无视了他的伤痛，仿佛她才是唯一需要安慰的人。她无法原谅自己没有他在身边时就独自睡去，一个人霸占着两个人的位置，也无法原谅自己产生过的那些不想再见到他的念头。她嗅着他头发的味道。"我只是想说，我不是在针对你。当然了，也可以说，我的确在针对你这个人，因为你就是我的——我的人。我——你知道的，怎么说呢，我们伤害得最深的，永远是那些我们知道一定不会抛弃我们的人。"

"都是桥下之水了。只要我们继续滥用这些老掉牙的俗语。"

"我爱你，就是……非常爱你。"她的眼泪又快掉下来了，但是这一次，她没有特意反抗。

"我也爱你，深深地爱你，永远地爱你，温迪·艾森伯格。"

在这个世界上，只有他会把她当成一个正常人，平等地与她对话。她把手探进了他的衣服里……她想和他融在一起，她想把他留在这个世界上。

迈尔斯渐渐安静了下来。"一切都会好起来的，对吧？"他问道。

她上一次看到他这么害怕，还是在埃维出生的那一天。她压根不知道这个问题的答案。

“会的。”她说。

“好。”

“或者，我可以死在你前面。”她退缩了。

“我更希望你不要。”他吻了吻她，“但我很感激你能这么说。”

生下怀亚特以后，维奥莱特迷失了方向，她不知道这是一种初为人母时都会有的感受，还是之前发生的所有事——她抛弃了自己的孩子，而她姐姐失去了她的孩子——玷污了她即将拥有的快乐。其他的新晋妈妈在生完孩子并获得那种迟钝的放松之后，是不是也需要在她们蜿蜒曲折的内心走廊里找回自己呢？她们是不是也像在做一套情绪智力测验，需要通过选择表情不一的笑脸，不断评测着她们真实的感受呢？很多初为人母的妈妈第一次和她们的孩子见面时都会流泪。但在这些人中，又有多少并不是因为迎接新生命的喜悦和疲惫呢？在这个一生中最值得为之振奋的时刻，又有多少人会感受到房间上空徘徊着的那片阴郁呢？马特没有丝毫察觉，她很高兴，房间里至少有一个人正在享受着他应得的那份快乐。

他的父母正在从西雅图赶来的路上，她的父母仍然堵在路上。她想，她得打个电话给温迪，她不能让温迪从激动得晕头转向的母亲那儿听到这个消息。她不禁回想起了埃维出生那天迈尔斯给她发来的短信——“嘿，听着，维奥莱特，我有个——很糟糕的消息。”也就在那一天，马特向她求婚了。那时，她坐在时间喷泉旁的长椅上听喷泉的声音，马特站在她身后，张开双臂抱住了她。她记得她把脸贴在他胸口，任凭所有的情绪冲刷着她的内心：她替温迪感到的悲伤、没有待在家里的愧疚，以及她从一开始就没有打算陪在温迪身边——不论温迪有没有诞下一个健康的、足月的孩子——的羞耻。这种羞耻感来得非常模糊，以至于很长一段时间内，维奥莱特都不愿意承认它的存在。

她甚至打算在温迪预产期临近的时候，去西雅图见马特的父母。无论温迪有多么想让她陪在身边，无论她有多么替温迪和迈尔斯感到高兴，她都知道，她做不到。温迪生孩子时，她不能到场。她生下第一个孩子的时候太痛苦了，所以她知道，即使她去了，也永远无法报答当时一直陪伴着她的温迪。

在这些可怕的念头一闪而过之后，忧惧又悄然爬上了她的心头。在一切不幸发生后，她不得不去看望温迪，她不得不再一次和她的姐姐分享一间空荡荡的产房。她害怕那些让她难以忍受的感官记忆——刺鼻的气味，还有床单那极不自然的白色。她害怕面对温迪的悲伤，因为她不确定温迪的悲伤会如何搅动她自己的心绪。也许温迪的痛苦会唤醒那些被她压抑已久却依然崭新的感受，继而让她再度崩溃。然而，当她终于赶到医院时，温迪却对她不理不睬，一副不认识她的样子。考虑到当下发生的一切，维奥莱特可以理解她的冷漠，但还是不免有些惊讶。温迪反复用冷冰冰的语气告诉维奥莱特，她没有必要来。而当维奥莱特试图安慰温迪时，温迪表现得决绝而残忍——虽然那是维奥莱特理所应得的，但依然刺痛了她的心。她知道，温迪之所以表现出这副模样，除了因为在她来到医院之前温迪所经历的一切，维奥莱特内心深处的直觉告诉她，温迪也在为她的缺席和背叛而受伤，而愤怒。要不是事情发展至此，维奥莱特根本就没有打算到场见证这个孩子的诞生。虽然温迪对此毫不知情，她却还是察觉到了维奥莱特的愧疚。愧疚感的出现本身就是一种承认。愧疚，就意味着你知道自己做错了些什么。她的确很愧疚，世界上没有人比温迪更了解她。

这也许就是她过了很久，才鼓起勇气给温迪打电话的原因。充满生命力的怀亚特正躺在她的怀里，他已经迅速掌握了快速眼动睡眠的复杂技巧。马特正在用一根手指摸着他小小的膝盖。她深吸了一口气，伸手拿起了床边的手机，拨通了电话。

不一会儿工夫，温迪就到了。维奥莱特觉得温迪也许是想证明她们之间的姐妹情谊才捧着那束惹人瞩目的风信子，还送来了一盒古巴雪茄。进门后，她顺手把雪茄扔在了马特的腿上，然后把外套扔到了椅子上，满脸嫌弃地望向窗外。过了几秒，她才终于转过身来，面对着他们，目光微微射向维奥莱特视线的上方。

“你们窗户外面的景色还能再烂一点吗？”她问道。

“是很难看，我知道。”维奥莱特迟疑地说道。她特意没有选择普伦蒂斯妇产医院——虽然她很想去——原因是如果她选择了普伦蒂斯，温迪就要被迫回到她创伤的发生地。她最后选择了北岸的一家医院，这家医院附近交通不是非常便利，那天早上前往医院时正值早高峰时段，路上交通拥堵不堪。维奥莱特从未考虑过窗外景色的问题，她不在乎从这间病房的窗户看出去能不能看到模糊而绵延的西北岸线。

“就算是垃圾箱艺术，也有它的价值。”马特无力地回了一句。

“所以，你没事吧？”温迪问道。

“当然了。”其他初为人母的妈妈也会因为自己过得很好而感到极度内疚吗？她又想起了她的第一个孩子被抱走之后，温迪是如何挤到病床上紧紧抱着她，以及她最后是如何哭着在温迪怀里睡着的。怀亚特在她怀里睡着了，他被裹得严严实实的，看上去可爱极了。但是温迪从进门起，就从未朝他的方向看过一眼。维奥莱特知道这对温迪来说非常艰难，但是既然如此，她又何必大老远跑过来——为了什么呢？嫌弃这间病房吗？

“你觉得怎么样，温迪？”马特问，他的声音比维奥莱特想象中的还要更轻快些。温迪的目光终于慢慢移了下来，落在了怀亚特熟睡的脸上，她的唇边浅浅地泛起了一丝微笑。

“嗯……”接着，温迪抬起头看了看维奥莱特。温迪的声音虽然仍然紧绷，但那种令人恼火的腔调已经不见了。只要她感到极度不适或充满防备，她就会自然而然地用那种腔调说话。她现在的声音听起来更多的是惊讶：“他很完美，他很……大。”

维奥莱特从来没有见过温迪的女儿，但是她知道，那个孩子只有三磅左右。在温迪说出这句话之前，她一直觉得儿子个头很小。但是和她在网上看到的那些早产儿——只比埃维大了几周，勉强能存活下来的婴儿——的照片相比，他的个头就显得大多了，他就像刚孵化出来的恐龙，斑斓闪耀，却又脆弱得不可思议。她突然对自己涌起一阵短暂的厌恶，她平安地、成功地生下了这个胖乎乎的儿子，而温迪，却被永远地剥夺了这种机会。但是很快，她对自己的厌恶又演变成了一阵指向温迪的愤怒，因为是温迪的存在毁掉了她的快乐时刻。

“我们很高兴你是第一个见到他的人。”马特说道，帮维奥莱特打起了掩护。他声音中混杂着的快乐和悲伤，现在已经沉甸甸地暴露在了空气之中。

“你想抱抱他吗？”维奥莱特问道。也许事情会因为他是个男孩而有所不同。她一直希望温迪能过得更加自在，毕竟这一切并不是她生活本应该呈现的模样。

“当然，”温迪终于开口回答道，“想啊。”

维奥莱特向丈夫举起双臂，把孩子递给了他。她看着马特把孩子放到了温迪的怀里，看着温迪为了抱那个孩子不停调整着姿势。她看到温迪的脸上露出了心满意足的表情。

“嘿，”温迪轻声说道，“你好呀。”

马特坐在床沿上，握着维奥莱特的手，捕捉到了她的情绪。直到她回握他的手表示感谢时，她才意识到自己刚才一直紧紧攥着他的手，非常紧张。

“他的鼻子和妈妈长得一模一样。”温迪对他们说道，眼睛却一直盯着那个孩子。丈夫正在接受化疗的温迪。姐妹四人中命运最为坎坷的温迪。失去了那么多的温迪。总是被维奥莱特辜负的温迪。尽管过得那么艰难，还是在那一刻选择了释怀的温迪。

“我都没注意到呢。”维奥莱特心存感激地说。也许她们也可以像一对普通姐妹那样享受这个时刻，或许并非所有事都会被过去拖累。马特用拇指摩挲着她的手背。她孩子的父亲，这个与她不可分割的男人，这个在埃维出生那天向她求婚的男人。马特求婚的那天晚上，她时隔许久好不容易允许了自己快乐。她爱的人也同样爱她，而且世界终于给了她一个重新来过的机会，她是多么幸运。然而，仅仅半小时之后，这份快乐的光芒就被那个悲剧掩盖了。她记得听迈尔斯的留言时，他仍然站在她的身后。他们几十分钟前的快乐——那种几近眩晕的、狂欢似的快乐——很快就被浇灭了。一条又一条的语音留言里，迈尔斯的声音变得越来越沉闷："维奥莱特，求你了，你是她唯一可以……你快来吧""已经快结束了"。刚刚进入她生活之中的马特对她张开了双臂，做好了安慰她的准备。两件事同时发生了：在她永远失去了温迪的那天，她得到了马特。现在，他们一起待在这间病房里，她、马特、温迪，还有她刚出生的孩子，气氛一片祥和。

但就在这时，温迪身体突然前倾。马特从床上跳了起来。

"我要吐了。"温迪说道，然后飞快地把怀亚特交给了马特，冲出了门。之后没过多久，戴维和玛丽莲到了。世界依然在不停转动。维奥莱特努力说服自己，那并不是温迪的错。

还没到九点，现在睡觉还为时尚早，格雷丝伸了伸懒腰，把作业放进双肩包，准备下楼去。走到楼梯平台上时，她看到了客厅里的父母，他们正一起坐在沙发上，她停下了脚步，莫名产生了窥探的冲动。

"他们当然会判他的罪。"母亲说，卢米斯蜷着身子趴在她的脚边。"如果这是一个完美世界。但是，那些显然有罪在身的人，总是可以……"

"你太愤世嫉俗了。"

"我们之间必须有一个人这样。"父亲用脚拱了拱母亲。母亲笑了，用胳膊肘推了推他。格雷丝突然想，如果这个家照着正常的轨迹发展，没有出现她这个“尾声”，父母现在早就可以在这栋房子里单独相处了——她不知道他们是否也曾这样想过，是否也曾期盼过楼上没有住着一个十几岁的孩子的日子——那样的话，他们就可以尽情享受他们的生活。但是，当母亲注意到她的时候，她的语气中既没有失落，也没有烦躁。

“你在干什么，亲爱的？”

她意识到呆站在楼梯上显得有些奇怪，于是她走进客厅，蹲到卢米斯旁边摸了摸它。她蹲在卢米斯面前，离母亲只有一两英尺远。她伸手抚摸着卢米斯肚子上稀疏纤细的毛，它一开始因为她的出现而兴趣盎然，但是很快就又闭上了眼睛，满足地“哼”了一声。

“我作业做好了。”她说。

“啊，”她的母亲说，“好吧，我们正在看《法律与秩序》，你可以和我们一起看。”

格雷丝耸了耸肩，然后坐到了卢米斯旁边。

“我知道，你觉得我们老掉牙了。”她的父亲说。

“但是如果你愿意陪在我们身边，我们还是会很开心的。”玛丽莲说道，然后伸手拨了拨格雷丝的头发，“只要你还住在家里，我们就还可以享受我们小女儿的陪伴。”

“我们会一直陪着你，直到你抛弃我们的那一天。”她的父亲说。格雷丝能看得出来，表面上在和她说话的父母，实际上却是在对彼此说话，他们会开一些过了头的蹩脚笑话，双双笑得前仰后合。

“好吧。天哪，”她说，“我和你们一起看。别再那么说话了。”她的父亲用穿着袜子的脚够过去碰了碰她的发梢。她尖叫着跳了起来：“呃，爸，你是想赶我走吗？”

“当然不是了，”她母亲说，“上来吧，宝贝。虽然你还没有成年，但我知道你已经是个大孩子了。在你去征服世界之前，我还想再摸摸你可爱的小脑袋瓜。”她抬头望着对生活心满意足的父母。

“来吧，小笨鹅，”她父亲说，“在我们被送到养老院之类的地方之前，多陪陪我们。”

“天哪，你太恶心了。”她的母亲把他的腿推开，“动动你的脚，给小笨鹅让个位置。”

在这个世界上，从来没有人会像他们一样，单纯因为她的存在而感到开心。然而，和父母成为最好的朋友，总是感觉怪怪的，是吧？她慢慢地站起来，拘谨地坐到了母亲和父亲的中间，双手抱着膝盖。

“哦，亲爱的，”她母亲说，然后用手臂搂住了格雷丝的背，“你是唯一还愿意和我搂在一起且陪我一起看恐怖性侵犯罪电视剧的女儿了。”

“你简直是我们的救命稻草，”她父亲说，“你还没有意识到，你有世界上最糟糕的父母。”

她皱起鼻子，努力掩饰着因为得到了父母的关注而感到的窃喜：“我们认真看剧，行吗？”

“瞧瞧我们的外交官，”她的父亲说道，然后用胳膊肘轻轻地拱了拱她，“当初把你绑架回来的时候，我就知道我们的决定是正确的。”

温迪见过迈尔斯流着眼泪、神志不清、浑身沾满自己的排泄物的样子。如果她有勇气，她很想问问她的母亲，一个人怎么可能会这么深爱着另外一个人呢？为什么对她来说，那些恶臭的气味、那些心碎的时刻，都可以沦为一些无关紧要的细节？为什么即使那股气味令她作呕，但是每当触碰到他的身体——帮他擦洗，陪他上厕所，推着坐在轮椅上的他艰难地挤进电影院座椅——她的心中仍然会充斥着那种令她哽咽的柔软？为什么她会坚定不移地相信，她来到这个世界的使命，就是为了支撑她面前这具卑微的躯体？他不是她的孩子，不是她的丈夫，而是她的人。

还有一年之后的那个奇迹。那时，他仿佛突然回来了。药物开始生效，某种神奇的解毒剂占领了他的静脉。突然之间，他又开起了玩笑，也长了一点体重，能在她身边清醒地看完一整集的《黑道家族》。有几天晚上，他甚至让她把他推到露台上，和她一起坐在春天的微风之中。

那时候，情况还不是最糟的。她会吻遍他的额头，就像小时候母亲亲吻她们那样。有几次，她吻上了他的嘴唇，但感觉像在亲吻一具尸体。于是她只好上移，用吻填满他沉睡着的棕色眼睛上面的间隙。她的吻安静而干燥，即使他现在经常神志不清，他也不会误以为是小狗在舔他。

她吻呀，吻呀，吻呀，然后，他的眼皮突然动了。那双眼睛里的生命迹象，让她的心中涌出了一汪泉水——他就在那儿；他就在这儿；他还活着，还活着——然后他伸手去碰她身体最为敏感的地方——手肘的弯曲处，还有她一侧并不丰满的乳房。他的手向下探去……

“亲爱的，”她说，“嘿，迈尔斯，亲爱的。”她顿了一下，一动不动。他把手放在她最喜欢的身体部位上。“我们要？”她说了一个看似完整但不成形的句子。

“我应该戴套的。”

她从他身边挪开了身子。为了怀上埃维，他们经历过一段诡异至极、毫无性感可言的性生活——“你在排卵吗？现在不是时候吗？我们要不要再等等看？”现在，那种感觉又死灰复燃了。

“听着，”她说，“我应该不太可能会怀上了。”

“不，是因为化疗。”

“我会干预化疗效果吗？”

“不是，”他说道，孩子气地看向她的私密处，“这些化学药物可能会扩散，我不清楚如果发生那种情况会怎么样。”

“我倒是不担心。”

“不过，为了将来着想。”他平静地说。看着他仍然怀抱着她早就放弃了的希望，看着他仍然幻想着未来完全康复的那天，幻想着和她生儿育女的那天，她最终决定妥协。

她把一只手放在他的前额上：“你考虑得很周到。”

“我们还有避孕套吗？”

认识他之前，她习惯放两个避孕套在钱包里，夹在折起来的钞票和名片中间。

“怎么会没有呢。”她说。

第二十九章

看到乔纳伸手去拨动汽车收音机的刻度盘，温迪“啪”地打了一下他的手腕。

“你这次企图逃跑失败，可是我救了你一命，我才不要听你爱听的那些伤感散文诗频道。”她说。他们正开着戴维的吉普车，横穿北达科他州，回芝加哥。

“天哪，你什么时候才能不因为这件事取笑我?”虽然嘴上那么说，他心里还是很感激她，她做了会去接他的承诺，然后真的兑现了。她给他带了一件他的“死亡出租车”乐队的连帽衫，中途还带他在熊猫快餐店吃了午饭。对他来说，这一切已经非常神奇了——遇到麻烦的时候，他可以打电话给某个人，这个人会给他买宫保鸡丁，还会担心他穿得是否暖和。更神奇的是，温迪看上去好像一点儿也不生气。他双手握在一起，伸展着双臂，肘关节处发出了咔咔的声音。他看到她皱起了眉头，于是把手缩回了袖子里，把头靠在车窗上。

“哦，相信我，未来十年，这事儿都会被我们拿来开玩笑的。”温迪说，“想让大家淡忘这事儿需要时间。现在这种程度还算轻的。”

“温迪，我没有……”

“所以你到底为什么要这样做，”她随口问道，“用十句以内的话解释。”

他摆弄着车侧面的按钮，不小心把窗户开了一条小缝，一股震耳欲聋的气流涌进了车里，他迅速关上了车窗。“我当时很害怕，”他说，

“一开始，一开始……就是，是我的错……你爸，我——然后我就莫名其妙去了波特兰。一开始，我只是打算把戴维的车送过去，或者在格雷丝家住一段时间。但后来我好像……好像又搞砸了。我只是觉得，如果我消失了，对大家都有好处。”

“哦，乔纳。”

他在她的声音里听到了一种他从未听过的悲伤，以及一种几乎可以和汉娜相提并论的感性。

“格雷丝……还好吗？”

过了一分钟，温迪才清了清嗓子，回答他：“你说的‘还好’，是指还好好儿地活着？还是指，她正在做一些勉强算得上是正常或者健康的事情？”她摇了摇头，“她……她在那儿的生活，你觉得怎么样？你觉得……法学院怎么样？”

“我都知道了，她一直在撒谎。”

“我给她宽限了一个星期的时间，让她给爸妈打电话，否则我就要出卖她了。对了，你们俩还合得来吗？”

“嗯，我感觉还挺合得来的。虽然……对她来说，那个时间点好像不太对……但她……我还挺喜欢她的。”

温迪笑了。“真好笑，她现在居然已经是一个真正的大人了。在我眼里，她一直都是个孩子。你知道吗，她和你的年龄差，比她和我的年龄差还要小。”

“我欠了她一些钱。”他突然想了起来，说道。

“天哪，你们两个，真是瞎子抢盲人的钱。”

“你爸妈还在生我的气吗？”

她深深地吸了一口气，然后吐了出来。“他们松了一大口气，”她说，“但那并不代表，他们一点儿都不生气了。你几乎两个星期都没去上学了。”

奇怪的是，他其实一直没有把学校的事情放在心上。但是现在，他突然感觉到了一种扑面而来的、合乎情理的恐惧："会不会……会不会……"

"如果有人问起来，你就说，你得了单核细胞增多症。"她说。

"你是认真的吗？"

"我就知道你会回来的。"她说。

他意识到，他也相信她会来接他。他不在乎她有没有生他的气，因为如果说这个家教会了他什么，那就是家人会彼此生气，但也会和好如初。虽然他搞砸了一连串的事情——莉莎和瑞安，怀亚特和圣诞老人，没有扶稳梯子，偷车，格雷丝和那个爱尔兰人——但是当他打电话给温迪时，温迪言语之中的善意并没有让他意外。

"莉莎刚生了孩子，"温迪补充说道，"所以，我不想让你这个'老水手'归来的消息抢了她的风头。"

"哦……"他心中突然袭来一种奇怪的痛楚，他从来都没有见过新生儿，也从来没有见过新生儿的父母。和维奥莱特见面之前，他常常会想象自己出生的那一天，他的母亲是否也会像其他普通的母亲那样抱着他，当她把他交给别人的时候，她的内心是否也曾痛苦挣扎过。而遇见维奥莱特之后，这些想象就变得愈发艰难，因为她似乎并不会用温和的方式处理任何事情。"莉莎还好吗？"

"是的，她很好。宝宝也很好，她个头很大，大概有九磅重。"温迪的声音似乎不是非常平静，"凯瑟琳·伊丽莎白。莉莎还给她取了个小名，叫姬特。"

一阵强烈的愧疚感冲他翻涌而来："瑞安……瑞安在吗？"

温迪好奇地看着他："我不确定。为什么这么问？"

"我只是……"他太累了。坐在别人的车里，由别人开车，自己什么都不用管的感觉实在太好了。温迪刚才甚至没有问他，就帮他点了锅贴，然后把他接到车里，一路穿过西北部。多年以来，他第一次感觉自己可以完全地放松下来。何不把所有事都敞开来说清楚呢？"我想，他之所以逃走了，可能是因为我。我不是有意的……但我可能说了些话，他们才闹翻了。”

令他意外的是，温迪竟然大笑了起来：“天哪，你真是把我们挨个儿整了个遍，是吗？你做了什么？告诉瑞安圣诞老人是假的？”

看来维奥莱特已经把消息传开了，他不知道她会不会觉得她父亲那次坠树也是拜他所赐。他知道，只要维奥莱特还恨他，即使他回到了家，他还是脱不了干系。

“我开玩笑的。你知道，那不是你的错，对吧？再说了，那帮小屁孩应该能承受几下现实的毒打吧。话说回来，你到底和瑞安说了些什么，让他们闹成这样？”

坦诚总是好的，对吧？温迪对他就一直很坦诚，如果他能说出实情，不违背他的良心，也许一切都能从头再来。

“我没有……不是……”

温迪眼神闪烁：“好吧，那让我猜猜。我可以说几个选项，如果我说对了，你只要给我一个微妙的表情，暗示我就可以了。”“长舌妇”，戴维曾经这样开玩笑地称呼过他的女儿们。

“你看着点前面的路。”

“这话竟然从一个我刚从监狱接出来的偷车贼嘴里说出来。”

“我不……”

“瑞安要变性？”

他翻了个白眼。

“那就是，一些风流韵事？”

他不由自主地缩了一下身子。

“你说真的吗？”

“不，我不是……”

“莉莎出轨了？”

“你为什么觉得是……”

“因为如果瑞安能打起精神，把他的屁股从沙发上抬起来，到外头搜罗一个出轨对象，那我一定会很震惊。”

“温迪，天哪。”

“和谁？”

“温迪，求你了，我……”

“天哪，这个家里的女人都怎么了？”

“嗯？”

她摇了摇头：“莉莎的这个八卦，如果你再告诉我一些细节，我保证，我再也不会因为你从监狱给我打电话这件事嘲笑你了。”

他强行挤出一个笑容：“细节什么的，轮不到我来告诉别人。”

“老天啊，你什么时候变得这么有原则了？”温迪哈哈大笑，“我真想不到，你竟然是维奥莱特生出来的！她是我这辈子见过的最无趣的人，而你呢，虽然是个十足的蠢货，但是不得不说，你有的时候还是挺有意思的。”他注意到，她盯着前面，脸上的笑容渐渐淡了下去。“我还想说，你选择给我打电话，还挺让人意外的。”过了一分钟，她说道。

他在位子上不安地动来动去：“因为我想，你应该是空闲时间最多的那个。”

她哼了一声。“我知道你在挖苦我，但有很多空闲时间其实是一件好事儿。我身边没有相信圣诞老人的孩子，也没有一个让我想要到处乱搞的无聊丈夫，我可以不被这些东西束缚住手脚。”她的声音又开始颤抖起来，“简直是好处多多。”

“你不想要孩子？”

“天哪，你把我说得跟个老巫婆似的。”

“我不是那个意思……”

“不过，那确实不在我的考虑范围内，你说的没错。”她停顿了一下，仿佛忘了自己是在跟他说话，“但也不是说完全没有可能，毕竟我家里人好像都挺能生的。而且，我可能还能活上不少年。”

“抱歉。”他尴尬地说道。

“你给我打电话，真的只是因为觉得我没有自己的生活吗？”

“还因为我知道，你会来。”他简短地回答道。虽然温迪把他扫地出门，但他知道，她是一个值得信赖的人，她会关心他，即使她有时候关心人的方式不太寻常：她会撒谎说，他有单核细胞增多症，为了不让他惹上麻烦；她买了机票，特地飞到蒙大拿州这个鸟不生蛋的地方，和警察调情帮他脱身……虽然当时的场面让他一度非常难堪；她帮他买了锅贴，还会时不时地瞥向他的座位，确保他系好了安全带。

“我会来的，”她说，“随时随地。不过，如果你再要这种把戏，你就等着当众出丑吧，我才不会跑过去救你，帮你花言巧语地给人家道歉之类的。”她顿了一下，“实际上，我曾经有过一个女儿，迈尔斯和我的女儿，维奥莱特告诉过你吗？”

他突然从她的语气中听出了一种他无法辨认的悲伤：“没有。”

“她没能……活下来。”

“太糟糕了。”他说。

“没错。”

“她什么时候……她……”

“要是她活着，现在已经十岁了。就在我丈夫生病前不久。”

“你说真的吗？”

“因为心脏病发作。”她说道，脸上没有一丝笑容。

他突然不知道该说些什么：“她叫什么名字？”

“从来没有人问过我这个问题，”她说，“她叫埃维。”

他突然注意到了车里广播的声音，又是克里登斯清水复兴合唱团的歌，不过不是怀亚特唱的那首歌。“对你女儿，我真的很抱歉。”

“嗯，谢谢。我和你一样抱歉。”她叹了口气，“你知道吗，说起来还挺有意思的，我……你出生的时候我也在，你知道吗，实际上，我是第一个抱你的人。”

“是你吗？”

她伸手关掉了广播：“听着，乔纳，我很抱歉……曾经把你从家里赶了出去。我当时有点晕头转向，我还全怪在了你的头上，但那不是你的错。”

他的脸红了起来：“但是，是你来监狱接的我。”

她笑了：“是啊，但还是不公平啊……那就好像‘哈哈哈，我先把你扔到大街上，然后再把你从监狱里救出来，这样我们之间就一笔勾销了’。”

“你爸妈家一点都不像……怎么说呢，和住在‘大街上’还是有区别的。”

“是我做得不对。你已经十五岁了，你需要……”

“我刚满十六岁。”

“如果想让自己看起来更成熟，就不要总是向别人强调你的年纪。”她停顿了一下，“等一下，也就是说，我们错过了你的生日。哦，乔纳。”

“没什么大不了的。”

“当然有了！天哪，我甚至没有……对不起，我……生日快乐，乔纳。”

“谢了。你是第一个抱我的人吗？”

“严格来说，是的，确实是我。当时你先是被一个护士抱了过去，但是后来，她把你交给了我。”

“我都不知道你也在。”

“没错。”

“我还是个婴儿的时候，长得丑吗？”

她笑了：“我……当时我觉得……不，不丑。你长得很漂亮。你就像一块小小的宝石，突然之间变成了一个人，出现在了世界上。像魔法一样。”

“谢谢——你抱我。”

“那是我的荣幸。”她说，“听着，我爸真的很担心你。”

他的心跳开始加速：“他没生我的气吗？”

“如果开着他的车去了蒙大拿的是我，那我肯定完犊子了。但我爸真的很喜欢你，要是我有个弟弟，我一定会很讨厌他。你现在就像我那个姗姗来迟的弟弟。”

他强行挤出一个笑容。

“不过到时候你不要告诉他细节，比如我是从蒙大拿监狱里把你接出来的。”

“行。”

“我不懂你为什么总想让自己听上去像个大人，我也不知道你到底是怎么做到的，但我很欣赏你这一点。”

“谢谢。”不知为何，他突然有点想哭。原来每个人的生活都和他一样糟糕，原来喜欢开刻薄的玩笑，嗜酒如命的温迪，也失去过一些东西，也许，她并不像她看上去那样自信。

“乔纳，你的消失不会让任何事情变得更好。所以，请你立即放把火把那个念头烧掉，或者偷一辆车把那个念头碾碎。”

所有人都不是他们表面所呈现出来的样子，每个人都在挣扎，有钱没钱，并没有什么差别，等等。他可以用一大堆这样的说辞，以“我在得单核细胞增多症期间的心得体会”为主题，写一篇文章，赚一点额外的学分。但是现在，他把注意力全放在了温迪身上。在这个家里，他和温迪之间的联结最为紧密——来接他回家的温迪，在他的大脑尚未形成完整的意识时就抱过他的温迪，多年之后再次找到他的温迪，一年前把他带到那个高级墨西哥餐厅和维奥莱特见面的温迪。

“维奥莱特是一个不喜欢被打扰的人，”在维奥莱特出现又匆匆离开之后，坐在他对面的温迪曾经对他这么说过，“但不管她自己有没有意识到，她的生命里需要你。”当时，他觉得自己像她们之间的“附带损伤”，那种感觉至今还残余在他的心里，而且他知道，格雷丝也许也一直有和他类似的感受。有时候，他们会因为年纪太小而得不到重视，但有的时候，人们又会在危急关头向他们寻求帮助，和小小年纪的他们，分享那些困惑、歪曲、艰难的事情。

“在这个家里，你是逃不掉的。”她说道，“听听过来人的劝吧。”

他能感受到吉普车轮胎之下的沙石。他对这一切心怀感激。他终于可以在一个舒服的地方睡个好觉，而不是在十二摄氏度的天气，睡在一辆偷来的被他停在灌木丛旁边的车里，他再也不用睡在沾着别人味道的陌生的床上，再也不用睡在莱斯洛普中心临时房间里一张张硬板床上。他此时正坐在这辆吉普车柔软的座椅上，身边萦绕着熟悉的人的气息，他在回“家”的路上——他依然不适应这个字眼，但他实在没有力气换个措辞了。他眼皮沉沉地耷拉着，脑袋里塞满了刚刚得知的信息，肚子里塞满了刚刚吃下去的锅贴，一不留神，他就睡了过去。温迪在他左边开着车，不知为何，他相信，温迪会把他带回家。

2011

把格雷丝送到里德学院的新生宿舍后，他们乘飞机从波特兰返程。很讨厌坐飞机的玛丽莲接过了戴维递过来的苯海拉明，允许自己哭了一小会儿。然后，她把头靠在戴维的肩上，一觉睡到了飞机落地。她梦见了格雷丝，梦中，格雷丝睁大眼睛，脆弱无助，在陌生的校园里转来转去。她还梦到了婴儿时期的格雷丝，她用婴儿背带把熟睡着的格雷丝绑在胸前，格雷丝全身的重量紧紧压在她的胸骨上。

回家的路上，他们顺路去了一趟养狗场，把卢米斯接上了车。回到家时，他们同时站在大门口，踌躇不决地看着屋内。而卢米斯则挣脱了她拎着狗项圈的手，抢在他们前面冲了进去。

“你先进。”她说道。戴维走在前面，把行李放在了门口。

“嗯。”他说道，屋子里传来了回声。这本来是一件再正常不过的事情——格雷丝住在家里的时候，并没有改变家里的回声原理，她的体积还没有大到可以吸收环境噪声的程度——但玛丽莲还是感到一阵错愕。

“好吧。”过去几个月以来，一听到别人提起“空巢”之类的字眼，玛丽莲都会觉得很难为情，此时此刻，她站在前门厅里，这些话在她的脑海中乒乓作响。过去几个月以来——坦白地说，是在过去的几年里——和格雷丝相处起来并不轻松，她像所有的青少年一样，情绪泛滥，喜怒无常，她上下楼梯时，总是故意把脚步声放得很重；说话时，她总是会用那种夸张做作的语调，而她脸上的表情总让人觉得她对玛丽莲的生活充满鄙夷。但是，家里没了她——没有任何人——连空气都变得不同了，她听到卢米斯在楼上跑来跑去的声音，然后她意识到，卢米斯是径直跑去了格雷丝的房间，她吸了一口气，她竟然能听到自己呼吸的声音。

“你还好吗？”戴维问道。

狗飞快地冲下楼梯，它的指甲碰到木地板上，发出了“咔嗒咔嗒”的响声，它蹿到她的脚边，把头埋进她的膝盖之间。

“伙计，你姐姐去哪儿啦？”戴维一边问卢米斯，一边用手挠了挠它的耳后。她的泪涌了上来，戴维抬起头看了看她，捏了捏她的大腿。

她迈了一步，投向他的怀抱，卢米斯被紧紧地夹在他们中间：“虽然我们早就知道这一天会来的，但是孩子们走光了，我怎么还是觉得这么诧异呢？”

“这本来就是一件值得诧异的事情，”他说，“你怎么可能不诧异呢？格雷西出生以来，每天都待在这栋房子里。”

她厌恶他镇定自若的模样，但是，他最后一次拥抱女儿时，她能看得出他不过是在强装镇定。

“我们要不出门遛遛狗吧，”戴维说，“家里太安静了，快把我逼疯了。看来得过上好一阵子，我才能适应过来。”

自从他们从艾奥瓦城的家里搬出来，或者说，自从他们结婚，这是他们第一次独处——真正意义上的独处。戴维好像也意识到了这一点，他把她轻轻抵到了厨房柜台上。

“我们还年轻着呢，竟然有人和我们开‘空巢’的玩笑。”他说道。他把嘴唇贴近她的耳朵，然后向下，吻了她的脖子。

她笑出了声，但又严肃了起来。她仍然在这个熟悉的空间里，仍然和她的丈夫在一起，只要和他在一起，这个家就不会沦落为一个空巢。他们沉浸在崭新的宁静中，她迎向他的目光，抬起脸，认真地吻了他，再也不用顾虑会被人打断了。

卢米斯仿佛察觉到了暂时没有人会来遛它，便乖乖地走到一边，去啃那块被它丢掉的生牛皮了。

维奥莱特惊讶地发现，自己第一次怀孕的时候是那么无知。整个孕期，她都无忧无虑，毫无准备，殊不知孩子生下来之后，等待着她的，是无边无际的抑郁——肿胀的乳房、瘆人的血块、凌乱飞驰的思绪、不受控制的眼泪，以及让她在温迪家的床上缩成一团的产后余痛。温迪一直照顾着她，给她喂大量的止痛药，然后像个后厨用人一样，把茶和烤面包送到她的房门外。因为温迪，她得以屏蔽一切外界事物，而只把注意力放在身体的苦痛上。有的时候，她一天能睡上二十个小时。她活在一团精神迷雾之中，胸上沾着卷心菜叶，身下垫着鼓鼓的卫生垫。她假装自己已经死了，好像只要否认活着，就可以否认她所失去的一切。

生怀亚特的时候，一切重演了——酸痛，肿胀，痔疮，缝线，骇人的失血量。然而，这些痛苦又是那么微不足道，因为在这些痛苦背后，是这个从她腹中诞生的完美的孩子，这个时睡时醒、时饿时饱的孩子，这个由她全权负责的孩子。还有她对他倾注的爱——她是那样爱他！上帝，她是那样强烈地爱着他——即使这会让她的处境变得愈加不堪。为了全身心地照顾他，她几乎彻夜无眠。有一次，给他喂奶的时候，她漏尿了，沾到了沙发上，她沦落成了一个连最基本的身体机能都无法掌控的女人。这些天来，她没有服用任何药物，没有喝过一杯咖啡，因为他——她的儿子——值得她这么去做，不是吗？而且，她也想以这种方式，向她的另一个孩子赎罪，虽然他对她的状况一无所知。她要将没能给予她第一个孩子的陪伴，全部倾注在这个按计划降临的孩子身上。她得到了从头来过的机会，这对她来说，是一种奢侈，她绝不能把这一切视为理所当然。这是她应得的惩罚，是她轻率地抛弃第一个孩子的代价，是她竟然妄想可以正常生活下去的报应。

好几个星期，她都对自己的情绪视而不见。她已经花光了所有看清现实的力气，她只能拖着一副疲惫的身躯，被一连串陌生、无聊至极的日常琐事蒙蔽双眼。晚上好不容易把儿子哄睡着后，她也无法合眼。有的时候，她会幻想在太阳升起时把他闷死，这些念头的出现让她泪流不止。但是，马特晚上回到家后，她和她最爱的两个人一起窝在沙发里，这些邪恶的念头就会泯灭殆尽。每当这时，她就又会觉得，一切在沿着向上的轨迹慢慢变好。然而，在她陷入梦乡后不久又被孩子吵醒时，那些闪着光的希望就又黯淡了下去，无比冗长的时间，在前面等着她。马特得去上班，她又得一个人照顾怀亚特，无时无刻不留意着他的需求。和她的第一个孩子相比，他的需求是那么不同，那么紧迫。

每天太阳升起之时，一切又开始循环往复。无边无际的眼泪，想把儿子闷死的念头，飘忽不定的注意力。直到一天晚上，马特把孩子抱到婴儿床上，然后走了过来，把她搂在怀里，对她说道："嘿，亲爱的，我很担心你。"在那之后的几个星期，她恼羞成怒，拒绝采取任何行动。直到那天帮怀亚特换衣服的时候，她低下头，看着弱小无助的他，一个念头突然冒了出来："他现在任我摆布。"这个念头把她吓了一跳，她给正在上班的丈夫打了电话，不到一个小时，他便赶回了家。到家时，他已经开启了危机模式，全副武装，准备好和她讨论接下来可以做的事，以及让她去寻求其他人的帮助。

诊断结果平静而干脆，医生给她开了五颜六色的混合药片。她开始给怀亚特喂配方奶粉，并且开始服药。她渐渐习惯了丈夫在她身边如履薄冰的样子，也渐渐习惯了内心的麻木。所有过激的情绪，全部化作了一潭死水，没有一丝波澜，没有一点动静。只有在对孩子轻声说话的时候，她的内心才会被轻轻搅动起来。

"我很抱歉。"一天晚上，她对马特说道。他们不知道他们的身体竟然还能像这样紧紧相拥在一起，他用手臂环绕住她的肚子。而她的肚子则在他的触摸下紧紧地绷了起来，仿佛在为多出的赘肉和腹中的空荡而感到羞耻。那时，服药已经让她渐渐找回了自己。虽然她重新夺回了对自己身体机能的控制权，那种无助却有增无减。

"没什么好道歉的。"他说，他把嘴唇贴在她的太阳穴上。

"我绝对不会伤害他的。"她说道。

"哦，亲爱的，我知道。"

"我还没见过你为什么事急成那样呢。"

"我当时都快不认得你了，我很害怕。"

"我要承受的太多了，"她说，"所有。"

"当然了，维奥莱特——一切都是崭新的，都在不断地发生——你当然会觉得手足无措了。我很高兴你给我打了那个电话。"

他的话说得很中肯，实事求是，但那既让她感到欣慰，也让她感到厌烦。在他的口中，他们仿佛已经跨过了最难的那道坎，仿佛从今往后可以一路向前，无须回头，仿佛她经历的只不过是一次生理上的失调，和她的过往没有一点干系。

"在我面前，你想说什么，就说什么。"他说。但是，她开不了口，于是便什么都没说，她再也无法在他面前畅所欲言了。在那个温暖的周三晚上，他们躺在床上，之间裂开了一条细缝。她知道，那全是她一手造成的，从头至尾。她发誓从今往后再也不会让他受到任何类似的惊吓了。那时，她血液里的药剂正在生效，她对这个誓言的结局一无所知。

第三十章

玛丽莲是第一个目睹丈夫身上发生变化的人，在他自己都没意识到的时候，她就发现了。乔纳到家的那一刻，戴维绽放出了一种她多年未曾在他脸上见过的笑容——真挚，如释重负。刚开始，他们习惯性地沉默寡言。乔纳跟着温迪走进门厅时，玛丽莲就给了他一个长长的拥抱，乔纳默许了。但是走到戴维面前的时候，他只是朝他伸出一只手，对他说："嘿，伙计。"戴维回答道："瞧瞧是谁回来了。"只有她能听出他声音中的饱满。他们只是握了一下手，仅此而已。

那天晚上，四个人围坐在餐桌旁，温迪严格按照戴维心脏病医生的饮食建议，点了一些益于心脏的精致地中海餐食。玛丽莲看着乔纳狼吞虎咽，只用了三口，就吞下两个叠在一起的皮塔饼，好像很多年没吃饭似的。

"我能提一嘴，房间里有头大象[①]吗？"她问道。她三个神态各异的家人抬起头，故作无知地看着她。

"亲爱的。"戴维说。

"老天哪，妈。"温迪说。

"我很抱歉。"乔纳开口说道。

她把视线聚焦在了他的身上，这个可爱而神秘的孩子，有着一双

---

① 原文为"the elephant in the room"，英语成语，指非常明显的现象或事物，但是大家都心照不宣，避而不谈。

过早地流露出哀伤的眼睛。

“我当时吓坏了。我以为我这么做，事情就没那么复杂了，所以我就……”

“妈，我和你保证，乔纳和我刚刚在车里已经聊过了，聊了很多很多。他很抱歉，他很尴尬，他很饿。这不是经典的三部曲吗，你教得很好。”

“这不是一件可以拿来开玩笑的事，温迪。”玛丽莲语气严肃。乔纳回来后，她长舒了一口气，但是与此同时，她也放任了那些一直被她遏在内心深处的念头。温迪和她报过平安之后，这些念头就在她的心中疯长：就算一切顺利，乔纳还是从他们身边逃走了。只消一件可怕的、骇人的变故，他就开走了戴维的车，一路开到了美国的另一头。他的鲁莽、他的幼稚、他的不安，难道和他们没有一点关系吗？也许这个家从来未曾给过他真正的永恒，他刚来到这个家，开始搅乱他们的生活的时候，维奥莱特就咬牙切齿地拒他于千里之外；再到后来，温迪也没能给他一个安稳的家；虽然她和戴维待他很好，但是他们也并不完美——完美的长辈是不存在的，谁又知道他们有多少盲区，忽略了多少细节，他们本可以做得更好。

“乔纳，你做了一件很不负责任的事。”

“我知道。”他说。

“你不知道我们有多害怕，对我们来说，这段时间本来就已经很不好过了，你再也不可以做这样的事了，知道吗？”

“我不会了，我真的很抱歉。”

“所以，我们决定让你禁足。”玛丽莲说。虽然一开始戴维劝她再多考虑考虑，但最终，他还是让她做了她认为最正确的决定。“一个月。从现在开始。”

“妈，你不觉得他经历的已经够多了吗？我的天哪。”

“你知道他被警察拦下来有多幸运吗？我想都不敢想，如果他没有被拦下来，会发生什么……另一场车祸，或者，在那种穷乡僻壤，万一车子出了什么问题，然后……”

“他被拦了下来，是因为我雇了人去找他。”温迪说，“天哪。没错，他是做了件蠢事；没错，他是很不成熟。但是他现在已经回来了，什么事也没有。这种事不会再发生了，对吧，乔纳？我们就不能安安静静地吃掉这些该死的葡萄叶，让这场痛苦的煎熬就此了结吗？”

玛丽莲记得温迪十几岁的时候也做过类似的事情。此刻的温迪宛如把一颗拉响的手榴弹丢在餐桌中央，然后兴趣盎然地看着它爆炸。乔纳目瞪口呆地盯着温迪。

“别那么盯着我看，”温迪边对他说边往杯里倒了一些酒，“天知道为什么，但是我们都很喜欢你。”

乔纳脸色一点点柔和下来，好像随时要笑出来似的。“我以前从来没有被禁过足。”他说。

“以后再逃，我提前给你画张路线图。”温迪说。

“这个家里的人开玩笑的水平都有待改善哪。”戴维说。

“莉莎怎么样了？”温迪问道。

“她挺好的。”玛丽莲没有看戴维，“带着孩子回家了。她也在渐渐适应。”

“她给我发了几张照片，比起这个家里出生的男宝宝，姬特看起来终于不那么像《魔界奇谭》里的木偶人了。”

玛丽莲看着温迪，为她开的这个玩笑而感到讶异，但还是努力朝她挤出一个笑。“是的，她很可爱，不是吗？”玛丽莲这才意识到，姬特取代了埃维的位置，成了他们的第一个外孙女。她心中充满了内疚的哀伤。

“爸，你觉得呢？”温迪问。

玛丽莲的思绪戛然而止，浑身变得僵硬，戴维看着她，仿佛在向她求助。但她只是低头，假装忙着吃她的三文鱼。

“挺可爱的。”他说。

“他也还没见过。”玛丽莲本来不想这么说。但是，也许公然的羞辱能帮他一把，把他推上正轨。温迪和乔纳抬起头，戴维恼羞成怒地盯着玛丽莲。

“你还没见过她吗，爸？”温迪问道。

“难道没人知道婴儿是很容易被感染的吗？”

“怎么，你现在身上是有辐射还是什么？”温迪问道。乔纳扑哧一声笑了出来。

“石膏上全是细菌，”戴维说，他夸张地用目光环绕了自己缠着绷带的手臂一圈，“我只是想小心一点儿，以防万一。”

“姬特又不会直接把你石膏上的细菌吸进去。”玛丽莲说道，打破了她餐桌谈话必须得体的原则。

“我不想再谈这个了。”戴维说，他的眼神——与其说是愤怒，不如说是受伤——让她闭上了嘴。

“我一年级的时候摔断了手，”乔纳说，“他们把石膏取下来的时候，味道非常难闻。”

“真是谢谢你。现在好了，这张餐桌上的所有人都没有胃口了。”温迪说。

“谢谢你，”戴维对乔纳说，“终于，理性的声音出现了。”

看到戴维这样，玛丽莲心里很不好受，她不确定他不愿意看到那个孩子的真正原因。她只知道，虽然他在他自己的孩子出生时确实对细菌十分警惕，但这一次，他担心的绝对不是细菌感染。

“爸，”温迪说，“这有点……我是说，就是，不管怎样，那些操蛋的事情，该发生的注定会发生，对吧？”

餐桌上一阵沉默。

“我不可以这么说吗？又不是莉莎不让你去，对吧？”温迪说。

“不，她没有。”玛丽莲替他回答道，她突然羞愧地意识到，她把莉莎的不幸也揉进了她的婚姻困境之中，“说得好，温迪。”

“谢了，”戴维说，“根本没人提，你们还是给了这些没必要的反馈。”

“吃一顿饭，吵两架。”温迪说道，然后对乔纳举起了酒杯，“欢迎回家。”

晚饭后，乔纳去练带球上篮。外祖父气色不好，脸色苍白，身材瘦削，胳膊上缠着笨重的蓝色石膏，他的头发很乱，好像很长时间没有洗过了。

乔纳不敢相信温迪居然雇了人去找他，像个狙击手一样。他没有听到前门打开的声音。

“乔纳。”

乔纳吓了一大跳，紧紧把球抱在了胸前。

“噢，噢，对不起。”戴维坐在面向停车道的楼梯上。

“对不起，我是不是……我可以……我是不是太吵了？我只是……对不起，对不起。”

“你有什么可道歉的事吗？我可看不出来。”戴维笑了，“我只是出来打个招呼，你没做错什么，实际上，我还想谢谢你呢。”

“谢谢我毁了你们的生活？谢谢我弄断了你的胳膊？”乔纳心想。

“我很抱歉，让你目睹了……所有事情，我没办法想象你当时是什么感觉。”戴维听起来快哭了。

乔纳感到极度不适。

“我没有想到会发生这种事情，虽然按理来说，我应该提前预料到的。我……挺有意思的，我们看待自己的时候，总会有各种各样的盲区。假如我的病人告诉我他们肩膀疼，我肯定会立马让他们去医院看看。”戴维用那只完好无损的手揉了揉额头。

“我想谢谢你打电话叫了救护车，还有打电话给玛丽莲。谢谢你告诉她……那些话。”说到这里，他脸红了，“谢谢你一直陪着我。”

“但我没有……”

“要不是你在那儿，我早就死了，乔纳。我不是想吓唬你，但我想让你知道这一点。”

“可是我没有——我没扶住梯子。”

“哦，孩子，梯子的事完全不用放在心上。”

“我应该……”

“你在关键时刻派上了用场，”他说，“而且，这一切都不是你的错。”

“我偷了我的生日礼物，”他唐突地说道，“从你的办公桌抽屉里。我本来在帮医护人员找你的钱包，然后发现了一个信封，上面写着我的名字，我就……我就拿走了。因为我觉得……我不确定我还会不会回来，或者如果你……”乔纳未说出口的话是：“我决定拿走这个信封，以防你死了，没法儿给我。”天哪，他到底干了些什么？

但是戴维对他笑了：“我很高兴你能准时收到你的礼物。”

“你真的是一个很好的人，”他说，“谢谢。非常——谢谢……你们所做的一切。”

“是我们的荣幸，”戴维说，“罚球的时候，你应该瞄准球网左边一点的位置。等我把胳膊上的这东西拿掉，我示范给你看。”

伏特加并没有让温迪产生睡意，她趴在客厅的沙发上，又想起了父亲，他不愿意见莉莎的孩子，就像当初维奥莱特不愿意和迈尔斯道别一样。

醉意之下，过去几周的回忆变得支离破碎，跳跃而混乱。她的小外甥女降临在这世上，对她外祖父身上的伤和他苍白的皮肤一无所知；莫名消失的乔纳，现在回来了；不知道从哪儿突然冒出来的巴尔加瓦的女儿，那个喜欢问东问西的小姑娘，全然不知自己的地位就要被她妈妈肚子里即将诞生的那个婴儿所取代。温迪知道，女孩那双水蓝色的大眼睛，遗传自她的父亲——曾经那个风度翩翩的网球运动员。他的灵活，他的熟练，他身体里的涌流……和他身上温和的运动员气质背道而驰。

她坐了起来。

也许，这就是对她的惩罚。盛大的真人秀揭晓时刻到了，在她的脑海中，乔纳的脸突然和亚伦的脸重叠在了一起。扁平的鼻子、长长的睫毛、一眼望不到底的蓝色瞳孔……虽然这双眼睛的主人时而犯浑，但这双眼睛里的纯真的善良仍然暴露无遗。然后是……即使现在是凌晨三点，她正一个人坐在沙发上，她还是脸红了……他的身体，他修长、肌肉线条明显的四肢，他泛着橄榄色调没有一点瑕疵的皮肤……虽然她记得在亚伦左边的大腿根部紧挨臀部曲线下面的地方长了一块胎记。还有他身上那迷人的沉着，还有他有些外翻的手肘。她回忆起了乔纳在吉普车的副驾驶座上伸展身体的画面，像猫一样灵活。她一直以为就这一点而言，乔纳很像她的父亲。但是……好吧，戴维刚从树上摔了下来，不是吗？

“罗伯上了他的助教，”维奥莱特曾经这么说过，“他上了他的助教，离开了我，而现在，我例假迟了。”很有说服力。为什么不呢？

“你就是个该死的反社会人格”，在她们后来的一次有实质内容的谈话中，维奥莱特这样对她说过。

整件事的残酷程度让温迪感到讶异，不仅仅因为维奥莱特和她姐姐的前男友上了床——虽然那个时候温迪已经忘掉了过去，继续着她的生活，而且还找到了迈尔斯，但是这件事还是让她痛心——还因为，维奥莱特竟然让那件事遗留下来的那粒尘埃走进了她的生活，让其成为她们共同回忆的一部分，并在之后的日子里点燃了她们每一个人都不曾预料到的火花。而从头到尾，维奥莱特藏着她的秘密，洞悉着那些秘密可能带来的影响，死死地盯着最终的奖赏。维奥莱特知道，只有在温迪的帮助下，她才能最终平稳着陆。

温迪觉得自己需要坐下，虽然她一直都没有站起来。

因为维奥莱特——该死的维奥莱特——总是知道如何帮自己挽回尊严。

2013

那次发烧之前，迈尔斯的病情将近两年都很稳定。他又开始教书了，每周上一节课，每天都会去科学与工业博物馆旁边的环礁湖边散步。很长一段时间内，他的身体状况都很稳定，这让温迪放下了心，卸下了肩膀上的压力，重新有了思考未来的勇气。她以为在经历了那么多坎坷后，幸运之神终于降临了。

但是，一天晚上——她正在为即将到来的米塞里科迪亚拍卖会做数据统计——他在客厅里对她喊道："斯考特，最难缠的不是资金吗？"

她觉得脖子后面的汗毛全都竖了起来，她站起身，发现他躺在沙发上，脸上汗涔涔的。

"亲爱的。"她说道。

"她再抽一根，你就看不到她了……"

"迈尔斯。"她跪在他身边，摸了摸他的额头，他额头滚烫，她不由得缩了缩身子。

他浅浅地笑了，眼睛向上翻着看着某处。

"该死，"她说，"该死，该死。"她跑去拿手机。"不，不，不。"

医生证实了她已经知道的事情，她心不在焉地听他解释着病情复发和恶化的区别。

"我们要——"她低声唱着皇后乐队的歌，迈尔斯接在后面唱道："战斗到底。"他看上去有些困惑。她先是笑了，然后把头埋进丈夫的胳膊里哭了起来。

维奥莱特之所以邀请温迪来马特父母在默瑟岛的湖边别墅，主要是因为她敢肯定，温迪是不会来的。她的心里话是："看看我伸出来的这根位置极其偏僻的橄榄枝，如果你够不到，也没有关系。"但是，温迪一如既往地给了她一个惊喜，在最后一刻接受了这个邀约。过去大半个月以来，维奥莱特和怀亚特两个人待在这个岛上，马特只有在长周末的时候才会加入他们。她已经不记得她上一次这么放松是什么时候了，每天早晨，她都迎着太阳光醒来，呼吸着截然不同的空气；她可以一整天都和她两岁的儿子一起待在沙滩上，可以一本接一本地看小说，想打盹的时候就打盹，除了照顾怀亚特，让他吃饱睡好，不被晒伤，她什么都不用担心。但是，温迪的到来打破了这种平衡。

“告诉我，柜台上那副太阳镜不会是马特的吧？”温迪一到，就嘲讽地说道。他们正在做午饭，维奥莱特瞥了一眼柜台，烤面包机旁边放着一副破破烂烂的黑色太阳镜。马特有一双敏锐的眼睛和一个记性极差的脑子。

“是马特的，”她说，“他在旧货出售会上买的。不戴眼镜，他没办法在阳光下待太久。”

“那是普拉达的，你老公给自己买了一副普拉达的太阳镜？”

“我都说了，他是从一个车库旧货出售会上买的。天哪，温迪，适可而止，好吗？”

“有人要生气了哦。”温迪说。

“漫长的一天。”她克制着言语中的敌意，不想迎战，“你看上去状态不错。”

“谢谢。”温迪说，“天哪，可是你看上去糟透了。”

她紧紧咬着自己的舌头，压制着脑海中所有尖酸刻薄的回应。她试图维持她在岛上平和的心态：“谢谢。你是换发型了吗？”

“迈尔斯的一个朋友送了我一次土耳其水疗作礼物，结果我根本就不是去放松的，人太多了，你知道吗？而且还是全裸的澡堂，我们光着身子彼此说话，简直是一场噩梦。我感觉回家之后得用整整一周的时间才能恢复过来。”

“全裸澡堂？”

“我几乎能把一个女人的全身看得清清楚楚，我当时简直想死。”

“不愧是你的生活啊。我们昨天开车进了城，我还自认为那是一次巨大的成就呢。”

“怎么，现在和自然融为一体了？”

“差不多吧，”她说，“怀亚特迷上了游泳。”

“不久前我读到一篇文章，上面说，淡水里可能有放射性物质。”

“好吧，如果他撑了这么久没死，我想那应该不是什么大问题。”维奥莱特说，然后突然意识到了自己的措辞，脸一下变得惨白，她被什么东西击中了。每一次，她都会被这种东西一把拽进那可憎的境地，站到一个和温迪针锋相对的位置。这是一座骇人的、若隐若现的冰山。而她却总是不知不觉地唤醒它。温迪打量着她，评判着她说这句话的意图，然后站了起来。

“既然说到了环境污染，”维奥莱特说，“我们一起去沙滩吧。”

于是，他们去海边吃了午饭。吃完后，怀亚特一跃而起，想继续到沙滩上玩，但维奥莱特拦住了他。

“先别去，亲爱的。去玩之前，先过来和妈妈坐一会儿，先给你的小肚子填一点花生酱吧。”她感受到了温迪标志性的充满蔑视的侧目，但她决定视而不见。她也很讨厌自己和儿子说话时的语气，但和其他方式——比如她的母亲，从她的孩子们呱呱落地的那一刻起，她就把她们当成小大人，正儿八经地和她们说话——相比，她觉得这样更好。怀亚特今天没有睡午觉，爽快地答应了她，然后爬到了她的膝盖上，把湿漉漉的头靠在了她的肩膀上。“我怀孕了。”她说，她本来没有打算在这种时候告诉温迪的，但温迪刚才那沉默的蔑视刺激到了她，她想做点什么，更何况，她还可以拿她的小瞌睡虫儿子当作盾牌。温迪沉默了很久。

“哦，”维奥莱特说，“好吧，我想，这也没什么好惊讶的。”

现在把这个消息告诉别人还为时过早，所以她一说完就后悔了。她的心里产生了一种无端的恐惧，她害怕温迪会以某种不可思议的方式摧毁一切。

“我就说嘛，”温迪说，她的声音很短促，说话的时候也没有看维奥莱特，“我就说，你身上怎么突然多了某种气质，就跟简·奥斯汀小说里的那些反传统的女主人公似的。”

“这正是每个刚怀孕的女人想听的话。”她轻声回答道，尽管温迪的话让她觉得有点受伤。

“时机非常完美，”温迪说，“一如既往。”

“我不确定你是什么意思。”

“是不小心怀上的吗？”

她摸着肚子，保护着里面那个还在慢慢生长的孩子：“不是。”

“好吧，想来也是，不按计划办事不是你的风格。”

她突然觉得自己又变成了一个孩子，心中传来一阵不安。

“还记得你之前说过，你不想要孩子吗？”

“我的天哪。”她说道。温迪随便甩到她脸上的一句话，让她刺痛不已。“天哪，温迪，那是……”当着怀亚特的面说这话似乎对他不太公平，尽管怀亚特正靠着她打着瞌睡，尽管他根本不知道她说的话是什么意思。“我当时正处在人生的另一个阶段。”她说道。她从来没有从温迪那儿得到过任何正面的反馈——就算有，也微乎其微——所以每当和温迪在一起，一切都变得那么艰难，那么让她心力交瘁。温迪是她的姐姐，如果能偶尔从姐姐口中听到“我爱你”，或者“我想你”，或者“我今天想到你了”之类的正面反馈，该有多好。再比如，“恭喜你有了宝宝”。

“迈尔斯的癌症复发了，”温迪说，“我们完了。也就六个星期吧，或者六个月，反正没多久了。”

维奥莱特感觉像被人打了一拳，心里喊着：“不要提这个，不要在这个关头提这个。最好永远都不要提这个。至少是现在，不要提。”她缓缓抬头看着温迪。

“他坚持提议我到这儿休息一下，但我明天一早就走。”

“温迪，天哪，过来。”

让她意外的是，温迪照做了，在沙滩浴巾上挪动着身子靠近了她。

这让她心碎，也让她重新活了过来。她坚强的姐姐，竟然放下了身段和自尊，挪着身子向她靠近，接受了来自她的安慰。她握住了温迪的手。

“那真是太他妈的糟糕了。”她说。

温迪抬头看了她一眼：“是吧？”

“太糟糕了，我很抱歉。”她试探性地搂住了她姐姐的肩膀，“他们确定了吗？”

“扩散了，”温迪说，“扩散得很快。就算我们愿意花钱，也于事无补。他们也无能为力。”

“我真的无法想象。”她说道，她没有说谎。

“都是因为他们家那该死的基因，”温迪说，“不如我们的基因。”

温迪说完这句话，两个人都松了口气，笑了起来。

第三十一章

避开莉莎的孩子是一件很荒唐的事，但戴维有他自己的理由，况且他已经向玛丽莲摆明了立场，内心那股孩子气的冲动让他想要坚持到底。他感觉自己身体虚弱，老态龙钟，即使明知道不去医院会让莉莎失望，即使明知道他石膏的借口很难站得住脚，他也不希望以现在这副模样——虚弱、依赖别人而活、被死亡阻碍着步伐——和他的外孙女见面。

他来到书房，试图重燃他对蜜环菌的兴趣。他早已厌倦了客房窗外的景色，而且他觉得自己都快和那张安乐椅融为一体了。他现在仍然没法儿用一只手臂看书，所以看电脑似乎是一个合乎逻辑的选择，那也是他对日间电视节目的奋起反抗。

他听到了卢米斯狗圈叮当作响的声音，然后是一阵脚步声。

“爸？”莉莎又像之前那样出现在了书房门口，这一次，她的怀里多了个婴儿。那个孩子正处在一个完美的婴儿阶段，看上去不比一只兔子大多少。

“哦，”他从椅子上站了起来，“哦，莉兹。嘿，我不是……”

“妈在吗？”

“不，她有事出去了。”

“好吧，这儿有个人很想见见你。”

他讶异于莉莎和她母亲的相像。看着莉莎，他突然想起了温迪出生后不久玛丽莲的模样。那时候，他们还住在达文波特街的家里，穿着浴袍的玛丽莲站在厨房里，怀里抱着孩子，披着一头金发，疲惫却又容光焕发。

“哦，我——你不需要大老远跑过来，带着——”

“我有种感觉，”莉莎说，“虽然很荒唐，但是听我说——我感觉，你现在可能有点迷茫，你不想以这种状态见她。”

他不确定泪意是什么时候涌上来的，等他发现时，泪水已经夺眶而出了。

“所以，我想顺路过来看看你。只要还没见到你，她的人生就还不算完整，她都快有点不耐烦了。”

“莉兹，我……”

“对于你身上发生的事情，我很抱歉。”她说，“我很高兴看到你没事。”

“我只是不想……我手上绑着石膏，她很容易受到各种……”

“爸，你真的是在担心这件事吗？”

“好吧，我……”

“因为我相信你，所以如果你真的觉得她待在这里会有风险，我马上就走。”她站在门口，坚定地看着他，像她母亲一样坦率。

“好吧，你都大老远跑过来了，我想，待几分钟也没关系，前提是她得裹得很严实。”

“正合你意，坐坐吧。”

“在——这儿？办公室里？”

“你想换个地方吗？”

“我——不，这儿挺好的。”

在他坐下来之前，她走了过来，用力地拥抱了他。两个人都只用了一只手。

“谢谢你过来一趟，莉兹。”

她对他笑了，眼睛里闪闪发光，像极了她母亲的脸。他坐了下来。

“好吧，”他说，“我们来看看这个孩子吧。但是你可能得把孩子递给我。”

她的脸上闪过一丝忧虑。

“你妈和我生了四个，莉莉。我可以一只手抱孩子的。”

她俯下身，把孩子递到了他那只完好无损的胳膊里。怀里熟悉的轻如羽毛的重量让他一下动容。

“戴维，这是姬特。姬特，这是戴维。”她靠在他的书桌边上。

“你好呀。”他说，有些哽咽。她是那么完美，长着小小的像洋娃娃一样的脸，五官轮廓已经清晰可见，“哇，莉兹。”

“她很漂亮，是吧？”

“当然。”

他低下头，嗅了嗅她的头顶。这个举动点燃了如同簇簇火花一般的回忆。女儿们这么大的时候，抱着她们，就像往他体内打了一剂药。晚上，他和妻子躺在床上，孩子们睡在他们中间。日出时，他带着闹着脾气的温迪在街区散步，好让玛丽莲在家多睡一会儿。他抱着莉莎，给她唱歌，嘴唇紧紧贴着莉莎还在发育的小小的头顶。

“莉莉，”他低声说道，“瞧，这是你生出来的孩子。”

“是不是很奇妙？”

“太奇妙了。”他抬头看了她一眼，“莉兹，很抱歉我没有……我应该去陪你的。”

“没关系。”她笑了，“我有一群人陪在身边呢。”

他无法想象在那种紧张而私密的状况下，玛丽莲和吉莉安一直待在一起的画面。他清了清嗓子，然后低头看了看那个孩子：“莉莎，吉莉安几个月前跟我提起过一件事，我一直在……在犹豫要不要问问你。”

“我之前还好奇她有没有告诉你。”

“我很抱歉，如果你曾经觉得……”

“我当时只是在分散自己的注意力，”她打断了他，“我只是想找……我也不知道。我只是想找一些证据，证明你和妈的关系其实也并不完美。”

“当然不完美。过去不完美，现在也不完美。”

“但是你们做得已经比绝大多数人都好了。不过，我想说的是，我现在已经不在乎了。姬特出生之后，那些事就都过去了。不敢相信，我当时竟然那么在乎那些事。”

孩子在他的怀里呜呜地哭着，打着呵欠，挥着小拳头软绵绵地捶着他，他笑了。“嘿，亲爱的，瑞安是不是……他有没有……”

“我们开始联络了，”她说，“事实上，这个周末他就要来看她。他真的很想来陪陪她，但——我们也没什么好急的，因为他在密歇根过得很好。他重新开始吃药了，也重新去找了心理医生。而且，他还交了一群朋友——我想，他们能够代替我，在那儿陪着他，毕竟我现在太忙了，我的工作，还有——我们的家。我们两个都希望，他可以从现在开始渐渐地参与进来。我们会慢慢来，不管事情会变成什么样。在过去的一年里，我们——我们都没有尽全力。”莉莎脸红了，没有接着解释下去。“我们还有很多事情要处理。但他——听起来状态不错。自从我们搬来这里——他头一次状态这么好。”

“更重要的是，”他说，“你还好吗？”

她耸了耸肩。“我正在学着顺其自然，一次做好一件事。”她摆弄着姬特的毯子，“当然，有些事做起来确实更轻松一些。”

“瞧瞧我的女儿，已经是个有智慧的年轻妈妈了。”他说。

莉莎笑了：“我刚刚才意识到，我还没有那样叫过自己——她的妈妈。”

“机会多了去了。”他说。

孩子在他的臂弯里动来动去，幅度非常微小，像极了多年以前的她的母亲。

上个星期，他还开着一辆偷来的车横穿半个美国，而今天，他又变回了她的儿子，变回了这个局促不安的穿着一双崭新的匡威高帮球鞋的年轻人。车里，他们沉默不语，乔纳平静地望着窗外。

“学校怎么样？”维奥莱特问道。如果把这个问题抛给怀亚特和伊莱，他们一定会打开话头，开始碎碎念个不停，从和他们作对的同学，说到班上养着的以各种稀奇古怪的历史人物命名的沙鼠。

而乔纳只是耸了耸肩：“我化学得了C。”

“我和你一样。”她说道，尽管事实并非如此。他没有笑。

“你有最喜欢的科目吗？我妈告诉我，你很喜欢看书。”

“没有。”

她慢慢地吸了一口气，在红灯处停了下来。她突然想起了小时候母亲经常带她们去的那个公园。那个公园里有很多小狗，她们会在宽阔的草地上和歌德玩上好几个小时，追着草坪上的西施犬、哈巴狗和哈士奇到处跑，抚摸它们的毛，让它们亲昵地啃她们的手。“你现在有多饿？”她问道，然后打开了转向灯。

“不是非常饿。”

“想停车休息一下吗？”她瞥了他一眼，确保他穿得足够暖和。

“随便。”他说。她像玛丽莲这么多年以来做的那样，抓住机会，向他施展着一位母亲该有的权威。她用一种近乎自欺欺人的像小丑一样的热情，回应着面前这个了无生气的少年。

“那我们就去透透气吧。”

下了车，他拖着步子，跟在她后面。原来的那个公园已经变成了附近一所小学的操场，操场的格局大而凌乱，摆满了现代化的设施。

“我本来还在想，你可能会想来玩一玩滑梯。”她说道。他惊恐地看着她。“我开玩笑的。”她在一个看起来像一张长凳的地方坐了下来。他坐在了她的旁边，尽可能地和她保持着距离。她看到他把身子弓了起来，胳膊肘紧紧贴着胸的两侧，两只手深深地插进了口袋。

“今天的天气不太适合逛公园。”她说。

“无所谓。”

她转过身来，面对着他：“我一直在想，该怎么向你道歉，这对我来说……很难。”

他扬起了眉毛。

“我知道，你一直以来过得都不容易。我只是——你比我适应得好太多了。我想和你解释，想告诉你，我不是——你知道的，这不是什么值得骄傲的事情。而且，我一直——你知道的，不是很愿意为这件事付出努力，我们之间的事。”

“好吧。”他说。

“谢谢你之前帮了怀亚特，谢谢你去了他学校。你不知道我有多感激。”

“没事，”他说，“还……还挺好玩的。他是个好孩子。”

“嗯，你也是。”

“我不是……”

“你是个年轻的成年人了，对不起。”她停顿了一下，“怀亚特很喜欢你。”想到接下来要说的话，她的声音又开始颤抖了。“圣诞节的时候对你发火，我很抱歉。我当时只是……有点紧张，当事情超出我的掌控时，我就会变得非常焦虑，尤其是当这件事和我的孩子有关的时候。”

“我不是故意告诉他的，”他说，“我小的时候，总是希望大人们和我讲话的时候能把我当成一个普通人，而不是，一只猫之类的。”

“我也是，怀亚特也是。”她停顿了一下。这次是马特提出的建议，他让她邀请乔纳来家里吃饭，“每周之星”事件过后，马特接受了乔纳。他们坐下来讨论这件事的时候，马特只是简单地告诉她：他们没有回头路可走了，他们不可能继续视而不见，不可能再像之前那样将他排除在他们的生活之外。她需要竭尽所能，去修复这一路上破碎的一切，他说。他们要擦亮眼睛，坦诚地面对一切，以免重蹈怀亚特出生后她所堕入的覆辙。马特一向是个耐心的实用主义者，他总会倾其所有，让这个家在无数汹涌巨浪中存活下来。对此，她很感激他，她获得了一种最原始的满足感，就像跑了很长一段路后一头栽进草地一样。

“听着，乔纳，我——你出生的时候，我连我自己是谁都不知道了。我——说实话，即使是在那之后，我也一直没有弄明白我自己到底是谁。你的出生曾经对我产生过很大的影响，即使——但是我不能——如果你在我还单身的时候回到了我的生命里，事情可能会变得很不一样。但是如果你有了孩子，你就必须——你知道的——你就必须把你所有的自我反省都搁置在一边。你出现之后，我想起了很多以前的事，一切都不是你的错。但是没办法，对我来说，这一切还是太难了。我可能——之后很长一段时间都没办法接受。又或者，永远没办法接受，我也不知道。但是，我最近才意识到，我越是抗拒，它就会变得越难。”

生乔纳的时候，温迪不也对她说过同样的话吗？但是温迪一向比她更懂得如何顺其自然，逆来顺受。她想，也许一开始正是因为温迪的那种本能反应，他们才陷入了今天这种境地。“我希望我们能一起试一试，找一找解决办法。怎么样，你感兴趣吗？”

他不安地动了动身子：“当然了。”

“那样的话，我们就需要对彼此坦诚。还有，对彼此更有耐心。”

“你是在看一本关于这个的书吗？”

她脸红了：“只是随便在网上看到的。”

乔纳笑了：“‘如何和你的私生子套近乎’官网。”

她没忍住，笑了出来。

“既然要坦诚，”他说道，“我没有喝那几瓶酒。”

“什么？”

“我拿走那几瓶酒，只是想跟你开个玩笑，想看看你会有什么反应。你是一个……你家里所有东西都太完美了，所以我就想，如果在你的东西上动点手脚，会很有意思。我还移动了一下杯垫，想看看你会有什么反应。”

“我家里没有杯垫。”

“不管怎样，很抱歉。我后来把它们给了格雷丝，我没有……我只是想和你开个小玩笑。”

“小玩笑的代价还是算到了我的头上。不过，我想那就是你来这儿的‘工作’，不是吗？”

“我可没有工作，除非我可以在芭斯罗缤冰激凌店找份活儿。”他说，然后转移了话题，“我爸爸是个什么样的人？”

她愣住了。

“如果你知道他是谁。”第一次见到他的时候，她就在他身上看到了一种反抗精神。她几乎为他身上展露出来的那种无所畏惧的锋芒而感到骄傲。也许，她争强好胜的基因终究还是在他身上找到了立足之地；也许，她终究还是给了他一些有价值的东西。

“我当然知道他是谁了。”她说，尽量不让自己听上去恼羞成怒，她知道那就是他想看到的结果，“我是说我——我曾经知道他是谁，后来——”

“他死了？”

“不，不，至少我没听说他死了。已经——好吧，已经过去十六年了。”她打量着他，“甚至不止十六年了。顺便说一句，生日快乐。我不敢相信——好吧，我其实没有忘，你知道的。我从来没有忘记过。”她从来没有忘记过他出生的那一刻。他出生后，那段记忆像一个多余的器官，长在了她的心里，为他专门腾出了一块地方。不管她再怎么强迫自己不去想它，她始终确信那个地方的存在。

身旁的乔纳局促不安地挪动着身子：“没关系。”

“你是早上九点十四分出生的，没有哪一年的一月七号不会让我想到这个时间点。我不……我知道，我让你失望透了，乔纳，但是，我一刻也没有停止过想你。”她停顿了一下，“如果你愿意，我明年会补偿你的。”这一次，她充分意识到，自己做出了一个关于时间的承诺。她也意识到，她竟然希望和他一起盼望着那一天的到来。

“当然了，”他说道，他目不转睛地盯着地面，从他紧闭的嘴唇可以看得出，他在努力憋笑，“查克芝士餐厅。到时候我们去那儿过生日。”

这是一个温馨得无法形容的时刻，那个曾经用他好动的双腿在她的肚子里踢来踢去的孩子，此时此刻正和她一起坐在公园的长椅上，开着玩笑刁难她。就是像这样的时刻，这种在混乱的当下闪烁着的满足感，让她觉得活着是值得的。

但是，当这个时刻毁于一旦时，她也没有感到惊讶。

“我爸叫什么名字？”乔纳问道。

“我……听着，乔纳，没有人知道这件事，所以我不是百分之百地愿意……”

“是你提出要坦诚的。”

“和耐心。”她有一些恼羞成怒，但他们对话的氛围仍然令人心生愉悦。看着第一次在她面前敞开的乔纳——这是他第一次像对温迪，或者对她的父母那样和她说话——她想她也许可以和他实话实说，毕竟，他是最有资格知道这些事情的人。这让她和他之间的联结变得更加紧密了，他们是和这些细枝末节最相关的两个人。“我从来没告诉过任何人。”她说。

“我也问过温迪和格雷丝。”他承认道。

“温迪和格雷丝什么也不知道，没有人知道。我刚才也说了。”

“马特也不知道？”

她脸红了。

“该死，”他说，“那简直就是最高级别的欺诈。”

“这不是欺诈，只是……那根本不重要。”她意识到这话不太对，“我是说，这当然很重要，只不过……”

“只不过，按照你的计划，你没料到会再见到我。”她读不懂他脸上的表情。“没事，”他说，“我也没指望你见到我会有多高兴。”

“我从来没想过会再见到你，我也没想过我们会……但我们还是遇到了，我很高兴。虽然这整件事在我的计划之外，但那并不意味着我不愿意欣然接受。”

他斜眼瞟了她一眼。

“我知道，我一开始确实表现得不太乐意。”

他哼了一声：“可不是嘛。”

“当然了，你爸爸是谁，对我来说曾经很重要过。哦不——我是说——现在也很重要。老天哪。”

“这就是你想告诉我的吗？”

她咬紧牙关，手指紧紧地缠在了一起：“就这次谈话的目的而言[①]。”

“这次谈话有什么目的？”

她没有立刻回答。“我在大学的时候交过一个男朋友，”她说，“我们在一起的时候，他正在读博士，生物化学，一个非常聪明的人。”

“但是？”

“什么？”

“感觉你接下来要接一个‘但是’。”

“没有‘但是’，”她说，说到一半被他打断，她有点不耐烦，“我们本来没有打算在一起很久。说实话，后来我们坚持了那么久，我还挺惊讶的。”她终于激起了他的兴趣，虽然他仍然没有抬起头看着她，但他脸上闪过了一丝好奇，眉毛微微向上一挑，让她想起了她的母亲。“我们在一起差不多三年，”她说，“我当时以为我们会结婚。但我当时……好吧，当时我才二十一岁，是个十足的蠢货。”

---

① 此处原文为“For the purposes of this conversation”，是合同或法律文书中的常用语。

他的脸上又闪过一抹笑："然后呢，发生了什么？"

她犹豫了一下。

"听着，"他说，"我现在只知道他可能有一个博士学位，和一个蠢货谈了三年的恋爱。我又不会……又不会悬赏派人去把他抓过来。"他踢了踢脚旁用来替代砂石的环保塑料泡沫，"我也没那么喜欢你。"

他讲这个笑话的语气中带着一种装模作样的不屑，完全没有察觉到他的话已经让她湿了眼眶。他明明是一个有趣、体贴、充满好奇心的孩子，而她却曾经那么对他，他本不该经历这一切的。"他出轨了，"她说，"然后我们就分手了。"

"故事讲完了？"

她咽了一口口水："差不多。"

"也就是说，还有后续。"

她转过身面对着他，问心无愧、直截了当地盯着他，不带丝毫掩饰，以只有看着自己的孩子时才会出现的那种眼神看着他，就像看怀亚特和伊莱那样。和她第一次见到他时一样，他的脸看上去很讨人喜欢，他有她父亲的额头，他的颧骨让她依稀想起了外祖母的一张相片。太奇怪了，那些旧时的微弱痕迹、那些她从未见过的人身上的影子，到底是如何清晰地复刻在她面前的这张脸上的？

"如果我告诉你，我……你向我保证，你会保守秘密。"她知道那种可能性微乎其微，消息总有办法泄露出去，尤其是在她的家里。但是，这是她欠他的，她要先还上这笔债，再去迎接其他人有可能甩在她脸上的愤怒。乔纳不会像温迪或马特那样，受到这个真相的伤害。更有意思的是，乔纳是唯一的她至今为止没有对其撒过谎的人。她要让自己成为一张白纸，重新开始，她要和他重新开始。

"你想让我签个文件之类的吗？"

当然，此时的她并没有考虑清楚所有可能的后果。但她敢肯定，无论后果再怎么严重，也一定比不上多年前她和温迪一起做出的那个决定。

“我做了一个错误的决定。”

“和那个科学家？”

“不是。和……一个……他们后来分手了，但是他曾经和我的……最好的朋友……谈过几年恋爱，所以她会——很受伤。”

“你最好的朋友是谁？你竟然还有朋友？”

“你和温迪都很有幽默感，你知道吗？”

“你妈也这么说。”

“我还没有做好准备——我之后会告诉你的，好吗？我不爱这个人，所以我从来没有跟他提过你。但他很善良，考虑事情周到，很有运动细胞。”

“真恶心。”乔纳说。

她突然意识到了他是怎么理解这句话的，脸一下变得通红。

“哦，天哪，我的意思是……不，他是个运动员。不是说在……天哪。我是说，他是个体育运动员。”

“不愧是我的爸爸，一个和善的体育运动员。”

那一刻，她觉得自己和他之间的联结比以往任何时候都更紧密。在她看来，他似乎是一个现实主义者。这一点触动了她，她终于在他身上看到了自己的影子。他瘦削的体形、他声音中的满不在乎，都和她很不一样。但是，他的实事求是，以及他接受现实世界的能力，明明就遗传自维奥莱特。人们总会令你沮丧，人们总是讲着不尽人意的故事。早在很多年前，她就已经接受了这个现实，而此时此刻，在这个郊区学校的操场上，在过去的几分钟里，他一定也体会到了相同的感受。

“我能再问一个问题吗？”他问道。

“哦，听着，乔纳，我想我们已经谈得够多了……”

“你想过要把我留下来吗？”

她看着他，然后抓住机会，把一只手放在了他的肩膀上："每时每刻。"

她担心他会接着问出那个她最害怕回答的问题——"那把我送走，你有没有后悔过？"但是，他没有问出口，也没有避开她的肢体接触。

第三十二章

格雷丝要回家了，她已经向她的父母坦白了——温迪也被她喊到了俄亥俄街的家中，在最终时刻来临时扮演调解人的角色。如果她再多看一部犯罪纪录片，她担心她可能会真的谋划出一起连环谋杀案。她的父母、卢米斯、她的姐姐们，还有乔纳，都在芝加哥。还有她刚出生了几周，对格雷丝——她年纪最小的阿姨——令人失望的人生一无所知的外甥女。只因为格雷丝现在是——也永远会是——家里最小的孩子，大家才勉强接纳了她暗淡无光的人生。而她和外面世界的疏离，又给了他们一个永恒的借口，让他们永远凌驾于她之上，她永远也追赶不上。

猎户座咖啡厅里正排着长队，她只能徘徊在柜台的尽头处，本看见了她，但不得不继续帮四个人点好单，才能和她说话。终于，他点好了最后一份单，转头和他的同事低声说了些什么，然后脱下围裙，走到她的身边。

“索伦森，”他窘迫地开了口，“好久不见。”

这句话几乎让她哭出来。她咬住舌头，硬是把泪意吞下了肚。“嘿，”她说，“你现在有时间吗？”

“整整二十五分钟，”他说，“我可没有吹牛。”

“我们能出去走走吗？”她问道。

他转向她，困惑不解：“可以，索伦森。只要你想。”

他们一言不发地走了几分钟，中途没有看对方一眼。本停了下来，微微拱了拱他的背——他每周日都会到咖啡厅工作，今天大概已经站了八个小时了——然后转过来面对着她："所以，有什么新鲜事儿吗？我们已经……已经很久没见了。"

"是的，"她说，"没发生什么事。我是说……确实发生了一些事。"她想试探他到底从乔纳那儿知道了多少，"对不起，我最近……人不在这儿，家里有点事情。"

"一切都好吗？"

"差不多。"她说。

"我见过你外甥了。"

"我听说了。我……本，我很抱歉……"

"你那天晚上在干什么还轮不到我来管。"

"你当然……"

"轮不到我。我们之间不是那样的。"

"我们之间的什么？"

"就是——我们之间的那种东西，不管那是什么。我们——我不知道了，我们可能只是朋友吧。如果你要在别人家里过夜，我没有资格生气，没有资格好奇，没有资格伤心。我没有资格……天哪，我连我们还是不是朋友都没法确定。"

"我希望我们还是朋友。"她停顿了一下，"我犯了个错。"

他停下脚步。

"就是一次愚蠢的一夜情，他是个酒保。"格雷丝鼓起勇气说道。

"天哪，别告诉我是归来酒吧的那个家伙？"

"好吧，我……"

"是那个他妈的爱尔兰人？"

"你没必要像个民族主义者一样强调'爱尔兰人'，他就是个普通人。"

他再次开口说话时，声音有些奇怪："你为什么要跟我说这些？为什么来找我？你知不知道，这有多残忍？你有没有意识到圣诞节那天发生的事，你到现在一个字儿都没说？我当时说的那些话，你就……当作什么都没发生过吗？你为什么在感情的事情上这么迟钝？”

“对不起，”她说，“我不……我不是这样的人。我从来都不想……一想到会伤害到你，我就……我当时喝醉了，很害怕，我……”

“害怕什么？”他的声音平静了下来。

她挥了挥手：“所有事情。我也不知道。”

“你是来告诉我，你现在打算和他在一起了吗？”

“不。不是的，完全不是。”她停顿了一下，“我是来告诉你，我要去芝加哥了。”

他停下脚步：“去……去干什么？暂时回去一趟吗？”

“不是。我想我不会继续待在这里了，波特兰不是……我在这里过得不好。我打算回去和我爸妈住一段时间。”她喉咙一阵哽咽，泪意又涌了上来，模糊了她的视线，“也许还能帮帮我姐姐莉莎，她就是那个……”

“那个妄想症心理学家？她男朋友是个文了花臂的软件开发员？不小心怀孕了？”

她感激地望着他：“是的，就是她。不过，后来她把孩子生了下来。”

“恭喜。”

“谢谢，记忆力不错。”

“这下你就没法说我不重视了吧，”他说。听上去像个老头儿，她笑了。“我对你们索伦森家的所有人都了如指掌。维奥莱特有个私生子，她在二楼浴室里贴着一张“去生活，去爱，去笑”的海报。还有那个和维奥莱特像一对爱尔兰双胞胎的姐姐——温迪，她继承了遗产，但是过得很惨，你大学毕业的时候，她还花了八百美元给你买了个行李箱。顺便说一句，我觉得你最好和她搞好关系，以防之后要花钱。”

听着这个男孩从他的记忆里重塑着温迪的形象——那并不是真正

的温迪，而是她口中的温迪——她笑了。你对任何一个姐姐或妹妹的描绘，永远都不可避免会沾染着嫉妒，夹带着种种的双重标准，掺杂着深入骨髓又无法解释的爱。

他记住了她说过的每一句话，之前从来没有人这么做过。

他踢飞了一块石子，然后停下脚步，盯着它在人行道上的运动轨迹。“你爸是一位很传统的家庭医生，退休之后开始在家里搞绿化。”他继续说道，“你妈是一个‘花的孩子[①]’，但是结婚之后就过上了平静的家庭生活。如果你想继续听的话，我还可以继续讲下去。但是我刚刚也说了，我只有二十五分钟，现在大概只剩十五分钟了。你要去多久？”

“我不确定。”

本又停了下来，靠在一个U形自行车架上，望着她。“我不是个自以为是的人，我也不觉得你做出的这个要离开的选择会和我有任何关系，”他说，“但是圣诞节那天……”

她想要打断他向他道歉，但什么东西阻止了她。

“你伤害了我的感情，”他说，“但我知道，你不是故意的。我很喜欢你，格雷丝。”他叫过她“格雷丝”吗？“在我看来，这本来应该是一件再简单不过的事情。我喜欢你，而且我觉得你也喜欢我。”

“我是很喜欢你。”

“可是到了你这儿，一切就变得很复杂，也让我很生气。我当时把我的感受全都告诉了你，可是你却把一切都搞砸了。”她从他的声音里听出了一闪而过的愤怒，“然后你，好吧……”

“这一切……这一切对我来说都很陌生。我厌恶我生活中的一切，除了你。我很难想象，你到底为什么想成为我生活中的一部分。连我

---

① 嬉皮士的一个流派，信奉象征主义。他们会身穿绣花的衣服，头戴花，向市民派发鲜花，因而被称为“花的孩子”。

自己都知道，我的生活无聊透了。我也知道，我不是一个很好相处的人。”她垂下了头，咽了咽口水，试图缓解喉咙口的堵塞，“我得先学着喜欢我自己的生活，喜欢我自己，必须是那样。”

“所以，你就选择了逃避？”

“我是要……回家，应该这么说才对。”现在轮到她停下了脚步，她也找到了一块小卵石，甩开腿，碰了碰那块石头。“我真的很喜欢你，”她说，“我会想你的。”她深吸了一口气，抬头看向他。他脸上的某种神情让她松弛了下来，一切似乎都没有那么紧迫了。永远没有人能义无反顾地拯救你，但确实有人能让你的心变得平静，那是一种微妙而神奇的感受。

然后，她吻了他。她向前迈了一步，渐渐贴近了他的脸。之前，只有别人主动对她做过这种难以言说的亲密举动。他从自行车架上下来，靠了过来，用手抚摸着她的脸。在那一点五秒的时间里，她不确定这一切是不是真的要发生了。然后她就决定了，是的，是真的。

所幸的是，本 · 巴尔内斯也回吻了她。

2013

丈夫去世之后，温迪才模糊地意识到，她其实并不希望独自面对一切。她之前之所以没有意识到，是因为她把精力全都放在了照顾丈夫这个过程本身——这个过程是如此单调乏味，以致她无数次地产生了“让这一切快点结束吧”的令人羞耻的念头。但是，她偶尔也会希望能有个意识清醒的人陪在她的身边，在她去上厕所的时候帮忙看着迈尔斯，给她买咖啡和奇多薯片，告诉她外面的世界都发生了些什么。她的父母反复提出要来帮她，她都回绝了。她也不太清楚为什么要拒绝——也许是因为她的父亲从来都不太同意她和迈尔斯在一起？因为她和母亲在一起会尴尬？毕竟她们上一次一起进医院还是在埃维死后。那以后，她们就不是非常亲近了。格雷丝在波特兰，莉莎在费城，所以只剩维奥莱特了，按照逻辑，她是最合适的人选。但是维奥莱特声称她的产科医生告诉她，不能在孕晚期进入癌症病房，这件事让温迪怒火中烧。听到维奥莱特说出这个谎，温迪过于震惊，以至于没有当场戳穿她，指出癌症并不会传染。温迪也没有指出，孕妇要无数次来医院，医院简直就是大多数孕妇的麦加圣地。维奥莱特在躲着她，就像当初她生埃维时那样。维奥莱特太脆弱了，除了她一尘不染的生活，她什么都无法忍受。她一定在尽情享受着温迪比她过得更加凄惨的事实。

但是在温迪看来，所有这些念头都不过是她用来分散注意力的幌子，她宁愿胡思乱想，也不愿去想躺在她身边的迈尔斯。他就在那儿，却让人无法辨认躺在那里的到底是不是他。他的身体枯瘦而苍白，受尽了折磨，眼睛深陷颧骨上方的凹陷里，透过他脖子上纤薄的皮肤，可以清晰地看见他的筋脉。医生告诉她，就剩三天了，他上一次完全清醒过来，已经是一个星期之前的事了。那次，他的神志异常清醒，虽然身体依然虚弱，但可以说出一整句连贯的话。她当时太激动了，立马和他开起了玩笑，告诉他有一个负责照顾他的护士长得像只海马。在她开玩笑的间隙，他又睡了过去。所以，那有可能是她对她丈夫说的最后一句话。此时她正握着他的手，将他的掌心朝上，用手指勾勒着他手上的纹路。不管发生了什么，那些纹路依旧保持着原样。他的手掌枯瘦枯瘦的，摸不到一点肉，但那些纹路还在。那些熟悉的交错的纹路。

她小心翼翼地爬到了他旁边，尽量不碰到任何一根仪器线，也尽量不让自己的胳膊肘或膝盖戳到他。

“没有你，我不知道该怎么办。”她对迈尔斯说道，说完感觉自己很蠢。她的话在空荡荡的房间里回响，她把灯都关了，只留了角落里的一盏台灯。她把声音放得很轻，“我不知道我要做些什么。”

他们已经把他的呼吸器摘掉了，她聆听着他的呼吸。

“你的出现是我生命中发生过的最美好的一件事。有的时候我会觉得，遇到你的那一刻，我就花光了我所有的运气。”她停顿了一下，“不过，那也是值得的，因为是你陪着我闯过了所有的难关。但是我不知道该怎么熬过这一关，如果你现在能说话，我不知道你会对我说些什么。”

过去的这几天里，即将失去他的痛苦渐渐地转移到了她的身体上。她开始胃痛难忍，甚至直不起腰。

“谢谢你让我傍到你这个大款，”她知道，如果他听到她说的这句话，一定会被逗笑，“谢谢你让我有过一个孩子，谢谢你告诉我不是‘凭心而论’而是‘平心而论’，谢谢你娶了我，谢谢你连着让我来了四次。”

他身上的味道闻上去不一样了。过去这几个月，他闻上去都不太像他自己的味道。她把鼻子埋进他睡衣的褶皱里，想要寻找一些熟悉的味道。那里还是他皮肤的气味，一点没变，她哭了出来。

“谢谢你对我的照顾。”她接着说道，“让我想想有没有什么鼓舞人心的歌词。你想听我模仿尼尔·杨的声音吗？”

他一定会觉得这句话很好笑，所以她替他笑了。

“我很爱你，迈尔斯·艾森伯格。”她说。她蜷缩在他旁边，把头靠在他凹陷的胸膛上。她就那样抱着他睡着了，醒来时，他已经走了。

虽然从医学上来说并不成立，但维奥莱特的医生还是建议她，不要在离预产期还有几周的时候去看望重症病人。他们选了一个年轻医生，绝大多数情况下，维奥莱特很喜欢她，但是她每次巡床时的言行都令维奥莱特很是窝火——她经常无视医院的规定，频繁地使用“女阴”这个词，而且她无法理解维奥莱特为什么不愿意让马特用橄榄油按摩她的会阴。那个医生和维奥莱特说起过辐射和癌症病房化学物质会带来的危害，自那之后，维奥莱特的脑海中就总是出现这样一幅画面：她一不小心碰到了某个她不该碰的开关，那些有毒物质穿过她的皮肤，进入她的血液，侵入她孩子的身体，让孩子变得畸形，甚至在她的腹中死去，像温迪的孩子那样变成一个没有生命的躯壳。但是，有一些担忧是无法说出口的。

医生的叮嘱让她松了一口气，这才是可耻之处，得到这个建议之后，她竟然觉得很开心——开心！在她的孩子就要来到这个世上时，她侥幸逃脱了一次和死亡亲密接触的机会。她又做了一件不可原谅的事情。

但她仍然会去关心她的姐姐，那也很重要。她会给温迪发短信，或者给她打电话，聊上一小会儿。她看似寡淡的生活其实并不清闲，但她还是每天保持着和温迪的联络，直到那天晚上，她没有像往常一样被尿憋醒，而是被一阵座机铃声给吵醒了。她立即出发，去了温迪的家。她把怀亚特交给了马特，开车去了海德公园，那时迈尔斯刚刚过世几个小时。然而，即使是在那样的节骨眼，温迪看着站在家门口的她，只是叹了口气，对她说道："天哪，你也太夸张了。"

所以那天晚上，被母亲抱在怀里哭的人成了维奥莱特，而不是刚刚失去了丈夫的温迪。被温迪委婉地拒之门外后，维奥莱特没有开车回埃文斯顿，而是回到了俄亥俄街上的家中。穿过克德齐大道和奥斯汀大道之间堵得水泄不通的芝加哥大道时，她泪流不止。敲开父母家门的时候，她几乎是一头栽到了屋里，瘫倒在了母亲的怀中。

"我知道，亲爱的。"母亲安慰道。母亲沏了些茶，维奥莱特把头枕在母亲的腿上，在沙发里蜷成一团。

"她甚至都不愿意看到我，"她抽泣着说道，"我已经……我已经尽力了。"

"冷静一点儿，亲爱的。你当然已经尽力了。"

她断断续续地掉着眼泪，她想枕着母亲温暖舒适的旧浴袍睡去。“是……我的医生说的，她告诉我最好不要去。我知道那听起来……听上去是我不对，但我……”

母亲缓慢地沉重地有节奏地抚摩着她的头发。“不是你的错，”母亲说，“维奥莱特，这是一件再正常不过的事情，你并没有什么不对，好吗？我们都会为我们的家人考虑，你是为了你自己和你的孩子，那并没有错。”

“那她让你去她家了吗？”

“就待了几分钟。”

“她就这么对她自己的妈妈？”她说道。此时的她感到愤愤不平，与此同时也疲惫得像要失了智。

“你姐姐她过得很煎熬。”母亲继续说道。没等维奥莱特告诉母亲这句话她已经听得厌倦了，母亲就接着说道：“不要因为那些小事闹别扭，好不好？你现在过得很好。”说完，她轻轻地拍了拍维奥莱特的肚子，“你马上就要有一个漂亮的宝宝了，而且你们都很健康，你应该把你的注意力放在这上面。”

维奥莱特想她的母亲只是在想要保持乐观——相对来说母亲更让人讨厌的特质之一——但母亲的话并没有安慰到维奥莱特，反而让维奥莱特觉得很不耐烦。她难道应该要为她没有被悲剧玷污的生活而感到抱歉吗？她难道要为肚子里这个可爱的小生命而感到抱歉吗？况且她也在生活里浮浮沉沉过，她也牺牲掉了很多宝贵的东西，才过上了现在的美好生活。

“我只是觉得这不公平……”

“亲爱的，”虽然玛丽莲仍然把手搭在维奥莱特的肩上，她的声音听上去却冷漠了许多，“你的姐姐刚刚失去了她的丈夫，我们给她几天时间，好不好？”

第三十三章

怀格雷丝的时候，玛丽莲去练瑜伽，调整在家的作息，保证充足的睡眠，吞下了一开始死都咽不下去的维生素片。但是，她所付出的一切，又有什么用呢？此时，格雷丝像其他孩子一样，正在房顶上抽烟。在她撒下的那个弥天大谎的余波中，她几经辗转，回到了家中。

“小笨鹅，”她小心翼翼地喊道，以防格雷丝被她的声音吓到，从屋顶上摔下来，“快下来吧。”

他们的女儿打电话向他们坦白了过去一年以来发生的一切。她告诉他们，整整一年以来，她并没有在上学，并没有去滑雪度假，也并没有交到什么朋友。玛丽莲过于震惊，以至于一时说不出话来。直到格雷丝复盘了这一整场骗局，她才最终开口说道：“买机票，立刻回家，格雷丝 · 索伦森。”她第一次希望戴维当年给他们的小女儿起个中间名，那样的话，她就可以更加掷地有声地喊女儿的名字，施展她作为一位母亲的权威。

昨天晚上，格雷丝回到了家，她看上很瘦，整个人都非常紧张。“哈克 · 费恩[①]！”温迪戏谑地和她打了个招呼，然后就把她卷走一起吃晚饭去了。温迪可能是想帮她一把，让她在接下来的几个小时里短暂逃离玛丽莲和戴维的怒气。半夜，格雷丝回到家，直接回房间睡觉

---

① 马克 · 吐温的长篇小说《哈克贝利 · 费恩历险记》的主人公。

了。而此时，快中午十二点了，格雷丝光着脚，走到了门廊上，浑身全是烟味，像一个落魄的流浪汉。玛丽莲坐在长椅上，冲她挑了挑眉，拍了拍自己旁边的位置。

“你以前总是会找我们帮忙的。”玛丽莲开口说道。尽管她很愤怒，心里也充满着疑惑，她还是克制着自己，试着保持冷静，“你以前遇到困难的时候，总是……我们一直都很支持你，不是吗？我只是不明白你为什么不……”

“我不想让你们失望，而且你还有很多其他事情要忙。”

“只要你们不去做一些明知对你们自己没有好处的事情，我怎么会对你们感到失望呢？你爸和我才不在乎你上的是法学院，还是小丑学院，格雷西。沃什本贸易学院之类的就可以了，我们说得还不够清楚吗？”

“好吧，是的，但是……”

“什么？”

“我是说，你们给我的关心太多了。”

玛丽莲皱起了眉头：“不好意思，那……是件坏事吗？”

“我的意思是，我总是会比其他人受到更多的审视。因为你很……很闲，你有很多时间来关心我。”

“所以，你的意思是，我们不够忽视你？”她干瘪地讽刺道。对于父母来说，永远没有所谓的胜利。

“不，不是……我不想吓着你。对于我们家之前经历的那些事情，我感到很抱歉。温迪一直活得像郝薇香小姐[①]；维奥莱特像我这么大的时候，撒过一个比我更加离谱的谎，而现在，她又像一个没有感情的机器人；莉莎现在成了一个单身妈妈。在这个家里，只有你和爸过得

---

① 英国作家查尔斯·狄更斯小说《远大前程》中的角色，一位有钱的寡妇。

还算可以。”

即使他们艰难地养育着四个女儿，经历了吉莉安那件事，经历了戴维父亲的离世，所有人对玛丽莲婚姻的看法却仍然出奇地一致，在旁人眼中，她和戴维之间的关系仿佛永远刀枪不入，无坚不摧。她的孩子们永远无法完全理解她，就像她永远无法完全理解自己的父母一样，就像她永远也无法完全理解格雷丝——这个曾经在她身体里慢慢长大，而现在就坐在她身边的女儿——一样。

“不知道自己想要什么没关系，”她说，“你还很年轻。你想在家里待多久就待多久，然后用这段时间想清楚你下一步要做什么，振作起来，想想去年你都干了些什么。但是，你不能再撒谎了，格雷丝。不然，你自己也会一直开心不起来的。”她向女儿伸出了一只胳膊，暗自担心会被女儿推开。但是，格雷丝还是像小时候一样，钻进了她的怀里，和她紧紧依偎在一起。

“我不是故意的——你知道吗，有时候事情就是会莫名其妙地发生。”

玛丽莲闭上了眼睛，她能记得女儿头发的分界线在什么位置：“是的，我很能明白。”

这时，纱门开了，发出一声生锈的“嘎吱”声，戴维从屋里走了出来。格雷丝挨着玛丽莲，把膝盖抱到胸前，在长椅上挪了挪身子，给他腾出了位置。

“我们现在有多担心格雷西，”那天晚上，玛丽莲躺在床上问戴维，“一到十分的话？”

“我不知道，七分？”

“七分算是很高了。”

“但是，我平时对她的担心也有五分左右。你得对比着来看。”前一天在机场行李转盘处接到格雷丝时，他差点哭出来。虽然她看上去比上次回家时长大了不少，但她依然年轻，依然和以前一样懵懂而脆弱。之前，她拒绝了他们唯一的要求——他们只是想知道事情的真相而已——他窝了满肚子的火。但是一看到她，那阵怒火就迅速被翻涌而来的悲伤给浇灭了。悲伤之余，他既为她担心，也因为她半路提出的要去吃冰激凌的请求而略微有些烦躁。在他们驶上曼海姆大道往家开的路上，她竟然问他能不能顺路到约翰尼冰激凌店买点意大利冰激凌，就好像她这次是刚从学校放假，然后让戴维开车接她回家一样。

“一切本来那么顺利，我正有点沾沾自喜呢。”玛丽莲感叹道。

“骄者必败。”

“养我们这几个女儿，就像俄罗斯套娃一样，”玛丽莲说，“一个刚撒手，另一个就又出问题了，手里还拿着一包骆驼牌香烟。”

“我想，这就是生这么多孩子的风险之所在吧。”

“你之前说的没错。”她回答道。

“谢谢，”他回答道，“我之前说了什么？”

“你之前说过，我们永远——到不了终点。在孩子们的事上，总会出这样那样的问题。”

他们静静地躺了几分钟，听着房子渐渐沉淀下来的寂静和外面的风声。

“我在想——”他说道。

“你竟然还想得动？”她笑了，“想什么？”戴维看得出来她累了。

“如果我们还是打算要管一管其他孩子的事儿，我在想，我可能需要和莉莎谈谈。”每当他向妻子提出新的想法时，他总会很紧张。他并不担心她会对他的想法评头论足，而是害怕她会全心全意地支持他，不等他们的谈话结束，就让他思想的种子绽放出艳丽的花朵。玛丽莲是个行动力极强的人，所以如果要和她提出什么想法，他必须做好万全的准备才行。“我想问问她，秋季学期需不需要有人帮她照顾孩子。”

玛丽莲的脸一下亮了，她抓住他的手，紧紧地贴在了胸前：“真的吗？”

“是啊，我听说隔壁那个女孩儿，就是那个耳朵上戴了俩巨大无比的耳钉、看起来萎靡不振的女孩儿，最近在找工作呢。”他开起了玩笑。玛丽莲在毯子下面轻轻地踢了踢他的小腿。

“亲爱的，你问问她，快去问问她，现在就去，你这个主意真是太好了。快打电话，亲爱的，莉莎会很高兴的，她正好在担心不能正常回去工作的事呢。现在就打电话给她，你的手机在哪儿？”

“小家伙，现在都已经深更半夜了。淡定一点儿。”

“淡定一点儿？”

“格雷西刚才也跟我这么说的，现在年轻人好像都喜欢这么说话，听上去很拽的样子。”

“好吧，那你明天早上给她打个电话吧，好吗？我觉得你这个点子真是太好了。”

他和妻子之间这种富有诗意的角色转换其实有一些滑稽：妻子每天早上骑车去五金店上班，而他却整天浸泡在和孩子有关的无聊琐事中。所以，他们终究还没有老去，不是吗？

“你一直都很会带孩子，”她接着说道，“这件事——我的意思是，这件事很无聊，可能连‘枯燥’两个字都不足以形容这件事的无聊程度。不信的话，你可以去问问任何人。问问维奥莱特，问问莉兹。或者你还可以请教请教我，如果你觉得我在过去四十年里教给你的还不够的话。但那都只是暂时的，我想莉兹之后会尽可能多地待在家里陪姬特的。你这是在帮她的忙，戴维，就当作你送给她的一份礼物。”

“嗯，也算不上什么礼物。你觉得，付给我三十五美元时薪还算合理吗？”

“别开玩笑了，亲爱的。”

“你觉得我能行吗？”

她朝他笑了笑：“我相信你。”

她身上的自如令他动容。他回想起了她早些年经历过的绝望时刻，那么多的恐慌和沮丧，以及那间厨房里弥漫着的油漆味。

“但是，我记得带孩子曾经让你很痛苦。”他不假思索地说道。

玛丽莲看上去有些受伤：“不，并没有。”

“我是说，有的时候，不是吗？”

她松开了他的手，背过身子：“那是肯定的，有的时候，确实很痛苦。因为要带小孩，我每天都过得稀里糊涂的，累得快要疯了。但是——我是说，痛苦是必然的。但是，那同时也是一件——很有成就感的事情。”

“我知道，这完全是两码事。”

她浅浅地笑了：“是啊，是不一样。”

“我刚才不是故意要揭你的伤疤。”他说。

“没关系。那是我度过的最快乐的一段时光，还记得吗？”

轮到他笑了出来：“我只是在想，比起带孩子，你本来可以去做很多你想做的事。”

“要不然呢？”她听上去又累了。

“也是。”

“这对你和莉莎，还有姬特，都是件好事。我相信和公立大学里的日托所比起来，你肯定会把孩子照顾得更好。”

“天哪，谢谢。”他用胳膊拱了拱她，“我刚刚冒犯到你了吗？”

她叹了口气：“是有那么一点点。不过，没道理把这种事放在心上，你的意思我都明白。”

“这个家里有你，我和女儿们都很幸运。”

“是啊，她们都成长得那么完美。”她说，接着又叹了口气，“天哪。”

“我没开玩笑。”他说。

她又转过身来，面对着他，给了他一个吻：“你真体贴。”

他靠近她，把她拉到了怀里。

“嘿，”她稍微挪开了一点儿身子，望着他的眼睛，“我为你感到骄傲。”

能从她的口中听到这句话，对他来说仍然意义重大。

2015

温迪本以为——或者说期待——维奥莱特和马特位于埃文斯顿的新家并没有占据一个绝佳的地理位置。但是，她坐的那辆出租车——她没有自己开车，不然维奥莱特会察觉到她这天没有喝酒，她不想让维奥莱特看出来——停在了一栋位置极佳的价值超过一百万的房子门口。那周围有成荫的榆树，离湖边只有几个街区的距离，房屋玻璃的外观看上去美观而大气。看到眼前的场景，温迪突然恶心想吐，她本来打算给司机多塞五十美元，让他再载着她在附近绕绕，这样她好用几分钟的时间抽一支烟。但是就在这时，前门开了，维奥莱特走了出来，她扎着马尾辫，脸上挂着笑容，手里还抱着一个孩子。

“谢了，艾伦。”她小声对司机说道，“希望你的一天过得没有我烂。”然后，司机就让她下了车，留下她独自和维奥莱特面面相觑。维奥莱特伸出另一只手，想要拥抱她。维奥莱特什么时候会主动给人拥抱了？她可以透过维奥莱特薄薄的价格昂贵的夏季羊绒针织衫看到她的骨头，伊莱才——四个月？五个月？她怎么已经这么瘦了？过去几个月以来，温迪一直都没怎么露面——天哪，迈尔斯竟然已经去世三十五周了——而且更是刻意地避开了维奥莱特，只有在格雷丝回家的时候，她会带格雷丝去“华丽一英里”商圈买东西，或者时不时地去父母家吃一顿无伤大雅的晚餐，除此之外，她就没怎么出过门。上个月，她拒绝了马特和维奥莱特的乔迁派对；而这次，维奥莱特再次邀请温迪来新家做客，并且威胁温迪如果不来，她就会抱着孩子亲自上门拜访，温迪这才答应了。

“我很高兴你能来，”维奥莱特说道，她浑身散发着铜臭味、科颜氏护肤品的香味，以及一股郊区的气息，“你看起来状态很不错。我们说话这工夫，怀亚特正在给你做标牌呢。”

“标牌？”维奥莱特的话让她觉得自己像一个从城里的家中溜出来，跑到北岸四处游荡的老寡妇，莽撞、笨拙，又不善言辞。

“欢迎标牌，”维奥莱特说，“他见到你太激动了。我手里的这个小宝贝也很高兴见到你，对吧，甜心？”她轻轻拍了拍抱在手里的伊莱，伊莱以婴儿特有的茫然和冷漠回应了她。“他饿坏了，过一会儿他就会精神一点儿。快进来吧，进来吧。怀亚特，小家伙，猜猜是谁来了。”

她的外甥出现在厨房门口，手里举着一块比他人还大的纸板，上面用粗粗的荧光笔乱糟糟地写着：**欢迎温迪**。“欢迎”和“温迪”之间没有加标点符号，读上去非常冷漠，同时又有些好笑。“嘿。”他害羞地说，整个人都躲到了标牌后面。

“嘿，警长。”温迪说道，她很喜欢这个孩子。他有自己的想法，很有趣，眼神也很善良。“这是你帮我做的吗？”她对着他的标牌点了点头，“还是说，有另外一个温迪今天也要过来？”

怀亚特直直地望着他的母亲，像在和她确认，维奥莱特冲他眨眨眼，点了点头。

“是给你准备的。”他说。

“你真是太棒了，”温迪说，“这是我收到的最漂亮的标牌。”

听到这句话，他非常高兴，但很快又犹豫地说道：“但是我还没有全部做完，我才刚贴完贴纸。”他用小小的身子骨抵着那块牌子，朝他来的方向摇摇晃晃地跑走了。

她转过身来，一眼就看到了维奥莱特裸露的胸部，她的妹妹正坐在餐桌旁，撩起衬衫给婴儿喂奶。

“我的天哪！”她惊呼出声。维奥莱特抬起头，像只熊猫一样迟钝而茫然地望着她。

“怎么了？”孩子抱着母亲的乳房，没有松口。

温迪猛地把头扭开了。“天哪，维奥莱特，你家里有客人在。”

温迪突然想到可能会有人用“你又不是客人，你是家人”来回应她，然后被自己的这个念头给逗乐了。但是，按照她们家的传统，客人的身份似乎永远比家人更加尊贵。所以，她打算借机发挥，要要性子，取得这一次对她来说来之不易的上风。即便是这种微小的胜利，也会让她觉得心情舒畅。

维奥莱特张开嘴想要说话，但又闭上了，她低头看了看怀里的孩子，仿佛正在做一件像给汽车加油，或者续借图书馆的书一样再寻常不过的事情。温迪没有忍住，瞥了过去，看到了维奥莱特胸上泛白的妊娠纹，于是心中暗自窃喜——把衣服脱光之后，她也并不完美。

但是，维奥莱特看上去还是很美。她是如此平静，在她那宽敞的餐厅里半裸着上身，给一个犹豫不决的婴儿提供着食物。不管维奥莱特再怎么令人讨厌，她却总是能迅速振作起来。她是那么美丽，那么能干，那么祥和，看着她，温迪几乎感觉头晕目眩。而且她的房子里闻上去有一股茉莉花的味道。

“我上周在星巴克也被人说了，”维奥莱特说，“我对这件事有点敏感。”

“好吧，他现在有点大了，不是吗？”温迪问道，维奥莱特把伊莱抱得更紧了些。实际上，他看上去仍然很小，而且温迪不记得他的生日，也不确定什么时候断奶最合适，埃维死后，她就把所有与之相关的知识都抛到了脑后。怀亚特出现在了门口，他手里拿着贴纸，正往厨房里偷瞄。看到他能这么自然地看着母亲裸露的上半身，温迪感觉十分别扭。

“我们也讨论过给他断奶，但挺难的。”维奥莱特说，“因为他每天的日程表。”

温迪哼了一声：“怎么，他难道是个经纪人吗，还有日程表？”

维奥莱特用一种疲惫又不耐烦的眼神看着她，那种眼神让她想起了母亲。“做起来比说起来难多了，好吗？”维奥莱特说道，虽然温迪从她的声音里听出了某种悲伤，但温迪还是执意要表现出一副受到冒犯的样子。如果你生命中所有重要的人都离开了这个世界，你是被允许这么做的。

“是啊，也没什么机会能让我了解这些东西了，你说是吧？”她问道，亮出了那张王牌，暴露出了完全没有必要的敌意，她甚至为自己的行为感到了一丝尴尬。

“对不起，温迪。”维奥莱特太容易上钩了，“是我说了句蠢话，我太累了，原谅我。”温迪可以不费吹灰之力，从维奥莱特那里得到任何她想要的东西。

“你看起来一点儿也不累啊。”她说着，回以一击。她们之间的姐妹情谊是一个跷跷板，温迪永远是那个会突然从上面跳下去让对面的人一头栽进沙坑里的混蛋。

然而维奥莱特却笑了起来，所有的歪斜，都在瞬间得以纠正：“好吧，谢谢你这么说。我昨天刚去做了皮肤护理，我希望有点儿用。”也许正如她所说，是因为昂贵的个人保养，但是她身上似乎发生了一些奇怪的变化——她的脸和身体都没有变，但是她举手投足和以前很不一样，她脸上的每一个表情，似乎都是她精准拿捏下摆出来的。

怀亚特把他的牌子拿了过来。伊莱喝完奶后，维奥莱特站了起来，带温迪参观了一圈。温迪震惊于这栋房子的空间之大、光线之充裕，震惊于屋内宽敞又有序的布置，震惊于室内富有艺术感但并不过头的装潢，这是一栋专门给有品位的有钱人住的房子。

“那儿是书房，那儿是马特的吉他房，那儿还有个小树屋，但是我从来不允许怀亚特进去。马特说他已经到年龄了，但我还是很担心他会从某扇窗户摔下去，你说是吧？”温迪感觉自己像置身于《名人豪宅秀》最无聊的一集之中，维奥莱特又打开了一扇门说，“这里是我的办公室。”

温迪没有忍心问出那句“你要办公室干什么？”，她最终选择了一种更委婉的措辞：“你又开始工作了吗？”

维奥莱特看起来有点难过。“我的意思是……不是……我没有做回律师。”她咽了一口口水，“但这是我用来……你知道的，用来算账，或者排一排儿子的日程，还有……”说到这里她脸红了，“处理一些幼儿园的事情。听着，我着急去上厕所，你能帮忙抱他一下吗？”维奥莱特突然把伊莱一把塞进了她的怀里。

温迪浑身僵硬，把他悬在离她的身体一臂之遥的地方。她对面前这个孩子几乎没有什么了解，她只知道，他正穿着连体衣，上面印着一条领带，他很健康，四肢完好无损。

对维奥莱特来说，一切都来得如此简单，如此轻而易举。她一如既往地平静，一如既往地相信生活不会背弃她。所有事情到了她的身上，都变得如此顺理成章——维思大学、领养、法学院、马特、律师考试、婚姻；所有事都一件一件地自然而然地向前推动着。她的生命中不断有新的事物更迭发生，这对她来说已经够了。她不会受到任何来自外界的刺激，因为她已经拥有了一切——长很漂亮，高学历，嫁给了一个只要她一声令下就会唯命是从的书呆子老公。就好像所有发生在她身上的事情，都是生活的常态而已。温迪不得不承认，她很佩服维奥莱特泰然自若的生活态度。然而，虽然维奥莱特拥有这些，她却总是表现出一副委屈巴巴的模样，就像在阴阳怪气地抱怨“糟了，生活实在是太美好了”。与此同时，在维奥莱特的眼中，温迪就像一件玻璃器皿，一个老旧、丑陋而易碎的啤酒杯。很多时候——实际上，是绝大多数时候——温迪不会向维奥莱特寻求帮助，然而就算她几乎已经从维奥莱特的生活中销声匿迹，不去给她添一分一毫的麻烦，她还是被维奥莱特取得的那些成就甩了一脸。

维奥莱特的婚礼那天，也是他们失去埃维没多久，她莫名其妙地在父亲书房的沙发上醉晕了过去，是迈尔斯把她抱上车，把她带回了家。而维奥莱特则在第二天早上出发去了希腊，开始了她的蜜月之旅，回来之后，她一气呵成地做着那份了不起的工作——怀孕，生怀亚特。生活的齿轮扭转着，每一个锯齿都严丝合缝地卡在它们应该卡的位置。

像被远远地悬在空中，温迪手里的孩子扭动着身子，她不得不把他抱得紧些，让他靠在她的胯上。“嘿，”她试着对他说话，“嘿，你好呀。”

抱他在手里，感觉很奇怪，像抱着一堆湿答答的衣服，不过，他身上的味道很好闻，混着德勒夫特牌婴幼儿洗衣液的味道、被窝里的味道，以及维奥莱特大学毕业后就一直喷的那种淡香水的味道。温迪上一次抱一个孩子抱这么长的时间，还是在格雷丝小的时候。她当时带格雷丝还算得心应手，如果她恰好有心情，想帮她的母亲，她有时会抢在父母前面去照顾半夜哭醒的格雷丝，然后抱着格雷丝在房子附近散步，在她的耳朵边说一些她还听不懂的故事：“斯宾塞·斯托林斯是世界上最愚蠢的人，但是他长得实在是太帅了，小笨鹅。看到这张桌子了吗？这张桌子可是一百多年前的桌子，它的年纪是你的一百倍左右呢。”

温迪抱着伊莱颠了颠，他冲着她露出了那种灿烂的婴儿的笑，他伸出手，把她的项链攥在了他的小拳头里。

“这条项链很漂亮吧？”她说，“是不是，这位先生？”他发出了小精灵一般响亮清脆的笑声，在他的感染下，她也笑了。“我知道，”她说，“我还挺幽默的。”她的目光一路瞟到了维奥莱特办公桌上那本满满当当的日历上，它几乎有投影仪屏幕那么大，上面用不同的颜色做着密密麻麻的标注，马特是蓝色，怀亚特是红色，伊莱是绿色，而维奥莱特则自然而然用了令人厌烦的紫色[1]。流瑜伽、橡树园乐趣跑、雅

① 维奥莱特名字的英文是“Violet”，这个词也有“紫罗兰色”的意思。

可比医生、船坞边的手鼓，以及和威廉敏娜、格雷森一起去公园。那上面的字看上去像另一种语言，一种疯子才会用的语言，而且还是那种表面看起来一切如常，但实际上无聊透顶的疯子。她暗自希望那上面的雅可比医生指的是维奥莱特的心理医生。

“小心你的项链，他最近老是搞破坏。”

伊莱听见他母亲的声音，把头转了过去，即使是这种简单的条件反射也让温迪心一痛。“是真的吗，小恐怖分子？”他伸出手，往温迪相反的方向扭着身子去够维奥莱特。就在几秒钟之前，他还心满意足地待在温迪的怀里，看来比起她，人们还是更喜欢维奥莱特。“我刚才好像听到了马特的声音。”维奥莱特说道，然后领着她下了楼。

“今晚家里怎么这么热闹呀？”厨房里传来了马特的声音，“温迪，嘿，欢迎你来我家做客。”温迪看到维奥莱特的脸一下被声音点亮了。她看着他走向维奥莱特，“嘿，亲爱的。”他靠过去吻了吻她。

温迪把眼神移开了。

“嘿，亲爱的。”维奥莱特说道。

她刚刚收回眼神，就看到维奥莱特也抬起脸，吻了马特一下，然后把孩子交到了他的手中。

“温迪，喝酒吗？”维奥莱特对她说。

“天哪，当然。”

马特是一个非常无趣的人，温迪曾经开玩笑说，他就像一块非常干涩的面包。但是，每当看到他像迈尔斯那样挽起袖子，温迪的心里还是一阵绞痛，在她心目中，那是一个男人最性感的时刻。在马特的衬托下，伊莱看上去是那么小，还有他前臂上浓密的汗毛，把伊莱的肤色衬得更白了。

怀亚特又出现了，他听到了父亲的声音，从他的豪华游戏房里走了出来。“爸爸。”他说。

“每天都是这样子。”维奥莱特在冰箱旁边小声说。

“小魔头。”马特喊道，“你是怎么从妈妈的魔掌里逃出来的，嗯？”温迪看到马特用另一只胳膊把怀亚特举了起来，然后假装要咬他的肩膀，怀亚特放声大笑，她的胃里又是一阵绞痛。与一个手臂如此强壮有力的男人近距离接触，她感觉内心躁动，很想找个地方坐下来。她现在的男朋友是一个叫托德的年轻金融分析师，他金发碧眼，身材瘦长，在床上灵活得像只狐狸，但是平日里看上去非常普通。维奥莱特给她端来一大杯酒，几乎是正常酒量的两倍，她高兴地抬起头，庆幸自己能从面前这幅有爱得叫人难以忍受的画面中抽离出来，喘口气。

“现在还拿《绝望的主妇》开玩笑是不是已经过时了？天哪，你的一天就是这么熬过来的？”

维奥莱特脸一下变得煞白，然后又变得通红，也许那是一句很残忍的话。看到马特的表情，温迪更是意识到自己煞了他们的风景。

“我们之后会举办一个庆祝活动。”过了一会儿，维奥莱特虚弱地说道，然后给自己也倒了一杯酒。“亲爱的，”她接着对马特说道，声音突然变了，“我之前说过，我们要为下周的开放参观日准备点吃的东西。星期二，七点到十点，你记得准时回家。贾克斯周日在陶艺店举办生日派对，我希望你也能来，到时候很多爸爸都会到场。我把怀亚特浴室里的灯泡修好了。哦！还有，我趁伊莱睡觉的工夫，搭了一个书架，我觉得搭得还不错，你可能得检查一下是不是所有的钉子都钉进去了。书架装到一半，我的背就开始痛了，我下周可能还得去看看脊椎按摩师。”

如果温迪没有猜错，维奥莱特的这一长串家庭琐事是故意说给她听的，这就是维奥莱特挖苦人的方式——巧妙地刺破别人最薄弱的护盾。

然后，维奥莱特转过身来，看着她。温迪穿着四码的赛文斯牌外套和一双实用而时髦的斯佩里船鞋，她本来就冷漠的脸上现在毫无疑问地充斥着敌意。

“为绝望的家庭主妇干杯。”维奥莱特说，用她还很满的酒杯和温迪碰了碰杯，又走过去，吻了一下她的丈夫。她的丈夫本来心不在焉地听她碎碎念着书架和背疼的事，这突如其来的亲密举动使他回过了神。她抱起孩子，吻了吻他的头，喝了一小口酒，眼睛紧紧地盯着温迪。她张扬着她不可否认的完美生活，在温迪面前耀武扬威："真的没你想的那么糟。"

维奥莱特能过上这样的生活，是不公平的——她有一个身体健康、爱她、会照顾她的丈夫；她的身体可以孕育一个又一个健康的孩子；她的房子里甚至专门有一个吉他房；她得到了万全的保障，一辈子都不会面临孤独。而真正的不公平在于，维奥莱特竟然不愿意坦荡地承认她所拥有的一切，她甚至没有在温迪的生活陷入僵局，而她仍然过得很好的情况下，怀抱一丝感激之情。她竟然一边炫耀着她优越的生活，一边漫不经心把这种生活当成玩笑，还在她最近刚刚变成寡妇的姐姐面前和丈夫卿卿我我。要不是温迪，维奥莱特根本不可能从那泥潭中脱身，更不可能拥有现在这种富裕又有人陪伴的生活。但是很显然，对于自己的幸运，维奥莱特并没有打算收敛，甚至懒得假装谦虚。

这就是为什么第二天温迪拨通了她律师的电话，问他认不认识可以打探到秘密领养记录的私家侦探，并且告诉他花多少钱都不是问题。

第三十四章

“真让人伤心，不是吗？”玛丽莲问道，她站在他身旁的后楼梯上，声音淹没在电锯的嗡嗡声中。一根粗壮的树枝从银杏树上掉了下来，戴维缩了一下身子。

他看了看萎缩的树皮，又看了看树下这片熟悉的草地。这是一种奇怪的感受，你可以在不知不觉中就对生活中所有客观存在的细节了如指掌。如果在他不在这棵树旁边的时候问他，这棵树裸露的树根是什么形态，以及树根旁零星散布的郁金香是怎样排布的，他可能说不上来。但现在，他就在这棵树的旁边，他熟悉这棵树所有的脉络，就像他熟悉自己错综复杂的掌纹一样，涌上来的视觉记忆，让他湿了眼眶。

他并没有觉得忧伤，比起忧伤，他此时的感受来得更加理性，他在脑中详细列载着许多事物：他的生活、他的妻子、他们共同的成就。他仿佛又回到了那个十二月的寒冷的夜晚，他和她一起躺在银杏树下，他为她的存在本身而感到讶异。

“你还好吗？”她把头靠在了他的肩上，问道。自从戴维心脏病发作以来，她就一直是这样，时刻警惕着他们离死亡已经这么近的现实。他注意到了她——以及所有人——最近看他的那种眼神，仿佛他随时都会死去似的，这令他有点难过。上个星期，他开玩笑地称呼她为“爱提心吊胆的老家伙”，但她并没有觉得好笑。此时，他再次感到了讶异：他还在这儿，在她的身边，见证着这棵树的倒下。

他伸出手搂住她："我很好，小家伙。"

在他们的父母之中，只有戴维的父亲有机会那样老去并思考将至的死亡。如果玛丽莲的爸爸还在世，看着历经风霜的他们，看着这两个曾经被他在树下抓了个"现行"，如今已经比他还老的孩子，他会是什么感受？想到这儿，戴维突然想开个玩笑——当年那个意大利佬赢咯，或者诸如此类的玩笑——但他突然意识到那不太友善，再加上，据他所知，玛丽莲并不知道他脑中呼啸而过的念头，或者说，她知道得并没有那么具体。园丁开始砍树了，他们一刀又一刀，深深地砍向树干上某些特定的位置，这样它倒下时，只会压到那些长势一般的草坪。怀里的玛丽莲紧绷了一下，然后又放松了下来，她把头依偎得更紧了一些，然后闭上双眼，将这一幕隔绝在外，就像他们把女儿们从车里抱出来时，会帮她们半睁半闭的眼睛遮挡光线。

他最好的朋友，人生中最美妙的惊喜。

"能有你在这儿陪着我，你不知道我有多高兴。"她说，她的鼻息温暖着他的胸膛。他的眼睛充满了泪水，仔细想想，这句话与他刚才脑海中那些呼啸而过的念头，并没有什么不同。

在维奥莱特的记忆里，她好像从来没有正式地向温迪道过歉，她们不是这样的人。出于职业习惯，她反感任何用言语承兑的责备；而温迪似乎也从来没有想过要为任何事向她道歉。上三十六楼的电梯里，维奥莱特的心中重新燃起了一阵夹杂着嫉妒的愤怒，在她眼中，没有负罪感缠身的一生，已经够好了。自从温迪把乔纳从家里赶出去，她们打了那通电话之后，她们便再没有和对方说过话。父亲住院的时候，她们的关系稍微缓和了一些，但只是出于礼貌，她们不想让母亲更加难过。或许出于某种迷信，她们总觉得，如果她们之间的关系得到缓和，就能让戴维快点好起来。是马特说服了她。他说，一切需要得到愈合；他说，温迪和她或乔纳一样，也是一个普通人；他还说——抛开他自己对温迪的保留意见——只有她和温迪把话说清，她们才能冰释前嫌。一路上，她无数次想要掉头就走，但就在她犹豫的时候，电梯门“叮”一声开了，温迪在门口等她。

“说曹操，”温迪说，“曹操到。”

维奥莱特没有办法判断温迪话语中的轻浮程度：“你在说我吗？”

“不。”

“那你怎么……”

“天哪，是门卫按了我的门铃。”温迪把她领进了屋，“进来吧。不过我感觉，如果我一声不吭就出现在你家里，你怕是会用电机枪把我一枪击毙吧。”

“我来得不是时候吗？”

“眼光放长远一点的话，并不是。”

听到温迪浮夸做作、装神弄鬼的腔调，她觉得有些恼火，又觉得有些宽慰。“我想……你知道的，我们是时候谈谈了，把话说清。”

“太棒了，”温迪说，“我就喜欢招待像你这种矫情的客人。”

听到这话，她反而放松了下来。她不会道歉，温迪也不用和她道歉。被刁难，反而是一种解脱。她已经很熟悉了，这个来自令她绝望的原生家庭中的古老传统。

“实际上，我这周本来都已经戒酒了，但要我滴酒不沾和你困在这间屋子里，还不如让我去死。”温迪说，“无意冒犯。”

她倒了两杯酒，然后和维奥莱特一起走到了露台上。

维奥莱特盘腿坐在双人沙发上，眺望着整座城市——特拉华州呼啸而过的车辆，美得令人窒息的湖面。“你过得怎么样？”她问道。

温迪冷冷地看着她：“特别好。”

“我也是，”虽然温迪没有回问，她还是回答道，“一切出奇地顺利。”

“那我他妈的真是为你感到高兴哪，又步入正轨了。”

“温迪，我已经很努力了。”

“努力什么？”

“试着……我也不知道，试着和你谈谈，解决问题。”

“那又是什么意思？你也不看看，你之前是多么轻易地就把我从你的生活中抹掉了。我们之间的问题，从来就没有得到过解决。从你出生开始，我就开始恨你了。而你呢，你过得比我好那么多，你不是也在那儿幸灾乐祸嘛。”

“不是那样的。”

“而且，如果事情没有按照你的设想发展，你总是拒绝面对。”

“天哪，温迪，生气的难道不应该是我吗？一声不吭地把乔纳带回来的人，不是你吗？把他赶出家门的，不也是你吗？”只要在温迪身边，维奥莱特就被完全剥夺了表达情绪的权利，而温迪却总能骄傲地、随心所欲地发泄着她的情绪。

“对于乔纳，我就做错了这一件事。”温迪说，“但是你呢，从他出生的第一天起，你就毁了他。”

正如马特所说，如果她想和温迪和解，就必须得面对这样的局面。温迪总是能够准确无误地撕裂她内心的口子，但是她知道，她必须坚挺地对抗温迪喷涌而出的恶意，然后像她和马特说好的那样，让一切重新开始。“你那么说真是太伤……”

“爸住院的时候，我碰到了亚伦·巴尔加瓦，他让我和你问声好。”

维奥莱特几乎无法呼吸，她仿佛回到了默瑟岛的那片海滩上，肚子上像被狠狠地捶了一拳。不要在现在这个时候，维奥莱特在心里无声祈求。她从来没有预料到这一刻的来临，即使是去年春天，在那间餐厅，看到乔纳的后脑勺时，她也没有像现在这样措手不及。

“乔纳长着他的眼睛。”

她张开嘴，想说些什么，但只是强撑着吸了一口气。

“收起你的伪善吧。”温迪说，“天哪。”

“我没有……我本来打算……”

“你就是这样对待你的好朋友的吗？和她们的前任上床，搞大了肚子，再让她们收留你，陪你把孩子送去领养？”

“我们当时太年轻了。”维奥莱特还是说出了口，不管这句话听上去有多么俗套。对她来说，一切都已经遥远得像另一个世界的事了，那时候的他们是那么年轻，那么单纯，那么愚蠢。她想让那个时候发生过的事就此安息，况且对于那些事，对于她曾经是怎样的人，她已经记不清了。

“我们当时也没那么年轻。天哪，这和你偷我的口红根本不是一码事。你让我陪着你，却连句实话都不肯告诉我。然后你甚至没有……天哪，在我过得那么艰难的时候，维奥莱特，你甚至没有……”

“我又不知道你后来会出那些事。是，我是过得很顺利，但那和你经历的那些事情一点关系也……”

“我本来想说的是，在我需要你的时候，你从来都没有出现过。”温迪的声音听上去很平静。

“温迪，那不是……”温迪说的并没有错，维奥莱特无力反驳，“你知道吗，好笑的是，妈以前还总是说，我小的时候很会照顾人。”

“我记得，”温迪说，“可恶，她那么说真是太烦人了。”

“我不知道我到底怎么了。”她的声音颤抖着，“我想我……乔纳出生的时候，我就把自己封起来了。从那之后，关于他的事，我就再也不想提起了。”

“都是借口，”温迪说，“有点同情心吧。同情心这东西，又不是定量分配的。你不用那么抠门，舍不得用。过得很难的时候，你得靠意志力挺过去，维奥莱特。你偶尔也得为别人做一点牺牲吧。比如，就算你的孩子刚刚死了，你还是得强颜欢笑，去参加你妹妹的婚礼。”

“不是……天哪，温迪，我结婚的时候，那事都已经快过去一年了。”

“或者，”温迪喝了一小口酒，“当你的姐姐发现你和她的前男友上了床，生了他的孩子，跑过来和你当面对质，揭穿你的背叛时，你可以稍微加把劲，收一收你斤斤计较的习惯，不要纠结她小孩的死和你的婚礼之间到底隔了多久，这才叫作‘为别人做一点牺牲’，听懂了吗？”

“我们总是伤害最爱的人，因为我们知道他们不会抛弃我们。”维奥莱特有的时候还是会忍不住地说这些陈词滥调。这些话的存在是有原因的，而且，除了这些话，她不知道自己还能说些什么。

但是，温迪并没有买账：“啊，教教我这个道理吧，这些话你都是从什么社会情感健康播客里听到的？”

“我只是想说，当你们很爱对方的时候，”她说，“我是说，如果你爱了对方一辈子，你们的关系有时候会像一座坏掉的桥，但把它一把火烧掉，可比一点一点地去修复它难多了。”

“上帝啊，你是在跟我表白吗？而且，从建筑学上来看，那也不可能啊。”温迪停顿了一下，“你本来有打算告诉我吗？”

“实际上，有。”维奥莱特说，“等到某一天。”

“那你打算告诉乔纳吗？”

“我还没有……没有做好那个准备。”

“如果让我告诉他呢？”

她抬起了头：“温迪，拜托了。那不是……你不会……”

“我跟你开玩笑呢，”温迪说，“其实，我还挺喜欢那个孩子的，我不会为了惹你生气去伤害他的，他搬过来和我住的第一天，就问过我关于他爸爸的事，我当时还以为他爸爸是你在维思大学上学的时候认识的那个渣男男朋友呢，就那个长得有点像《沙拉达手指》动画中主角的；但是我当时没有和他透露太多细节。”温迪停顿了一下，“因为我尊重你，也因为那时候我还不知道你上过我男朋友。”

“那是我做的最糟糕的一件事，”维奥莱特说，“那就是为什么……我觉得我心里有一小部分想要惩罚自己。通过把那个孩子生下来。”

“那你像我们其他人一样，喝个烂醉，背几句圣母经[①]，不就得了。但如果你真的那么做了，我们就遇不到我们的小武术老师了，所以，也行吧。”

她抬头看着温迪，很惊讶从她的声音中听出了善意。

“说实话，我甚至都没有……我关心的，不是你有没有和他上过床。我只是觉得，你最起码应该告诉我一声，你不告诉我，我们之间反而更诡异。”温迪说，“我甚至没有那么生气。那个时候，我们早就分手了，我和……我和亚伦不合适，我遇到迈尔斯的时候就意识到了。”

直到此刻，维奥莱特才发现，温迪之所以在每一次谈话中都见缝插针地提到迈尔斯，并不是因为她想夸大她的痛苦，而是因为爱，她对她死去的丈夫无穷无尽的爱。维奥莱特才发现，温迪仍然深深陷在痛苦的泥沼之中，可能永远都无法脱身。“对不起。”她轻声说道。

“我以前从没听你说过这句话。”

愧疚是她忠诚的伙伴，她什么都做错了，也什么都没做错。马特说得没错，如果她们都把对各自的不满说出来，她们的关系就能得到缓和。承认过错，相互道歉，为她们的所作所为负责。

温迪起身去拿那瓶酒。“你知道我一直都很好奇什么吗？”她把她们的酒杯斟满，“他们怀上你的时候，我说不定就和他们在同一间房间里，你觉得呢？”

她看向温迪的眼睛，在她的眼中看到了欢快的神采，这才如释重负。

“我甚至有可能就在他们的床上，”温迪说，“你想过这个吗？”

“太恶心了。”

温迪挨着她，坐到了沙发上，把杯子端到嘴边，狡黠地笑了笑：“完全有可能啊。我的存在才不会妨碍他们呢，他们现在可能就正在做呢。”

---

① 罗马天主教的一种祷文。

“别说了。”维奥莱特说道，笑出了声。但就在这时，她突然意识到了为什么温迪突然说起了这个话题，“你的意思是，我一出生，你就开始讨厌我了？”

“毕竟是你篡夺了我的位置。”

“但我的意思是，这又不是我主动要求……我的意思是，天哪，我们能一起长大，你不觉得幸运吗？没有你，我不知道我这一路会怎么走过来，温迪。我一直都很想你。”她可以肯定，这也是她从来没有对温迪说过的话。她看到温迪吃了一惊，暗自窃喜。

“你是说……你很想我吗？”温迪平静地注视着她。

“当然了，”她说，“有的时候。”她已经看到了她想看到的反应，所以不再奢求更多了。而且，旁边坐着的是温迪，能从她那儿得到这种回应，已经非常宝贵了。

“我希望你能再次参与到我的生命中，”维奥莱特说，“如果你愿意。”

“老天哪，你真是太浮夸了。”

“很抱歉那段时间我没能陪在你身边。我一直……一直都过得很艰难，最近——还有之前很长一段时间。我不知道该怎么说，我给了自己很大的压力，温迪，这……这比看上去要艰难得多，你知道吗？”

“你以前也说过。你有没有意识到，这话听起来有多假？”

“我只是觉得，我也曾经挣扎过，但是你从来都没有肯定过我做过的努力。”

“怎么就轮到我来给你肯定了，你丈夫哪儿去了？”

“你是我最好的朋友，温迪。”

听了这句话，温迪大声笑了出来，但她并没有否认。

“难道不是吗？从我出生起，你就是我生命里最重要的人。我们——一直依赖着彼此，不是吗？”

温迪没有回答她的问题，两个人陷入了沉默。不知道过了多久，维奥莱特才开口说，她感觉春天终于来了。在那段沉默之中，她们静静地望着城市上空的阴霾。她们知道，一切都终将变好，也终将不会变好。两个迷失的女孩并肩坐着，看着天色一点点变暗，就像多年前，她们一起坐在俄亥俄街家里的屋顶上一样。姐姐和妹妹，拥有爱尔兰血统的“双胞胎”，父母之间的两场意外。那时候，她们对未来的绝望还一无所知，她们躲在那个柔软、舒适的只属于她们的空间里，对未来充满希冀，直到她们走进那个越来越庞杂，越来越把握不住的世界。

人生过半
2017年12月8日

“你听说了吗，卡尔霍恩先生死啦？”

“他是谁呀？”

“那个教黑人历史的老师。”

玛丽莲在门口听到女儿们的谈话。女儿们都在，她们正凑在餐厅的大桌子旁，兴致勃勃地讨论着，餐桌旁留了两个空位。

“他不是教黑人历史的老师。”

“他就是教这个的。”

“啊，我的天哪，这怎么可能。我一直以为他是教辩论的。”

玛丽莲走到格雷丝身边，吻了吻她的头顶。“你向我保证，别再平白无故把人家给说‘死’了，好不好，小笨鹅？”格雷丝抬起头看着她，平静又包容地笑了笑，像极了从前那个坐在婴儿座椅上普度桌上众生的小佛童。

虽然已经快到十二月中旬了，但这是她们姐妹几个第一次凑齐。第二次感恩节。玛丽莲回到厨房，看了看烤箱里的火鸡。

“不是的，”维奥莱特说，“他教的是黑人历史。”

温迪喝了点酒，略有些醉意，又能像这样和妹妹们没有压力，没有负担地拌嘴，她觉得很开心。她靠在椅背上，双臂环抱在胸前，打量着维奥莱特，说道："你那是种族歧视。"她用余光瞥见莉莎翻了个白眼。

维奥莱特嘲讽道："我怎么就种族歧视了？"

"因为他是黑人。就因为他是黑人，所以就只能教黑人历史吗？当然不是了。"

"但是，他就是教黑人历史的啊。他是黑人，是个教黑人历史的，这么说怎么就种族歧视了？"

"而且，卡尔霍恩先生不是黑人。怀特曼[①]先生才是黑人。"

"也不看看谁才是种族歧视？"

在那些糟糕的日子里，如果凑近打量温迪的生活，她依然过得很颓废。她只能努力不让那些负面的能量侵占她生活的全部。而让她没有想到的是，她竟然逐渐习惯了生活的吊诡之处，并且把它烙在了自己身上，像一个文身，或是一道伤疤一样。有人说，要想让事情恢复常态，需要一年的时间。而距离迈尔斯去世，已经过去了整整四年。于是，她开始慢慢接受一个事实，那就是，她的生活永远都不会恢复常态了。几周前，她把她的父母、格雷丝和乔纳邀请到家里一起吃了感恩节晚餐。莉莎带着孩子，去了瑞安那个奇怪的风力农场。维奥莱特在家里招待了她的公公婆婆，用她祖父曾经爱喝的波旁威士忌做了精调鸡尾酒，还点了拉什牛排馆的外卖。温迪的命途本来会更加多舛，但没有。而且，她的生活仍然具有潜力，她以前没有意识到这一点，现在，她意识到了。不过，只要她停下来仔细想想她真正面临的未来，那些美好的愿景就会露出它们的真实面目。她再也找不到一个像迈尔

---

① 原文为"Mr. Whiteman"。"white man"也有"白人"的意思。

斯一样的爱人了，她甚至没有考虑过重新再找一个。她没有上过大学，她的职业道路会因此而困难重重。她也不想成为那种五十多岁才开始上大学，脸上打满了肉毒杆菌的老女人。与此同时，随着时间流逝，你对你所爱之人的回忆会变得松散，即使你曾经那么爱他们。有时候，她甚至记不太清迈尔斯的脸了，只有在看着他留下的相片时，他的脸才会变得清晰起来。她也想象不出女儿被她抱在怀里的那幅画面了，但她仍然清楚地记得她那张完美的小脸蛋，以及她的五官。既然生活永远不会如她所愿，那她就降低她的标准。这是十几岁的她想都不敢想的。最近，她读了迈尔斯书架上的书，并且在乔纳的建议下，开始每周上三天的马伽术课。她还预订了去菲律宾的春假旅行，准备当作送给乔纳的生日礼物。

“这是我不再做律师的原因之一，”维奥莱特坐在温迪对面，说道，她感受到了自己跳动的脉搏，“这件事我绝对不会松口的。”

“如果你要继续这么痴心妄想下去，随便你咯。”

维奥莱特很少被这么多个女人同时包围——她的两个妹妹，一个姐姐，还有偎依在莉莎的肩膀上睡觉的小外甥女——于是，她停了下来，用心感受着这种氛围，以及这种氛围和她家餐桌上氛围的反差。三个男孩正在隔壁房间玩“贪吃河马”桌游——最近身高蹿了一蹿的怀亚特、满头蜜色金发的伊莱，以及第一个出生却最后一个参与到她生命中的儿子乔纳。现在每多见他一次，他的模样就又立体一分。他有着冷嘲式的幽默感，他是一个刻苦的学生，他是一个伤感音乐的深度乐迷。有的时候，他是一个特立独行的人，在中午之前，他更容易喜怒无常。他是一个值得信赖并且深受弟弟们喜爱的“保姆”。她试着把他作为一个“人”来对待，卸去管束、监管他的重担，并从中感到了前所未有的轻松，她已经很多年没有这么轻松过了。这个世界永远不会是你想要的那个世界，在这种割裂中找到你的立足之地，才是乐趣之所在。

“格雷西，你能说句话吗？”

“我当时没见到那两个人，但是有一个人……”

“没人在乎。”

“温迪，天哪。”现在，维奥莱特终于可以坦率地承认，她怀念这种被温迪逗笑的时刻。温迪总是能做出一针见血但容易得罪人的评论。

“什么？抱歉了，我一点也不想听你们就我高中讲师的事情讲个不停。”

“只有在大学里才有‘讲师’。”

“才不是呢。”

格雷丝的姐姐们——像嘶鸣的大象——正面对面坐在餐桌旁。她们一如既往，吵吵闹闹地聊着天，残忍地把她撂在一边。她总是很嫉妒温迪和维奥莱特两人之间的亲密。虽然温迪几乎已经喝得烂醉，维奥莱特也已经醉醺醺的，但都还没到失态的地步。对于她们刚才的一番冷嘲热讽，她已经渐渐习惯了，因为尽管二十五岁的她仍然和父母住在一起，她已经不再像以前那样厌恶自己了。马特给她在他工作的律师事务所找了一份律师助理的工作，她现在的生活至少不那么惨淡了，那也是一种进步。

本奇迹般地加入了她们，他一开始是去波士顿拜访他的阿姨，那边的行程结束后，他心血来潮，到芝加哥待了几天。格雷丝并没有让他和她的家人见面的打算。他们的那个吻——她的吻，她迄今为止最主动的一次表示——打开了一些东西，她不确定是什么，但是在那之后，他们常常发短信，偶尔也会打电话。她终于体会到了那种有人聆听、有人被你逗笑的简单的快乐。现在，他就在这儿，在她橡树园的家里，她想她应该去看看他，他正在客厅，和男人们待在一起。但她也知道，只要她站起来，姐姐们就会对她发起新一轮的嘲笑。她的姐姐们——刚刚还在餐桌上当着她的面，为了一个她从未听说过的人拌嘴的她的姐姐们——喋喋不休地用这件事取笑着她，并且乐在其中。就算她再三抗议他不是她的男朋友，她们还是熟视无睹，打着趣谈论着格雷丝度过的第一个带男朋友回家的假期。

“他只是我带到家里做客的一个人。”她刚才对温迪强调道，“或者，不是……他就是一个‘人’而已。”

“小心点，”温迪说，“你对他的评价太‘高’了。”

无论如何，他现在就在她的家里，和她的家人——她的其他家“人”——聚在一起，这让她一下充满了信心。她的家人——溺爱她的父母、纵容她的姐姐们——从来没有缺席过她的人生，现在，她又拥有了一种她从未体会过的陪伴。而这个给了她陪伴的人，是心甘情愿和她产生牵连，而不是被迫和她拴在一条血缘纽带上。她惊讶地发现，仅这样的一件事，就能消去她一大半的孤独。陪伴在身边的家人固然是一种馈赠，但是在家人之外找到的那个人，则更像一个奇迹。那个人让她产生了家的感觉，接着改变了家的定义，扩充了家的边界。

“你们真是太难对付了。”莉莎咬着后槽牙，忍受着两个姐姐发出的噪声。

“总得有人难对付一点。”温迪说道。

之前，虽然莉莎和瑞安会见面，但通常他们会远离她的家人，到某个地方单独见面。他有时会来芝加哥看孩子。上个月，她还带着姬特开了很久的车，去到密歇根的最北边，瑞安接到她们之后，带她们坐渡轮去了他朋友的农场。而今天是他一年多来第一次来俄亥俄街的家里做客，她知道，他的出现一定会使她的父母和姐妹们感到不适，但是即便如此，她的母亲一见到他，还是立刻伸出手，给了他一个拥抱。莉莎脸红了，然后耸了耸肩，紧紧抱着孩子，而姬特就像一只小章鱼，一直伸手去够她白天的好伙伴戴维。一开始，玛丽莲似乎因为受到了姬特的拒绝而有些受伤，但当莉莎小心翼翼地把孩子递到戴维怀中时，玛丽莲就释怀了，她把头靠在他的肩膀上，对着他们的外孙女轻声细语。

她最近才开始意识到，妥协和放弃是有区别的。她仍然对周围的世界感到困惑，但现在，她更能接受这种困惑的存在了，因为她开始把精力放在工作上，放在她十个月大的还穿着连体裤的孩子，以及那个和她创造了一切的男人身上。刚才和母亲单独待在厨房里的时候，她那句困惑的“我不知道”得到了玛丽莲的回应：“你不需要知道。”莉莎和女儿之间有一种她和别人之间从未有过的东西，一种恰到好处的狂热，就好像有了女儿，她再也不需要在这个世界上得到什么。此时，她从餐桌上那场看似吵闹，实则其乐融融的对话中抽离了出来。女儿躺在她的肩膀上睡着了，她用没有抱女儿的那只手画着圈按摩下颌线。这是她从一个职场单身母亲网站上学到的自我放松小技巧。

“你怎么回事，莉兹？”温迪问，“嗑嗨了吗？”

莉莎俯下脸，把嘴唇贴在姬特的头顶上。“是啊，嗑生活嗑得有点嗨。”她面无表情地开着玩笑。温迪听了她的笑话哈哈大笑，像个孩子一样心满意足。

乔纳被“贪吃河马”游戏挑起了斗志，但是他不得不反复提醒自己，他的对手只有六岁，而且，如果在怀亚特的桌面游戏中把怀亚特消灭掉，多多少少显得不太仁道。伊莱坐在他的腿上，兴奋地撅着身子为他加油。怀亚特的表情极为专注，他像石像鬼一样锁着身体，全神贯注地沉浸在游戏之中，完全没有注意到他的舌头已经几乎从嘴里完全地伸了出来。他竟然有了两个弟弟，这个世界真是个奇怪的地方。玛丽莲已经开始找他谈上大学的事了，温迪也再次提出要负担他的学费，但是，他仍然没有和她们提起过，他其实不太愿意继续念大学，也不太愿意离开戴维和玛丽莲。他没有告诉她们，作为这个家里唯一不是自出生以来就认识他们的人，他贪婪地想要抓住每一分、每一秒和他们待在一起，因为他们会在他关掉闹钟之后叫他起床，会在每周二早上给他做松饼，会停下手里正在做的任何事情听他说话，即使他只是想告诉他们他要去睡了。

“你技术不太行啊，伙计。”他对怀亚特说道。他还知道，如果他搬到别的地方，他一定会想念面前这两个小混蛋的。从来没有人写过一本书，教他如何从一个孤儿，过渡成为一个拥有无数个温暖得超乎常理的家人的孩子。“关键在手腕，”他一边演示，一边说道，就像戴维教他打篮球时一样。“你要握住把手右边一点的地方，”他说，“然后把你的注意力集中在那些弹珠上，伙计，就像在这个世界上，除了那些弹珠，你什么都不想要一样。”

他们按照传统的方式分成了两拨，女人们坐在桌子边聊天，男人们则挤在电视机前看球赛。用格雷丝的话来说，戴维可能有点“扫兴”。他没有在看橄榄球比赛，而是饶有兴趣地坐在一旁，打量着旁边这几个爱着他女儿的男人。他最感兴趣的是格雷丝的男朋友——一想到“男朋友”这三个字，一想到他们的小女儿有了属于她自己的伴侣，他还是会心痛。但是他还是得心不甘情不愿地承认，他很喜欢，甚至于很信任那个男孩，因为他瞄到了他吻格雷丝——他们的“尾声”——时那种虔诚的温柔。他们的格雷丝值得拥有这样的温柔。本、马特和瑞安一起坐在沙发上。明明沙发上已经几乎快要容不下他们几个人了，他们还是和彼此保持着距离，没有任何的肢体接触。他从来没有真正体验过这种男性特有的敏感，因为他很早就步入了成年，也因为他和玛丽莲在真正体会到活在这个世界上的孤独之前，就和彼此牢牢地绑在了一起。他独自坐在书架旁边的椅子上，夹在两拨人之间。他既可以听到女儿们抑扬顿挫的说话声，也可以听到电视信号的噪声。他太老了，哪一边都融入不进去，他突然意识到，玛丽莲不见了。他想当然地以为她在隔壁房间，所以一直都没有注意到。

玛丽莲试着屏蔽她的女儿们，她们看上去是成年人了，但内心还是孩子。她没有把握地盯着烤箱里的火鸡——她每年开展的一场战役——闻起来虽然还算凑合，但看起来仍然很吓人。她不甘心地关掉了烤箱，然后慢慢走到后门，望着外面的院子，呼吸着并没有洋溢着肉香的空气。

“我想进去劝劝架来着。”一双手臂突然搂住了她的腰，双手放在了她的肚子上，“但我还没来得及开口，她们就自己和好了。”

回忆来得不费吹灰之力，直到现在，她仍然能够轻易唤起他们第一次做爱时的感觉——她敏感得快要融化的背部，因为高度警惕而紧绷着的头皮，穿过衣服的地面上的凉意，他的温暖。她把手放在戴维的手上，向后靠在他身上。“所以，是谁死了，卡尔霍恩先生，还是怀特曼先生？”

“哈？”

她笑了：“没什么，没什么。到这儿来。”她拉起他的手，打开后门的插栓。

“你想干什么？”

“抛弃我们的孩子。”她拉着他，来到屋外，走下楼梯。她在最下面的一层台阶上坐了下来，他痛苦地把两条长腿弯折起来，坐了下来，动作比她来得更为缓慢。

“晚餐闻起来很不错。”他说。

她把头靠在他的肩上：“谢谢你。”

“还有家里那帮孩子，相处得还不错，是吧？”

“嗯。”

“但是，我想说，还是有点烦人。”

她哼了一声：“是的，但只是一点点。”

“我们当时是怎么做到的，同时和她们住在一起？”

她没有回答。她常常为他担心，也常常先发制人地想念他。

女儿们很像戴维，她们每在这个家中多待一个小时，她们各自身上和戴维的相似之处就变得愈发清晰可见起来。有些是她已经知道的——从她们出生的那一刻开始，她就看出来了——而有些是她以前没有注意到的。莉莎和戴维最像，她务实，多疑，身上总有那种善良的严谨。维奥莱特和她父亲一样，愿意为她的孩子们付出一切。格雷丝继承了他一丝不苟的笔迹，还有他对融入这个世界的恐惧。温迪——她将近四十岁的大女儿——则掌握了他化腐朽为神奇的本领，任何发生在她头上的怪事，都能被她用嘲讽的方式化解掉。而她们所有人的身上一定也都带着玛丽莲的影子，她的乐观，她变幻莫测的抑郁，以及她的勇气。此刻，感受着丈夫放在她右边胯上的手，听着屋内传来的喧闹声，她更加笃定了。那些咄咄逼人但嬉笑打闹着的声音，穿过纱门，到她的心上，打下了一个个紧密的结。

“你确定你没事吗？”他问道。

“我没事。”从她认识他的那一刻起，用她的脸贴着他的肩膀的感觉就不曾变过。这个男人——她的爱人，擅长铺床以及做出难喝的咖啡，擅长分析痛苦；一位时而暴躁但立场坚定的父亲——拥有强壮的手臂以及坚强的信念，她一生的挚爱。她用脸颊蹭着他毛衣上的纹路。“到这儿来。”她说。

“除非我坐到你腿上去，否则我没法儿离你更近了，小家伙。”他比和她第一次相遇时自信多了，是岁月给了他勇气。

她仰起脸，吻了他。楼梯在吱吱嘎嘎地响着，上面老旧的绿色油漆会脱落，然后在他们的衣服上留下森林绿色的污渍。楼梯的木头已经老朽，它曾被几十年的暴雨、几十年的暴风雪所浸润。它也变得脆弱不稳，那是因为它曾被一个世纪以来沉重的脚步，被那些跺脚跑过的青少年，被飞驰而过的狗，被去院子里修剪植物的从来没有真正长大过的成年人践踏。十二月的寒冷冲破毛衣薄薄的一层防御，向他们袭来。戴维伸手搂住了妻子的肩膀，他们都听到了厨房里传来的声音——冰箱关门的声音，以及玻璃碰在一起的声音——然后默契地微微转过头。

“在喝新一轮的酒了。”戴维说。她靠着他，点了点头。“天哪，这帮姑娘们实在是喝了太多的酒了。星期一我得向回收垃圾的人道个歉才行。”

“本看起来是个宽宏大量的人。”她又吻了他一下。

“你觉得她们在里面又吵起来了吗？”他问道。

“有可能。我们就不要担心了。”

那些古老的楼梯，它们一层又一层，被刷成了红色、蓝色、黄色、棕色、白色，最后是绿色。它们会发出不祥的嘎吱声，但从来没有坏过。十五岁的玛丽莲曾经以各种姿势躺在那些台阶上晒太阳美黑，并希望那些刁钻的角度能让她的皮肤黑得更加均匀。他们俩曾经在那些台阶上搀着格雷丝，让她学着迈动她短短的腿上下楼梯，那时的格雷丝已经能熟练地在平坦地面上行走了，但是上下楼梯还需要练习。温迪可能曾经在那些台阶上，和那些有拿破仑情结或者海外账户的男孩子们做过一些不可描述的事情。莉莎和维奥莱特曾经在那些台阶上，摆过一个卖柠檬水的小摊，当时的她们并不知道，把摊位开在后院，是不可能吸引到顾客的。此时，玛丽莲正在那些台阶上伸展着身体，不舒服地拱起了背，还拉着他让他和她一起拉伸。

“看在我的分上。”她说道。可是他摇了摇头，只是挪动了一下膝盖，给她腾出了位置。“我的背可没准备好在这个大好的节日里铤而走险，亲爱的。”

她平躺了下来，丈夫的膝盖搭在了她的大腿上。她抬起头看了看，他们的后院里还剩下五棵树：三棵银杏树、两棵橡树，还有被戴维解脱了的那棵树的树桩。这些树比他们老，比她的父母老，比这个家里的一切都还要老。银杏树上的叶子几个星期前就已经掉光了，但橡树不一样——它们一直是玛丽莲的最爱——它们永远落在后面，最后一个开花，最后一个抽出新芽，也最后一个枯萎。现在橡树枝上面还残存着几片像畸形手印一样的叶子，那几片叶子命悬一线，做好了坠落的准备。

一个流传已久的笑话说，芝加哥只有两季：冬季和施工季。但在她的心中，芝加哥不止如此。它有几十个季节，其中一些季节只会持续短短几个小时。这些奇妙的季节散落在沉稳而漫长的秋天、绚烂而转瞬即逝的春天之间，比如现在，就是众多的季节之一，它也许只会持续片刻。在这个季节里，在十二月的冷空气中，树上仍然挂着零星的几片树叶，你可以穿着毛衣，你身边的人会散发出足以让你抵御所有寒冷的温暖。而当他们回到屋里，他们又会来到另一个季节，他们的皮肤会因为冷空气突然变热而生出雾气，也会因为和彼此靠近而变得温暖。他们的身体会渐渐被孩子们霸占，他们的手会放到她们的肩膀上，他们的眼睛会时刻留意着她们的一举一动，他们的耳朵会收集她们发出的所有声响。然而，即使用他们的手，用他们的眼睛，用他们的耳朵，他们也永远无法理解自己复杂的起源。在他们共同度过的第三十八个“第二次感恩节”这天，他们永远无法用手，用眼睛，用耳朵，去发现台阶上那个慢慢显露的东西，那是存在于戴维·索伦森和玛丽莲·索伦森之间的最快乐的时光。只有用他们之间的语言，那段时光才能得到描绘；只有通过他们融合在一起，流淌在俄亥俄街这栋房子里每一个人身上的基因，那段时光才能得到证明。

“嘿，亲爱的。”她说道，仿佛是在恳求，但她也不知道为什么。

他哼了一声，既表示一种回应，又表示一种确认。然后，他摊开了手掌。

她在丈夫身下挪了挪身子，然后握住了他的手。

图书在版编目（CIP）数据

亲爱的乔纳 /（美）克莱尔·伦巴多著；左蓝译
. —成都：天地出版社，2022.5
书名原文：The Most Fun We Ever Had
ISBN 978-7-5455-6756-4

Ⅰ. ①亲… Ⅱ. ①克… ②左… Ⅲ. ①长篇小说—美国—现代 Ⅳ. ①I712.45

中国版本图书馆CIP数据核字（2022）第030971号

著作权合同登记号 图字：21-2020-204

QIN'AI DE QIAONA

亲爱的乔纳

出品人 陈小雨 杨 政
作　者 ［美］克莱尔·伦巴多（Claire Lombardo）
译　者 左 蓝
责任编辑 王继娟
装帧设计 尚燕平

出版发行 天地出版社
（成都市锦江区三色路238号 邮政编码：610023）
（北京市方庄芳群园3区3号 邮政编码：100078）
网　址 http://www.tiandiph.com
电子邮箱 tianditg@163.com
经　销 新华文轩出版传媒股份有限公司

印　刷 北京文昌阁彩色印刷有限责任公司
版　次 2022年5月第1版
印　次 2025年2月第4次印刷
开　本 880mm × 1230mm 1/32
印　张 18.75
字　数 486千字
定　价 59.80元
书　号 ISBN 978-7-5455-6756-4

咨询电话：（028）86361282（总编室）
购书热线：（010）67693207（营销中心）

如有印装错误，请与本社联系调换。

从声音到文字，分享人类智慧

天喜文化